ハヤカワ文庫JA
〈JA1332〉

日本ＳＦ傑作選６　半村 良

わがふるさとは黄泉の国／戦国自衛隊

日下三蔵編

早 川 書 房
8199

目次

日本SF傑作選6　半村 良

わがふるさとは黄泉の国／戦国自衛隊

収穫

1

世界の情勢は緊迫していて、ひょっとすると核戦争が始まりそうな気配だが、俺などがそんなことに気を揉んで見たところではじまらないことだ。起るにしろ、起らないにしろ、石を投げるのは俺達ではないのだ。

それより俺が心配しているのは、このフィルムを間違いなく絵にすることだ。せっかく東京でも一流の、この映画館の主任映写技師になれたのだから、それを棒に振るようなミスは犯したくない。

第一、俺だって映画ファンの端くれだ。今映っている超大作の西部劇が途中で切れたり唖になったりしたら、俺が一番先きに文句を言いたくなるだろう。

映写機は快調に動いている。あまり調子が良過ぎて、フィルムの廻る音を聞いていると睡くなるくらいだ。俺は助手達が真面目に仕事をしているのを横目で確かめると、誰かが持ち込んだ朝刊に眼を通しはじめた。

俺はおやと思った。鉄のカーテンの向う側からは、まったく通信が途絶えていると書いてある。そして、フランスが世界に対して沈黙してしまったというのはどういうわけだ。フランス共産党のゼネストとクーデターが成功したのではないかと書いてあるが、もしそうだとしたら、NATOが動きださないのがおかしい。いや、フランスからは船も、航空機も全然出て来ないと言うのだ。まるでこれはナンセンスではないか。

三面をひろげると、もっと奇妙な記事が並んでいた。昨日から今日にかけて、羽田国際空港へ出入りする航空機が一機もなくなってしまったと書いてある。とにかくこの十二時間、飛びさえすれば確実に行方不明になるのだそうだ。船もだ。いや、それより奇怪なのは、この大事件を報道する新聞の奇妙な静けさだ……いったいどうしたと言うのだろう。

これでは、日本は眼に見えない檻に入れられたのと同じではないか。外国と連絡できるのは電波だけになってしまっている。しかも地球の半分は黙りこくっているのだ。

冗談じゃない。こんな馬鹿なことがそう長く続いてたまるものか。もうすぐ、号外でも出て、新聞社のサボタージュだった、というようなニューズが出るのだろう。

俺はふと、四角い覗き窓から客席を眺めた。スクリーンの左側には、青白く光る時計が十一時半を少し廻ったのを示している。客席は六分の入りだ。いつもと少しも変っていない。

覗き窓から離れた俺は、この前の戦争の直後に起った洪水騒ぎの時のことを思い出した。

軒先すれすれに水の溢れ出た東京の下町を、やっとの思いで脱け出して都心部に来てみると、道路は水を撒きたいほど乾いていて、映画館などは眼と鼻の先きの洪水騒ぎもどこ吹く風というように満員だった。俺は子供心に、水の出なかった街々の不公平な平穏さに腹をたてたものだった。

もしかするとのんきに映画を観ているこの客達も、誰かに腹立たしく思われているのかもしれない。おれは突然、どこかで何かが起っているのだ、と思った。なにか奇妙なことが……

遠くでライフルの発射音がすると、馬のけたたましい嘶きと鋭い罵声が続き、物をひきずる音と一緒に男の呻き声がした。おれは劇場《こや》の中を見た。岩蔭に転がり込んだジョン・ウェインが、銃を構えてあたりを窺っている場面だ。

俺はふいに、三時になるのが待ち遠しくなった。給料が渡される時間だ。小遣いを調節しながら使うなどという器用なことのできない俺は、もう一週間も前からオケラになっている。別に今夜使うあてがあるわけじゃないが、とにかくポケットに金があるのとないのでは、気分が違う。

欲を言えば車も欲しい。小綺麗な家も持ちたいし、高い酒も飲んでみたい。しかし、この有楽町を歩いている一人一人の人間が、それぞれ頭の上に、そんな夢で膨らんだ風船玉のようなものを浮かべて歩いているのだ。その夢を特別大きく膨らませれば、まわりの人間の風船をブチ割るか、まわりの風船に圧しつぶされて、こっちがパンと音をたててしまうかだ。

割れてしまいたくはなかった。俺はもうすぐ三十になる。あと三年しかない。そろそろ貯金でもして世帯を持つ準備でもしたほうがよさそうだ。いま恋人がいるというのではないが、そのうちきっとできるだろう。でなければ、世話好きなあの支配人が、誰かの写真を懐ろにして、「今晩話があるから一杯つきあえよ」とかなんとか言い出すにきまっている。

人生とはそういうものだ。平凡、平凡の連続で、たまに何か特別なことが起っても、それが特別なことであるとは気づかないほどなのだ。

そんなことを考えていた俺は、ふと映写主任の自分に戻った。新米の助手が、さっきからフィルムを捲き戻す手を休めていたからだ。

「おい、何をぼんやりしているんだ」

助手の奴は遠くを見詰めるように、焦点の合わない眼をしたまま、突っ立っていた。俺は立ち上って、彼の背中をどやしつけてやった。

新米は俺の顔を見て嬉しそうに笑うとゆっくりフィルムをいじり始めたが、自分で何をやっているのか判らない様子だった。ちょうど女のことでも思い出しているように見えた。からかってやろうと思って、機械の向う側にいるもう一人の助手を呼んだ。

返事がないので向う側にまわると、壁にぴったり背中をつけ、これも同じように何か思い出していた。

腹が立った。たるんでいる。憤った顔で叱りつけないと、どんな失敗をやらないとも限らない。おれは助手の肩に手をかけてゆすった。

驚いたことに、彼は今まで見せたこともないような円満な笑顔で答えた。

「やっと来ましたね」

「何が来た？　夢でも見てるんじゃないのか」

もっとひどい文句を言おうとしたが、その時はじめて、何かいつもと違う空気を感じた。

スクリーンはちょうど、ジョン・ウェインが息子のラブシーンにでくわして、連れにそれを見せまいと苦心しているところだった。

いつもなら客席から笑い声が湧く場面なのに、今日に限って場内は静まり返っている。この映画を封切ってから今日で三週間になるが、こんな日は初めてだった。

俺は外の様子を見に廊下へ出た。

二階のロビーの隅にある売店の娘達も、さっき助手がしていたのと同じ表情でポカンと突っ立っていた。指定席係の娘まで……。

どいつもこいつも、いったいどうしたというのだろう。俺は階段を降りて下の様子を見て来たいと思ったが、下で支配人に逢うと厭な顔をされるかもしれないので我慢した。

ふと、ロビーに置いてあるテレビのスイッチを押した。映像が出た途端、俺は何とも形容のできない不気味さに襲われた。

いつもなら、放送局でミスでもしない限り見られない釣り道具のようなマイクが、ぶざまに画面の中央に垂れ下り、四人の男性コーラスが歌も唱わずに遠くをみつめているのだ。

俺は何となしに慌てて、テレビのスイッチを切った。放送局の連中も、遠くを見つめているのだろうか。そんな馬鹿なことがあるはずはなかった。

今のテレビはきっと何かの芝居の途中だったのだ。偶然の一致だ。俺が見たのはこの劇場にいる二人の売り子と、三人の案内係、それに映写室の二人の助手だけではないか。

いや、それだけではない。笑わない客席が扉の向う側にある。そこには少なくとも六百人はいる。ひょっとすると換気装置の故障で、睡くなるようなガスが劇場の中に充満したのかもしれない。あり得ないことではない。そうだ、外の空気と入れ替えなければ……。

俺はそう思って非常階段の扉の閂を引き出そうと手を掛けた。その時俺の背中で女の化粧品の匂いがして、柔らかい手が扉をあける俺を手伝った。振り返ると、今まで指定席のドアの前にいた案内係の娘だった。

「どうしたんだ、ぼんやりして」

俺は、ほっとして彼女にそう言ったが、彼女はさっきの夢見るような顔とは打って変って、恐ろしく無表情になっていた。

「早く行きましょう」

娘達はまるで俺など眼中にないように、仲間を誘うと隣りのビルとの狭い谷間に曲りくねっている鉄の非常階段をガンガン鳴らしながら降りて行った。映写室のドアをあけて、助手達も用事ありげにやってくる。俺は本気で腹をたてた。何かは知らないが、俺だけ仲間はずれにされたことは確かだ。

「おい、お前達はどこへ行くつもりか知らないが、俺に断りなしに職場を離れるわけには行かないんだぞ」

俺は精一杯凄んでやった。非常階段のドアの前で、二人は呆気に取られたように俺の顔を

見詰め、

「主任は行かないんですか」

と逆に問い返してきた。

「いったい何処へ行こうと言うんだ」

助手達は信じられないと言うように首を振って、

「だって聞えているでしょう……。あそこへ行くんですよ」

と数寄屋橋の方向を指さして見せた。

「聞える？……何が？」

俺も思わず耳を澄ませた。何も聞えはしなかった。電車と自動車のひしめき通る混成音だけだ。ふと気がつくとそのあいだに、二人とも小走りに階段を降りて行ってしまった。俺は非常階段の踊り場に出て、劇場の前の路を見た。

向い側の劇場から、見覚えのある制服を着た女達がぞろぞろ出て来るのが見えた。ロビーが騒がしくなったので振りかえると、客席のドアが開け放されて、客がぞろぞろと出て来るところだった。

まだ終映の時間ではない。腕時計を見ると、終るまでにまだ二十分以上もある。映画はこれから面白くなるところだ。高い金を払って途中で出てしまう客の気が知れなかった。

客の半分はロビーの向う側の中央階段から降り始め、残りの半分は俺の眼の前を通って非常階段から表へ出て行く。いつも入れ替えの時にはこんな客の流れ方をするのだが、今日の客は馬鹿に行儀良く歩いて行く。

俺は何が何だか判らなくなってきた。客をかき分けてロビーへ戻ろうとした。そんなに乱暴に客の間を通り抜けたわけではないのだが、客はまるで俺が悪いことでもしたかのように振り返ると、冷たい眼で俺を見た。口を尖らせて、何か不平を言いたそうにしている中年の男もいる。

今日は何の日だったろう。火災演習だったかな。それとも……。俺の頭は空まわりを続けた。

気がつくと、客の最後尾が二階から姿を消して行くところだった。あけ放しになったドアから、馬に乗ったジョン・ウェインが見えた。まだフィルムは廻っているらしい。

ずいぶん時間が経っているような気がしたが、あの場面が出ているところを見ると、さっきの一巻がまだ終ってはいないのだ。すると大した時間ではない。俺は腰をおろして煙草に火を点けた。

とにかく少し変なのだ。火事でもない限り、客が映画の終らないうちに全部帰ってしまうはずがない。それなのに、俺は客が全部出て行くのを見届けてしまった。そればかりではない。前の映画館からも、従業員を先頭にして観客が吐き出されていた。

すると、皆が一斉に狂ったか、俺一人が狂ったのかどちらかだ。狂った俺が失業するのを想像して、俺は嫌な気分になった。俺は立ち上って一階へ降りて行った。

階段を降り切ると、俺は事務室のドアまで走って行って、それを乱暴に開いた。見慣れた机が見慣れた乱雑さの中に置かれている。ポスターの山も今朝と同じだ。

だが、誰もいなかった。事務室から廊下を横切って客席を覗いたが、フィルムが切れたらしく、白く光るスクリーンに照らされた場内には、誰一人いはしなかった。

誰かがその時の俺を見ていたら、きっと泣き顔を見たに違いない。自分で判ったくらい顔面がゆがんでいた。

俺は全速力で表へ飛び出した。晴れた真昼の街はいつものように人の気配がしていた。俺は思わず安堵の息をついた。人のいなくなったのは、どうやらこの劇場街だけらしい。向うの電車通りはいつものように人の列が続いていた。

とすると……。俺の頭にはまた不吉な考えが浮んだ。この一劃からだけ人間がいなくなったと言うことは、ここが何かの危険に曝されているためなのか。

俺は人影を求めて、また一目散に走り出した。妙に静まり返った劇場街に俺の靴音が跳返り、誰かが追ってでもくるような気がした。走りながら、通り返った様子がすこし変だとは感じていたが、通りについて一息入れるとすぐ、何が妙なのか、はっきりわかった。

全部の人間が日比谷を背にして歩いているのだ。日曜でもこんなに人の出ることはない。今までに見たこともないような人の波が、揃いも揃って尾張町の方向に歩いて行く。まるでデモのようだ。

いつもなら食堂の前で何を食おうかと考えている奴や、買いもしないのに洋品屋の飾窓を覗き込んでいる奴がいて、歩道の人波はどうしても乱れるものなのだが、今日はまるで違っていた。

立ち止る奴も、逆の方向に歩いている奴もいない。全部の人間が、一定の速度でまっすぐに歩いている。俺は何が起ったのかよく見ようと思って、人波をかきわけて車道へ出た。

眼の届く限りの人波は正確に尾張町の方へ進んでいる。もっと奇妙なことは、車という車が全部停まりだしたことだ。駐車禁止の黄色いペンキを塗った舗道の端にでも、交叉点の停止線にでも、所かまわず停めると、乗っていた者は車を棄ててそのまま人の列に加わり始めた。振り返ると日比谷の方の車はまだ動いていて、こちらへ向って走って来る。

しかし桜田門へ向う車は全部停まってしまっている。暫くすると、車は一切、日比谷の交叉点からこちら側へ入って来ないことがわかった。だから車はどんどん桜田門の方へ詰まって行き、見る間に車の列が伸びていった。

俺は交叉点で警官が車を堰き止めているものだとばかり思っていたが、いくら見ても整理する警官は見当らなかった。

そこここに空っぽの都電が停まっていたし、どの商店にも客はおろか店員一人いない有様だった。そして街路には、いたるところから吐き出された男女が、真一文字に歩いているだけだった。

まったく無表情なのがいるかと思えば、まるで嬉しくて仕方がないような顔をしている者もいる。誰もかれもが一様に背筋をしゃんと伸ばして歩いていた。薄気味悪いことに、誰もお互いに口をきこうとはしない。

いつもの都会の騒音——電車の音、自動車の音、話し声のすべてが、ぴたりと静まりかえって、ただ耳に入るのは街を行進する群衆の足音と、広告塔から聞える音楽だけだった。それもすぐにレコードの空転する雑音にかわる。そして群衆の歩く両側にそって、ハンドバッグや男物の皮鞄、ハトロン紙や商店の包装紙につつまれた品物が、ごみのように放り出されて散乱しはじめた。

群衆の歩調は相当早く、疎らになったかと思うとすぐまた押し合うように大勢の人間がやって来た。その中に警官の一団をみつけたので、俺は事情を聞いてみようとした。

足早やに進む警官の一人に歩調を合わせながら、

「何があったのですか。それとも何かあるんですか」

と訊ねると、彼はまるで摑みどころのない表情で俺をちらりと眺め、

「早く行かないとあとがつかえる」

と言ったきり、また前を向いてしまった。俺はもう一人の警官をつかまえ、今度はしつこく食い下った。

「みんなどこへ行くんですか。いったい何が起ったのです」

警官は知らん顔だった。俺は制服の袖を摑むと人の列の外へ引っ張って行こうとした。

すると突然、警官は憤りをありありと顔に出して俺を突き飛ばした。俺は時計屋の飾窓にいやというほど背中をぶつけ窓のガラスがびっくりするほど大きな音をたてて割れた。

それなのに、誰も俺を見向きもしない！　俺はもう我慢できなかった。人波を避けて細い

横丁へはいると、眼の前を歩いて行く人間を眺めながら、この異常な事態の真相を探るべく作戦をたてた。

歩いている人間は、皆自分がどこに行こうとしているのか知っているのだ。しかも急いでいる。俺がしつっこく訊ねても教えてくれないのはなぜだか判らないが、とにかく歩く邪魔をすると彼等はひどく腹を立てる。強そうな奴では今のように喧嘩になってしまうから、弱そうな誰かを列から引き留めて、無理にでも聞くしかない。

そうだ、子供が良い。中学生ぐらいならわけの判った返事をしてくれるだろう。そのくらいの子供なら抱えて逃げることもできる。

俺は考えをまとめると、なるべく怪しまれないように群衆の中へ飛び込んで一緒に歩き出した。

数寄屋橋の近くまでそうやって行くと、よそ行きの服を着て大きなリボンをつけた女の子が見つかった。小走りに近寄ってさっと抱えあげ、夢中で角の百貨店へとび込み、店の中を通り抜けて別の出口から人気のない裏通りへ脱け出した。母親らしいのが追って来たような気がしたが、俺はすぐ返してやるつもりだった。

手近の誰もいない喫茶店へ逃げ込むと女の子を降ろした。女の子はびっくりしたらしく、泣きもせずポカンとしていた。

「お願いだからおじさんに教えてくれよ。どこへ行こうとしていたの」

女の子は助手がしていたように築地のほうを指で示した。

「何があるの」

「待っているのよ」

「何が……」

俺はもどかしい思いを懸命にこらえて、できるだけ優しく訊ねた。

「ねえ、何が待っているの。どうして待っているのが判ったの」

「聞えるんですもの……」

「何と言っているの」

女の子はまた黙ってしまったが、俺には彼女が言葉に表わそうと骨を折っているのが判ったので、そのまま彼女の言葉を待った。女の子の顔はだんだん泣き出しそうになり、しまいに声をあげて泣き出した。

俺はがっかりして女の子を母親に返すことにした。ところがさっきの百貨店へ行って見ると誰もいなかった。それなのに女の子は母親を探そうともせず、人の列に加わって歩き出したので、俺は責任を感じた。そして、この子の母親を探しながら、この列がどこまで続いているか見極めてやろうと思った。

銀座四丁目を過ぎ、三原橋の交叉点を渡るとますます人の列は膨れ上り、歩道も車道も人間で埋まった。俺は用心して道の一番端を、女の子の手を引きながら歩いて行った。

しかし築地の交叉点を過ぎた時、俺の忍耐力も限界に来てしまった。小さな橋の上から眺めると、人の波は勝鬨橋を越えてずっと続いているのが判ったからだ。

俺は何かの本で、レミングという鼠が繁殖しすぎると、集団で大行進を起しついには海中へ入ってしまうという話を読んだのを思い出した。

その時はじめて、狂っているのはこの大群衆で、自分は正常なのだと言う自信を持った。このまま行けば、行進は海の中へ入ってしまいかねないからだ。

俺は女の子の手を離すと、列から離れて迷路のような魚市場の露地へさまよい込んだ。生臭い商品が所狭しと並んでいる露地の中で、俺はどうしたらこの群衆のいきつくところを安全に見れるかと考えた。そして、そう思いつくと、是が非でもそこへ行ってやろうと思った。

2

人の流れを横切るために、橋の下を小舟で潜り抜けたり、人のいない脇道を選んで遠廻りしながら、一時間もかかって晴海のアパートへ辿りついた時にはガックリしてしまった。途中で無断拝借してきた自転車をアパートの前に放り出すと、俺はまっすぐ屋上へ登った。このアパートも、思った通り人っ子一人いなかった。

俺は息をのんだ。生まれてからこんな淋しい光景を眺めたことはなかった。

ずっと右手の濁った海の上に、信じられないほど大きな半球が浮んでいて、波のない穏やかな水の上に、陸からその半球まで、広い橋が帯のようにつながり、群衆の行進はその半球がポッカリ開いた穴窟のような入口に呑み込まれて終っていた。

その半球をよく見ると、それは完全に円いのではなく、頂上が少し削られて、その上に小さな建物のような物がのっていた。

俺は間断なく半球に呑み込まれる人間の列を、一時間ばかり馬鹿のように眺めていた。あまりの淋しさに魂が抜けたようになっていたのだ。

この東京に勝手気儘にひしめいていた人間。山手線に乗り、自動車で、バスで。デパートでうろつき、劇場の前で、レストランの中で、横断歩道の赤い灯を見つめて——。

そうした俺と同じ奴等が、急に何かを聞きつけてぞろぞろとこの海辺に集まり、あの馬鹿でかい球の中に自から進んで入って行く。

ついさっきまで俺と同じ人間だと思って安心していた奴等が、俺には理解できない行動を起しているのだ。それも五人や十人ではない。ありとあらゆる人間がだ。俺は急に奴等と意思の通じない人間になってしまったのだ。

……橋の上の人間の列が急に切れた。半球が入口を閉じて動き出したのだった。すーっと浮いた。舞い上る。完全な球体だ……。

俺は手をかざしてゆっくり上昇する球を見上げた。巨大な鉛色の球体だった。次の瞬間思わず俺は眼を閉じた。

巨大な球が橙色に強く光り輝いて急に走り出したからだ。閉じた網膜に橙色をした楕円形の巨大な映像が焼きついた。

恐る恐る眼をあけると、橙色の球はなくなっていて、さっきのところに同じような半球が口をあけており、再び橋を群衆が渡りはじめていた。

俺は打ちひしがれた気持で、とぼとぼとアパートの階段を降り、自転車のハンドルを立て直すと、人のいない道を、ゆっくり銀座に向って走り出した。俺の脳はあまりにも巨大な疑問に答える術もなくなっていた。鉛色の球体の正体が何なのかも、考えなかった。

あれが全部でないはずだ。全部いなくなるはずはない。現に俺のようなごく平凡な人間がここに残っているではないか。平凡ということは、いちばん数が多いということだ。俺といっしょにこの事件を考えてくれる人間がどこかにいるはずだ。

俺は自分の平凡さに自信があった。そんな平凡な人間が取りのこされることは絶対にないのだ。不景気からも、地震のような災害からも、戦争からも……。大きな事件には何だって人並みに巻き込まれてきた。とすると、今歩いて行く奴等はきっと特別な人間達なのだろう。そうだ、特別な奴等なのだ。確かに群衆には違いないが、あれでもこの大東京の人口の何分の一かにも当らないのだろう。

俺はなんとなく自分の考えを正しいと決め、無理に納得した。そうせずにはいられなかった。自分がごく平凡な人間であることがこれほど頼もしく感じられたことはなかった。俺は当り前なのだ。だから一番大勢の人間と同じ運命を担っている。仮りに東京中の人間があの球に乗ってどこか遠いところへ行ってしまったとしても、すぐ東京は人で溢れるようになるに違いない。

今起きている事件は確かに大事件で、明日になって他の土地の人間がこれを知ったとしたら、天地がひっくり返るほどの大騒ぎになるだろう。ひょっとすると東京は大混乱を起すかもしれない。そして、いつものように要領のよい奴が大儲けをするのだ。もしかすると俺は目撃者として、週刊誌あたりに写真がのるかもしれない。その時、あの光景を何と描写しよう。

俺はいつの間にか銀座に近づいていた。デパートの上の赤い旗を見上げながら、胸がドキドキしだした。

……待てよ。俺だってこのドサクサに紛れて一財産作れるのではないだろうか……。俺は自転車のペダルに力を入れると、一番近いデパート目ざして全速力で走り出した。

案の定、デパートには誰もいなかった。今となってはこの界隈に人っ子一人いないことは決定的な事実なのだ。俺は一階の鞄売場へ行くと、棚から一番大きな鞄をひきずり出した。その勢いで大小の鞄が大きな音をたてて転がり落ちたので、俺は思わずあたりを見廻した。ゴトゴト音をたてているエスカレーターに乗ると、人気のないデパートの中をぐんぐん登って行った。

宝石、時計、カメラと山積みのフィルム。トランジスター・ラジオ。ワイシャツや肌着。猟銃と弾薬……。どれもこれも俺が夢に描いていた物ばかりだった。正札の一番高い物ばかりを鞄につめ込んだ。

小一時間もデパートの中にいただろうか。出てきた俺をもし知っている奴が見たらどう思ったろう。上から下まで新品で、靴も背広もパリッとしていた。

ワイシャツのカフス釦は純金だし、ネクタイピンにはダイヤの粒が光っている。胸には最高級の万年筆がさし込んであり、口には高価な葉巻きがあった。肩に銃をかけ、大きな鞄をぶら下げているのは少し珍妙かもしれないが。

さてそうやって見ると、我ながらおかしいことに行先きに困ってしまった。まだ続いている人の波を見ながら、俺はその方角から見えないように鞄をおろし、その上に腰かけた。

劇場に戻っても仕方がないし、家へ帰るにも電車が停っていた。第一凄く腹が減りだした。どこへ行っても人間がいないのでは仕方がないし、家へ帰って見たところで、どうにかなるとは思えなかった。兄弟は一人も東京にいないし、近くには心配になる知り合いもいなかった。

そうだ、どうせ誰もいないなら劇場の傍のホテルを占領してやれ。それも最高級の部屋だ。料理場を探せば食う物はいくらでもあるはずだ。酒だってあるだろう。

俺は鞄を持ちあげると、向うの交叉点を渡っている群衆の誰にも気づかれないように、一気に通りを突っ切った。しかし、どうにも鞄の重いのが気に入らない。車に乗ろう。

車はいくらでもあった。そばにシボレーがある。鍵も差し込んだままだ。免許証は家に置いて来てしまったが、必要はあるまいと思われた。

俺は、両側に停まっている車の間を、ゆっくりとホテルに向った。

ホテルに着くと、部屋を物色した末、一番良さそうな部屋で鞄を投げ出した。窓をあけてベッドにひっくり返って見たがどうも落ちつかない。起き上ると、食堂へ降りて行った。

食堂のテーブルのそこここに食べかけの料理が散らばり、食事をしていた人間がそのまま出て行ったことをしめしていた。調理室のドアの中は、客に出すばかりになったのや、盛りつけの途中で止めた皿が並んでいた。俺は手当り次第にそれらを腹につめ込んだ。

腹が一杯になると、俺はロビーにあるふかふかのソファーに身を沈めて葉巻きをつけ、これからどうしようか、と考えた。自分でも意外なくらい度胸が坐ってきた。

この騒ぎが収まれば、こんなところにふんぞり返っていることなど、できはしないのだ。しかし、俺がこの騒ぎにうまく大金を摑めばそれも夢でなくなる。

俺があの連中にまき込まれなかったのは、もしかすると一生一度の大幸運なのかもしれない。街には誰一人いないのだ。デパートも、ホテルも。……銀行だって……。

俺は途端に飛びあがると、無断で占領した部屋へ駆け上った。自分でもよく判らないほど昂奮していて、とにかく降りてきた時には猟銃に弾をこめ、空の皮鞄をさげてハンチングをかぶり、皮手袋をはめ、おまけにネッカチーフを首にまいていた。

車をホテルのすぐ傍にある銀行の前に、エンジンをかけ放しにして停めると、ネッカチーフで顔を隠して、恐る恐る銀行の重い扉を押した。……やっぱり誰もいなかった。

今にも破裂しそうな心臓を押えながら、手当り次第に紙幣を鞄に詰め込んだ俺は、車に乗ると次の銀行に向った。

五つばかりの銀行を廻ると、厭というほど金持になった。俺は、ホテルに着くと食堂の脇のバーに寄り、ウィスキーを一瓶持ち出して部屋へ帰った。

もう俺は犯罪者になったのだ。追われる身なのだ。さぞ嫌な感じがするだろうと思って、気をまぎらすためにウィスキーを持ってきたのだが、さて飲む段になるとさっぱり追われる気分にはなれなかった。追われている実感が湧いてこないのだ。なにしろこの街には俺のほかには誰ひとりいないのだから。

そう考えると、今度は次第に虚しい気分になって、やっと酒をそれらしく飲めるようになった。

薄暗くなったので電気を点けた。電灯はついた。すると電気関係の人間はまだ働いているのか？　だが電気は自動制御だろうから、それも証拠にはならない。

俺はだんだん暗くなる空を見ながらウィスキーを飲み続けた。もともと弱いほうではないが、今日は馬鹿に酔いが廻らなかった。飲みつくして、また一本、暗い階段を降りて取ってきた。

廊下やロビーは暗かったが、スイッチの所在がわからなかった。

二本目をあけるとさすがに酔いがまわって、妙に気分が昂揚してきた。銃をかかえて屋上へ行って見ると、街に点々とネオンが輝いている。自動点滅装置のためだろう。人は相変らず続いているらしかった。

「おーい」

俺はその方向に怒鳴った。

「どこへ行こうと言うんだ……どこへ行っちまうんだ、馬鹿野郎。どいつもこいつも気が狂いやがったのか」

ありったけの声でどなると、一気にアルコールが廻ってかっと身体中が熱くなった。

「俺は狂っちゃいねえぞ」

そうだ。俺は当り前なのだ。

「俺は行かない。俺は当り前なんだ」

俺は平凡な男だ。生まれてこのかた、一度も特別な人間だと思ったことはないのだ。

「お前等は特別なんだ」

酔いが廻って、自分がどこにいるのかもはっきりしなかった。

「特別なんだ。だから行っちまうんだ。別誂えの大馬鹿野郎ども……」

おふくろも、おやじも、俺たちはみんな平凡だった。だから貧乏で、苦労して……。

「俺は金持だぞ。紙幣の中で寝るんだ」

息が切れた。俺は喚くかわりに銃を夜空に向けて引き金を引いた。案外簡単に弾が飛び出して、物凄い音といっしょに右の肩が棒で撲られたようにしびれた。耳はなる、肩は痛いで、俺はすっかり閉口して、よろめきながら部屋へ戻った。

そのままベッドに倒れ込んだのは知っているが、いつ睡ったのか気がつかなかった。顔を照らす陽の光で目を覚ました。

ひどい二日酔いでふらふらしたが、我慢してホテルの外へ出た。見慣れた劇場街が何もなかったように明るい太陽に照らされていて、昨日の出来事が悪夢のように思い出された。だが、夢でなかった証拠に、街路には依然として人影がなかった。

あけ放たれた劇場を何とも言えない気持で覗き込みながら通りすぎると、きのうあの大群衆が行進していた電車通りへ向った。

俺の足音以外はパタパタと鳴るジュース・スタンドの日除けテントと、風に押されてわずかに開閉する喫茶店のドアの軋む音だけだ。そんな街を、俺は自分の災難を確かめに行くような気持で、ゆっくり電車通りへ出て行った。

いっそのこと、爽快な眺めとでも言ってしまおうか。右も左も、すべてが静止した街路はまるで見知らぬ街のようだ。深夜にはよくこれと似た光景を見たものだったが、真っ昼間の太陽の下で見る人っ子一人いない街は、夜中のような情感も漂っていず、やたらにドライで、やたらに乱雑で、そして空虚だった。

道路は、行進して行った人々が投げ棄てた雑多な品物でゴタゴタしていた。人のいない街を吹き抜ける風が、新聞紙を時折舞い上げた。その時になって初めて、取り残されたのではないかという真の恐怖を感じだした。

きのうはとにかくまだ人間がいた。ところが今日は、まったく一人も見えないのだ。東京の他の町はどうなったのだろう？　突然心配になって、俺は急いでホテルへ引きかえした。用心のため、銃を車に入れると、まず新宿のほうへ車を走らせた。

警視庁の建物の反対側で車を停めた俺は、建物の入口を注意深く観察した。人の出入りがまったくないのを確かめると車を正面につけ、恐る恐る中へ入って行った。結局ここにも人間はいなかった。俺は両手に拳銃のついたベルトを二本ずつぶら下げて、車へ戻った。誰もいないとなると、自分は自分で守らねばならない。武器を持っていることは、それだけ安全だということだ。

それからは、ただもう、東京中を走りまわった。行けども行けども人の気配はなく、眼につく生き物と言えば犬と猫と、ときおり見かけた牛や馬だけだった。

方々で火災が起きていた。商店街からも住宅地からも煙が昇っているのが見えた。電気はいつの間にかとまっていたが、ガスや水道はまだ出ている。このまま放置すれば、東京中が焼け野原になる心配もある。が、俺ひとりではどうなるものでもないのだ。

車を走らせながら、今日はすっかり冷静になっているのを意識した、と同時に、きのうの俺の狼狽振りが思い出されて、我ながらはずかしくなった。東京中が無人になったということは、日本中が同じだと言うことかもしれない。きのうの朝刊に出ていたあの記事は、多分これと同じことだったのだろう。

船や航空機の行方不明も同じ原因からとしか思えない。そうなれば、俺は一生ひとりで生きて行かねばならない。とにかく生きのびること。それが俺の目的だ。幸い無人島へ漂着したわけではなく、このマンモス・シティ東京を、俺ひとりが占有しているのだから、物に困るということはない。

車はどこにでもゴロゴロしているし、ガソリンスタンドも無数にある。たくさんの飼犬が野犬化すると、俺ひとりではちょっと危険かも知れないが、まだ当分の間は奴等もおとなしい筈だ。

そんなことを考えながら走っていると、この誰もいない町並みの中に、ひとつの奇妙な傾向があるのに気づいた。

ある通りには殆んど車がなく、ある道路には蜒々として車の列が続いているのだ。俺は車の密度の高い方へ、高い方へと行って見た。一定のところまで来ると、赤信号にでくわしたように、車はそれから先きはふっつりと減って、投げ出された品物が道路の脇に散乱していた。

それを見てすぐに、俺はそれが何を意味するのかをさとった。行進の跡なのだ。だから、その先きには必ずあの行列を呑み込む巨大な球体が口をあけて居たはずなのだ。

さらに進むと、その通りは必ず大きな公園や競技場のような空き地につき当っていた。そして巨大な半球状に窪んだ土が、そこにあの鉛色から橙色に変る球が鎮座していたことをはっきりと示していた。……あれは何カ所にも舞い降りて来たのだ。そしてみんな連れて行ってしまった。

電気学校を卒業してこのかた、俺は兄弟とも逢っていなかったし、両親もとうに死んでしまっていた。親友というものも格別にこしらえなかった。誰とも通り一遍のつき合いしかして来なかったから、急に人が見えなくなっても、自分で考えているより淋しがっていないのかもしれなかった。

現に、こうして無人の街を走っていても普段と同じだ。むしろ、人がぞろぞろ歩いていれば、俺にとっては邪魔なだけではなかったろうか。

また火事の煙が見えてきた。

そうなのだ。赤の他人がいくらいたところで、俺はひとりぼっちだった。彼等は存在しているだけで、結局俺は以前から今のようにひとりきりだったのだ。

とすれば、今の状態の方がずっと自由だ。人間が無数にいた時は、街角に腰を降してひとやすみするのも、ままならなかった。木の葉一枚草一本にも持ち主があり、水を飲むにも横になって体をやすめるのにも他人の許しが必要だった。考えてみれば、この状態のほうが自然なのかもしれない。

今度の火事はひどかった。数十軒の家が一団となって燃えあがっている。

俺は燃え上る煙と炎の渦をながめながら、もうホテルへ帰ろうと思った。人間にも鳩のような帰巣本能があるのだろうか。こうなったら東京中のどの家に入って寝ても同じことだろうに。

そこからUターンしてしばらく、急に腹の減っているのに気付いた。俺は通りがかりの小綺麗な家を見つけて車を降りると、食堂の調理室の冷蔵庫からハムやソーセージを見つけて食った。二日酔いもどうやら収まっていた。

食いながらふと気がついた。このままでは、やがて、生の肉類を手に入れるのも困難になる。

食事を済ませた俺は外へ出て附近の商店を物色した。すぐ近くに目的の電気屋が見つかったので、ゆうべ不便をした懐中電灯を取り、電池のたくさんはいった箱をかかえて電気屋を出た。そのとき、隣りの洋品屋の飾窓にカーキ色の作業服を着たマネキン人形が立っていたので、俺はふとその前で考えこんだ。

自分の服を眺め廻した俺は思わず声をたてて笑ってしまった。人が見てもいないのに、シャレた紳士ぶりが滑稽だったのだ。苦笑からはじまった哄笑は、やけっぱちな虚しい笑いに変って、俺は、ゲラゲラ笑いながら背広を脱ぎ棄てると店へはいって人形をひきずり出し、カーキ色の作業服に着換えた。ついでに防水加工をした同じ色の上着も持って出た。

車に荷物を放り込むと、今度は食堂の隣りの靴屋にはいって、俺にぴったりの半長靴を履いて車に乗った。車の中で警視庁から頂いてきたガンベルトを腰にまく。まるで安物の西部劇スターといったスタイルだった。

赤坂見附附近まで戻って来た時、屋根にスピーカーをつけたパトロールカーがあるのに気がついた。俺はことさら乱暴にその傍へ車を停めた。

警察の車だから手入れの悪かろうはずはなかった。スピーカーがあれば人間をみつけたとき役にたつ。投光器もあるし無線もある。……俺は荷物を積み替えると、パトロールカーのサイレンのボタンを押してみた。

走り出した車の甲高いサイレンの音が、空虚な街に鳴り響いて青空に消えて行った。俺を避けてでもいるように、道路の脇にはたくさんの車が停まっていて、通り過ぎたら動き出すのではないかという錯覚に捉われた。

いかにも客待ち顔の商店や、今にもネクタイをきちんと締めたサラリーマンが出て来そうなビルを眺めていると、誰もいないのが嘘のような気がして、再び虚ろな気分に襲われサイレンを止めた。

長く、次第に低く消えて行くサイレンを聞きながらハンドルを握っていたとき、俺は思わずアッと叫んでブレーキを力一杯蹴った。

右側の建物の玄関の植込みの蔭に、真っ白な着物を着た幽霊のような者を見たのだ。俺は息を呑んでそれをみつめた。

それはまるで宙に浮いているかのようにフワフワとした足取りで、はっきり俺の視線の中へはいって来る。こちらに向って両手をあげ、何か叫んだと思うと、短い石の階段を転がり落ちて鋪道に倒れた。

俺はそれが倒れる瞬間に、はっきりと人間であることを認めた。俺はドアをあけるのももどかしく、そのほうに駆け寄った。

……人間がいた。残っていた。俺ひとりではなかった。口に出してそう言ったかも知れない。頭の中で考えただけかもしれない。

それは男だった。活気のまるでない蒼白い顔。男は、俺が助け起しても動かなかった。

「どうしたんだ。しっかりしろ。なぜ残っていたんだ。誰なんだ」

俺は矢継ぎ早やに言った。男は両手をだらりと下げ、首の力を抜いて、顔を雲ひとつない青空に向け、俺の腕に抱かれていた。

落ちついてくると、どうやら事態を呑み込むことができた。男は病人なのだ。彼の出てきた建物は病院だった。着ている物は、手術する時に着せるあの白い布だった。腹部は流れ出した血で赫く染まっているし、もう黒ずんでいる部分もある。

ちょうどあのとき手術中だったのだろう。重病人らしいのが背負われて行くのを見たが、この男は死んだものとして見棄てられたにちがいない。ところが、腹を切り開かれたままで奇蹟的に生きていたのだ。

意識が戻ってもどうしようもなかったに違いない。そして今サイレンが聞えた。男は助けを求めに、恐ろしいほどの生への執着を振りしぼってよろめき出たのだ。男は見るまに冷たくなっていった。

俺は肉身の臨終を看取るような悲しい思いで、腕の中の男を鋪道に横たえた。恐怖と焦燥と、つかの間の希望をありありと映し出したその死顔を、俺はじっと見つめた。

悲しかった。むやみと悲しかった。昨日までは数知れぬ人間のいたこの東京の街々を、今日は一日がかりで人間を求めて走り廻った挙句、やっとめぐり会った男は眼の前で死んでしまったのだ。彼は希望のサイレンを耳にして死んで行ったが、俺は孤独と絶望の中で生きてゆかねばならない……。

「畜生、畜生、畜生」

ひざまずいて男の死顔を見ている内に、口惜しさと、不可解への焦りと、未知への恐怖と、孤独の悲しみとの入り混った狂暴な憤怒に襲われて、四角く並んだ鋪道の敷石を両の拳で力一杯打ち続けた。涙は止めどもなくしたたり落ち、白く乾いた石の上に黒い点がぽつりぽつりと増えた。それが涙に滲んで見えなくなった。

きのうからできた東京というこの巨大な廃墟にはりめぐらされた電線を渡る風の音が、細く、鋭く鳴っていた。

3

あの見知らぬ男を埋葬してから、一ヵ月たった。

人々が帰って来るかもしれないという、儚い希望を、もうとうの昔に棄ててしまった。来る日も来る日も、俺は人々がどこへ行ってしまったのか、なぜ行ってしまったのかという疑問の答を探し続けた。無意味な探究は俺を疲れさせ、俺は痩せ細っていった。

住宅地の方へ行くと、犬がかなり大きな集団でうろついていた。方々に大きな焼跡ができているし、何よりも鼠が横着になったのがめだった。

空の色が変って来た。まるで高原の空のように青く澄んで、天気さえ良ければ、いつでも富士山が眺められる。方々の川の水も澄んできた。この事実から、俺は人間がどれほど自然をそこねてきたか、今になって思い知らされた思いだった。

気温さえ今までより低かった。疑問に対する解答は、いまだに見つからなかったが、やがて、俺は一縷の希望を見出していた。俺がここにこうしているということはつまり、人間がひとりもいなくなったのではないということなのだ。俺がいるということは、どこかで誰かが同じように取り残されていなければならないということだ。俺ひとりが例外である確率よりも、大阪や横浜や、仙台やその他にも誰かがいる確率のほうが、ずっと高いはずだった。

ひょっとすると、東京のどこかにさえいるかもしれない……。俺はそれを信じた。だから最善を尽して、他の人間と連絡できるように手を打った。

一番先きにしたことは、電気をもう一度ホテルに通じさせることだった。変電所や発電所は手に負えなかったが、隣りの劇場に自家発電の装置があった。それならお手のものなのだ。焼き切れたら、修理はちょっとむずかしいが、そのかわり、近くに幾つでも劇場がある。

俺は街で電線をしこたま見つけてきてホテルの必要な所へ配線し、燃料を劇場の前へ山積みすると、発電機のスイッチを入れて、ホテルに電気を送りこんだ。

冷えたビールにも事欠かなくなった。劇場の照明灯をホテルの屋上に持ち上げ、そこら中の自動車のバッテリーを外して充電すると、緊急用の投光器を作った。

目黒の俺のアパートの大家の息子が、アマチュア無線家だったのを思い出して、無線機を取ってきて、ホテルのロビーに据えつけた。そのほか、できるだけ多くの受信機を持ち込んでいろいろな波長にセットすると、どれに電波が入っても、パトロールカーから外したサイレンが鳴り出すようにした。

　警視庁から信号弾を取ってきて用意したし、東京の要所要所の交叉点へ行って、俺のいどころを、赤ペンキで道路にデカデカと書いてきた。放送局へも行って見たが、これは仕掛が大きすぎて、俺の手には負えなかった。

　水道は水が悪くなって使い物にならないが、幸いホテルには井戸があって、自動ポンプがついていた。煙草も酒も無尽蔵だし、探せば無い物はなかった。ただ、新鮮な野菜だけが例外だった。用心のため総合ビタミン剤を薬屋からもってきて服んだ。

　洗濯は一度もしなかった。汚れれば新品と取り換えるだけだ。退屈したり、気が滅入ったりすると、銃を撃ったり、ボリュームを最大にして、両側の劇場の二階に置いたスピーカーから流れ出るステレオを楽しんだりした。

　一度、かなり大きな地震があって、俺は人間のいなくなった地球に最後が訪れたのかと思い、縮み上ってしまった。あとで考えて見れば、それくらいの地震は時々あったし、家の中で平気な顔をしていたものだったのに。

　こうして、とにもかくにも俺は生きている。この分だと、まだ当分は大丈夫だ。

　俺はたった今、パトロールから帰って来た。パトカーで東京の街を毎日少しずつ、徹底的に廻っているのだ。おかげで最初のパトカーは故障してしまい、今使っているのは二台目だ。もちろん、あの死んだ男に逢った時のように、サイレンを鳴らしながら走るのだ。

俺はどこかに人間が残っていることを信じている。しかし、心の底には、もしかするといないかもしれない、という怖れが、いつまでもこびりついて離れない。これを大きく育ててしまうのは、とても危険だと思う。だれもいなくなった後の俺にとって、最大の敵はそれなのだ。月を眺めていたりする時、その敵が不意に膨れ上って、俺に襲いかかりそうなことが、この頃はよくあるのだ。

食物を求めて働かねばならないのだったら、太古の人間がそうであったように、それだけが生活と目的となり、仲間のない淋しさも、もっと楽になったのかもしれないのだ。俺はあまりにもたくさんの物を持ちすぎている。

機械いじりに疲れた俺は、ロビーに置いたレコードプレイヤーへ行って、今日街から持って来たステレオをかけ、中庭の芝生に横になった。スピーカーは、この位置で聴くようにセットしてあるのだ。

ベートーベンだった。美しい音の洪水に魂を漂わせていると、いつの間にか涙が溢れ、俺はそれに溺れた。

可憐な娘が恋をしていた。希望に溢れた学生が、画家が、小説家が、俳優が、それぞれの目的をもってこの東京に生きていた。

都電の車掌も、パチンコ屋の景品買いも、生意気なバーテンダーも。それぞれがそれぞれの生活を守って一生懸命だった。

親と子が、兄と妹が、先生と生徒が、毎日を親し気な顔で共にしていた。それが今はどこにいるのだ。あの気狂いじみた行進さえなかったら、彼らは今もこの東京を歩きまわり、野球場で歓声を挙げ、ボクシングのテレビに体を堅くし、酒場で恋を悦しんでいただろうに。

彼等の愛した犬は、汚れ切った野良犬になり、笑い声の響いた茶の間には、むなしい風が吹き抜けている。着換えも持たず、すべてを放り出していったいどうして生きているのだ。地球のどこかに、彼等の死体の山が築かれているのではないだろうか。

俺はふと神を思った。人間がひとりもいなくなって、神様はどうしていらっしゃるのだ？　そう思うと、おかしくなった。そして気づいた。俺は何となく神があるような気がしていたのだ。あれがやはり人間の造り出したものだとすれば、もちろん人間の消滅と同時に、あれも消えてしまったはずだ。

しかし、もし神が在ったならば、無人のこの地球をなんと見るだろうか？　もちろん解答はどこからもやってこなかった。そのかわりに、もし神が在ったなら、なぜ俺一人を残していったのか。全人類をとり除いて一人を残すとすれば、神は人格者を残したろうに。

俺はいたって平凡な人間だから、行いすました人格者などにはとてもなれるはずもなかった。その証拠に、誰もいなくなりかけたあの日、すでに手当り次第に盗みを働いた。人にみつかる可能性がなくて、自分が得をする事だったら、どうしてもせずにはいられない、そんな根性の持ち主なのだ。

結局俺は平凡すぎて、神にも科学にも平等に義理をたててしまう。科学だけではないような気もするし、神があるとも信じられない。本当の事を言えば、神を信じたほうがこの際気が楽なのだ。少くとも現実を、鋼鉄を齧るように味わわされるよりは。

俺はどうにもやり切れなくなって起き上ると、空へ向けて叫んでみた。

「おーい……」

「誰もいないのか……」

「俺ひとりなのか……」

「返事をしろ……」

俺が怖れているように、世界中の人間が消えてしまい、そして本当に神があったとしたら、神は誰に気兼ねもなく俺の前へ現われてくれても良さそうな気がした。……そうしたら信じただろう。

だがそれはやはり現われず、何とも理由のつけにくい涙が俺の視界を滲ませるだけだった。判っていることは、すべてがむなしいということだけだ。パトロールも、赤ペンキの字も、音楽も、何もかも。

俺の声を聞きつけたのか、この附近には珍らしい十四あまりの犬が、ホテルの入口で警戒気味にうろついていた。

「畜生。お前達の飼い主はどこへ行ったのだ」

俺は犬の群めがけて走り出した。犬達はさっと身を翻すと少し逃げ、俺を遠巻きにして喧ましく吠え出した。今は奴等だけが俺の心の通じる相手だった。

俺は奴等を蹴飛ばしてやろうと追いかけた。敵意でもいいから判ってもらいたかった。犬は適当な間隔を取って俺を避け、見事なチームワークで逆襲しようとする。俺は犬どもに立ち向った。犬が憎かったのではなかった。

　俺を置き去りにした人間に対する怒りかもしれない。人間が狂暴に恋しかったのかもしれない。俺は自分が狂ったのだと思った。狂ってもよかった。生きても、死んでも、そんなことはもうどうでもよかった。すべてが零を指さしていた。人間であるという価値も、部屋一杯の紙幣も、劇場もホテルも電車も公園も。

　俺は拳銃を抜くと犬を狙った。一発……一番大きなのが跳ね上って死んだ。二発……赤毛が一回転すると悲鳴を上げてよろよろと逃げ出した。三発……耳の立ったのがころげまわる。残りの奴等は一目散に劇場街から逃げ出して行った。

　俺は右手の拳銃をみつめた。これが楽にしてくれる……。俺は突っ立ったまま、遠くにいた死を呼び寄せようとしていた。

　人間を求めることそのことが、無意味になっていた。人間を見出し得た次の瞬間から、俺はまたあの些細なことに心を煩わす、ケチ臭い世界へ戻らねばならないのだ。

　人間同士の賞讃や愛が、虚しくないという保証はないのだ。

　俺はまた空を仰いだ。高い建物にさえぎられて四角ばった空に、白い小さな雲がひとつ、ゆっくりと流れていた。俺はぼんやりとその雲の行方を見守っていた。

　その時……。けたたましいサイレンが鳴り響き、俺の頭の中で幾重も谺した。心臓は割れんばかりに膨れ上り、膝の関節はガクガクになって、暫くは動くこともできない。

「何かの故障なのだ。故障したのだ」

自分で自分にそう言い聞かせると、俺はロビーへ走った。絶対に失望させられたくなかった。……人間がいたのか？　いや故障だ。いや故障するはずがない。いや絶対に故障だ……。

期待と不安で、そのわずかの距離が、悪夢の中の道を行くように遠かった。

「生存者いるか、生存者いるか。こちらは第一国道を東上中。只今三田附近。生存者はいるか。生存者……」

喋っているのはロビーに並んだ受信機ではなく、中庭に停めたパトカーのラジオだった。俺は車のドアを開けるのももどかしく、マイクを摑むと一気に喋り出した。

「いるぞ。ここにいる。日比谷だ」

「ああ君だな。道路の字を見た。これから行くところだ」

相手の声は妙に落ちついていた。

「そっちは何人いる。俺はひとりきりだ」

「三十人ほどだ。誰も見つけなかったのか」

「誰もいやしない。いったい何が起こったのだ」

「着いたらゆっくり話そう。危険はないか」

「何もない。ただ、犬に気をつけてくれ」

「大丈夫。武器を持っている。そっちは？」

「俺も持っている」

「お元気ですか」

別な声が割って入った。女だった。

「ええ。そちらは」

「私達もよ。連絡が取れてよかったわね」

女の声は親し気で、本当に俺のいたことを喜んでくれているようだった。

「どこから来たのです」

「私は横浜。大阪からも九州からも来たわ。一号車。これから私達もこの人のところへ行きますか」

「そうしよう。今日はそこへ泊ろう」

最初の声が言った。

「ここはホテルだ。何百人だって泊れるよ」

俺は口をはさんだ。久し振りの人間の声は本当にこころよかった。

「物資は豊富だろうね」

「何だって揃っている。そうだ、ビールを冷やして置こう」

「冷蔵庫があるのか」

「あるとも」

「それはいい。まだ電気が通じているのか」

「劇場の自家発電を使っているんだ」

「なるほど。早くこっちも気がつけばよかったな」

男の声が口惜しそうだったので、俺は得意になった。

「風呂は」

「プロパンガスを使っている」

「君は東京にいてもしあわせだ」

「切るよ。ビールを冷やして乾杯の用意をしとくから」

「どうぞ」

男女の声が重なって言った。俺は調理場へ走り込むと、冷蔵庫に入るだけのビールを突っ込んで二階へ駆け上り部屋の風呂に点火した。もうすぐやって来る人間達を迎えるために、じっとしていられなかった。

レコードをジャズに取り換え、調理場の箒で蜘蛛の巣を払った。外へ出て犬の死骸をマンホールへ蹴込むと、何かすることはないかと見廻した。

地下室で発電機の燃料を補給していると、遠くにサイレンの音がきこえた。俺は大急ぎで仕事を済まし、表へ飛び出した。

パトロールカーが二台、中型のバス、キャデラック、大型トラックが一台。それらがこの劇場街へはいって来るところだった。

なんと形容したらいいだろう。その逞しい自動車の列は、まるで孤立無援の守備隊へ、救援軍が到着したかのようだった。手を振っている人々は、全部初めて見る顔なのに、ひどく懐かしいものに思えた。華やかなジャズの響きにまじるエンジンの音は、今も忘れかねていた、あの人込みの雰囲気を再現させてくれた。

俺は車をホテルの中庭に誘導した。車が停まると、人々は飛び降りて来て俺のまわりをかこんだ。握手で手がいたかった。馬鹿力で背中を叩かれた。頭の毛を掻き廻す奴もいる。俺はありったけの笑顔で、いちいちそれに答えた。

「とにかくおめでとう。我々としても、ひとりでも多くなることは有難い」

初老の、がっしりとした体格の男が、落ちついた威厳のある口調で言った。俺は自然に丁寧な言葉遣いになっていた。

「助かりました。もう少し遅かったら、自殺しかねないところでした」

俺は先頭に立って一同を中へ案内した。十二、三人ほどが女だった。みな若かった。残りの男達もほとんどが若かった。みな活動的で清潔な衣服を身につけているところを見ると、誰でも俺のような考え方をしたらしい。そう言えば、パトロールカーを使っているのまで似ていた。

全員食堂に集まると、俺は女達に手伝ってもらって、ビールと食べ物をくばった。男達は冷えたビールに歓声をあげ、女達も思い思いの飲み物を持ち出して、男達の仲間入りをした。

「あの時もここにいたのか」

「いや、僕はそこの劇場の映写主任だ」

「帝国ホテルをひとり占めしているとは羨ましいな。東京には君ひとりだけなのか」

「どうもそうらしい」

「あれから円盤を見たかい」

「円盤……」

俺は一瞬とまどった。

「人間を連れて行った鉛色の球体だ」

「あれが円盤か」

「そうだ。宇宙人のな」

考えてみないことではなかった。しかし、あのことの原因を、いきなり地球以外の未知の力に結びつけて考えてしまうことが、神を信ずることと同じに、あまりにも安直な解答に思えたので、俺は別な答を探しまわっていたのだった。

「今度の事件は宇宙のどこかに、我々よりすぐれた生物がいるという証拠だ」

初老の男は、年齢的に言っても、風格からいっても当然一同のリーダーだった。

「では、人類は宇宙人に連れ去られたのですか」

「一番納得のいく答だ」

「いったい、何の目的で……」

「分らん……我々が邪魔なのかもしれん。この地球という星が欲しいのかもしれん」

「それなら皆殺しにしてもよかったはずだわ、お父さん」

美しい娘が老人に言った。

「そうだ。だからますます判らんのだよ。標本にして自分の星へ持ち帰るにしては、根こそぎやったのがおかしい。人間は日本からだけではなく、恐らく世界中から、いなくなったのだろう。我々が最後に聞いたニュースから、そのことは推察できる」

俺は話を聞きながら、べつのことを考えていた。久しぶりに人間に逢えたせいばかりでなく、この連中は、好感の持てる人間ばかりだった。人間にはさまざまなタイプがあったが、この三十人ほどの人間は、全部俺の好きなタイプの人間だった。とりわけ秀れても見えず、ごく平凡な感じの人達である。偶然の一致なのだろうか。それとも俺の思い過ごしなのか。

「問題はまだある。なぜ我々が残ったかだ」

全員は静かに老人の言葉を待った。

「あんなに徹底的に人間を駆り集めた宇宙人なるものが、どうして我々を置いて行ったのだろう。我々に共通した因子は何なのだろう。わしは横浜の大学で、哲学を教えていた」

老人は、そう言って一同を眺め廻した。

「僕は映写技師」

「私は学生」

「俺は百姓だ」

「機関手」

「保険の外交員です」

「小学校の教員」

「化粧品店の店員でした」

めいめいが、自分の職業や身分を名乗った。どれも平凡な生活をしていたのだ。

「強いて共通点を探せば、あまり社会的地位のある者はおらんということだな」

老人が言った。俺はそのことに、何か意味がありはしないかと思った。

「何か特殊なものが共通しているために、他の人達のような出世ができなかったのかな」

だが、老人は俺の言葉を無視して続けた。

「不思議なのは我々の年齢だ。わし以外、ほとんどが若い人だ。幼い者はいない。老人もいない。中年もだ……。これにも意味がありそうだ」

食堂の入口のほうにいた、さっき保険の外交員だと名乗った男が言った。

「私らには何か特殊な性質があるのではないでしょうか。能力と言ったらいいか……。ですから、幼い者がいないと言うのは、その能力を持ってはいるが、それを生かしきるほど完成していないためで、中年や老年がいないのは、たくさんの普通の人間と協調して生きて行くため、自分でも知らない間にその能力が取り除かれてしまったか、或いはほかの人と同化してしまったためではないでしょうか」

その男の言葉を聞いていて、俺は各人めいめいが今度の問題を懸命に考えてきたことを感じた。

「どんな能力です。何かほかの人たちにできないことが、私たちにはできるのですか」

黒いシャツに黒のスラックスをはいた女が訊ねた。傍の男がその女の方を向いて、顎をしやくりながら言った。

「ほら、例のあれだよ。君も聞えたと言ったじゃないか」

「みな、だいたいおなじ考えらしいな」

老人はそう言って、椅子の背にもたれかかったが、俺には何のことか、さっぱり判らなかった。

「あれが始まった時、わし達の何人かは誰かが呼んでいるのを聞いた」
四、五人が老人にうなずいて見せた。
「聞いたというより、そう思ったといったほうがぴったりくるわ」

黒シャツの女が答えた。

「テレパシーを、諸君は御存知かな。宇宙人はたしかにあれを使ったのだと思う。ほとんどの者は、その声、いや、テレパシーに服従して円盤に集合したのだと、わしは思う。宇宙人は混乱さえテレパシーで阻止し整理したらしい」

俺はこの仲間の内に、あの時の呼び声というのを聞いた者がいるのを知って、ちょっと意外だった。

「わし等の中にはそのテレパシーを、かすかに感じた者もいるが、服従してしまうほど強くは響かなかった。彼等の命令に対抗し得る、精神的な何かを持っているのかもしれんな」

なるほど、そう言われればある程度納得がいく。俺は生まれて初めて、平凡人ではないという感じを味わった。それと同時に、非凡な人間であるということは、何か今までよりもっと強い相手がどこかに隠れていることを意味しているような気がして不安に襲われた。

「すると、宇宙人という奴は、もう一度残った俺達に害を加えて来る気じゃないのかな」

逞しく日焼けした機関手が、俺の不安を的確に代弁してくれた。老人が大きくうなずいた。

「わし等はめいめい、遠く離れて孤立していた。だがここに集まった者が行動を起した時間は、南の者ほど早いのだ。全く順序よく、九州から東京まで、集まりながらやって来た。実によく連絡が取れている……。

わしは東京から西で、我々の仲間に加わり損なった者はおらんのではないかと思う。つまり、恐ろしいことだが、我々の集まったのも宇宙人の意志ではないかと思うのだ。ここの者以外に生存者はおらんのだ……」

俺は堪りかねて抗議した。

「生存者と呼ぶのは止めて下さい。みんな死んでしまったとは限らないでしょう」

老人は目玉をむいて俺を睨むと、叱るような口調で言った。

「死んだとは思わない。生きた人間が必要だからこそ連れ去ったのだ。だが、この地球から消え失せ、再び戻らん者をどうして生きているといえる。生きているだけで精神が完全に宇宙人に従属した者をどうして人間といえるのだ？」

返す言葉がなかった。

「じゃ、お父さんは、私達がこうして残っているのを、宇宙人はもう気づいているというのね」

娘が整った顔を曇らせて父親に訊ねた。

「そうとしか思えんだろう。あれからひと月。我々が互いに求め合ってここまでたどりついた過程には、あまりにも偶然が重なりすぎている。全部があの時、都市にいたか、またはその直後に都市にやって来て、申し合わせたように警察の無線を利用して仲間と連絡を取っている。最初に動いたのは、福岡にいた先生だ」

入口の近くにいる教員が、深刻な表情でうなずいた。

「先生は、何という理由もなくその日、本州へ向った」

「門司で俺と会ったんですよ。全くの偶然で、道路を歩いていたところを……」

漁船の機関手が言った。

「二人は広島へ行って警察の自動車をみつけ、サイレンを鳴らした」

「戦争が始まったのかと思って、しばらく逃げ廻ってしまったよ」

百姓と名乗った男が、頭を掻きながら答えた。老人は毅然とした態度になって、

「仲間がやって来るまで、誰も自分の土地を動こうとはしなかった。十人くらい集まった時、どこかへ住みつこうと考えてもよかったはずなのに。わし等はそうやって、何かに憑かれたように東京へ進んで来たのだ。そのことで、誰も自分達の行動を理由づけようとはしなかった。変じゃないか。わしは一カ月前の行進も、我々の行動も、同じ意味をもっているのではないかと怖れるのだ。集め残した者を、もう一回ひとところに集めて、連れ去ろうとしているのではないかと」

老人の言葉に耳を澄ませていた俺の頭に、未知への恐怖が急激に拡がっていった。見れば、誰の顔からも、それが読み取れた。

4

寝苦しい晩だった。

頭は異様に冴え返り、昼間の昂奮は朝まで醒めそうになかった。人間にめぐり逢えた嬉しさもあったが、それより、俺はあの老人の言葉が気になっていたのだ。

宇宙人が俺達を連れに来たら、何としてでも抵抗しなければならない。しかし、俺達の武器が彼等に通用するだろうか。いや、役にたつはずがない。俺達は彼等の思いのままになってしまうかもしれない。今だって、ひょっとしたらそうなっているのかも……。

だが、何としても自分の精神は、自分のものにして置きたい。もし最悪の時が来たら、その時こそ俺達は、この地球という星の代表者としての誇りをかけて、銃口を自分達に向けるべきなのだ。彼等のテレパシーから逃げ出す道は、それひとつしかないように思える。

それにしても、彼等はどこからやって来たのだろう。どんな姿をして、何のために俺達を征服しようと企んでいるのだろう。

俺は起き上ると窓を押しあけた。すっかり澄み切って、清潔な自然の香りを取り戻した東京の夜景が微かに肌に当り、青白く冴えた月が輝いていた。

あの小さく光る星のどれかに、連れ去られた人々が生きているのかもしれない。そして今の俺と同じようにして星を眺め、星々の中から故郷を探そうとしているのかもしれない。もう一度地球に帰ることを神に祈っているかもしれない。

どこかの部屋で灯りがつけられ、中庭が急に明るくなった。ノックが聞えたのでドアをあけると、あの老人と娘が緊張した顔で立っていた。

「やっぱりあなたも起されたのね」

娘は俺が起きていたのを知って言った。

「別に……。ただちょっと寝苦しかったものだから」

「誰かに起されたのではないのか」

老人は疑うように念を押す。

「いいえ。第一、誰も来ませんよ」

「それでは、またわし達だけか」

「あの呼び声を、今また聞いたのよ」

娘はおびえていた。

「宇宙人……」

俺は恐る恐る、最悪の言葉を口にした。

「そうだ。やって来たらしい」

俺は急いで服を着ると、拳銃を調べた。

「何をする気だ。そんなものが彼等に通用すると思うのか」

「奴等には駄目でしょう。だが自分は殺せる。奴等に服従しない人間もいることを知らせてやるんだ。僕が自分の意志でなく歩きそうになったら、こうやりますよ」

俺は右手の拳銃を顳顬に当てがった。二人は俺の顔を凝視して動かなかった。

「あなたより、私の方が敗けるのは先きよ。だって、あなたに感じない声が、もう私には聞えてるんですもの」

「きみ、わし等を縛ってくれんか」

老人は意を決したように言った。俺はふたりの顔を見較べて、うなずいた。

階下からドヤドヤと足音がして、老人を呼んでいた。俺がかわりに大声で返事をすると、全員が俺の部屋の前へ集まった。みんな蒼白な表情だった。

「この前の呼び声を聞いた者は、動けぬよう縛ってもらえ。わし等は残された最後の人類だ。人類の名誉にかけて、彼等に屈服してはいけない。祖先の名誉にかけて……」

老人は興奮して、叫ぶように大声で言った。彼は襲いかかる宇宙人の意志と、懸命に闘っている様子だった。ほかの二、三人ももう宇宙人の呼びかけに魅せられたのか、あの、遠くを見る眼つきになって突っ立っている。

最初に宇宙人の呼び声を聞いた六人が紐や電線でそこらへ縛りつけられた。彼等は既に茫然として、老人もその娘も、かたく縛りあげられながら、はるか遠くを見つめていた。

最後に、俺と逞ましい機関手の二人が残った。

「君も縛ろう」

俺はなるべく何気ない顔で彼に言った。

「あんたはどうする気だ。自分じゃ縛れないぞ」

「俺に考えがある。けっきょく誰かが残るんだ」

彼は少したてらってから、階段の四角い柱へ行って寄りかかった。

「逃げられないように、しっかり縛れよ」

機関手は俺が縛っていく手足を動かしてたしかめながら言った。縛り終えた俺は、機関手の正面に椅子を引きずって来て腰をおろした。そこここに、手足を堅く縛られた男女がころがっている。

俺はそれをゆっくりと眺めまわしてから、一挺の拳銃を、縛った電線の間から覗いている、機関手のてのひらに握らせた。

既に半数以上が意識を失っていた。

「俺がほどこうとしたり、どこかへ行こうとしたら、遠慮は要らない、射ち殺してくれ。俺は奴等の声とたたかってみる。もし敗けそうになったら、これで自殺するつもりだが」

俺はもうひとつの拳銃を手にして、奴等の声がきこえるのを待った。過ぎて行く一秒一秒が未知への恐怖に充ちていた。

俺は冷静でいるために、自制心を奮い立たせた。ポケットから煙草を出して火をつけた。

「吸うかい」

俺は眼の前の機関手に言った。

「有難う」

彼はそれきり黙って、俺がくわえさせた煙草を、うまそうにくゆらせた。口を開けば、いっそう恐怖がつのりそうだった。俺も黙りこんで、右手の拳銃を眺めていた。

「解いてくれ。宇宙人は無害なのだ。オイ、大丈夫だからわしを自由にしてくれ……」

老人の声が部屋のなかから聞えた。俺は機関手に目配せして、老人の様子を見に立ち上った。

駄目だ。眼がうつろなのだ。奴等に騙されている。奴等はますます強く呼びかけてきたのだ。

椅子へ戻って機関手の拳銃の射程へ入ろうとした俺は、愕然となった。機関手は、もう煙草を床に落していた。眼は遠くを見つめ、恍惚とした表情だ。とうとう正気でいるのは俺ひとりになってしまった。

「おい。しっかりしろ。敗けちゃいけない」

俺は思わずその体をゆさぶった。彼の手から大きな音をたてて、拳銃が床にころがった。

俺は一瞬、呆然として、落ちた拳銃を眺めた。

大丈夫、俺達は連れて行かれはしない。奴等は悪意を持ってはいないだろう。……俺の頭に、そうした宇宙人への好意が、漠然と浮きあがってきた。

——なぜそんなことが判るのだ？——

俺は自問した。すると、すぐにその答が浮んだ。浮んだというよりは、聞いたというべきなのだろうか。

——信じればよいのだ。君を騙したりしない——

——誰だ。俺は何を考えているんだ——

——われわれは君が宇宙人と呼んでいる者だ——

——みんな連れて行った奴だな。だが、俺だけは敗けないぞ——

俺の頭の中では、自分ともうひとつ別な者の考えが入り混って、まるで誰かと、大声で喋っているようだった。

——無理もないが、とにかく敵意を棄てるのだ——

相手の思考の中には、それだけの意味の外に、ずっと年下の弟に言い聞かせるような温かいものが感じられた。

俺は、その温か味に、かえって戸惑った。

——しっかりしろ。奴等は俺を征服しようとしているのだ。自分を保て。いつもの俺を——

拗ねたような、妙な反抗心が湧きあがり、俺はそう自分を励ました。すると相手の感情が急にきつくなり、突き離すように、

——混乱することはない。君に話があるだけだ。連れていきはしない——

と、いっそう強く、俺の思考に割り込んできた。

――つれて行かないというのか――

――勿論だ。われわれを信用しろ。すぐにすべてを説きあかす――

――どうすればいい？――

――君達と、もっと近くで話がしたい。複雑な内容を、遠くから理解する能力は、まだ君達にはないのだ。仲間を自由にしてやって、ここへ連れて来るんだ。縄を解いて――

ハッと気がつくと、俺はいつの間にか、機関手の縄の結び目に手を掛けていた。

――いけない。奴等の思い通りになる――

俺は思わず二、三歩あとずさりした。

――早く解け。われわれの話を聞きたくないのか。君達に贈り物があるのだ。そう、もっと指に力を入れて――

まるで子供扱いだった。おれは自分の意志を取り戻した。するとまったく奇妙な状態が起った。俺の頭の中で、まるで知らない者ふたりが、勝手にやりとりをはじめたのだ。

――駄目じゃないか。彼等はそれほど子供じゃない。どれ、俺にやらせてみろ――

――騙すのじゃないからよかろう――

――駄目だ。彼は完全に混乱しているんだ。強引でもいいから判らせなければ――

つぎの瞬間、つよい思考の波が押し寄せた。

――縄をほどけ。この強情っぱりめ――

俺はなぐられたようになった。あまりにも圧倒的なその命令に、頭が完全にきかなくなってしまった。

またふっと気を取り戻した時には、もう機関手の縄を、半分ほどきかけていた。

――駄目だ――

俺は絶望し、床に落ちていた拳銃を素早く拾いあげ、こめかみにあてた。

――やめろ。やめるんだ――

思考がさけんだ。

――死なせてくれ。俺が最後の人間だ――

その時、はじめて俺は、積極的に相手に呼びかけた。そんなやり方ははじめてだが、全身の力が頭に集中したようだった。

――その武器を棄てろ。おい、誰か手伝ってくれ。すごく手ごわい――

明らかに相手も全力を挙げているのが判った。さっきの、温かい思考が現われて、相手はふたりがかりになった。

――棄てるんだ、それを。死んではならない――

――くそ、負けないぞ――

俺は指に全身の力を籠め、引き金をひこうとした。

――ザッキ。増幅一杯。奴は死ぬ気だ――

――脳を破壊してしまいますよ――

――いいから増幅しろ、ザッキ――

瞬間、頭が痺れた。

見えない者の意志が、強烈に俺の意志をひき裂いて、右腕はねじ曲ったまま引きさげられ、それにさからう俺の意志が引き金をひいた。

耳をつんざく轟音とともに、俺はうしろの壁にたたきつけられ、床にころがった。自分を取り戻した俺は、ぼんやり自分の太腿から流れ出す血を見ていた。

——さあ、起き上れ。痛くはない——

しばらくして感じたその思考は、微かに悔みの感情を伴っていた。

俺は太腿の激痛に思わず顔をしかめた。

——信じろ。痛くはない。さあ、仲間を自由にしにゆくのだ——

また思考がひびいた。それは暗示だったのかもしれない。思わず動くと、今度は痛みは感じなかった。

何かこう、精一杯撲り合った後のようなさっぱりした気分だった。

——やっと判ってくれたな——

相手はすかさずそう考えた。俺は自発的に機関手の縄を解いた。機関手は嬉しそうに手足をもみほぐすと、すぐにあたりの仲間を解きにかかった。

縄を解かれた者は、手際良く次の者の縄をとき始め、やがて俺達は一団となってホテルを出た。

——よし、彼等が来るぞ。脳波帽をつけて下船しよう——

一度、俺達には無関係なやり取りが、少しはしゃいだ感情といっしょに感じられた。

俺達は誰とも、一度も口をきかなかったが、行先きははっきり判っていた。皇居前の広場へ行くのだ。彼等はそこで待っている。

日比谷の交叉点を渡ると、暗い広場の松の間に、何とも不思議な照明を浴びて、例の球が見えた。この前見たのよりずっと小型だった。

その前に、五人の背の高い、スマートなスタイルの人間が、待っていた。不思議な照明とは月明りほどの明るさで、彼等を中心に、必要なだけの範囲が明るくなっていたからだった。近づくと、五人はまったくすばらしい体格をしているのが判った。背が高く、ぴったりした衣服の胸のあたりが、逞ましく盛り上っている男達。顔だちも、まるでギリシャ彫刻のようなハンサムだ。

——君か、怪我をしたのは——

一番年長らしい男が、俺の脚の血を見て、そう考えた。彼のかぶっている小さな帽子が、その時燐光のような光を発したので、それが判った。

——手当てをしてやろう——

別の男が小函を持って俺に近づいた。

その小さな帽子——さっき彼等が脳波帽と考えたものらしい——は、かぶっている者が頭で話しかけるたびに、輪のような光を発した。……俺は宗教画に出てくる聖者達を思い出した。

函をあけた男は、立ったままの俺の傍へ軽く片ひざをつくと、函の中から何か堅い黒い物を取り出して、俺の傷口を丁寧にこすった。血は止まり、脚はすっきりとした。

——いったい君らは何の権利があって、この地球の人間をさらって行ったのだ——

俺は全精神を集中して考えた。他の四人は一様に俺の方を向き、仲間から『主任』と呼ばれているらしい男が、大げさに顔をしかめた。そして俺たちに呼びかけた。

——皆さんも、適当な場所に腰をおろして、私の話を聞いて下さい——

『主任』はすこし強い考えで、丁寧にそう考えてよこした。皆が思い思いの場所に坐り込んだ。俺は強い好奇心に駆られて、彼を見守った。

だが『主任』は話し出すかわりに円盤をふりむいて、

「ザッキ。録音を聞かせてやってくれ」

と命令した。確かに俺の頭には、レコード盤のイメージを持った『録音』という観念が現われたが、何か少しそれとも違うような感じだった。『脳波』と『放出』という、二つの観念が同時に反応していた。

球の頂上から、何か白く光る細い物が突き出し、『ザッキ』らしい返事が、

——準備よし——

と聞えた。

——放出——

今度は完全に『放出』という言葉が、俺の頭の中で反応した。

たしかに、『放出』だった。言葉で喋るような一歩ずつの段階がなく、すべての謎の答が、俺の頭の中へ一度に飛び込んできた。決して忘れることのないほど強い印象で、記憶の深い部分にまで、その事柄が叩き込まれた。

彼等は銀河系外の宇宙から来た人間だった。歴史は古く、文明は、彼等の発生した一個の天体を中心に広く拡がっていた。彼等は四次元を征服しており、瞬時に数万光年を飛ぶこともできた。

だが、巨大な文明を維持するためには、厖大な労働力を必要とした。自分達とまったく同じ組織を持ち、必要に応じた能力……ある場合には彼等自身を上まわる能力……を持つ道具を完成した。いわば完全なアンドロイドだ。

そこで彼等は宇宙を探り、自分達がかつて発生したと同じ条件を持つ天体を見出し、そこに生命の種を播いた。

種は成長し、彼等はそれを育てた。限界まで稔って自分達の能力で自壊作用を起す寸前彼等はそれを収穫して帰った。

だが、彼等も予測できなかったわずかの手違いから、少数の変種ができてしまった。アンドロイド以上の、いわば本物の宇宙人と同等のものが。

彼等は協議し、その変種を自分達と同種の者と認め、彼等の法律を適用した。変種の自主的発展を許し対等の権利を与えるのだ。

――それが君たちなのだ――

『主任』が考えた。

――今まで現われた円盤と呼ばれる物体は、やはりあなたがただったのか――

老人の思考らしいのがそう聞くのが、『主任』の思考を通して伝わってきた。

――そうだ。君達が樹上生活をしていた頃も、単細胞だった頃も、我々は観察を続けてきたのですよ。一部を連れ去って成長の度合いを調べたり、不良品種が蔓《はびこ》ると根絶したり、随分骨の折れる仕事だった。そう言えば、君達は不良種の根絶を記憶しているはずだ。あの時はたしか水を使ってやったと思うが――

――ノアの洪水だ――

俺は咄嗟にそう思った。

――そんな昔からなら、わたしたちと同じくらいの世代が交替しなければならなかったでしょうに――

『主任』や、そのほかの四人は声をたてて笑った。彼等ははじめて音声を発したのだ。いわば『神々の笑い』だった。……笑いの思考を示す、青白い輪光を頭上に輝かせて。

――僕等は時間を利用できる。君等がこの星の原始状態に植えられてから今日までを、僕等はそう長くない時間にしか感じないで育てて来た。君等の観念で言えば、農作物の種を播いてから収穫するくらいの時間だな。僕自身はいわばこの農園の管理主任さ――

俺は大声で、いや強い思考で訊ねた。

――俺は平凡な人間だった。どうして俺が君達とおなじく優れているというのか、それを説明してくれ――

『主任』は少しややこしい問題にぶつかったらしく、しばらく俺の追いつけないほどの速さで考えていたが、やがて真剣な顔になった。

――君がわたしを優れているというのは、少し違っている。『放出』した通り、君もわたしも同じ素質なんだ――

――だったら、あなたが『収穫』した者達は、僕より劣っていたのか？――

――そうだ。彼等は『人間』でなくて『アンドロイド』なのだ。だからわたしたちの発する信号には全然無抵抗だし、わたしたちの考えた通りにしか行動できないのだ――

俺は少し焦れったくなった。

――だって俺は平凡だったぜ。そのアンドロイド達の中に住んでいた時も――

――計算機がいい例だ――

『主任』の考えは飛躍した。

――君らの社会にも計算機があった。計算機は君等の暗算より何万倍も早くなければ価値がない。早く計算する道具だからだ。はやく計算できるからと言って、道具は君より偉いかね――

それは俺にも呑み込めた。普通の連中は、アンドロイドだったのだ。だから少しずつ偏った能力を与えられていたのだ。俺が彼等を偉いと思ったり、優れていると思っていたのは、その偏った能力だけを見ていたからなのだ。

――その通り。一馬力の機械は、十馬力の機械より、ずっと馬に似ているわけだ――

――するとここに集まった俺達は、一番平凡な者ばかりなのか――

――相対的な問題だ。飛べない僕等が、飛べる乗り物を設計する。だが、飛べる乗り物たちの社会では、飛べない僕等は見っともない片輪なんだ。君等は不幸にも、アンドロイドの社会で育ってしまったわけさ。だから最も平凡で、仲間もできにくいというわけなんだ――

――じゃアンドロイドは、連れて行かれて、いまどうしているんだ?――

機関手が考えるだけでなく、声を出して言った。

――機能を選別されて、めいめい適した仕事をしている。彼等は生まれて始めて理想的な状態に置かれたのだ。だから、もう幸とか不幸とかいうなやみから解放されてしまった。つまり、生きるべきところで生きているというわけだ――

――悩みがなければ進歩できないのじゃありませんか――

――その必要はない。彼等はただの道具だからだ。君等は違う。君等の進歩に限界はない――

――

――今後、私達の進歩に助力してくれるのですか――

――必要とあらば。だが、君達は若い――

『若い』というのは、種族全体に対する観念だった。

――われわれは、助けようと思えば助けられる。しかし、君等は自分達で運命をひらいていかなければならない。われわれの祖先がそうしたように――

——主任——

球の中からザッキが叫んだ。

——もう時間か——

——はい——

『主任』は、身ぶりで四人を円盤の下の方の扉へ行かせると、俺達のほうを向いてニッコリ笑った。善意に溢れた笑顔の上方に、輪光が輝いていた。

——もう行く。君等の将来にはまだ無数の危険が待ちうけているが、君等もわれわれのように、それを乗り切って繁栄して行くことを期待しているよ——

『主任』を最後にして、宇宙人たちは円盤にかくれて、球はたちまち銀光に輝いて舞い上った。

俺達はみな、立ち上ってそれに手を振った。円盤は夜空高く上昇すると、やがて橙色の光の塊りとなり、細長い楕円となって飛び去った。

俺は夜空を仰いで、円盤の消え去った後の星の瞬きを眺めていた。自分が彼等と対等の種族であることに誇りを持ち、生きることに猛烈な闘志を感じながら……。

「素晴らしい未来だ。俺達は今夜はじめて地球の主人になったのだ。そして明日はこの銀河系の主人になるのだ。そしていつかは、もう一度『主任』達とめぐり逢うのだ」

そうつぶやいて仲間を振り返ると、いつの間にか俺の横にあの美しい娘が立っていた。

「もしかすると、今度逢うのはあの星の上かもしれないわね」

彼女は星空を仰いだまま、俺にむかって言った。誰もが、見違えるように明るい表情で、俺のまわりに立っていた。

「ホテルへ戻って乾杯しようじゃないか」

機関手が言った。

「傷は大丈夫……?」

娘は俺が自分で射ち抜いた脚を、心配そうに覗きこんで訊ねた。

「全然痛くない」

そう返事をした俺は、傍にいる娘と機関手の肩を両手で引き寄せ、肩を組み合った。

「さあ行こう」

俺達は互いに肩を組み合い、一団となって月明りの広場を歩き出した。

彼等の収穫は終った。今度は俺達の番だった。

虚空の男

私が広告代理店で、小ぜわしいCMづくりに追いまわされていた頃のことである。Pレーヨンの宣伝部から、私に突然個人的な呼び出しがあった。Pレーヨンは半期十億円にのぼる広告費を支出する日本有数の大広告主だが、私の会社は歴史も浅く、まだ取引をするには至っていなかった。

当時私は企画制作部の次長になったばかりで、それ以前も営業活動とはあまりかかわりがなく、Pレーヨンから名ざしで呼び出しを受ける心当りもなかったから、留守中連絡を受けた部下に、何かの間違いではないのかと訊ねて見たが、先方はたしかに私の名を言ったという。

小首を傾げながら、指定された時間に京橋のPレーヨン本社へ行くと、五十がらみの体格のいい人物が現われた。交換した名刺を見ると前田卯一郎とあり、肩書きは常務になっていた。重厚な感じの応接間で、少々気押されながら用件を訊ねると、前田常務は急に親し気な笑顔を見せて、私の妻のことを聞いた。元気だと答えると、今度は子供が生まれたそうで目出度い、と悪戯っぽい目で言う。狐につままれたようで、中途半端な返事をすると大声で笑い出し、実は君と僕は親類なんだと種あかしをした。

私の妻は九州の博多生まれで、四人姉妹の末っ子である。その姉の一人が養女に出されて、今は博多の博山閣というホテルの幸福な若奥様になっている。前田常務はその夫に当る人の叔父だそうで、最近九州出張で博山閣へ泊った時、東京の広告代理店に勤めているという私の噂を聞いたらしい。

「そうでしたか、ちっとも存じませんで」

私も頭を掻いて笑って見せたが、内心とびたつ思いだった。何しろ超弩級のスポンサーである。こんな頼もしいコネはまたとない。

「博山閣で君のことを頼まれたからというわけではないが、ウチへ食いこむいいチャンスだと思ってね」

前田常務はそう言って部外秘の情報を洩らしてくれた。

どこの会社でもそうだが、とりわけＰレーヨンは宣伝の戦略上デザイン・ポリシーということにやかましい。そのポリシーを大転換させる計画が進行中だと言うのだ。理由は長年守って来たＰレーヨンの行き方に、他の会社が右へならえをしてしまい、最近では独自性がなくなったばかりか、偶然にせよ企画を先行されてしまう事態も生じている。だが一度踏み切ったら四、五年は続けなければならないものだから、なかなかこれという結論が出ないで困っているところで、それだけによい案を提出してくれればチャンスは充分にあるというのだ。話のあい間にさり気なく挙げるデザイナーやカメラマンなどの名前も、ぴしっと壺にはまっていて、この人物が宣伝のスペシャリストであることは疑問の余地がなかった。

これは思ったより大きなヤマにぶつかったのだぞ。——私は自分に言い聞かせ、この時ばかりは見栄も外聞もなく、お願いしますぜひやらせて下さいの一点張りで辞去した。

社へ戻って営業部長と企画課、制作課の主だった連中に非常呼集をかけ、厳重に箝口令をしいてから問題をあかすと、みな昂奮し勇み立った。気の早い営業部長などは、算盤を持ち出して皮算用を始めるしまつで、それくらいPレーヨンは我々に取って夢のような存在だった。

検討して見ると、前田常務は試案提出と軽く言ったが、ことはシネスコの劇場用カラーフィルムからラベルの端に至る幅の広い問題である。プレゼンテーションの費用だけで、どのくらい掛るか見当もつかない。提出の仕方だって、相手がPレーヨンでは薄見っともないやり方はできない。作品を全部カラースライドにして、説明用のオーデオ・テープをつけるくらいのことはする必要がある。——などと、ドサ廻りの一座が歌舞伎座へ出る時のような騒ぎだ。

企画会議の大勢は、この道の有能なタレントを数多く集めて試作班を臨時に編成し、あらゆる角度からこの問題を煮つめていこうと言うことになった。——それに反対の意見を示したのは私だけだった。

そんな正攻法はとっくにPレーヨン内部で始めているに違いない。タレント集めだって、我々よりPレーヨンのほうがよほど幅広く行うだろうし、第一超一流広告主の呼びかけなら、どんな忙がしい人物だって飛びついていくだろう。我々はその点で遙かに劣っている。それより、この際は一人か二人の若く優れたタレントの持味を前面に押し出そうではないか。Pレーヨンが求めているのは表現上の偏りで、平均化ではないはずなのだから。

そう言うと、出席者の中には、また一発屋がはじまったなどと笑い出す者もいる。だが私には自分の社をPレーヨンの宣伝部と較べた際、どれほど非力であるかがよく判っていた。自分たちの非力を認めるのはみじめだが、その上に立ってチャンスを生かそうとする時、一発屋もまた止むを得まいと信じた。

激論になって、途中から出席した社長が二本だての予算を認め、やっとけりがついた。だが十対一の攻撃を浴びた私は無性に腹が立ち、なんとしてでもこの一発をモノにして、企画責任者の実力を思い知らせてやらなければ納まらない心理になっていた。

Pレーヨンへの道も自分がつけた。これがうまく行けばいやでも支配力が強まる。一気に重役の椅子へ駆け登るか――。会議で部下たちから受けた圧迫感は、反動的に野心を掻きたてた。

その時ふと私の頭をひとつの名前が横切った。伊丹英一――そうだ、あの男さえいてくれれば。私はそう思うと慌ててデスクに戻り、受話器を手でかこうようにして、彼の所在を訊ねはじめた。

伊丹英一。その名は商業美術に関係する者なら誰でも覚えているだろう。つい三年ほど前まで、青山通りに面したビルに伊丹デザイン工房というオフィスを構え、戦前は京藤財閥と呼ばれた東日グループ三十数社の広告表現を一手に預り、派手な仕事ぶりを見せていたデザイナーである。

洋画家を志していた伊丹と作家志望だった私とは、同じようにアルバイトとして広告業界に首を突っこみ、駆け出しの頃私のコピーと彼のイラストが組んで、何度も一緒に仕事をしたものである。その後私は広告代理店に入り、彼はフリーを続けたあと、突然手品のようにあの大きなデザイン工房のあるじになったのだが、派手な活躍は数年間のことで、やはり突然この社会から姿を消したのだった。その伊丹がいてくれたら――。彼のタッチがPレーヨンの求めているイメージにぴったりなのを思うと、私はいても立ってもいられないもどかしさを感じた。

だが彼の所在は一向に判らない。商売柄デザイナー、カメラマン、コピーライターなどから、モデル、写植屋に至るまで、たいていの電話番号は私の手帳に載っているのだが、伊丹と関係のあった者を片はしから訊ねても、行方を知っている者は一人もいない。

私がのべつまくなしに電話をしていると、ハウスオーガンの編集を担当している若いのが、伊丹さんなら二、三日前に新宿の伊勢丹で見掛けましたよ、と言った。言葉は交さなかったが、ひどくよれよれの恰好でエスカレーターを降りて行ったのだという。

気がついて新聞の綴じ込みを引っくり返すと、伊勢丹の広告の中に、小さく陽美会展の開催が告げられている。私はすぐに陽美会の事務所へ連絡した。陽美会のリーダーは白木寧郎画伯で、伊丹は画学生時代白木画伯に師事していたはずであった。

新宿区西大久保二丁目。伊丹の住所は陽美会が知っていた。

それは歌舞伎町の映画街の裏手に当り、私がそのあたりへ着いたのは、午後の五時半頃だった。駅前の高野の洋酒売場で、彼が最高の酒と讃えていたカティーサークを一瓶買い、九月はじめの暑い西陽の中を歩いて行った。

番地の見当をつけるため、びっしりとアパートの建てこんだ一角を睨んでいると、濃い化粧をした女たちがひっきりなしに路地から出て来る。新宿の夜の人種のベッドタウンなのだ。巽荘《たつみ》というアパートは、そのまん中の軽四輪も通りかねる狭い路地の奥にあって、やっと探し当てた時の私は、汗びっしょりになっていた。

陽当りの悪そうな部屋のドアに、見覚えのある字で伊丹の名が書かれていた。ノックをするとだいぶ経ってからドアが開き、家人の留守中に客を迎えた高校生のように、不細工な態度で伊丹が立っていた。

「ずいぶん探したぞ」

そう言うと、「うん」とだけ答えた。商業美術雑誌に毎号名をつらね、前衛的な発言をしていた男の面影はなく、貧乏絵描きの昔に帰っている。

「上ってもいいか。話があって来たんだ」

私が押し入るように靴を脱ぎかけると、無感動に、「こっちだ」と言ってさっさと奥の部屋へ消えた。そのあとに続きながら、左手の台所の様子などを見ると、小奇麗にかたづいていて、おもちゃのようなポリバケツの中に、固く絞った雑巾が律気そうに納まっている。女と暮しているのは一目瞭然だった。

「話って何だ」

「引っ張り出しに来たよ」

「グラフィックの仕事なら駄目だぞ。今の俺は油絵《アブラ》しかやらない」

「どういうわけなんだ。何かあったのか」

「あった。だがどうせ判ってもらえないのだから説明はしない。とにかくアブラ一本槍にきめたんだ」

「そんなもったいない。その腕があれば何だって思いのままじゃないか。第一俺はそっちを引っ張り出すことに賭けているんだ。ウンと言うまでは帰らないからそのつもりでいろ」

そう言うと、伊丹は二人の真ん中へ灰皿を置き、長い指でいこいに火をつけ、深々と吸いこんだ煙を吐き出してから、苦《にが》そうな笑いで唇を歪めた。

「次長になったそうだな」

やはりどこかで昔の仲間と繋がっているのだろう。そんなことも知っていた。

「率直に言おう。この仕事は俺の次の段階への足がかりだ。力をかしてくれ」

「社長になる気じゃないだろうな」

「それほどの野心は持っていない」

「今に持つさ」

「俺も所帯を持ったし、子供もできた。少しでも世の中を這い上って人並みの暮らしをさせてやりたい」

「今のままでは人並みじゃないのか。よせよせ、人間行ける所までしか行けやしない。それより自分の持って生まれた分をわきまえて、その中で人生を充実させたほうがいいにきまっている」

そんなことを言い、とにかく断わるの一点張りで仕事の内容を聞こうともしない。Pレーヨン相手の大仕事だと言って見ても、色気を出す素振りさえないのだ。

私は頑固にねばって、一時間半ほども押問答が続いた。さすがに伊丹は辟易したらしく、私の持ってきた四角い紙包みに目を転じて、

「それはカティーサークじゃないのか。いやそうにきまっている。お前はそんなことに気が利く奴だから」

と話題をそらせた。私はつい調子にのって、

「もちろんカティーサークだが、高い酒をタダで飲ませるわけには行かない。飲みたかったらウンと言え」

と言ってしまった。

「馬鹿にするな」

とたんに伊丹の罵声が飛んだ。「貧乏は好きでしてるんだ。酒が惜しけりゃとっとと帰り

やがれ」

　そう言って荒々しく煙草をふかす。私は沈黙するよりなかった。

「痩せても枯れても伊丹英一、三流会社の次長などに舐められてたまるか」

　形にはまった啖呵《たんか》だが、目を見ると笑っている。私は彼の十八番《おはこ》を忘れていたのだ。使い古したテで主導権を握られてしまった。気がついて、笑っている目と睨み合っていると、どちらからとなく笑声をあげた。

＊

「俺が断る理由を聞きたいか」

「聞きたい」

「これは同時にお前への心づかいでもある。だいたいお前は次長すら荷が勝ちすぎている。この上Pレーヨンでも背負いこんで見ろ、自滅だ」

「そうかな」

「多少馬鹿でも組織の中で強い人間もいれば、その逆のタイプの人間もいるものだ。お前は今組織の中にいるから、その中でしか物が見えないのだ。自分の本質をよく考えて見るがいい。小説を書くことより上の才能がお前のどこにあるんだ」

「作家でモノになれるだけの才能かな」

「作家になれるかどうかは別問題だ。しかし自分の持ち分に賭けるのが一番いいことだろう。

自分の取り柄が世間で通用しないんだったら、何をやったって駄目さ。それなのにお前は近頃小説を書かないらしい。どういうつもりなんだ」

「なるほど。それでお前はアブラ一本にきめたのか」

「まあそうだ。だがキッカケがあった。世の中の誰もが気づかないたいへんな秘密を覗いた」

「大げさな言い方をするな」

「これでも内輪に言ってるつもりだ。俺は静岡事故の時それを知った」

飲みながら、しだいに廻って来る酔と共に、伊丹は熱っぽい調子で語りはじめた。

四年前の夏、東海道線静岡駅の近くで大きな事故があった。東京駅十一時十分発の鹿児島行き急行〈あおしま〉が、静岡を出て安倍川の鉄橋を渡ってすぐ、原因不明の脱線転覆をし、四十名近い死者と百数十名の負傷者を出した。

現場は東日油化という会社の静岡工場のまん前で、事故発生時刻は午後一時五十七分ということである。

伊丹はその日現場のすぐ近くにいた。東日油化の会社案内を作るため、カメラマンやモデルなど数人のスタッフを連れて工場撮影に行っていたのだ。空中撮影のためのヘリコプターもチャーターし、事故のあった時刻には場外着地点である近くの浜辺でヘリを待っていたという。正規の飛行場以外の着地はいちいち届け出て許可を得なければならない。工場敷地内では、国鉄の線路に近すぎて認可にならなかったのだ。

大きな衝突音を聞いて、スタッフ一同は工場に駆け戻ったが、伊丹とヘリに乗るカメラマンの一人は、舞い降りるヘリを見上げて動くわけには行かなかった。ヘリが着くと、遊び半分に便乗して来た京藤謙介と姪の折賀令子が降り、列車事故らしいと告げた。するとカメラマンは、一生一度の決定的瞬間だと言って、パイロットをせかせて一人だけで舞い上ってしまった。事故直後からの現場を克明に記録したあの時の報道写真は、こうして伊丹たちの手で作られたのだった。

予定外のカメラマンの行動に、トランシーバーで怒鳴り合っていた伊丹たちが、諦めて浜辺から去ろうとしたのは、したがって事故発生からだいぶ経った頃である。

「その時俺は四次元の空間を見たんだ。いや正確には何次元だか知らないが、とにかく我々の次元のものではないものを見たんだ」

伊丹はそう言うと遠くを眺めるように目を宙に据え、しばらく自分だけの物想いに耽った。

「あれさえ見なかったら、俺はあの京藤財閥の一門につながり、折賀令子と結婚して、生まれついての金持ち連中を相手に這いつくばって暮していただろうな」

その言葉には、抜きさしならぬ実感が籠められている。

「京藤謙介って、あの京藤謙介か」

「そうだ。あの京藤謙介だ」

それはあまりにも有名な財界の青年紳士で、日本には珍らしい国際級のプレイボーイだ。

「するとお前が青山の工房をやったのは」

「彼がうしろにいた。何もかもお膳立てしてくれて、俺はそれを食いかけたんだ」

「なんでまたそんな関係になったんだ」

「令子さ。美人で利口で物凄い浪費家さ。あれは京藤一門の余り者で、謙介氏が物好きに後見人を買って出てたんだ。あのビルは謙介旦那の持物だったそうだよ。下手の横好きで絵を書く令子に、謙介氏はデザイナーの看板を買ってやったんだろう。ついでに亭主もな」

「そういうわけだったのか。で、その四次元というのは」

「虚空の男さ。どこか得体の知れないところへ、空いっぱいに膨らんで落ちて行ったんだ。まるで悪夢のワン・カットのようだった」


伊丹が見たものは、空いっぱいにひろがった男の姿だった。左側は海、右側は焼津から御前崎に続く海岸線という彼の視野いっぱいに、頭を海に向けて横たわっていた。額のあたりからは鮮血が流れ出て、衣服や掌を不吉な色に染めていた。はじめ静止しているように見えたが、こちらに向って突き出された両の手は、何かを摑もうとするように指を曲げ、顔は刻々と驚愕の表情を深め、声こそ聞えないが、大きく開かれた口は、最後の悲鳴をあげているとしか見えなかった。青っぽい背広にネクタイを締めた物堅い風体のその男は、上になった左足を奇妙な形で後方へ跳ねあげ、右の靴の爪先きは、遙か西につらなる山なみのあたりへ喰いこんでいる。伊丹と京藤謙介と折賀令子の三人は、西の空を見あげたまま、砂浜に立ちつくしていた。

　虚空の男は、高速度撮影のフィルムを見るように、極めてゆっくりと体を動かしながら、次第に頭を下にさげ回転して行った。同時に全体の大きさが収縮をはじめ、ちょうど奈落へ回りながら転落して行くような具合に、伊丹たちから遠のいて行くようだった。が、その虚空の像は急に何とも言いようのない歪み方をしはじめ、やがて宙天の一角に折れ目があったかのように、腰のあたりからガクリと二つに折れ、今度はその折れ目へ吸いこまれて行った。最後は靴と頭がくっついてひとつの点になり、すうっと消えた。――消えたあとには、夏の見るからに健康そうな青い空と、何の変哲もない海辺の風景が、まるで伊丹たちを馬鹿にするように残っていた。

　三人はしばらく言葉も出ず、目をしばたいてお互いの顔を見合わせるのも、だいぶ経ってからという始末だった。

「何でしょう」

　と伊丹は言い、京藤謙介も姪の令子の肩をかばうように抱き寄せて、

「あれは何だったろう」

　とおぞまし気な表情をするばかりだ。気分がいくらか落ち着きはじめると、三人は言い合わせたように工場のほうを振り返った。すぐその先で起ったらしい惨事と今の不吉な虚空の男が、何の理由もなく結びついた。

　駆けつけて見ると、東日油化の塀ぞいに道ひとつへだてて走っている国鉄の線路で、下り

列車がこちらへ車軸を見せて横転している。先頭の機関車は線路下へ蛇の鎌首のようにたれさがり、ジグザグに折れた客車の列の二輛目あたりに、赤茶色に塗った上りの電車の先きが乗りあげている。怒号と悲鳴の中を、いち早くとび出した東日油化の従業員の白い作業着が、横転した車輛の上に点々と並び、這い出して来る乗客たちに手をかしていた。

これが静岡事故発生直後に伊丹の見た現場の様子である。やがて静岡市内から救急車やパトカーが雲集し、救援列車も着いて、東日油化のよく手入れされた前庭や、線路下の専用道路などは、血まみれの遭難者で溢れ返り、サイレンの音がひっきりなしに響き渡った。

騒ぎの中で、伊丹たちはあの虚空の男の怪現象を見なかったかと訊ねて廻ったが、誰一人見たと言う者はいず、かえってこの非常事態の中で妙なことを言い歩く伊丹たちを、うさん臭そうに睨みつけるばかりだ。

国鉄の職員たちや、警察、消防団ら本職の手が揃って、救助活動も本格的になりはじめると、伊丹たちは工場へ戻った。まだ昂奮して声高に事故のことを語り合っているスタッフに、伊丹は引揚げを命じた。

自分も帰るつもりでいると、京藤謙介がそれはならんと止めた。あとの仕事の手筈もあり、一刻も早く東京へ戻りたいのだが、京藤謙介は虚空の男のことが納得ゆくまで、この土地は離れられないと言う。

すべてを握っている権力者の言うことだけに、伊丹も強くは抗せず、自分もその件には好奇心がうずいているところだから、言いなりにスタッフと別れ、東日油化の首脳が馴染みにしている市内の料亭へ入った。

　調べると言っても、おいそれと他の目撃者が見つかりそうもなく、伊丹は京藤謙介の顔色ばかり窺っていた。


「と言うのは——」

　伊丹は空になったグラスにカティーサークを注ぎながら、そう言って唇を舐めた。「謙介旦那とじっくりつき合うのは、その時が最初だったからだ。ある仕事で識り合ってから急に親しくなった令子が、俺にオフィスを持って見ないかとすすめた頃は、謙介のケの字も俺は知らなかった。名義も何も、会社はすべて令子のもので、看板だけが俺の名前。——まあ言って見れば傭われマスターのような身分なんだ。それでもいい仕事ができそうだから、俺は喜んであの会社に精を出した。そのうちだんだん仕掛けが判ってくる。要は両親のない、京藤一族の余り者みたいな令子が、好きなデザインの途でしかるべく活動できればいい。その背後で全面的に面倒を見ているのが京藤謙介という大金持の叔父貴——と、こういうことになっているんだ。それまでにも三、四度は顔を合わせたが、ヘンに忙がしい男でものの三十分と話したことはなかった」

「その令子っていう女とはどうだったんだ」

　私が訊ねると、伊丹は何のてらいもなく、

「早くにできてた。美人だし、俺を買いかぶり過ぎるぐらいに扱ってたから、そうならないほうがおかしい。――しかし妙なもんだ。当節色の生っ白いのは貧乏人で、本物の金持ちはこんがりと陽焼けしてやがる。令子は冬でも小麦色に焼けた肌をしていて、それがお前、水着の跡もないいんだ。利巧だが物識りと言うんじゃなく、キャッチボールのように、こっちが投げかける話題を面白おかしく投げ返す術にたけていた。勝気で少々乱暴なぐらいの身のこなし、美人でグラマーで、セックスも男のような愉しみ方をする奴だった。俺はそんな令子を所有したことに有頂天になり、仕事も派手にやれて仲間からも一目置かれるようだったから、この生活を失ってはと、令子の背後にいる謙介旦那には、卑屈なほど気を使った」

伊丹の思い出ばなしに、私も当時を思い浮べ、彼の羽振りをさんざん羨ましがっただけに、その立場がよく判るような気がした。

その日、八月九日の夕刊は、各紙とも第一面に静岡事故を報じ、社会面も血の香が匂いたつような烈しい字句で埋まっていた。しかし、あの虚空の男に関しては何もなかった。

床の間を背に、ありったけの新聞を取り寄せて調べていた謙介氏が、急におお、と声をあげた。伊丹が機嫌をとるように、

「ありましたか」

と言うと、謙介氏はあったあったと喜色満面で新聞を大きく拡げた。

地元のS新報という新聞で、事故発生時刻に怪現象――と小さく扱っていた。記事に依ると、S新報の望月という記者が、事故現場から約六キロ北のK村附近をバイクで走行中、や

はり西の空に怪我をした男の姿を目撃したが数瞬で消滅したとあり、他にも二、三同種の報告が入っているということだった。記事の結びは、原因について目下究明中となっている。

　謙介氏は部屋の電話で帳場を呼び出しS新報に連絡させた。

　帳場が京藤の名を出したのだろう。十五分もしないうちに、ドタドタとS新報の望月という男がやって来て、自分の見たことや、他の目撃者の話を聞かせた。連絡して来たのは全部で六人いて、どれもほぼ似たような具合だったが、虚空の男の滞空時間については、かなり差異があった。

　望月の場合は、頭を海側にしたまま動かずに大きいまま消えたと言い、見た時はすでに回転をしていたと言う者や、背後から頭上を通りすぎて西へ向ったようだったと述べる者もあった。

「他の社へ連絡して取りあげられないままのもあるでしょうし、連絡しなかった者もたくさんいるでしょう。明日になればもっと探し出しますが」

　望月はそう言った。


「それからふた晩、俺たちは静岡市内に居残ってしまった。納期の迫った仕事を幾つも抱えてこっちはじりじりしているのに、謙介旦那も令子も虚空の男に夢中なんだ。——だいたいああいう連中が忙しがっているのは、本当は上っ面だけなんだな。自分の都合で予定なんかいつ抛り出してもいい。三日目に帰る時だって、俺のために引きあげるみたいなことを言うんだ。目撃者のほうはというと、まるで増えない。望月は必死になって動き廻るが、てんで見つからないんだ。それで奴さんすっかり恐縮しちまったんだが、旦那は別れぎわご苦労代《だい》に相当なものを渡して、続けて調べてくれと頼んだらしかった」

「血を流してたと言ったな」

「うん。怪我をしてたらしい」

「事故と関係があるな」

「俺たちもそれには確信があった。しかし証拠も何もありはしない。第一それが誰なのかも判らなかった。——そのことがあってから、謙介旦那はちょくちょく青山へ顔を出すようになった。デザインの仕事にも興味が出たらしく、スタジオを覗いたりしていた。俺もだんだん親しくなって、この分なら俺の人生もまんざらじゃないなどと思ったもんだ。するとある日、珍らしく昂奮した謙介旦那がとびこんで来て、俺と令子の前へ一枚の地図を拡げたんだ。あのあたりの五万分の一で、赤い点が書きこんであったよ」


赤い点は六人、望月と伊丹たちを入れて合計八つの目撃地点だった。一番海に近いのが伊丹たちの場所で、一番山側はGと呼ばれる山の上だった。その二点を結ぶと、事故現場を含めてすべての点がほぼ一直線上に並ぶ。

「どうだ。この意味が判るか」

謙介氏は得意気に言った。「あれを見ることができた地点は、この線の上だけなんだ。望月君がバイクで走行中だったということから考えて、おそらく幅百メートルそこそこの帯状をしていたに違いない。そこを走り抜けたから、彼はあの現象のはじめの部分しか見れなかったわけだ。頭上を通り越してという目撃例は、この百メートルの帯のギリギリ東側にいたに違いない。僕らはちょうどそのまん中あたりかな」

伊丹は謙介氏の推理に感心しながら、その地図を丹念に調べた。

「事故のあった地点が、少しはずれてやしませんか。この地図だと少し先きの畑の中を通ることになりますよ」

「そうかな。違うだろう」謙介氏が心外そうな表情になったので、伊丹は慌ててその場をとりつくろった。

それから数日後、望月から報告を受けた謙介氏は、青山へやって来るといきなり伊丹と令子に静岡へ同行を命じた。

「そうホイホイとは行けないよ。何しろ仕事は山ほどあるんだ。今度ばかりは俺も強く断った。だが断ると謙介旦那は鼻のさきで笑って、そんな仕事はあとでいくらでもやるから心配しないで跟《つ》いて来いと言う。癪だったね俺は。仕事なんてものはそういうもんじゃないよ」

「でも結局行ったんだろう」

「使用人さ、所詮は」

伊丹は自嘲して言う。当時の口惜しさ、物事の価値に対する判断のズレが、彼には相当こたえていたのだろう。酒の酔いだけでなく、その頃の自分への蔑《さげす》みが顔に出ていた。

目撃地点として地図にも書きこまれたGという山の中から、警察の自転車が出たと言うのである。届出人は当日虚空の男を見たと新聞社へ連絡した農家の主婦で、あれを見た直後に白く塗った警官の自転車を発見したが、そのままにして置いたのだという。十日近く経って再びそこへ行くとまだ転がっているので、近くの駐在所へ届けたらしい。地元の警察では大して興味を持っていないが、望月はこのニュースを重要視した。

と言うのは、東日油化の近くを通っている海沿いの国道に、その辺一帯を受持つ駐在所があり、安田という若い巡査と、老練な須崎巡査という二人の警官が事故当時勤務していた。

二人は事故直後現場に一番乗りをした警官で、東日油化の事務所に寄るところだったから、ほとんど事故発生を目撃したに等しい。望月が重要視したのは、問題の自転車がその時須崎巡査の使用していた物に間違いないという点である。登録ナンバーがそれを証明するし、安田巡査の言葉で、あの時須崎がそれを盗まれたのがはっきりしている。

多少面白くないのを堪えて静岡へ来た伊丹も、遙か彼方の山中へ、自転車が一瞬の内に移動したとなると、さすがに色をなした。Gという山の中で農家の主婦が自転車を見つけたのが、虚空の男消滅直後だとすると、どうしてもそういうことになるのだ。十キロや十五キロではきかない距離だ。

「ところがその須崎巡査がおかしいんです」

望月は全面的にお手あげの様子である。

「どうおかしい」

静岡駅前の喫茶店で、謙介氏は活きいきした表情で訊ねた。

「須崎さんは入院してるんですよ。それに、家の者は隠してますが、どうやらここが」

そう言って望月は自分の頭を指さした。

「会えるかな」

「ええ。院長の正木先生とは親しいですから。登呂遺跡へ行く途中の正木外科です」

「外科で頭がおかしい患者を扱うのか」

「いいえ、その巡査は事故の時右手を怪我しましてね。指を二、三本切断したそうです」

「どこまで行っても妙な話だ」

私は新らしい煙草に火を点けて言った。

「そうさ、普通の出来事じゃない。正木という医者に会うと、初めは右手の指が壊疽症状を呈したので切断したと言っていたが、突っ込んで聞くと、何と凍瘡だったと言うじゃないか。時候はちょうど夏の盛りだぜ」

「どうなってるんだ」

私は呆れてそう言った。奇妙な思い出ばなしにいつの間にか引きこまれ、仕事も野心も忘れ果てている。

「須崎巡査の病室を覗くと、右手に包帯をまいた中年男が、廃人のようにうつろな眼でベッドに坐っているんだ。自閉症のような具合で、何を言っても判らないらしい。結局何ひとつ聞き出すことはできなかった」

「自転車が盗まれたと言った、その若いほうの警官に聞けばいい」

「そうだ。むろん俺たちはその足で安田巡査のところへ廻ったよ」


二人の警官は、事故が起るとすぐ線路下へ自転車を投げ出して小高い土手を駆け登った。さすがに警官だけあって、最初に這い出して来た人々の中から、一番怪我の酷そうなのをつかまえて土手をかつぎおろした。

その何番目かの男が、下へつくやいなや須崎巡査を突きとばして、傍に転がっている自転車をたて直すと、気狂いじみた勢いで次の駅の方に向って走り出した。その不審な行動に驚いた須崎巡査は、慌ててそのあとから駆け出したのだった。安田巡査のほうはちょうど負傷者をかつぎ降ろすところで、それを唖然と眺めていたという。

現場に人手が増え、やっとひと息ついた安田巡査が、あれっきり先輩の姿が見えないのに気づいて、追いかけた方角へ行って見ると、ずっと先きの畑の中の道の中央に、須崎巡査が這いつくばっていた。――その時の恰好を、安田巡査はまるで崖を這い登る時のようだったと表現した。須崎巡査は長い間その畑の中の道で大地にへばりついていたらしい。

「私がだき起すと、夜が見える夜が見えると言って――須崎さん、すっかり変になってました。右の指ですか、いいえ、その時は気づきませんでした」

　若い警官は、そう言うと気の毒そうな顔で伊丹たちから目をそらせた。

「静岡行きの収穫はそれだけだった。事態はますますこんがらがって、見当も何もつきはしない。日が経つにつれて、あんなことはどうでもよくなり、そのために遅れた仕事のしわ寄せで、俺はてんてこ舞いをさせられた。——ところが、事故があってから三週間目だったかな。今度は令子の奴が週刊誌を見て悲鳴をあげやがった」

「どうして」

「虚空の男の顔写真が出てた。間に合った不運、間に合わなかった幸運というタイトルの特集記事の中に、虚空の男の顔が名前入りで出ていたんだ」

「間違いなくその男か」

「見違えるものか。あの顔は一生涯忘れられるもんじゃない」

　伊丹は断固として言い切った。「小池清次郎と言って、町野製作所という鉄工場の経理課長だった。事故当日の朝、警察に殺人容疑をかけられて追われたんだ。——と言っても当人はそれを承知してたかどうかはっきりせず、ただ相当疑わしい動きをしたために、刑事が熱くなって追いかけたんだな。結局犯人は別にいて問題は解決したんだが、その小池があの日の急行あおしまに乗るというんで、刑事たちがそれに追いつこうとして乗りそこなったんだ。下手をすれば静岡あたりまで突っ走って惨事にまきこまれたかも知れない。——とまあ、週刊誌の記事はだいぶオーバーに刑事の乗りそこねた幸運を書きたて、逃げるようにして飛び乗った小池という男の不運を強調しているんだ」
「すると小池というのは死んだのか」
「いや、行方不明。完全な蒸発なんだよ」

小池清次郎は中目黒にある町野製作所の経理課長で、別にどうと取りたてて言うことのない堅い男だった。会社自体は街工場としてはかなり大きいほうで、小池は社長の遠縁に当る娘と結婚し、子供は二人、赤羽の団地に住んでいた。一族会社だから本人の能力がどうということはあまりなく、地味にさえやっていれば、将来の不安などありようもない。——のだが、その年の梅雨どき頃から、どうも怪しい雲行きになっていた。小池の預る経理に疑いが持たれたのだ。

町野社長は専務である長男と極秘のうちに帳簿を調べ、小池のところで二千万以上の金が消えているのを知った。そのダメ押し監査のため、口実を設けて小池に九州出張を命じた。出張は八月九日の予定で、二日前の七日には専務がそれを言い渡している。——ところが、八日の午後になって、それが小池の上司である総務部長の佐々木の仕業ということが急に判った。筆跡印鑑その他、巧妙に小池が疑われるように仕組んであったのだ。そうなれば小池出張はもちろん取消され、八日午後から夜を徹して、彼を入れた社長、専務の三人が、目黒区向原の町野邸で佐々木の背任事実を洗いあげた。

明け方その作業が終ると、小池は一番電車でいったん赤羽へ帰って行ったが、その直後町野邸の近くで佐々木の刺殺死体が発見され、大騒ぎになった。小池らしい男に、殺された佐々木がからんでいたのを目撃した者が現われ、当局は小池を訊問しようとしたが、小池はすでにその時旅仕度をして出掛けていた。彼の妻は七日に言い渡された出張命令通りだと思っていたらしい。

警察側の立ち遅れで、それが判ったのは十時半すぎ。小池が急行あおしまに乗る気らしいと判って駆けつけた時は、問題の列車は出たあとだった。

佐々木は使いこみの原因となった愛人の田村久子が経営する、五反田のバー『ボア』のバーテンに刺殺されたことが判ったのは、それから一時間半ほどあとのことだった。佐々木は町野邸で小池たちが何かはじめたのを知り、気になって夜中の二時頃からそのあたりをうろついていたのだ。田村久子と犯人のバーテンは以前から関係があり、前夜二時までボアで飲んでいた佐々木を、そのバーテンは尾行していたのだ。殺意ははじめからあったらしく、町野邸から出て来た小池に、様子を教えろと泣きついた佐々木が冷たく突き放されるのを見て、うすうす事情を知っていたバーテンは、小池に疑いを転嫁させるチャンスと思ったらしい。

しかし奇妙なのは小池清次郎の行動である。細君は、自分は見なかったが、朝の間中ずっとテレビをつけていたから、佐々木殺害のニュースを知らぬはずはないと言う。一方会社側は、融資問題で銀行と緊急な折衝があり、佐々木のかわりに小池がそれに参加するよう命じてあったから、九日という日は大切な日で、彼が無断欠勤するはずはないと言う。しかも、徹夜の帳簿調べの合い間に、社長は直接総務部長昇格を言い渡している。いわばその初仕事だった。

それにしてなお、小池は取消命令の出た九州出張を予定通り行なって急行あおしまに乗ろうとした。さらにその朝、細君は実家である本所の鉄材商から、長年の夢だったマイホーム建設のための土地を借りられることになった吉報を伝えている。その夜か遅くもあくる晩には、その件で本所へ出向くべきなのだ。

「調べて見ると、そんな我儘勝手をする男じゃない。しごくおとなしい人物で通っていて、愛妻家で子煩悩。道楽と言えば〈つれづれ〉という俳句雑誌の熱心な同人だったことくらい」

「またずいぶん詳しく調べたもんだな」

「事件を担当した刑事にあたったり、町野製作所の社長父子に会ったり、赤羽の団地で小池の細君に聞いたり、金と暇を持てあましているような謙介旦那のことだ、調べられるだけ調べあげたよ。――ただ、そのたびに連れて歩かれるのには参った。俺はデザイナーで興信所の調査員じゃない。何度もそう言ってやろうかと思った。そして、だんだん令子や俺に対する謙介旦那の気持が判ってきた。令子は旦那のペットで、俺は令子のアクセサリーなんだな。金儲けが目的なら、商業美術なんか屁見たいなもんさ。だから仕事なんかどうでもいい。ところがそのちっぽけな金儲けや、大したこともない制作意欲、名誉、美、それに求道心――

そういったことに賭ける男もいるんだ。金を渡せば済む、仕事をくれるからいい。そんなもんじゃないさ。俺の心に、あの二人を嫌うものがだんだん育って行った」

瓶の中味は半分以下に減っていた。酔って声を大きくする伊丹の瞳には、何の実質的な支えもなく、夢だけで世の中に摑みかかっていた頃の一途な光りがあった。そのナマな光りをふと青臭い、いやらしいと思う心がかすめ、次の瞬間私は慚《は》じた。——この怒り、この誇り、この光り。伊丹と同じく私も曾《かつ》ては持ち合わせていたそれらのものを、生きて行く世の塵に棄て、いやその塵にこそなろうと己《おのれ》をへし曲げて、愚にもつかない出世欲からこうして伊丹の前へ坐っている。

そんな風に思ったのは、私も酒に酔っていたからだろうか。


虚空の男に対する京藤謙介の執着は、そのあたりから次第に消えていった。金に飽かせて一気に調べるだけ調べると、掘り起される新事実もなく、やがて謙介氏は欧州で行われる造船工業会議のために羽田を発った。

その出がけの一夜、伊丹は令子と結婚するよう奨められた。二人がとうに他人でないことは知れていたから、いつまでそんな関係を続けるのは許せない。正式に結婚しろという言い方でビシリとやられた。きつい目で高圧的に言ったあと、謙介氏は柔和に笑って見せ、今は表現技術だけをやらせているが、そうなれば東日グループをA・E扱いにする総合広告代理店にしようと言った。その場には令子もいて、何やら贅沢な甘い香が漂って来るようだったという。

謙介氏がヨーロッパへ発って一ヵ月あまり経ったある日、不意にS新報の望月から電話があり、いま東京駅に着いたところだと言う。謙介氏は海外旅行に発って三ヵ月くらい帰って来ないと告げると、ひどく落胆した様子で、それでは伊丹と令子に須崎巡査の話を聞いてもらえまいかと頼んだ。須崎はどうやら正気に戻ったが、それでも東京の精神医に診てもらう必要があり、上京したらしい。

待っていると、望月と細君らしい貧相な女につきそわれた須崎巡査が現われた。

あの時、須崎は何人目かの怪我人を土手下へかつぎ降そうとしていた。土手の途中で、その顔中血まみれの男は、病院へ運ばれるのですかと、かなり丁寧に聞いた。須崎がそうだと答えると、どこの病院か判りますかと重ねて問う。ここなら静岡市内の病院で手当をしてもらえるから安心しろと言うと、ああそうですかとおとなしく肩につかまっていたが、下へおろすや否や、いきなり自転車に飛びついて、ふらつきながらも走り出そうとする。追いかけると、戻るのは嫌だと叫びながらどんどん逃げ、あの畑の道へ出た。須崎の手がもう少しで荷台にかかりそうになった時、突然目の前にポッカリ夜空が口をあけた。

「夜の空としか言いようがありません。星が無数に輝いていて、どこまでもどこまでも拡がっていたのです。その男は自転車ごとその夜の穴へつんのめって、私のほうに両手をさしのべるようにくるりと一回転すると、気味の悪い叫び声をあげて落ちて行きました。私は咄嗟に柔道の要領で転がり、その何とも底の知れぬ穴をのぞきこみました。自分でそうしようと思ったのではなく、転がった拍子にそんな恰好になってしまったんです。恐ろしかったのはそのあとで、夜の穴も自転車もその男も、掻き消すように無くなり、穴がすうっと閉じたあたりに私の右手のさきがうすぼんやりと見えていたのです。それからあと、私は狂ってしまったのでしょう。何も知りません」

須崎はそう言い、伊丹が小池の写真を見せると、ギョッとしたように身を引き、薄気味悪そうにそれと伊丹の顔を見較べていた。望月は須崎の件に深入りして引っこみがつかなくなっているのだろう。退職後の彼を、倉庫番にでもよいから使ってくれるよう頼んでくれと念を押して帰った。

伊丹は考えた。これで小池清次郎が虚空の男になったことは完全にはっきりした。しかしなぜ虚空の男になったのかは依然判ってない。だがそれまでの詳しい調査で、八月九日の小池にどこへも旅行できないような事情が積み重なったのが判っている。

横領問題の後始末と融資問題の処理は、彼を会社に縛りつけようとした。おまけに部長就任という餌までついている。

佐々木殺害事件は、彼を参考人として都内から出られぬようにしている。テレビのニュースで知っていたはずだから、会社へ駆けつけるなり警察に出頭するなりするのが当然なのにそれをせず、そのため一時は犯人と目されて刑事に追われた。

念願の土地を細君の実家が貸すのを承知したのは、家族のためにも旅行など出来ない状態を作っている。――その他にも、毎月十日は同人誌〈つれづれ〉の月例会で、十年間連続出席の記録保持者である小池に幹事の番が廻っていたことなどあって、彼は八月の九日十日という日にはまったく旅行のスケジュールがたてられなくなっていたのだ。それなのに、まるで予定したように急行あおしまに乗っている。東京から西に親類はなく、急用のできた心当りも関係者にはまったくない。しまいには彼はあの惨事にぶつかり、それでもなお西に向って自転車で走り、畑の中でとうとう虚空に転落した。この小池の無茶苦茶な逸脱ぶりは何だろうか。憑かれたように九州めざして突っ走ろうとしている。しかも急行あおしまの切符は出張を言われた七日にすぐ手配して、大切に持ち歩いていたという。——伊丹は小池のその行動に、何か常識を超えた情熱のようなものを感じた。

それっきり何も起らず何もなく、事件から一年近くたった。伊丹デザイン工房は大いに栄え、彼自身の名も売れに売れた。それ以上に、伊丹デザイン工房のイラストレーター折賀令子の名も、マスコミに喧伝されていった。前衛的な演劇集団の舞台装置を引き受け、詩集に挿絵を書き、婦人雑誌の座談会に出席し、おしゃれに関する随筆をものし、女性週刊誌の服飾コンサルタントになった。——ベスト・ドレッサー折賀令子。現代を生きる女折賀令子。など、など、など、など。

すべては令子が華やかに愉しく人眼を魅くための道具だてに過ぎないのだ。今売れている自分の名も、東日グループ三十数社の大きな舞台を割引いたら、泡のようなものしか残らないのではなかろうか。これが現代の仕組なのだろうか。努力と精進より、力と力の間にうまくはさまって、それを利用することのほうが遙かに早い結果を生む。その結果は、どうも実りではなさそうだ。令子とこのまま結婚して、そんな中で自分を踊らせて行く才能があるだろうか。

令子はかろやかにマスコミの中を踊り続け、それをみつめる伊丹に深い迷いを与えた。迷いは反省に変り、酔い醒めに似た虚しさが、伊丹を元の伊丹に引き戻した。

「そんな時、偶然志津子に逢った。令子を知ってから、ふりほどくようにして俺が背を向けた女だ。ふたつ年下の幼馴染で、銀座のホステスをしていた。貧乏ぐらしの間中、時にはうんざりするほど俺に尽してくれていたんだが――這いあがることだけしか考えなかった俺は」

伊丹はすっかり酔っていたが、その言葉だけはしんみりと醒めた調子だった。絶句して、残りの酒を喉にほうりこむ。

「それがこの家《や》の――」

「うん。――ちょっと因縁めくが、志津子の奴が虚空の男の結末をつけやがった」

志津子は銀座のバーに勤めていて、令子の世界を逃げ出した伊丹と縒《よ》りが戻った。絵を描くあなたが好き、広告をやるあなたは別な人、とはっきり言い、大切に飾ってある自分の肖像画の前に伊丹を坐らせた。

「私に絵のよし悪しは判りません。でも今のあなたにこれだけの絵が描けますか」

と母親のように叱る眼で言った。仕事のない貧乏ぐらしを忘れようと、一心にかいたその絵を見て伊丹は我が眼を疑った。俺にこんないい絵が描けたのか、今はとてもこれほどは描けないだろうと、正直昔の自分に頭をさげた。

「昔のように勉強して、それで出世して下さい。それまで私がつなぎます。駄目でもともと、そのほうがずっと私は倖せです」

言葉を改めて言う志津子の前に、伊丹は両手を突いて詫びた。

西大久保二丁目へ移って、志津子も勤めを新宿に変えた。ある夜ふと虚空の男の話をすると、むっくり夜具の上へ起き直って、その人知ってる。たぶんその人だろうと言った。

銀座の店の常連に、高条鋭という男がいた。人を悪くからかうのが好きで、いつもあとから腹の立って来るような、遠まわしな冗談を言って喜んでいた。

それがクラス会の流れだとか言って五、六人を連れて来たことがあるが、小池らしい人物はどうもその一人だったように思う。と言い、古い名刺の束を出して、やっぱりそうだったわと頓狂な声で言った。

「その人、生まれてから一度も旅行をしたことがないんですって。それでみんなの肴になっていたのよ。そうそう、そうしたら高条さんがこう言ったわ。——そう小池をいじめるもんじゃない。人間誰しも持って生まれた分というものがある。一生の内どれだけ出世し、どれだけ遠くまで行けるか、生まれた時からちゃんときめられているんだ。ヨーロッパはおろか、南極まで行く人間もいれば、川崎の手前までしか行けない奴だって大勢いる。どっちかって言えば、小池は東京の中だけで一生を過すように生まれついているんだから、人の生まれつきを笑うのは片輪を笑うのと一緒で、笑うほうがいけない。――高条さんて、そんな言い方をするのよ。聞き流して少したってから、小池さんはムッとしたように、それじゃ俺は片輪なのかって。そのタイミングがおかしいって、みんなはまた大笑い。でもその人が旅行したことないって、本当らしかったわ。東京生まれの東京育ちで、市川と横浜の間しか行ったことないんですって。もう四十近いかしら。珍らしいから私も忘れなかったのね」

伊丹はその間中、凝然と天井を睨んでいた。行ける範囲は初めからきまっている。――その言葉を繰り返し心の中で呟きながら。

「それ、いつのことだったか判らないか」

そう言うと、几帳面な彼女は、小池の名刺を引っくり返した。

「あら、去年の八月六日だわ――」

＊

結局伊丹は引っ張り出せなかった。

しかしPレーヨンの仕事は、私の案ともうひとつの案の折衷のかたちでまとまり、首尾よく採用となった。社の扱い高は一挙に膨れあがり、社員も増え、事務所も拡張され、Pレーヨンの近くのビルに分室を設けて、社運は隆盛の一途を辿った。

しかし、先方の前田常務がもっと上の職に就いて、宣伝部の人事に大移動があってから、私の社内にPレーヨン取扱いをめぐって権力争いが起り、社長派と専務派の二つに割れた。中間にあって、Pレーヨン導入を果した私はさんざん振りまわされたあげく、最後にはまんまと浮いた存在にされ、企画開発室長という、妙な閑職の立場に追いやられ、やがて比較的親しかった専務が権力争いから脱落すると、もうどうにも居づらい空気に置かれた。

そして結局辞めた。

失業を妻に告げるのは辛かった。妻の親類から、またとない仕事の上での援助を受けただけに、それを無にしたようで、自責の念が強かった。ところが、

「気にしないわ。それよりいつ辞めるのかと思ってたのよ。だいたいあんたなんかにサラリーマンの、それも次長さんなんて勤まるはずないと思ってたもの」

とケロリとしている。妻が私をそんな風に見ていたのが意外で、「ふーん」と言ったきり、その話は打切りになった。

静養のつもりでしばらく家にゴロゴロしていると、二週間ほどして伊丹から電話があった。

「おい、借家ずまいだったな。庭、あるか」

「あるが猫の額だ」

よし、と言って電話は切れ、夕方になると訪ねて来た。志津子さんも一緒で、何やら二人とも包みをかかえている。

「何を持って来たんだ」

「レンガさ」

伊丹は十個ほどの煉瓦を狭い庭に四角く積み、台所へ入った志津子さんは、豚のモツを串に刺した。持って来た堅炭をカンカンおこし、私と伊丹は縁側でモツ焼を肴に飲みはじめた。タレも七味唐辛子も、屋台の味そっくりで、酒も水っぽい安物だった。

初対面で意気投合したらしい女たちは、座敷で勝手にやっている。

酔って来ると、伊丹はしきりによかった、よかったを連発し、私がサラリーマンを辞めたことを祝福する。

「下手すりゃ分にない道で虚空の男になるところだった」

と冗談を言い、「だがあそこまで突進した小池清次郎の意地は買ってやろう」と私の肩を叩いた。妻でさえ見抜いていた私の分に私自身が気付かなかったのが気恥かしく、そうだそうだと騒いでいるうちに、売れぬながらも小説に意欲を燃やしていた昔を思い出し、ふっと屋台で安酒のオダをあげていた頃の気分になった。

――この趣向は。と私はそこで気づいた。重い煉瓦と豚のモツと安酒と。わざわざそれを運んで来た伊丹の、とんでもなく深い友情に、私の頬を泪が幾筋も滑り落ちた。

「レロレロレロ、バア。あんたのパパは泣き上戸。ほら、あんたのパパは泣き上戸」

座敷から、赤ん坊をあやす妻の声がして、そのたびに乳児特有の息を引くような笑い声が聞えた。

赤い酒場を訪れたまえ

十年ぶりでAとめぐり逢った時、私は自転車に乗っていた。その中古自転車は奈良市内で買ったもので、逢った場所は山ノ辺の道だった。

〈大和志料〉に、古へ奈良ヨリ布留ヲ過ギ長谷ニ達スル道路ヲ上津道ト言フ。即チ山辺道ナリ、とあるその山ノ辺の道は、私が一度徹底的に歩き回りたいと思っていた憧れの道だった。

奈良、天理、桜井の三市に基地となる安宿を見つけ、沿道に顔馴染みができるほどほっつき回ったが、一番気に入ったのは金屋《かなや》だった。飛鳥から来る山田の道と磐余《いわれ》の道、東から来る初瀬の道、そして私が訪ね回る山ノ辺の道という、上古の主要道路が集り、卑弥呼ではないかといわれる倭迹々日百襲姫《やまととひももそ》の墓や、神武帝の后である伊須気余理比売《いすけよりひめ》の実家である三輪一族の三輪山や、その大神《おおみわ》神社、そして磯城瑞籬宮《しきしまのみつかきのみや》などが指呼の間に点在するこの金屋の村は、私を明日の命などどうでもよい、遠い遠い歴史の奥へ誘い込んでくれる何かがあった。

葦原の　しけしき小屋《をや》に菅畳《すがたたみ》

　いや清敷《さや》きて　我が二人寝し

新婚の神武帝がそう詠んだという茅原まで足をのばして、私は大物主命の磐座《いわくら》がある三輪山を飽かずに眺めたりした。この神浅茅《かむあさじ》原《はら》で崇神帝のために卜問《うらと》を行った巫女の倭迹々日百襲姫は、夜にしか姿を見せぬ大物主命の秘密を知り、箸で陰《ほと》を突いて自殺したことになっている。その箸墓もほど近い。

奈良から南下して、最後の基地である桜井市の安宿には、私と同じ山ノ辺の道ファンが数多く泊ったと見えて、床の間に達筆な色紙が飾ってあったりした。

　紫は灰指すものそ海石榴市《つばいち》の
　　八十《やそ》のちまたに逢える児や誰

宿の老女中も心得ていて、海石榴市《つばいち》とは椿市、つまり今の金屋《かなや》のことだなどと、親切顔で教えてくれたりする。重要文化財になっている金屋の石仏は、二体の等身大石像だというが、この辺りに住んでいても近くで拝める機会は一度もないなどと、世辞半分の愚痴を聞かせ、毎日気楽に好きな事をしているお客さんの身分が羨ましいと、これはかなり本気の愚痴をこぼす。だが私は人に羨まれる覚えなど一向にない。正直言って、一日も早くこの身がどうかなってくれと願っていたし、人知れず野垂れ死にできたらそれが一番よいと思っていたのだ。

十代の終りから二十《はたち》代の半ばまで、私は新宿や銀座や神田や、そうした繁華街で夜の生活をしていた。酒場《バー》、クラブ、割烹……いろんな事をやった。水商売の足を洗ってから十年ばかりは広告屋をしていた。どちらも不規則な生活で、上《うわ》ッ調子のその日暮しを続けているうちに、長年の不摂生と呑み過ぎが祟り、この数年は胃が重い、肝臓がおかしいなどと言い続け、気がついたらあまり癒る見込みのない病いにとりつかれていた。闘病生活に入って運よく全快しても四十を過ぎてしまい、やり直すのも大変だ。第一それまでどう食いつなぐ。ただでさえ金のかかる病いだ。あれこれ思い悩んでいるうちに、絶望というよりはむしろ何もかも面倒臭くなって、イチニノサンで勤めもやめてしまい、女房とも別れてうしろ指さされながらのひとりぼっちになった。有難いことに十年の間に広告屋仲間に顔も売れ、どうやら食えるカツカツの仕事をして、金のある間は長年憧れていた山ノ辺の道あるきというわけなのだ。体のことは誰にも言わないから、女房は女ができたと思っているし、家族の者は気でも違ったと思っているだろう。そんな身にとって、山ノ辺の道は全く心の安まる道だった。今さら新しい発見をしようなどという気はないし、長い間に好きで詰め込んだこのあたりの資料を思い出し思い出し、自転車をころがしていたのだ。

その山ノ辺の道でAに逢った。残念ながら場所をはっきりとは言えないが、Aのほうから声をかけてきた。彼は十年以上前、私が芝でナイトクラブをやっていた頃勤めていたバーテンダーだった。十年の間にずいぶん肥ったが、病気してからめっきり痩せ、Aが識っている昔の貌に戻っていたからすぐ判ったらしい。

小さな川が流れていて、山ノ辺の道はひどく折れ曲っていた。北へ向って右手が山、左には奈良盆地南域が見はらせた。椿のどす黒いまでに濃い緑と、絵に描いたような竹藪が道に蔽いかぶさっていて、蛸蛉の他に生き物の姿は何もない静かな昼さがりだった。相手の姿が見えはじめてすぐ、お互いにオヤという具合だった。そのまま通り過ぎてしまえば遅くも二、三年後には痩せ細り、どこかの山中で首でも縊っていただろうに、世の中なんて判らないものだ。社長……Aはそう言って私を呼びとめた。私は今まで一度も社長になったことはない。マスターと呼ばれるのを嫌がったら、店の者達がいつの間にかそう私を呼ぶようになったので、社長と声を掛けるからには、以前の水商売仲間にきまっている。

あとで考えると、なぜAが知らぬ顔で通り過ぎなかったか、不思議で仕様がない。酒と女の番をして、派手な生活をしていた当時のAと、まさかこんな所で逢おうとは思ってもいなかったし、似てるとは思っても白ばっくれればそれで済んだのだ。咄嗟のことだから私がどんな状態にいるか見極めることもできなかったろうに。

さやさやと葉擦れの音の絶えぬ竹藪の下で、私たちは二時間余りも話し込んだ。一別以来どうしたこうした、山ノ辺の道を訪ね歩いている、そんな趣味が社長にあろうとは、あそこを見たかここへ行ったか……驚いたことに、Aはかなり詰めこんだと自信を持っていた山ノ辺の道に関する私の知識など、とうてい及ばぬほど、大和の古代に詳しかった。話しているうちにAが奥行きの深い人間であるのを感じた。クラブ当時は気づきもしなかったが、十年の歳月は幾らか私に人を観察する眼を与えたようだ。Aは私より幾つかとし下だが、とても、私のような軽薄者は恥かしいくらいだ。その時点で互いに何の関り合いもなかったので、私は問われるままに山ノ辺の道あるきの理由……つまり病いのことを喋った。

するとAは非常に同情してくれて、急がぬなら自分の家へ泊って行けと言い出した。その時の妙に寛大で、それでいて何となく悪魔的な微笑のしかたを、私は今でもはっきり思い浮べることができる。そしてくどいほど私が生への執着を断ってしまった過程を訊ねた時の、まるで警官か何かのような鋭い口調も。

連れて行かれたAの生家というのがまた、大変な場所だった。おそらく附近の住人にも余り知られていないのだろう。そう思わせるに充分なほど複雑な道を行き、山襞に隠れるように濃い緑に囲まれて、着く寸前までそこに家があろうとは思わなかった。ずっしりと土から生えたようにあたりの風物に溶け込んだ建物で、古くそして大きかった。平屋《ひらや》で重そうな草葺き屋根を冠った姿を、私は最初に神社かと思った。いや、どう見ても神社そっくりだった。現に、玄関とおぼしきあたりに雨風に丸くなった石像があり、お稲荷さんの狐かと思ったが、近寄って見ると尾が細く犬の像だった。

住人は祖父だという老爺に甥夫婦とその子供たち。こんな家なら訪ねる人も稀だろうに、学齢前の子供たちまで変に動じない様子で、私は大した挨拶もなしに奥の一室に通された。泊ることがはじめから決っていたせいか、茶と灰皿がひとつ出たきりで、森閑とした谷あいの家の暗い奥座敷に、私はいつまでも放って置かれた。家族の声も聞えない。……普通なら薄気味悪くもなろうが、何もかもどうでもよくなっている私には、その扱いも静けさもここ
ろよく、

倭《やまと》は国のまほろば　たたなづく　青垣《あおがき》　山隠《こも》れる　倭《やまと》しうるはし……

などと、ひたすら外の景色を楽しんでいた。生きる望みを絶ったつもりで、専ら清浄な神

域に近づいて欲を超えた心境を保ちたいと考えていたが、明日への希いをねじ伏せると、そこは凡夫で異常、正常の見わけさえつかないような、偏った心理状態だったのだろう。食事時になって、Aが三宝のような膳に私の分だけを運んで来た時も、私はそういうものだと何も考えず御馳走になった。Aは私が酒を呑めなくなったので可哀そうだと、からかうように言い、傍で給仕をしてくれながら

味酒《うまさけ》を　三輪の祝《はふり》がいはふ杉
　手触れし罪か　君に逢ひかたき

と万葉を口ずさみ、古代大和の最高神である大物主命の土地である三輪の枕詞が味酒《うまさけ》であると説明した。神前に奉納する神酒《みき》は、古くは神酒《みわ》と読み、大神《おおみわ》神社の主は酒の神である一面を持っているから、ギリシャのバッカスと共通点があるなどと言った。

その頃はめっきり食欲もなくなり、殊に脂っこい物を欲しなかったから、質素な山菜料理を結構有難く頂戴し終えると、頃合いを見計らったように老爺が現われた。Aは日本人ばなれのした彫りの深い美男子だが、その老爺も見ようによってはサンタクロースのような、白髯をたくわえた外人めいた貌の持主だった。老爺はずしりと持ち重りする湯呑みを私に渡し、熱いうちに無理をしても呑んでしまえと言い、暫く私を見つめてからAにむかい、お前の言う通りこれは死にたがっている顔だと、ひどく低い声で言いすてて戻って行った。湯呑みの中はとろりとした液体で、野生の植物の芳香が強く鼻をうつ。Aの説明によれば、ある種の百合の球根と花汁を混ぜたもので、強壮の役と同時に睡気を散じ精神集中の力も与えてくれ

るのだという。今夜は長い話になるから、是非それを呑んで置け、決して為にならない話ではないし、古代に興味を持つほどの人間なら必ず乗ってくるはずだからと、何やら思わせぶりに言う。

やがてAは、さて、と言って立ち上り、私を促してその部屋を出た。東北や北陸によく見かける仏教的陰湿さのある旧家と異り、恐ろしく古いこの家は、何となく開放的ですがすがしい感じが漂っていた。私はそれを道場のようだと思った。家は山側から谷間へ向けて建て増しされたようで、二、三段の階段を昇るたびにいっそう古くなり、いっそう神社めいてくる。そして遂に明らかに拝殿の形式を見せる一番奥の建物に辿りついた。板敷きの広間の突き当りに一段と高くなった高座のようなものがあり、注連縄《しめなわ》が下っていた。Aはためらいもせずそこへ昇って行く。私は神棚の大きめのものの中へ乗り込んで行くような気がした。

驚いたことに、神棚の扉の奥からゆらゆらと灯りが現われた。暮れきった夏の夜の、どこからともなくひいやりと肌につめたい風が流れ、やがて手燭をかざしたさっきの老爺が私たちとすれ違った。黙礼を送るとほんの微かな表情の変化でそれに答え、静かに去って行く。それはまるで能の動きだった。扉から奥は、老爺が手燭の火を移して行ったのだろう、そこ此処に細い灯火が揺れていて、私たちを導いてくれる。そしてその奥で私が見たものは黒々としたひと塊りの岩だった。近づいてよく見ると、その岩は幅一メートル弱、高さ二メートル強で、上下二つの部分から成っていた。基部は一メートル半ほどの黒灰色の岩で、その上に厚さほぼ五十センチ、横一メートル半くらいの赤褐色の平たい岩がのっていた。T字状だ。

Aが足許を見ろと言ったので気づくと、私はいつの間にか板敷きの上ではなく、石畳の上に立っていた。

少くとも千六、七百年前から此処にたてられており、大昔はこの屋根もなかったはずだとAが語った時、私の背筋に戦慄に似た感動が走った。少し口ごもりながら、イースター島の石人像も赤岩の帽子を冠っていたはずだというと、Aは深くうなずき、T字は十字と同じく宗教に関係があるとつけ加えた。そして、私に言うというよりは、遠く古代に想いを馳せる様子で、巨石遺構《メガリス》こそ人類の最も大きな秘密を解く鍵であるのに……と、惜しむような誇るような口吻で言うのだった。

巨石遺構《メガリス》については、私も三輪山神域の磐座《いわくら》などの関連で少しばかりかじっていた。北欧に特に多く分布する巨石構築物で、原始的な祭祠と関係があるとされるが、詳細は今なお諸説があって定まっていない。恐ろしく広範囲に分布しており、メンヒル（立石）アリニュマン（列石）ストーンサークル（環状列石）ドルメン（机石）羨道墳、石甕からイースター島の石人像まで世界各地に点在し、著名なのは南イングランドの〈エーヴベリーの寺院〉と呼ばれるストーンサークルや、ブルターニュのカルナックにある二千基をこすメンヒル群だ。日本にも秋田県大湯の万座と中野堂や、忍路《おしよろ》、音江、神居古潭《かむいこたん》など北海道のものが知られている。

私がそう言うと、Aは軽く笑った。失笑した様子だった。笑いながら神武帝の名を知っているかと問うので、始馭天下之天皇《はつくにしらすすめらみこと》だというといっそう声高く笑い、それは帝王になってからの尊称、以前は神倭伊波礼毘古命《かんやまといわれひこのみこと》だと言った。伊波礼毘古は磐余彦《いわれびこ》とも書き、山ノ辺の道を南に下る磐余道《いわれのみち》の磐余と同じだ。笑いが納まるとAは呟くように、古代は世界中が岩だらけなのだと言い、T字形の岩のうしろに揃えてあった履物を履いた。それは茅で編んだ一種の靴で、私はなんと言う理由もなく、つい靴下を脱ぎポケットへ突っ込んでから素足になってその茅の靴に足を入れた。今思えば、靴下という現代が神道の清浄さを害するように感じられたのだろう。

T字形の神石の奥は両開きの扉になっていて、夜風はそこから吹き込んでいた。石畳が少し下り勾配で続き、その両側はこの地方に多い山百合が密生して揺れていた。山百合と言っても関東で言うのとは違う種類の、少し小型のものだ。頭の上には山がのしかかるように黒々と夜空を区切っていて、大した風も吹いていないのに、時折り腹に響くようなドウーという音をたて、そのたび百合がざわざわと揺れた。暗くて確かではないが、柏や櫟のびっくりするような巨木がつらなっているらしい。

この先きに横穴がある、とAは言った。私はそう不思議に思わなかった。近くの竜王山には横穴古墳群がある。三輪山の磐座が巨石遺構《メガリス》の一種だとすれば、その隣りの竜王山に横穴古墳があるのだから、T字形の神石と横穴が石畳でつながっていてもおかしくない。

その横穴は衝立てのような一枚岩が入口にあって、私とAはそれを左へ回り込んで中に入った。竜王山の古墳が庶民の物だとしたら、これは明かに王族の物である。側壁と床の中央部は平らな岩でしかれ、所々に厚さ三十センチほどの石積みがあって、部屋の区分をされている。私は奇妙なことに気づいた。その石積みで区切られた部屋は、大小さまざまだが、どれも不思議な親しみの持てる広さだ。これは六帖間、これは十帖間……などと言いながら歩くと、Ａは振り返り、そうだ、大基《おおもと》のことは昔から何ひとつ変ってはいないのだと、私を褒めるように言った。横穴古墳と団地の３ＤＫが、大して変らない寸法で作られていると思うと、私はひどく愉快になった。そこ此処に点るか細い光が揺れ、二人の影が不気味に岩壁に映って太古の舞いを舞っているが、私はこのまま夜が明けなくても一向に構わないと思った。

かさかさと、ほどよく乾燥した土の上に立った時、私の古代への旅は終点に来ていた。突き当りに再びＴ字状の神石があり、その背後は岩の壁になっていたのだ。イースター島の巨人を連想させた上部の横岩は、Ａの家のよりいっそう赫く、四つほどの灯火の中で朱色に輝いて見えた。その神石の両側から、最終室の四面にずらりと緋色の布で掩った何かが並んでいた。

日本列島は巨石文明の終着駅だった……Ａは低い声でそう言った。その喋り方は四壁に反響するこの岩室の中では、実に適切な喋り方だった。湯呑みを運んで来た時の老爺の喋り方を思い出し、私はなるほどと思った。Ａは語り続ける。……君はソロモンの神殿についてどれほど知っているか。私は物好きに聖書考古学などにも興味を持っていたので、うろ覚えながら答えた。神殿の内部は三ッの部屋に分れていたと思う……そうだ。最初は入口の間ウラム、次いで聖所であるヘカル。列王紀略にそう書いてある。ヘカルには多くの窓があり糸杉の床に香柏の線条が入っていた。屋根は陸屋根、壁や戸は棕櫚の木で花や鎖の他にケルビムの彫刻がしてあった。第三の部屋は至聖所と呼ばれ、窓はなく、二つのケルビムが安置されていた。しかし、それがどんなものか誰にも言えない、とヨセフが言っている。ケルビムについては以来人々が想像をめぐらせ、翼あるスフィンクスなどと考えられたりし、サムエル書やエゼキエル書にもそのように記されているが、実の所は全く判らない。そのケルビムとは、おそらくこれのことだろう、とAは緋の布で掩われた十数個の物体を見回した。私は堪りかね、バイブルと日本の古代がそれほど密接につながっているとは思えないと言うと、Aは憤ったように私を睨み、すべての宗教はこれから発達したのだ、と緋の布のひとつを指さした。

現在残っている宗教は、その発生期に原始宗教をすべて邪命外道《アージーヴィカ》としてしまい、その本質を闇の彼方へ押しやってしまった。ミトラ神はローマ支配下におけるキリスト教最大の仇だった。そのミトラ神の礼拝はこのような洞窟内で行なわれている。しかし、特にアーリア系の宗教は闇と光の二元論をその祖に持っている。また生命の再生も同じだ。古代フリギアの女神を崇拝したコリュバントは暗夜松明を持って山々を駆けめぐり、手足を傷つけ合って別の人格を得ようとした。バイブルにあるカナン地方の邪教バールも、ギリシャのマルスを崇めるサリアンも同じだ。瑜伽《ヨガ》も同根だし、キリストの復活もその要約にほかならない。ヒンズー、ジャイナ、仏教などの涅槃《ニルヴァーナ》もその再生への願いの昇華したものだ。エジプトのミイラも再生を期して行なわれた秘儀のひとつだ。いったい古代人達はどうして生命が再生されることを信じたのか。

私はAに反論した。それは農耕社会の大地信仰が……と。するとAは強く首を振り、物事を抽象化して考え過ぎると私を叱った。生命の再生、死者の蘇りを事実として知っていたと考えないのか。古代人が我々より抽象化作業に優れていたとは思えない。死者崇祀《マニズム》は世界の至る所にあるじゃないか。Aは確信ありげに言った。

私はたじろいで、ではそれと巨石遺構《メガリス》に何の関りがあるのだと方向を転じた。Aはほとんど北叟笑《ほくそ》んで答えた。世界中に死者崇祀《マニズム》がある。世界中に巨石遺構《メガリス》かその類縁がある。ほとんどの宗教が生命の再生を含んでいる。この三つをありのまま突き合わすと、ソロモンの神殿にあったケルビムになるのだ。死者を祖霊として崇めるだけでなく、安置し祀《まつ》ったのは死者が再生することのあるのを知っていたからだ。そして石を崇めたのは、石に崇めるだけの秘密があったからだ。つまりこれだ。

Aは右手の一番端にある緋の布に掩われた物体に近寄り、それだけが他の物と違って真新らしい緋の布を、一気にパッとめくり落した。私は息をのみ、声も出なかった。

世にも精緻を極めた一体の男性像がそこにあった。顔の小皺、毛髪、四肢、陰茎から恥毛の一本一本までが、恐ろしいほどリアルに仕上っていた。Aは私に手で触れて見るよう促した。そっと触れると、それはまぎれもない石の感触であった。

顔をよく見ろ。Aにそう注意され、しげしげと石の男性像の顔を眺めた私は、数瞬後自分でも異様だったと判る悲鳴をあげてしまった。「スーさん……」

私が怯えたのは、この半ば形而上学的やりとりの中に、突然なまなましい自分の人生の一断片がとび込んで来たからだった。スーさんは私が芝でクラブを経営していた頃の客の一人だったのだ。Aは私の驚愕を確認できてさも嬉しいというふうに、何度も何度もうなずいた。

これは一番新しくできた神だ。遙かな未来に不死の生命をもって蘇る石化した人間なのだ……Aは私に諭すように言った。他の緋色の布の下には、それ以前の神々が蘇生を待って長い眠りを貪っている。中央左側が大国主命、別名大物主命。右側は磐余彦、その隣りは影媛《かげひめ》……。Aは十幾つの名をそらんじた。知る名もあるし知らぬ名もあった。私の顔見知りの客、スーさんは隅田賢也と呼ばれた。隅田賢也の名に、私は何度か集金に行ったことのある赤坂溜池の大会社、夏木建設の本社ビルを思い起した。私が逃げ出した、あの人間の溢れる大都会のド真ン中に暮していた人物が、三輪山の主や神武帝とこうして並んでいる。そのどうしても嚙み合わぬ歯車《ギヤ》の軋みに、私の体は全身から悲鳴を発していた。か細い灯火の揺れに従って、石化したスーさんが動き出し、ひどくゆっくりと耳鳴りに似た轟きを伴って私にのしかかってきた。悲恋に沈む影媛の裸身がそのうしろを横切り、大物主命と磐余彦が緋の布をはいでとび掛って来た時、私の精神は古代と現代にまたがる二千年の時間に引き裂かれ、昏《くら》い奈落へ引きずり込まれてしまった。

気づいた時、私は元の座敷に寝かされていた。最初に見えたのは、視野いっぱいに私をのぞき込んでいる、サンタクロースのような老爺の顔だった。

熱もあるようだ……すぐ耳もとで、それでいてひどく遠くから老爺の声が聞えた。かなり病気が進行しているようだ、とAの声がそれに答えた。こんな体では行かせてやれそうもない、とAは冷たく言ったようだった。老爺はそれに、いやそうでない、自分たちの条件をこの男は充分満たしているし、病気は行けば癒ってしまう、と反論していた。私は油の尽きかけた灯火のように、ジリジリッと音をたてている自分の内部を意識すると、うわごとのように、行かせてくれ、と二人に言った。見栄も気取りもなく、生きることへの願いが体の底の方から湧き出してきて、それは幾粒もの泪となって滴り流れた。

行かせてくれ。俺を未来に送り届けてくれ。不死の来世を与えてくれ……。

再び失神から覚めた時、私はすぐ近くにAの笑顔があるのを認めた。Aは私の胸の上に優しく手を置いて、大丈夫行かせてあげる、と言った。そして三日後私が再び自転車に乗れるようになるまで、長い物語りを語り継ぎ語り継ぎ私に聞かせてくれた。

人類が遠い過去に置き去りにして、忘れてしまった病気がある。医学の進歩で、やがてはそうなるかも知れないのが黒死病だが、Aが私に教えたのはその類《たぐ》いのものではなかった。人間が石化し、数千年の眠りから覚めると、その内部機構が変質していて不死の生命となる奇病だ。Aも医学の深奥をきわめたわけではないから、彼が書物を漁って調べた範囲を出ないが、おそらく人種が幾つかの異根として発生したことによる人類の宿命的な疾病と言えはしないだろうか。異根の二人種が混血したとき、稀れにこの怪病が発生した。

近代病理学は体液病理、器官病理、細胞病理とその分野を拡げてきたが、最も新しいのは細胞間質病理学である。細胞間を埋める物質に異常が生じて起る疾病は、その細胞間質の呼称から膠原病とも呼ばれ、病変は類繊維素病変と血管組合組織病変に二分されるようだ。どれも完全に解明されていないものばかりで、人為的に発病させるのが可能なのは血清病だけだという。

　Aは石人病……彼の呼び方だが、その石人病は膠原病か、おそらくそれに非常に近い病気の一種だと考えているらしい。全身性播種状紅斑性狼瘡《エリテマトーデス》や全身鞏皮《きょうひ》症、結節性多発動脈炎、リウマチ熱、慢性関節リウマチ、皮膚筋炎がその仲間で、治療法は副腎皮質ステロイドホルモンが対症的に効くだけだ。これらは一時平癒に向っても時を置いて再発し、その都度進行の度を深めるという厄介な疾患なのだが、その中の全身鞏皮症が石人病によく似ているという。

　鞏皮症は初めむくみ、やがて皮膚が硬化して一種の光沢を発するようになる。色素が増し黒光りしてくるのだ。その後小色素脱出斑が密生して白っぽく変る。同時に皮膚は萎縮し厚味も減って細かな皺が出る。脳の淡蒼球などの錐体外路障害に似て、筋緊張昂進、仮面性顔貌、運動減少、手指振顫などを伴う。パーキンソン病、ウィルソン病に見られる症状と同じだ。

　石人病もまず体の末端が固くなりはじめる。指、掌、腕とどんどん進み、顔はまるで仮面で最後には毛髪までが白っぽいかたまりとなり、曲げればポロリと折れてしまう。だが本来人体は水分が大部分だ。放置すれば萎縮して死んでしまう。誰が最初にそうしたか、時の彼方に霞んで判るはずもないが、古代人たちはこれに多量の人血を与えてきた。副腎皮質が効果を顕わすことと言い、原始宗教に見る犠牲《いけにえ》の真意が此処に隠されている。キリスト教には塗油儀法が残っているし、バイブルでパウロも、人は自らのうちに変身し第二の生誕を行なう。イエスの神秘な血を飲んで自らを神性に依って満すべしと述べている。

しかしこれは石人病の第三期に入ってからのことである。第三期が終ると、私がAの家の横穴で見た隅田賢也のように石化して、二千年ないし六千年の眠りに就く。人間本来の組織構造は石の皮膚の下でゆっくり変化を続け、やがて不死の超人として再生する。

しかし蘇生するとき、介添する人間が必要である。ごく微量だが人血を必要とするのだそうだ。舌端に異常発達した細胞が残っていて、それを脱落させねばならない。石人から接吻を受ける相手が必要なのだ。しかもその細胞が脱落する時、石人から病源が染《うつ》される。数千年の空白ののち、次代の石人病がこうして拡まるのだ。

昭和三十年代のある時期、女流カメラマンで巨石《メガリス》遺構研究家でもある椎葉香織という人物が偶然のことからヨーロッパにおける石人の謎を知り、アルバニアのゲグ族の土地で石人の蘇生に立ち会った。世界には日本も含めすでに蘇生した超人の支配下に、この秘密を保ち石人を探究して安全に保存する組織が存在し、椎葉香織という美女はこの組織に保護され、やがて日本に石人病を持ち帰った。

現代日本での病祖香織は、この時体の一部が変化していた。人間の舌には舌乳頭という細かい突起が無数にあるが、特に大きなのは有郭乳頭で直径一ミリ以上もある。味覚をつかさどる味蕾はその個々の乳頭をとりまく溝の壁に発達しているが、香織のそれは一種の刺細胞に変っていたのだ。イソギンチャクの仲間にアコンシアという腔腸動物がいるが、それが刺細胞類の代表的なものだ。外胚葉の一部が中膠内に陥入していて、刺戟に会うと刺糸が裏返しとなって表面にとび出し、毒液を分泌して敵の行動力を奪う。香織の舌にはこの毒針が内蔵され、性感の高潮時に作動してエクスタシーとほとんど同時に微量の病液を分泌、相手の体内に注入する。この時、射出する側にもそれを受ける側にも、筆舌に尽し難い快感がある。正常な性と異常な疾病による二重の快美感だ。その愉悦の誘惑に克った人間は絶無だそうだ。つまり、石人病の伝播は一種の性病として行なわれる。舌からの病液授受は精神の乱れさえ伴う、実にすさまじいばかりの悦楽であって、特に子患者は親患者を身も世もなく恋い慕うようになってしまうのだ。強烈な中毒症状と言ってもよく、病液注入の自覚などあり得ないから、それを愛情と思い込む。十歩譲っても得難い性愛の対象と感じる。このセックスを伴う交渉が重なるにつれ、体の異常が進行する。まず昼は何とも言えぬ焦燥と罪悪感に似た情緒にさいなまれ、怠惰で逃避的となる。ちょうど宿酔の朝の気分に似ている。食欲がなく理由のない後悔に捉われ、いらいらして音に敏感となり、特に水気を欲する。脱水症状なのだ。石化の第一歩である。

ところが夜になると嘘のように気分がよくなり、ひたすら相手を恋い慕う。この辺りが第一期で、その終り頃にぼつぼつ味蕾の変化が始まり、何かの理由で〈恋人〉からの病液の供給がとまると、精神錯乱に陥り四肢に痙攣を起して死んでしまう。石人病の秘密が保たれたのはこの辺の症状が原因で、患者は親患者を愛人とするとともに、事実保護者として親子又は主従の関係に入ってしまうのだ。Ａは軽度の従命自動症ではないかと言っている。精神異常の一種で拒絶症の逆例だ。

　私は正常な人間にも、あなたなしでは死んでしまう、という感情に支配される場合があるのを思い起し、石人病の人類に対する根深さを知らされた。味蕾が変化すると当然味覚が損われて、酷く辛いものでないと感じなくなる。香辛料や大蒜《にんにく》が好まれる。

　症状の一期と二期は判然としている。色盲になるのだ。色盲には部分色盲と全色盲があるが、この石人病では百パーセント部分色盲になる。眼球の視細胞は色を感ずる杆状体と明暗を判ずる錐状体があり、どうやら杆状体の機能が損われるらしい。部分色盲は理論上赤緑色盲と青黄色盲があり、赤緑色盲は男子の約四・五パーセント、女子はその十分の一程度だが、青黄色盲は理論上の可能性だけで実例は絶無だ。

　その青黄色盲になる。赤緑青黄は主観的四原色と呼ばれるが、このうち青と黄を失ったら自然緑も失われ、赤一色の世界になる。赤以外は明度で判別するより仕方がない。そう言えば中石器のアジール文化は赤色顔料を用いた彩礫を特徴とするし、ウィルトン文化は赤色単彩の岩壁絵画を持つ。カプサ文化も同じものがあるし、日本の神社は赤以外の色彩をあまり用いない。赤い鳥居の例を引合いに出すまでもないことだ。アーリア人種の祖と見られ、化石的民族と言われるヒンズークシ山中の白い蕃族カフィールは、その着衣によって二分される。赤一色の赤カフィールと黒一色の黒カフィールだ。またバイブルのイザイアス書には、エドムより来り赤き服着てボラスより来る者は誰ぞ、としごく訳の判らないことを言っているし、我が眼は傷つき我は泣き、とも言っている。

　色盲の時期になると陽光に身を曝すことは避けねばならない。熱中症にかかってしまう。熱中症とはつまり日射病で、その死亡率は常人で約四十パーセントにものぼる。高熱を発して発汗さえ止る突発的な病気だが、石人患者はほとんど百パーセント頓死する。

　これが石人病に関するあらましだが、ヒンズーのヴェーダーには、ダルマ、アルタ、カーマの三大目的があり、それを通じて解脱《モークシャ》に至ろうとする。カーマは性愛である。また、この最古の聖典に残る深窓《バルダ》の教えとは、熱中症への警告ではないだろうか。庚申待ちの庚申信仰は中国の三尸《さんし》信仰から来ていて、上尸《し》は青姑といい妄想を起させ眼を病ませる虫、中尸《し》は白姑といい美食と悪行を好ませ、下尸《し》は血姑で色欲を増し殺を好ませ、手足を震わせる虫とある。

　ゴルゴダでロンギノスの槍に突かれたキリストの傷口から流れた血はアリアタマのヨセフに引続がれ、やがて聖なるエメラルド盃を探し求める十二人の円卓の騎士が生まれ、聖堂騎士団に発展し、殿堂設計の予言者マーリンと結びついてフリーメーソンになる。秘密は世界史のそこかしこに散在しているのだ。

　フリードリッヒ大王に死ぬことができぬ男と呼ばせ、自身二千年の歴史を見て来たと豪語しバビロン宮廷のゴシップなどを語ったサン・ジェルマン伯爵はどう言う人物だったのだろうか。マリー・アントワネットの腹心アデマル夫人は、彼が死んだと言われてのちマルセーユで逢って話しているし、作曲家ラモーもその博識に驚いている。マルコポーロの東方見聞録にも現われる、イスラム系の怪教暗殺教団の開祖ハサン・ビン・サバーは、険阻なアラムートの山砦に身をひそめたまま、遂に一歩も陽光の下へ現われなかった。大物主命も一切昼行をしない伝説を持っている。ストーカー夫人はドラキュラを全くの想像で書いたのだろうか。ジャン・ジャック・ルソーはこう言っている。

もしこの世に是認され証明された歴史があるとしたら、それは吸血鬼の歴史であると。そして飽くまで吸血鬼は迷妄と断じ難いことを終生言い続けた。裁判官の身で鬼神崇拝論《デモノラトリア》を残したニコライ・レミギウスは、魔女裁判《ヘクセンプロツェス》の真っ只中に生きた勇気ある証人ではなかったろうか。ヤーコプ・シュプレンガーなどの魔女糾問官は、必要不可欠の防疫班ではないだろうか。

Aは私の枕頭でそんな話を続け、最後に東京へ戻ってから逢うべき人の名と場所を私に教えた。いま、東京には非常に発達した石人病患者の組織が存在する。石人病は病祖からある範囲……親、子、孫の患者世代の限られた範囲を超えると次第に軽症になり、遂には消滅してしまうのだと言った。だからAが指定する患者を親に持たないと石人にはなれないと注意し、早く帰京するよう奨めた。

三日後、私は自転車で桜井市へ戻るため、山ノ辺の道までAに送ってもらう途中、なぜそこまで秘密を知りながら、自分自身は超然としているのかと訊ねた。Aは少し淋しげな表情になり、駄目なのだと答えた。

来た時のようによく晴れた日で、振り返ると神社のような家も古墳のあった山も、もう少しも判らず、遠くで鳥が啼いていた。Aはややためらいながら、自分の家系は長い間石人病に免疫となっていると答えた。

犬神は日本に広く分布する憑物《つきもの》の一種で、〈犬神筋《いぬがみすじ》〉なのだという。狐憑きはその亜流だ。犬は古代社会で御犬と尊称された狼のことで、真神《まがみ》とも大口《おおぐち》とも言う。大和国風土記逸文に、

昔、明日香ノ地ニ老狼アリテ多ク人ヲ喰フ。土民恐レテ大口神ト言フ。某所ヲ名付ケテ大口真神原《との》ト号フ……

という文章がある。Aはその犬神憑きの家系の頂点に立つ〈犬上御田鍬《いぬがみのみたすき》〉の子孫だったのだ。石人病のちょっとした変種が、本流から分離して石人とはなり得ない人々を生んだのだ。〈犬神筋〉の家には時折り膠原病の全身性エリテマトーデス……狼瘡を発する子が生まれ、周期的に平癒、憎悪を繰り返しながら狂暴な錯乱の発作を起すという。

〈犬上御田鍬《いぬがみのみたすき》〉は、石と化す人に仕え、その身を扶ける犬神族の最高神に当り、推古、舒明の二帝に仕え、遣隋使、遣唐使として二度も海外へ渡航している。……はじめは石人病の仲間だったのが、いつの頃か近親相姦があって病質に異変を来したのだ。このような病液授受上の失敗は世界中に例があるそうで、狼人間と吸血鬼が不即不離なのも当然のことなのだ。

あの急に折れ曲った山ノ辺の道へ出たとき、Aはもう二度と逢うこともあるまいと言って堅く私の手を握った。あんたが石人として蘇る頃には、今の人間社会はなくなっているかも知れない。大物主命や磐余彦や影媛などは先きに蘇り、サン・ジェルマン伯爵たちと新しい社会を築いているだろう。保存は東京の連中がやってくれるだろうが、何なら隅田賢也のようにあの横穴へ引取っても良い、などと親切に言ってくれたりした。

列車が東京へ近づくに従って、私はAの家での出来事が、どこまで現実でどこまで妄想の産物なのか、次第に判らなくなってきた。神社のようなAの家を訪ねたのは確かだが、石になった隅田賢也や古代の神々と逢ったのは、私が高熱を発して昏倒してしまった間の幻想ではないのだろうか。Aは本当に犬上御田鍬の子孫なのだろうか。吸血鬼や狼人間などという伝説の世界へ入り込んで行こうとしているこの自分は、果して正気なのだろうか。

東海道を走る列車の中は、揺れる灯影もなく、闇に轟く樹々の風鳴りも、ましてや大物主命や磐余彦の影など何処を探してもありはしない。静岡を過ぎ箱根をこえて小田原に着いた頃には、不死の生命に至る石人病の存在など、まるで馬鹿げたお伽噺に思えていた。

しかし、Aの家での数日が、私に生きる望みをとり戻させたのも確かだった。何とか病気と闘って見よう。もう一度やり直して見よう……いろいろ理窟をつけて山ノ辺の道などで自分を甘やかして見たが、結局人間生まれてきたからには生きねばならないのだ。他人の世話にならず野垂れ死にできたらなどと、愚にもつかぬことを考えていたが、山中で縊れ死んでも結局誰かに迷惑が及ぶのだ。やはりもう一度出直すべきだ。

東京に着くとすぐ、私は二、三社の広告代理店に電話をして、雇ってくれないかと口をかけた。仕事の上での実績には多少自信があったし、以前来て働かないかと言ってくれた所ばかりなので楽観していた。しかし、タイミングが悪いというのか、どこも人を補充したばかりで椅子が空いていないと断って来た。われながらあさましい限りだが、それからの私は就職運動に明け暮れる始末となった。

家族は私が抛り出してしまったので腹を立てており、苦労して新しい生活方式に踏み出したばかりだから、失職の身を良い顔で迎えるはずもなく、別れた女房は原宿に間借りをして働きに出ているそうだが、これも連絡のつけようがない。仲間のあっちこっちを駈けまわり、おこぼれの仕事を恵んでもらっては、ドヤ暮しに近い毎日が続いた。

そんな私を見かねたのか、青山にあるプロダクションが来いと言ってくれた。しかしそれは極端に言えば文案《コピー》の清書をするような、ごくつまらない仕事だった。それでもないよりはマシで、引受けはしたものの心中穏やかでなく、でれでれと勤めた最初の給料日、十年のキャリアが泣くような金額に堪りかね、焼鳥屋でつい禁じていた酒を呷った。

久し振りのアルコールで好い機嫌になったのはほんの僅かの間で、私の体に酒が毒でないはずはなく、胃の辺りにコンクリートブロックを一個つめ込んだような気分になって、吐き気が襲ってきた。勘定もそこそこに外へとび出し、酔いと体の変調が一緒になってふらふらと青山通りを歩いていたが、とうとう街路樹につかまってへたり込みそうになった。

その時、私すれすれに黄色いタクシーが走りすぎ、少し先きで停ると白っぽい和服の女が降りた。うつむいた私は女の着物の裾が私に向って近づいて来るのを感じていたが、聞き覚えのある声に驚いて顔をあげた。

別れた女房だった。何をやってるの、こんな処で見っともない、と私の腕をとり、どこにいたの、ずいぶん探したのにと恨みがましく言った。知るけえ、てめえなんか……酔ってるのね、死んじゃうわよ。死にてえのさ、放っといてくれ……好きなようにさせてあげるけど、とにかく今は来てよ。

私はそう遠くない原宿まで、女房に連れられて歩いた。間借りと聞いたのでせいぜい二間の安アパートだろうと思っていたら、どうして豪勢なマンションの七階だった。室内の調度も私と暮していた頃の数倍も贅沢で、赤いカーペットを敷きつめた寝室には、どでんとピンクのダブルベッドが置いてあった。

別れてから生活の途もなく、友人のすすめで西銀座の茜《あかね》というクラブへ勤めたという。久し振りに逢えたのだから今日は休業、などと幾分燥いで、グロンサンを飲ませたり風呂に入れたり、すっかり世話女房の昔に戻っている。汚れっぱなしの下着やよれよれのワイシャツまで、女のいない証拠だと喜んでいる。髪を短く切ったせいか、だいぶ若返ったように見え、二十八歳が二十三、四に見えないこともない。やがて、逢いたかった逢いたかったと涙声で抱きついてきて、私をベッドへ押し倒し、のしかかってきた。それはひどく新鮮な一夜で、けだものじみた女房の嬌態にいつしか私も捲き込まれ、かつて味わったことのない悦楽に、あさましいまでの欲情を吐き出し続けた。

醒めると十一時を少し廻っていた。彼女はまだ睡っていて、私は裸のままバスルームへ入った。冷たいシャワーを浴び、冷蔵庫をあけてグレープジュースを一瓶飲んだが、胃の辺りがまだ不快だ。昨夜焼鳥を四、五本食っただけで空腹のはずなのに、あまり食欲もなかった。プロダクションへ出かけなければと服を探したが肝心のワイシャツがない。寝室へ戻って彼女を揺り起すと、薄目をあけて私を認め、すぐくるりとうつぶせになって、顔を枕にあてたままの籠り声で、出掛けなくてもいいじゃないの、と言った。ワイシャツは洗い物の中に一緒にしてしまったから、あとで買ってきてあげると言う。

女房も変った、と思った。以前は人一倍早起きで、日がな一日こまごまと動いていたのが、まるで怠惰になっている。このままよりを戻してもいいものだろうか。この豪勢な暮しぶりは、男でもいなければできないはずだし、彼女の将来を自分は今ぶちこわしているのではなかろうか。言葉に甘えて勤めも休んで、いったいどうなるのだ。

宿酔の不快さの中で、私はあれやこれや、しきりに自分を責めていた。居間のカーテンをあけると明るい陽射しがさっと流れ込み、くらくらと目まいがした。……やはり今日は無理しない方が良いかな。自分にそう言い聞かせ、私はベッドへ戻った。四時頃、女房はいやいや起きあがり、やがてとげとげしい声でカーテンをあけ放して置くと、カーペットや家具が陽に焼けるのにと苦情を言った。しかし、その不機嫌も出勤の仕度をはじめる頃になるとすっかり納まり、着つけの間中、今日はどうしようかと迷っていたが、着終るとやっぱり今日も休むわ、と言ってクラブ茜に電話をし、何よ、そのオンボロは、と私の服をけなした。外で食事をして私の服を二着ほどあつらえて、まるで私の保護者のように彼女は振舞い続けた。そしてマンションへ戻ると、再び前夜の激しい肉のからみ合いが始まった。

昨夜よりも私の陶酔はずっと深かった。彼女は夫の私の知らなかった淫蕩さで、私をさまざまに攻めたてた。以前とは立場がまるで逆になり、私は彼女の言うがままに翻弄された。

翌る日も、その翌る日も同じことが続いた。四日目になって、ようやく私は自分を駆りたてるように職場へ出たが、離れると今さらながら彼女が恋しく、一日中その白い肉を想い続けた。前後の弁えもなく、まるで新婚当時のような、いや、それ以上に粘っこい蜜月が続いたある日、仕事で渋谷に出た私はハチ公の前の交差点で思わず叫んでしまった。

向う側のシグナルに、赤い色しかなくなっていたからだ。ぐるぐると何度も体を回転させてあたりを見廻したが、その瞬間から世界は赤のモノトーンになっていた。いや、モノクロ写真に赤の部分だけが着色されていたと言ったら良いだろうか。カラー印刷の赤版だけがモノクロ写真の上にのっている感じだ。Aの家の横穴の岩室で聞いた、あの四壁にこだまする声が私の耳の底でフィードバックし続けた。石人病だ、石人病だ、磐余彦《いわれびこ》だ。

マンションに駆け戻った私は、狂ったように喚いた。なぜ黙っていた、なぜ教えなかった……と。彼女はそれを懶気《ものう》に聞き流し、もう遅いわ、外へも出ちゃ駄目よ、と言って私を冷やかに眺めた。

私は十年前の水商売に戻った。クラブ茜は患者組織の一端で、ホステスたちは皆石人病に侵されていた。柘榴、紅、ドルメン、赤い館、ローズルーム、ロック、岩屋、明日香、スカーレット、オルフェ、ピンキー……夜の銀座、新宿、池袋には、一々挙げたら切りのないほど、組織の店があった。組織は未来へ渡る船として、患者になるべき者を厳選していた。不死の世界に残すべき者は、まず美しくなければいけないのだ。店は患者の生理的要求によって、すべて赤一色のインテリアで統一され、そこには常人にない妖しく光る瞳を持った濃艶な美女たちが生活していた。男たちはその店で働くか、または組織を守るための要員として配置され、時には残虐な暴力行為も発生した。

また、組織は政財界の奥深くにも根を張り、世界組織の長、おそらくは蘇った超人であろう伯爵と呼ばれる人物の支配下にあった。伯爵は過去に石化して再生を待っている、数多くの石人像を発見し、疾病の源を絶やさぬことに努めるとともに、蘇生に伴って生まれるその時代の病祖を保護して、新たに石人を生み出すことを目的としていた。

患者たちは私も含め、組織の支配下にある不動産業者が持つ一連のマンションに住居を与えられ、石化開始まで淫蕩な日々を送っている。必要な血液は、これも組織が経営する血液銀行から供給を受け、多分設計家隅田賢也らの働きにより、北多摩郡守屋の地に作られた地下の巨大な安置所で、その患者としての最終段階を迎えることになっている。

現代の病祖椎葉香織はすでに石化して守屋の安置所に入ったが、患者世代はまだ十代余りで、あと数代は完全な石人病として存続するという。Aのすすめに乗らなかった私は、結局自分の妻によって石人病にされ、組織に加わることになったが、もう悔んではいない。数千年だろうと眠れば一瞬である。醒めた時、不死の私に何が待っているのだろう。こんなせせこましい世界に生まれ、そして死んで行くのは実に愚かしく、徒労であると思える。私は組織の条件さえ満たしてくれるなら、いくらでも石人志願者が増えてくれればいいと思っている。私や女房の子患者なら、まだ充分未来への旅に間に合うのだ。

さあ、赤い酒場を訪れたまえ。ご婦人ならこの私が、男性なら私の女房が、この世のものとも思えぬ悦楽境にご案内しよう。その涯は、遙か彼方の不死の世界だ。そこがユートピアであろうとなかろうと、こんな下らない世の中でこせこせと終るよりは、よほどすばらしいことではないだろうか。

およね平吉時穴道行《ときあなのみちゆき》

生まれつき絵心にとぼしい私が、なんとなく絵画に関心を持つようになったのは、身辺に野田弘志とか山本貞《てい》といった優れた絵描きがいるせいもあるが、やはり長年デザイナーやカメラマンの群れの中で暮していたためだろう。しかし、江戸期戯作者《げさくしゃ》の雄である山東京伝《さんとうきょうでん》に、その文章からではなく絵画のほうから接近して行ったのは、コピーライターとしてはいささか筋違いだったようである。

もっとも、山東京伝の名前は学生時代に教えられて承知していた。だが特に江戸文学を専攻したわけではないから、その記憶はごく通り一遍で、黄表紙・洒落本《しゃれぼん》の大家という程度の知識しかなかった。従って画工北尾政演《きたおまさのぶ》が山東京伝であるという、ごく初歩的なことすら知らなかったのだ。

そんな私が或《あ》る時ジェイムス・ミッチェナーの『日本版画』のページをパラパラとめくり、北尾政演の『新美人合自筆鏡』に行き当った。シビレル……と冗談に言うが、その時私は理屈抜きにシビレてしまった。どうも知るということと、判るということは別物らしい。錦絵《にしきえ》や浮世絵のたぐいを知ってはいたが、この時突然私にそれが判ったらしい。色感が豊かで構成が緻密《ちみつ》、だいいちバランスのとり方が今のイラストレーターやグラフィックデザイナー達のセンスと同じなのだ。悪い癖で歌麿や北斎などという知れすぎた名だとテンから見向きもしないのが、少くとも私にとってはフレッシュな北尾政演という名を発見して、まるで昂奮《こうふん》してしまった。

その後『隅田川八景』や『金沢八景』、『奥女中・あさづま』など、北尾政演の作品の複製を探しまわり、とうとう松方コレクションの実物を見ないことにはどうにも承知できないほどになり、結局錦絵『山東京伝之店《たな》』を見るに至って、はじめて北尾政演と山東京伝が同一人物であることを知ったようなわけである。

調べて見れば何のことはない、天明元年に四方赤良《よものあから》こと大田南畝《なんぽ》大先生の著した『菊寿草《きくじゆそう》』には、当代の画工として、北尾重政、鳥居清長、北尾政演の順で挙げられている。この頃葛飾北斎は是和斎《これわさい》、喜多川歌麿は北川豊章の名でやっと黄表紙などに描きはじめたばかりである。北尾政演の名手を識《し》った私は、ざっと二百年ばかりズレていた勘定になる。

そういうわけで、昭和三十年代の後半から、私と山東京伝の奇妙なつながりがはじまったのである。

京伝の住いは銀座であった。姓は岩瀬、名は醒《さむる》、通称を京屋伝蔵と言い、京屋伝蔵がつまって京伝。今は京橋と銀座が別のものになってしまったが、本来銀座は京橋の一部。安永二年、京伝十三歳の時に京橋南詰新両替町二丁目へ移り住んで、以来歿年《ぼつねん》までそこに暮した。新両替町は銀座である。もっとも、その住所が銀座二丁目であったか一丁目であったかは、史家によって定まらないでいる。私にとってはどうでもいいことで、二百年後のファンとしてそのあたりをうろつけるだけでも嬉《うれ》しいのだ。

そしてそのあたりをのべつうろついた。広告業界で生活していると、どうしてもそうなってしまうのだ。広告主も広告代理店も媒体側のオフィスも、みんな銀座辺に集中していて毎日毎日が銀座でなければどうにもならないのである。そして二百年後のこの京伝ファンは、手前勝手に京伝とは随分因縁の深い仲なんだなアと感じたりしたものである。

本格的に銀座へ出入りするようになって、もう何年になるか……。勿論《もちろん》銀座生まれの泰明《たいめい》小学校組には及びもつかないが、私が生活のために銀座へ足を踏み入れたのは、まだ敗戦という語感が生き生きしていた朝鮮戦争の頃である。オフ・リミットと白ペンキを入口にこすりつけた店々がやたらにあって、尻《しり》の肉の盛りあがった進駐軍の兵隊が、その尻ポケットを札束で膨らませて闊歩《かっぽ》していた時代だ。二丁目の西側……丁度小町屋の裏手に当る酒場で、私は人生修業、いや色修業酒修業欺《だま》し修業に欺され修業……以来十有余年夜となく昼となく銀座を出たり入ったりし続けて今日に至っている。

いろいろ調べている内に、その二丁目の向う側の家並み……松屋の並びに京伝一家の最初の住いがあったらしいと判ってからは、何やら他人とは思えなくなり、いっぱし京伝の研究家ぶって書物漁《あさ》りに精を出した。

馬琴が憎い。……そう思うようになった。調べれば調べるほど馬琴という奴は嫌な男で、北尾政演の麗筆とは月とすっぽんの下手糞《くそ》な絵を臆面《おくめん》もなく書きちらし、無類の悪筆家で馬琴日記の研究者を手こずらせ、知ったかぶりの考証だくさんで紙数をかせぎながら、こけの一念弓張月《ゆみはりづき》でとうとう名を文学史に留《とど》めてしまった。しかも匿名で『伊波伝毛乃記《いはでものき》』なる悪意に満ちた京伝の伝記を書き、後世京伝の名声を少なからず損うことに成功している。……京伝の弟子のくせに。

なき人の昔おもへば　かぎろひの
いはでものこと　言ふぞかなしき

伊波伝毛乃記のいはでもは、この一首から出ている。匿名にしてもすぐに馬琴と知れるように書いてあるところがいっそう憎い。寛政二年秋、「深川櫓下《やぐらした》の滝沢倉蔵と申します。是非とも門人にとりたてていただきたく、お願いにまかり越しました……」と酒樽《だる》一本手土産に、卑屈な顔でねばり抜いた馬琴が、どの面さげて師匠京伝にたてついたのかと思えば、京伝の世に逆らわぬ粋な生き方を知るだけに、憎くて憎くてドブの中へ叩《たた》き込んでやりたくなるような気持になる。

伊波伝毛乃記は多くの学者によって確実に馬琴の筆になったことが解明されているが、その文中京伝の絵は大したことがないと断言しているのだ。作品が残ることを勘定に入れなかったのだろうか。

「京伝狂才あり、然《しか》れども書を読むを嗜《たしな》まず。弱冠の時日日界町に赴きて長唄三絃《ながうたさんげん》を松永某《なにがし》に習ひしが、その声清妙ならずをもつて羞《は》ぢ、これを棄てたり。その頃より北尾重政を師として画技を修めしが、画もまた巧みならず。……しきりに売色を好みて吉原町に通ひ、家に在ること一ヵ月に五、六日を過ぎず」……よくそんなことが言えたものだと、馬琴が私と同時代人でないのを感謝したくなる。

つまり馬琴は都会児京伝をまるで理解できなかったのだろう。この時代勉学とは即ち読書である。人にガリ勉を知られるのを恥とするセンスが馬琴にはまるで欠落していたらしい。歌舞音曲にまるで無縁で、ひょっとすると音痴だったかも知れない馬琴に、京伝の音楽的才能を評する資格があるとは思えない。画技拙劣はまるでそっぽもいいところで、当代随一の文化人大田南畝が折紙をつけているのに、それをくさすとは人一倍長生きして関係者が物故したあとの増長慢《ぞうちょうまん》であろう。売色を好みて吉原町に通い……というが、今でいうならバーへ一歩も踏み入れたことのない偏屈人が、清廉気どりの説教臭でいっぱい、というところだろう。吉原を売色とひとことでかたづけるには、この頃の時代相は異質すぎる。むしろ吝嗇《りんしょく》にこりかたまって吉原のョの字も知らない馬琴のほうが、時代人としては卑しまれるべきだったろう。馬琴日記天保十五年六月二十日の項に、庭の竹の幹から剝《む》け落ちた竹の皮を集めて売ったら、たった三十二文に買い叩かれたと口惜しげに記しているくらいのケチである。

京伝のほうは理財の法もスマートだ。長崎の料理人に教わって弟の相四郎、のちの山東京《きょう》山《ざん》に江戸で最初の天麩良屋《てんぷらや》をはじめさせている。天麩良のネーミングも京伝のアイデアである。また、画工、デザイナーとしての腕を生かし、ピーター・マックスばりにいろいろな小道具類にデザインをほどこして小間物屋で稼いだり、染色図案集を出したりして粋な儲《もう》け方をしている。特筆すべきは原稿料システムの発案で、それまでは文字どおり戯作、余技として作品の報酬が酒宴一席程度で終っていたのを、寛政三年に一編いくらの原稿料という前例を作り、小説より他に収入の術《すべ》を知らない馬琴でも、終生作家で食えるようなシステムにしたのである。原稿料制度のことから駆け出し時代居候《いそうろう》をさせてもらったこと、一流出版社耕書堂の編集部員にしてもらったこと、飯田町の下駄《げた》屋伊勢屋に入婿《いりむこ》させてもらったことなど、馬琴は京伝に絶対頭のあがらぬ立場だった筈《はず》なのである。

　京伝びいきの馬琴ぎらい……私だけでないらしく、京伝研究家の出版物は多かれ少かれ馬琴非難の文章がある。京伝を識ってから馬琴憎しの数年間が続いたが、私の京伝びいきが身近の人々に知れわたった頃、妙な方角から私を京伝研究の深間《ふかま》に引きずり込む者が現われた。

　私の親類で、葛飾《かつしか》区四ツ木町に荒物商をいとなむ田島老人である。公害、物価高、それに人情酷薄を算《かぞ》えたて、もうたまらねえ俺アどっか山ン中へ婆さんと引っ込みてえよ、を口癖にしていたのが、つてがあって本当に三島の山中へ転居の肚《はら》をきめたという。二人の息子はどちらも一流銀行に職を得て今は楽隠居といった具合だが、何せ先祖代々の葛飾人で、四ツ木の地所もかなり広いし、家がまた恐ろしく古い。流石《さすが》に父祖の地を引き払うのが心残りだったのか、急ぎもせず丹念に整理をして見たら、どうやら山東京伝にまつわる文書が出て来たらしい。別れに際してそれをくれるから取りに来いというのだ。

　喜び勇んで子供の頃から苦手な頑固爺《じじ》いの家へ駆けつけると古く大きな家中が奇麗にかたづいていて、若い頃から俳句をひねり続けて来たせいか、妙に雅味の出た皺《しわ》くちゃ面をほころばせて、ブルックボンドのティーバッグを落した寿司《すし》屋の大きな湯のみを大事そうに口に運んでいた。

　無造作に膝《ひざ》元へポンとほうり出された紙の束をひろげて私は思わず歓声をあげた。天明五年の『江戸生艶気樺焼《えどうまれうわきのかばやき》』と同七年の『通言総籬《つうげんそうまがき》』があるではないか。どちらもたしかに初版本である。それに宿屋飯盛《やどやのめしもり》撰で政演画の『吾妻曲《あずまぶり》狂歌文庫』の完全な奴……。それが銀座一丁目の京伝店《だな》で包装紙兼用にしていた宣伝チラシ十葉ばかりにくるまっていたのである。

　京伝はデザイナー兼コピーライターで、日本の本格的アドマンの元祖と言っていい。その先達に風来山人平賀源内《ふうらいさんじんひらがげんない》があるとは言え、自作の本の中途に突如一ページ広告を持ち込んだり、作中の人物にCMを言わせたり、画文混合のクイズ的商業文案をしたり、やっていることは現代アドマンたちと大して変らない。私の京伝びいきはそんなところにも理由があった。

　問題は、その中に稚拙きわまる画文が混っていたことだ。そのひとつは肉筆の墨画で構図の天地さえたしかめねばならぬような怪し気な筆さばき。よく見れば墨堤夜景と題があり、墨田河畔の風景画だ。

　　月と葦《あし》　浮いたばかりの　土左衛門《どざえもん》

……臆面もなくそんな物凄《ものすご》い句を賛してある。私は思わず吹き出した。どう見ても素人仕事で、それも余程の大素人らしい。印もなく、ただ左下隅に弧人という署名があるばかりだ。弧人……聞いたことのない名である。

もうひとつは部厚い和綴《わとじ》本で、製本はどうやら玄人らしいが文字はねじれ金釘《かなくぎ》。やはり肉筆で表紙に『大富丁平吉《おおとみちょう》』の名があり、中央に濃墨たっぷりと、『た日記』としてあった。変体仮名の『た』に日記の二字、何やら意味あり気でもあり同時に頼りなさそうな文献という気がした。開いて見ると、日記といっても馬琴日記のような丹念なものではなく、二、三か月続くと思うと何年も飛んでいたり、つまりその気になった時だけの気儘《きまま》日記らしい。巻頭の日付は天明四年六月十二日、終りは明治三十三年二月一日となっている。

有難く頂戴《ちょうだい》して京成電車に乗り、それが地下にもぐって都心近くに来てから私は急にとんでもないことに気づいた。慌てて次の駅で降りるとアワを食って喫茶店に駆け込み、四ッ木でもらって来た包みをひらいた。

冗談じゃない。天明四年は一七八四年で明治三十三年は一九〇〇年だ。天明、寛政、享和、文化、文政、天保、弘化、嘉永、安政、万延、文久、元治《げんじ》、慶応、明治と、その間十四代百十余年の年月がある。……あの爺いかつぎやがった。そう思いながら『た日記』を繰って見たが、ねじれ金釘流の書体は終始一貫していて、内容もとびとびながらふざけたものではないらしい。私は呆《あき》れ返ってしまった。

もし私が小説の、それもSFなどというジャンルに首を突っ込んでいなかったら、多分

『？、日記』は疑問符をつけっぱなしで埃《ほこ》りまみれにさせてしまったことだろう。だが百十余年にわたる日記、ということが私をモロにSF的解釈にもつれこませてしまった。仮りに大富丁平吉なる人物が十五歳のときから日記をつけはじめたとしても、明治三十三年二月一日までで百三十歳を生きたことになる。

SFになるかならぬか、まさにギリギリであった。百余歳の長寿は稀《ま》れではあるがないわけではない。だが百三十歳となると記録ものだ。明治のことでそんな高齢者が記録もれになっていたかも知れないが、これを二十歳代でつけはじめたとすれば百三十何歳……まごまごすると百四十歳。異常な高齢である。SF的思考の介入する余地が出て来る。

私は家へ帰ってから……と言っても当時は四谷《よつや》のアパート住いだったが、じっくり腰を据えて『？、日記』に取り組んだ。

まず表紙。中央の『？、日記』という意味は不明だが、大富丁という町名ならすぐ探し出せるはずだ。図書館へ行って近江《おうみ》屋板の江戸切絵図を繰って行くと、思ったとおり日本橋南芝口橋迄《まで》・八丁堀霊岸島築地《つきじ》辺絵図の中で簡単に発見することができた。場所は真福寺橋西詰……地図を文で説明してもはじまらないから大ざっぱに言うと、今のテアトル東京の裏手へ伸した線と、歌舞伎座の裏へ伸した線が交差するあたりである。掘割りぞいのいわゆる河岸地という細長い小さな区画で、真福寺橋を渡れば京橋南詰まで一直線、つまり山東京伝が経営した煙草入小物店とはほんのひとっぱしりの距離である。

その位置関係で、四ッ木の田島家にあった京伝の本や京伝店の宣伝ビラの意味が知れた。

京伝が北尾重政の門に入って浮世絵の修業をはじめたのは安永四年頃のことと推定されている。安永四年と言えば蜀山人《しょくさんじん》大田南畝が洒落《しゃれ》本の処女作『甲駅新話《こうえきしんわ》』を出版した年である。江戸の庶民文芸ブームがはっきり姿を現わした頃で、京伝のように文才に恵まれた人物には、そのような時流が肌に沁《し》みて感じられた時代であったはずだ。そして安永七年には処女作『お花半七開帳利益札遊合《かいちょうりやくのめくりあい》』が刊行されている。今のように画文の才が別々に認められる時代ではなく、文士は同時に画家であって、そのふたつが切り離せない時代だった。青年画工北尾政演は翌八年に二作を発表、安永九年には『娘敵討古郷之錦』で画工から独立した文人山東京伝のペンネームをはじめて使用している。そして二年後の天明二年、デビュー五年目で当時の芥川賞直木賞的意味を持っていた蜀山人の賛辞を受けた。作品は『御存商売物《ごぞんじのしょうばいもの》』であった。

つまり『〓日記』書きはじめの天明四年は青年作家京伝が江戸社会のスターとして知れ渡り、登り坂の派手な雰囲気につつまれていた時代である。黄表紙・洒落本の類《たぐい》が庶民の間に大量に売れはじめていることを重ね合わすと、昭和におけるテレビ興隆期の様相があてはまる。新時代のスターであったわけだ。町内の人々はもちろん、その近傍に住む連中が、近いというだけで肩身の広い思いをし、何かというと京伝を話題にしたであろうことは想像に難くない。大富丁の平吉も多分そうした理屈抜きの京伝ファンであったのだろう。だから京伝の筆になるものを収集し、丁寧に保存したのである。

平吉という人物は、ひょっとすると四ツ木の田島老人の先祖に当るのではないだろうか。

天明四年といえば京伝二十四歳の年で、文化十三年五十六歳で死ぬまでの間には数多い著作がある。平吉はその間京伝の作品を大量に収集したとも考えられる。その散逸した残りが私の手《て》許《もと》に舞い込んで来たのかも知れない……そう思うと田島家での保存のし方を恨みたい気分になるのだった。

一方『〓日記』の本文解読は困難をきわめた。第一に私は江戸文学の基本を修めていないから、早書きに書き崩した変体仮名がよく読めない。同時代人には註釈《ちゅうしゃく》の必要がない俗語俗称略称略語の類も、ひとつひとつ遠まわりして各種の文献探しからはじめなければならない。おまけに平吉の教養程度はかなり粗雑なもので、誤字あて字が到る所で罠《わな》を作っている。これには閉口した。私は専門家ではないし、広告屋というのはいつも全く未知の分野に転進し続ける商売で、化繊、電卓、食品、車とその都度相当突っ込んだ所まで自習作業をしなければならないのである。

時間がない、しばらく放置する、熱がさめる、忘れる……そして思い出したようにまたはじめる。そんなパターンを幾度か繰り返し、私の『〓日記』研究は大した進展を見せなかった。

しかし、それでも幾らか見当がついて来た。大富丁平吉は、はじめ考えていたよりずっと京伝の身辺に近い人物であった。日記の様子では毎日のように京伝の家へ行く。

○十七日丁酉《ひのととり》　晴

高井の松と松丁湯すぐ岩家行中食《ちゅうじき》相四と食ス　夕伝さま戻スキヤ汁粉へ使米上々吉　夜上大通へ供風吹ク

……たとえばこのような記事が到る所にある。高井の松とは平吉の友人らしい。大富丁のはずれ、本多隠岐守《おきのかみ》の邸《やしき》の前に番小屋があって、その角から二軒目に高井某《なにがし》という武士の家があった。松はその下僕であろうか。ひょっとすると家族の一人かも知れない。私は松吉という名を考えたが、松之助かも知れない。とにかくその友達の高井の松ちゃんと平吉は朝湯へ行ったのだ。日記の他の部分と総合すると平吉の家の近くに銭湯はなく、向う河岸の松屋町まで入浴に行くらしい。ひと風呂《ふろ》浴びてその足で京伝の家へ向う。岩家は岩瀬家つまり銀座の京伝宅である。中食は昼飯のこと、相四は相四郎京山の略である。平吉は京伝を伝さまと記し、弟の京山を相四と気安く呼んでいる。して見ると京山よりは年長であろう。京山は岩瀬家の末息子で京伝とは八つ違いであるから、平吉の年齢は天明四年ごろ二十二歳から十五歳の間、私はだいたい二十歳ぐらいだろうと見当をつけた。その平吉が京山と岩瀬家で昼食をとる。どうも使用人のような具合だ。そして夕方になると伝さまこと京伝が帰宅し、平吉を数寄屋《すきや》河岸の汁粉屋へ使いに出す。汁粉屋とは北川嘉兵衛のことでペンネームは恋川《こいかわ》好町《すきまち》である。恋川春町《はるまち》の門人で狂歌名を鹿都部真顔《しかつべのまがお》と言った。恋川春町は小石川春日町に住み、石と日の二字をけずって恋川春町と称したが、その弟子の好町も、数寄屋の屋を削って好町《すきまち》と言ったらしい。そして夜、八丁堀上大通りの町御組のどこかへ供をして行った。強い風の吹く晩であったらしい。夜になって平吉が供をしたのは京伝ではない。父親の伝左衛門である。

私には平吉という人物がだんだん判って来た。平吉は銀座町屋敷の使用人で京橋南詰から尾張町一丁目一の橋通りまでを縄張りとする、いわゆる岡ッ引を兼ねていたらしい。日記をつけはじめた天明四年、それまで住み込んでいたらしい銀座町屋敷を出て大富丁に借家した。このことから私は天明四年平吉二十歳と推定した。一家を構える年齢に至ったから町屋敷を出たのだろう。それまで家族同様に暮したから、その後も当然のように岩瀬家で食事をし、京山を相四と記したのだ。

京伝の父伝左衛門は伊勢の人である。江戸に移住した時期についてはよく判らないが、一説では七歳、また九歳、十九歳の説もある。とにかく孤児であったらしい。深川木場の質舗伊勢屋に奉公し、誠実で商才のあったところから伊勢屋の養子となり妻を迎え、京伝、京山のほかお絹お米の四子を設けたが、安永二年伊勢屋から離籍し銀座町屋敷を預る町役人になっている。平吉はその町役人岩瀬伝左衛門の配下であろう。ひょっとすると安永二年七、八歳の頃、岩瀬家町役就任と同時に下僕として住み込んだのではあるまいか。忠実に奉公し町屋敷の業務に通じて、天明中期に一の橋通りまでを預る岡ッ引になったという推理が成立する。

そんなわけで八丁堀と岩瀬家は密接な関係があり、日夜こまごまとした連絡があった筈《はず》である。伝左衛門と平吉は八丁堀同心の誰かに会いに出掛けたのだ。『[illegible]日記』には八丁堀同心の名が何人か出て来るが、いちばんひんぱんに現われるのは清野勘右衛門である。平吉は時に清野さま、と書き時にせいのと仮名であらわしている。勘忍旦那《だんな》とも記す。

〇廿五日乙亥《きのえゐ》天明ヨリ雨五半時過雨止
　菓子店橋屋盗賊の件隣家イシ煎庵子長太郎ト判　せいの方伺ひ両家談合に定ル　爾後《じご》いさかひ無之様申渡　また勘忍旦那なり

……そういうように述べている。菓子屋の泥棒が実は隣りの医師の倅《せがれ》長太郎と判り、清野勘右衛門が示談処理をしたのだ。本来なら送検するところをゆるくはからったわけで、平吉はまた勘忍旦那がはじまったと言っているのである。勘忍旦那はそうした人情味を慕われた同心清野勘右衛門の愛称であったらしい。そして、清野勘忍旦那の上司が、与力の細川浪次郎である。細川浪次郎は江戸文芸史にかくれもない京伝ファンで京伝門人を自称しみずからも洒落本を著した鼻山人《はなさんじん》である。

平吉は『〆日記』のところどころに米上々吉、とか米凶、とか書いている。私は最初の内米穀相場のことかと思っていた。米上々吉などの記述が特に多出する天明年間は天災地変が頻発し、天明四年には関東奥羽に大飢饉《ききん》が起っていたし、同七年の五月には江戸市中で米騒動の打ちこわしがあったくらいで、一庶民平吉も日々の米相場に一喜一憂したのだろうと考えていた。

ところが、日記の或《あ》る部分に換行を嫌って書き加えたような細字で、米かぜ熱甚し、とあるのを発見し、私の解釈がガラリと変ってしまった。

風邪熱甚だし……と来れば米は人名である。コメと読まずにヨネと読むべきだ。ヨネ、それは岩瀬家の下の娘の名である。上の娘は京伝と五つ違いのお絹、下は十違いのお米である。

およね……記録によると彼女は天明八年十八歳で病死している。

　その時私は平吉の恋を直感した。そして大富丁平吉という江戸時代の若い岡ッ引を、ひどく身近な存在に感じはじめたのである。主家の娘をひそかに恋い慕ういなせな若者……。私は『〻日記』の米という字を徹夜でチェックし朱線を引いて見た。朱線は天明四年から現われ六年、七年でピークに達し、八年の前半から急に消えてそれ以後は現われない。この頃およねは十六、十七、十八歳で、はたち代の男の恋の対象には若すぎる気がしたが、早婚社会を考慮するとそうとばかりも言い切れない。

　私の興味は俄然《がぜん》平吉の恋に集中した。もっとも、『〻日記』通読を優先し、そのあと部分追求に入るべきなのが、とにかく解読難航をきわめ、前に原文引用したとおり、文脈まるで判じ物。根気のなさに意志の弱さ、加えて浅学の私であってみれば、京伝妹およねへの慕情を発見すると田の大半を刈り残したまま早くも脱穀作業をしたがったというわけなのである。

吉、上々吉、または凶、という記述はいったい何を指しているのであろうか。『〻日記』にはおよねに関して大した記述がない。他の家族のことはしょっちゅう出て来るのに、およねだけは無視したように書かない。私はそれを恋のせいだと思った。この時代の男性心理にはそうした傾向があったはずである。人に言うはおろか、文字に書くことすらはばかられたのであろう。吉……およねと親しくできた日であろう。上々吉……折りがよく二人きりで沁々《しみじみ》とした語り合いでもしたのか。凶……その日およねは素気なかったのではないか。

上々吉や大吉はあっても、大凶は一度もない。それは平吉の願望のあらわれであり、同時に肘《ひじ》テツをくらうほどの打明け方をしていない証拠でもあった。私はそう思い、遠い二百年の昔、銀座に咲いた恋一輪を折にふれしのび返していた。

ところで、このおよねは大変な才女であったという。もちろん京伝の引き廻《まわ》しもあるだろうが、天明の江戸狂歌界の異色タレントとして、黒鳶式部《くろとびしきぶ》のペンネームで知れ渡っていたらしい。京伝に関する資料が不充分であった頃は、およねの年齢についても水増しされてもう少し年長の、十八、九から二十二、三歳のイメージで解釈されていた。それに岩瀬一族は男女とも美貌《びぼう》で名高いから、才女黒鳶式部には妙齢豊艶《ほうえん》な美女というイメージが直結して来るのだ。従っていろいろ艶《つや》めいた噂が研究家の間からとび出して来る。

まず根強いのは某侯御留守居役後援説である。だがこれは資料の整った今日では、噂の発生経路がはっきりしている。亀山人《きさんじん》、手柄岡持《てがらのおかもち》、朋誠堂喜三二《きさんじ》などのペンネームで狂歌、俳諧《はいかい》、戯作《げさく》などを数多く残した同時代の文化人平沢平格常富《つねまさ》という武士がその本人である。秋田佐竹侯の留守居役で大田南畝グループの有力メンバーだ。当時の文人中には数多くの武家がいるが、その中でも身分の高い存在で、その喜三二が黒鳶式部の才能を高く評価し何かにつけてひいきにしたのだろう。それが後に男女の噂を生んだに違いない。

また、松平不昧《ふまい》公の寵《ちょう》を受けたとか、青山下野守《しもつけのかみ》と関係があったとか、幕医鵜飼《うかい》幸伯の妾とか、年齢を水増しされたためにいろいろ取沙汰《とりざた》されている。鵜飼幸伯の件は京伝の叔母《おば》に当るお勢が、幸伯の世話で青山下野守忠高の側室となり、寵を独占してその子二人までが相ついで青山侯の家督を継いだ事情から来ている。青山侯御隠居説も同じ源である。

ところが、この一見愚にもつかない噂が私には気になりはじめたのである。というのは『たゞ日記』が天明四年六月十二日にはじまっているからだ。資料ではその日上野不忍《しのばず》池畔でデザイン・コンテストが開かれている。

京伝の著作に『たぬぐひあはせ』があり、これはそのコンテストにおける作品と、デザイナーの短文が収録されている。手拭合《たぬぐい》せは文字どおり手拭《てぬぐい》の染図案を競った風流な集りで、この主催名義人が黒鳶式部なのである。

もちろんこれはおよねを盛りたてた京伝たち文人グループの仕事だろうが、その会の有力後援者に江戸大通の一人である雪川公がいた。雪川公は出雲《いずも》松江の松平出羽守治郷《はるさと》すなわち松平不昧公の実弟である。不昧公説はとにかく、プレイボーイの雪川公登場が気になって仕方がない。おまけに平吉は『たゞ日記』第一日目に、自分も上野の手拭合せに行ったこと、およねが年不相応のませた衣裳《いしょう》、髪かたちで、思いも寄らぬあでやかさだったことを丹念に記している。まるでその会のおよねを書き留める為に日記をつけはじめたようである。私は国会図書館に雪川公日記なるものがあるのを知ると、矢も楯《たて》もたまらずに読みに出掛けた。

雪川公日記はまさしく珍品であった。吉原細見記《さいけんき》と言ったほうがいいくらいで、蜀山人や表徳文魚らとのべつ遊び歩いている。京伝も画工名で交際していたらしく、政演の名もよくあらわれる。ただ六月十二日の手拭合せの記事はなく、その月の朔日《ついたち》に「鳶女の催し中旬に決る」とだけ記してある。六月一日に京伝グループの誰かが予定言上《ごんじょう》に行き、ついでに資金をねだって行ったのだろう。

鳶女……それは黒鳶式部のおよねのことだ。雪川公の書き方が判ったので、鳶女の二字をたよりに日記をたどると、分冊になった天明九年の分、つまり寛政元年分でもある一冊に意外な文章を発見した。「政演万八楼にて曰《いわ》く、鳶女遂《つい》に神隠しと定り、命日 遡《さかのぼ》りて前年三月三日と為《な》す。まこと怪事はありたるものなり」……万八楼は柳橋の料亭であるが、これは奇ッ怪な記録と言わねばならない。およねは病死でなく、神隠しにあったのだ。命日遡りて前年三月三日と為すというのは、だから命日は行方不明になった去年の三月三日にいたしましたという報告である。

百年以上にわたる『𛀙日記』と言い、およねの神隠しと言い大富丁平吉には何か得体の知れぬ事件が起っていると思った。超自然現象、四次元の異変……そんなSF的なキャプションが、私の頭の中で渦を巻いた。

京伝の身辺にSF的現象が起きたらしいと感じはじめてからしばらくすると、今度は馬琴の『伊波伝毛乃記』が気になりはじめた。理由はその巻頭言である。

「その家に於《おい》て秘する事あり、歓《よろこ》ばざる事あらむ。一覧の後速かに秦火《しんくわ》に附せよ。妄《みだ》りに売《ばい》弄《ろう》せば、余が辜《とが》をまさむ」

馬琴は案外およねの件を知っていたのではあるまいか。それまでこの巻頭言は京伝に対する中傷で、殊に京伝の出生に関する流説を企《たくら》んでいるものと解釈していたのだ。

「京伝は椿寿斎の実子に非《あら》ず。その女弟以下京山は京伝と異父兄弟なりといへり」

この一文が、その家に秘することあり、という伏線を生んだのだと思っていた。また京伝の母についても、

「尾州の御守殿にみやづかへし奉り、数年の後椿寿斎に嫁したりとは聞きたれども、前夫ありしよしは余が知らざることなれば……」

と素ッ破抜きめいたことをやっているからなおさらの事であった。まして文政元年の『著作堂雑記』では、

「京伝は前妻の子なり。女子以下京山とは異母弟なりしかといふ」

と、今度は腹ちがいにしてしまい、天保五年の『江戸作者部類《えどさくしゃぶるい》』では、

「京伝は伝左衛門の実子に非ず、某侯の落胤《らくいん》なりとぞ」

と高貴落胤説を持ち出して馬琴一流のしつっこさを示している。

『伊波伝毛乃記』が文献として尊重されながらも、馬琴の人格を疑う重大な要素になっているのはこの辺の事情によるわけである。

しかし京伝歿後《ぼつご》の京山との争いや、京伝本人とのライバル意識から発した喧嘩《けんか》として、馬琴も案外口が堅く、言わでものことは言わずに、ただ巻頭言でおよねの秘事をチクリと触れ

ただけなのではあるまいか。そう言えば、

なき人の昔おもへば　かぎろひの
いはでものこと　言ふぞかなしき

という一句は前記巻頭言の思わせぶりの直後に記されている。なき人を京伝ととらずにおよね、或《ある》いはおよねと京伝と取れば、巻頭言は巻頭言で完結し、本文中の京伝異父説の伏線ではなくなってしまう。

父親の伝左衛門はおよね失踪《しっそう》の直後、阿弥陀《あみだ》仏の熱心な信者になり、寛政七年にはとうとう剃髪《ていはつ》して椿寿斎と名乗るようになった。椿寿斎の命名は京伝で、父のそんな深刻ぶりを嫌ったのか、いかにも京伝らしく鎮守祭をもじった椿寿斎を与えている。伝左衛門は芸事に理解のあるお祭り好きの陽気な男だったというから、そんな名を与えて元のお祭り好きに戻れと励ましたのかも知れない。だが寛政十一年に他界している。

だいたい京伝はそういう深刻がりをひどく嫌っていた。何事もしゃれのめしていこうというポーズに似ているが、実はそれほど勇ましくはなく、すべてにアウトサイダーでいたかったらしい。傾城《けいせい》に血道《ちみち》をあげるのは野暮、通人であろうと努力するのは半可通、すべてを知り何事も心得た上で流れに棹《さお》せず水と共に流れて行くのを最上とした。何かに熱中する様子を見せるのを恥とし、現代語で言えばビューティフルに世渡りをして行きたがったのである。

だから小間物商京伝店《だな》も洒落《しゃれ》で経営し、著作も余技めかして、別に生計の途《みち》が立たないのなら作家になどなるな、と馬琴入門の際に訓《さと》したりしている。従って田沼失脚に引きつづく松平定信の寛政改革をからかって手鎖五十日の筆禍を蒙《こうむ》ると、その上ムキになって逆らう気はなく、勧善懲悪物語などに転向してしまい、今日に残る善玉悪玉を考案して別な方角から大衆の心を摑《つか》んで行く。なんとなく稼いで、なんとなく有名になり、のべつ遊んでいるように見えて、なんとなく次々に作品が発表されている……それが京伝の生き方で、馬琴の競争心まる出し、モーレツ作家ぶりなどとはまるで別な美意識を持っていた。まして遊興即肉欲処理とする馬琴と、泥田の蓮《はす》に最高の花を観て二度も傾城と結婚した京伝では、師弟といえどもソリが合わぬのは当然であったろう。

私の京伝研究は、平吉およねの脇道からはてはSF的異変事につまずいて進展せず、『たい日記』も余りの難解さとその日の糧に追われるアドマン稼業で、かなりの間解読が中断してしまった。

シャンプーのCF製作と、繊維メーカーのファッション・ショーに追いまくられて、ろくに寝る間もない日が続いていた。特にシャンプーのCFは何度コンテを出してもOKが出ず難航していた。ファッション・ショーのほうは仲間の加勢でなんとかサマになる所へこぎつけることができた。大手町のホールで三日間連続して行なわれ、三部構成で幕間《まくあい》が二回ずつあった。最初の幕間はスタジオNO1の踊りで、あとの一回は菊園京子の唄《うた》だった。スタジオNO1は心配ないとして、菊園京子のほうが幾分心配だったが、シャンソン風の唄い方で当てた京子の実力は大したもので、デビュー曲「夜の魂」、ミリオンセラーの「流れ者のタンゴ」、そして例の「マダムと呼んで」、の三曲で完全に客を魅了してしまった。当時私も行きつけのバーなどで、「マダムと呼んで」の最後の一節を、マダムを呼んでェ……とやって嬉《うれ》しがっていた具合いだったから、この新進スターには興味があり、仕事にかこつけて何かと話しかけた。

頭の回転が恐ろしく速い。それに美人である。私は初日ですっかりファンになり、二日目にはその黒く長い髪にハタと手を打って、

「きみ、シャンプーのコマーシャルをやって見ないか」

と誘いをかけた。京子は艶《つや》っぽく笑って、「そうね、いずれはやらされるんだから、どうせなら早いとこやっちまおうかしら」

サバサバした調子でそう答えた。

「なあ、コンテで攻めるから落ちないんだよ。タレントを見せちゃおうじゃないか」

私が居合せた仲間の一人に言うと、

「それもそうだ。見事な黒髪だよな」

そう言って無遠慮に京子の髪に触れた。

「マネージャー、ちょっと来てェ」

京子は楽屋から廊下に向って呼んだ。「わたしコマーシャルやってみる」

仙田というマネージャーは二十四、五の若い男で、誠実そうな美男だった。

「やろか……」

これは出来てるな……私はそう思った。呼吸が一心同体になっている。「みんな一度はコマーシャルをやるんだ」

仙田は教えるような口ぶりで言い、はげましをこめた眼で京子を見た。正直言って私は、なアんだ……と少しがっかりした。だがもう言葉は口から出てしまっている。気持を切り換えて仕事本位に自分を戻し、

「いつが空いてる」

と訊《たず》ねた。打てば響くように、

「あしたの四時から九時までなら」

京子は仙田に同意を求めるような表情で答える。

「よし決った。すぐにスポンサーに連絡しよう」

私はそう言って二人の傍を離れた。先方の担当者に連絡すると、明日は昼から多摩川工場へ行っているが、それでもよければ連れて来いと言う返事である。

「弱ったな、六時にちょっとTBSへ行かなきゃ……」

私がその返事を伝えると仙田が顔をしかめた。

「空いてるって言ったじゃないか」

「ええ空いてるんですよ。でも僕のほうが」

「君のヘアスタイルを見せたって仕様がないだろ。菊園君が要るんだ」

するとと京子は笑いながら、

「だいじょうぶよ、わたし一人で行って来るわ」

と言った。

「そうだよ。何ものべつ手をつないで歩いてなきゃいけないわけじゃないんだろ」

いくらか焼餅《やきもち》も手伝って私は邪慳《じゃけん》な言い方をした。仲間も二人のムードに気づいていたらしく、ケラケラ馬鹿笑いをした。……とにかくそうして相談はまとまった。


秋であった。

京子起用案は物の見事に成功し、OKの出た多摩川工場の帰途、私は彼女を横に坐《すわ》らせて、多摩川べりを溝《みぞ》の口《くち》に向けて車を走らせていた。橋に近づくにつれ道路は渋滞し、やがて一寸きざみのノロノロ運転になった。私は京子のノーブルな横顔を時々盗み見しながら、ひとりよがりに甘ったるい気分をたのしんでいた。眼の下の暗い河原にちょぼちょぼと生えた……というよりは生え残ったすすきが風に揺れ、その向うの低い空に不吉なほど赤い大きな月が浮いていた。

私はふと覚えていた句を口ずさんだ。

「月と葦《あし》　浮いたばかりの　土左衛門……」

「え、なんて言ったの、いま」

「月と葦　浮いたばかりの　土左衛門。どうだい、名句だろ」

京子は軽く笑って見せた。

「名句かどうか……あなたの句じゃないでしょ」

「そう。弧人の句だ」

その瞬間私は急に隣りから冷えびえとした風が立ったような気がして、思わず京子の顔を見た。京子は凍《い》てついたような瞳《ひとみ》で私を睨《にら》んでいた。「どうしたんだい」そうとりなすように言わざるを得なかった。

「その句、どこで読んだの……」

強い詰問調であった。私は白刃で切りつけられたようにうろたえた。

「待ってくれよ。一体どうしたんだい」

「あなた誰なの」

京子は私の身許《みもと》からして疑っているようであった。

「ご存知のとおりの男さ」

京子はなおも私を睨み続け、身を引くように狭い車内で距離をとり、ドアにぴったりとよりかかっている。

車の列が少し動いて、私は救われた思いでギヤを動かしハンドルを握って眼を前方にそらせた。気まずい沈黙が続いている。

「墨堤夜景という下手糞《くそ》な俳画に書いてあった句だよ」

橋の中ほどまでも進んでから、私はやっとそう言った。それほど京子の態度は異様な感じであった。

「どこで見たの」

京子はせきこんで訊ねる。

「持ってるのさ、俺が……」

「大川橋のたもとから向う河岸《がし》を見た絵でしょ。丁度こんな大きな月が出ていて……」

私たちの行手に赤い大きな月が浮いていて、京子はちらりとそのほうを見て言った。

「そうだよ。よく知ってるな」

はてな、と思った。あの絵は田島家に長く眠っていたはずではなかったのか。他に複製されるほど価値のある作品でもなし、素人のいたずらといった程度のものである。それをこの若い女が知っているというのは、どう考えても腑《ふ》に落ちない。それに今の言い方も奇妙である。大川橋というのは今の吾妻橋の古名だ。架橋はたしか安永年間だったように思う。京子は切れのよい東京弁を話すが、それにしても今の東京人は向う河岸《がし》とは滅多に言わない。向う岸《ぎし》が普通で、河岸《がし》という時は、向うッ河岸《がし》と促音が入るのだ。向う河岸《がし》と平板に言うのは明治生まれの下町育ちで、今はほとんど聞くこともない発音である。

横目で様子をうかがうと、京子は赤い月を見つめて凝然としている。

「きみは東京育ちかい」

ええ……という返事にかぶせるように私は質問に転じた。

「としよりに育てられたね」

「……そうでもないわ。普通よ」

「ほう。じゃあ江戸文学か歴史でもやったのかい」

「なぜ……」

前をむいたままだが、姿勢が少し柔らかくなっている。

「いま大川橋と言ったぜ」

「そうかしら」

「言ったよ」

京子は急に私のほうへ顔を向けた。

「ねえ、お願い……」

「なんだい」

「その絵、ゆずってくれないかしら」

今度は私が黙り込んだ。あの絵にそう愛着があったわけではない。タダでやっても惜しくはないのだ。現に部屋のどこにしまったか、はっきり覚えていないくらいである。だが、この京子に対して考え込まざるを得なかった。誰も知る筈《はず》のない駄句一句と、箸《はし》にも棒にもからぬ素人絵一枚を知っていることがおかしいのである。

私は思い切って頭に渦をまきはじめた仮定をぶつけて見た。

「弧人というのは大富丁の平吉だろ」

「ええ」

すらりと返事が戻ってきた。だが、次の瞬間私が京子を見ると、彼女は右手を口にあてがっておびえたような瞳をこちらに向けていた。

誰も知るはずがない。……頭の中でそういう大声が谺《こだま》していた。それは私の絶対的な確信であった。二百年前に生きた無名の一庶民平吉が、『〓日記』以外のどんな文献にも名を留《とど》めているはずがない。しかも『〓日記』は私の手に入るまで、研究の対象になったこともなければ、世に出て発表の機会を得たこともないはずなのである。

その時私はよく事故を起さなかったものだと思う。駐車スペースを求めて夢中で車を走らせ、瀬田の交差点をやみくもに左折して環状八号に入ると禁を犯して強引に右折し、ドライブ・インの暗い駐車場へ乗り入れた。京子のほうはというと、これはまたうっかり口を割った犯罪者のような様子である。体中の力が抜け、不安げに両手の指を組み合わせている。

つね日頃、SFの世界に入り浸っていると、こういう時常識人の枠を超えた飛躍が、飛躍とも異常とも自覚せずに口をついて出るものらしい。……あとでそう思ったのだが、もし私がSFを書きも読みもしない男だったら、決してそんな言い方はせず、従って菊園京子の秘密に立ち入ることもなかったであろう。

しかし、私は言った。相手を安心させるため、精いっぱい温かく、静かな声で……。

「きみは黒鳶式部なんじゃないかい」

京子は瞳をあげて私をみつめた。冷たく堅い表情であった。だが私はその押し殺したような無表情さに、かえって肯定の返事を観た。

「知りません、そんな人……」

「大丈夫だよ。これでも山東京伝のファンで、好きなばかりに独りでこつこつ研究してるくらいなんだから。……味方だよ」

京子は黙っていた。私はかまわず彼女の心が和らぐのを期待して続けた。「黒鳶式部、いやさ岩瀬のおよねちゃん……随分とお達者で何よりでしたねえ」

軽く笑いながら芝居がかりで言ってみた。芝居がかるよりほかに天明時代の江戸言葉を持ち出す工夫がつかなかったのだ。

「…………」

「助六が、笠《かさ》にかかりし悪態は……したにも着かぬ散り桜かな」

私は黒鳶式部の狂歌を、思い出し思い出しゆっくりと言った。

「……たしかそうだったね」

「助六が、笠にかかりし悪態は……」

暗い駐車場の車内で、京子は低い声でそう詠み返した。

「したにも着かぬ……散り桜、かな……」

下の句は泪声《なみだごえ》であった。環状八号を通る車のライトがひっきりなしに天明の美しい江戸娘の顔をかすめ、頬をつたう大粒の泪が光った。

それは私の心にも甘酸っぱい感動を呼び起していた。二百年も前のふるさとを思い起し、別れた身内の誰かれも、墓の朽ちるほど古びた遠さになってしまったうら若い美女がひとり、戻れぬ時代に身を震わせて泣いているのである。

ひどく残酷なことをしたと、私はあとでつくづく後悔したが、その時はなんとかして京子との接点を作りたい一心で、次々に知っている名前を挙げた。

「小伝馬町の伊勢屋忠助さんのおかみさんになったお絹ねえさん。お祭り好きの伝左衛門さん。数寄屋河岸のお汁粉屋の嘉兵衛さん、つまり狂歌師の真顔さん。唐来参和《とうらいさんな》の和泉屋《いずみや》源蔵。南陀伽紫蘭《なんだかしらん》の安兵衛さん。大門口の蔦屋《とびや》さん。大和屋の表徳文魚さん。市が谷の質亭文斗《ふみます》は鍋屋《なべや》さん。青山様のお勢叔母《おば》さんに与力の細川さん、同心の清野勘忍旦那《だんな》、それに大富丁の平吉、高井の松ちゃん、相四郎……」

心なしに私が次々と言いつらねる京子の懐かしい人々の名が、どれほど彼女を打ちのめしたことであろうか。途中から京子はすすりあげ、泣きはじめていた。だが私は無慈悲にも、京子に対して、ホラこれほどあんたのことを知っているんだよ、という気持で続けた。

「木場の伊勢屋に堺町のお師匠《おし》さん、双紙問屋の五兵衛店《だな》に三郎兵衛店《だな》、竹河岸、京橋、炭屋橋。紀の国橋に三原橋。休伯屋敷槍屋町、一の橋までは平吉の縄張りで、それから大事な雪川公……」

調子に乗って半ばうたうように思いつくまま言いつらねていると、雪川公のところで京子は声をあげて泣き、いやいや、と身をよじって私の左肩にもたれて顔を伏せた。

私は言うのをやめ、煙草をくわえて車のライターで火をつけた。

「駒さんまで知ってるのね」

しばらくすると京子は人差指で泪を拭《ぬぐ》いながら言った。

「駒さん……」

「松平のよ」

「雪川公のことか」

「駒さんに逢《あ》いたい」

京子はしんみりと言い、ハンドバッグからハンカチを出して顔に当てながら、気をとり直したように、「馬鹿ねあたし……もう逢えるわけないのに」と弱々しく微笑してみせた。

「雪川公が好きだったのかい」

するとと京子はあいまいな表情で、

「私たちのこと、そんなにくわしいの、なぜ……」

と話をそらせた。

「北尾政演は素晴らしい画家だよ。山東京伝は文豪だ。それに岩瀬伝蔵は江戸ッ子の見本だ。俺は大好きなんだ。馬琴なんて糞《くそ》くらえさ」

「馬琴……」

京子は怪訝《けげん》そうにした。

「そうか、知らなかったんだな。……きみが神隠しにあったのが八年の三月三日だろ。その翌とし年号が天明から寛政にあらたまって、その二年目、お兄さんのところへ弟子入りした奴だよ。大栄山人滝沢清右衛門といって、のちに曲亭馬琴という名に変えたんだ。こいつが出世してから何かとお兄さんたちにたてついてね。嫌な野郎さ」

「ふうん」

京子は瞳《ひとみ》をキラキラさせはじめていた。「でも、あにさん、相手にならなかったんでしょう」

「ああ、京伝はそんな相手をする人柄じゃないものな」

「そうよ、あにさんは誰にだって何にだって本気で相手にならない人よ」

京子は得意そうに言った。

「あにさん……そう呼んでいたのかい」

「ええ」

「じゃあ京山のことは」

「相ちゃん。よそいきは相四郎。……京山なんて、おかしくって」

京子は元気をとり戻し、ペロリと舌をのぞかせた。テレビの人気者がすっかり元の江戸娘に戻って、そんな仕草まで現代人にはない一種独特の味のようなものをかもし出している。

私も一時のひどい昂奮《こうふん》状態から脱して、時計を見るゆとりをとり戻した。

「まだ九時までだいぶある。お茶でもどうだい。明るい所で化粧も直したほうがいいし」

京子は素直に同意して車から出た。二階の気障《きざ》な店へ昇る階段の途中で、

「あたしコーヒー駄目なの。紅茶ばっかりよ。やっぱりね……」

と言って笑った。モロに算《かぞ》えれば二百歳という身の秘密をあっさり抛《ほう》り出し、私を信じ切った、というよりは悪あがきしても仕様がないという爽《さわ》やかな姿勢であった。

「あんたの時代を考えれば、当節なんでも舶来だからね」

意識してそんな古めかしい喋《しゃべ》り方になるのは私のほうで、明るいレストランに入ると、一気に二百年という時差の違和感が押し寄せて来るのであった。

店中の顔がこちらへ向いた。スター菊園京子の威光である。そして京子は忽《たちま》ちの内に、ひと殻もふた殻もかぶった芸能人のポーズに変り、慣れ切ったさり気なさで快活に席へついた。つくづく舌をまかされた。

デビューして二年である。歌手としてもまだ多少ぎごちなさが残っていて不思議はないのに、京子は二百年彼方《かなた》からやって来た時の客である。何もかも新しずくめのはずなのに、けろりとすべてを呑《の》み込んで見事に順応しているのである。……女とはもともとこういうものか。それとも黒鳶式部がケタ外れの天才児なのか。恐らくその両方であろうと思った。

京子は紅茶、私はコーヒーを前にして、

「さて、どうしてもこいつだけは聞かなきゃならないぜ。神隠しってどういう具合いなんだい」

と切り出した。

「神隠しなんて知らないわよ。あたしそういう風に言われてるの……」

「いや、きみは十八歳、天明八年に病死したことになっている。だが俺は雪川公の日記を調べて、京伝さんが雪川公に神隠しだと言った記録を発見したんだ」

「あら、駒さんの日記があるの。見たいわ是非……貸してよ」

「俺が持ってるんじゃない。国会図書館にあるんだ」

「連れてって。国会図書館てどこなの」

京子はまるで私の妹のような調子でねだった。

「いいよ。暇を見て行こう。それより今はどうして二百年もとびこえちまったか、だ」

「いまなんじ」

私は京子を見つめたまま腕時計を見せた。

「あなただから言うけど、ほんとに便利なものね。森羅亭《しんらてい》さんにひとつ買って行ってあげたいわ」

「森羅亭万象か」

「そうよ。あのおじさんとっても新らしもん好きなの」

「そうか、森羅亭は平賀源内の弟子だったたな」

「喜ぶだろうなァ」

京子はさも惜しそうに私の時計を見つめた。

「で、どうして二百年……」

「時間が足りないわ。NTVの仕事が十二時すぎに終るから、そしたらゆっくり話してあげる。どうせ打明けるならあたしだってじっくりお物語り申しあげたいもの」

「それもそうだ。しかしあら筋だけでも」

　すると京子は悪戯《いたずら》っぽく笑って、

「ふふ……あなたもりそうみたい」

　と言った。

「なんだそれ」

「こっちへ来る当座はやってたざれ言《ごと》葉よ。ああ……久しぶりに使っちゃった」

「もりそう……そうか、小便の我慢のことだな」

　京子は楽しそうに笑った。お侠《きゃん》な銀座娘たちの間で、そんな言い方が流行していたのだろう。友達も肉親も、言葉まで失っている京子を、私は憐《あわ》れだと思った。

「なによ、ふっ切れない顔をしちゃって。あたしがこっちへ来たのは、つまり穴ぼこをくぐったからよ」

「穴ぼこ……」

「そう。町屋敷って言うのは倉がついてるの。ついてないのもあるけど、ちゃんとしたのはみんなついてるのよ。銀座の町屋敷はちゃんとしてたから倉があって、穴ぐらまであったの」

「地下室だな」

「ええ。でも湿気が強くて長いこと使わないであったんだけど、あたしはちっちゃいときからよく穴ぐらで遊んだわ。それで田沼さまのことがあった年に、その穴ぐらの隅の石がひとつ転がったら、今まで知らなかった横穴が見つかったのよ。しばらくしたら、その横穴の向う側が別な世界だって判ったの」

「田沼様のことというと、田沼意次《おきつぐ》か……」

「違うわ。若いほう。意知《おきとも》。ご新番の佐野政言《まさこと》という人が斬っちゃったの」

「世直し大明神だな」

「そう」

「天明四年か。するときみが不忍池でたぬぐい合せをした年じゃないか」

「あら、そんなことまで……」

京子は眼を丸くしていた。

「その地下室の横穴が、この昭和につながっていたというのかい」

京子は声をひそめ、そうなのよ……と幾分世話がかった言い方をした。

「に、ついてはいろいろとあったの。話してると長くなっちゃうから、あとでゆっくりにしましょうよ」

その気になって聞いてみると、京子の言葉のはしはしには、まだ色濃く江戸臭が漂っているようであった。そのことを言うと、京子はテーブルごしに口に手をあてて囁《ささや》きかけて来た。

「ふだん近所の子たちと喋っていたのは、今じゃあとても汚なくって聞けたもんじゃねェさ。丁度今の男言葉だもの。今の言葉は半分以上お武家言葉がへえってて、女言葉と来たら月とすっぽんさ。でもうちのあにさんはお武家言葉でちっちゃい時から暮していなすったから立派なもんさね」

アクセントもテンポもまるで外国語めいた昔の喋り方をして見せ、言い終ると恥ずかしそうに笑った。

「なるほどね」

私は感じ入ってそう言った。

「平吉の絵、くれる……」

京子は真面目な表情に戻って言った。

「あげるよ、明日にでも。しかし、なぜあの絵をそう欲しがる。懐かしいのかい」

「そう。だって、あの絵はあたしがこっちに来るお節供《せっく》の晩、平吉がお祝いだってくれたんですもの」

「平吉は岩瀬さんの使用人かい」

不思議なもので、私はいつの間にか京子、いや、およねの家を岩瀬さんとさんづけで言い、京伝を京伝さんと呼ぶようになっていた。

「そう。ずっとうちに奉公してたの。でも今じゃ一人前のご用聞きよ。銀座のこの字平吉って言えばみんな知ってるわ」

京子の時制は幾分混乱していた。

「この字……」

「そう。この字平吉。通り名よ」

「そうか。それでこ日記としてあったんだな」

「こ日記って……」

「そうだ、きみに助けてもらおう。平吉は日記をつけてたんだよ」

「まあ……」

「たぬぐい合せのあった日からだ」

「じゃあ十手をもらった次の日だわ」

そんなことがあったらしい。日記をつけはじめた理由がはっきりした。

「平吉は幾つだったんだい」

「いま二十四……かしら」

「馬鹿言うなよ、いまだなんて」

「あ、そうだわね。だと、天明八年十九歳」

「若い岡ッ引きだな」

「岡ッ引き……ご用聞きよ」

どうやら岡ッ引きはもっと後年の称であるらしい。

「惚《ほ》れてたんじゃないかな、きみに」

「どうして……」

「日記を見ると判る」

ふうん、というように京子は考え込み、

「知ってたわ。いまそう言われて見ると、たしかにあたし気がついてた。……そう、日記に書いてるの」

としんみりした顔になった。

「とても読みづらいし、俺には判らないことが多すぎる。きみに教えてもらえば一遍にカタがつくと思うけど、どうだい」

「いいわ、あたしも見たいし」

若いウェイトレスがやって来て、口ごもりながら京子にサインをせがんだので、雰囲気は一度に二百年とび、流行歌手とコピーライターのいるテレビ時代の風景に戻ってしまった。

その夜おそく、ブラウン管にうつる菊園京子の顔は、どことなく淋《さび》し気であった。


東京の街なみはすぐ様相が変る。つい先ごろ銀座二丁目にあったキャバレーと、その隣り角の骨董屋《こっとうや》も、今はもうなくなっている。

ところで、そのキャバレーが岩瀬一家の住んだ銀座町屋敷の跡である。町方の、今で言えば区役所と警察と裁判所をいっしょくたにしたような、行政の出先機関で、同時に住民の自治機関でもあった。岩瀬伝左衛門は安永二年、深川木場の質店伊勢屋から離別すると、一家をひきいてこの町屋敷に移った。大栄転である。一度婿に入った者が養家から除籍を受ければたいていは不幸の日々になるのが、支配地の広い銀座町屋敷の町役人になったのだから、ちょっと様子が変っている。町役人は名主で、たいていは旧家名家の当主がつとめており、また仮りにそうでなくても株さえ買えばなれないことはないが、氏素性人柄人気がしっかりしていなければ、そのような町方行政の要職を譲るわけもなかろう。

史家によって岩瀬家移住先を一丁目とも二丁目ともいうのは、伝左衛門がはじめからかなりの大世帯で来たため、二丁目町屋敷のほか、一丁目裏に借家してそこに家族の一部を起居させたためらしい。京子の話では五年後に許しを得て町屋敷に増築をするまで、岩瀬家は一丁目と二丁目の両方にあったということである。のちに京伝店《だな》が橋のきわに出来、更に元の借家を買い取って、有名な雅屋《がおく》山東庵《あん》を建てた。

とにかく、町屋敷の跡にキャバレーが建っていた。

京子が幼時から遊んだ倉の地下室は、そのキャバレーの地下室に、時代をへだてて重なっていたわけである。倉には町屋敷に必要な什器《じゅうき》備品のほか、支配地内の人別《にんべつ》、宗門、訴訟、質入れつまり担保証書その他の記録が納められていて、のべつ関係者がそれを出し入れしていたから、日中はいつも開いていた。

京子は天明四年の三月、殿中で佐野善左衛門の刃傷《にんじょう》があった頃、ふとしたことでその地下室に奇妙な横穴があいているのを知った。

結論から言うと、それはタイムスリップ現象の発生現場で、かなり長い間続いていたという。はじめは気にも留めず、悪戯《いたずら》に物を投げこんでみる程度だったが、二年ほどたつうち、穴の向う側で人が動いていることや、その穴が尋常なものではなく、壁も距離もない夢のような得体の知れぬ空間で向う側とつながっていることを知った。

何かしら危険を感じ、或《あ》る時兄京伝をつれ込んでそれを見せると、京伝はしばらく案じてから、これはときあならしいと結論した。

数多くの怪異譚《たん》を書き、また文壇には次々に未来記ものが登場していた時代で、今のSF作家的側面を持っていた京伝だけに、タイムスリップ現象についても理解があったのであろう。京子に穴を抜けるなと禁じ、ついでに強く口どめし、

「こういう物は文にしてこそ面白いのだ。実物が知れて世間が見物に押し寄せては、折角の夢見る楽しさが失われてしまう」

そう言って京伝は以後口にもせず忘れ去ったようにしていた。

京子は兄京伝に心服し切っていて、そういう京伝の理屈をそのまま自分のものにしていたが、年が若いだけに好奇心が消えず、時々穴の向うを眺めて小半日も地下室にこもっていたという。

穴の向うは昭和のキャバレーの地下室で、京子の側から見れば別世界であった。しかしこの別世界はひどくうらぶれていた。三畳の畳敷きと、催し物に使った造花の桜や柳が壁にそって建てかけてある殺風景な物置きであった。白ペンキを塗ったワゴンは客にスピードくじを引かせるときのくじ入れだし、ベニヤを切り抜いて表に波を描いた紙が貼ってあるのは、大漁節のショーに使ったものである。だが、タイムスリップという稀有《けう》の奇現象で生じたその時穴《ときあな》から覗《のぞ》けば、いつも桜が満開で、青々とした柳があって、柳桜をこきまぜた中に白い波がしらをたてた海原が続く天下の絶景であった。キャバレーの桜まつりや柳まつり、スピ

ードくじや民謡ショーがどれほど味気なく、また欲の皮まるだしのいやらしいものか知るはずもない江戸娘が、それらをうっとりと眺め暮したであろうことは想像に難くない。

だがそれはそれまでのこと。京子……いや江戸のおよねにはその時代の毎日があった。

万事派手であった。

お乳母日傘《んばひがさ》とまで大仰には構えないが、ほぼそれに準じた育てられ方で、母方の叔母《おば》お勢が大名の寵《ちょう》を独占していることでも判るとおり、美貌《びぼう》の血を享《う》けている。父は町役人として江戸中に知れた名士、まして兄京伝の伝蔵が作家の名のりを挙げてからは、岩瀬家の名声は日ましにあがり、およね自身も文筆の才があって黒鳶式部の名で知られる。天明中期はむしろおよねの方に人気があるくらいで、ひと目見ようとはるばる内藤《ないとう》新宿あたりから弁当持ちでやって来て、町屋敷のまわりをのそのそと日がな一日歩きまわる郊外の閑人《ひまじん》もいるくらいであった。

出版ジャーナリズムの興隆とともに話芸も興っている。天明六年四月、江戸落語中興の祖といわれる烏亭焉馬《うていえんば》が第一回目の咄《はなし》の会を向島の料亭武蔵屋で開催し、百人以上の戯作者《げさくしゃ》狂歌師連が集った。もちろんおよねも出席している。

この時代すでに落語は三升《みます》、桜川、三遊亭などの屋号が発生し、講釈もそれ以前享保年間に志道軒《しどうけん》が出て隆盛の一途を辿《たど》っていた。

つまり、重ね合わせれば一億総タレント化時代の今日と同じ様相を呈し、青年ご用聞き平吉が発句のひとつもひねろうという、そういう時代のトップクラスのスターが京伝やおよねだったのである。

京子に言われて気づいたのだが、現在の落語家達の高座態度を見ても判るとおり、こうしたタイプのスター……芸能人、いや、作家を含めたタレントたちは、一様に老けて見せる傾向があった。それは時代の教養として、故事古文に通暁しなければならず、大衆に対してそれを示すとき、若々しくてはなんともサマにならなかったからである。現に京伝も二十七歳のときすでに山東隠士京伝老人という署名を残している。韜晦《とうかい》と言えば言えるが、それ以上に老成という状態への志向が、この時代の人々の美意識に根強く蔓《はびこ》っていたのであろう。当然およねもそうした。彼女の、いや黒鳶式部のイメージは二十四、五歳に設定されていたらしい。およね本体も早婚時代の娘としていっそう早熟な天才児であって、天明五、六年当時、すでに一人前の男性の恋の対象になり得たという。

何しろ二十七、八歳の作家が極端な場合九十九《つくも》翁《おう》などと文中で自称し、そのため後世の研究家が年齢を六十歳もとり違え、享年を算出したら百数十歳になってしまったという実例があるくらいである。京子の言によると駒さんこと松平雪川公は平吉よりわずかに年長の二十二歳であったというのに、文献を当ると京伝より七つほど年嵩《としかさ》にされている。

これは私の臆測《おくそく》であるが、狂歌や発句をものした雪川公も、当時の風潮に従って年齢を水まししたのだろう。それが彼の身分から来る権威の影響で史上に定着してしまったと考えられる。

およねと松平衍親《のぶちか》……つまりスター黒鳶式部と雪川公の間に恋が芽生えていた。週刊誌があれば飛びつくネタである。片やのちに十八大通の一人に挙げられたプレイボーイ、片や美貌の女流作家。両者とも派手な話題をふりまいて世の注視を浴びている有名人だから、当然のことながら噂は口から口へ囁《ささや》かれて行く。

田沼時代が終り寛政改革が動き出している。やがて風俗倹約令が出され奢侈《しやし》が禁じられ、旗本奥女中等に大量の処分者が出ることになるのだが、その直前である。既に時代の行方は定まり、幕閣の動向は松平侯クラスには手にとるように判っている。雪川公の派手な動きを封ずる策が講じられ、殊に黒鳶式部とのスキャンダルは藩をかけて回避させねばならない情勢であった。

所詮《しよせん》、悲恋であった。天明八年三月の節供《せつく》の宵、破局がおとずれた。黒鳶式部をホステスに置いて企画された日本橋の料亭百川《ももかわ》での歌合せに雪川公は顔を見せず、かわりに留守居役磯村兵太夫が乗り込んで来た。

折悪しくおよねは座興に芸妓《げいぎ》の衣裳《いしよう》をつけていて、お家大事一途《いちず》の磯村兵太夫に毒婦呼ばわりをされ、兄京伝ともども雪川公との絶縁を誓約させられてしまった。

その会は雪川公グループだけの内輪の集りで、グループ内だけでも黒鳶式部と雪川公の恋仲を公認してやろうではないかという、悪戯半分の披露パーティーだったらしい。

しかしおよねにとっては嬉《うれ》しい会であった。将来とも正室になれる望みはないものの、駒さんを生涯のうしろだてとして、文筆一途に華々しく生きる未来を夢みていただけに、この破局に絶望してしまった。

京伝はその時、時勢の転換を説いて松平家の立場をおよねに訓《さと》す立場に回ったという。およねには京伝の言う意味が判りはしたが、雪川公が自分で説明に来なかったこと、愛と身分の比重の問題などを言いたてて泣きじゃくり、一人で銀座へ帰ってしまった。

そういうことがあった晩、平吉は何も知らずに自作の墨画をおよねに献じたのだ。雪川公とのことはもちろん知っていて、京伝好みのなんとなく洒落《しゃれ》めかした中に、実は祝言のまねごとのような意味をちらつかせた今夜の宴を祝うつもりだったのであろう。

月と葦《あし》　浮いたばかりの　土左衛門

祝いとしては不吉な句であるが、それをとびきり下手糞《くそ》な筆さばきが救っている。京伝やおよねが見たら吹き出さずにはいられない作品なのを計算していたのだろう。

およねはそれを受けとり、雅号がないのは淋《さび》しいと言って、この字平吉にちなんだ弧人の名を与えた。平吉はひどく嬉しがって早速筆をとり、弧人、と書きそえたという。

……その絵が私の手もとにまわって来た絵なのである。多摩川畔で私が弧人の名を出したとき、京子が異様な反応を示したのはだから当然のことであった。

哀しいとき、せつないとき、およねは倉の時穴《ときあな》の前で、じっと柳桜をこきまぜた動かぬ磯《いそ》辺《べ》の景色を眺めることにしていた。手燭《てしょく》を持って穴ぐらへ降り、時穴の向うに見える別世界をみつめていると、急にその視界の中へ一人の若者が入って来た。

それは後で菊園京子のマネージャーになった仙田であった。

「向う側へ抜けたらどうなるか……いえ、抜けられるかどうかもはっきりとは判らなかったの」

テレビのナイトショーが終ったあと、京子は麴町《こうじまち》のマンションの一室で長い物語をはじめ、その中途で仙田の顔を見やりながらそう言った。仙田ははじめ京子が私に秘密を知られてしまったのをひどく悔やんで、だから一人歩きをさせたくなかったんだ、などとうらみがましく言ったりしていたが、やがて気を取り直したらしくその後の事情をすすんで説明してくれた。

「死ぬ気だったんですよ」

仙田はそう補足する。「でもこっちは驚きましたよ。芸者の幽霊が出たんですからね」

……仙田は当時中央装飾社というディスプレイやインテリア・デザインを扱う会社の社員であった。そのジャンルは宣伝のそれと半ばあい重なっており、中央装飾社の名は私も聞き知っていた。

中央装飾はこのとき、銀座二丁目のキャバレーの改装を請負っていて、その下見に仙田が派遣されていたのだ。時間は昼の一時ごろ。彼は換気ダクトを辿って地下へ降りていた。機械室は京子が出た物置きの隣りであったという。

物置きいっぱいに造りものの桜や柳の樹が並んでいて、仙田側から見ると京子の姿ははじめ色も立体感もない虚像のように、うすぼんやりとその柳の木の間へ出た。偶然のことながら、まさにおあつらえであった。

およねは芸妓姿のままで時穴へ身を投げた。何とも得体の知れぬ虚の空間の向うに見える柳桜の景色に向って夢中で体を伸していた。

そのとき、天明の銀座では京伝が叫んでいた。

「およね、戻って来い」

……京伝は日本橋の百川で、およねがまさか芸妓姿のまま帰りはすまいと高をくって白けた座をとりなしていたが意外に戻るのが遅いので気になり、二階から降りて帳場に訊《たず》ねると、駕籠《かご》を呼んでそのまま帰ったという。

感じやすいとし頃である。まして普段並外れて気丈なだけに、思いつめたら何をするか判らない。……京伝はうろたえて銀座へ駆け、家の中にいないのを知って、さてこそと血相変えて倉の穴ぐらへとびこみ、その階段の中途から時穴でかすみかけているおよねを呼びとめた。

「あにさん……」

およねも中間で叫んだ。その声が、いや想念が、時穴の両側にいる二人の男へ同時に届いた。

「あにさん、勘忍。でもあたし駒さんの邪魔になりたくない」

そういう意志と共に、黒鳶式部岩瀬およねの情念が、時代をへだてた二人の男の脳へ、直接ぶち撒《ま》けるように届いた。

京伝にどう響いたか、彼はこの件に関して一切書き残していないので知る由もないが、仙田は惚気《のろけ》半分にこう言っている。

「あんなに感動したことはありませんでした。燃えるように一途な女心が、それはそれは美しく、しっとりときめこまやかに僕の心へ流れ込んで来たのです。一瞬の間に何もかも事情が理解できました。それは京子の全生命、すべての記憶がさらけ出されていたからです。筋を辿《たど》った理屈ではなくて、二度と味わえない心の触れ合いでした」

肉の交わりの記憶は、そのときおよねが我知らずさらけ出したものの中になかった。雪川公との仲は純粋にプラトニックなものであった。……いま堰《せ》かれても、駒さんはきっとあたしのことを追ってくれるに違いない。でも駒さんはご大身の、それもとかく公儀から眼をつけられているお家をまもらねばならぬ身に生まれついてしまっている。大好きな駒さんのためなら、この世から消えてしまっても悔いはない。

寛政改革前夜の、音を軋《きし》ませて揺れ曲るような時の流れの中で、一人の美しい娘が松江藩十八万六千石を救おうとしていた。当主不昧公は松江藩黄金時代を現出した名君で、先代宗衍《むねのぶ》公が江戸市中に「出羽様御滅亡」の噂をたてられたほどの貧乏藩を一挙に建て直した人物であったが、それだけに硬骨……田沼時代も贈賄を断ち、殊更「知足は聖人の教えるところ」と称《たた》えて要路の神経を刺激していた。

百川における兄京伝の説諭でそうした時代の様相が判っている。京伝にしたところで、いつまで作家活動が続けられるか判らない不安な空気の中にいる。言論弾圧は時の勢いで、この美しい天才児の行末を思えばこそ、雪川公との仲を思いとどまらせなければならないと決意している。どうやら京伝の真意は、雛《ひな》の節供にことよせて、それとなく別離の宴を催したつもりであったらしい。

そこへ明日の暗い時代を先どりしたような留守居役磯村兵太夫の登場である。およねが時穴に消えかけているのを知って声をかけた瞬間、その言葉とはうらはらに「行かせてやろう」……そう決意したらしい。ふたつの時空の中間で、およねは兄京伝のそうした思いも、こちら側の仙田の好意も、その両方が流れるように心の中へしみ通って来たという。

「それじゃあ、あにさん」

「そんなら、およね……」

丁、と柝《き》が入る場面があって、およねは仙田側へとその実体を移した。

およねの転移が彼女にとって幸であったか不幸であったか、私ごときに判定することはむずかしい。しかし、少くともその直後から言論弾圧がはじまり、三年後の寛政三年に京伝は手鎖《てじよう》五十日の刑を受けている。およねを後援した朋誠堂喜三二も『文武《ぶんぶ》二《に》道万石通《どうまんごくどおし》』で禁に触れ、主家の圧迫で以後筆を折ってしまうし、恋川春町などは主家にまで累が及びそうになって「生涯苦楽、四十六年、即今脱却、浩然《こうぜん》帰天」と辞世を残して割腹自殺をとげている。そのほか唐来参和が絶版を命じられたのをはじめ、式亭三馬、十返舎一九、柳亭種彦《りゆうていたねひこ》、為永《ためなが》春水《しゆんすい》と、あい次いで罪を受け、遂《つい》に無傷だったのは石頭の馬琴ぐらいなものであった。

京伝の生きた時代は、昭和元禄《げんろく》の現在と非常に相似した時代相を呈している。

政界は腐敗し権力の専横が著しい。財界はそれと密着し資本が寡占化している。遊芸が栄え人々がレジャーをたのしんでいる一方、各地に深刻な飢饉《ききん》その他が発生し、北方領土にロシアの脅威がしのび寄り、長崎には持て余すほどの外交問題が山積している。しかも維新への底流が姿を現わし、尊号問題で高山彦九郎が割腹している。近代科学が発芽しエレキテールの見世物が流行し、そして出版ジャーナリズムが極限にまで登りつめている。松平定信のような人物が社会の再建をはかっても金融引締め奢侈《しゃし》禁止はそっぽを向かれ、そのくせそれに媚《こ》びた心学の徒が大きな顔をする。だが民衆をひきずる力を持った文化人たちは、そうした時代の問題点を避けてとおり、蜀山人は遠山の金さんに従って長崎の外交舞台を踏んでいるのに能吏の仮面にかくれてしまう。主義に殉じて屠腹《とふく》する者、保守陣営に身を潜める者、テレビショーのレギュラーとしてタレント化する者……文壇ひとつとって見ても今日と余り変らない。

二つの時代を銀座の時穴《ときあな》がつないでいるというのは、この相似と果して無関係なのであろうか。

さて、およねはこちら側へ来てしまった。一瞬の内に時穴の正体はじめ、およねの事情、人となりなどを理解させられてしまった仙田は、それが宿命ででもあったかのように、一途《いちず》におよねの力になろうとした。ひょっとするとそこにははかり知れぬ時空の力が作用しているのかも知れない。

およねをそこへ置いて、無人のキャバレーの楽屋うらへ行き、ホステス用のロッカーから女の服を盗んで来ると、芸妓《げいぎ》姿のおよねにその着方を教えてやった。髪を解き、長すぎるのを思い切って鋏《はさみ》でつめると現代娘ができあがる。天与の麗質というのであろうか、椅子のない江戸下町の育ちにもかかわらず、およねの脚はスラリと伸びていて、ミニスカートがよく似合う。

そうこうしている内に、さっきおよねが現われた辺りから京伝の姿がうすぼんやりと浮きあがり、その想念が二人に呼びかけた。

「そこの人、およねをおたのみ申します」

時穴《ときあな》へ半分以上身をのり出したらしい京伝は、妹への深い愛情をほとばしらせつつ、紫色の袱紗《ふくさ》包みを昭和の銀座へ投げてよこした。向うで大急ぎに母屋へとってかえし、その包みを持って来たのだろう。

虚空の一角から袱紗包みは実体となって物置きの空間に現われ、埃《ほこ》りのつもったコンクリートの床に落ちてガシャリと割れた。チーン……と冴《さ》えた余韻を残して、そこに山吹色の黄金が輝いた。およねは身をかがめてその一枚を拾いあげ、

「まあ、あにさんこんな……」

と愕《おどろ》いた。仙田にもそれが小判であることは判ったが、いったいどれくらいのものか見当もつかないでいた。

普通の小判ではない。有名な正徳・享保金である。正徳四年新井白石の馬鹿げた理想論か

ら、純度八十四パーセントを超える極端に良質な通貨が発行された。秀吉が造った史上最高の慶長小判の昔に戻すべく、全く同純度の通貨を鋳造したのである。通用した期間は短く、僅《わず》か二十年余りで元文《げんぶん》金銀に交替させられ、何度も退蔵を厳禁する布告が出されて、所持することが危険な死貨であった。

それが百枚……現在の古銭市場では慶長小判一枚に約六十万円の価がついている。およねの時代でさえ、その交換率は相当な高さにのぼっていたはずである。

価値の見当もつかぬまま、それを仙田がひろい集めているとき、およねは非常に重大な行動を起した。物置きの隅に積んであった紙の束に目を留めると、流石《さすが》天才女流作家だけあってそれがこちら側の書物であることを察し、時空の中間帯から名残り惜しげに身を引きかけている京伝に向って、それを抛《ほう》り投げたのである。

こちら側では愚にもつかない古雑誌の束が、天明八年三月三日の銀座町屋敷の一角へ投げ込まれたのだ。

およねが転移し、京伝が小判百枚を転移させ、いままたおよねが古雑誌を江戸時代へ転移させたことが、異るふたつの時空の物理現象を渦動させ、その時以来銀座の時穴《ときあな》は活発に変化しはじめたのであった。

仙田は自分のアパートへおよねを案内し、そこにかくまって現代人教育をはじめた。およねは聡明《そうめい》であるばかりでなく、柔軟な適応性に恵まれていて、瞬く内に江戸臭を消して行く。現代東京人から見れば、土地は同一でも天明の江戸人は田舎者である。しかし、だからと言ってこの場合およねが直面した問題はそうむずかしいものではなかった。

要するに地方から出て来た娘が東京という都会に慣れるだけのはなしである。まして気丈な負けずぎらいの、第一級文化人だったプライドに燃えるおよねである。瞬く内に言葉も動作も物の考え方も、疑いようのない現代娘になってしまった。

となると、恵まれた資質は現代でも輝き出し、およね自身じっとしていられない衝動に駆られる。あでやかに生きたい、派手に活動したい、いろいろな世界を見たい……つまりスターになりたい。

この点でも、若い地方出身娘が持つ公約数的願望と大差ない。しかしおよねの場合前身が前身だけにそれはいっそう強烈で、仙田がその気迫に気おされるくらいであった。

人一倍おしゃれもしたい、カラーテレビも欲しい、車も持ちたい、マンションに住みたい……江戸時代にもそういう面は持っていたのだろうが、それが消費時代にとび込んで一挙に枷《かせ》が外れ、仙田ごときの手に余る浪費ぶりを示した。資金の出どころはひとつ、例の正徳小判である。

銀座を知る現代人は二丁目のキャバレーのとなりに骨董屋《こっとう》があったのを、まだ忘れはしないであろう。キャバレーの時穴《ときあな》につながる縁で、仙田はなんということなしにその骨董屋に小判を持ち込んだ。

一枚二枚と売っている内に、りゅうとした身なりで馬鹿に盛り場のあちこちに顔が効き、そのくせ定職もなくさりとてやくざ愚連隊のたぐいでもない、という怪し気な男の興味をひいてしまった。

その男は植村繁といい、一時問題のキャバレーの支配人をしていただけに、となりの骨董屋とも親しくしていた。そして植村は仙田という若い男が、正徳小判を大量に所有していると睨《にら》んだのである。

親から譲り受けたかどうかして、大量の正徳小判を握っている世間知らずを口説いて、一挙にそれを換金させれば、百万やそこらのサヤをとるのはいとたやすいこと。……植村の肚《はら》は見えすいていて、しつっこく仙田にまつわりついた。美貌《びぼう》のおよねにも食指を動かし、二人の部屋へ気安げに顔を出すようになった或《あ》る日、植村はそこで意外な尻《し》ッぽを摑《つか》んでしまった。

仙田がキャバレーのロッカーから盗み出しておよねに着せたブラウスとスカートである。それは植村の情婦でホステスをしている伊藤芳子のものであった。

それでなくても仙田やおよねの様子には不審な点があるのに気づいていた植村は、そのスカートとブラウスをネタに若い二人を脅しあげ、居もしない背後の暴力団や警察とのつながりをちらつかせて、小判をとりあげようとした。伊藤芳子を連れて来て盗品の確認をさせたり、その露骨さに二人とも閉口してしまった。

日毎夜毎の脅しにノイローゼ気味となった二人は、それを京伝に相談しようということになり、仙田は仕事にかこつけて昼間のキャバレーにもぐり込んだ。

だが、植村と伊藤芳子にあとをつけられてしまったのである。植村と芳子はキャバレーに何かが隠されていると、二人の様子から薄々勘づいていて、ひょっとしたら小判の出所ではないかと話し合ったりしていたのだ。銀座の地下から古い貨幣が出るのはよく聞く話である。つけて行くと案の定まっすぐ地下の物置きへ向う。こいつは本命だとほくそ笑みながら陰で見ていると、物置きに踏み台を作って何やらやっている。……仙田は恐いもの知らずに時《とき》穴《あな》を抜けて向う側をたずねようとしていたのだ。

それは異様な光景だったに違いない。しかし欲に眼が眩《くら》んだ二人には、宝の山へ入る入口に見えた。とび出して行って半身かすませかけた仙田の足を引っぱり、撲《なぐ》り倒すと助け合いながら二人で時穴へもぐり込んでしまった。

……そして穴の向うでどうなったか。それを知る手がかりは『ね日記』享和三年九月十一日の項以外に何もない。

○十一日庚申《かのえさる》北ヨリ風アリ晴

朝ヨリ竝木町《なみきまち》へ行。いよいよ暇也。夕景馬喰《ばくろ》丁附木店辺小火《ぼや》、一寸也。

夜半町屋敷お倉に賊、大騒動也。男女二名風体奇怪、女賊腰巻ひとつ髪ふり乱様、こと更凄《すさま》ジ。乱闘小半刻《こはんとき》、男ノミ取押女賊ノガル。暁方細川さま御カケ付御取調トモ埒《らち》なし、生国判ラズ言い様おかし。長谷川さま手方御通寄りなされ、南ばん太夫など申居たり。朝マデ木戸番屋、翌朝之記。

……この年記録によれば京伝は浅草並木町に菓子店《だな》を開業したが、商いは思わしくいかず失敗している。平吉は朝一番でその店へ使いに行き、店が暇だと嘆いている。夕方馬喰町の附木店から失火したが大したことはなかったらしい。そして夜に入り、町屋敷に賊が入って大騒ぎになったと明記している。

賊が男女二人づれだったことや女のほうの風体が記されていることから、私は植村繁と伊藤芳子の二人は、この時点へ現われていると確信している。

腰巻ひとつ髪ふり乱しさまが殊更凄まじかった、というが、スカートにショートカットの伊藤芳子が色気も何もない鬼女に見えたのであろう。そして乱闘にまぎれて芳子は逃げ、植村は逮捕されてしまった。

官辺に報告が回ったのはあけ方らしく、京伝門下鼻山人こと与力細川浪次郎が一大事と駆けつけ、吟味をするが一向にはっきりしない、生国不明で喋《しゃべ》り方も変だ。丁度火付盗賊改の長谷川平蔵の配下が通りかかり、細川浪次郎と共に調べたが、結局南蛮太夫というオランダ服を売物にした曲芸師に似ているようだというだけで何も判らずじまいだった。平吉は京橋詰の番小屋で夜を明し、翌朝帰宅してから日記にそのことを書いた。

この頃には平吉の日記のつけ方もだいぶ進歩している。

問題は日付である。享和三年は一八〇三年で、およねがこちら側へ来たのが一七八八年……それから一年半しかこちら側では経過していないのに、向うでは十数年たっている。両者をつなぐ時穴《ときあな》が脈動をはじめ、時空の関係が乱れはじめていたのだ。

だとすれば、植村と芳子の転移でそれはなおさらひどくなったはずである。

○十三日壬戌《みずのえいぬ》薄曇

今朝盗賊加役方寄場送　右細川さま御取計之事有難シ　サテモ穴奇妙也

……一日置いた十三日の平吉の日記は簡潔である。朝早く植村繁が石川島の人足寄場に送られ、それは細川浪次郎の特別の処置であったと述べている。

たしかにいくらなんでもこの処分は早すぎる。石川島の人足寄場は寛政二年に新設された一種の拘置所である。京伝は植村の件について、時穴の存在を関係者に打明けざるを得なかったのだろう。だからこそ、与力細川浪次郎は非常措置をとり、京伝一家の秘密を保ったのである。そして平吉は、「サテモ穴奇妙也」と言っただけで筆を擱《お》いてしまったのだ。

曲亭馬琴が伊波伝毛乃記で、その家に秘事あり、とちらつかせたのは、ひょっとするとこれを知ってのことではなかろうか……。

伊藤芳子はおよねと丁度同じ年齢であった。その後菊園京子という芸名でマスコミの世界へ進出して行った経緯は、多くの週刊誌などが既に根ほり葉ほり書きつらねたとおりである。

京子、つまりおよねの戸籍を調べると、その本名は伊藤芳子になっている。仙田の策でそのまま頂いてしまったのだ。芸名の菊園は天明当時京伝の想い者で、のち寛政二年に最初の妻となった吉原江戸町扇屋宇右衛門方番頭新造の菊園の名をそのまま姓にし、京伝ちなみの京を一字とって京子とした。

　平吉はどうしたであろうか。

　私は京子の協力で『穴日記』の解読をすすめて行った。だが奇妙なことに、平吉の日記は「穴奇妙也」のあと文化四年二月ごろまでひどく粗略になっていて、まるでそれまでのつけようとは違っている。気がないのだ。そして、文化四年三月三日以降、いきなり明治二十八年へ飛んでいる。

○三月三日丙辰《ひのえたつ》晴
　朝飯後町や敷祝儀罷出《まかりいづ》トモ米無キ后取立祝可《べき》事も之無也　伝さまと話ス　宵倉穴ヲ見ル
今宵《こよい》行可也　夜万端取片付家内清掃

　……平吉の文字は更に一段と進歩しているが、ここまで語ればもう説明を加える要もないであろう。思い出の雛《ひな》まつりの宵、平吉は身のまわりの整理をすませ時穴《ときあな》へ入ったのだ。生き甲斐《がい》を失っていたのかも知れない。三月三日という日付は、彼のおよねへの慕情を物語って余りある。

　だとすると、仙田と既に夫婦関係を結んでいる京子は、平吉に対してどういう態度をとればよいのだろう。私と京子は仙田を混えずに、二人だけでそのことを語り合った。しかし、人の世の、人と人とのからみ合いの不思議さを、どう変えどうとりつくろうべきも発見できぬまま、もし平吉に逢《あ》うことがあったら、すべてを率直に打明けるしかないと結論せざるを得なかった。

それにしても、逢う可能性はまずなかった。明治二十八年から日記が再開されている以上、平吉は乱れた時の道を辿《たど》ってそのあたりへ出現し、今はもう鬼籍に入っているに違いないのだ。

「でもねえ……」

京子は言いづらそうに眉《まゆ》を寄せてそう言った。「平吉だってあたしのこと、そう恨みはしないと思うのよ」

「なぜだい」

スターの生活に憧《あこが》れる若い娘達の夢をそのままかためたような、華やかなムードの菊園京子の部屋で、私はそう問い返した。

「だって……」

京子はなおも言い澱《よど》み、しばらく間を置いてから、「この字平吉って仇名《あだな》は、あにさんがまだ子供の頃つけたのよ。寒い冬の日に、両手を着物の袖《そで》口にかくして、奴凧《やっこだこ》のように京橋を渡って来るのが、まるでこの字のように見えたんですって。……ひどい蟹股《がにまた》だったのよ」

私は裏切られたような感じで、そんな平吉の姿を心の中に描き直して見た。恋に悩むいなせな青年ご用聞き……手前に黒鳶式部と雪川公のよりそう姿があって、その背景の橋のたもとの柳の下で、力なくうなだれている美青年……そんな構図の浮世絵を心に浮べつづけて来た私は、ひどい蟹股の平吉をどうしても想像する気になれなかったのである。

『た日記』……その命名に平吉の自虐の笑いがあったような気がして、私はなんとも言えぬ情けない気分を味わった。江戸中に知れ渡ったこの字平吉の名……その変体仮名で書かれた『た』の字の意味を、なんと私はいい気に解釈していたことであろう。

それはさて置き、私の『た日記』研究は意外な方向へ発展して行った。京伝にたのまれる使いの行き先に、天明の雛まつり以後或《あ》る傾向があらわれているのだ。十一屋五郎兵衛、伊能忠敬、杉田玄白、宇田川玄随、志筑《しづき》忠雄、桂川甫周、本木良永、そして橋本宗吉らの名がひんぱんに登場してくるのである。

私は京伝が文学者でありながら、なぜこうも理科系統の人々と交際を深めたのか不思議に思った。しかも様子では京伝自身はこれらの人々と直接会おうとはしていないらしい。

私はハタと思い当った。こちら側へ出て小判をもらったとき、およねは古雑誌の束を向う側へ投げ出したのである。……それがどんな内容のものを含んでいたか、全く判らない。しかし、京伝がそれらの記事から選び出した昭和の知識を、江戸の先駆者たちにひそかに与えて、その諸研究の助言者となっていたのではあるまいか。十一屋五郎兵衛こと間《はざま》重富の天動説、伊能忠敬の日本地図、杉田玄白らの新医学、本木良永の星雲起源説などは京伝の指示した方向に進むことによってはじめて成立した事業ではなかっただろうか。

その真偽をたしかめるためには、まだ相当の時間が私には必要である。

そしてあの菊園京子の奇禍である。東名高速を名古屋から東上中、仙田もろとも観光バスに追突されて死んでしまった。

マスコミはもう彼女のことを忘れ去ったようにしているが、まだ時折り街では京子の唄声《うた》を聞くことができる。私はそのたびに泪《なみだ》ぐまずにはいられないのである。

私は京子に恋していたのかも知れない。敬愛する北尾政演、山東京伝の妹である彼女が、私の心の奥深くにそういう感情を芽生えさせていたのは、むしろ当然かも知れない。

追悼の意味もあって、私は一日三島の在へ引っ越した田島老人をたずねた。田島老人は新居から少し離れたところにある植木園の手伝いをして、気ままな余生を愉《たの》しんでいた。

「俺のおやじという人は明治三十七年に、四十前の若さで死んじまったのさ」

田島老人は植木園の一隅で、眼を細めて盆栽の松を眺めながら、鋏《はさみ》を鳴らしそう言った。

「……俺がみっつの時だったかなあ。よくは覚えてないが、そうそう、大変な蟹股でなア」

小春日和の穏やかな日ざしの中で小鳥の声がいくつも重なり合い、富士山の頂上に白い雲が流れていた。

文化元年、山東京伝は『近世奇跡考』を著している。

農閑期大作戦

東京の都心から渋谷、三軒茶屋、駒沢をへて二子橋で多摩川を渡り、更に西へ向う道路が国道二四六号である。別名厚木街道。渋谷から二子橋の間は玉川通りと呼ばれ、数年前までその路面に玉川電車が走っていた。

今は電車も撤去され、そのあとに高速三号線と地下鉄新玉川線の工事が平行して進められている。完成すれば一般道路の下に新玉川線、その上に高架の高速三号線が東京の西郊と都心とを結ぶことになる。

相当幅の広い玉川通りだが、今は中央が工事用の柵でえんえんと仕切られ、その両脇に上り下りの車の列がつらなっている。

渋谷と三軒茶屋の中間あたり、三宿附近の工区を受持つのは有名な鞍馬建設であるが、実際に地下で働いているのは、その下請けの鬼藤組に所属する労務者たちであった。

鬼藤組は本社を上野に置き、東北・北陸方面の季節労務者をよく組織化していることで知られている。つまり、玉川通りの地下を掘り進めている主力は、出稼ぎの連中であった。工事は昼夜兼行の突貫工事体制が組まれ、鬼藤組も三班にわけられて三交替制がしかれていた。しかも昼のあいだは交通渋滞がはげしく、土砂の搬出や資材の搬入も思うにまかせないため、自然主力は夜間、早朝となる。一班は近県から通勤して来る、いわば鬼藤組子飼いの労務者によってかためられ、したがって昼間専門である。二班と三班が東北・北陸の出稼ぎ労務者の集団で、昼のあいだは渋谷にほど近い、環状六号線ぞいにあるプレハブの飯場で休養している。大部分は出稼ぎずれのした連中で、万事につけて要領がいい。だが中にはこ としはじめて出稼ぎに踏み切ったという、不慣れな者もいる。

第三班では斎藤孫吉と斎藤彦太郎がはじめての出稼ぎであった。ふたりとも同じ村の出身で、羽越本線の駅からバスで数時間も山の中へ入った、加曽郡大加曽村が故郷である。その地方では斎藤姓がやたら多く、お互いを昔ながらの屋号で呼びあっているという。

孫吉は四十三歳、彦太郎は二十四歳。孫吉は戦中、戦後と十度あまり上京の経験があるが、彦太郎は怪我で修学旅行もしそこない、東京は今度がはじめてであった。

二月の空っ風が肌を意地悪く刺すあけ方、玉川通りの地底から黄色いヘルメットが二十ばかり、しらじらとした朝の光りの中へ湧き出して来た。

揃いの作業服に地下足袋。思い思いのスタイルで首にタオルをまきつけ、汚れた軍手を脱いだりはたいたりしている男たちの中に、ずんぐりした孫吉と、背が高くてがっしりした体つきの彦太郎の姿が混っている。

「何持《たけ》でいなだ、お前《め》」

孫吉が彦太郎に言った。

「土《つじ》の中《なが》さ入《へえ》っていだけ」

彦太郎は軍手をはめた指先でしめった土をこすり落し、まるくて青光りのする鉄の板を孫吉に渡した。

「何だろか」

「知らね。都会の土《つじ》さだば何でも埋もれているはげ」

「金になろが」

孫吉は直径二十センチ程の、中央がふくらんだ金属円盤をすかすように眺めながら言った。

「ここだば電車が通っていだはげ、電車の何がだろ」

「これ、模様か」

「三ツ星マークだげっちゃ」

たしかにそれはテレビや洗濯機や街角の銀行の入口や、そのほかありとあらゆる場所で見かける例の三ツ星マークであった。

「時代ものだば金になるが、三ツ星マークだばなあ」

孫吉はがっかりしたような表情でそれを彦太郎にかえした。

「さあて、帰《けえ》って寝るがな……」

仲間が動きだし、ふたりもそのあとについて歩きはじめた。飯場へ着くと熱い味噌汁に山盛りのカツライスが待っていた。

＊

「何だわれ、まだ寝《ね》ねだか」

窓から冬の弱々しい日ざしがさしこむ飯場の蚕棚式のベッドから首をつきだした孫吉が、一段下の彦太郎に言った。

「なんだが寝る気がしなぐで」

彦太郎は落ちつかぬ風で寝がえりを打ち、すぐまた体を動かしてベッドからうす汚れた畳敷きの上に降りた。あぐらをかき、何やら不機嫌そうに拾って来た円盤を右の掌にのせてじっと眺めている。

「早く寝れ。疲れは怪我のもとだば」

孫吉は壁に貼ってある安全標語をそのまま東北弁に翻訳した。

「面白《もしょ》くねっちゃ」

彦太郎は膨れ面で答える。

「なんで……」

「そんだで、俺《おら》だちは仕事はうまぐね。それに田舎《ぜえご》もんだ。そんだども、いちんちじゅうからかわれるのは嫌《や》んだのう。そうでねえか、親爺《ダダ》ちゃ」

「なんだで、そんなだか」

孫吉は軽く笑って自分もベッドから出る。飯場の中に豪快ないびきが聞えている。

「田舎者《ぜえごもん》でもパッとしたこと出来るでの、いっぺんうんと見せでやりてのう」

「ここさいるのは、みんな田舎者《ぜえごもん》だ」

「んだろか」

「んだ。班長にしたたて立派に見えっども、元はどいえば木更津のよたもんだどや。気にすんな、春さ来だらば俺《おら》だちは帰るで、関係《かんけ》ねえのう」

「そんだのは判ってる。んだども口惜しど思わねか。東京の澄ました連中さ、いってえ何ができんだがの。荷を背負うだば奴《わね》らの三倍《べ》も背負うぞ。熊の捕《しめ》かたも知らねだろうが。奴《わね》らに出来るこど言ったば、他人《ひど》に要らねもん売りつけっか、遊びさ誘って金儲けっか、んだねばボールペンで数字つけるくれのもんでねか」

「んだ、んだ」

孫吉は物判りのいい表情で愚痴を聞いてやっている。

「俺の出来る仕事と、奴《わね》らの出来る仕事に、それほど差があんだかのう」

「ねえさ」

「だったら、なして勝った者《もん》みでな顔さして俺だちを見んのがなあ」

「それが都会の顔というもんでねかのう。だども、みんなはじめは田舎《ぜえご》から来たもんだ。それで都会さ住みついて、いつの間にあんな顔さなってしまうだ。田舎者《ぜえごもん》と思われたくないからの」

「そんでも俺《おら》つくづく嫌《や》んだ」

「若《わ》けから無理もね」

「雪泊《えきどまり》だば、良《え》がったのう」

彦太郎はため息をついてゴロリと横になった。某県加曽郡大加曽村大字谷底字雪泊。それが二人の故郷である。そこには孫吉の孫吉家《まんぎじ》と、彦太郎の吉兵衛家《きじべ》の二軒だけがある。

「気晴ししてけばいいんでねか」

「気晴し……」

「渋谷さ行って若《わ》け娘でも見て来《こ》ばいっちゃ。今日は土曜日だでの、奇麗なのが大勢歩いてっぞ」

「そうか、土曜日か」

彦太郎はむっくりと起きあがる。

「金持ってるか」

「うん。千円ほど……」

「奇麗な娘とコーヒーでも飲んで来《こ》ばいっちゃ」

「そんな娘がいるかのう」

彦太郎はそう答えながら、嬉しそうにシャツをズボンにたくしこみはじめた。

「若《わ》けもんはええもんだのう」

孫吉は励ますように声をかけ、戸口の四角い光りの中へ消えて行く彦太郎を見送った。

＊

それから数時間。渋谷の道玄坂から宮益坂にかけてを行ったり来たりしていた彦太郎は、とうとう一人の娘にも声をかけずじまいで、いつの間にか人波に押し流されるように並木橋方面へ歩いていた。やたら新聞が落ちていて、道に男たちがたむろしている。彦太郎は何かお祭りじみた雰囲気に好奇心をそそられ、人の行くほうへ歩いて行く。

行きついた先は、殺風景なコンクリートの建物であった。鉄道の駅に似た感じで、人々が長い列を作っているところなど、汽車の切符売場そっくりであった。

「ここはどんだ所だろ」

彦太郎は壁によりかかっている老人にたずねた。

「え……」

老人は呆れたように問い返す。

「何する所だろか」

すると老人は、信じられないという様子で言った。

「本気かね」

「教《おせ》えてくれっちゃ」

ウフフ……。老人は長い間含み笑いを続けていたが、やがておごそかな表情で、

「場外馬券売場だよ」

と答えた。

「ああ、競馬だのう」

彦太郎はあらためて建物の中を眺めまわした。そう言えば突き当りに、第六競走とか第七競走とか書いた札が見える。

「競馬やるのかい」

「やったことねえ」

「そいつはいい。はじめての時はよく馬鹿ツキするもんだ。ところであんた何をしてなさる人かね」

「俺《おら》いま地下鉄を作ってる」

老人は彦太郎の肩をポンと叩き、

「そうかい。地下鉄をこさえてなさるのか」

と笑った。

「やって見てもんだのう」

彦太郎はそう言って人の列を見た。誰も相手にしてくれぬこの東京でも、運なら神様は五分五分に扱ってくれるだろう……そう思った。

「買い方教えてやろう」

「んだば馬を見てねば。どこで走るんだろ」

「こいつはうれしい人に会ったもんだ」

暇をもて余していたらしい老人は、彦太郎に場外馬券の仕組みから教えはじめた。

＊

「ほれごらん。言ったとおりだったろう」

彦太郎が七レースの2〜4を当てて配当を受取って来ると、老人はわが事のようによろこんだ。

「二百円が八百四十円になった」

「はじめてだとツクんだよ。みんなそれで病みつきになるんだがね」

「そんでも、あんたは損したろ。少しまわそうか」

彦太郎は掌の中で硬貨を鳴らしながら言った。

「いいよ。それより二百円はしまっときな。あとのもうけで勝負すれば敗けてももともとになる」

「こんどは何がいいろうかのう」

「もう教えんよ。自分の好きなのを買いなさい。そのほうがとれるかも知れん」

「んだば1と1……」

「そんなのはない。次のレースの1枠は一頭しか走らんのさ」

「むずかしいもんだのう。んだば行ってこう」

彦太郎は老人から離れ、人ごみの中に消えた。

次のレースは3〜5で二千九百円の配当。それを彦太郎は見事にあてた。二百円券三枚で一万七千四百円になる。老人のほうが昂奮してしまった。

「来い。特券売場へ行くんだ」

「ここは千円券の売場か。んだば2〜7に特券十七枚だのう」

「馬鹿言いなさい。そんな買い方があるもんかね」

「そんでもはじめてだばツクなでながったかの」

「いくらなんでも……」

「元は取ってあるし、半端さ入れっと五百円は余分になるでのう。やろやろ……」

彦太郎は老人の手を振り切って売場へ突進した。

「今のラジオ聞いたかい。2〜7の人気は二百七十倍ぞ」

「二百七十倍だばどうなる」

「百円が二万七千円になっちまう。来るわけはないがね」

「来たらおもしれ」

彦太郎は腕まくりをして手に唾をつけた。

「まあいいさ。高い夢見てこりるんだな」

老人はあきらめ切った溜め息をついた。

スタート。

二枠にいたジリ脚という定評のサヤマチャオーが、どういうわけか素晴しい勢いでとび出し、予想を裏切ってそのまま逃げ切ってしまった。二着は七枠十三番のダイニトキワ。

場内にウヮーンという異様な熱気が流れた。

「どうしたなだ」

彦太郎は慌てて老人をだきとめた。

「は、吐き気が」

「困ったのぅ。医者を呼ぼうか」

「よ、四百五十九万……」

「何の事かね」

「ち、畜生。お前の取った配当だ」

「そんなにか」

「そうだよ。こん畜生め。お前みたいな奴は死んじまえばいいんだ」

「おこらねでくれや。なんしたなだ」

「俺は戦争前から競馬やってんだぞ」

「好きなんだのぅ」

「あっちへ行っちまってくれ。ほっといてくれ。俺はいま恥かしくて仕方ないんだから」

「なんして」

「他人の取った馬券でこれほどふるえが来ようとは思わなかった。ああ、俺はなんて未熟なんだ。修業が足りなかったんだ」

老人は彦太郎をつき放し、よろよろと人混みへ消えた。

＊

「親爺《ダダ》ちゃ起きれ」

しつっこく揺り起されて孫吉は蒲団の間から片目をのぞかせた。

「もう時間か」

「んでね。いいからちょっと起きてくれや」

彦太郎はあたりに気を使って低い声で言った。

「どうした。何かしたなだか」

「これみろ、これ」

「ひ……」

孫吉は一万円札の束を鼻先へつきつけられて蚕棚式のベッドからころげ出た。

「凄えもんだろ」

「拾ったか」

「拾わね。競馬だ」

「競馬……。お前競馬したなだか」

「渋谷の町だばいろんな店があんだのう。競馬の馬券さ売ってる大きい店みつけたなだ。大勢客が入ってたけ。あれだばでえぶはやってるらしいのう」

「そこで当てたのか」

「んだ」

「よく馬券の買い方さ判ったもんだの」

「どっかのじいさんに教《おせ》てもらったなだ」

あぐらをかいた彦太郎は、その股のあいだへ札束を積んでみせた。

「ひ……」

「四百五十九万も当てたなだぞ。どうすっか。何か買うか」

「も、元金はいくらだや」

「たったの二百円だ」

彦太郎《ひこだろ》は胸を張った。「馬券を三度買っただけでこんないっぺなってしまっだ」

「なあ彦太郎や」

「なんだで」

「東京だば、おっかねところだのう」

孫吉はそう言って胴ぶるいした。

「判ったで、俺《おら》」

「なにが……」

「みんなこんなして儲けるのだのう。ほれ、あのマンションとか外国の車とか買って持ってる連中は」

「そうかも知んねが、負けて身上《しんしょ》すってしまうもんもいるだろ。そいで、お前《め》に教《おせ》てけだじいさんはどこの人だ。ちゃんと礼をしただろが」

「憤《たか》ってどっかさ行《ん》でしまった」

「なんして憤《たか》る」

「知んね俺」

「こら。人に世話さなったば、ちゃんと礼しねばだめでねか。バクチ場の仁義はやかましもんだ。ほんとに仕方《すかた》ね。何の為に健さんの映画ばかりみてるだ」

「それよりこの金どうする。もう雪泊《えきどまり》さ帰《け》っか」

「とんでもね」

孫吉は居ずまいを正した。

「競馬はいっときの遊び、出稼ぎは俺たちの仕事。競馬で儲けたからって、かんたんに仕事をやめて帰ったりしていいもんだかどうだか考えてみれ」

「だって金は金だろ。仕事で稼いでも競馬で儲けても金はおんなじだ」

「この馬鹿野郎。出て来る時雪泊《えきどまり》さまに何と言ってお願いして来た」

村役場のある大加曽から渓流ぞいの道を八キロ余り山へはいると大字谷底がある。そこの大加曽小学校谷底分教場の横から更に山路を六キロ行った道の突き当りに、ひとつの祠があった。

道の行止りを示して道祖神を祀ったものらしいが、雪泊では田の神を祀ってあるということになっている。四季おりおりに二軒の家の家族が総出で手厚く祀り、雪泊の守り神のようにあがめていた。

はじめて出稼ぎに旅立つことになった去年の終り、両家の家族がずらりと並んでその祠でふたりの安全を祈ったものである。そして旅だつふたりは……

「どんな事があっても、春まで一所懸命はだれて来《く》っから、そのあいだどうぞ雪泊《えきどまり》のもんを守ってやってくださいと……」

「心から雪泊《えきどまり》さまにそうお願《ねげ》して来ただろが」

孫吉は厳しい表情で言った。

「どんなことがあっても――だば、これもそのどんなことの内かのう」

彦太郎は憮然として札束に目を落した。

「そうだ。金は金、仕事は仕事」

「親爺《ダダ》ちゃがそういうのだば……」

彦太郎は素直にそう答えると、札束をポケットへねじこんだ。

「それにしても、金のしまい場所さ考えねばのう」

孫吉は蛙をのんだ蛇のように膨れあがった彦太郎のズボンをみつめて唸った。

＊

豪勢な邸宅がたち並ぶ渋谷南平台。

その一面にどっしりとした石の塀をたてまわした白い建物がある。石の塀の上に更にたかだかと金網を張り、芝を植えた広い庭のあちこちに、制服を着たガードマンが規則正しく巡回している。犬を連れているのもいる。遠くから見ると、その奥にある建物は赤坂のアメリカ大使館に似ている。

車寄せから石段を登って正面玄関のドアをあけると、そこはとりすました雰囲気のホールになっていて、右手の中央に巨大なデスクがある。デスクの上には色とりどりの電話が並んでいて、ひときわ大げさな飾りをつけた制服姿の男がひとり、回転椅子にふかぶかと腰かけている。ホールから廊下にむかう樫の下の大きな両びらきのドアの前には、ふたりのガードマンが冷酷な表情で突っ立っている。腰に三角形の革袋をつるしていた。拳銃のホルスターである。

と言って、米軍の施設でもないらしい。ガードマンたちの胸についているマークは星が三つ。三ツ星マークであった。

厚い絨緞を敷いた廊下の両側には、ずらりとドアが並んでいて、時折りタイプライターらしい音や電子機器の作動音が聞えてくる。

二階への階段の登り口に、またチェック・ポイントが作られていて、そこにも本物の拳銃をつるしたガードマンがいる。みんな胸に三角の標識をつけていて、ちょっとアンクル本部じみている。

二階には白衣を着た男女がいて、みんな静かだが緊張した足どりで歩きまわっていた。二階の絨緞はすべて緑色で、ドアのひとつが同じ色に塗られていた。

この国のあらゆる産業を支配するといわれる大三ッ星コンツェルンの最高幹部が数人、その緑のドアの中にいた。緑の壁に緑の床、緑の天井、緑のランプシェード。緑色のベッドの上に緑色のパジャマを着た異様な人物が横たわっている。

その異様な人物は、明らかに衰弱している様子である。

「三回連続して馬券を適中させるのは容易なことではありません」

最高幹部のひとりが言った。

「レースが仕組まれていた事実はないのだな」

ベッドの人物が言った。

「たしかにフェアなレースでした」

「二百円を二万二千九百五十倍したわけだな」

「そうです」

「四回連続なら疑いもないが、三回では結論を出しかねる。……その人間はどういう職業だ」

ベッドの人物に訊ねられて、最高幹部のひとりがトモを見ながら答えた。

「土工です。新玉川線工事にたずさわっている季節労務者のひとりです」

するとベッドの人物は、ゆっくりと低い含み笑いをはじめた。

「これで終るな」

「は。何がでしょうか」

「諸君にも長い間迷惑をかけたが、それももう終ると言っておるのだ」

「するとやはり……」

「儂はあれがなければ正常な活動はできん。しかし、いくら病床にあってもそれくらいのことは判る。三ッ江め、あのとき土の中に埋め込みおったのか」

ベッドの人物はそうつぶやいて、また長い含み笑いをした。「何をしておる。その土工めはあれを摑んだのだぞ。影響が大きくならん内に早く取り戻して来い。儂の元気さえ回復すれば、お前たちの望みどおり、三ッ江物産も三ッ江金属も、いや三ッ江コンツェルンそのものを叩きつぶすのはわけないことだ。今度こそ三ッ江の奴を徹底的に叩きつぶしてくれる」

三人の最高幹部は言い合わせたように顔を紅潮させ、足早にその緑色の部屋を出た。

「あのお方が三ッ江を叩きつぶすとおっしゃったぞ」

「よかった。これですべて我々の思うがままだ」

＊

「ほれ。親爺《ダダ》ちゃの番だぞ」

仕事を終えた彦太郎は鬼藤組の飯場へ戻ると半裸になって体を拭い、首につるした大きなペンダントを外して孫吉に渡した。数日前に地下から掘り出した三ッ星マークの金属円盤であった。小さな孔があいていたところへ木綿の細ひもを通し、あの大当り以来縁起をかついでお守りがわりにしている。

「おい来た。これさえ掛けだば花札でもなんでも負けっこねえからの」

孫吉はうす汚れたどてらの帯を締めながら言うと、彦太郎からペンダントを受取り、首へつるした。

「いい歳してそんなまじないを本気にしてるのか」

鬼藤組の正社員である班長の井田が横でからかった。

「班長だってこいつのききめにはかなわなかったでねか」

井田はほとんどプロと言っていいギャンブラーである。若い頃から一天地六の鉄火場ぐらしを続け、縁あって鬼藤組に籍を置いてから幾分堅くなって、今は現場監督をしている。やくざの経験者だけに万事融通がきいて人望が厚い。

朝の六時であった。

飯場の入口があいて人影がさした。

「何か用事かね」

井田がのっそりと入って来た男たちを見て応対に出た。

「人を探してるんだけどよ」

相手は明らかにやくざらしかった。人を無視した態度で、じろじろと飯場の中を眺めまわす。外には黒い乗用車が三台停まっていた。

「そうかい。で、探してる奴の名前は……」

井田が訊ねた。

「おめさんが班長かい」

「そうだよ」

「じゃあひとつ教えてもれえてえ。この中に先おとついの土曜日、渋谷の場外馬券でえらく当てた奴ぁいなかったかな」

「場外で……。さあ、聞かねえな。おいみんな、そんな奴がいるのか」

井田に言われて孫吉はそっと彦太郎の顔をみた。

「いねえようだぜ」

「おめさんは知らねえのかもな。じゃあ聞くが、ここんとこ馬鹿ツキしてる野郎はいねえか」

みんなの視線がいっせいに孫吉に集った。彦太郎はあやめが何月かも知らない花札オンチだが、孫吉はここのところ連日ツキにツキまくって仲間を口惜しがらせていた。

「おッ。おめえさんかね。ちょっと面《つら》ァ貸してもらうぜ」

無礼にも、土間同様の畳敷きだが、その上へ靴のまんまふたり程あがりこんで来る。

「待てよ。おい」

班長の井田の表情がさっとやくざの生地を見せた。「土足ァねえだろう」

「邪魔すんなよ」

あがりこんだ一人が凄味をきかせた。

「待てこの野郎。どこの三下か知らねえが、筋の通らねえ挨拶をしやがると只ァ帰れねえぜ」

そいつの左腕をつかんで入口の土間へ突き戻す。

「よしなよ、あんさん。こっちは仕事なんだ」

「知らねえな。こんな堅気衆にてめえみてえ三下やくざが何の用だ」

「なんにゃ、わりゃあ。暴力団け」

能登のとっさきから出て来ている気の強いのがしゃしゃり出て、あがりこんだもうひとりを土間へ押し戻した。

「知らねえぜ、邪魔して怪我しても」

「俺ァここを預ってる班長の井田ってもんだ。おめえらが仕事なら俺も仕事だ。この男に用があるんなら鬼藤組の本社へ行って筋を通して来い。でなけりゃ渡せねえ」

やくざのひとりが外へ声をかけた。どやどやっと土間に物騒な面がまえが並ぶ。

「並んだもんだのう」

彦太郎が嬉しそうに大声をあげた。「本物のやくざだば指さツメてるそうだげ、見せてくれっかのう」

「うるせえ、どん百姓」

どてら姿の孫吉が憤った。

「百姓で悪《わ》りか、この野郎《やろ》め、百姓で食いかねただば東京さ出て来ただぞ。お前《めえ》ら米食うだろが。地下鉄さ出来たば乗っだろが。誰が作ると思うだ、あほめ。百姓が汗水流して作ったもんだ」

「こっちは忙しいんでね」

それが戦闘開始の合図になって、靴をはいた一群と、どてらに作業服の入り混った素足の一群が飯場の中で乱闘をはじめた。

「小癪《べんこ》なッ」

「糞餓鬼ッ」

東北、北陸の悪態が乱れとび、ドシン、バタンと飯場が揺れた。凄味をきかすだけで、腕力となったらまるでお粗末な東京やくざは、労務者たちの怪力に押されて二人、三人と戸口から逃げ出す。

「覚えてやがれ、畜生」

顔中血だらけになった最後のひとりが戸口でそう捨て台詞を残し、車の中へ駆けこんで行った。

「わりァ、待たにゃあ……」

北陸人がひとり、つるはしを手に追いかけて行き、逃げ出す車のトランクのあたりへ腰の入った見事なフォームで思いきり一撃を加えた。丁寧なワックスの跡を見せる黒塗りのシボレーは、尻につるはしをおったてたまま環状六号線へ乗り入れて行った。

「怪我ァねえか」

井田は場慣れた様子で全員を見渡した。

「あのやろっこ、やくざのくせに爪でひっかきやがった」

「娘みてえだなや」

みんな声をあげて笑った。

「班長さんよ。暴力団暴力団というども、暴力団の暴力だばあの程度の暴力かのう」

「おめえらが強すぎるんだい」

井田は苦笑していた。

＊

その翌日。飯場で寝ていた孫吉は、賄いのおばさんの声に起された。

「斎藤孫吉《さいどうまんぎじ》はあんただげ。電話さ掛って来たけ」

「電話だァ……」

孫吉は素ッ頓狂な声ではね起きた。彦太郎も同時にベッドからすべり出る。

「なんだろ。よくねえことだろか」

この東京でふたりに電話をかけて来る者など居るわけがない。掛るとすれば故郷の雪泊からで、しかも雪泊の者が電話をするためには、この季節だと十四キロの山路を、スキーかそりで大加曽まで出なければならないのである。

ふたりは青くなって鉄梯子を登り、二階の事務所へ行った。

「はい。斎藤孫吉《さいどうまんぎじ》です。……誰だ、あんちゃんけ。……違う。……リョクセイカイ」

孫吉は送話器を手で掩い、「リョクセイカイさんて知ってだがや」

と彦太郎に言った。

「はい。はい。きのうの朝……」

孫吉はそこで声の調子を変えた。「なんだ、あの暴力団の人かね」

と彦太郎を見て笑う。

「班長。班長はいねよ。色男だもの、たまにはひと晩ぐれ消えてもいいんでねか。……え、そっちにいるてか」

また送話器に手をあて、「てえへんだぞ彦太郎。班長さきのうの奴《わねべ》らにつかまってしまっているだど」

「どれ、俺に貸せちゃ」

彦太郎は血相変えて孫吉と変った。

「俺は斎藤彦太郎《さいどうひこだろ》だ。……馬鹿いうな。同じ斎藤《さいどう》でも孫吉《まんぎじ》はとなりの家だ。俺《おら》ほは吉兵衛《きじべ》で、おやじが吉兵衛《きじべ》という名だ。……いや、死んだ爺《じ》さまも吉兵衛《きじべ》だし、その前の爺《じ》さまも吉兵《き じ べ》衛だ。うん。俺もその内吉兵衛《きじべ》になっけど、今は彦太郎《ひこだろ》」

「何喋ってるなだ。俺にかせて」

と孫吉がかわる。

「電話変ったぞ。俺は斎藤孫吉《さいどうまんぎじ》だ。……そうか。たしかに土曜日に競馬したなだば俺《おら》たちだ。

だから班長は関係ねえ。ひどいことしねで放してやれてば。……え、取りに来いてか」

ふり返って彦太郎に、「班長さ取り返《けえ》しに来いだと」

という。

「行《い》ご。班長は関係ねえだからな」

「彦太郎《ひこだろ》も行くと言ってる。どこへ行けばいい。……新宿。……あのコマ劇場のある新宿かね。……ウン。歌舞伎町だな。よし判った。いまどてら着てっからな、ふたりとも。着換えてすぐ出掛けるだ」

切れたらしく、しばらく黙って電話を耳にあてがっていたが、気の抜けたように机の上に戻した。

「なんだって」

「どてら着たままでもかまわねと」

「そんでもかっこ悪《わり》だろ」

ふたりは急ぎ足で鉄梯子を降りて行く。

＊

新宿。

コマ劇場うらの通りに面してちょっとした事務所がある。表に仰々しい金文字の看板がかけてあって、緑声会と書いてある。いまその前を大和交通のタクシーが通りすぎて行く。

「ここだば、緑声会の事務所というのは」

タクシーの中で孫吉が言った。

「あんたらあそこに何の用事だね」

人の好さそうな中年の運転手が訊ねる。

「あそこさ人がつかまっていだはげ」

「班長は暴れっから縛られてるかもしらねな」

「どうする気だい」

運転手は心配しているらしい。

「どうするって、班長をとり返しに行ぐなだ」

「二人でかね。そいつはやめときな。悪いことは言わないから」

「そんだこと行《い》がねえ」

「男の仁義だもん。さあ、場所は判ったからこのあたりで停めてくれ。これからちょっくら撲りこみしてくっから」

「およしよ」

「停めれってば」

「やだよ。あたしゃ停めないよ」

「乗車拒否ってのは聞いたことあっけど、この運ちゃんは降ろさねえつもりだなや」

「そうじゃないけどさ。どだいあんたがたむちゃくちゃだよ。緑声会相手に何をやろうっていうんだか、自分で判ってるのかい」

「こらしめてやるなだ」

「えれえ客乗せちまったよ」

運転手はメーターを空車の位置に戻し、ちょっとしたすき間をみつけて駐車した。

「気の毒で見ちゃいらんないね。知恵貸すからちゃんと作戦をたてて乗りこみなよ。俺が外で見てて、いざとなったら一一〇番してやるから」

「どうやる」

「これから考えるのさ。そうだ、こうしたらどうだね」

タクシーの運転手はふたりに裏口から奇襲しろとすすめはじめた。

＊

すぐ近くの建築工事場からドラム罐をころがして来た孫吉は、そいつを両手で差しあげると緑声会の事務所のガラス戸へむかって恐ろしい勢いで投げつけた。

ガシャン、とひどい音がして戸が砕けとぶ。

「火事だア。火事だア」

孫吉の胴間声が、まだ陽の高い歌舞伎町に響き渡り、近所の店から人々がとび出して来る。同時に緑声会の男たちも通りへとび出し、とび出した順に孫吉の鉄拳に張り倒されている。

緑声会の裏はおにぎり屋になっていて、その間にある細い路地から事務所の裏口にしのびこんだ彦太郎は、男たちが表へとび出すのと入れ違いに、班長の姿を探し求める。

「誰だてめえ……」

出会いがしらに、二階から降りて来た派手な背広の男に誰何される。

「斎藤彦太郎《さいどうひこだろ》」

堂々と名乗ると男の顔色がさっと変る。そいつの腕をひっつかんで振りまわすと、男は反対側の唐紙を突き破って狭い板の間にころがり、呆気なく気絶する。

「火事だア。火事だア」

表では孫吉が自分の健在を知らせる合図にそう怒鳴り続けている。

「二階《けえ》だなや」

彦太郎は一気に階段をかけのぼると、思いのほかきちんとした床の間つきの和室に、両手両足を縛られた班長がころがっている。

「班長、助けに来たど」

彦太郎はそう言って細引きをほどきにかかる。

「畜生、ひどい目に会わせやがったぜ」

いためつけられたらしく、班長はふらついていた。

「そうれ、あっちの二階へとんで行けや」

彦太郎はとっさに物干しから裏手の寿司屋の二階へ班長を落ちのびさせ、自分はそこいらにあった家具類を、表側の窓から手あたり次第に通りへ投げおろす。桐のたんすが道に落ちて割れ、和服が散乱する。

「火事は二階だあ」

孫吉と渡り合っていた男たちはいっせいに上を見あげる。

「野郎ッ」

どっと事務所へ駆けこむ隙に、孫吉は身を翻して弥次馬の中へ消えてしまう。炭火の入った大きな火鉢が階段に投げこまれ、登りかけていた男たちが下へころげ落ちる。最後に煮えたぎった鉄瓶が降って来て熱湯をぶちまけると、あとは収拾のつかない灰神楽だ。

「あちィ……」

悲鳴を聞きながら彦太郎はとなりの寿司屋の二階にとびこみ、ガラス戸の鍵をかけてしまう。

「あなたがこのお店のご主人かや」

豆絞りの手絞りに白い上っ張りの中年男が、おびえたように突っ立っているのをつかまえて彦太郎が丁寧にたずねている。

「早く行っちゃってくれよ。とばっちりはごめんだ」

「申し訳けねえと思ってます。そんで、これはほんの気持だから」

緊急の場合だから札を数えているひまはない。例の四百五十九万円の中から何枚かつまみ出して寿司屋の主人に握らせ、店へ降りると班長が柱によりかかって青い顔をしている。

「迷惑さかけて済まねのう、班長」

肩を貸し、寿司屋の粋な格子戸をあけて路地へ出る。

「駅だばどっちの方角かのう。すっかり判らねもんだ。どうせ田舎者《ぜえごもん》だで」

彦太郎は照れたように言った。

＊

雪が降っている。風もなく、ただ静かに白い雪が降りて来る。遠くで鴉が三声ほど短く啼いた。

まわりは四方が山。樹木もずっしりと雪に覆われ、白い大きな塊りがのしかかるように迫っている。近くにポッン、ポッンと民家が二軒。

よく目を凝らせば、青いけむりがその民家から立ち昇っているようだが、ひっそりと音もない。

雪に埋もれた祠がひとつある。足跡がひとすじ、前方からまっすぐつらなって、祠の前で直角に民家のほうへ折れている。

ここは孫吉と彦太郎の故郷、雪泊である。

雪泊さまと呼ばれる祠の前に、不思議な老人たちが集っていた。

「うまく行ぐだろかや」

白髪白髯の、見るからに土臭い、というよりはいっそ神々しい程田舎臭い老人が言う。

「心配《しんぺ》ねえ。俺《おら》まだそんなにおいぼれているわけでもねがらのう」

似たような老人が答えた。

「だども、鉄神《ヘテ》の奴《わねべ》らが相手ではのう。油断してはなんねぞ」

「俺心配《おらしんぺ》でなんね」

「なして、田の神っちゃ」

田の神と呼ばれた老人はうすい煙のたちのぼる民家を見やりながら、

「まあ、あの者達《もんだち》、毎年毎年《まいどしまいどし》、春だ秋だと、季節の変るごとさ、俺《おら》の面倒よく見てくれっがらのう。いるもんでねえ、いまどきあんな者達《もんだ》ちゃ。鉄神《ヘテ》をやっつけるだば仕方《すかた》ねえけど、あの者達《もんだち》に手傷だけは負わせちゃなんねど」

「んだ」

二人の老人も民家のほうを見やりながらうなずいた。

「そんだども、三ッ星と三ッ江の鉄神《ヘテ》同士がこれがら嚙み合いをすっかと思《おも》ど、ゾグゾグして来るなだや」

「んだ。奴《わねべ》らあとからこの地球さやって来だども、このごろの威張りかたはまんず礼儀知らずの見本みてなもんだのう」

「どごもかしごも石さ並べて蓋して行ぐがら、土《つじ》の神さ寝こんでしまったども……」

「三ッ星の守り札だば、あのまんま土《つじ》の中さ埋もれさせて腐らせたほうがいがったでねかのう」

「そんでもまだ三ッ江の奴《わねべ》らがいるでねか。嚙み合わせてやっだ」

「そのほが良《え》だろ」

「木の神っちゃ、も一回様子見て来《こ》ばいっちゃ」

「東京さは鉄神《ヘテ》の味方ばかりだでのう」

木の神と呼ばれた老人は億劫そうに消えた。
＊

飯場の前にとてつもない高級車が停まっている。気をつけて見ると、その超高級車から少し離れたところに、どことなく警察のパトカーに似た雰囲気を漂わす車が二台ほど停まっていて、中にはきちんとした身なりの男たちがつまっている。どれも逞しい体つきをしていた。

飯場の中では第三班の連中が横にずらりと正座して土間に立ったふたりの男をみつめている。

「そういうわけで斎藤孫吉君と斎藤彦太郎君は、しばらくのあいだ三ツ星銀行さんの秘書課のお世話になることになった。人手が足りなくなる分はすぐ応援を寄越すから、みんなもしばらくのあいだ頑張ってもらいたい」

鬼藤組の社長が、柄にもなく少々アガリ気味で喋った。

「来ていただきたいと言うのは手前ども三ツ星銀行の勝手なお願いなので恐縮なんでございますが、いかがでしょう斎藤さん。ほんの数日でも結構ですからお力を貸してはいただけませんでしょうか」

三ッ星銀行の秘書課長は、ひどく丁寧に言った。

「だども、俺《おら》だち田舎者《ぜえごもん》に何が出来っかのう」

孫吉は渋っている。

「銀行はやんだ俺」

と彦太郎。

「そうおっしゃらずに」

「わっちゃ行ったらいいがに。ひどい出世ないかいや」

能登の若者がすすめた。

「お受けしろよ」

額に赤チンの跡をつけた班長の井田もすすめる。

「だども、仕事もろくに出来ねではのう」

「一応うかがうだけでも……このとおり社長の儂からもお願いする」

土間で体を折った鬼藤組の社長は、汚れた畳に両手をついた。

孫吉と彦太郎は顔を見合わせ、

「んだば行《い》ぐか」

と言っておずおず立ちあがる。

「そのほうがいい。また緑声会に狙われて怪我でもしてはつまんねえからな」

班長の井田が送り出しながらそう言って孫吉の肩を叩いた。

地下足袋をはいて孫吉たちが外へ出ようとしたとき、三ツ星銀行の秘書課長と鬼藤組の社長は、飯場の前に停めた車に乗りこもうとしていた。

その時、前を走る環状六号線から急に一台のシボレーが強引に乗り入れて来たかと思うと、突然その窓から何条かの火が噴き、鋭い銃声と同時に秘書課長と鬼藤社長がボロきれのように車のドアに叩きつけられて倒れた。

さり気なく停まっていた二台の車から屈強な男たちが泡をくらってとび出し、手に手に拳銃をふりかざして近寄って来る。シボレーは狭い飯場の前で悲鳴をあげるようにエンジンをふかせ、必死に方向転換しようとしている。車の窓ガラスが割れ、銃声が入り乱れた。車の内と外の撃ち合いは一分間ほども続いたが、やがて最後のひとりが血だらけになって車からころがり出て来ると、それでおわりになった。

飯場でひとかたまりにうずくまっていた連中が、恐る恐る出て見ると、まだ拳銃をぶらさげたままの男たちが、秘書課長と鬼藤社長の前に集って来るところだった。

「どういうことなんだ」

班長の井田がふるえながら怒鳴った。

「見いや。ふたりとも死んどってや」

車に駆け寄った能登の男が叫んだ。遠くからサイレンの音が近づいて来る。

「社長を殺った連中はどこの奴らなんだ」

井田が男たちに訊ねる。

「私たちは三ツ星のガードマンです。ここからお連れするふたりを護衛する筈でした。あいつらは多分緑声会の者でしょう」

背広を着たごつい男が、拳銃をしまいながら穴だらけのシボレーを見て言った。

「ひ……。また緑声会が出て来ただど」

＊

深夜の青梅街道を、一台のダンプカーがすっとばして行く。作業服に黄色いヘルメット、いこいをフレンドホルダーに突っこんで唇のはしにくわえ、冷たい表情でふそうの四トンダンプのハンドルを握っているのは、雪泊の吉兵衛《きじべ》家の長男彦太郎である。助手席で通過する町の名を読んでいるのは孫吉であった。ふそうの四トンダンプは意外にスピードが出る。いっぱいに踏みこめば百キロは軽い。

「健さんの気持がようく判《わが》るのう」

孫吉が言った。散々みんなにとめられたが、緑声会を放って置いたらこのあと何人に迷惑が掛るか判ったもんじゃない。そう思ってふたりで出掛けたのだ。緑声会のボスは上田吉五郎といって政財界とのつながりを噂される大物である。

田無を過ぎると、やがて前方に西武新宿線が見えてくる。

「あれさ越えれば右折でねか」

「んだ、右折だ」

ダンプカーは追い越そうとしていた白いカペラの鼻先をこするように、ブレーキを軋ませて強引に右折する。カペラは驚いてハンドルを切り、彦太郎のダンプと並んで右折するとガードレールに激突して歩道へのりあげた。

「いくらかっこ良《え》がっても、あんだけぶつかったば情けねもんだのう」

彦太郎は冷酷な微笑を浮べて言った。

車はやがて小平にさしかかる。

「でっけえ墓場でねか」

小平霊園ぞいに入りこむと急にあたりは静かになり、運転席の中にまで木枯しの音が聞えて来る。

「やり損ねたば、ここさ仲よく入《へ》っかのう」

孫吉はそう言って笑った。

「あれか。行ぐだぞ」

彦太郎は行手に見えて来た巨大な邸宅の門柱を睨みつけると、一気にアクセルを踏みこんだ。時速百キロで鉄の塊りが洒落たスペイン風の門を突き破り、玉石を敷きつめた玄関への道を突っ走る。

「それえ、やれえ」

奇妙なかけ声と共にダンプカーは贅を凝らした数寄屋造りの玄関へ、大音響と共に突入した。

「行ぐどォ」

孫吉と彦太郎はダンプをとび出し、散乱した木材の間を抜け出すと、とび出して来た用心棒らしい男の股倉を蹴りあげて拳銃を奪う。

「本物だろか」

「一発撃って見れ」

言われて彦太郎が試射すると、廊下の向うから走って来た男が拳銃を放り出してバタリと倒れた。

「あそこにもう一挺落ちているなだや、拾って来るべっちゃ」

孫吉が廊下を地下足袋で駆け出す。

「上田吉五郎。どけにいるなだ」

拳銃を拾った孫吉が叫んだ。とたんに座敷から銃声が発し、孫吉のすぐそばの障子のガラスを突き破って雨戸につきささる。

「そっちにいるなだかや」

その障子をガラリとあけて首をつき出す。麻雀テーブルのそばに男が三人突っ立っている。

「て、てめら何者《もん》だ。赤軍派か」

ヘルメットをかぶりタオルを首にまきつけた孫吉は、そう言えばそのように見えなくもない。

襖がスラリとあいて、同じようなスタイルの彦太郎が拳銃を擬してあらわれた。

「死んでもれえます」

二挺の拳銃を見て、一人がガラリとマージャン牌の中へ拳銃を落し、やくざ三人呆気なく手をあげた。

「外に大勢仲間がいるがら、じっとしてれ。静かにしでれば死ぬこどもね」

と孫吉が威す。

「親分は」

彦太郎が聞く。やくざ三人はいっせいに顎をしゃくってとなりの部屋を示す。孫吉と彦太郎は、目顔で合図し、その境の欄間をめがけて拳銃を乱射した。

「やめろ、やめてくれ」

何かを引っくり返したらしい音がして、すこし上ずった男の声がした。二挺拳銃になった彦太郎が踏みこんで行く。

「畜生、思い切ったことをしやがって。いいよ、判ったからブッ放すのはやめてくれ」

「俺は斎藤彦太郎《さいどうひこだろ》。あっちは斎藤孫吉《さいどうまんぎじ》」

「あ……」

「知ってくれてるだのう」

「お前《めえ》さん方か」

「んだ。何人ブッ殺したら気が済むというなだかや」

「こっちは商売さ。頼まれただけだよ」

上田吉五郎は怯えを精いっぱいおしかくして、ふてくされたあぐらをかく。

「誰にだ。どこの誰に頼まれたなだ」

「よせやい。そんなこと言えるかい」

「言ったほうがいいんでねか」

レボルバーの撃鉄がカチャッと鳴る。

「言うよ、言うよ」

吉五郎はのけぞってあとずさりながら内閣総理大臣の名を言った。

「聞いたような名だども、どこの者《もん》かのう」

「総理大臣と同じ名でねか。この糞餓鬼だば、本当のことを言わねど……」

彦太郎がつめ寄る。

「そ、そ、そのご当人だ。あんた達は余ッ程大物らしいが、俺だってこいつを吐くのは命がけなんだぜ」

「なあ彦太郎《ひこだろ》。俺たちだば、えれえ人に憎まれてしまったげだのう」

「総理大臣だば楯つくわけに行がね。日本に住めなぐなってしまうがら」

「何《なん》してそんな命ねらわれっほどあの人に憎まれちまっただか知んねども、あやまって来《こ》ばいっちゃ」

「んだ。吉五郎さん。あんた道順知ってでだら教《おせ》て見れ」

「ど、どこの……」

「総理大臣さいるとこだ」

「この時間なら世田谷のほうにいるよ」

「そんだば俺たちの飯場の近くでねえか。こいつはあんべいいのう」

「済まなかったのう。これはほんの気持だば家の修理代にでも……」

ざっと三十枚。彦太郎は一万札をつかみ出して吉五郎の前に置いた。「廊下の若げのは死《す》んだふりしてっだがら、もうとうに逃げ出してるだろが。やくざもだらしねのう」

彦太郎はそう言って孫吉と拳銃を構えたままあとずさって行く。

＊

「木の神っちゃ。二人はどんなげだった」

雪泊の祠の前である。

「総理大臣の私邸さ真夜中に訪ねで、警察庁に連れてがれだども、今はとうとう三ツ星の家へ《へ》入ったとこだ」

「思うように行《い》ぐのう、田の神っちゃ」

「んだ。三ツ星と三ツ江が嚙み合ってくれただば、昔のようにあんべよくなるだろ」

「だども孫吉《まんぎじ》と彦太郎《ひこだろ》が鉄神《へテ》の守り札ば返《け》してまっだら奴《わね》らっちゃまた元気だして水腐らしたり毒の風さ吹かしたりすっでねだろかのう」

「そうは行《い》ぐめ。三ツ星は執念深けがら、守り札さ返《け》ったら、どんなごどさしても三ツ江に仕返しするだろ。なあや水の神」

「んだ。それにこのごろはやっと海の神も鉄神《ヘテ》らよそもんのやり方さ気がついだらしだがら、みんな掛れば鉄神《ヘテ》を追い出せっかも知んね」

「だども、早くしねどまた田植さ始まっど」

「俺《おら》だち農閑期だけ鉄神《ヘテ》とやりあうがらいけねなでねか。奴ら《わねべ》と来だら一年中俺《おら》だちを弱らせるなに働《はだ》れているがらのう。ちっとの間俺《おら》だちも一年中やらねと……」

「それはいがね。土《つじ》の神さはじめ俺だちは、春がら秋までは休めねだもん」

「だどもよ。鉄神《ヘテ》の考《かん》げだば、鉄さ腐らすもんは川の水、海の水、土《つじ》に風に、なんでもかでもみんな地球がらなぐしてしまうことだがらのう。土《つじ》の上さどんどん鉄さ流して固めてるでねかや。煙突だば人間だちに立てさせて、風に毒混ぜるでねか。風の神だば、もう東京にも大阪にもいらんねことになって、土《つじ》の神っちゃより重い病気さかかったでねか」

「だども、土《つじ》の神や風の神もよぐね。鉄神《ヘテ》が天から地球にやって来たどぎ、ふだりで鉄神《ヘテ》さいじめ抜いたんだがらのう。鉄だばすぐに腐れっがら、しまいにゃ腹立てで、こんなげになったもんだ」

「居ねもんを悪ぐ言うもんでね。そういう水の神っちゃ、あのふだりと一緒んなっで鉄神《ヘテ》さいじめだでねかったか」

「何抜かす、この糞餓鬼」

「仲間割れだばすっと、鉄神《ヘテ》の思う壺だろが」

木の神が言い合いをとめた。

＊

「ひ……」

孫吉が一目見るなり叫んだ。「化けもんだろか」

緑の部屋に緑のベッドがあり、その上に異様な人物が横たわっていた。

目が三つ、耳が三つ、鼻の穴が三つで、手も足も三本ずつの緑色をした生物が、緑色のパジャマを着ているのだ。

「こわがる事はありません。このお方は、わが三ッ星コンツェルンの創始者で、遠い宇宙からいらっしゃった、ヘテという宇宙人です」

「宇宙人だなかや」

「そうです」

「病気みてに見えるだけど」

「ええ。実は……」

三ッ星銀行の頭取が言いかけると、宇宙人はそれを制し、

「君はさがっていなさい」

と命じた。「社員どもの不手際でおまねきが遅れたが、私が三ッ星というヘテ人です」

「人間みてだども、何もかも三ッだのう」

「三ッ揃いだば洋服だども、人間の三ッ揃いは気味悪《わ》りのう」

「君らが地下から掘り出した丸い金属板だが、それを返してもらいたいのだ」

「や、この電車の部品さか」

彦太郎はシャツの上から胸を探って言った。

「それは電車の部品などではない。われわれヘテ人のエネルギー源なのだ。それを紛失してしまったので、このように病床に臥しておる」

「だば気の毒したのう。だども、なんしてそんな大切なもんさなぐしてしまったのだ」

「実は、この地球に大昔私と一緒にやって来たもう一人のヘテ人がいるのだ。その女が今になって私を裏切り、エネルギー源である円盤を、我々の敵である土の中に埋めてしまったのだ」

「土《つじ》が敵……」

「我々の本体は、この地球で言う鉄なのだ。土には酸がある。我々は長い間この地球にある酸のために苦しんで来たのだ」

「よぐ判らねけど、鉄は酸につけると錆びるだのう」

「女が裏切ったて、あんた悪《わ》り女とつき合ってるだな。なんという名だ」

「三ッ江という」

宇宙人の頭に突然緑色の触角が三本突っ立った。

「やや、頭《あだま》の上さ毛が三本」

「さいわい君たちが拾ってくれたので私は助かったわけだ。発見がもう二三百年も遅れたら私は死ぬ所だった」

「それは良がったのう。だばお返《け》しする」

彦太郎は首からひもを外し、幸運のペンダントを三ツ星に差し出した。

「有難う。三ツ江の奴め、これが発見されたのを知って君たちからとりあげようとしたんだ」

「そんだば緑声会は……」

「そうだ。あれは三ツ江物産がかげで糸を引いていたのだ」

「そんだば総理大臣は」

「あれはこの前、わが三ツ星グループから資金を得て総裁になった男だが、私が病床にあって再起不能と見たらしく、三ツ江側に寝返ったのだ」

「総理大臣ちゃ、そんな悪《わ》り奴だったかのう。そんだば今度は社会党に入れねばのう」

「何しろまた選挙が近いし、あの男も金が必要なのだ」

「んだろ。俺《おら》ほの村会議員選挙でも一票三百円すっがら」

「選挙はおもしれ。酒もまんず呑み放題《ほうで》だし」

「ところで、私に力をかしてくれないか」

「力貸すだか」

「ほれ、お前《め》の四百万だろが」

「違う。金ではない。ふたりともかなり長い間これを肌につけていたらしいが、そのためにこのエネルギーに汚染されているのだ」

「惜しいなや」

「ひ……」二人は顔色を変えた。

「別に毒ではない。その逆だ。エネルギーに汚染され、その精気が体にこもって異常な力を与えられてしまっているのだ。競馬で大当りしたのもそのためだし、プロの殺し屋たちを向うにまわして、かすり傷ひとつ負わなかったのもそのためだ」

「なる程のう。どうもおがし、おがしと思ったわけだ。いくら乱暴しても死なねがっただもんな」

「私はそうは行かぬのだ。ヘテ人の体と地球人の体は違う。これが戻って来てもまだ当分の間は回復できんのだ」

「気の毒に」

「しかし三ッ江は私がこれをとり戻したことを知っている。だから必死になってわが三ッ星コンツェルンを叩きつぶしに出るに違いない。私の元気が回復するまで、三ッ江とたたかって欲しい」

「乗りかかった船だば、やってやろかのう」

「んだ。病人さいじめるような奴らは許さね」

「引受けてくれるか」

「だども、これも出稼ぎの仕事だっちゃ。給料もらわねど……」

「もちろん払う。税抜きで月に百万ずつ」

「ひ……」

「ほかに掛った実費は経理に請求しなさい」

「百万だば耕耘機でも何でも買えっど。やるべ、やるべ」

*

雪に埋れた雪泊の祠。

「だいぶあんべいいのう」

「三ツ江自動車の工場が爆弾でふっ飛んだでねか」

「んだ。千葉の製鉄所も九州の製鉄所も」

「あのふたり、やるもんだのう」

「三ツ江も負けずにやってるでねか」

「電車も道路も石油会社のタンクも、発電所さもみんなぶっ飛んじまったし」

「また昔のように奇麗な水が川に流れっだか」

「んだ。まぢけえのう。めでてことだなや」

「そんだば、土の神や風の神も元気さ戻って……」

「いっぺやっか」

「そうすっだかや。行《い》ご行《い》ご」

＊

その冬火を噴いた三ッ江と三ッ星の企業間戦争は、まず政府与党をまっぷたつに割り、次いで日本のあらゆる官僚機構を二分してしまった。警察も機動隊も自衛隊も、それまでの陰の関係を一挙に顕在化させ、三ッ江かしからずんば三ッ星かという二者択一を迫られ、遂に日本全土が内戦の様相を呈した。

機銃が火を噴き、ヘリコプターは爆弾をばら撒き、放送局はそれぞれの陣営に有利なニュースを流しつづけている。

あらゆる産業活動が停止し、砲火の交錯する市街地から、一日ごとに黒い土の露出した部分が拡がって行った。鉄とコンクリートの繁栄は進行をとめ、流血の代償に川の水が澄みはじめた。ヘドロを吐き出す製紙会社は炎上し、硝煙の合間に青い空が見えた。

庶民は自給自足の為に争って舗道をはがし、井戸を掘り、緑の苗を植えた。

瞬く間に経済大国日本は、三流農業国に転落をはじめ、焼け残った住宅街では夜中にこっそりと他人の家の人肥が盗まれる事件が流行した。

「敬礼ッ」

今や三ッ星の私兵化した陸上自衛官でごったがえす白い館へ、黄色いヘルメットに作業服、地下足袋姿のふたりが現われた。孫吉と彦太郎は軽く挙手の礼を自衛官たちに返し、三ッ星軍総司令部になっているその館へ駆けこんで行く。

「大将はいるだが」

「ハッ。グリーンルームでありますッ」

「よし」

彦太郎は少し疲れた表情で言い、二階の緑の部屋へむかう。

「ヘテさん、俺だちはもう帰《けえ》ろと思ってるだどもな」

「冗談じゃない。今きみたちに手を引かれてはなんにもならん」

「だどもよ、もう春だでのう」

「せめて夏まで……。そうすれば私が三ツ江の奴をやっつけてやれるんだ」

孫吉と彦太郎は気の毒そうに窓の外を見ながら言った。

「田植だもんなあ」

「来るとき雪泊さまに約束して来ただから、それを嘘にすることさできね」

「雪泊さま……」

「田の神だ、おらほの」

ヘテ人は緑の顔を紫にして唸った。

「なんでそれを早く言わん。糞ッ、あの田舎者たちにしてやられたか」

「なんだ、田舎者《ぜぇごもん》だ……。やいヘテのやろっこめ、もういっぺん言ってみれ」

孫吉が怒声を放った。

「んだ。田の神さまを田舎者《ぜえごもん》だど……この罰あだり。もう二度と力貸してやんねだぞ」

「帰《けえ》ろ。都会もんだばどこまで行《い》でも都会もんだっちゃ。田舎者《ぜえごもん》でどこが悪《わ》りか。この糞ッたれ宇宙人め。今まで黙ってだけど、三ッ江っちうのはお前《め》の女房だでや。見れ、この有様……」

孫吉は窓をあけ放った。三ッ星、三ッ江のどちらかに所属する東京のビルというビルが、みじめに崩れ落ちた廃墟と化していた。

「宇宙人の夫婦喧嘩で地球がひどいことさなったでねか。鉄さ持ってお前《め》も生まれ故郷さ帰《け》っだらいいだ」

ヘテ人は憮然としていた。

「さあて、これで農閑期さ終りだば、また精出して米作らねばのう」

「そんだば勝手に夫婦喧嘩でもやれ」

ふたりは飄然《ひょう》と去って行った。

彼らの故郷にはコンクリートの道がない。工場もない。あるものはただ、昔ながらの山と谷と川と風と、そして生きとし生けるものすべてに命の精を感ずる、鉄神《ヘテ》到来以前の地球人たちであった。

某県加曽郡大加曽村大字谷底字雪泊。

春の訪れ遅いその山里も、今はすでに雪も溶け、人々の姿が祠のあたりを行き交っていることであろう。

わがふるさとは黄泉《よみ》の国

1

室谷啓一はサングラスを忘れたことを後悔していた。ネクタイを半袖シャツの胸ポケットにねじこみ、ともすれば汗で背中にへばりつきそうになるシャツの感触を避けるため、ことさら上体をしゃんと伸ばし、気分的にはかなり反りかえった姿勢で歩いていた。

七月の陽ざしは舗道やビルの壁面へぶち撒けるように浴びせられており、時折り思い出したように吹く街の風は、キナ臭く感じられるほど暑く蒸れていた。

そう、太陽は疑いもなく東京の空にたちこめたスモッグを蒸しあげようとしているのだ。耳のうしろの生え際のあたりからは、ひっきりなしに汗の玉がころがり落ち、眉のあたりにも額からふきあげた汗が、今にもしたたり落ちて眼に入りそうだった。

銀色に赤い帯の入ったバスが車道の端をゆっくりと通りすぎ、後部にある下水の蓋のようなラジエーターから、うなぎでも焼けそうな熱風を啓一に吹きつけた。

土曜日の午後である。啓一は駆け出しの商社マンで、ことし二十六歳。やっと商社マンらしい物腰が身につきはじめたばかりであった。会社では娘たちが海へ行く相談で持ちきっていて、彼らの相手をするグループは、ちょうど啓一たちの年代であったが、啓一はこの週末になってもとうとう娘たちの遊び相手に名乗り出る機会を見出せないまま、こうして暑い午後の街を、ひとりで歩きまわっているのだった。

彼は幼い頃から読書家で通って来た。現に今もこの週末に読み耽る本を探して、神田の書店街を歩いているが、彼自身はそれを余り愉しんでいるつもりもない。仲間づきあいが空っ下手で、はた目にはひどく寡黙な男なのである。

いわゆる内弁慶というのだろうか。とことん気をゆるした相手なら、かなりおしゃべりな一面を見せるし、頭の中ではいつも他人に対する呼びかけや、会話に割って入る台詞が渦を巻いているのだ。しかし、それを実際に舌へのせることはほとんどないと言っていい。キッカケが摑めないのだ。会社の娘たちと海へ行く気は充分すぎる程あって、彼女らのプランをちらっと耳にした瞬間から、実にさまざまな、時には不逞なほどの空想をめぐらせているのだ。

が、結局はプランを耳にしなかったのと同じことで、全く関知しない風の沈黙を守り通してしまうのだ。……だって、陰気なんだもん。ある娘が自分のことをそう評したのを、啓一はだいぶ前に小耳にはさんでいる。その女子社員は社内でも指折りの美人で、若い男たちの罪のない冗談から、啓一の恋人に擬せられたのだ。彼女はその時すぐにそう言ってのけ、周囲もまたそれをごく自然の反応として軽く笑ったにすぎなかった。

啓一は彫りの深い横顔をもち、見方によっては相当の美男と言えた。しかし、彼の持って生まれた性分は、他人に対してひどく臆病で、ピシャリとにべもなく戸を閉め切ってしまったような、内向的というには余りに露骨な閉鎖的雰囲気をそなえていた。

啓一自身でそれを望んでいるわけではない。むしろそのことで悩み、自己嫌悪にかられる時も少なくないのだ。かつてのクラスメートで、唯一の友人とも言うべき高木道雄は、その交際の初期、高校で彼に死神という仇名をつけてしまった。

「だってそうじゃないか。お前はいつだってとほうもなく不吉な顔をして歩いてるんだよ」

高木が拡めてしまった仇名について啓一が抗議すると、彼はずばりとそう言い放ち、さもおかしそうに笑ったものである。

読書はそうした性分にどうしようもなくついてまわる一種の逃避的快楽であった。眩しい夏の太陽の中を歩きまわり、十軒あまりの書店を出入りしたのち、やっと彼を満足させたその日の収穫は、神仏のゆくえ、という民俗学の古本と、記紀新釈という新刊書であった。

汗まみれになって麹町のわが家に戻った啓一は、買って来た本を自室の机に置くと服を脱ぎすて浴室へ入った。古い家だが浴室はこの春改築したばかりで、シャワーのついた青いタイルばりの浴室は、啓一が最も安らげる場所のひとつであった。

「また禊《みそぎ》かい」

厚いすり硝子のドアの前で、母親のまつ江がからかい半分に声をかけた。冷たいシャワーの水音の中で、啓一は、「え……」と言って聞きかえし、母親がもう一度同じことばをくりかえすと、安心したようにまたシャワーの中へ体を戻した。

幼い時からあれこれの区別なく書物を読み漁った啓一は、どういうわけか結局のところ歴史、民俗学、人類学、考古学といった分野へその興味を定着させ、ことに古代の葬制とか、原始信仰とかに熱中するようになっていた。

新しい事実を識って昂奮すると、啓一は余り話相手もないまま、母親のまつ江にその新知識を語って聞かせるのだった。

「お前は神主かお坊さんにでもなればよかったんだねえ」

母親は嘆くという風でもなくそう言うのだった。水浴しているのを禊《みそぎ》と言ったのは、そういう親子の日常から発した、ごく自然な冗談なのである。

父親はすでに死んで、戦前からある古い家には啓一とまつ江、それに啓一が《ばあちゃん》と呼んでいる年老いた女中の三人ぐらしであった。家業は呉服商で、銀座の《やす田》と言えば小さいながら名の通った老舗であった。長い間祖父と母親のまつ江が《やす田》の店を守り通し、つい先年祖父が死んでからも、まつ江は慌てず騒がず、見事に女あるじの役を果している。

ひとりっ子の啓一は当然《やす田》をつがねばならぬ身なのだが、もとより口下手ではなり立たぬ呉服店のことで、まつ江も祖父も早くから啓一をあきらめ、「いいお嫁さんでもみつけて……」と、啓一の嫁に店をまかす手だてを考えているようであった。

そういう具合で、家こそひどく古びたが、庭木や垣根の手入れも行き届き、カラーテレビもクーラーも、時のはやりは何につけ不自由なく買い揃えて、シャワーを浴びた啓一は、ほどほどに冷房のきいた書斎風の自室で腹ばいになると、籐の夏枕に座蒲団をのせ、あごをその上へひっかけるようにして、買って来た本の頁を繰りはじめた。

庭のやつでの茂みを西陽が赤く染めはじめる頃、啓一はふと聞き耳をたてた。居間のほうで不遠慮な男の高笑いが聞えたからである。声の主が判ってまた活字を追いはじめたとき、廊下の襖がそっとあいて、

「啓ちゃま。叔父さまがお見えですよ」

と、ばあちゃんの嗄れた声がした。この老女中は若い頃から陰気なタチで、この室谷家へ来る迄何度もお払い箱になったものだそうだが、どういうわけか啓一はひと目で彼女になつき、それ以来いつの間にか家族の一員としてゆるぎない地位を獲得している。

「マイナスとマイナスならくっつかねえ筈なんだけどなあ」

まつ江の兄で不動産業者である叔父の健吉は、よくそう言って不思議がったという。

「ん……」

と答えて啓一は本を閉じた。そこはやはり呉服屋のせがれで、立ちあがると手早く浴衣に着がえ、うす青色の夏帯をぎゅっとしめると居間へむかう。

「よう陰気坊主。景気はどうだ」

叔父の健吉は威勢よくそう言って啓一をむかえた。啓一は黙って坐り、黒い漆塗りの座卓

の上の煙草入れから一本抜きとると火をつけた。

「とうとうまた夏だな」

叔父は啓一を探るように見ながら言う。

「うん」

「海水浴へでも行って来いよ。陽にやければちっとは威勢よく見えるぜ」

啓一はうふふ、と笑った。

「ほんとにねえ、もうお盆だもの」

まつ江は麦茶のコップがつけた座卓の丸いしみを左手で拭きとりながら、ちょっとしんみりした言い方をした。

そうか。それで叔父が来たのか。啓一はそう思った。七月十三日。きょうはお盆の入りであった。それで気がつくと、隣りの部屋からかすかに線香の匂いが漂って来ている。

「地獄の釜の蓋もあこうって時だ。年に一度くらいお前もこう、パアッと派手にやらかしたらどんなものだ。何ならつれてってやるぜ」

叔父はそう言って盃をほす仕草をしてみせた。

「駄目よ。この子は相かわらずなんだから」

まつ江は何の感情も見せずに言った。

「それにしても、外は暑うございますわねえ」

ばあちゃんがとりなすように口をはさむ。

「まったくだ。どういうわけか夏の暑すぎる日ってえと、戦争が終った年を思い出しちまうんだなあ。このところ何年か、まい年それればかりだ。としかなあ」

「暑かったわねえ」

まつ江は仏壇が置いてある隣りの部屋のほうを眺めながら言った。

「今は気違いじみてるぜ。なんでもかんでもあり余ってやがって。こないだなんざ、テレビを見てたら、なんとか言う喜劇役者たちがメシを投げっこしてふざけてやがるじゃねえか。テレビだから怒鳴ったって仕様がねえけど、やっぱり怒鳴りつけてやったね。なんてえ世の中になっちまったんだろうねえ」

「そうよ」

まつ江は勢いこんで相槌をうった。「貨車にぶらさがって買い出しに行ったの、ついこの間のことじゃないの」

叔父とまつ江とばあちゃんは、感慨をこめてひどかった昔の想い出ばなしに入って行った。戦災のこと、焼死体のこと、飢えたこと、たたかったこと……それはもう何百遍も聞いた昔がたりであった。だが啓一には、かすかに空腹の記憶があるだけで、それも果して自分の経験したことなのか、何度も何度も聞かされる内に経験したように思いこんでしまったことなのか、夢の記憶を追うように奥のほうはさだかではなかった。

玄関のほうでブザーが鳴り、ばあちゃんが立って行った。すぐ戻って来ると、

「啓ちゃま。高木さんですよ」

と部屋の入口に立ったまま告げた。

「高木……」

啓一は珍しく勢いよく立ちあがると玄関へ出た。

「よう」

玄関で高木は逞しく陽焼けした顔に白い歯をのぞかせて言った。

「めずらしいな」

「出るか」

「いや、暑いよ」

「それもそうだ」

高木は勝手知った様子で靴を脱いだ。

「ビール」

啓一は廊下の途中で待っている老女中にそう言うと、片手を振って高木に自分の部屋へ行けと示し、叔父と母がいる居間へ戻った。

「高木君が来たから……」

まつ江は、「ああそう」と軽く答えたが、叔父の健吉はまた手で盃を持つ真似をして、

「こっちで一緒にどうだ」

と言った。啓一はニヤリと笑ってみせ、首を一回半ほど左右に振った。

「そうそう啓ちゃん、私たち静岡の叔母さんと、この夏ちょっと旅行するからね」

まつ江が思い出したように言った。

「北海道だ。北海道……」

叔父は羨ましがらせたいのか、大げさに言って顎で天井のほうを示した。飛行機で行くという意味なのだろう。

啓一が部屋へ戻ると、高木はあぐらをかいて庭を眺めていた。

「どうしたんだ」

何かある……長年のつき合いで啓一はそう察していた。

「お前んとこはいいよ、純日本風でな」

「そうでもないさ。陰気臭くって」

すると高木は弾けたように笑いだした。

「ご本尊がそう言えば世話ァない」

気がついて啓一も思わず笑った。それを見て高木はいっそう笑い、「見事に陰気に笑いやがった」

と言った。

「おやおや、おにぎやかなこと」

ビールと枝豆を運んできたばあちゃんが啓一たちの笑顔を見て嬉しそうに言う。

「どうかしてるぜ、ここん家《ち》のきょうは。死神が揃って笑ってやがる」

相かわらず、ずけずけいう高木に閉口したらしく、ばあちゃんはさっさと退散した。

グラスに冷えたビールが注がれると、小ぶりのグラスはみるみる外側に露を結ばせて行く。最初の瓶が空になり、枝豆のからがこんもりと盛りあがる頃、高木はさり気なく言い出した。

「弱ったよ、お久《ひさ》の奴」

啓一はやっぱり、という表情で高木をみつめた。

「何かしたのか」

「俺はなにもしないさ」

高木は慌てて強く言った。クーラーが低い唸りをたてている。

「どうしたんだ」

啓一はグラスを置き、開き直った表情でまた訊ねた。

「ここんとこ、会社へも出勤しないでアパートの部屋へとじこもったきりらしいんだ」

啓一はじっと高木をみつめている。「俺はなんにもしないよ。誓ってもいい。平坂久子に指一本触れた覚えもないし、相手に誤解されるような甘いことを言った覚えもない」

「じゃなぜなんだ。お久《ひさ》君、体でも悪くしたのか」

「いや。なんだか知らねえが俺のせいらしい。冗談じゃねえぜ。あの子たちとつき合うようになったキッカケはお前だって知ってるだろうよ。別に男と女でどうこうってつき合いじゃないし、ただ一度だけ、あのお久《ひさ》をボーリングへ連れてって教えてやっただけなんだぜ。恋愛なんてしちゃいねえんだよ」

高木は困り果てた顔で言った。

平坂久子というのは、小さな繊維会社の染図案をやっている、染色デザイナーである。住いは四谷駅の近くのアパートで、ほぼ一年くらい前、彼女ら染色デザイナーのグループと啓一たちの同窓会のメンバーが、同じ日に麹町のホテルでパーティをやったことから知り合いになったのである。久子たちのグループは男女とりまぜて十二、三人。それがパーティのあとなんとなく合流し、互いに名刺など交換し合って、それ以来泳ぎだボーリングだと、他愛もない交際がグループ間で続いた。

「芳《よ》っちゃんや美津子ならとにかく、お久《ひさ》とそんな具合いに言われるんじゃ迷惑だ。第一お久《ひさ》と俺がそうなるわけがないじゃないか」

高木はますます強く平坂久子との間柄を否定する。啓一は固い表情で聞いていた。「あのグループには女が七人もいる。みんなちょっとした美人だし、男の奴らも気のいい連中だからつき合ってるんだよ。でもよ、お久《ひさ》と俺に何かあると言ってるのは、向うのグループの連中だけなんだぜ。きょう美津子から電話がかかって来て、お久がそんな具合いに参っちゃってるから俺が見舞いに行ってやるべきだ、なんて凄い剣幕なんだ」

「事情はよく知らない……」

啓一はポツリと言った。例によって、啓一はそのグループ同志の交際に、本心では強く魅かれていたけれど、結局積極的に参加することはしそびれて、半ば仲間外れの状態でいたのだ。

「でも、冷たくしないでやれよ」

「馬鹿言うない」

高木は憤然として叫んだ。「冷たくするもしないも、ボーリングへ行ったんだって、もののはずみで二人っきりになっちゃっただけなんだぜ。芳《よ》っちんも美津子も来る筈のが、美津子は残業になっちゃって、芳《よ》っちんはあのとおりおっちょこちょいだから、ボーリング場を間違えて、よそへ行っちゃったんじゃないか。レーンは予約してあるし、あの連中は来ないで、仕方なく二人ではじめたんだ。そのあとはいつも何人か一緒さ。もしお久《ひさ》が俺にどうこうって言うんなら、そいつはお久《ひさ》の一方的なことだ」

「お久《ひさ》君の片想いか」

啓一は無表情で言った。高木はそのひどく底深いような無表情に気押されて、ちょっとうろたえているようであった。「平坂久子という女性は身寄りのない人だそうだな。いつもとても淋しそうにしているし、向うのグループの話でも孤独な人なんだそうだ。そう聞いている」

「同情はするさ。でも責任はとりようがない。見舞いに行けば……これがお久《ひさ》の何かの思い違いだとしたら、その間違いがいっそうでかくなりかねないだろう」

「気の毒だな」

啓一はそう言って、ごくりと唾をのみこんだ。

「お久《ひさ》がか。やめてくれよ。お前まで、それじゃなくても今日美津子から電話で、自殺するかも知れないなんて、散々おどかされたり嫌味を言われたりしてるんだから」

「自殺……」

啓一は瞳に鋭い光を宿らせて訊ねた。とうに日は暮れて、皇居の南側の空が赤く光っている。銀座のネオンだ。

「お前は知らないだろうが、お久《ひさ》ってのは、少し変ってる女らしいんだ。特殊なんだな」

「どう変っているんだ」

高木は言いにくそうに唇をなめ、左手を意味もなく何回か動かしたのち、

「自殺村の出身なんだってよ」

と言った。

「自殺村……」

「そういう村がどこかにあるんだそうだ。その村の奴ってのは、何かちょっとしたことでも悲観して自殺しちゃうんだそうだ。深刻癖っていうのか、気が弱いっていうのか、とにかくいつでも死ぬことばかり考えているんだ。……そりゃ、俺だって多少覚えがあるよ。はたちちょっと前に、やたら死ぬことを考えた時期がある。人生、なんてことをえらく考えこんでしまってな。でも、村中がそんなだなんて、ちょっと信じられないけどなあ」

高木はため息をついた。

「村中が自殺……」

「何かって言うと、実にかんたんに自分から死んじまうんだ。陰気なはなしだ」

高木はそう言ってしばらく啓一をみつめてから、「お久《ひさ》はお前とならうまく行くのかも知

れねえな」

とつぶやいた。

話が話だけになんとなく気づまりになり、ビールを三本あけたところで高木は帰ってしまった。

啓一は高木を送ってから部屋へ戻ると、四本目のビールを抜いてひとりで呑みはじめた。しらじらとした螢光灯の光の中で、白いゆかたを着た啓一は、時折りビールを注いだりする以外、身じろぎもせずに坐りつづけていた。その表情は、かつて高木が言ったとおり、とてつもなくまがまがしいものであった。

2

室谷啓一の父親は、昭和二十一年の早春、この麴町の家で自殺して果てた。

自殺の理由がなんであったか、啓一は今もって知らされていない。啓一自身、知る必要がないと、今ではそう思っている。どうせ知って気分のいいことである筈はないし、むしろそういうことは一生触れずにいたほうがいいと、一種の人生の知恵でそう結論している。

だが、自分の性格が暗く陰気なのは、その父の死に原因があると疑い続けているのだ。

「お前のお父さんという人は、いつも何かから逃げているような所があってね。……追われて隠れ歩いてるっていうのか、そんな感じのする人だったよ」

そんなことは滅多にないが、たまさか母親のまつ江が父のことを話すときは、いつもきまってそういうのであった。歴史に興味を持ったり、古代の葬制に関心があったりするのは、多分そうした過去の死と、自分という人間の形成との間の因果関係を、無意識のうちに考えている証拠だなどと思うことも多い。仏壇の位牌に刻まれた亡父の命日が、自分の生年月日と一年違いで合致している事実も、そこに恐ろしげな何かの因果が働いているのではないかと思えるのである。

一度その疑問をまつ江にただしてみたが、それは偶然の一致にすぎないと笑いとばされ、そう言えばそうねえ、と逆に不思議そうに顔をのぞきこまれるばかりであった。

だが今、高木から平坂久子の郷里が、多くの自殺者を輩出する特異な村であると聞かされて、自殺という行為を思いたつ体質が、血のつながりの中に伝えられる、一種の遺伝なのではあるまいかという疑問にとらわれはじめたのであった。この持て余すほど陰気な性格は、自殺した父から抜きさしならぬ遺伝としてうけついだもので、変えようもなければ逃げ出す術もない檻の中に自分は生きているのではあるまいかと思うのだ。

だいぶたってから、啓一はふと或ることに気づいた。

高木は今夜何を言いに自分をたずねて来たのだろう。……お前とならうまく行くかも知れない。そのひとことが言いたくて来たのではあるまいか。陰気同志、死神同志……。

たしかに高木は困った立場に置かれている。身に覚えがあろうとなかろうと、万一平坂久子が自殺でもしたら、彼は迷惑などとは言っていられない立場に追いやられるのだ。

それを救う道がひとつだけある。それが性格が似ていて、それだけに深く理解し合えるかも知れない啓一と久子が、この際二人だけで会う機会を持ち、一挙に恋愛関係にまで発展すればよいのだ。……啓一は腹の底をみすかされたような気分になった。

啓一は最初から平坂久子に関心があった。ひと目惚れというのかも知れない。出来れば大胆に踏みこんで、デートをしたり手紙をやりとりしたり、そういう間柄になりたいと思っていたのだ。だが、所詮彼には無理なことであった。

それに、啓一の心の片隅には、銀座の《やす田》の店のことが根強くわだかまっていた。母親のまつ江や叔父の健吉、老女中のばあちゃんたちは《やす田》の店をもりたててくれる女を啓一の妻にしたいと願っていて、その願いを破るような行動に踏み切ることが、どうにもうしろめたく思われてならないのである。

いや、ひょっとすると啓一はそれを自分自身のための逃げ道に使っているのかもしれない。周囲のそんな願いがなくても、彼はやはり平坂久子と夢を語らう機会は作れなかっただろう。《やす田》の店が心の底にひとつの責任として感じられるのをさいわいに、恋愛に踏み切れないおのれの不甲斐なさから目をそむけてしまっているのかも知れない。

家業を継ぐ能力もなく、女を口説くバイタリティーもない……啓一はビールのかすかな酔いの中で、そういう自分を責めはじめていた。

いつも傍観者か、せいぜい諦め切った被害者程度の役まわりしか果せない男。……それでもいいと思っている内に、結局は誰かに対し加害者の立場になるのではなかろうか。加害者にはなりたくない。自分の家を守るために他人を傷つけねばならないのだったら、引っ越してしまえばいい。まして商戦に勝ち抜かねばならぬ店を切りまわすなど、どうころんでも自分には出来っこないのだ。……だが、それでは生きて行けるのか。

啓一は堂々めぐりの自問自答をくりかえし、やがてその堂々めぐりは、ひとつのことばに行きついてとまる。

自殺。死んでしまうこと。死を望むこと。平坂久子はひょっとするとそれをやってのけるかも知れないという。代々自殺者を輩出するという村を故郷に生まれ出た久子という女性が、啓一にはたとえようもなく神秘的でロマンチックな存在に思えた。

啓一はふとひとつのありえないロマンスを考えた。久子は高木に恋して自殺してしまう。……高木は冷酷で、久子の死の床へも訪ねてやろうとはしない。そしてその臨終の枕辺にただひとりみとるのが啓一であった。久子に次の瞬間がない、その最後のとき、啓一は久子への愛を呼びかける。そういう時なら言えるかもしれない。目覚めることがない相手になら、どんな烈しい愛の言葉も囁けるだろう。久子は逝きかけている。半ば死者となり、半ばうつつに残った魂で、啓一の愛をうけてくれる。去りかけた意識が手をさしのべて啓一の魂をつかみ、啓一は肉体からぬけだして久子の魂とひとつになる。そしてふたりは、あの遠い遠い黄泉の国へむかう……。

「悔《くや》しきかも、速《と》くは来《こ》で……」

啓一は低い声でつぶやいた。それは古事記上巻に記されたイザナミの言葉であった。死せる妻を追って黄泉国《よもつ》に至ったイザナギに対し、彼女はそう言って怨んだのである。

「悔《くや》しきかも、速《と》くは来《こ》で……」

もう一度つぶやいた。なぜか神話の神と久子のイメージが重なり、それがモノトーンのクローズアップとなって語りかけて来た。

久子を見舞う……。啓一は珍しくそう決心した。死にとり憑かれながら生きている久子が、自分にとってかけがえのない宝物であるような気がしたからである。

久子を見舞う。

一度はそう決心した啓一だが、翌朝になってみると、やはり腰が重かった。

見舞う……と簡単に言葉できめて、その言葉をみずから信じてしまえば、行きにくいことは何もない。しかし啓一は朝になるとすぐその見舞うという言葉の裏にある本音に気づいてしまった。

結局、口説きに行くのではないか。そう思った。見舞いにかこつけて久子の状況を打診し、その結果によっては新しい局面に入っていこうという下心があるのだ。最初に見舞うという考え方をしただけに、ひどくうす汚い自分を感じてしまう。

落ちつかぬ思いで時間を浪費し、そのくせ次第に久子に対する感情が強く湧いて来て、挙句のはてには行動に踏み切れない自分がしん底嫌になる。

そして夜になった。皇居の南の空は今夜も赤く、幾分風が涼しく感じられる頃になると、ポロシャツとスラックスに着換え、散歩して来ると言い残して、決心のつかぬまま家を出た。足は千鳥ガ淵の方向へむかう。

都心でも夏の夜はやはりそれらしく、お濠ばたには白っぽい人影がそこここにうごいていた。若いアベックや浴衣がけの中年夫婦、乳母車を押した外人家族。啓一はなんとなく家へ入りそびれているような夕涼みの人々の間を、いつもの陰気臭い表情でゆっくりと歩いた。

自殺。自殺村……。

平坂久子の故郷というのは、いったいどこなんだろう。久子は本当に自殺を考えているのだろうか。

そう考えていたとき、啓一は不意に自分が、今、久子の何に魅かれているかに気づいた。死に介入したいのだ。自殺を考えている人間が抱えている問題を知り、その人間がそれをどう処理し、或いは処理しそこない、どのような姿勢でたたかいに敗れ滅んで行くか、それを見たがっていたのだ。

彼が古代の葬制に関心を持ったのは、その死者の姿勢と、どのような手続きで滅びて行くかを知りたかったからだ。歴史に興味を持つのも、英雄の業績よりは敗者の滅びの姿に魅かれたからである、恐竜やマンモスに魅力を感じるのは、彼らがかつて地上の支配者であったからではなく、彼らの一族があえなく絶滅したからである。

いま啓一はたしかに平坂久子に男性として魅かれている。しかし、そのような相手が死を考えているからこそ、いっそうその滅びの姿を見たいのだ。

ひきとめて、自分のほうへ顔をむけさせるためではない。愛情をもって彼女の死を容認し、滅びるさまを見守ってやりたいのだ。女性としての美しさをたたえるのと同じように、炎をあげて燃え崩れ、美しく滅びるさまをたたえたいのだ。……自分なら、彼女の死を理解してやれるのではないだろうか。

「悔《くや》しきかも、速《と》く来《こ》で……」

啓一はそうつぶやくと足を早めた。自分のような存在を知れば、久子はイザナミのようにそう思うかもしれない。

彼は半蔵門を曲り、四谷へ向って歩きはじめた。いつか一度、仲間とその前まで送ったことのある平坂久子のアパートまで、歩いて行く気だった。なぜかタクシーやバスを利用することを思いつかなかった。彼の考える死は、そのような文明の利器を認めない位置にあるのだ。いつしか啓一は、自分が清浄な白衣《しろぎぬ》をまとった神官のような気持で歩いていた。

彼は平坂久子のすまいの近くへ来ても、いちどもたじろがなかった。最後の角を曲っても歩度はゆるまなかった。約束の時間きっちりに約束の場所へ現われようとしているビジネスマンのように確信にあふれた歩きかたをしていた。両側に家の密集した幅のせまい下り坂を中程で右に曲り、その横丁の粗末な木造アパートへ入った。やけに足音のひびく木の階段を登り、廊下の両脇にドアが並んだ二階へ出た。左から三番目……。彼はスピードをゆるめずに進んだ。何かに憑かれていたといっていい、まがまがしいほど陰気な顔でその三番目のドアの中へ一歩足を踏み入れた……。ドアは開かれていたのだった。螢光灯がしらじらと室内を照らし出していた。啓一はそのせまい入口で、うっそりと立ち止った。顔の色は蒼白で、思いつめたように唇を嚙み、両手をきつくにぎりしめていた。

部屋のまん中に女がひとり、入口に背をむけて坐っていた。四帖半ひと間きりの、そのまん中あたりに正座していた。啓一は沈黙したまま、その背中をみつめて突っ立っていた。うしろむきになった女のかげから、うすい煙が右へ流れ出していた。女は身じろぎもせず、啓一も動かなかった。

どれくらいそうしていただろうか。背後の気配に気づいたのか、女が急にふりむいた。青黒く痩せた皺だらけの顔であった。老婆は言った。

「おあがりください」

老婆の前には小さな机が置いてあり、その中央に線香が煙を流して立っていた。老婆は畳に両手を突いて、机の正面の座を滑りあけた。啓一は下も見ずに靴を脱ぎ、机の上の線香をみつめたまま、あけられた場所に正座した。

……悔《くや》しきかも、速《と》くは来《こ》で。

「お友だちですか」

「……」

「静かな行儀のいい娘さんでしたのに」

「……」

「よくよくのことなんでしょうが、早まったことを……」

「どこにいます」

「はあ、……ああ、久子さんですか。気がついて私が救急車を呼んだときはもう手遅れだったようでした。警察病院ではないでしょうか。さっき主人が電話を受けていたようで、下におりますからすぐ判ると思います」

管理人らしかった。

「遺書は」

「いいえ。なかったんではないでしょうか」

「なん時ごろ」

「救急車を呼んだのは二時間も前だったでしょうか」

……悔《くや》しきかも、速《と》く来《こ》で。

とりあえず持ち出したらしい小机の上には、それらしい白布もかけられてはおらず、写真も見当らなかったらしく、かわりに使いこんで艶の出た木櫛が置いてあった。どうやら管理人室の仏壇からでも持ち出したらしい小さな線香立てがひとつと赤い硝子の細い花瓶に、開き切って毒々しい花芯が突き出した山百合が差してあった。

「やあ、どうもどうも」

入口で錆びた声がした。「とにかくもうびっくりしてしまいましてねえ。ええ、そりゃもう家内とはよく気が合う娘さんで、このアパートの中じゃいちばん親しくしてたんですよ。

それにしても無茶をしたもんですなあ。何しろあなた、身寄りたよりが全然ないっていう人ですからねえ。私どももそう聞いてるんで親切にしてあげてたんですが、こうなると困りますあね。会社のお友だち、と思ったって、日曜日のこってすしねえ。電話したって誰もいやしませんよ……。まあ助かったですわい。これでほっとしましたよ」

管理人は入口から膝でずり寄って来ると、老婆と並んで啓一にしん底ほっとした様子で言った。

「間に合わなかったんですよ」

「あ、そうですか。ご存知だったんで……」

管理人は不審そうな顔をしていた。「じゃあ、ナニをする前にあなたに報らせたんですね」

啓一は返事につまった。どうして自分は久子が自殺をすると思い込んでしまったのだろう。なぜああも夢中で歩いて来たのだろう。それが不思議だった。

「余り平坂君についてはくわしく知らないんです。故郷《くに》はどこだったのでしょう」

「ええと、木曽だったな」

管理人は老婆を見てそう答えた。

「木曽……」

「入居する時、娘さんおひとりの場合は一応本籍やなんかをうかがって置くようにしてるんです。あの人はお願いしたら、ちゃんと履歴書を書いてくれましてね。そりゃきちょうめんな娘さんでしたから……下にありますからお見せしましょうか。いや、そうだ探して出しとかなきゃな。いずれ警察から言って来るでしょうからな」

管理人はそう言うと腰を浮かせた。

「俺のせいじゃない」

啓一に呼び出された高木は、平坂久子の部屋に坐って蒼い顔でそう言った。

「もういい」

啓一はそれだけ言うと下唇を噛んで考えこんでいる。

「まさか本当に自殺するなんて……」

「お久《ひさ》君のほうの友達に知らせたか」

「うん。できるだけはな。でも、ほとんどが山や海へ出かけちまってるんだ」

「お久《ひさ》君の故郷《くに》が判ったよ」

「あ……」

高木は薄気味悪そうに遺品の櫛をみた。

「その櫛は多分藪原のお六櫛というんだろう」

「お六櫛……」

「木曽の民芸品だ。手ごろな木曽みやげだから、行ったことがあれば誰でも知ってる」

「じゃあ、あの……例の村は木曽にあったのか」

「例の村」

啓一は意地悪く問い返した。

「自殺村という話さ。本当だったのかな」

「……」

啓一は答えない。だが彼は確信していた。代々自殺者が輩出するというその村のことは、彼にとって疑いようもない事実になっていた。啓一はどうしてもその村へ行かねばならぬ宿命のようなものを感じていた。

「とにかく弱ったよ」

高木は力なくつぶやく。

「お前のせいなんかじゃない」

「そうか、信じてくれるか」

「ああ」

「みんなに証言してくれよ」

「なんでもしてやる」

「助かった……」

高木は現金に笑顔で言った。「それにしても、なんで自殺するほど思いつめちまったんだろう」

「出が出だからな」

「え……」

「自殺村の出身だからさ」

高木は本気か、というように啓一を見た。

「おいおい……」

「ほんとさ。さっきアパートの管理人に彼女の出身地を書いた書類を見せてもらった。木曽と言えば長野県だが、彼女は岐阜県だ。岐阜と長野の県境で、地形的には木曽といったほうがいいらしい。地図を見ないとくわしいことは判らないが、中津川の北に当ることは間違いない。多分北恵那鉄道の終点のほうじゃないかな」

「なんという名前の村だ」

高木はおぞましげに訊ねた。

「湯津石《ゆついわ》村」

「ふうん……」

「知らないらしいな」

「何を」

「湯津石《ゆついわ》という名の意味をだ」

「どういう意味だい」

「古事記にある。イザナミはイザナギの妻として天地創造を行なう。そしてさまざまな神を生み、火の神であるヒノカグツチを生み落したところで、その火のために女陰《ほと》を焼かれて死んでしまうのだ。イザナギは妻の葬式を済ませたあと、死を招いた子であるヒノカグツチを十拳剣《とつかのつるぎ》で斬ってしまった。するとその刃についた血が湯津石村《ゆついわ》にしたたって、そのたびごとにまた神々を生じさせたのだ。血から生じた最初の神は石析神《いわさくかみ》という」

高木は要領を得ぬ顔でうなずいている。

「それで……」

「そういういわれがあるのさ。そのあとイザナギはイザナミを追って黄泉《よみ》の国へ行くことになる。……ところで俺の死んだおやじは、室谷の家へ養子婿に入った男で、もとの姓を石析《いわさく》といった。姓としては難読の部類なんでずっと記憶にあるんだ。しかも故郷はお久《ひさ》君と同じ湯津石村《ゆついわ》……」

「おやじさんは自殺だろ」

高木はほとんど悲鳴に近い声で言った。

「間違いなく自殺村だ。そんな気がする」

「冗談じゃないぜ」

「古事記では、この世と死者の国である黄泉《よみ》の国が地形的につながっているとされている。平坂久子の出身地を知ってから思い当ったんだが、その死者の国との境は黄泉比良坂《よもつひらさか》というんだ。湯津石村《ゆついわ》には古代人が関係しているのはたしかなようだ。きっと何かがあるんだよ。俺は行ってみる。お久《ひさ》君の骨を彼女の故郷に埋めてやるにも、そうしたほうがいいんだ。なぜそんな地名があるのか、なぜ自殺村といわれるのか。俺は絶対に調べあげてやるつもりだ。

だって、そこは俺自身の故郷でもあるんだからな」

高木はそう言う啓一を、まるで幽鬼を見るように、こわごわと身をひきながらみつめていた。その眼を見かえして、啓一はうっすらと冷たい笑いをうかべながら言った。「そうさ。死神が黄泉《よみ》の国を探しに行くんだ」

しばらく身をすくませていた高木は、やがてケタケタと笑い出した。

「行ってみるがいい。それでお前の陰気な性格がどうにかなるなら、こんなめでたいことはない。そうさ、お前はたしかに死神みたいな奴だ。そうじゃないか、ちゃんとお久《ひさ》の自殺を嗅ぎつけてとんで来るんだからな」

冗談のつもりで言っているに違いはないが、笑顔もこわばり、声もふるえ、だいいち笑い声がいかにもとってつけたようにうつろにひびいていた。「断わっとくが、俺はついて行かないよ」

最後にひどく真剣な表情でそうつけくわえた。

「判ってる。さそいもしないさ。こいつは室谷啓一個人の問題だ」

いつの間にか車の音も間遠になり、夏の夜風が強まっていた。すぐ窓の外にそびえる高いビルのくろぐろとした影が、その時のふたりには遠く離れた木曽の山かげに思えた。

「太平洋をヨットで横断する野郎だっているじゃねえか。俺たちゃ若いんだ。冒険してみなくてはな……。お前がやろうとしてるのも、ひょっとすると青春を賭けた冒険のひとつなんだろう。お前らしくていいや」

高木はこの夜はじめて、親友らしい思いやりの眼で啓一をみた。

3

ガラにもなく、やみくもに突進している。

室谷啓一にとってそんな感じの日々が過ぎて行った。

彼は生まれてはじめて、仲間の中心になって積極的な行動をしていた。家はまずまず豊かなクラスで、ひとりっ子であり、しかも読書以外に遊びも知らぬ生活をして来たから、いつの間にかいや応なく貯金が増えている。

そのたくわえを派手にばら撒いて、どうやら、平坂久子の葬儀のかたをつけ、一席設けて高木の立場の釈明までしてやった。

だが、久子の死について、母親たちには何ひとつ喋らなかった。啓一はすべて自分の力で答えを探しあてたいと思っているのだ。父の死の理由や、その故郷のことについて母親に説明されたりすると、その答えはひどく生臭く、しかも憎たらしい常識でかたづいてしまうようなおそれを感じたのだ。

突拍子もない謎が秘められている筈であった。そうでなくてはいけないはずであった。だからすべて無言でなければいけないと思えるのだ。喋れば秘密が穢《けが》れる。どんな神聖な事実も、穢れた言葉によって人に伝われば、その実体はかき消えて、俗人のさかしらな知恵で説明し得る、ごくありきたりのものに変えられてしまうのである。すべての奇蹟が、言葉によって伝えられたときそのような消え方をしたのである。

啓一は会社からできるだけ長い期間の休暇をとりつけて来ると、家族には夏休みと称し、ひとりひそかに平坂久子の遺骨をいだいて、新宿駅から中央線に乗りこんだ。新幹線で名古屋からまわるコースもあるのだが、啓一は久子がもし帰省するとすれば、必ず新宿駅から中央線を利用するはずだと考えていた。

汗くさい登山客で混み合う列車にのりこむと、白い骨ばこをだいた啓一はいやおうなしに目立つ存在になった。あたりを無視したような若い男女の態度に癪にさわって、ためしに思い切り陰気くさく坐っていると、驚いたことに効果はてきめんで、いつの間にか若者たちは低声で語りあっている。二時間もたつと、啓一のいる座席のあたりはひえびえとした雰囲気につつまれ、彼がその一劃のあるじのように見えはじめた。啓一は夜汽車の窓ガラスにうつる自分の横顔を眺め、なる程俺は死神だと、長いあいだただの陰口と思いこんで来た仇名を、苦笑しながら認めていた。

木曽へは何度か足をむけたことがある。たいていは、南木曽《なぎそ》、妻籠《つまご》、馬籠《まごめ》とまわるおさだまりのコースだが、実は木曽の古道を辿ってみたいと思っていた。ことに木曽川の西側を、田立、柿其《かきぞれ》、殿、小川、才児《さいちご》、二子持、黒沢、二本木、橋詰、幸沢、菅と走る古代の道は、今では想像もできないようなルートだけに、もし歩ければとてつもないものに出くわすような気がしていた。

だが、いま啓一が向おうとしているのは、それを更に西にはずれた、いわば木曽の行きどまり、美濃国境の奥三界岳の近くなのであった。南に竜神の滝、田立の滝という秘境を持ち、北に真弓峠、卒塔婆山、東は阿寺山、夕森山にかこまれるそのあたりは、飛騨や木曽谷に溢れるハイカーも近寄らず、まして湯津石《ゆついわ》村など知る人もないはずであった。

中津川で北恵那鉄道にのりかえた啓一は、付知川《つけち》をさかのぼって終点の下付知に至り、更に上流の付知町へバスで向った。

その日は付知の小さな旅館に一泊し、翌日はあいにくのどしゃ降りの中を、日に二便しかないというバスに揺られて東の山なみへ入って行った。

ひどく揺れるバスには四人の乗客がいた。三人は土工といった風体の屈強な男たちで、一人は農夫らしい老人だった。

その老人が恐る恐る、といった様子で啓一が胸にさげた白い骨ばこを気にしながら、どこへ行くのかと話しかけて来た。

「終点です」

そう答えると、急に人なつっこい笑顔をみせ、自分も倉戸《くらと》の者だと言った。

「倉戸は昔から倉に戸という字を書いたのですか」

啓一が訊ねると、老人は丁寧に掌へ指で書いてみせた。

「くら、と……昔からこう書きます」

それっきりまた沈黙が続く。啓一は昔から倉戸ではあるまいと考えているのだ。倉戸は闇《くら》戸《と》に違いない。湯津石村《ゆついわ》を地図で発見して以来、彼はそう信じている。

此の大山津見の神・野椎《のづち》の神の二神、山野に因《よ》りて持ち別《わ》けて生む神の名は、天之狭土《あめのさづち》の神、次に国之狭土の神、次に天之狭霧《さぎり》の神、次に国之狭霧の神、次に天之闇戸《あめのくらと》の神……。

えんえんと神々を生み続けるイザナギ、イザナミが、その終り近くに作り出す天之闇戸《あめのくらと》の神名こそ、これから行く倉戸に本来あてられるべき文字なのだ。闇戸の神とは谿谷の神なのである。そして根片須《ねかたす》、道反《ちかえし》、土岐墓《ときはか》の三部落からなる湯津石村《ゆついわ》は、まさに深い谷あいの村であった。

土岐墓《ときはか》を土地の人々は美濃土岐氏の遠祖の墓所と信じているらしい。しかしすべてを古事記から発想しようとする啓一は、それを時量師《ときはかし》だと考える。黄泉《よみ》の国でイザナミの誓約にそむき、彼女の蛆のたかる死体を見たイザナギは、辱《はず》かしめられて怒った妻に追われのがれ、その穢れを祓《はら》うためにさまざまな呪法を用いた。時量師《ときはかし》はその折り生まれた時の神である。また道反《ちかえし》はそのものズバリ、追われたイザナギが追手を撃退するために黄泉比良坂で道を塞いだ大岩である。そして根片須《ねかたす》こそは、地底の堅い砂の国、根之堅州国《ねのかたすくに》すなわち黄泉《よみ》の国そのものの名なのである。……あらゆることが、古事記中の冥界説話に結びついて来る。啓一自身も自分のこじつけすぎに気づいて苦笑してしまったが、美濃という国名すら、上にひと文字ヨを加えれば、ヨミノクニになってしまうのではないか。不思議なことに、峻嶮な飛騨、木曽の山岳地帯に縄文遺跡が密集し、その分布は平野部よりずっと濃いのである。目的地に近づくに従って、何かあるという啓一の確信はますます強まって行った。

「じきに倉戸です」

老人が急に口をきいた。「あいにくの降りで見えませんが、この正面に高いのが奥三界岳、そのすぐ左にちょっと低いのが月読山《つきよみやま》でずっと左が真弓峠といいます」

「月読《つきよみ》ですって」

啓一は驚いて思わず声を高くした。老人はキョトンとしていた。

黄泉《よみ》の国の穢《けが》れを祓《はら》ったとき、数多くの神々が生じたが、イザナギが左の目を洗ったとき生まれたのが天照大神で、右目を洗ったとき生まれたのが月読命《つくよみのみこと》、鼻を洗って生まれたのが建速須佐之男《たけはやすさのを》の命とされている。月読《つくよみ》は夜の支配者として、天照《あまてらす》に対応しているのだ。月《つき》弓《ゆみ》とも記されるから、真弓峠はやはり月読《つくよみ》に関係している地名なのだろう。

「どなたさまで……」

バスの老人はたまりかねたらしく、とうとう遺骨の主を訊ねて来た。

「知り合いの娘さんです。こちらの生まれなので……」

「それはそれは」

老人は儀礼的に合掌した。「で、どこの娘さんで……」

「湯津石《ゆついわ》村の人です」

「湯津石《ゆついわ》の」

老人は鸚鵡がえしに言った。ちょっと異様な表情であった。

「湯津石村字根片須《ゆついわねかたす》というと、これからどう行けばいいのですか」

老人は揺れるバスの中で立ち上ると、よろけながら座席ひとり分遠のいた。

「そこへ行きなさるおつもりか」

「ええ」

「それはいかん。やめなされ」

「どうしてです」

「人がおらんのです。なあ……」

老人は土工たちにあいづちを求めた。土工たちは奇妙な憎しみの表情を泛べてうなずく。

「家がないのですか」

「いや、家はたくさんある。家のあとはな」

「家のあと……」

「みな死にたえてしまったのです」

「それは困ったな。では湯津石《ゆついわ》村のほかの部落は」

すると土工の一人が大声で答えた。

「似たようなもんだぜ。湯津石《ゆついわ》村はみんな死んじまいやがる。生きた人間が住んでるのはもう何軒もないよ」

「だいいち、この降りで倉戸谷へ入って行けるものですか。道反《ちかえし》までも行けはせんでしょう」

「でも道はあるんでしょう」

「道はあるが、今は川と言ったほうがいい。降れば道が川になってしまいます」

「降らなくたって今日は無理さ。この時間じゃ倉戸谷のまん中で夜になっちまうよ」

「弱ったな。倉戸には旅館はありませんか」

「そんなものあるわけがない」

バスの四人は失笑したようであった。

「でも、どうしても行かねばならないのです」

啓一は遺骨の箱を撫でながら言った。

「どういうご事情かしらんが、あなたはえらい役を背負われたようじゃ」

「せめて晴れていてくれれば野宿でもかまわないのですがねえ」

老人は大きく舌打ちをした。

「仕方ない。これも何かの縁でしょう。儂の家へ泊まりなされ」

「泊めて頂けますか」

「申して置くが、この近在の者は湯津石の者を好いておらんのですぞ。湯津石の者といさかいをすれば、七生たたられるというくらいなものでのう」

「なぜですか。執念深いのですか」

「執念深い……それなら何もそれほど恐れはせんですむ。その反対じゃよ。ちょっとあしざまに言われただけで、くびれ死んでしまうのが湯津石もんの恐ろしい所じゃ」

「くびれ死ぬ……」

「こうじゃ」

老人は両手を輪にして首にあてがい、首つりの真似をした。「湯津石もんは先祖代々何かというと自分から死に急ぐのじゃ。崖からとび降りるわ、川へ身を投げるわ、木の枝で首を吊るわ、のどを突くわ……そりゃもう話にもなにもならん連中じゃ。いまもそれで困り果てとりますよ」

県こそ違っても同じ木曽の中で、すぐ近くの坂下、田立、妻籠、南木曽といった所が観光ブームの恩恵を受けているのに、このあたりは昔ながらの山間僻地として孤立していた。しかし、土地の人々には奥三界岳と月読山にはさまれた倉戸渓谷が、木曽のどの名勝にも劣らぬものを持っているのをよく知っていた。奇岩、怪石が到る所にひしめいていて、奥深い洞穴や死んだような瀞《とろ》、断崖、そして数え切れぬ程の滝を有する秘境なのである。入口はせまく奥深く、人を総毛だたせるような、それでいて思わずひきこまれてしまう不思議な雰囲気を持っているのである。

「やまいで一度死にはぐった者がいうには、あの世とは倉戸の谷のような所じゃったそうな。いや、それが嘘かまことかは別にして、行けばおわかりになるが、まさしくあそこは死神のすまいですわい」

老人は肩をすくめて言った。

湯津石周辺の人々は、その天下の奇観を放置しておくテはないと考えた。新しい観光ルートを作るべく、まず手はじめに付知《つけち》町から倉戸へ至る自動車道路の建設に着手し、同時に倉戸渓谷の周遊歩道を整備しようとした。ところが、そこで人々は意表をつく反対運動に直面してしまったのだ。

渓谷にある湯津石村村民がそれに反対の意思表示をし、何回かの話合いで道路建設計画を成立させられてしまうと、一人また一人と自殺をはじめたのである。

道路建設によって彼らの生活が極端におびやかされた事実は何もない。また、彼らの死が道路建設に抗議した結果であるという証拠も全くない。ただ、今日一人、明日二人と、思い思いの方法で自殺していくのだ。

しかし湯津石村周辺の人々は、それが彼らの抗議であることを知り抜いていた。昔から、湯津石村の人々は、心の平静を乱され、その情緒が好ましくない方向へ傾けさせられると、実に呆気なく自殺し続けて来たのであった。人々は道路建設に形を借りて、湯津石村虐殺を押し進めているような、理屈に合わない加害者意識に悩みはじめ、遂にはそのように生命をたやすく放棄する相手を、まるで別世界から来た化物のように恐れ、忌み嫌うようになってしまったのだということであった。

バスで会った親切な老人の家へ泊めてもらった啓一は、その夜老人から倉戸谷の様子をいろいろ教えてもらった。

老人は七十を越えた高齢であったが、この土地に住んでもうそんなにたつのに、実際に谷へ足を踏みいれた経験は何度もないらしかった。

倉戸川が作る倉戸渓谷は、奥三界岳と月読山のあいだを、ほぼ真東から真西にむかってひらけている。麓の倉戸村から倉戸川をさかのぼって行くと、次第に両側へ山が迫って来て、複雑に谷間を蛇行する倉戸川が右に流れている。道はその川岸にそってついているが、道といっても岩の間を縫う迷路のようなもので、急流に押し流され、角の丸くなった玉砂利のような小石から、五《いつ》かかえ十《と》かかえもある大岩がごろごろしている荒涼たる河原なのだそうだ。そしてその右手、つまり奥三界岳側は、そそりたつ絶壁で、山上から流れ落ちる水が細い数本の滝となっている。

櫛滝というのだそうだ。櫛滝から先、川は左の月読山側へ大きく曲り、ちょうど谷を横切るかたちになる。だから増水すると水は本流から溢れ、広いその入口の河原いっぱいに流れだす。したがって雨が少し激しく降れば道は河原ごと水没し、谷へ入ることは不可能になってしまうのだ。

左へ曲って月読山の山腹にこすりつけ、その基部が深くえぐり取られたあたりに、第一の奇観がある。川の上へ庇のように突き出した月読山の岩肌にすがりつくようなかたちで道があり、川幅はそこで急に膨れあがって深い瀞《とろ》になっている。そして瀞とそそりたつ岩壁のあいだに、道反岩《ちかえし》と呼ばれる巨大な岩塊が居すわっているのだ。有名な松野湖の鬼岩など、まるで問題にならぬ奇観だという。

道反岩を過ぎると、そこはちょっとした谷がひらけていて、湯津石村第一の部落、道反である。ずっと左岸をたどって来た道は、その谷間の中央あたりで川を渡り、右岸へ向うという。下瀬《しもせ》と呼ばれる深い瀞に流れ込む川は、その辺りでいちじるしく川幅をせばめ、しかもほとんど一直線の水路となっている。そのため水は恐ろしいほどの速さで流れ、そのせまい直線水路に、まるで誰かが作りつけたような円柱形の岩が飛石のようにつらなっている。

道はその石橋と呼ばれる飛石をつたって右岸に入るのだ。右岸には、道反《ちかえし》の民家が点在しているという。

道反《ちかえし》の谷間は上流で両側の山が再び迫って、ひょうたんのようにくびれて終る。右岸の崖に辛うじて人ひとり通れるだけの道が刻みつけられ、左岸にはさっきの道反岩《ちかえしいわ》に似た千引岩《ちびきいわ》が、くびれた谷を塞ぐ役を果している。

その難所を過ぎると、いよいよそれが根片須部落である。右岸が片須原、左岸は上片須原といい、中央を流れる倉戸川は怪奇な大岩の間を幾重にも曲りくねり、左右の山からいくつかの滝が、思い思いの奇景を演出しながら谷へ落ちこんでいる。

老人は道反《ちかえし》までしか行ったことはないらしく、千引岩の先については、以前誰かから聞いたうけ売りにすぎなかった。その奥の谷には九つの大岩があり、そのひとつは根の岩と言われて何かの信仰の対象になっているらしいこと、残りの八つの岩はそれぞれ八柱の雷神の依代《よりしろ》とされ、その内のひとつに女陰《ほと》岩と呼ばれる世にも妖しげな大岩があるということであった。上片須原の奥は上瀬《かみせ》といわれて、谷の入口の下瀬と対をなした瀞である。そして第三の部落土岐墓《ときはか》がその対岸の狭い土地にあるのだ。倉戸辺に古くからある伝承で、その上瀬《かみせ》の瀞の右岸に黒岩という最後の奇岩があり、黒岩の背後は人間ひとりが横になってやっとすり抜けられる、ごく狭い通路があって、それが一直線にえんえんとつらなって、山の向う側にある阿寺川源流の小川に行きつくことができるとされている。ただし、湯津石村の人間以外でそれをたしかめた者はいないし、その岩の通路を実際に見た者もいないということであった。

「ところで、さっきから気になっているのですが、あの神棚の脇に飾ってある物は何でしょうか」

黒ずんだ板敷きの部屋で、啓一はうすぐらい電灯の光にぼんやりと浮きあがった、妙な人形を指さした。

「そうすると指の先から腐ってしまいますぞ」

老人は半ば冗談めかして、啓一が指でさし示すのをたしなめた。

「あれは随分古くからこの辺りの家に伝わっておるものでな、……まあ、正体を言えば土偶なのじゃが」

「土偶……」

啓一は立ち上ってその下へ行き、神棚の土偶をみあげた。「下へおろして拝見していいですか」

「いいじゃろう」

そっと背をのばしてとりあげ、電灯のま下へ置いて眺めた。

土偶は高さ約三十センチ。バランスのとれたプロポーションで、踏んばった両足でずっしりと立っている。

「どういうものかご存知かな」

「これは……たしか縄文後期の。ええ、縄文後期のものにそっくりです。東北の猿ガ森や鼻ガ岡の土偶と同系統のものでしょう」

「ほほう……値打ものかのう」

「さあ、専門家じゃないとはっきりお答えはできないでしょう。しかし、これは大きい。とても大きい。もし本当に縄文期のものだとすれば、やはり相当価値のあるものでしょうね」

その土偶は巨大な両眼を持っていた。しかも眼は閉じられていて、上下のまぶたがまるでしっかりと結んだ唇のようであった。

「どこで発見したんでしょうね」

「さあ、儂らにも判らんのです。言い伝えによると、むかしよく畑を荒しに谷から出て来て、村人につかまってしまったのじゃそうなが……」

どこかこの辺りに縄文期の古墳かなにかがあるに違いないと、啓一はその濃く艶々とした土偶を指の腹で撫でながら思った。

「倉戸の谷といい、この辺りは面白いところですねえ」

「そう思いなさるか、儂らもそう思うのじゃ。観光道路さえつければ、この辺りもずっと栄えるはずじゃよ」

老人はそう言って嬉しそうな顔をした。

「雨もやんだようですね」

「そのようじゃ。これならあなたも、明日は安心して谷に入れますじゃろう」

老人ははげますような口ぶりで言ったが、その表情はなぜか啓一に対して恐れをいだいているようであった。「儂などはこの歳じゃから、とても行く気力はないが……」

老人はそう言って横を向いた。

4

倉戸村から川ぞいの道を、白い遺骨の箱を胸にさげて室谷啓一が谷へ向っている。

シラカシ、アラカシ、サカキ、ツバキ、モチノキ、アオキなどの広葉樹の中に、ヒノキ、サワラ、スギ、アカマツ、モミ、ツガ、トウヒ、イチイなどの針葉樹が顔をのぞかせている。川岸にはネコヤナギ、マダケ、カワラハンノキ。そして岩の間にはコリヤナギ、イワチドリ、イワヒバの姿も見える。

きのうの雨が嘘のようにあがって、渓流の音のする道に、ウラクロシジミ、オオムラサキなどの蝶が舞っている。黒と黄の毒々しい縞模様は、多分この辺りに多いギフチョウなのだろう。

吹く風は雨あがりのせいばかりではなく、ひどく爽快であった。かんかん照りに照らされても、風さえあれば汗を感じないですむ。日蔭へ入ればひんやりと冷たいくらいで、幾分増水して強くなった流れの音も、こうした静かな山あいで聞けば天然の妙音であった。

が、やがてその流れの音に混って、遠くから更に騒がしい水音がして来た。谷の入口の右岸にあるという櫛滝の音であろう。

道の脇に大きなま新しい石碑が立っていて、それが啓一の足をとめた。

是より倉戸峡

新しい碑にはそう彫りこまれていた。観光開発の具体策が、まず木曽街道にあるのと同じ碑をまねるのでは先が思いやられると、啓一は苦笑しながら歩きはじめる。何年かすれば、ここも飛水峡とか横谷峡のような先輩そっくりに演出され、コカコーラやバヤリースの瓶が転がるただの名所にされてしまうのだろう。……眼前にのしかかって来る山容をみあげながら、啓一はそう思った。

老人の説明は正確であった。左岸をたどる道は次第に土の色が薄く失われ、やがて石ころだらけの河原に変る。

その頃には櫛滝の音が轟々ととどろき、それがのしかかる山肌にこだまして、身のすくむような心細さを味わわせる。

櫛滝は名のとおり、幅広く厚味のない瀑布であった。イザナギの髪を飾っていた櫛の一本が、湯津津間櫛《ゆつつまくし》という名だったことを思い出したのは、滝を通りすぎてふりかえったときであった。啓一はそのことで、これから進む秘境の一歩一歩が、ひどく価値あるものに思え、一木一草をもみのがすまいと心をひきしめた。

なる程、倉戸川は谷の入口を塞ぐように、右から左へ斜めに横断している。大小の髑髏《されこうべ》をぶち撒けたように、白くつるりとした石塊が河原を埋めつくし、川に近づくと飛水峡の甌穴に似たおとし穴が口をあけていた。

思ったよりずっと危険な道だ。……啓一はそう感じて歩度をゆるめた。次から次へ、石塊の白い肌が現われて、行手はまるで見えなかった。道はその石のまわりをぐるぐるとめぐり、啓一は自分が白い色しか見ていないことに不安を感じはじめていた。彼は時折りその不安を消すために、手ごろな石塊によじのぼってあたりを見まわしながら進んで行った。

左側、月読山の緑がどんどん近づいて来て、やがてこの白一色の河原も終るのが判った。道はまた川岸につき、不気味な青さの下瀬《しもせ》の瀞が見えた。

ここでは水が死んでしまっている。……啓一はそう思った。指をつければ、ねっとりと粘るのではあるまいかと思えるほど、その瀞は深くとどこおっていた。餌を呑んだ蛇のように膨れあがった瀞の向うに、うす茶色、というよりはベージュに輝く広い岩棚があり、そこにまったく唐突に家が何軒か建っていた。

まさにそれは唐突に建っていた。花崗岩らしいまっ平らな岩盤の上に、焦茶にくすんだわらぶきの家が、模型のように置かれてあったのだ。乾いて白く照りかえす岩のテーブルの上で、それは余りにも現実ばなれのした民家のたたずまいであった。人の気配はまったくない。

もしそこに人が動いているのを見たとしたら、啓一はきっとゼンマイ仕掛けの人形たちだろうと思ったに違いない。

対岸に見とれていた啓一は、やがて気をとり直して前進した。すると今度は、彼の進路に不気味な巨岩がたちふさがっていた。

「鬼岩以上だ……」

啓一は声に出して言った。こぶだらけのフランスパンの怪物だ。左側は百メートル以上も垂直に切り立った月読山の岩肌で、川と崖との間が三メートルほどの幅にせばまった先に、それはまるで栓をしたように頑張っている。爪をたてる余地さえない、つるつるした花崗岩の露頭で、こぶの間には奇型児のようなアカマツがへばりついて枝を張っている。花崗岩の節理にそって風と水との浸食が進み、節理塊の稜角をまるめてしまった結果なのだろう。

道は崖と巨大な道反岩《ちかえし》の隙間にもぐりこみ、ひと一人やっと腰をかがめて抜けられる空間を通って向う側へ続いていた。左岸は鬱蒼と繁る月読山の落ちこんだ斜面で、そう面積はないが人跡未踏の原始林といった趣があった。

昼なお暗い密林を縫って、細々とつづく道を辿るうちに、啓一はひとつの異常に気がついた。

鳥、けもの、昆虫など、いきものの気配が全くないのである。谷の入口まではたしかに蝶もみえたし蜻蛉もとんでいた。虻の羽音を耳もとで聞きもした。……それが絶えてしまっている。啓一はそんなことはあり得ない筈だと、道の両側に注意を払いながら進んだ。しかし、小鳥の啼き声ひとつしない。

　クロマツ、アラカシなどの中に、マダケの群生している一劃があり、それが風に鳴って不吉なざわめきを聞かせている。

　啓一が巨大なヒノキの下をとおりすぎようとしたとき、道にある何かを踏んだのに気づいて立ち止った。右足をずらせると、履きふるしたわら草履の片方であった。

　腰をかがめてひろいあげ、鼻緒をつまんで何気なく上をみた啓一は、ギャーッという叫びをあげてとびのいた。

　頭の上に二本の足がぶらさがっていた。異様に膨れあがった中年女の脛が、ゆらりゆらりと揺れているのだ。

　素直に伸びた巨大なヒノキの一番下の枝……といってもヒノキのことで、とてつもなく高い所にあるのだが、そこへ二本に束ねた荒縄をひっかけて、その女はくびれ死んでいた。異様に長く伸びてしまった体……。死んでから、もう何日もたっているらしい。

　どうやってそんな高い枝に縄をかけ、どうやってその輪に首を通したか、あたりには彼女の縊死を補助する道具は何も見当らなかった。

　啓一は夢中でその場をのがれた。樹々の間を駆けに駆け、息を切らせてやっと陽の光の中へ出た。

「きのうはふたり、きょう三人……湯津石もんはわれがちに自分から死んで行きますのじゃ」

老人が言った言葉は嘘ではないらしい。啓一は川岸の石に腰をおろすと、ふるえる手で煙草をまさぐり、四、五本もマッチを無駄にしてから、やっとひと息深く吸いこんだ。

「お久君《ひさ》。なぜなんだい」

啓一は心細さをおさえるために、遺骨の箱にむかってそう問いかけた。しかしそれに答えてくれたのは、噴流となって狭い一直線の水路を下瀬の瀞にとんで行く、冷たい川の音だけであった。

老人の話にあった石橋という名の飛石群は、あつらえたように急流につらなって、苦もなく啓一を対岸に運んでくれた。

着いた場所は道反《ちかえし》部落で、さっき向う岸から眺めたとおり、平坦なベージュのステージに建ち並ぶ、わらぶき民家のオープンセットであった。掌で触れてみると、そのステージは直射日光にさらされて、かなり温度のあがった花崗岩である。すべすべと、部落全体が掃ききよめたように、塵ひとつ見当らなかった。

啓一は硬い岩床に靴音をひびかせながら、こわごわ民家をのぞいてまわった。半ば覚悟していた死体はなく、ただその中の二軒の入口に、明らかに血潮の跡と判る黒ずんだしみがとび散っていた。

奥三界岳の山腹は、基部が部落の岩床と同じようなつるつるした花崗岩で、それが約二十メートルほどの高さでつづいた上に、草や樹木が密生して山頂に至っていた。そして、その植物の最下層は、山百合でいっぱいだった。

家々のわら屋根にも、その山腹から飛んだらしい山百合が群生していた。もちろん川ぞいの家はそれほどでもないが、山側の屋根はわらの地が見えないくらい山百合が繁っていて、それがまた今をさかりと咲き乱れている。啓一はこのように密生した山百合を見たことがなかった。

「お久《ひさ》君の部屋にもあったな……」

家を頭からしゃぶりつくそうとしているかのような山百合におじけをふるい、啓一は元気づけに遺骨に語りかけた。いまや、彼の唯一の友は、ゆすればカラコロと鳴る平坂久子の白骨なのであった。

死に絶えた部落をあとに、啓一はさらに倉戸谷を進んだ。道反《ちかえし》の谷は直線水路の起点で終り、そこはさっきの道反岩と同じような難所になっていた。

両側の山が握手するように、そこで互いに腕をのばし合っているのである。川はその中央を流れ、対岸に道反岩をひとまわり小さくしたような岩がそそり立っている。

それは千引岩《ちびきいわ》と言い、左岸路が石橋飛石群をつたって右岸へ渡らねばならない理由になっていた。川と月読山の間を完全に塞いでしまっているのだ。

これは明らかに人間の手が加わった道であった。谷へ張り出した奥三界岳を辛うじて削り取り、一歩間違えば渦まく急流に転落死は確実という、危険な山腹の道になっている。

轟々と大音響をとどろかせるのは、その足もとの急流ばかりではないことが、進むうちに判って来る。千引岩の裏側に、月読山からかなり大きな滝が落ちているのだ。そして、山腹の岩を削った隘路が突き当るのは、道反岩の二十倍もある、丸っこい大岩塊であった。老人に大岩という名を教えられて来たが、大岩山とでもいいたいほどのスケールである。隘路はそこで終り、安全な平地の道を山ぞいにまわりこむと、啓一は思わず嘆声をあげた。四十戸ばかりの民家が整然と並び、その間を直線道路が結んでいたのである。

今度はベージュのステージではない。暗灰色の地面であった。うねうねと曲りくねった倉戸川ぞいに、入口の大岩をはじめとして、大小さまざまな岩塊が、その頂きにグリーンのベレーをかぶせたような植物の茂みをのせて散在していた。そして上流と下流に、ふたつの短い吊り橋が見えている。対岸にふたつ、こちら側にふたつ、ゆたかな水量で落ちる滝があり、谷へ落ちた水が倉戸川へ注ぐ支流を作っていた。

「おおい……」

啓一は夢中で叫んだ。とにかく人に会いたかった。だが眼下にひろがる根片須《ねかたす》の家々は、しずまりかえって誰も出て来ない。

啓一は不安にたえられず、部落へ向って道を走りおりた。きちんと区画された道路へ出て、また大声で人を呼んだ。

「おおい、誰もいないのか……」

彼は手近の家から一軒一軒のぞきこんでまわった。……気配もない。

「おおい、根片須の人。平坂久子さんの親類の人。僕は石析五郎の息子なんです。……根片須の人。出て来てください」

啓一は声をかぎりに叫んでまわった。

「おおい……おおい……」

いつの間にか夕風が立っていた。陽は月読山の向うに落ちて、けむるような夕闇がしのび寄っていた。啓一は焦った。なぜか、ここで夜を迎えては危険だと思った。

それは夢中になっているうちにも、無意識に数々の疑問をとらえた啓一の理性が、強い不安という形で彼に警告を発していたからであろう。

おかしい。変だ。

啓一はやつぎばやに考えはじめた。ここも道反《ちかえし》のベージュのステージと大差ないらしいのだ。区画された道は、どれも踏みかためた道ではなく、線を地面に掘りこんだようなものである。家々の間に草木は一本もなく、柔らかい土のような色に欺されてしまったけれど、ここもまた硬い岩床なのであった。しかも山ぞいの家々の屋根には、あのまがまがしい生命力を誇示した山百合が、家を貪り喰う悪魔のようにとりついて咲き乱れているのだ。

そうだ、たしか老人はこの右岸を、根片須《ねかたす》の片須原《かたすはら》だと言っていた。とすると……啓一はあわててしゃがみこみ、足もとの岩床から小さなかたまりを引きはがした。

「砂岩だ」

啓一は叫んだ。

妣《はは》の国、根之堅州国《ねのかたすくに》に罷《まか》らまく欲《ほ》りすれば……。イザナギに海原の神を命じられたスサノオは、それを嫌って母イザナミを恋したった。その時彼の母イザナミはすでに黄泉《よみ》の国にあり、黄泉戸《よみと》の大神となっていた。

妣《はは》の国、根之堅州国《ねのかたすくに》……亡き母のいる国、地底の堅い砂の国。ここは名の示すとおり、根之堅州国なのだ。俺はいま黄泉《よみ》の国にいる。飛驒、木曽にかけての地質のベースは、二億ないし五億年前に生じた秩父古生層の、粘板岩や砂岩なのだ。

見あげれば、山にかこまれて空は丸い穴のようにあった。暮れなずむ夏の夕空は、まだ灰色に赤味を残し、ぽっかりと丸く頭の上に抜けていた。

……悔《くや》しきかも、速《と》く来《こ》はで。

いま啓一は黄泉の国に夜を迎えようとしている。地の底へは、下らねば行けぬものときめ、地のおもてを辿って来たつもりであったが、ここはすでに根之堅州国。髑髏《されこうべ》の並ぶ河原を越えて、あの道反岩《ちかえし》をくぐり抜けたとき、彼はすでに黄泉戸の大神イザナミが支配する冥界へ踏みこんでいたのである。木と草以外、生あるものの影を見なかった道理である。……ふと気づいてうすあかりの中で左手首につけた時計を眺めれば、いつの間にかそれは停まっていて、しかも秒針、短針、長針と、その三つの針は切って揃えたようにピタリと12の数字の所で重なっていた。

渓谷は、陽がかげると急速に温度を下げて、山の上から轟とひと吹き、最初の夜風が吹きおろして来ると、うす紫のとばりが幾重にも切って落され重なり合って、うす紫は次第に濃紫。またたくあいだに疑いもなく夜の色となって谷をおしつつんだ。

「おおい……」

それはもう啓一の絶叫であった。風に揺れた樹々のどよめきに魂を奪われ、死に絶えた家々の戸口から、今にもほの白い人影が湧き出すように思えて、彼はそのまま砂岩の上に尻をつけ、丸くちぢこまってしまった。

「お久《ひさ》君。お久《ひさ》君……」

両手で遺骨をしっかりとだきかかえた啓一は、死者を呼びさますようにその名を心の中でとなえつづけた。

恐怖に眼を閉じ、ひたすら久子の名を念じていた啓一は、ふと物の気配を感じて眼をあけた。両膝をかかえるようにうずくまり、面を伏せて上眼づかいにあたりをうかがった彼は、一瞬血も凍って硬直してしまった。

ほの白い不思議な微光の中に、あの老人の家で見たのとそっくり同じ縄文の土偶が立っていたのだ。それもひとつやふたつではない。十も二十も三十も、せまくした視野いっぱいに重なり合って、彼をみつめているようであった。土偶たちは、時折りシャシャシャシャ……と紙の上を虫が這うような音をたてて位置を入れかえ、そのたびにとりまく環をせばめているようであった。

「お久《ひさ》君、お久君……」

啓一はますます強く遺骨の箱を包む白布をにぎりしめ、ますます烈しく彼女の名を念じた。……それにどのような効き目があるわけでもない。しかし彼の心の中に平坂久子はまだ生きており、その魂のぬくもりにとりすがっていたのである。

シャシャシャシャ……。ひときわ強く音がして、奇怪な縄文の土偶が彼の眼の前で左右に列を作った。そしてそこへ、赤い鼻緒のわら草履をはいた夜目にも女と知れる白い素足が近寄って来た。

啓一は恐る恐る顔をあげた。

そして相手の顔をひと目見るなり、弾かれたように立ちあがった。

「あ、お久《ひさ》君……」

「あなたはだれ。そしてお久《ひさ》って久子のことなの……。どうやって来たの」

藍が匂いたつような、簡素な筒袖の無地のきものに鼻緒と同じまっ赤な帯を締め、襟に純白の襦袢をのぞかせてその女は言った。

「お久《ひさ》君」

痺れた頭からふりしぼるように、啓一はまた言う。

「それ、平坂久子のことなの」

女は小首をかしげて訊ねた。抜けるように色白で、濃い眉とゆたかな頬、ちょっと厚めの受け口が、平坂久子そっくりであった。

啓一がかすかにうなずいてみせると、女は足もとの白布に包まれた箱をみおろし、

「死んだのね、久子も」

と言った。

「あ、あなたは」

「そう、それでわざわざ届けに来てくださったのね」

女は啓一を憐れむように見た。

「あなたは……」

「お礼を言わなくてはいけないのね。わざわざ久子のために、どうも有難う。私は久子の姉の明子という者です」

女はお辞儀もせずにそう言って、じっと啓一をみつめていた。

「これは……」

啓一はふるえる指で自分をとりかこむ土偶の群れを示した。

「こわがらなくてもいいのよ。シコメたちは生きてる人には何もしないんだから」

「シコメ……」

「そう。ここは黄泉《よみ》の国。シコメは黄泉《よみ》の国の召使いたちよ。みんな眼を閉じているようだけれど、これでちゃんと見ているのよ。なんでも見て、それで仕事があると判ればちゃんとやってのけるの。触れもせず、手も動かさずにね」

明子という女は、微笑を泛べながら言った。

「湯津石《ゆついわ》村の人たちはどうしたのです。みんな死んでしまったのですか」

「そうよ。この間まで、ここも大変だったの。でももうおしまい……」

……悔《くや》しきかも、速《と》くは来《こ》で。

「おしまいというと、どういうことなんですか」

「この黄泉《よみ》の国にも終りがあったということね。随分長い間続いたらしいけれども、もうすぐ何もかも終るらしいのよ」

「どうしてです」

「麓で聞かなかったの。そのうち人間が大勢やって来るのよ。そして穢《けが》れれば何もかも終りよ……。あら、おかしいわね。あなたはここを穢《けが》していないようだわ。どうしてなの。穢《けが》せばシコメたちは、あなたに見られただけでただの土くれになってしまうのに」

「何だか知りませんが、僕の父もこの湯津石村の出身だったのです」

「まぁ、それでなのね」

「石析《いわさく》五郎というのが父の名前です」

「石析ならもう一人も残っていないわ」

「そうでしたか。でも、もういいんです。ここがひょっとして黄泉《よみ》の国ではないかと、それを知るためにやって来たのです。判ったから、もういいのです」

「湯津石村の者は、みんなかわいそうな人間だったのよ。ここでシコメたちと暮しているだけならいいのだけれど、どうしたって外《そと》の世界に触れなければならないでしょう。でも、外の世界の人にここのことは何ひとつ喋れないように生まれついてるの。半分はシコメと同じなのよ。だから外の人と争いそうになると、自分から死なねばならなくなるわけね。シコメは生きている人には指一本触れられないし、何もできないんですもの」

5

暮れかけて、いったん暗くなった倉戸谷は、夜が更けるに従って白い微光が満ちて来て、昼とは違った明るさをとり戻していた。

明子は啓一から妹の遺骨を渡されて、少し当惑気味であった。

「本当のことを言えば、わざわざ持って来てくれる必要はなかったのよ。だってここは黄泉《よみ》の国でしょ。久子はもうとっくにここへ戻って来ている筈なんですものね」

そう言われてみればもっともであった。黄泉《よみ》の国とは死者の国。すべての人間が死んで辿りつく場所である。死者の遺骨に意味があるのは、魂を呼び戻せない残された生者の側だけのことであった。

啓一がそう言うと、明子は成熟した女の笑顔でうなずき、

「だったらもういいわね」

と言ってから、かたわらのシコメに向って、「お掃除をなさい」と命じた。

シコメは滑るように動いて遺骨の包みをみつめ、あっという間にそれを消し去った。

「ね、かわいいでしょ」

明子は啓一に弟を見るような瞳で言い、「あなたははじめてだし、それにこの黄泉の国ももう終りなんだから、少し案内してあげましょう」

と、先に立って片須原の奥、奥三界岳の根もとのほうへ歩きはじめた。滝の音が近くなり、巨大な岩塊が迫って来た。

「ここが根《ね》の国の入口になっているの」

松野湖の鬼岩がそうであるように、この大岩塊にも累積した岩石の空間があり、岩屋くぐりのような隙間の道がついていた。いわば岩の胎内道である。だが、この胎内道はいつ果てるとも知れなかった。「黄泉の国のほんとうに大事なところは、みんなこの根の国にあるのよ。死んだ人はみな根の国へ来て、そこでめいめい自分の生きた長さだけ根の国にとどまるの」

「生きた長さだけ……」

「そう。そのあとは常世《とこよ》の国へ行くそうなんだけれど、よく知らないわ」

「なぜ生きた長さだけ根の国にとどまるのです」

「生きている人間に必要だからよ」

「どうしてですか」

「人間は自分たちの明日をよく作らなければならないのよ。でないとあともどりをしてしまうでしょう。黄泉の国には時量師《ときはかし》という役目もあって、そこでは時の流れがさかさまにならないようにしているの。でも、いくら時が正しく流れても、人間があと戻りをしてはなんにもならないわね。だから死んだ人間はここにいて、ときどき自分のことをまだ生きている人たちに思い出させる役目をするのよ。生きている人間は、そうするとときどき死んだ人のことを思い出して、その人が生きているうちにしたことを上手に利用して、少しずつ自分たちの明日をよくして行くわけよ」

「生きている者が、死んだ人のことを思い出すのではないんですね」

「生きている人はそう思うけれど、本当は死んだ人間が思い出させているのよ」

「つまり死者は明日の糧になるわけですね」

「そう」

「ところで、さっきのシコメたちですけれど、あれは死んだイザナミが夫のイザナギを追いかけたとき、その追手に使われた黄泉醜女《よもつしこめ》じゃないのですか」

「知らないわ。どうしてそんなことを知っているの……」

明子はおもしろそうに笑った。


そこは灰色の壁にかこまれた大空洞で、たくさんのシコメが動きまわっていた。最初啓一は溢れる光に眼を細めたが、やがて慣れて来ると、それは空間に散った無数の点の集りが発している光だと判った。

「ごらんなさい。あの小さく光る点のひとつひとつが死んだ人間なのよ。点は光のおかげで見えているけれど、本当は大きさも重さもないものなのよ」

無数の極微の螢が群れ飛んでいるようなその大空洞の中で、シコメたちは水平に移動するばかりか、垂直にも浮いて移動し、いそがしく働いていた。

「シコメたちは何をしているのです」

「シコメたちはすべての点をちゃんと知っているのよ。いつ生れ、何をし、いつ死んだか、ひとりひとりのあらゆることを覚えているの。そして必要な時に必要なことを、生きている人間たちに思い出させるため、光の点になった死人を出発させているのよ。よく見ていてごらんなさい、光の点がまわりの壁を出たり入ったりしているでしょう」

瞳をこらして観察すると、明子のいうように光の点は思い思いの方角の壁へ吸いこまれる、または壁から内部へとび出して来ていた。そこには人間が必要とするような機械的秩序は全くなく、勝手気儘な混乱が、いつ果てるともなく続いているように見えた。

啓一はいつの間にか左手を明子につかまれているのに気づいた。明子は決して死者ではなく、その証拠にふくよかな女らしいぬくもりが肌につたわっていた。

「さあ出ましょう。次は根の国の仕事が終った死人が、常世《とこよ》の国へ行くところをみせてあげるわ」二人は手をつないだまま、極微の螢が群れとぶ大空洞を出ようとした。

その時一個の光点が急に近寄って来て、啓一の眼の前で二三度輪をかいた。すると啓一には光点がその輪の大きさに膨らんだように見え、やがて光は更に大きさを増し、茫とかすんだ光る霧のかたまりとなって彼の体をおしつつんだ。

シャシャシャシャシャ……。シコメの動く音がして、二十ばかりのシコメが急にそのまわりに集って来た。

「いったいどうしたというんだ」

啓一はうろたえて言った。

「判らないわ、あたしにも」

明子も同じようにうろたえて、啓一の手をはなした。

「シコメ、教えなさい」

すると一体のシコメが明子の正面へまわって彼女を仰ぎ見た。彼女は眉をひそめてそのシコメの唇を閉じたような両眼を見かえし、やがてゆっくりと、「あなたのおとうさんよ」と言った。

「僕の父……」

鸚鵡がえしに啓一が言ったとき、彼は激しい戦闘で次々に倒れて行く、泥まみれの軍人たちを思い泛べていた。その中のひとりはのどと左肩の下に銃弾を受け、焼けつくような痛みにのたうちまわっていた。その軍人はガタゴトと走るマッチ箱のような路面電車を思い出し、次にどこかの芝生にねそべって、青空をみあげながら煙草をふかしているのを思い出していた。銀座のパーラーでコーヒーをすすり、学校の図書館で書物の匂いをかぎ、若い女の体をだきしめて胸をワクワクさせているのを、次々に猛烈な速さで回想していた。そして一番最後にどこかへ置き去りにして来た赤ん坊を思い出した。それは赤ん坊というイメージだけで顔もかたちもつかみどころのないものだったが、奇妙なことに啓一はその他人の思い出の中で自分自身を回顧していた。大学時代のこと、高校時代のこと、高木、母親、ばあちゃん、叔父の健吉、そしてかすかに残る空腹感をともなった戦後の幼年時代……。

突然そういった自分自身の回想はやみ、生きたい……死にたくない、という強烈な願望が啓一の心を支配した。死ぬものか、死ぬものか。そして静岡の叔母さんの声がした。その声は自分を呼んでいる。……宗一、宗一、宗一、そういち。記憶がうすれ、ぼんやりとしはじめ、何もかもがごちゃごちゃになりはじめた。そして最後にその魂はこう呼んだ。

「まつ江、まつえ……」

啓一は何が何んだか判らぬまま、ぼんやりと立ちすくんでいた。その前で明子が恐怖に歪んだ表情をしていた。

宙に浮いていたシコメたちが次々に堅い床に墜落をはじめた。落ちたシコメたちはただの赤茶けた土くれとなって飛散した。いつの間にか啓一をつつみこんだ光は消え去り、残りのシコメたちも生命を失ってただの土偶と化して転がっていた。光の点は今度こそ本物の混乱ぶりをみせ、大空洞の中を乱舞している。そして灰色の壁は、つやつやと光る黒色に変り、次第に赤味を帯び、やがて灼熱した鉄の色になった。

「誰のせいでもないよ。これは黄泉の国全体の犯した誤りなんだわ」明子がみずからを慰めるようにそう言った時、大空洞の灼熱した壁面から鋭い音とともに幾百条となく稲妻が走った。

「八つの岩の雷神《いかずち》は、このために準備されていたんだわ」

明子がその雷鳴の中で叫んだ。稲妻は間断なくきらめき、無数の光の点、すなわち死者を叩きつぶし、消滅させていた。

明子は再び啓一の手をとって強く引いた。

「行きましょう」

ふたりは雷鳴のとどろく大空洞から、あの長い胎内道へのがれ出た。

「どうしたというんだ」

「まだ判らないの。あなたは黄泉の国を誤らせたのよ。……いいえ、あなたに責任はないわ。外の世界がこの黄泉の国に道をつけ、生きている人々を送りこむことにした瞬間から、この黄泉の国は終ることがきまっていたの。だからそれが少し早くなったからといって、大した問題ではないのよ」

「でも、黄泉の国が終ったら、人間の世界は進歩しないんじゃないのかな。さっきそう言ったでしょう」

「安心して、黄泉の国は決してなくならないわ。この黄泉の国はおしまいになるけれど、すぐどこかに新しい黄泉の国が出来て、死んだ人はそこへ新規に集められるのよ。常世《とこよ》の国はそういう仕事をするためにあるの。だから常世の国は決してなくならないように出来ているわけなのよ」

「それにしても、僕が何かしたみたいだ」

「気にしなくていいのよ」

明子はそういうと励ますように啓一の手を自分の胸に押しあてて歩いた。そして根の国の穴を抜け、外の夜風に触れたとき、ほっとしたように柔らかい声で言った。

「あなた、久子を好きだったの……」

　啓一は素直に答えた。

「うん」

「あの子が死ぬ時、そばにいてやったの……」

「そうしたいと思ったけれど、間に合わなかったんだ」

……悔《くや》しきかも、速《と》くは来《こ》で。

　明子はそう言いながらもどんどん手を引いて闇の中を進む。さっきあった白光は消えて、ただの谷あいの闇になっている。

　啓一がそれを言うと、明子はさっぱりしたというように、

「ここはもう黄泉の国じゃなくなってしまったのよ。ほんとうの秘密というのはとても脆いものなのね。何もかもが純粋でないといけないわけよ。あなたは間違ってここへ入ることを許されてしまった最初で最後の人間なのよ。すべてが純粋で、したがって単純でなければいけない世界へ、いろいろなものがからみ合った要素が入ってしまったとき、その秘密の世界は純粋さを失って、そのために奇蹟の力も失い、複雑で不純でありきたりのものになってしまうのよ。神の世界で穢《けが》れるっていうのはそういうことなの。よごれるというのとは別なことなのよ。あなたは決してよごれた人間ではなかったけれど、それでも穢《けが》れは起ってしまったの。そういうわけ……」

　ふたりはいつしか上瀬《かみせ》の瀞《とろ》と呼ばれる深い淵の岸にそそり立つ女陰《ほと》岩の頂上に立っていた。

「あなた妹を愛していたといったわね」

「うん」

「それで、妹と愛し合ったの」

「いや、口に出したこともなかった」

するとと明子は急に啓一の手を引いて体を寄せた。

「私は姉、私は妹」

そうささやくと、明子はかぐわしい息を啓一の顔のあたりに漂わせ、じっと瞳をのぞきこんだ。月が昇っていて、その光が女陰岩《ほといわ》の頂きでいだき合う二人の姿をくまなく照らしだしていた。

明子は啓一にいだかれたまま赤い帯をとき、体をくねらせて白い肌をあらわにして行った。やがて二人は互いに裸身をさらけだし、岩の頂きにゆっくりと横たわった。

「時量師《ときはかし》の柱もきっと崩れ落ちた筈だわ。だから……あなたと私の時は……ここにいるかぎり」

明子はもどかしげに啓一と体を入れかえた。啓一の上で月に照らされた白い乳房が揺れて光った。

「きっと……何日か……いえ、ひと月も……狂ってしまう筈よ」

そう言った明子は、白い喉を啓一にさらし、ああ、と呻いてそりかえった。あおむいた明子が見る空には、月が煌々と輝いている。

　やがて、かつて黄泉の国であった倉戸の谷の片須原に、明子の口からほとばしり出た女の叫びが、月にもとどけと谺した。

「久子の分と私の分、そして黄泉の国に生まれたばかりに死に急いだ湯津石のすべての娘たちの分……」

　いとなみをおえた明子は、裸身のままそう言ってすっくと立ちあがり、

「どうもありがとう」

　とまだ岩に仰臥している啓一に礼を言った。

「これからどうする」

「あなたは谷を出るのです」

　明子は隙のない厳しさで命令した。「あなたは湯津石の者ではありません。石析《いわさく》五郎はあなたの父親ではなかったのです。さっき根の国でそれが判ったでしょう。だからあなたは帰るのです。帰って生きなければいけないのです。精いっぱい生きるのです。死んだあなたのお父さんをはじめ、あなたがた生き残った人々のために根の国にとどまる大勢の死者の知恵を、あなた自身の明日のために生かすのです」

「きみはどうするんだ」

　啓一は起きあがって訊ねた。

「私は黄泉の国の女です。死ねばシコメとなって、新しい黄泉の国で死者のために働かねばなりません」

「行くのか……」

「ええ」

「愛しているよ」

「私はシコメになる身です。あなたに思い出してもらうために、あなたの所へ出かけられる身分ではありません」

「思い出させてくれなくても、僕のほうから思い出すよ。決して忘れやしない」

「ありがとう」

明子は微笑するとさっと身をひるがえし、一気に瀞へ身を投じた。水音が一度して、あとには月の光だけが啓一と共にあった。

あくる日川を下って倉戸谷を出た啓一は、麓の老人を訪ねて礼を言った。すると老人は気味悪そうに、ひと月近くも湯津石村のどの家に置いてもらったのだと言った。

愕いて日付を訊ねると、なんとたったひと晩のはずが、もう八月の十四日になっていた。会社からもらった休暇もとうに期限が切れていて、啓一は大急ぎで中津川から東京へ戻った。

その車中、啓一はこの奇怪な体験を、隅ずみまで考え直してみた。ことにあの光につつまれた時のことを……。

あれはたしかに自分の実の父親であった。父親は啓一の母親と恋愛し、まつ江に子を宿らせたまま戦場へ送られたのだ。そして左肩と喉を撃たれて死んでしまった。静岡の叔母と啓一が呼んでいる女性には、戦死した弟がいると聞いている。あの時啓一を光でつつんだ死者は、その叔母の声で、宗一、宗一と呼ばれていた。すると、静岡の叔母は啓一の父の姉に当るのだろう。

石析《いわさく》五郎は、まつ江が宗一の子を宿しているのも知らず、終戦の年にあわただしく室谷の家へ入って来た。多分祖父がまつ江の急場を救う知恵を出したのだろう。そして、その事情を知った石析五郎は、啓一の誕生日に、湯津石ものらしく自殺して果てたのだ。

戦争の記憶が全くない自分にも、それほどの傷跡がつけられていたのかと、啓一はあらためて考えさせられた。

だが、そのために黄泉の国が破壊され、戦争の死者はもう生き残った者に想い出を語ることもなくなってしまった。これからその想い出は、新しい黄泉の国にストックされる新しい死者を通じて、生者に与えられるしかないのだ。

戦争による直接の死者の声は、もう黄泉の国にもない。しかし啓一は明子に誓ったのだ。死者の知恵を生かしてよい明日を作ると……。帰りは東海道へまわった啓一の車窓にうつる表情は、たくましい生への願いで明るく輝いて見えた。

だが、八月十五日、東京へ着いた啓一を待っていたのは、静岡遺族会と共に北海道周遊の旅をしていたまつ江と健吉が、自衛隊機との空中衝突で遭難したという報らせであった。

誕生

——マリー・セレスト号への挑戦——

東京の空模様はこのところぐずついていた。きのうは一日中重苦しい雲が掩いかぶさり、いつ降るかいつ降るかと気を揉ませながらもちこたえ、今日も朝からスモッグに濁って、昼を少しまわった頃にはとうとう降りはじめてしまった。

八月の終りの雨は、熱のこもった街路にかなり激しく叩きつけるように降り、人々は汗ばむ襟もとを気にしながらも、このひと降りできのうからの鬱陶しい雨雲が清算されることを願っていた。

そういう人々の願いは、実は経験に裏打ちされた期待でもあったようである。気象庁はそれが前線の通過によるもので、そのひと降りが天候の好転を確実に約束していることを知っていた。間もなく雨があがり、風向が変り、視界がよくなる筈である。

午後三時。雨はまるで時計の文字盤を見ていたかのように、さっと止んだ。雨で洗われた街路に軽い涼風が吹き抜け、気がつけば西に薄日さえ射しはじめて、灰色の空はかすかに青味を加え高くなっていた。

太平洋の彼方から、その雨のあがった東京へ進入して来る英国海外航空《B・O・A・C》のボーイング707は、大島上空ではまだ雨雲のはるか上空にあった。

大島通過で東京管制区用の一二五・七メガサイクルに周波数を切換えたその旅客機のパイロットは、房総半島御宿《おんじゅく》上空で定点報告をする。東京はまだ厚い雲の下にあって見えない。

「木更津へ直行《クレアド・ダイレクト・トウ・キサラヅ》、高度三千呎で報告せよ《リポート・ツリー・タウズンド》」

東久留米にある東京管制部《トウキョウ・コントロール》が指示する。

タイムテーブルによれば、そのB・O・A・C機は、サンフランシスコ発ホノルル経由のBA911便で、羽田到着予定時刻は十五時二十五分となっている。

順調な航行を続け、羽田空域もいつものように混雑していないから、ほとんど定刻《オン・スケ》到着の見込みであった。

BA911は降下を続け、木更津の少し手前で再び発信する。

「只今高度三千呎通過《ナウ・パッシング・ツリー・タウズンド》」

「BA911、了解《スピードバード・ナイナ・ワン・ワン・ラジー》」

東京管制部《トウキョウ・コントロール》はそこで下層空域を担当する東京国際空港の進入管制所《アプローチ・コントロール》にバトンタッチする。

「国際空港進入管制に切換えよ。周波数は119・5メガヘルツ《コンタクト・インタナショナル・アプローチ・オン・ワン・ワン・ナイナ・デシマル・ファイフ》」

管制公用語は英語であるが極端に圧縮され、簡潔をきわめている。それが空を飛ぶものと見あげるものの間にある緊張感を、いっそう高める効果を生み出している。

「了解《ラジャー》。周波数は119・5《ワン・ワン・ナイナ・デシマル・ファイフ》」

BA911の降下が続く。

「進入管制所《アプローチ・コントロール》へ。こちらBA911《スピードバード・ナイナ・ワン・ワン》。木更津に接近しつつ高度千五百呎《アプローチング・キサラヅ・ディセンディング・トゥ・ワン・ファイフ・ハンドレッド》へ降下中」

地上からの応答の声が変る。

「了解《ラジャー》。進入を許可する《クレアド・フォア・アプローチ》。滑走路22へ向え《ランウェイ・ツウ・ツウ》。高度計規正値29・92《アルチメター・ツウ・ナイナ・ナイナ・ツウ》インチ」

羽田空港の滑走路は十字形に二本交差している。海ぞいに走るのがA滑走路《ラン》、陸へ向って食いこんで来るのがB滑走路《ラン》である。しかし管制上は進入時の方位角で呼ぶ。ターミナル・ビルから見てA滑走路の右から進入する場合は三三〇《スリー・スリー》度、左から進入する場合は一五〇《ワン・ファイフ》度、国内線待合室の脇から海へ伸びているB滑走路は二二〇《ツウ・ツウ》度と呼ばれる。そしてB滑走路の陸側から進入することは禁じられている。そこには空港専用の燃料貯蔵タンクがあるからだ。

この頃空港のコントロール・タワーでは、風向が変って来たので滑走路をBから海ぞいのAに切換えることを検討しはじめていた。

「BA911、滑走路を視認せり《スピードバード・ナイナ・ワン・ワン・ランウェイ・イン・サイト》」

レーダー・コントロールにBA911のパイロットの声が響いた。

「了解。管制塔と交信せよ。周波数118・1《ラジャー・コンタクト・タワー・オン・ワン・ワン・エイト・デシマル・ワン》」

レーダー・コントロールがそう言って空港管制塔に引渡し、パイロットはサンキューと言って周波数を切換える。

「ＢＡ９１１、滑走路２２に接近中。滑走路視界にあり《スピードバード・ナイナ・ワン・ワン・アプローチング・トゥ・ランウェイ・ツウ・ツウ・フィールド・イン・サイト》」

引きついだ管制塔の声は一段と緊張している。

「ＢＡ９１１、着陸を許可する。風向１８０度。風速２５節《クレアド・トゥ・ランド・ワン・エイト・ゼロ・デグリーズ・ツウ・ファイフ・ノット》」

管制塔が着陸に必要な地上データを送り、パイロットが復唱する。

「ＢＡ９１１、誘導路Ｂ２を使い、５８番駐機場へ向え。周波数１２１・７にて地上管制と交信せよ《ゲイト・ナンバー・フィフティ・エイト・タクシー・ヴァイア・ブラボウ・ツウ・コンタクト・グラウンド・コントロール・オン・ワン・ツウ・ワン・デシマル・セブン》」

濃紺に金色の帯が入ったＢ・Ｏ・Ａ・Ｃ機がはっきりと見え、脚を出してＢ滑走路の先の海の上へ降下して来た。スロットルを絞り、うす茶色の航跡を引いている。

そして難なく着陸した。五八番スポットでは、やがて滑走して来るＢＡ９１１便を待ちかまえ、機体と同じ塗装をした電源車や貨物車が乗っていた。

最初におや、と思ったのは、地上誘導をするグラウンド・コントロールだった。ＢＡ９１１はＢ滑走路のはずれにあるＢ２点で左へ回頭し、助走路へ入る予定だったが、スロットルを絞りこんで、キーンという細いジェット音を響かせたまま、まるで弱い追風《ティル》に押されたかのように、のろのろとＢ２点を通過してしまったのである。

地上管制《グラウンド・コントロール》は少しあわて、「ＢＡ９１１、誘導路Ｂ１を使い、５８番駐機場へ向え《タクシー・ヴァイア・ブラボウ・ワン・アンド・トゥ・ゲイト・フィフティ・エイト》」と一部変更を命じた。この時他に三機が上空で順番を待っていた。

しかし、ＢＡ９１１はよろよろとよろけるように助走路Ｂ１へ向い、左折する様子もみせずにキーンというエンジン音をたてたまま、Ｂ１を少し過ぎたあたりで停止してしまった。

グラウンド・コントロールはさっきの命令を二度ほど大あわてにくり返したが、応答する気配もない。

　滑走路の端にすわりこんでしまったＢＡ９１１をかかえたまま、次の機の進入誘導をすることになった管制塔が青くなって怒鳴る。

「ＢＡ９１１。滑走路から大至急出ろ《クリアー・ランウェイ・イミディエイトリー》」

　一二一・七メガサイクルと、一一八・一メガサイクルが同時にＢＡ９１１を怒鳴りつけている。

　滑走路を監視する民間航空局の黄色く塗ったブルーバードがジャンボ・スポットのあたりでブレーキを軋ませると、怒り狂ったようにＢ滑走路に向ってＵターンし、巨大な機体の間を突っ走って行く。どこにいたのか、灰色の車体の屋根に黒く「税関」と書いた税関監視課の車がそれに続き、五八番スポットからＢ・Ｏ・Ａ・Ｃのメカニックの車がとび出して行く。ほんの少し遅れて電源車もついて行く。

「ＢＡ９１１。きこえるか《ドウ・ユウ・リード・ミー》？」

　一二一・七メガサイクルのグラウンド・コントロールに切換えていないらしいのを知って、管制塔が騒ぎを一手に引受けている。ほとんど立ちあがって、国内線の建物の向うに停止している濃紺の機体を眺めていた。

　ハイジャック……。誰の頭にもそれがあった。だが民間航空局の係官はそれすら悠長なことに思えていた。滑走路を早くあけなければ後続機がやって来てしまうのだ。

「このビー・オーをなんとかしろ」

車から転がり出て来たB・O・A・Cの整備員《メカニック》に向って、中年の係員がやきもきしながら叫んだ。メカニックは機首前方へ走り、両手を頭の上でクロスしてから、助走路《タキシー・ウエイ》へ向けて振りおろした。誘導の手信号である。しかし耳に突きささるようなピーンという音をたてたままボーイング707は動こうともしない。

係官はおびえたように海上の空をみながら、

「動かないんなら牽引車《トゥイング》で持って行け」

と叫んでいる。車に残っていたもう一人のメカニックがヘッドホーンをつけて前脚《ノーズ・ギア》の下へもぐりこみ、そこにある通話用のプラグへ端子をとりつけて何か喋りはじめた。四つのエンジンから発する甲高い金属性の爆音で、その声がかき消されている。

管制塔の反応は素早い。長引きそうな事態をみてとると、後続進入機の進入許可をとり消し、大慌てに順番を組み変えて、滑走路三三《ランウエイ・スリー・スリー》を使う手筈を整えた。風向が変ってA滑走路《ラン》の使用が出来るのだった。

B滑走路使用中止《ランキャンセル》を知って航空局員がほっとする。その頭の上を、着陸寸前だった日本航空のボーイング727が轟音を残して急上昇して行った。

機首前方で誘導しようとしていたメカニックが、顔をしかめながら係官の所へ戻って来た。

「キャプテンは何してた」

「見えないんですよ。窓が反射しやがって。副操縦士《コ・パイ》は席にいないようです」

「故障《トラブル》か」

二人は顔を近々と寄せ、怒鳴り合った。そこへヘッドホーンを外しながらもう一人のメカニックが来る。

「通じてるよ。でも返事がないんだ」

「またハイジャックかよ」

税関の二人は若い男で、それが弥次馬的な興奮を示しながら加わって来た。

中年の航空局員は濃紺の機体を見あげながら、

「そうでもなさそうだが……」

と不安気に言った。

そこへもう一台、B・O・A・Cの塗装をした乗用車がやって来て、きちんと上着にネクタイをつけた男が降りた。B・O・A・Cの空港マネージャーである。

「とにかく機長と連絡をとれ」

メカニックから事情を聞くなりそう命じた。メカニックの二人は車へすっとんで行き、と び降りると高速で一直線にバックして日航のオペレーション・センターと背中合せになっている格納庫《ハンガー》の前から、車輪つきの整備梯子を借りて引っ張って来た。

一人が機首の横窓へ昇って操縦室《コックピット》を覗き、あわてて手を振ると梯子を機首正面に移動させ、レーダー用の鼻の上へ身をのり出すようにして中をしげしげと覗きなおした。

見あげている男たちに向って何か叫び、聞えないと気づくとじれったそうに梯子から降りて来る。

「いけねえや、こいつは」

「どうした」

顔色を変えたメカニックに、空港マネージャーが叱りつけるように言った。

「コックピットはもぬけのからですよ」

男たちは報告を聞いて顔を見合せた。地上へ降りたとは言え、航空ルールではスポットへ入って車輪止《ブロック》めを入れるまでが飛行中ということになっている。飛行中にコックピットがからになるのは、まさに異常事態である。

「乗客は何人です」

覗いて来たメカニックが空港マネージャーに言った。

「八十五人のはずだ」

「八十五人……」

メカニックの顔に強い驚愕の色が走った。

「どうかしたのか」

「コックピットのドアがあいてるんです。見てくださいよ」

マネージャーはそう言われて航空局の男と一緒に梯子を登りはじめる。

「どうしたって言うんだ」

税関二人とメカニック一人を相手に覗いて来た男が言った。

「客が見えねえんだよ。クルーばかりか客まで見えねえんだ」

「そんな馬鹿な。ドアのかげになってるんだろう」

「だって八十五人だぜ。満席の三分の二じゃないか。コックピットのドアがあいてれば、十人や二十人は見えるはずだろう」

「間違いだよ、何かの……」

　話し合っていると二人が降りて来た。管制塔のデータでは二十八度でも、実際は三十度ほどの暑さなのに、二人とも青ざめた顔になっていた。

「ドアをあけよう」

　マネージャーが震え声で言った。鉄の整備梯子がガラガラと移動しファーストクラスのドアにとりついた。最初に覗いたメカニックがまた登り、慣れた手つきで厚い扉を引き出し、押しこんだ。胴体にポッカリと穴があく。

　航空局員と空港マネージャーが梯子を登り、三人は機体の中へ消えた。

　冷房の効いた機内は、空調特有の乾いた繊維の匂いが充満し、リクライニング・シートの白いカバーが並んだ中で、ベルトをしめよの赤ランプがついていた。

「誰もいねえぞ」

　中年の航空局員が悲鳴をあげた。

「なんてこった、これは」

　空港マネージャーは一直線の通路をエコノミークラスのキャビンへ駆け抜けて叫んだ。メカニックはコックピットで立ちすくんでいる。

梯子の下では三人の男が上を見あげ、国内線の送迎デッキでは何も知らぬ団体見学者に混って、勘の鋭い空港詰め新聞記者《ドメス》がひとり、ニコンのシャッターを切っていた。空は晴れはじめ、そこここにいる国内線の機体が、白い光をはね返していた。海ぞいのA滑走路に爆音が轟き、赤い機体が走りすぎて行った。

風速二十節《ノット》、気温二十八度。空港上空の視界はますますよくなって行くらしい。

B滑走路のはずれで停止したB・O・A・CのBA911便は、そのままの位置でメカニックにエンジンを切られ、瀟洒な機体に謎を秘めたまま沈黙した。

空港警察が駆けつけ、航空局員が上司を呼び、空港詰めの新聞記者が殺気立った表情でとりかこんだ。ガードマンが召集され、機体のまわりに二メートル間隔で立ち並ぶ。到着十五分後には国内線送迎デッキは黒山の見物人で、東京中の報道写真家やテレビカメラが、この前代未聞の怪事件を取材しようと、混雑した羽田への道で焦りに焦っていた。

発着はA滑走路を使用して順調に運航されているが、国内線の一部はスポットが変更され、謎のB・O・A・C機の付近から、一機また一機と機影が減って行く。

最初に実況を流しはじめたのはTBSラジオとラジオ関東で、テレビカメラで問題の機体をとらえることに成功したのはNTVであった。しかしその一番乗りも、独占できた時間はごく僅かの間で一時間後には空港にカメラの放列がしかれていた。

この種の突発事件では、各社の流すニュースに一長一短があって、結局どれも完全なものにはなりにくい。しかし各社の叫びたてている問題点は総合すると次のようなものであった。

ＢＡ９１１のパイロットは、空港進入時までたしかに管制塔と交信していた。しかし着陸時はどの機も例外なく交信が絶え、着陸後に助走路へ入るため周波数を切換えてグラウンド・コントロールと交信を再開する仕組になっている。着陸時のコックピットは複雑な操作に忙殺されて交信できないからである。

そしてパイロットは、その例外なく交信が絶える短い間に機内から消失してしまったことになる。

交信が予め仕組まれたテープか、又はＢＡ９１１以外の場所からの発信ではないかという疑問については、交信内容やタイミングから考えて絶対にありえないと断定できるし、高度一〇〇〇呎で滑走路有視界となったＢＡ９１１は、完全な有視界飛行で着陸したのであるから、無人機であった筈がない。

更にテレタイプによるホノルルとの連絡で確認したのは、乗客八十五名と機長以下のクルー十名が確実にその機に乗り込んで出発したという事実である。羽田到着は予定時刻ぴったりの十五時二十五分で、途中ウェーキ等へ寄港した事実はなかった。

最初に機内へ入った三人の人物と、そのあと本格的に第一次の現場検証をした空港警察の談話は完全に一致していて、コックピットには、キャプテン、コ・パイロット、ナビゲーター、メカニック等の搭乗していた形跡が歴然としており、キャビンにも、多数の乗客がいたことは疑いようもなかった。

そして調査が進むにつれ、驚くべきことに、キャビンにはベルトの留め金のかかった椅子……例のベルトをおしめくださいのアナウンスで腹にまきつけた状態になったものが合計八十五席あり、他にジャンプ・シートと呼ばれるキャビン・クルー専用の席に、同じくベルトの留め金がかかったものが六席数えられ、乗客八十五人とキャビン・クルー六名、それにコックピットの四名を加えた九十五人が、このBA911に着陸寸前存在していたことを示していた。

合計九十五名という人数は、ホノルル出発時の人数とピタリ一致している。

ラジオはこれらの情報をほとんど五分おきに断続的に流しつづけ、テレビ各局は五時になると早くも特別報道番組の編成に入っていた。騒ぎは加速度的に拡大し、人々はテレビの前に釘づけになっている。謎のB・O・A・C機を見ようと羽田へ駆けつける弥次馬も多く、B滑走路の端を見渡せる国内線送迎デッキは、すぐに関係者以外立入禁止になってしまった。

そのような人々の興奮に追いうちをかけるように、機内調査の結果が発表される。

機内には八十五名の乗客にサービスした食事および飲物の容器が、通常の整理方法できちんと積まれており、キャビン内の手荷物はじめ貨物類にも一切異常は認められない。トイレは二十人以上が使用した形跡を残していて、搭載した燃料の消費分も、ホノルルから東京まで正常な飛行を続けて来た計算と完全に一致している。イギリス人を主とする外国人乗客の中に二十一名の日本人がまじっており、クルーの中にも日本人スチュワーデス一名がいた。

各座席の間にはキャビン・クルーが配った雑誌類が散在し、灰皿にはかなりの量の吸殻が発見された。そして女物、男物をとりまぜ計六足の靴が座席の下に置いてあった。……これは多分靴を脱いで坐っていた乗客がいたことを示すと思われる……。

人間が九十五名、いつものように、全く平静にBA911に乗っていたのだ。機内には何ひとつ混乱の跡は見えない。パイロットは正確に着陸し、乗客はベルトを外してタラップを降りさえすればよい状態だったのだ。

それが消えた。何の混乱も起さずにかき消えたのだ。いったいどこへ……なぜ……。

テレビカメラの何台かは、もっとよくB滑走路をとらえるために建物の上へ引きあげられた。カメラはまずB滑走路の端に停止して人垣に囲まれているB・O・A・C機をうつし、次にゆっくりと右に首を振ってブラウン管に謎を秘めた数百メートルの空間をうつし出していた。

「恐らく、この千メートル足らずの間で乗客が消えたのではないでしょうか。いや、乗客はもっと早くに消え去ったのかも知れませんが、少なくとも操縦室にいるパイロットは、この謎の千メートルで蒸発した筈です。パイロットがいなければこのような着陸は出来ないのですから、問題はこの謎の千メートルにならざるを得ません。しかし、いったい百人近い人々はどこへ行ってしまったのでしょう」

アナウンサーがそう言った。そしてその放送を見た人々の間に、謎の千メートルという表現が、この全く常識をこえた桁はずれな出来事の最初のキャッチフレーズとして受け入れられて行った。

空港内のそこここに据えつけられているテレビを見た人々の中に、空飛ぶ円盤らしいものを見たとか、怪光を目撃したとか主張する何人かが登場して来た。その数名はたしかに事件発生当時空港内にいたことが証明されたが、果して本当に目撃したかどうかはかなり疑問の余地があった。

しかし、空港内を駆けまわっている記者たちにとっては、事の真偽よりそのような人物を発見したことのほうが重要であった。談話はすぐに電波に乗り、主張した人物はテレビカメラの前に立たされた。

機内で発見された事実はすべて謎を深めるだけであり、解答らしいものが何ひとつない中では、その数人が主張する円盤、もしくは怪光の目撃談だけが、唯一の手がかりに思えた。フィクションの世界に置かれていたＵＦＯの存在が急に現実の世界で意識されはじめ、常に白か黒かの結論を求める短気な大衆は、一気に飛躍してＵＦＯ説に引きずられて行った。

それとは別に、もっと堅実で常識的な行動も起されていた。航空局および海上保安庁はこの乗客消失事件を一応遭難として受け取り、ＢＡ９１１の進入コースに従った捜索体制をとり、またその延長線上にある太平洋を航行する船舶、航空機にも協力を呼び掛けていた。

しかし、堅実で常識的な方策というのが、この場合いささかそらぞらしいものになっていたのはいなめない。機体は安全に着陸しているのだ。もし何らかの事情で乗客達が機外へ飛行中に脱出したのだとすれば、シートに残された留め金のとじたベルトはどう解釈したらよいのであろう。人々は一度席を立ち、そのあとで丁寧にベルトの留め金を掛けてから去ったのだろうか。

五時になるとテレビ、ラジオとも、一斉に乗客とクルーの氏名を発表しはじめた。出迎えに来た関係者のために空港内の一室があけられ、乗客名簿発表後はその部屋の人数がどんどん増えて行った。

が、以前何度か起った遭難事故にくらべると、その部屋の人々の様子はだいぶ違っていた。泣声もなければ涙顔もない。勿論不安におしつつまれ、緊迫した雰囲気はあるのだが、その間にもこのようなことはあり得ないのだという、楽観的な表情がひそんでいる。何かの間違いであり、誰かのとんでもない手違いがあるのだという、一種の確信めいたものすらうかがえるのであった。

インタビューの記者やアナウンサーも、適切なボキャブラリーを見出せず四苦八苦している。口を開けば「いったいどういうことなのでしょう」というだけであとが続かないのだ。

ジェット機はいつも通り喧しく発着しその騒音の中で華やかな外人客をまじえたロビーを通り抜けたりしたのでは、空飛ぶ円盤とかＵＦＯとか言った言葉は、本気で口にするには余りにもふさわしくない。消失した乗客の家族たちに向ってその言葉を言うのは余程勇気があるか、さもなければあえて非礼を承知の上でなければ出来ないことであった。

しかし、現場のそうした空気から遠いテレビ局などでは、六時のニュース解説にＵＦＯ関係の記録が持ち出されていた。普段良識のかたまりのように思われているニュース解説者たちが、異口同音にＵＦＯ、空飛ぶ円盤と言い出すのを見て、空港の関係者の間にもようやく動揺の色が濃くなって来た。

夜になってもＢ滑走路の端に停まったＢＡ９１１は移動させられず、その濃紺の機体はガードマンに囲まれたまま照明に浮びあがっていた。外からの道が空港に入るトンネルのあたりの歩道は、金網ごしに問題の機体がひと目で見えるとあって弥次馬が引きもきらず、赤ランプを持った警官が立ちどまらないように人々を追い立てている。それは車も同じことで、その地点へさしかかると必ず徐行して見物するから、警官の鋭いホイッスルがひっきりなしに鳴り、物々しい雰囲気をかきたてている。

ＢＡ９１１が最初の停止地点で車輪止めを入れられ、異例の滑走路内駐機をさせられているのは、現場を可能な限り保全する応急策であったが、風向次第によってはすぐ別の場所に移動させなければならないのである。

記者たちはこうした場合、短い間に素早く必要なことを学びとるすべにたけている。滑走路内の駐機がいかに異例な措置であるかを航空法規から嗅ぎとると、どこからか米軍筋の強い要請があったためだという噂が流れ出し、それが現実にＵＦＯ取扱いセクションを持っている米軍機構と結びついて、ＵＦＯ説を裏づける要素に加わって行く。

未知の宇宙人の高度な科学力によって連れ去られたのではあるまいかなどという説を増やしながら時間はむなしく過ぎて行く。

午後九時。当局は緊急科学調査団を編成し、その団長に選ばれた老科学者が声明を発表した。

　自分は世間で言われている程この問題の謎が底深いとは思っていない。問題は見落されたデータを発見することであって、欠落した要因を発見できれば現代科学で充分に説明できると信じている。しかし要は乗客乗員の発見、救出であって、これは人道上の問題であるから、調査団はただちに活動を開始する。UFOまたは宇宙人などという根拠のない臆測でいたずらに混乱をまねくようなことのないように希望する。

　声明の要旨はおおむねそのようなことであったが、既に初期の調査結果を知らされている大衆は、そのような説得に耳をかす風もなかった。その夜テレビに登場したありとあらゆる人物がBA911事件に関しさまざまな見解を述べ、午後十時には各界タレントを総動員した特別番組がNTVをキーに全国へ流された。

　漫画家、カメラマン、映画監督、俳優、作家、科学者、編集者、評論家……。それぞれの立場からこの怪事件の謎に挑戦して行ったが、その中に一人、日本に数少ない奇現象の研究家として招かれた北川宏が、BA911事件に酷似した過去の事例を挙げて注目された。

　一八七二年、ジブラルタル海峡付近の洋上で発生した、マリー・セレスト号事件である。

　その年の十二月五日の午前十時近く、ニューヨークを出発してヨーロッパに向った貨物船ディ・グラチア号は、ポルトガルのセント・ヴィンセント沖約七百マイルの海上を南に航行中、不審な航法をする二本マストの横帆船を発見した。

　その船はディ・グラチア号の信号にこたえなかったばかりか、船首の三角帆と支索帆を張って右舷開きに進み、微風のたびに進路を一、二ポイントずつ変えているようであった。……熟練した帆船乗りにとって、それが操舵されていない状態であるのを読みとるのは至って簡単なことであった。

ディ・グラチア号のモアハウス船長は直ちに接近を命じ、相手の甲板に人影が全くないのを知るとボートを降して、二等航海士オリバー・デボーほか二名のクルーを従え、その怪船に移乗した。

それがマリー・セレスト号と呼ばれる問題の船で、当時としては中級以上に属する二百六トンのアメリカ貨物船であった。

船内に人影は全くなく、しかもたった今まで秩序ある生活が行なわれていた証拠が歴然としていた。

船体には全く損傷がなく、新鮮な水や食料がたっぷり保存されている。クルーの私物や衣服類、日常の小間物類もあるべき所にごく自然に配置されており、デッキには洗濯した下着類が乾してあった。

キッチンには鍋に料理が残っていて、ストーブは燃え切ったものの、丁寧に積まれた灰が腕のいいコックのいたことを示していた。船長室の食卓には、食べはじめたばかりの状態で二人分の皿に料理が残っており、途中まで殻をむいたゆで卵があった。

また前甲板下の水夫室の洗面所には、水を張った洗面器のそばに、よく手入れしたかみそりが置いてあり、しかもその刃には、そりかけてやめたように、少量のひげが付着していたのである。

　更に、船長室には食卓の脇にゆりかごがひとつ置いてあって、その中に半分ほど牛乳の入った哺乳瓶と、そのすぐ傍の棚の端には子供用のせきどめの薬瓶が、蓋をあけたままのせてあった。

　航海日記には、十一月二十四日の分までが詳細に記載してあり、メモ用の石盤には二十五日の朝の分が記入してあった。石盤のメモによれば、十一月二十五日朝のマリー・セレストの位置は、北緯三六度五六分西経二七度二〇分で、それから発見された十二月五日までに約六百七十キロを移動したことが判った。積荷はイタリー向けのアルコール千七百バレルで、当時の価格にして約七万五千ドルに相当するその積荷は、全く無傷で船倉にあった。

　この謎の漂流船はジブラルタルへ回送されて、たちまちBA911事件同様、もしくはそれ以上のセンセーションをまき起したが、船長以下乗組員の消息は杳として知れず、結局伝説的な怪事件としていまだに謎にとざされたままになっているのである。

　たしかに状況は酷似している。しかし一方は海上、一方は空……ないしは滑走中のジェット機である。海上の船からの脱出は至って簡単だが、高速移動中のジェット機から、しかも百名近い人間が衆人環視の中で行方不明になった今度の事件とは全然くらべものにならない。……奇現象研究家北川宏の問題提起も、多くの出席者が語るさまざまな意見のひとつとしてかたづけられてしまった。

　空港ロビーのテレビの前に集った群衆は、番組が終ると何か味気ないような表情で散って行った。いろいろな意見を代弁してはくれたが、結局は言葉の上だけのことで、何ひとつ解決の手がかりは残らなかったからである。

ロビーの係員が来てチャンネルを変え、NHKのニュースにして行った。その係員の背中をぼんやりと見送りながら、一人の男がつぶやいていた。

「そうだよ。こいつは間違いなくマリー・セレストなんだ……」

青いポロシャツを着たその男は、肥り気味の顎を撫でて言うと、急に大股でロビーの人混みをかきわけ、階段を小走りに降りるとターミナル・ビルを出た。ぎっしりと車のつまった駐車場の鳥居のあたりに停めてあった古ぼけたMGのドアをあけ、かなりの長身を折ってその中へすべり込むと、苦労して道に引っぱり出し、一気に加速してトンネルをくぐった。

MGは時々エンジンを咳きこませながら、それでもなんとか高速一号線を都心に向けて突っ走り、神田橋で下の道へ降りると、うすぐらいビルの谷間へ入って行く。

ビルとビルへの間の細い路へ鼻先をつっこんだMGから降りたその男は、すぐに四階のあたりを見あげ、窓に灯りが見えると指を鳴らしてそのビルへ駆けこんだ。

エレベーターを出ると目の前のドアに「奇現象」「アメージング・ストーリーズ」と大きな文字が二行並んでいる。そのドアを荒っぽくあけて中へ入ると螢光灯に35ミリのロールフィルムをかざして眺めていた貧相な男が言った。

「またただもの、いやになっちまう……」

「なぜだい」

男は突っかかるように言う。

「編集長と取材に行くと、いつだってはぐれちまうんだから」

「馬鹿言え」

男はごつい体をどすんと椅子にのせ、積んである原稿用紙をデスクに置くと、鉛筆をつまんで考える様子もなく書きはじめた。

「お前といつ取材に行った。第一奇現象の取材なんて、そうちょくちょくあってたまるかい」

書きながら喋る。

「のべつ行くじゃないスか」

「あれが取材かよ。記事のさし絵を撮るようなものだ。ボロ別荘の遠景や砂浜の足跡なんて、どこにだってころがってるんだ」

「とにかく行くたんびにどこかへ消えちゃうんだから」

「自分のドジをたなにあげるな」

男は鉛筆を走らせながら言い、ふと顔をあげた。

「電話、なかったか」

「いいえ」

貧相なカメラマンは「暗室」と書いたベニヤ板の裏側へ消える。男は書くのをやめ、机の上の電話器をみつめている。すると一分もしない内にベルが鳴った。

「ほれみろ」

男はニヤリとし、受話器をとった。

「……行くよ」

それだけ答え、ガチャリと受話器を返すと、前にも増したスピードで原稿を書きはじめる。

だがすぐにまたベルが鳴る。

「……もう田所が行ってる」

またそれだけで電話を切る。原稿を書きおえるとクリップで止め、机の上にそのまま置いて立ち上り、

「タクシーで帰ったのか」

と大声でベニヤ板の奥へ言った。

「ええ……」

こもった返事がする。男はポケットから千円札を出し、入口の黒いカーテンに片手を突っ込んだ。

「いいんですか」

「早くとれよ、馬鹿」

カメラマンに車代を渡した男は、入って来たのと同じように荒っぽくドアをあけて出て行った。カメラマンはカーテンから首を出し、部屋を見まわして男が帰ったのを知ると舌打ちをして首を引っこめた。

「どうやって君たちはそう要領よく集合できるんだい」

派手なアロハシャツを着た初老のマスターが言った。六本木のはずれにある、ロバという小さなバーである。入口にひとつ、奥に三つテーブル席があって、店の中央は表の通りと平行になったカウンターである。そこにいま男が二人と女が一人。男の一人はいま来たばかりの月刊誌奇現象の編集長であった。奥にひと組若い客がいる。

「この人達普通じゃないのよ」

女が言った。二十五か六。面長ですらりとした体つきである。

「そりゃそうだろう。お前みたいな娘と気が合うんじゃ只者じゃないさ」

「で、どうだった」

額がいやに広く、ひょろりとして色の白い男が編集長に訊ねた。

「BA911は語らず、さ」

「奇現象編集長津山英介氏のご見解は……」

女が言った。

「恵子にも話したから知ってるだろう。マリー・セレストさ、あいつは」

「やっぱりね……」

恵子はそう言うともう一人の男と顔を見合せた。

「同意見だね」

「おや、田所お前何か気づいてるな」

津山英介がまん中の恵子ごしにのぞきこんだ。

「気づいたって程のことじゃない。ただ発表された乗客名簿を書き写してみたまでのことさ。こんな時おんなじニュースをあちこちの局で流してくれるのは有難い」

田所は恐ろしく神経質な手つきで、きちんと折った紙をひろげた。マスターがのぞきこむ。

「また丹念に書き写したもんだな」

乗員名簿の写しが恵子と津山の間へ移動する。じっと読みおろして行き、途中で津山は口笛を鳴らした。

「何なの……」

恵子が訊ねた。

「ロバート・ブリッグス」

津山はそう言って名前のひとつをポケットからとり出した赤鉛筆で囲んだ。

「ロバート・ブリッグスってだれなの」

すると津山は田所と顔を見合せて首をすくめた。

「教えていいのかい」

津山が言い、田所は素っ気なく「どうぞご勝手に」と答えた。

恵子は正面を向き、拗ねたようにブランデーを含んだ。

「ね叔父さん」

「なんだい」

「こいつら嫌な奴……」

するとマスターは笑い、

「何だか知らないが、お前に教えるとまた逆に煽りたてられるからじゃないのかな」

と言った。

「教えてくれたほうと結婚するわ」

恵子はマスターにささやいた。

「つまり……」

津山が言いかけ、田所が割りこんだ。

「マリー・セレスト号の船長と同じ姓なのさ」

津山が口惜しそうに唸り、マスターが笑った。

「ほんと、それ」恵子の瞳は艶っぽく輝いていた。

「グァムでいいかい」

「よせよせ。新婚旅行なら俺がヨーロッパへ連れてってやる」

津山は田所から引き離すように恵子の腕をつかんだ。

「本当かね、それは」

マスターが言った。

「何せ一八七二年の出来事ですよ。それにブリッグスという姓だってそう珍しくはないでしょう。しかし、マリー・セレストの船長がベンジャミン・ブリッグスという名前だったことはたしかなんです」

田所は陰気なくらい静かな喋り方をする。

「信心深いクリスチャンでね。品行方正、いくらか金持ち。そして美人の女房と可愛い二歳の女の児がいた……」

「その一家が十人のクルーと一緒に消えちゃったのね。救命ボートも使わずに、いったいどこへ行っちゃったのかしら。……そうだわ。今度の事件とマリー・セレスト号事件の共通点を探せば、きっと何か判るわよ」

「ほら始まった」

津山はつかんだ腕をほうり出すようにして横を向いた。

「だって、ブリッグスという名前がもう発見できてるじゃないの。やりましょうよ。百年前の世界的な謎の事件を解決するなんて素敵じゃないの。それに日本中が大騒ぎしてたって、これを知ってるのは私たちだけよ。私たちが乗り出さなきゃ、羽田の事件だって解決できないんだし……」

「彫金家はハンダづけでもやってたほうが安全だよ」

田所が言った。

「あんなこと言うのよ、叔父さん」

恵子はマスターに甘ったれた声を出した。

「判り切ってるさ。君たちの一人が、何か言い出した時は、三人とも同じ事を考えてるに違いないんだ。いつだってそうじゃないか」

　マスターはそう言った。

「おい、田所お前やる気なのか」

　津山が恵子ごしに訊ねる。本気な表情だ。

「二人がやるのに俺が黙って見ていられるか。危くて仕様がない」

　田所は静かに言う。

「何が危いのよ」

「あいつは手が早いし腕力もある。それにまだ善悪の判断がついてない。従って君が津山と二人切りでいるという事は手ごめにされる危険性がある」

「へえ……英介にそんな度胸あるのかしら」

「馬鹿にするな。そんなのは朝飯前だ」

「朝早く会ったこともあるわよ」

「恵子、若い娘がそんな話題に乗るもんじゃないよ」

　マスターが叱った。

　新聞の第一面をBA911事件の大きな見出しが黒々とぶち抜いている。三種類ほどの新聞の一面の見出しはどれも似たりよったりで、油に汚れた木箱にのせてあるその新聞紙が、風の吹くたびに木箱の端へ揺れながらすり寄って行く。コンクリートの上に錆びの出たスパナと大きなボロ切れがあって、その傍にアジア大陸に似た形の油のしみが、青黒く光っていた。片側はうす汚れた褐色の壁で、ずらりと並んだ窓に、色とりどりの洗濯物や夜具がぶらさがっている。反対側に痩せこけたポプラが何本か並んでいて、古びたMGがその一本の根方に置いてあった。MGの鼻先が黄色いジャッキで持ちあげられていて、ゴム草履をはいた太い毛脛が二本、車の下から突き出している。

建物のかげから青いワンピースを着てエプロンを掛けた三十歳ぐらいの女がやって来て、その毛脛の所で立ち止った。微笑してサンダルの爪先きでゴム草履の裏をつつく。買物籠をぶらさげていた。

毛脛が動いて、いも虫が這うようにMGの下からずり出た津山英介は、女を見あげると、やあ……と言った。

「坊やを寝かしつけて来た所だから、エンジン掛けないでね」

「そうか。じゃどこかほかでやろう」

「相変らず調子悪いの……」

「嫌になるね、このおんぼろ車には」

「十年も乗ってれば文句ないじゃないの。ウチのスバルなんて、とってもいい調子だそうよ」

津山は起きあがり、黙ってジャッキをまわしはじめた。「そろそろ買いかえなさいよ」

女はそう言って商店街のほうへ去って行く。

前輪が地面につき、津山はジャッキを引っ張り出した。

「冗談言うなよなぁ……」

そう言ってボロ切れをとりあげると、フロントフードのあたりをゆっくりと拭きはじめた。

「三六〇のブリキ箱に見かえりゃしないから安心しろよ。お前がこなごなになる迄乗ってやるからな」

そのMGで追突されたのは六年ほど前のことである。それ以来あちこち故障の絶え間がなく、それを欺し欺し乗っている内に、友情に近いものが車と人間の間に生れていたのだ。

津山は車を拭き終ると油に汚れた工具類を木箱にしまい、その上へ腰をおろすと煙草をつけてもう一度朝刊に目を通しはじめた。いろいろな角度からBA911事件がとりあげてあったが、百年前のマリー・セレスト号事件と関連させた部分は一行もなかった。

夏の朝の微風が痩せたポプラの葉を揺らせ、赤褐色に汚れた古いコンクリート二階建ての都営アパートの屋上に雀が囀っていた。高輪の狭い通りを車がひっきりなしに走り抜け、明け方ひとしきり吹いた強い風のせいで、東京の空は珍しく青く澄んでいた。東京湾は流石に白く濁った空気に霞んでいるが、それでも巨大な貨物船が何十隻も見えており、空には相変らず着陸の順番を待つジェット機が大きく旋回していた。レーダーや管制官はきのうと同じようにそれらの機と緊張したやりとりをしているに違いないし、空港のロビーも送迎客でごったがえしている筈であった。

しかし、ゆうべ厳重な交通規制を行なっていた空港入口のトンネル付近には、もう整理をする警官の姿はなかった。風向が変り、Ｂ滑走路の必要が出て来るとすぐ、謎のＢＡ９１１は牽引車に引っぱられて滑走路を出、ターミナルビルとは反対側にある日航格納庫の前の、整備用駐機場《オーバーナイト・スポット》へ運び去られていたのである。今はとりかこむ人影も少なく、青っぽい制服にしゃれたヘルメットをかぶった、空港ガードマンの一隊がそのまわりを退屈そうに歩きまわっているだけだった。

　調査団はまだ何も発表していない。どんな作業をしているのかそれすら知らせず、空港北西部の整備区にある航空局の建物の中にとじこもった切りであった。活潑に何かを発表するのは、別動している警視庁鑑識課で、指紋、血液型、毛髪分析、遺留品調査等の結果が、ほとんど二時間置きに発表され、乗客名簿と実際の座席配置の照合が、朝十時までには八割方終っていた。

　乗客蒸発事件。……第二日目の前半で、ＢＡ９１１事件はそう呼ばれるようになっている。完全な密室からの大量蒸発だからどんなセンセーショナルなキャッチフレーズをつけられても当然であろうが、やはり新聞の活字やもっともらしいアナウンサーの口から、宇宙人とか四次元とかと言う単語が飛び出すのは異様だった。数少ないＳＦ作家や推理作家の一部がマスコミの裏側を走りまわることになり、奇現象関係の出版物が急に売れはじめているということであった。また、何人もの心霊研究家や霊媒を名乗る人物たちが登場して、ＢＡ９１１の内部で実験させるよう要求していた。

　だが、この信じられない程の怪事件の翌日も、社会はいつもどおり常識的な秩序の中で活動をはじめ、結局は新しい話題がひとつ増えただけのことになりそうであった。

そんな中で、津山英介は午前中簡単な編集会議をひらき、四人の編集者の取材内容をきめると、自分はさっさとMGでとび出してしまった。津山は次号をいつもより簡単だと思っている。あれこれ品揃えをする必要もなく、BA911の乗客蒸発事件で全編を埋めればそれでいいのだ。掘りさげはその次の号でよい。今は表面に出た事件をずらりとラインアップするだけで充分なのだ。

ただ彼は是が非でもマリー・セレストの件を次号に大きくとり入れるつもりでいる。そのために、マリー・セレスト関係だけは一手に引受け、奇現象研究家の北川宏をつかまえに出かけたのであった。

北川宏は昨夜来千葉の自宅へも帰れず、テレビ局やラジオ局の間を引っ張りまわされて、津山がやっと所在をつきとめた時には河田町のフジテレビにいた。

フジテレビの入口にある、人の出入りでやけにざわついた喫茶店で落ち合うと、津山はいきなりゆうべ田所が書いた乗客名簿の写しを突きつけた。

「赤丸でかこんであります」

するとと北川は睡そうな眼をしょぼつかせて言った。

「気がついたんですね、あなたも」

睡気ざましのつもりらしく、北川はしきりにコーヒーを啜り、名簿のほかの部分を丹念に読んでからコーヒーカップを置くと、万年筆のキャップを外して太い青い線で別の名前に丸印をつけた。

「ハンナ・タッケル……ドイツ人ですか」

津山が嬉しそうに大声で言った。

「タッケルというのは、マリー・セレストの水夫にも一人いたんですよ。カスパー・タッケルというんです。マリー・セレストのクルーは十人説、十一人説、十三人説と三通りあるんですが、十人説が一応正しいとされています。ところが、全員の正確な氏名となると、どうもはっきりしないんです。ただこのカスパー・タッケルというのは大西洋航路の貨物船の間では、ちょっと名の知れた腕ききコックらしくて、それが乗っていたことはたしかなんです。それと、ローレンゼン兄弟……これはインチキな方で有名なんで、この悪いことで知られたローレンゼン兄弟が乗っていたことから、のちにマリー・セレストは何かの犯罪にまき込まれたのだと言う説が有力になるわけなんですが、それにしてもタッケルとかブリッグスとか、余り珍しくもない名前なんで、たしかめにかかったとしても期待薄のようですね」

「それはそうです。しかし僕はやって見るつもりです。……とに角、お忙しいでしょうが一週間ほどで二、三十枚、マリー・セレストについての原稿をぜひ頂きたいんです」

北川は津山を見て苦笑した。

「あなたじゃ断っても無理なんだから……」

「そうですとも」

津山はしゃあしゃあと答えた。「マリー・セレストの乗員ではっきりしている名前は、ほかにありませんか」

「ベンジャミン・ブリッグス船長でしょ。それにカスパー・タッケル。ローレンゼン兄弟……船長の奥さんがたしかファニーとか言う人で、子供は女の子。あとは記録によって名前がまちまちなんで、よかったら原稿をお渡しする時、一覧表でも作って置きましょうか。今は資料を見ないとよく判らないんです」

「ぜひお願いします」


北川宏と別れた津山英介は、MGの中でひとりごとを言い続けていた。

「そうぶつぶつ言いなさんな。今朝だってちゃんと手入れしてやったじゃないか。お前のは神経痛みたいなもんなんだ。それに気管支炎とな。悪い部分がはっきりしねえんだよ。追突されて以来、全体にガタが来ちまってるんだ。こっちだってお前の癖どおりにうまく扱ってやろうとしてるんだから、機嫌を直してすんなり走ってくれよ。大患いされたりしちゃ安月給だからどうにもならなくなるんだ。……判ったか。ほらもう神楽坂だ。お前だって高輪の隅っこで雨ざらしになるのは嫌だろう」時々咳込むエンジンと、ひどい右利きのブレーキ、それにいくら探しても見つからない外れたネジがカラカラ鳴る音に悩まされながら、津山はむしろそういう故障を持つこのMGを愛しているのだった。

と言ってもMGはMGで、スタートや加速はオートバイなみに素早い。右折する都バスの陰にかくれるようにまわりこみ、路線バス以外右折禁止の大きな交差点で見事に警官の目を盗むと、一気に加速してあっという間に先行車の群れへもぐり込んでしまう。

「上出来、よくやったぞ……」

そう言っていつものビルの間へ突っ込むと、車を出て片手で屋根を愛撫しながらドアをロックした。すると丁度ビルから出て来た男が津山を呼び、

「編集長、お客さんですよ」

と言って向い側のビルの下を指した。津山は眉をあげ、ちょっと考えてから両手を前に突き出した。右手の親指と左手の小指が立ててある。

「正解。さすが……」

男は茶色の紙袋を振って去って行く。津山は煙草をくわえて前のビルの地下にある喫茶店へ向った。

ドアをあけると案の定田所と恵子がいた。津山はしばらく近寄らず、入口のレジの所で考えていたが、やがて大股に近寄ると両掌を下向きにしておしなだめるような身振りをした。

「まあまあまあまあ……。用件は判ってる。乗客名簿のことだろう」

「あたったわ。がっかりね」

恵子は本気で失望した様子だった。津山はポケットから名簿の写しをとり出してテーブルの上へ抛り出すと、恵子のとなりに腰をおろした。

「俺もみつけたよ」

そう田所に言う。田所は名簿を拡げ、太い青インクの線を人差指でちょっとこすると、

「そうか……北川さんに会って来たな」

と苦笑した。

「ハンナ・タッケル……その人コックのカスパー・タッケルの子孫よ」

恵子はいやに断定的に言った。ガルボ・ハットとかいう、つばの広い帽子をかぶっていた。

「そいつは調べなきゃ判らんさ」

津山が言うと田所は顔をあげ、

「俺が引受けたよ」

と少し得意そうに答えた。余り表情を変えない田所がそんな顔をしたのが珍しく、

「へえ、これは驚いた」

と大げさに恵子を見て笑う。

「ハンナ・タッケルって人のお兄さんがいま東京にいるんですって。会いに来てあの災難にあったんだわ」

「それ本当か」

津山が目を丸くする。

「本当だ。タッケル氏は西ドイツのV・B商会の東洋支配人なんだ」

「V・B商会というと……そうか、医療機械関係か。それならお前の取引相手だ」

「そうさ。支配人のタッケル氏は一年ほど前から俺ん所を販売窓口にしたくて運動中なのさ。しかし東洋商事は今の所アメリカのコスモ医療機とかなり取引量を持ってる。俺も何度か会

わされたことがあるが、いつも銀座のクラウンへ連れ出される。馬鹿のひとつ覚えというか、日本の商社マンはああいう所が好きなんだと思い込んでるらしい」

「神楽坂の伊勢藤《いせとう》のほうが喜ぶって知ったら、クラウンで使った馬鹿金《がね》に自殺したくなるんじゃないかな」

津山が笑った。

「なに、結構自分でもたのしんでるのさ」

「それじゃタッケル氏のほうはまかせる。しかし出来るだけ早く頼むぜ。来月号になんとか間に合せたいんだ」

「判った。それからこれが届いた」

田所は派手な新聞紙にくるんだ細長い箱をさし出した。

「なにそれ……」

恵子が訊ねた。

「英介のおもちゃさ」

「ああ、またプラモデル……」

恵子はそう言って派手に笑った。さっきから店中の男客が恵子を気にしていたが、その声で一斉に振り向いた。

「イタリーの単車さ」

津山は照れもせず、バリバリと新聞を破いて子供っぽいイラストを印刷した箱をあける。

「この鋳型《カタ》を起したのはタルクイノ・プロビーニなんだぜ」

「あ、そうか。それでお前、こいつをやけに欲しがってたんだな。プロビーニって言うのは本物のグランプリ・ライダーなんだ。六三年のモンツァでジム・レッドマンのホンダ250四気筒を破った男さ」

田所はあらためて関心を持ったように、津山のあけた箱をのぞき込み、しきりにイタリーのプラモデルをほめはじめた。恵子はコーヒーカップを手に、その対照的な二人を等分に、好もしげに眺めていた。

恵子は新進の彫金家として、いくらか世間に知られはじめている。かなり裕福な家に生れたが今は両親もなく、麹町のマンションで勝手気儘なくらしをしている。見る人が見れば少し鋭角的すぎるかも知れないが、メイクアップをして誰それという名のあるカメラマンにアップで撮らせたら、資生堂のポスターも真ッ青という美人である。ふたひねりほどしたおしゃれが得意で、ブランデーを飲みはじめると底が知れない。しかし六本木のはずれでバーを経営している洋画家崩れの叔父には手も足も出ないらしい。

津山と田所は体格も風采も性格も、陰と陽で全く対照的なのに、どういうわけか恵子ひとりに惚れ切っていて、他の女には見向く気もないのだ。恵子も津山と田所を等分に愛していて、自分でもどっちがどうと決めかねている。時々子供の頃からつき合っている津山と田所の強い友情に嫉妬するらしく、そんな時はきまって片方に寄り添う態度を見せるが、二人ともそれが本物ではないと知り抜いていて、そういうチャンスは利用しようともしない。五分五分のフェアーな状態で恵子の選択にまかせたいらしいのだが、恵子にはどうしてもそれが選べない。今では三すくみの中に男女の枠を超えた友情みたいなものが生れて、津山などは死ぬまでこのままでもいいと思いはじめた節が見えている。とにかく奇妙な程気の合うトリオであった。

恵子たちが帰ったあと、津山はデスクでぼんやりとそのことを考えていた。……田所はライバルではないのだ。彼と自分は不可分の間柄で、どこまでも心の通い合う得難い友人なのだ。そこへ恵子が現われた。彼女は自分と田所のどちらにもぴったりと通い合うものを持った女性で、二人の男を同時に等分に愛してしまっている。はたから見れば奇妙な関係でも、真の友人同志の前へ真の恋人が出現すれば、当然そういうことにならねばならないのだ。つまり三人の関係はこれ以上求めようもない程完全だということになる。恵子の相手に田所以外の男はあり得ないと思っているし、田所も彼女の相手にはこの津山英介以外は考えられないと思っている。……そういう関係を持てることがこの上もなく誇らしいし、満足でもある。実際に津山はそう思い、満ち足りた思いの中でマリー・セレストのことを考えていた。

時間は容赦なく過ぎて行く。津山たちは最初から期待していなかったが、科学調査団という常識にこりかたまった学者の一群は、案の定何の役にも立たないことがはっきりして来た。ご大層に調査活動を秘匿して権威づけに専念している内に、敏感な大衆はいつの間にかそんなもののあったことさえ無視しはじめ、学者たちは自己の存在理由を立証するために、急に媚びたような発表を開始せざるを得なくなった。しかし、何らの具体的な収穫もなく、事態の進展に貢献してもいないことは明白であった。調査から締め出された想像力に富む人々が騒ぎはじめ、調査団はこれ以上何の手掛りも発見し得ないと科学的に証明できる段階になったら、それらの人々にＢＡ９１１を引渡すと約束した。

しかし問題の機体の所有者であるＢ・Ｏ・Ａ・Ｃ、ひいては英国政府が自国科学者の派遣を決定していて、当分は解放されそうもなかった。

現代科学は実証主義という大前提に従って組立てられており、同一結果が繰返し実験可能なもの以外は、すべて誤認とか迷信とかと断定して、数多くの奇現象を見て見ぬふりをして来たのだから、同一結果を繰返し実験できないＢＡ９１１事件については、学界は一切手を引くべきであるという強硬な論評すら行なわれてきた。

調査団は、どういうつもりか過去の数多い奇現象記録の中から、人体焼失のケースをとりだし、機内の燃焼痕跡を調べているらしい。多分奇現象の中で残留物調査が出来るのはそれだけだと考えたのであろう。

ということは、正規の学界を代表する科学者が、史上はじめて公式に奇現象調査をはじめたことでもある。人々は現代科学がＢＡ９１１事件でひとつの大きな転機を迎えたことを嗅ぎ取って、マスコミは異例の奇現象ブームに沸き、ＳＦ読者の平均年齢が一挙にはねあがった。

しかし、マリー・セレスト号との関連は、どういうわけか一般受けはしなかった。それは多分百年前の事件そのものが、人為的に仕組まれたと考える余地を充分に残していたことに依るのだろうが、津山のいる雑誌、奇現象だけは、その主張をつらぬき通し、今では後退するもならず、社長以下全員がその考えにしがみついて行かねばならぬ状態になっていた。

それだけに津山の責任は重くなり、首を賭ける破目に追いこまれている。

「結局カスパー・タッケルのケースは現地調査をしなければ判らんのか」

小柄な社長が渋い顔で津山に言った。秋もさなかと言った十月のなかばであった。

「そのほうはご心配なく」

津山は太い声で答えた。「手は打ってあります。B・O・A・C機でやって来たハンナ・タッケルはたしかにV・B商会東洋支配人の妹でしたが、兄のタッケル氏は実は米国籍で、ハワード・タッカーというんです。商売上タッケルと読ませていたんでしょうが、ドイツ系には違いなくて、ハンブルグにアメリカのタッカー家の本家があると判りました。そのほうは今、人をやって調べさせてる所です」

「人をやって、と言って、いったい誰をハンブルグくんだりまで送りこんだんだ」

「なに、費用はよその会社持ちです。東洋商事の海外契約調査課にいる男で田所というのが、V・B商会の調査に行ったんですよ。そいつに全部まかせました」

「そいつは上出来だ」

社長は嬉しそうに笑った。「ロバート・ブリッグス氏のほうは、サンフランシスコに一人息子がいることがはっきりしてる。これは文通でかたづくわけだ」

「社長、そうは行きませんよ」

「なぜだ」

「僕は来週アメリカへ行くつもりです」

「アメリカへ……」

「社で出張させられないんなら、少し前借りをさせてもらいます」

社長はあわてた。

「待てよ君。何も行かせないと決まったわけじゃない」

「でも何しろ貧乏会社ですから」

津山はニコリともせずに言った。

「とに角、そんな急に行かねばならない理由を聞こうじゃないか。理由次第では出張扱いにするよ」

「有難うございます。そうしていただければ本当にやり甲斐があるというものです」

小柄な社長の倍もありそうな津山が腰掛けたままペコリと頭をさげた。

「君にはかなわんよ。一人で話をすすめてしまうんだからな」

社長はボヤいて見せたが、その初老の瞳の奥には津山に対する愛着の色があった。

「プランがあるのです。それも凄い奴が」

「ほう……」

「いま東京にいるハワード・タッカー氏が、百年前のマリー・セレスト号の腕ききコックの子孫だとすると、あのＢＡ９１１にはマリー・セレスト号にいて消えた人々の内の三人の子孫が、確実に乗り合せていたことになるんですよ」

「もう一人いたのか」

「ええ。北川先生が乗客名簿と過去の記録を突き合せて発見したんです」

「誰なんだ」

社長は応接用のテーブルにひろげてあった乗客名簿をとりあげ、せきこんで訊ねた。

「フレッド・ウインチェスター……」

そう言った津山は、週刊誌から切り抜いた警視庁鑑識課発表の座席表をひろげた。手荷物など遺留品の状況から推定した乗客の座席配置図である。

「フレッド・ウインチェスター……ウインチェスターなんてマリー・セレストのクルーがいたのか」

「いいえ。盲点だったんです。我々は長いことそいつに気づかなかったんですが、マリー・セレスト号の船主はJ・H・ウインチェスターというボストンの資産家で、ニューヨークにもオフィスを持っていました。そのためにJ・H・ウインチェスターはヨーロッパ側の記録ではニューヨークの人間ということになっています」

「それで、マリー・セレストにはウインチェスター氏が乗っていたのか」

「いいえ。ウインチェスター氏はちゃんとボストンにいたんです。しかしその娘と孫が乗っていたんです」

「あ……ブリッグス船長の夫人は船主のウインチェスター氏の娘だったのか」

「そうです。考えてみればごく自然な関係じゃないですか」

「そうだな。しかしよく判ったな」

「これも北川先生のおかげです。マリー・セレスト号事件は世界的に注目を集めた謎の大事件で、五十年もたった一九二七年ごろ、まだ時々ジャーナリズムをにぎわしていたんです。一九二七年のニューヨーク・タイムズ・マガジンというのに特集されましてね。それが或る日本の奇現象マニアの手でスクラップされていたんです。その中に、航海の途中テステン・アイランドから両親にあて発信された、ブリッグス夫人最後の手紙が全文掲載されているんです。発信日は一八七二年十一月七日付です」

「それがボストンのウインチェスター家へあてられたものだったんだな」

社長は興奮気味であった。

「ええ。しかもこの乗客配置図を見てください。フレッド・ウインチェスターとロバート・ブリッグスは並んで坐ってるじゃありませんか。そしてハンナ・タッケルは右の二つ先きの通路側です。ウインチェスターとブリッグスが日本へ観光に来たのははっきりしてます。そして帝国ホテルに予約した部屋まで隣り同志なんです。六十何歳の老人同志が、気楽な二人旅をしてたんですよ。恐らくマリー・セレスト以来の親類づき合いでしょう。何しろあの事件の関係者はヨーロッパでもアメリカでもスター扱いだったでしょうからね。ただ、ハンナ・タッケルとは只の行きずりの人だったんでしょう。偶然三人が一緒になったんですよ」

「それで、プランというのは……」

社長は大乗気になっている。

「まず、マリー・セレストとＢＡ９１１は全く同じ事件としましょう。マリー・セレストのほうの原因は謎につつまれています。しかしＢＡ９１１にマリー・セレストと同じファクターがあるということになると、ＢＡ９１１の原因はマリー・セレストと同じであるということが判ります」

「そういうことになるな」

「マリー・セレストは何が原因でああいう結果になったか不明ですが、とに角百年後にその乗員の中の三人が一堂に会したら、全く同じ結果が起ってしまった。そうでしょう」

「うん」

「ということは、マリー・セレストの原因もその三人だったということになるじゃないですか。現代科学は実験で繰返し同じ結果を得られる現象のみを研究対象としているんです。だったら実験をくり返しましょうよ」

「なんだって……いや、そいつは凄い。こいつは独占しろ。正規の学界に所属する学者を集めてその前で三人をつき合わしてみるんだ。直系の子孫を東京へ呼び集めて来い」

社長は顔を赤くして叫んだ。

恵子と津山は六本木のロバにいる。

いつものようにカウンターにすわり、恵子の叔父であるこの店のマスターが向う側で話相

手になっていた。珍しいことに、津山が恵子と一緒にブランデーグラスを持ってゆすってい
た。

「ほんとに車は置いて来たんだろうね」

マスターは真顔で恵子にたしかめた。

「オンボロMGを出張中雨ざらしにして置くのは可哀そうだからって、この人近くのガレー
ジへ預けちゃったのよ」

「それならいい。送別会なんだから盛大に飲んでもらおう」

マスターは人の好い笑顔になると、ヘネシーのスリースターをカウンターの上へ置いた。

「送別会だなんて……私いやだわ」

恵子がしんみりと言った。「ふたりとも一遍に東京からいなくなるなんてはじめてじゃな
い。何だか未亡人の心境みたいよ」

「おいおい、おだやかじゃない言い方だな」

恵子の叔父はそう言って津山に笑いかけ、とてもついて行けない、と言うような首の振り
方をした。

「入れ違いに田所がハンブルグから戻って来るさ」

「でもやっぱり三人一緒がいいわ。早く帰って来てね」

「妙なトリオだなあ、君たちは。そんなことをしてると三人共一生独身だぞ。それでもいい
のかい」

恵子の叔父が本音を吐いた。「どっちかと早く結婚してくれなきゃ落ちつけないよ」

「あら、何も人間は二人ひと組じゃなくったっていいじゃないの。三位一体ということだってあるし……」

するとと津山が急に思いついたように言った。

「そうだ、マスターはクリスチャンでしたね」

「まあ一応ね」

「教養としての三位一体論というのはどんなことなんです」

「おやおや、この瀬戸際でまだ仕事の勉強かい……三位一体というのは、たしかラテン語でトリニタス……いや語学のほうは津山君のほうが専門家だったが、父・子・聖霊の三位が結局は一体のものであり、神は単一の実体で、ただ三つの様態をもっているということかな。これは形の上のことではなくて、内在的・存在論的な神学上の構造説明なんだな。儂らにはとても難解だし、また神学というのがどうも一般人には判らないように作りあげられているからね。しかし、どうもキリスト教本来のものでもないようなんだな。プラトン派の善・智・世界霊なんていう三位一体論もあるし、キリスト教以外にも三つの神を一体の神と考えたり、三つの神を一組と考える宗教は沢山あるらしいんだ。智・仁・勇だとか三拍子揃うとか、三位一体的な考えは世界中にあるんだな」

「仏教にも三密というのがありますね。人間のすべての行為を身・口・意の三業《ごう》で総括させちまうあれですよ。いま僕が一番関心を持っているのは、仏の身・口・意のはたらきは、無量無辺不可思議で凡夫にはとうてい測り難いという三密の問題ですね」

「どういう意味よ、それは」

　恵子が眉を寄せて訊ねた。

「身・口・意の三業《ごう》……つまり仏のすべての行為は無量無辺不可思議で人間には理解出来ないというんだ。だからその三つの業を三つの秘密、つまり三密というんだ。ところが一方では人間もまた仏のいう世界の六つの根本要素で成立しているから、三業のひとつひとつを……身、つまり姿勢、口、つまり仏の言葉すなわち経文、意、つまり仏を心から念ずることなど、三拍子揃った正しいあり方で修行すれば、無量無辺不可思議である仏の三密に自然に感応して不思議な働きがあらわれ、超人的な力が得られるとも考えられているんだ」

「それじゃ今度の事件と似てるじゃないの」

「仏さんは案外マリー・セレストやＢＡ９１１みたいな現象をよく知っていたんじゃないのかい」

　マスターは笑いながら言った。

「だから三位一体を聞いて見たのさ。どっちにしても田所のきのうの連絡で、タッケル家がカスパー・タッケルの子孫であることがはっきりしたんだから、連中を集めてみればすべてがはっきりするんだ」

　すると恵子はひどく深刻な表情になった。

「ひょっとするとこれは人間の孤独の問題につながっているかも知れないわね。もしあなた方の実験で具体的な何かが見つかればの話だけど……」

「おやおや、今夜は馬鹿にむずかしい話ばかりだな」

マスターはからかい半分にそう言ったが、

「津山君がいい歳をしてプラモデル作りに熱中するのも、案外孤独のせいだよ、きっと」

と言って、ちらりと恵子を見た。

「どうしてですか」

「淋しいのさ。パズルのたぐいと言い、カルタのたぐいと言い、人間は何か欠けた部分を埋めて完全にしたがる共通の癖をもっているじゃないか。詰将棋もそうだし、考えてみれば男女の間も只の肉欲の充足とは言い切れない部分がある。いち早くひと組になり了せて、長い人生をたのしむのが幸福というもんじゃないかな」

「私たちは三人ひと組……」

「まぜっ返すんじゃない」

苦手の叔父に叱られて恵子はしゅんとなった。それが津山にはたまらなくいとしく思えた。

「田所君が帰って来たら、儂はきっぱり宣言するつもりだよ」

「なにを宣言するの……」

恵子が首をすくめるようにして訊ねた。

「こんどのことを汐に、君たち二人の間のどちらかが恵子の夫になるよう決断しなくてはいけないとね」

「無理よ、叔父さん」

「何が無理だ。そりゃ、男同志としてはたかが女一人のことで友情にひびを入れるわけには行かんだろう。しかし、たかが女一人のことでひびの入るような友情では仕方がないと思うよ」

そろそろ来る所へ来てしまったようだ……津山はそう思った。

「別にひびが入るとも思いませんがね」

「それなら結構。儂も実はそう思ってるよ」

「どうせたかが女一人のことよ……」

恵子が膨れた。だが本心からである筈もない。津山も恵子も田所も、三人ひと組の今の状態が、そろそろ限界に近いということは判っていた。それは男たちよりも、恵子がいちばん強く感じていることなのかも知れなかった。近ごろめっきり艶めいて、時には思わずドキリとするような媚態を見せるのが、避けられない女体の成熟を示しているようであった。

珍しく酔った津山は、大きな体を細い恵子に支えられるようにして高輪のアパートへ帰った。恵子が送ると言ってきかなかったのである。

二間のアパートへころがり込むと、恵子は津山の靴を脱がせ、コップに冷たい水をついで飲ませてやった。そして肩を抱いて恵子が津山を起そうとした時、とうとうそれは起ってしまった。どちらからともなく唇が重なり、恵子は首を、津山は細くくびれた胴をだきしめた。

長い息のつまる時間の末、恵子はすべての表情を押し殺した事務的な顔で立ちあがると、次の間のベッドの横でうしろ向きに服を脱いだ。恵子はいさぎよく全裸になり、毅然とした態度でベッドに横たわった。

やがて恵子は津山の厚い胸の下で呻ぎ、のがれ去るようにずりあがって行った。そのあとで津山の太い左腕を枕に、長い間すすり泣いた。津山はその間、田所の面影と必死に闘い続けていた。

翌朝、津山は自分のベッドに恵子の処女のあかしを見た。……恵子は見送りに来なかった。

サンフランシスコ・ヒルトンは、とてもお上品とは言いかねる場所にあった。建てた昔はそんな土地を選んだわけでもないのだろうが、街の汚れの拡大が、そのホテルを予定外の環境に追い込んだらしい。

とに角一歩入口を出た途端、東京で言えばなんとか名画座と言ったようなポルノ映画館のネオンである。その隣りにはボトムレス・ゴーゴーガールはこちら、という馬鹿でかい粗野な看板が立っている。昨夜ちょっと出て歩いて見たが、もののワンブロックも行かぬ間に得体の知れないのが、ヒルトンにお泊りで、などとニヤニヤしながら寄って来るのだ。浴衣の柄《がら》で旅館を見分け、馴々しく声をかけて来る日本の温泉場のほうがまだ気味がいい。ほんの少し上のセントフランシス・ホテルのあたりはしっとりとオツに構えているのにと、少々津山は後悔した。

そんな街並に恐れをなしたわけでもないが、前夜は早々にベッドへ潜りこみ、テレビのラーフ・インなどを見ている内にいつの間にか睡ってしまったらしい。三十分いくらのコイン・テレビだからつけっ放しの心配はなかった。

おかげで午前六時というおそろしく早い時間に目が覚めてしまい、着換えてコーヒー・ショップにとびこんだが、時間をかけてのんびりと朝食をというつもりは見事にアテ外れで、こまめにひっ切りなしコーヒーをおかわりしていないとおちおちすわって居られない仕掛けだった。

やはり他人の街は勝手が違う。訪問を指定された時間が朝の八時というのも、東京ではちょっと考えられないことだった。

フロントに寄って番地を言い、道順をたずねると、睡そうなクラークは案外親切で、地図を出して丁寧に教えてくれ、タクシーを使う必要はないとくどく言った。そういうお節介ぶりが、なんとなく地方都市的であった。

七時からケーブルカーが動くというので部屋へ戻って時間を潰し、少し見物するつもりで早目に外へ出た。

昼間の暖かさに欺されると、朝晩の冷えこみには全く驚いてしまう。

そしてホテルの前の通りは、夜店が仕舞ったあとのように寒々と白け切っている。ヒッピー風のが二人ほど、駐車場の金網によりかかってすわりこんでいた。

ウールワース百貨店の建物にしみついてしまったような安香料の匂いが漂ってくるケーブルカーの終点で、でかい白と若い黒が電車を押してまわしていた。電車に両手をかけて手伝ってやりながら、メイスンとバレジョの角を通るかと聞くと、「イヤッ」という掛声みたいな答が返って来た。

ビルの掃除婦といった風な、ひと目でドイツ系と知れる小母さんと黒の若いのが一人、それに津山の三人が朝のケーブルカーの客だった。吹き抜けのベンチに坐ってガラガラの道をケーブルカーで登って行くと、津山は次第に爽快な気分になって行く。恵子への甘ったるい満足感や田所へのうしろめたさが消えてしまったようである。

ユニオン・スクエアーを過ぎてブッシュストリートを横切る時、きのうの夕方飯を食いに行った日本料理店の看板がちらりと見え、津山は少しぐらいならこの街を知っているような気分になった。

それは錯覚ではなく、事実津山はこの坂のあちこちに見覚えがあった。その記憶が鮮明になったのは、物凄い急坂を引っぱりあげられて、フェアモント・ホテルの横に出た時だった。ワーナーのギャング映画でおなじみの場所だったのだ。ジョージ・ラフト、ボギイ、リチャード・コンテ……シドニー・グリーンストリートにピーター・ローレたちの活躍した古戦場だ。

夢中になって白黒スタンダードサイズの画面を思い出していると、ひどい登り降りを二回ほど繰り返したケーブルカーの運転手が声をかけてくれた。

「ヘイ・デイスズ・ユア・プレイス」

それはバレジョとメイスンの角だった。津山は慌てて降り、ケーブルカーの去るのを眺めている内にギャング映画の夢から覚めたようだった。

時々車が風をまいて通りすぎる以外、人通りは全くなかった。道脇に停めてある車を見ながら歩き出すと、突然シスコの中古車は買うもんじゃない、という言葉の意味が実感をもって迫って来た。ひどい急坂に、それこそブレーキ様のおかげひとつで停まっているのだ。津山は自分のオンボロMGの片効きブレーキを思い出しておかしくなった。

気がつくとドアの番号が若くなっている。逆に歩いてしまったのだ。急ぎ足で引き返し、元の角へ戻ると帰りのケーブルカーが通り過ぎて行く所だった。出勤らしいのがだいぶ乗っていた。それをやり過して、道を横切ると、行手は見あげるような登り坂だった。思わず立ち止って眺めあげていると、突然灰色の壁を背に、目の前にリチャード・コンテそっくりの薄い唇の男が、

「ヘイ・ユア・ルキン・フォミ」

と、その薄い唇をリチャード・コンテそっくりに、動かさずに言った。黒い厚手のハーフコートを着て、脇に新聞をかかえていた。津山はその新聞で消音銃をつつんでいるのではないかと疑った。

「ミスタ・ブリッグス……」

訊ねると低く渋い声で、「イヤッ」と答え、右手をさし出した。

リチャード・コンテのミスタ・ブリッグスに案内されて、いかにもサンフランシスコと言った一劃へ入りこむと、九三八番地という住所の意味が、ずしりと伝わって来た。

九〇一から一〇〇〇番地のそのブロックは、本来一番地一棟で正確に区切られていたのだろうが、それが今では次々に枝番を生んでいる。だから九三八番だけで枝番がないのは、恐ろしくでかい家か、オフィスでしかないのであった。

しかも外見はどれもこれも禁酒法時代の面影を見せるごとく古びた建物で、貧富の程度は中へ踏み込まぬ限り見当もつかないのだ。

バレジョ九三八のブリッグス家は、とに角贅沢な家だった。通された部屋には歴代のあるじの肖像画が並び、家族のさまざまな記念写真が小さな額に収まっていた。

ボストンから出て来たウインチェスター氏は、四十がらみの典型的な東海岸紳士だったが、当家の新しい主人はハーフコートを脱ぐとヒッピーそこのけのスタイルをしていた。

それも道理で、バレジョの一本戻った通りはブロードウェイの高台になっている。BA911で消えたロバート・ブリッグスは、長い伝統を守ってボストンのフレッド・ウインチェスターと海運業を共同経営して来たが、この長男は地元のブロードウェイや、オールドチャイナタウンの辺りの歓楽街に何軒も店を持つ水商売の男なのだ。やくざっぽい凄味があるのも当り前のことだった。

二人を前に、津山はBA911とマリー・セレストの関連性を詳しく説明した。男達は熱心に聞き、時々嘆声をあげて顔を見合せたりした。

ぜひ東京へ来てくれというと、二人は相談もせず、そういうことならすぐ行きたいと答えた。余り簡単なイエスなので逆に拍子抜けした津山が訊ねると、理由は至って即物的だった。

遺産相続にからんでいるのであった。失踪とも死亡ともつかない異常な事態に、ボストンもサンフランシスコも困りはてているらしい。死亡、もしくは二度と戻り得ないことが証明できれば、その問題もケリがつくのであろう。二人は津山以上に大乗気で、逆にハンブルグのタッカー家が本物かどうか、しつこく問い返す始末だった。

雑談になってから、いろいろな事実が出て来た。まず第一は両家とも百年来の親密な交際が続いていて、どの世代でもピタリと息の合う親友同志なのだという。第二は両家とも代々家族に恐ろしく信心深い者が生れ、中には有名な霊媒となってその筋に知れ渡った者もいるということだった。

マリー・セレストのブリッグス船長も、後に迷信家とさえ記録された程の信仰家で、ウインチェスター家出のファニー夫人とは至極円満な仲だったそうである。

津山は二人の息の合ったやりとりに接している内に、恵子よりむしろ田所に会いたい気分になっていた。

田所に会いたいという気分は、帰りの飛行機の中でも消えなかった。敏感な田所のことだから、恵子とああいう事になったのもとうに感付いているに違いない。立場が逆だとして、自分が恵子をひと目見た瞬間、それは判るに違いないと津山は確信していた。同時にそうなった場合、自分はどこか二人の目に触れない所でひどく酒を飲むだろうということも判っていた。とすれば、ハンブルグから帰った田所は、今ごろどこかでぐでぐでに酔っているかも知れない。

津山はそう思い、むしょうに田所に会いたかった。会って詫びるわけではない。黙って傍にいて、そのことだけで救いになってやりたかった。その役が田所以上に辛いのは判っている。しかしその辛さを味わうことで、二人の間が元の淡々とした状態に戻れる筈である事も判っていた。

とにかく恵子は決断したのだ。はっきりさせるために自ら全裸となり、ベッドを赤く染めたのだ。神話は終った。これから三人の歴史がはじまる……津山は日航機の中でそう思った。ジェット機は快晴の空を飛行している。そして津山がふとBA911もこんな具合だったのではないかと考えた瞬間機体は突然激しく沈下し、キャビンの品物が音をたてて跳ねあがった。

その瞬間、オーッという異様などよめきが全乗客の間に発生し、ドスンと底につくと全員が申し合せたように息を吐いた。

前後左右の見知らぬ乗客の間にひどく親密な連帯感が生れ、まるで兄弟のように互いの顔を眺め合った。

しかし、その親し気な表情はやがて冷め、照れ臭い苦笑に変って行く。

「エアポケットですね」

「百メートルは落ちた感じだ」

「いや、もっとじゃないかしら」

客席の間に声があがった。

そのように訓練されているのかキャビン・クルーの若い男女がゆったりとした笑顔で歩きまわり、散乱した品物や、椅子の背もたれの角度を整理しはじめた。

どの席へも同じことを言っている。

「恐れ入りますがしばらく息をおつめになって見て下さい。どこもお痛みになりませんか。只今のは晴天乱流《クリーン・エアー・タービュランス》でした。大きい時には数百フィートも落ちるケースがありますが、そう珍しいことではございません」

……お怪我は、とは決して言わないらしい。打撲や捻挫は息をつめれば痛くなる。結局怪我人を見つけて歩いているんじゃないかと、津山は面白がりながら息をつめた。田所の面影をしまった心の一部分以外に、痛む場所はどこにもありはしなかった。

V・B商会の東洋支配人ハワード・タッカーはアメリカ国籍を持っていたが、妹のハンナ・タッケルはドイツ籍で、ロンドンのV・B商会支店に勤めていたということであった。ハンブルグにはタッカー家の一族が多勢いて、相当な生活をしていた。従って百年前の事件もはっきり語りつがれていて、カスパー・タッケルの直系の子孫だということは疑問の余地がなかった。

津山の社長は、彼が帰国するとすぐ精力的な活動をはじめ、当局筋や学者達に働きかけた。しかし実験結果の発表を独占しなければならぬという商業的な制約と、奇現象の専門誌という社会的な立場が重なって、思うように話は進まない様子であった。

その内国際電話で今すぐに行くという性急な連絡がサンフランシスコからとびこみ、処置に困った社長は遂に奥の手を出して出身地の県人会のルートから、有力政治家に渡りをつけた。

これが馬鹿臭い程効いて、実験場所……と言っても椿山荘の茶室なのだが、一応はそういう形の密室を設定し、例の科学調査団の一部がそれに立ち会ってくれることに決まった。

よく考えてみれば現実とは結局そういう形にしかならぬのだろうが、津山と田所と恵子は互いに何もなかったふりをきめ込み、もうワンステップ時機の熟するのを待つ態勢になった……まさしく神話は終り、生臭い演技の時代へ入っていたのである。

津山と恵子は新派大悲劇のような、人目におびえながら忍び逢う関係になった。深刻で暗く、それだけにとび切り甘美な二週間が過ぎ去って行った。

しかし体のことはあれ以来二人とも求め合おうとはしない。高輪の津山のアパートや麴町の恵子のマンションでなら、恐らく二人は二度三度と求め合ったに違いないが、そこではいつ田所が、よう……と言って現われるかも知れなかったのである。三人の間にお互いの居場所を知る嗅覚のようなものが存在するのが判っているだけに、麴町や高輪で会う気はしなかったのである。かと言って、ホテルを利用する程二人の間は褻れていもしなかった。結局駅などで待ち合せ、行き当りばったりに歩いて喫茶店にもぐり込むような具合でしかない。

田所にいつ言うか。問題はその日時というところまで煮つまって来た。無論すでに田所は察知しているに相違ないし、言えばおめでとうを心から言ってくれるだけの覚悟も出来ているだろう。しかし人間はこうした場合、理由のはっきりしないやり方でケジメをつけたがるのだ。……なぜ恵子との事を田所に言うのが、椿山荘での実験のあとでないといけないのか、津山にもさっぱり判らなかったが、恵子ともどもそのタイミング以外にないと思い込んでいた。

そしてその実験の日まであと五日という日突然予定より早くサンフランシスコからの客が羽田へ着いたのであった。

「何でこんな早く来たんだ」

社長はまるでそれが津山の責任でもあるかのようにうろたえて喚いた。

津山は素早く田所と恵子に二人のアメリカ人が着いたことを報告すると、例のボロMGを駆ってひと足さきに羽田へ向った。

日本側のそんな騒ぎに関係なく、ウインチェスターとブリッグスの二人は、のんびりムードで到着ロビーで待っていた。

どうせならゆっくり遊ぼうという相談がまとまって、急に出発を早めたのだという。乗って来た飛行機が、いかに遊び人たちらしく凝っていて、B・O・A・Cのボーイング707で、便名も同じBA911便だった。

ブリッグスはリチャード・コンテそっくりの笑い方で、

「オール・オア・ナッシング・ユーシー……」

とふざけて見せた。そんな冗談が出る所から見ると、遺産は相当大きな額にのぼるのだろう。

恵子も田所も社長も駆けつけて来た。

ひとわたり紹介が済むと田所が津山を脇へ呼び、北川宏に連絡してないのかと聞いた。

「しまった、まだだよ」

「悪いよ、それは。北川さんだってどんなにこの人達を見たいか……」

田所が言った。津山はロビーの隅の赤電話へとびついた。

北川宏は千葉の自宅にいた。是非会いたいが仕事の都合で一時間半ほど出られないと残念そうに言う。一応電話を切ってブリッグス達の所へ戻ると、二人はパレスホテルを予約してあるから一旦そこへ入り、夜になったらぜひ銀座のバーへ連れて行ってくれとせがんだ。勿論ブリッグスは自分の商売柄の見学には違いないが、銀座のバーも世界的になったものだと田所たちは大笑いした。

ウインチェスターがもうひとつ注文をつける。実験まであと五日あるのは構わないが、その前に一度タッカーに会いたいと言うのだ。ブリッグス同様気の合う仲かも知れないし、会うのを楽しみにしているのだと言う。但し消えたくないから安全な所で、という冗談がついていた。

「タッカーならクラウンがいい」

田所がすぐそう提案した。

「銀座のですか」

社長が言い、「そいつは丁度いい。タッカーさんはクラウン好みなんですね」と笑った。

津山は二人のアメリカ人を眺め、この男たちもきっと似たような好みなのだろうと思った。

「何時にしますか」

津山が言うと、社長は腕時計をちらりと眺め、

「七時半、いや八時にしよう。それだと北川先生もご同席願えるじゃないか」

と言った。

「そうですね。そいつは好都合だ」

津山はそう答え、また赤電話へ飛んで行った。北川を呼出し、時間がたっぷりあるから迎えに行くと言うと、それでは仕度をして待っているという返事だった。

ハイヤーを呼んでパレスホテルへ向うことになったブリッグスとウインチェスターは、すっかり恵子を気に入ってしまい、田所と二人でいろいろ案内してくれないかとたのんでいた。

津山はそんな一行と別れ、北川宏を迎えにMGで船橋へ向った。道は混んでいた。

だが時間はたっぷりあり、クラウンへ着く約束の時間に二時間近くも残して北川の家へ着いた。北川は待ちかねたようにMGの低いシートにすべり込み、津山は今来た道を引き返しはじめた。

「さあ、たのしみだなあ」

北川はそう言って笑った。「本当のことを言うと、奇現象奇現象と憧れてはいるんだけれ

ど実際にそういった第一関係者に会うのは生れてはじめてなんですよ。学者が今迄ずっと奇現象のたぐいを疎外して来てたでしょう。だから記録などもみんなあやふやで、実際にこの目でたしかめたくても、そういったじかの関係者を見つけ出すのがむずかしいんです。二人は本当にそんな仲がいいんですか」

「息の合いようったらありませんね」

「そいつは凄いや。そこへカスパー・タッケルの子孫が一枚加わるんだから、奇現象研究家としては死んでもいいくらいなものだ」

「考えてみたんですがね、マリー・セレストの船長室にあった、食べかけの二人分の朝食のことですけれど……」

「赤ん坊が揺りかごでミルクを半分程飲んでいて、咳どめの薬瓶が蓋をしめ忘れてあったあの朝のことだね」

「ええ。ブリッグス夫婦は奥さんがウインチェスター家の人だから、当然琴瑟相和していたんでしょう」

「だろうね……」

「そこへ腕のいいコックのカスパー・タッケルが入って来るんですよ。当然考えられるでしょう」

「うん」

「その時三人の間に何か精神的な大ショックみたいなもの……たとえば霊波みたいなものの

ボルテージが一種の共鳴作用か何かで爆発的にあがってしまうとか」

「あり得るね。感動みたいなものの、恐ろしくスケールの大きい奴だ」

「それでクルーが全員まきぞえになっちゃったんじゃありませんかね」

「おかしいよ、それは」

北川が反論した。日はすでに暮れきり、対向車のヘッドライトが二人の顔を引っきりなしに照している。

「どうしてです」

「それで消えたのなら共鳴した三人だけのはずだろ。まきぞえになるってのがどうもおかしいよ」

「それなんです。実はアメリカからの帰り、日航機でタービュランスに会ったんです」

「でかい奴かい」

「ええ。百メートル以上落ちた感じでした」

「一回こっきり……」

「そうです」

「そいつは晴天乱流……クリーン・エアー・タービュランスというんだ。略してC・A・Tともいう。雲のある時はこまかくガタガタするが、C・A・Tは一発大きいのがドスンと来る。晴れてる時のほうが乱流はスケールが大きいそうだよ。乗客は驚いてたろうな」

「一斉にオーッと言いましてね。何事もないと判るとみんな急に仲良くなったんです。よくあるケースですが、その時ふと思ったんです。雰囲気とか気配とかいうのは単に心理的なものじゃなく、計量化の可能な物理的、もしくは超物理的現象じゃないんでしょうかね。百人の中にひどく陽気な一組がいて、そのために全員が陽気になるとか……」

「そりゃあるさ」

北川はそう言い、何か続けようとして急に口をとざした。

「部屋とか乗物の中とかは、そういう雰囲気の場でしょ。雰囲気のようなものの発生源が極端に強力な場合は、たとえば船のキャビンのような薄い仕切りなどつき破って、大きな場全体……マリー・セレスト号全部の心に共鳴現象を起させてしまうんじゃありませんかね」

北川は黙り続けていた。片利きのブレーキと咳きこみがちなエンジン、そしてどこかでカタカタと落ちたネジの鳴る音をたてて、津山のボロＭＧは東京へ近づいていた。

「まずいよ……」

北川が陰気な声で言った。

「何がです」

「銀座で三人を会わしちゃいかん」

北川は急に怒ったような大声になった。「危険だ。クラウンというのはキャバレーだろ。ワンフロアーのでかい部屋だ。しかもそこにいるホステスたちはみな雰囲気にのることに慣れたベテランぞろいじゃないか。もしその共鳴現象が起ったらあっと言う間に爆発するぞ」

「まさか……」

「まさかが起るのが奇現象じゃないか」

北川は叱りつけた。「連絡するんだ。会うのをとめるんだ」

津山は慌てて前方に見えて来たドライブインの店へ加速した。急停車し、車からころがり出る。

いらいらと赤電話のダイヤルを廻すが、市外通話は十円玉を減らすばかりで、一行の行方はどうしても摑めない。二度程北川が売店へ両替えに走り、それも結局徒労に終った。

「どうしましょう。もう両方とも出掛けてしまって、めいめいどこかをぶらついているらしい」

「そうだ、クラウンへ電話をしろ。二人と一人で別々にやって来る一組の外人客を会わせないようにたのんで見ろ」

津山はじりじりしながら長い時間をかけ、やっとの思いでクラウンの電話番号を探しあてた。しかしキャバレーのボーイなどという徹底したリアリスト達に、そんなおかしな扱いを理解させるほうが無理だった。

「駄目か……それなら俺がやる」

北川は意を決したように十円玉をつかみ、東京の一一〇番をまわした。今は津山も祈るような気持でやりとりを聞いている。

だがやはり同じことだ。

「憤ってやがる。いたずらするなだとさ」

北川は蒼い顔で受話器を戻した。

「こうなったらぶっとばしましょう」

「よし」

二人はMGへもぐりこんだ。バリバリと排気音をあげてMGがとび出す。津山は夢中で追い越しを続けた。

小松川橋を渡り、平井の辺りかと思われる頃、ブルブル、ストンとエンジンが切れた。

「畜生、やりやがったなお前」

津山はMGをののしった。今迄無理をすると必ず起った症状であった。

「故障……」

「ええ。こいつがこれをやるとひどく厄介なんです。一度事故にやられてからガタが来てるんですよ」

「あそこにエッソのスタンドが見える。押して行こう」

二人はMGを道の脇に寄せ、のそのそと押して行った。

「こんなに可愛がってやってるのに、大事な時に裏切りやがって……」

津山は低くののしりながら押していた。

「駄目だよお客さん。ちょっくらちょいとじゃ直りっこないスよ」

汗まみれになった二人を迎え、エンジンをのぞきこんだサービスマンが言った。

「そいつは判ってる。急ぐんだ、預ってくれよ。金は払うから」

「料金はいいですけど、この辺じゃ空車は来ませんぜ」

「ほんとか、おい」

「あの信号の所へ行って駅の方へ入ればねえ……駅前まで行くこってすね」

サービスマンは気の毒そうに言った。

「よし」

北川が走り出した。津山もあとに続く。信号まではまだだいぶあった。

結局空車がつかまる迄にスタンドからの時間で三十分近くも失い、東京駅の前を通りすぎた時には八時二十分近くになっていた。

こまかく信号にひっかかり、タクシーは遅々として進まない。

そして銀座教会の辺りへさしかかると、先行車がぎっしりつまって動く気配もなくなってしまった。

「デモですかねえ」

運転手はのんびりと言った。

「よし、ここで降りる」

津山は言い、千円札を抛り出すとドアをあけて北川と一緒に歩道へとびこみ、一目散にかけ出した。

「どうしたんだ……」

北川が先きに言った。数寄屋橋交差点に無数の車が突っかかり合っていて、そこから新橋への道も、衝突したりビルへ突っこんだりしている車でいっぱいだった。

二人は車をのりこえのりこえ、ソニービルの前の道のまん中に立った。

人間がいなかった。

見渡す限りの銀座の道に人間がひとりも見えなかった。

「やったァ……」

北川が悲鳴をあげた。

津山は夢中で人間のいなくなった銀座を疾走した。クラウンのドアに体当りし、たたらを踏んですぐ右へ曲るといきなりうすぐらいフロアーへ出た。

人間がいなかった。

テーブルの上にはグラスや瓶が何の混乱もなく並び、灰皿から吸いさしの煙草が煙をたちのぼらせていた。ステージには丸いスポットライトがあてられ、スタンドマイクが一本歌い手の出を待つように浮き出していた。たった今まで、いつもどおりのキャバレーのさんざめきが、そこに聞えていたのだ。

「田所ォ……。恵子ォ……」

津山はダンスフロアーの中央に突っ立って叫んだ。

「恵子ォ……。田所ォ……」

絶望の叫びだった。

その時急に津山はひとつの平穏な想念にとらわれた。それは田所と恵子のいともむつまじげにより添った想念であった。

——そうよ。そうなんだ。お前が今理解していることはほぼ正しい。あなたは正しかったのよ。私たちは、俺たちは、マリー・セレストの三人に、あの三人に、導かれて、つれられて、人間が本来あるべき存在に、人間がもともと作られた形に、たった今昇華したところだ。ついさっき完成させられたのよ。マリー・セレストの三人は、あの船の三人は、バラバラになっていたものが、分解していた三つの部分が、最終的な姿に、本来あるべき形に、ぴったりと組み合される一組の人間だったのよ。三位一体となって完成するべき宿命的な組合せだったのだ。人間は、人間は、すべて、すべて、一人一人が、一人一人が、あの三人のように、あの三人のように、一体となって、一体となって、宇宙の全次元を、宇宙の全次元を、自在にかけめぐる、自在にかけめぐる、一匹の幸せな獣に、一匹の幸せな獣に、完成される筈の、完成される筈の、もう二人の体質を、もう二人の体質を、所有して、所有して、いる。いる。不幸はそれにめぐりあえないことだ。不幸はそれにめぐりあえないことだ。そのひと組が一匹の宇宙獣に誕生する時、そのひと組が一匹の宇宙獣に誕生する時、付近の個体は共鳴し、付近の個体は共鳴し、みずからもまた一匹の宇宙獣の仔になる。みずからもまた一匹の宇宙獣の仔になる。さらば津山英介、さらば津山英介、汝もみずからの三位一体を求むべし。汝もみずからの三位一体を求むべし。**我はいま至福の境にあり**……

より添った恵子と田所の想念は、次第に想念すらもとけ合い、許し合い、全き合一の極限を示して次第に高次の知性体へと進み、遂にはひとつの想念と化して遠のいて行った。津山は嫉妬に燃え狂った。テーブルを蹴散らし、コントラバスを投げた。キャバレーはいま津山英介ただ一人のための狂乱の舞台であった。

銀座から一瞬にして消えた人間が、いったい何千人になるのか見当もつかなかった。客も、ホステスも、通行人も、運転手も、その夜八時何分かにタッケル、ブリッグス、ウインチェスターの三人に共鳴してこの世界から消えて行った。

ふぬけたようになった津山英介が、やっと立ち直りを見せはじめたのはそれから二週間余りもしてからであった。きっかけになったのは、あの夜以来憎み続けたMGを、余りの孤独に耐えかねてとり戻したいと思ったことであった。

憎しみもまた愛の変形ではないか。かつてあれ程心を通わした相手なら、たとえ機械であろうとまた愛せる時も来るのだ。

津山はそう考え、あのガソリンスタンドへふらつく足を向けた。

平井へ向う国電の中で、親しげに語り合う若いカップルを見たとき、津山は完全に立ち直っていたと考えていいだろう。なぜなら彼はこう思っていたからだ。……人間が愛せるのは人間ばかりじゃないんだ。あのMGだって、俺の相手のひとりなのかも知れないんだ。何しろこの宇宙には、**人間の手がまだ触れない**ものが沢山あるんだからな……。

庄《しょう》ノ内《ない》民話考

まえがき

民話は、その民族の心の故郷である。何に美を感じ、どれを善とし、いかなる現象を霊異と見るか、民話はその民族の特性に根ざし、育くまれ、語り伝えられて今日に至っている。

だから民話は、ただ聞いているだけでも充分に面白い。そのストーリーは、あたかも野にある石の仏たちのように、風雪にさらされて磨滅し、全体のおぼろげな輪郭だけを残して細部は見る者の想像の力にまかされている。発生当初にはくどくどとつなげられていたに違いない世俗的な部分はいち早く風化し、大らかな飛躍と、小ざかしい実証主義など音もなく呑みこんでしまう程の寛容な笑顔で、野の道に、山の襞に、ひっそりと私たちが訪れるのを待っていてくれる。

だがしかし、そのアルカイックな微笑に私たちが迂濶に手をあげてほほえみ返すとき、民話は時として思いがけない侮蔑のまなざしを投げかけて来ることがあるのを忘れてはならない。

民話を収集し、その発生や伝播の経路、分布を研究する時、私たちは古拙な立ち姿の背後に恐るべき真実が隠されているのを知って愕然とすることがあるのだ。

これから紹介する東北の庄ノ内地方の民話の幾つかは、或るひとつの事実から発生した一連のものであると思われる。もちろん民話には、相互の間に順序があるはずもなく、発生の時期もおおよそのことしか判らない。したがって配列の順は筆者の独断である。

だが心ある読者は、筆者同様この一連の民話の背後にひそむ、或る事実を感じとってくれるに違いない。

一　石ころ長者

むかしむかし、この広い庄ノ内にもまだごくわずかの民家しかなかった頃のことです。その頃の庄ノ内は田も今のようには多くなく、たくさんの小川と、その間に自然のままの野原がひろがって、わがもの顔に歩きまわっているのは、狐や狸やうさぎなどのけものたちと、それを追う猟師だけでした。

だが、そうした野原に小川から水をひき、田を作って一所懸命稲を育てようとしている働き者の百姓も何人かはいました。

いつの頃からか庄ノ内へやって来て、小さな岡の上へ粗末な小屋をたてて住みついた宗左衛門もその一人です。

宗左衛門は一所懸命働いていました。すぐ北の酒田や鶴岡のあたりの百姓は、みな広い田をひらき、秋になると黄金色のふさふさとした稲をみのらせていたからです。庄ノ内だって今にきっとあのようになるに違いない。宗左衛門は見わたすかぎりの稲穂に、黄金色の波をうたせる日を夢みていたのです。

それは田の草をとる頃の或る夜のことだったといいます。昼間の疲れで宗左衛門がぐっすりと寝入っていると、誰かが外に立って、トントン、トントン、と板戸を叩きはじめました。随分長いこと叩いていたようでした。

やっと宗左衛門がその音に気づいて起きだし、寝ぼけまなこをこすりながら板戸を繰ると、そこには月の光をいっぱいに浴びて、見知らぬ旅人がひとり立っていました。

その夜の月の明るさと言ったら、まるで蠟燭を百も一度につけたようだったといいます。

見知らぬ旅人は言いました。

「旅で難儀をしております。水を一杯いただけませんか」

旅人がとても疲れている様子なので宗左衛門は気の毒に思い、さっそく裏へ行って水を大きな木の椀にいっぱい入れて持って来てやりました。

ところが、旅人はそれをおしいただいてひとくち口に含むと、ゴクリと呑みこんでから目を丸くして叫んだのです。

「これはおいしいお酒だ」

宗左衛門は酒など与えた覚えがないので、キョトンとしていました。旅人はうまそうにゴク、ゴクと一気に残りを呑みほし、

「こんなおいしいお酒ははじめてです。すみませんがもういっぱいいただくわけにはいかないでしょうか」

と重ねてねだります。

「お安いご用ですとも」

宗左衛門は裏へ行ってまた水をくんだが、その時自分でもちょっと舐めて見ました。やはり水は水で、酒の味など少しもしませんでした。

しかし旅人はまた、

「こんなおいしいお酒ははじめてです」

といってさもうまそうに呑み、すっかりいい気分になったようでした。

「こんなおいしいお酒があるなら、これからたびたびうかがいましょう。これは少ないけれどほんのお礼です」

呑みおえた旅人はそういうと、ふところから何かを大事そうにとり出して宗左衛門に渡しました。宗左衛門が受取ってそれをよく見ると、なんのことはない、それはただの小さな石ころなのです。

ふだんはおとなしい宗左衛門も、さすがに莫迦にされたような気がして、

「これは何です。ただの石ころではありませんか。私があげたのがただの水だから、石ころのお礼でも仕方はないが、こんなものならそこらにいくらでもあるのです」

といって庭にごろごろしている石ころの間へその小石を投げつけてしまいました。

旅人はその剣幕におどろいて目を丸くし、しばらく庭を眺めていましたが、やがて大声をあげてとびあがると、

「やあ黄金《こがね》だ黄金《こがね》だ」

と言ってあたりの石ころを拾いはじめました。

「そんな石ころのどこが珍しいのです」

宗左衛門がふしぎに思ってそう尋ねると、

「私の国ではこれを黄金《こがね》と言い、大層な宝物なのです」

と答えました。

宗左衛門はハテナ、とそこで考えたのです。水をやったら酒だという。石ころを黄金《こがね》だという。旅人の見なれぬ風体からして、ひょっとするとこれは話に聞くあべこべ国の者なのではあるまいか。そこで宗左衛門はこう言ってみました。

「そんな黄金《こがね》なら私のほうにいくらでもあります。だから欲しければいくらでも差しあげましょう。そのかわり、私はあなたの国の石ころが欲しい。私の黄金とそちらの石ころをとりかえませんか」

旅人は嬉しそうにニコニコして答えました。

「私はこれでも抜け目のない旅の商人です。よろこんで石ころと黄金をとりかえましょうが、とりかえに来るたびに、今のおいしい酒をタダで呑ましてもらえますか」

お酒と言っても宗左衛門には水なのですから、お安いご用です。

「いいでしょう。いくらでもお呑みください」

こうして宗左衛門は、石ころと黄金《こがね》をとりかえることになりました。それから毎とし田の草をとる頃になると旅人がやって来て、たくさんの黄金《こがね》を置いて行き、そのかわり同じ重さだけの石ころを持って帰りました。もちろん旅人は帰るとき、水のお酒で上機嫌になっていました。

宗左衛門はその黄金《こがね》で人をやとい、鍬や鋤や牛や馬を買って、あたりの野原を思いどおりの立派な田にしました。

庄ノ内は宗左衛門のおかげでだんだんにひらけ、家が増え、おかげをこうむった人々は宗左衛門のことを、石ころ長者と呼んでいつまでも敬ったということです。

〈註〉石ころ長者に関連するあべこべ国の話は、庄ノ内地方を中心とする東北地方一帯に分布している。石ころ長者はあべこべ国民話の一変種だと主張する研究者が多いが、その発生の前後を証明する確たる資料は今のところ何も残っていない。

二　人さらいの腰かけ

よく晴れた春の或る日、いつものように百姓たちが大勢田に出て働いていると、いつの間にか山ぞいの田を見おろす場所で、一人の着飾った男が、大きな腰かけにすわってあたりの景色を眺めていました。

その男の着飾りようと言ったら、いつも泥まみれの野良着を着ている百姓たちが見たこともないほどだったのです。

頭にはキラキラと五色に輝くかんむりをかぶり、銀色の布地にさまざまな縫いとりをした美しい衣裳を着て、身動きするたびにそれがキラキラと遠くまで光ってみえました。

「あれは一体誰だろう。この辺りではついぞ見かけぬ人だが、都から来た高貴なお方ではないだろうか」

人々はそう噂し合いながら、物珍しさにぞろぞろと集って来ました。

その男は大きな腰かけにすわっていましたが、おかしなことにそれを運ぶ従者の姿が見当りません。そんな大きな腰かけは、この辺りにあるはずがないのです。

しかし身なりが余り立派なので、人々はすっかり気を呑まれてしまい、粗相があってはならないと、近くの家へ案内して湯茶の接待をすることにしました。

大人たちがその人を先頭に、ぞろぞろと去って行ったあと、腰かけのそばには何人かの悪戯小僧たちが残りました。

「こんな立派な腰かけは見たことがない」

子供たちは口ぐちにそう言い合って眺めていましたが、やがて一人がこわごわそれに腰かけてみました。ふわふわして、とてもすわり心地のいい腰かけでした。

俺も俺もということで、かわり番こに腰かけている内、一人の子供が肘かけのどこかをいたずらしますと、びっくりしたことに腰かけはあっと言う間に音をたてて一丈の余も宙をとびあがってしまいました。

地面に残った子供たちはあわてて逃げ散ってしまい、腰かけに乗った子供は泣き喚きました。そのうちどう身動きしたのか、腰かけの仕掛けがはたらいて、どんどん宙を動きはじめたのです。

急を聞いて大人たちが腰かけを追いましたが、追えば追うほど早くなり、とうとう空高く西の山を越えて飛び去ってしまいました。

気がついて大人たちがあの着飾った男を探そうとしましたが、男はいつの間にか姿を消してどこにも見当りませんでした。

人々は、きっとあれは人さらいだったのだろうと言いました。そして腰かけに乗った子供はとうとう帰って来ませんでした。

〈註〉この民話を持つ庄ノ内帯川村一帯には、現在でも椅子に坐る時その持主によく断わらないと不吉だとする俗信が残っている。

三　おゆきぼとけ

むかしまだ船山さまがまつられていなかった頃、帯川の岸の船山にひとりの仙人が住みついていました。

仙人はときどき村へおりて来て百姓たちの家々をたずねていましたが、いつしかその中でも弥市夫婦とは特別に親しい間柄になりました。

弥市の女房はおゆきと言い、とても気だてのいい働き者でしたが、残念なことに体が弱く、いつも病気がちでした。

そして或る冬、ふとした風邪がもとで、高い熱を発し、幾日も苦しんだ挙句、とうとう死んでしまったのです。

弥市は泣く泣く野辺の送りをすることにしましたが、その時話を聞きつけた仙人がやって来て言うことには、

「さいわい寒い季節のことでもあるから、おゆきのなきがらをわしにあずけてもらいたい。春までにはなんとかおゆきを元のように生き返らせてみせよう」

と自信ありげなのです。

村の者はみんな反対しました。一度死んだ者を生き返らせるなんて、神さまでもとてもむずかしいことです。まして仙人は、時々村の家々をまわって、あれこれ物をねだって歩く乞食じみた暮しをしているのです。

でも弥市は、仙人のたっての望みをいれ、おゆきの死骸を預けることにしました。

やがて冬が終り、春が来ました。でもおゆきは生き返りません。仙人は弥市に会うたびに、あれが足りなくて、これが足りなくて、といろいろ言いわけばかりしていました。

次の冬になると、村の世話役の間で弥市ののち添いの話が持ちあがりました。のち添いは、となり村のおくにという娘でした。

とんとん拍子に縁談が進んで、弥市は冬の終りに二度目の嫁をとりました。のち添いのおくにはとても美しい女で、みんなが弥市のことを羨んだくらいです。

ところが、雪がとけはじめた頃、突然死んだはずのおゆきが仙人にともなわれて帰って来たのです。おゆきは一年ぶりのわが家へとんで入りました。

しかしそこには美しいのち添いの女房が、仲むつまじく弥市と語り合っていたのです。ふたりの女房にはさまれて、弥市は困ってしまいました。世話役が呼ばれ、相談がはじまりました。けれど、世話役は自分たちがのち添いのおくにを嫁にしたこともあって、生き返ったおゆきには何かと辛く当り、弥市も美しいおくにがすっかり気に入っていましたので、とうとうおゆきを追い出すことにきめてしまいました。

せっかく生き返って来たのに、おゆきはそんな悲しい目に会い、雪どけの道をトボトボと去って行きました。

相談の結果を知って腹をたてた仙人が、弥市の家へどなり込んで来た時、おゆきの姿はどこにもありませんでした。そして翌日、帯川のずっと下流で、おゆきの溺れ死んだむくろが見つかりました。

仙人は嘆き悲しみ、もう二度と人を生き返らせたりはしないと叫んで、船山へ帰って行き、それ以来姿をみせなくなりました。

次の冬、弥市とおくにの夫婦はおゆきの幽霊をみるようになりました。特に雪の降る日に、一日中家のまわりをおゆきが弥市の名を呼んでさまよいあるき、二人は生きた心地もしませんでした。春になると二人は逃げるように村を離れ、雪の降らない南の国めざして旅立ったということです。

〈註〉これを雪女郎の一種だとする説があるが賛同しかねる。なぜなら庄ノ内にはこのほか雪女郎系の民話がふたつ存在し、それには死者復活の要素が全く欠けている。その点でやはりこの民話は雪女郎とは別系統のものであろう。

四　たんぼずっこ

〈註〉ずっこ＝おじ。おじっこ。次、三男坊のこと。

庄ノ内一帯に、雀がひどく増えたことがありました。稲の穂に実がつくころになると、何千、何万という雀が押し寄せて、片はしからついばむのです。おかげでどのくらい収穫が減ったかわかりません。

そんな雀の害が二年もつづくと、百姓たちはすっかり困りはててしまいました。追いはらっても追いはらっても、とにかく雀の数が多すぎるのです。

鳴子や案山子《かかし》をいくら作っても、どんな恐ろしげなおどし方を考えても、数をたのむ雀たちは日ましに図々しくなり、いろいろな仕掛けにすぐ慣れて、我物顔に暴れまわったのです。

その二年目。やっとの思いで雀に食い荒らされた田から稲を刈り終え、籾を納屋や倉に納めた百姓たちは、次の年こそ雀に全部食べられてしまうのではなかろうかと、青い顔を寄せ合ってため息ばかりついていました。

田んぼがつらなる庄ノ内のまん中、帯川のほとりに船山という小高い山があり、その頂上にいつの頃からか何さまを祀るとも知れぬ小さなお堂がありました。庄ノ内の百姓たちは来年の雀の害をなんとか切り抜けようと、その山の上のお堂の前へ集って相談しはじめました。

だが相手は自在に空をとぶ羽根を持った鳥のことです。全部をつかまえるうまい知恵などうかぶはずもありません。日が暮れ、夜がふけても相談は一向にまとまりませんでした。

すると突然お堂のあたりに白い光がさし、大きな声がひびき渡りました。

「これから冬の間、お前たちは一心に石の仏をきざむがよい。たくさんの石の仏をつくり、春になったら田の畦の要所要所にそれを置き配ってよく祈れば、きっと雀の害をまぬがれるであろう。ゆめゆめ疑うことなかれ」

大きな声が重々しくそう言い終ると、お堂の白い光も消えて、あとは百姓たちの燃やす焚火の赤い火が揺れているだけでした。

庄ノ内のおもだった百姓はみんなそこに集っていましたので、このふしぎなお告げを聞くと大喜びで船山をおり、村々へ帰ってみんなに石の仏をたくさんつくるように伝えました。

その冬、庄ノ内の百姓はみな一心不乱に石の仏をきざみつづけました。中には一人で五十もの石仏を用意した者もいたそうです。

春が来るとお告げのとおり田の畦の要所要所に石の仏が据えられました。丸顔のもあれば長い顔のもあり、背の高いのもあれば、あぐらをかいて空を眺めているのんきな姿の石仏もありました。とにかく百姓たちがつくった思い思いの石仏はたいそう珍しく、評判を聞いて遠くからわざわざ見物に来る者もいて、雀の番をするという石の仏たちにたんぼずっこという仇名がつきました。

そして秋が近づき、稲穂がふくらみはじめました。雀たちは去年にも増した勢いで、稔りの秋を待っている様子です。百姓たちは心配でいても立ってもいられず、毎日列をなしてお告げのあった船山のお堂へお参りに出かけました。

或る朝、百姓たちは田の畦へ出てびっくりしました。なんとたんぼずっこたちが、一夜の内にみな揃いの笠をかぶっているではありませんか。

そして陽が登り、雀たちが稲に襲いかかろうとすると、その笠から細い赤糸のような矢がとびはじめ、雀はコロコロと面白いように田へ落ちて死んだのです。ぶじに舞い降りた雀は一羽もいません。雀の死骸を拾って見ると、みな焼火箸でつつかれたような傷を負っていました。

百姓たちは大喜びでした。落ちた雀の羽をむしって串にさして焼き、それを肴に酒をのんで大うかれにうかれた挙句、ワッショイ、ワッショイと酒樽をかついで船山を押しのぼり、頂上のお堂の前で夜どおしお礼の踊りを踊りました。

今に残る船山祭りは、こうして始まったということです。


〈註〉船山祭り＝庄ノ内帯川村船山神社の例祭。毎年八月三日～七日に行なわれ、勇壮な神輿登りと笠踊りで知られる。

なおこの民話に残る畦の石仏「たんぼずっこ」は散逸したらしく、現在ごく少数が見られるにすぎない。

五　わるさのむく犬

むかし富田村に神社があり、その神主の伜で茂平という大層な乱暴者がおりました。

茂平は大酒呑みの上すね者で、村人がちょっと小声で話しているところを見ても、俺の悪口を言ったに違いないと思い込み、酒をくらった挙句その家へ暴れこむと言った具合でした。

船山さまの霊顕があらたかなことが知れ渡り、どんどん船山さまへ参る人が増えてくると、反対に富田村の神社がさびれはじめ、それが茂平のひがみの種になりました。

ことあるごとに船山さまを悪しざまに言い、あんないかさま神のどこがいいのだと、酒を呑んでは大暴れをしました。

でも船山さまを信仰する人々は増える一方で、いろいろな願いごとを叶えてもらうため、お神酒をささげに船山へ向う人がひきも切らない有様でした。

茂平は繁昌する船山さまが憎くてたまらず、あろうことかあるまいことか、或る晩酔いにまかせてこっそり自分の精を摺り搔いて徳利につめ、人々にまじって神前へ奉納すると、村へ帰って大笑いしました。

「何が船山さまだ。そんなあらたかな神様なら、なぜ俺の摺り搔いた精とお神酒の区別がつかないのだ」

そう言い触らして歩く茂平に、村人たちはいまに船山さまの罰が当るだろうと噂し合いましたが、五日たち、十日たっても一向にその気配はなく、茂平は相変らず酒を呑んでは船山さまの悪口を言いつづけました。

ところが、人々が茂平のわるさを忘れかけたころ、富田村へ船山のほうから一匹のむく犬が駆けて来ました。コロコロと肥った、とても可愛らしい小犬でしたが、近づいて抱きあげようとした村人は、みなびっくりしてそれを投げ出し、家に逃げこんでしまいました。

それもそのはず、むく犬は茂平そっくりの顔をしていたのです。

さあ大変です。精を摺り搔いて徳利につめ、船山さまへ供えて来たことは茂平が自分で言いふらして誰もが知っていましたから、これこそ船山さまの罰に違いない。茂平は船山さまに祟られたと、誰ひとり相手にしなくなってしまいました。

おかしなことに、茂平の顔をしたむく犬は茂平によくなつき、茂平が蹴とばしても蹴とばしても、クンクン鼻を鳴らしてついて歩くのです。あれは茂平の精で出来た犬だ、茂平はむく犬の伜を持った。口々にそう言われ、茂平はむく犬から逃げようとしますが、犬はどこまでもどこまでも、嬉しそうに尾を振って茂平のあとを追い慕うのです。とうとう茂平は父親である神主の家にひきこもってしまいました。

神主はその話を知って大変悲しみましたが、茂平の精から生れたのなら、たとえむく犬でもわが孫に違いはないと、毎日餌を与えてやりました。

むく犬はどんどん育ち、ますます茂平そっくりの顔になって、性質も幾分茂平に似たらしく、子供や野良仕事をしている女たちをたびたび噛むようになったので、とうとう神主もその土地に居たたまれず、茂平とむく犬をつれてどことなく去ってしまいました。

〈註〉船山関係の数多い民話の中でも、このむく犬の話は一風変った存在である。現在庄ノ内地方には、他の地方における犬張子に相当するものとして、むく犬をかたどった郷土玩具があり、その顔は人面である。そして民話「わるさのむく犬」は、船山信仰発生当初、この地方に幾分か反対勢力があった痕跡をとどめたものであろうと思われる。

六　ぼんぼり風ぐるま

庄ノ内九か村の守り神である船山さまが、いつまでも薄汚い小さな社では勿体ないと、新しく大きな社殿を建てることになりました。

これには領主の津田但馬守様も大層な力の入れようで、工事は夜に日をついで行なわれたのですが、さしたる高さではないと言っても、何せ船山は登るに急な場所で、木材や石材を頂上に運びあげるには、大変な苦労が要ったということです。

ことに夜などは、いくら灯火を増やしても、生い茂った大きな杉木立にさえぎられて道を辿るのも心細く、仕事中の百姓が何人もすべり落ちて大怪我をする有様でした。

それというのも、船山への登り口が、昔どおりの帯川ぞいの道で、うねうねと幾曲りもしていたからです。でも、その時は誰ひとりとして新しい登り口を作るということに気がつきませんでした。

ところが或る晩、仕事がえりの百姓が、南の長者ヶ原のあたりにさしかかると、船山の山腹に昼のように明るいひと筋の光がつらなっているではありませんか。百姓たちは驚いて帯川ぞいの登り口にとって返し、お作事小屋の役人にそのことを告げました。

役人は、

「きっと狐にでも化かされたのだろう」

と言って相手にしてくれませんでしたが、余り百姓たちが言いつのるので、しぶしぶ長者が原へやって来ました。

やはり百姓たちの言うとおり、その山腹には明るい光の道が麓から頂上までつづいていたのです。

翌日、このことはお城のお殿様にまで知れました。お殿様は大変ご英明なお方で、それを聞くとすぐ馬を駆って長者が原へやって来ました。そしておんみずから道のない山腹をおよじ登りになり、ゆうべ光ったというあかりをおしらべになったのです。

あかりのもとは大きなぼんぼりでした。しっかりした台が地面に埋めこまれていて、細長い鉄の棒の上に花のつぼみをかたどった、すきとおった火覆いがついていました。

ただ奇妙なことに、そのすきとおった火覆いの上にまた棒がつき出していて、そのさきに小さな風ぐるまがついているのです。風ぐるまはほんのわずかな風にもクルクルとよくまわり、火覆いの中のあかりは、昼日中でも風ぐるまがまわるのにつれてピカリピカリと光っていたのです。

お殿様は頂上までつらなったそのぼんぼり風ぐるまをじっとごらんになり、しばらく腕を組んでお考えでしたが、やがてハタと手をおうちになり、

「これは、ここに登り口をつけよという神意に相違ない。即刻帯川ぐちをやめてこのぼんぼりぞいに道をあらためよ」

とおっしゃいました。

お殿様の鶴のひと声で、その日の内に帯川ぞいの難工事は中止となり、新しく長者が原か

らの道がひらかれました。

それは、どこをとってもこれ以上工事のしやすい場所はあるまいと思えるほど、道のつけやすい場所でした。しかもぼんぼり風ぐるまの光に照されて、夜でも昼と同じように仕事がはかどったのです。

やがて工事は終り、今のように立派な社殿がたちました。お殿様が完成した長者ヶ原からの石段の登りぞめをなさり、それ以来船山さまは女子供でもたやすく参詣できるようになったのです。

でも、ぼんぼり風ぐるまは、いつの間にかみえなくなってしまいました。どこへ誰が持って行ったか、最初誰がそこへ並べたのか、今になるまで、くわしいことは何も判っていません。


〈註〉これも船山霊異譚のひとつであるが、明らかに風力発電装置を示していて興味深い。なお、今日でも船山祭りの際の軒行燈には、各戸で手製の風車をとりつける風習がある。

七　ねむらぬ彦次郎

いつの頃か、庄ノ内に一人の啞の乞食が迷い込んで来ました。啞は彦次郎といい、自分を指さして地べたに仮名でその名前だけは書くことができましたが、あとはすべて手真似で、生国も、身よりがどこにいるのかも全くわかりませんでした。

その彦次郎は少しおろかなところがあり、一椀の飯のかわりに用事を言いつけると、

「もうよい」

と声をかけてやるまで、いつまででも仕事が終りきるまでつづけるのでした。

或る時一人の女房が、

「済まないが田んぼへ行って蝗《いなご》を取って来てくれないか」

と言いつけました。晩のおかずに蝗を少し煎って置こうと考えたのです。

しかし、夕方になっても彦次郎は戻って来ませんでした。女房はあてが外れてブツブツ言いながら夕餉の仕度をすませ、一家そろっての食事がすむと、いつものように寝てしまいました。

ところが翌朝起きだしてみると、家の前に千匹もの蝗が積んであるではありませんか。

「これはどうしたことだ」

家のあるじが驚いてそう言うと、女房は笑いながら、

「そう言えばきのう、啞の彦次郎に蝗をとって来てくれとたのんだのです」

と答えました。あるじはそれを聞くと大いに怒り、

「今すぐ田んぼへ駆けて行って彦次郎に蝗とりをやめるように言うのだ」

と叱りつけました。女房はあるじの剣幕におろおろと田んぼへ走り、

「彦次郎やあい。今すぐ蝗とりをやめて帰って来ておくれ」

と叫びました。するとどこからともなく、袋にいっぱい蝗をつめこんだ彦次郎が、ニコニコ笑いながらあらわれました。なんと彦次郎は夜もねむらずに蝗をとりつづけていたのです。おろかな啞の彦次郎をそのように働かせてしまった心なさを、その女房は深くはじて、家へ戻るとあるじに何度も詫びました。

「わしに詫びても仕方がない。だがこれから彦次郎に用事を言いつける時は、よほど言葉づかいに気をつけねばいけないぞ。何を、どれだけ、いつまでにやって終りにせいと言わないと、彦次郎は夜もねむらずに働きつづけてしまうのだからな」

あるじはそう言い、彦次郎にたらふく飯をふるまってやりました。

そういう馬鹿正直な彦次郎でしたから、啞の上に少々頭がおかしくても、村人たちに大層重宝がられ、農繁期になるとあちらの家、こちらの家から引く手あまたで、時には彦次郎を使う順番をめぐって争いが起るほどでした。

しかし村人たちが彦次郎を使うことに慣れてくると、だんだんにあわれみの心を忘れてしまうようになったのです。

あした稲刈りという日に、彦次郎を使う順番が外れると、こっそり呼び寄せてこうささやくのです。

「さあ彦次郎よ。夜のうちにわたしの稲を刈りとってしまっておくれ」

すると彦次郎は言われたとおり夜どおしかけて稲刈りを終え、翌る朝は順番どおり次の家の田へ行って稲刈りを手つだうのです。

「なんだ、彦次郎はねむらないでもいいのではないか」

いつしか人々はそう思い、夜も昼も区別なく彦次郎に働かせつづけました。

ねむらぬ彦次郎は庄ノ内ばかりか、遠くの村々にまで有名になり、やがてその噂は領主の津田但馬守様の耳にも入りました。

「身よりのない憐れな者を、皆でそのようにむごく働かせるとは不届きであろう」

お殿様はそうお怒りになり、罰としてその年の年貢米をいつもの年よりおふやしになりました。

百姓たちはそれではじめて自分たちのむごさに気づき、相談したすえ彦次郎を船山さまの番人にしました。

「毎日家々を一軒ずつ順にまわって食べ物をもらいなさい。そしてそのほかの時は船山さまの社殿の内外を掃ききよめ、もし異変が起った時はすぐ山を下って庄屋どのに知らせなさい。夜はよくねむり、朝になったら起きて働き、いつまでも元気で番人をつとめるのですよ」

百姓たちは彦次郎にそうさとしました。

それ以来、ねむらぬ彦次郎はただ一人船山さまに起きふして、村の百姓たちの誰よりも長生きしたということです。

〈註〉この民話には幾通りかの別伝があり、彦次郎ははじめから船山の番人をしていたことになっているものもある。いずれにせよ、この物語は領主津田但馬守と船山が相当親密な関係にあったこと、領主の善政、船山の霊異などが同時に含まれたものであろう。とすれば発生年代はかなり下ったものとしなければなるまい。

八　どこでも石段

庄ノ内の或る所に、昔ふしぎな石段があった。何十段もある石段を登りおりする時、その中程にあるひとつの石に足をかけると、次の足を踏みおろす時、そこは見知らぬ遠い場所になってしまうのだ。人々はその石段をおそれ、登りおりにも用心して決して踏むことがなかったという。

〈註〉これは庄ノ内でも丸岡村の古老の一部だけに伝わる話である。恐らく原型はもっとしっかりした物語だったのだろうが、残念なことに今では全く断片的になってしまっている。

しかしこれを特にここに加えたのは、船山神社の石段にこの短い説話と明らかに関係すると思われる部分があるからである。全部で四百七十五段ある船山の石段の、上から丁度八十枚目の板石は、他の段と異ってひどく苔むしており、人々はその段を「どこでも石段」と唱えて踏むことを禁じている。禁を破ってその段を踏めばたちどころに船山の神が祟るというのだ。今日、その禁忌を知らぬ観光客は平気で踏みすぎて行くが、苔の状態から言って、近年までかなり堅く守られていた禁忌に違いない。

とすると、これはいったいどのような事を物語っているのであろうか。どうも空間瞬送、又は次元移動などのことが連想される話である。

九　三百和尚

〈註〉これも「どこでも石段」同様、きわめて断片的にしか残されていない話であるが、船山に住んだといわれる和尚に関するものとして、各村々に少しずつ異なる部分が存在している。筆者は可能な限りこれを収集し、各部分を補強してつなぎ合せてみた。

船山にひどく長寿の和尚が住んでいた。何でも船山さまがまつられる以前、すでにそこにいたとか言い、過ぎた昔のことについては恐ろしく博識であった。

一説には、すでに三百歳に達するとも言い、なお青年の如く矍鑠《かくしゃく》としておとろえるところがなかった。人々はその異常な長寿を崇め、俗に三百和尚と呼んでいた。

和尚は近在の村人たちの困難を何度も救い、危難に遭遇した者は、いつでも心に和尚を念じたという。するとたちどころに現われ、必要な処置を講じてまた去って行くのだ。しかも和尚の該博な知識は行くところ可ならざるはなく、地暦経数天文に至るまで、掌をさすように常に明快な解答を与えたというが、或る天変の日この世を去ってしまった。

〈註〉船山は神仏の混淆が甚だしく、信仰の対象が果して神であるのか仏であるのかさえはっきりしない。

現在は一応淡島大明神を祀るとされているが、よく調べるとこれも明治初期に必要があってそのような神を仮りに定めたにすぎない。一説には大日如来、また一説にはオオナムチノミコトを祀るともされるが、結局その源は庄ノ内地方農民の民間信仰であろう。したがって船山神社と言いながら、このような和尚の存在もあり得るので、ひょっとするとこの三百和尚こそ、船山信仰発生のごく源近くにいるのではないだろうか。

次に挙げる手鞠唄は、庄ノ内全域に亘って現存する優雅なメロディーの民謡であるが、原詞と思われるものは全編三百和尚に言及したもので、部分的にはほとんど意味不明になっている。

またこれは鞠つき唄とされているが、船山祭りの際の例の有名な笠踊りは、この唄と歌詞もメロディーもよく似通った唄に合せて踊られる事実に注目したい。

十　手鞠うた

船山和尚は三百和尚
呼べばすぐ来て
すぐ帰る
雨の降る日は
傘さして
くすり一荷に
銭《ぜに》ころげ
鍛冶屋
占《うらな》い
暦《こよみ》うり
まじないモニャモニャ
あてばらしょ
星の降る夜に
あーがった

あとがき

庄ノ内地方は、最高級米「ささこがね」で名高い米どころである。

私がはじめてその地をおとずれたのは、昭和二十三年の夏のことで、ありていに言えば米の買出しであった。帯川村に遠縁の者がおり、ひと夏東京での餓えをその米どころでみたし、その上あわよくば貴重な米をいくらかでも持ち帰ろうというのが、庄ノ内行きの目的であった。

羽越本線を鶴岡の少し手前の郡庄駅で降り、そこから船山電鉄に乗り換えて山なみへわけ入ると、増川、有吾《うご》、角田《つのだ》、勇山《いさやま》、丸山、帯川の順でおもちゃのような駅がつづき、終点の船山に至る。船山電鉄はもと船山参拝鉄道といい、例の草軽《くさかる》線を更に軽便にしたような、なんとも言えぬ雅趣を漂わせる鉄道であったが、昭和四十年に道路が通じて以来急に不振となり、四十三年にはとうとう廃止されてしまった。今思い出してもまことに愛すべき軽便鉄道で、ぜひ生きのびて欲しい路線のひとつであった。

さて、私はそこで老人たちから数多くの昔ばなしを聞かされた。若年ながら民話のぼんやりと靄につつまれたような味わいが理解できて、ひとつひとつが心に沁みるような思いで聞いたものだった。

ところが宿をしてくれた家に私と同年の阿部道雄君がいて、ここの民話にはおかしなところがあるのだと教えてくれた。多分それは彼の学校の教師の誰かからのうけうりであったのだろうが、そう言われてみると私にも彼のいうおかしな点が幾つか感じられた。

老人たちは別々の話としてひとつずつ語ってくれるのだが、聞きおわると明らかに一連の話としてつながりそうなものがあるのだ。

やがて八月に入って船山祭りがはじまると、私は阿部道雄君に案内されて船山へ何度か登ることになった。そしてその祭礼で見聞した事柄がのちになって空飛ぶ円盤の存在を知ったとき、理屈抜きにいきなり生々しく思い出されたのである。

以来私は庄ノ内の民話にとりつかれ、暇をみてはそこへ通うようになった。丸山、帯川、富田などの村々を歩きまわり、民話を収集した。そして私はとうとうひとつの仮説をたてることに成功した。

大昔、庄ノ内に異星人の来訪があった。「石ころ長者」はその来訪の目的が交易にあったことを教えてくれる。しかし何度目かの来訪のとき、異星人側に事故が起り、彼ら（又は彼）は庄ノ内に漂流することになった。「人さらいの腰かけ」は彼らの宇宙船に備えつけた救命ボート、又は射出座席のようなものではなかったろうか。

異星人はいや応なく庄ノ内の人々と接触するようになり、卓越した科学知識で数々の奇蹟を行ってみせた。「おゆきぼとけ」の死者蘇生術、「たんぼずっこ」のレーザー、「わるさのむく犬」の人工受精、「ぼんぼり風ぐるま」の風力発電などがそれである。

　時代がたつに従って彼らの科学工房は充実したかもしれず、「ねむらぬ彦次郎」はアンドロイドだったかとも考えられるし、「どこでも石段」のような空間瞬送機構まで備えるに至ったかもしれない。

　と、まあ、これは空想癖のある私の強引な仮説であるし、私自身もまさかそのような、と自分の子供っぽさに苦笑する折りも多い。

　しかし、県の文化財に指定されている船山頂上の能舞台……長さ三十メートル、幅二十メートル、厚さおよそ二メートルの継ぎ目のない岩の一枚板は、いったいどう解釈すればよいだろう。また、八月の船山祭りのときに麓から引きあげられて、その石の能舞台に安置される、お船さまと呼ばれる巨大な皿状の山車《だし》の由来は……。

　やはり私は円盤に違いないと思う。そう思うほうが愉しいいし、夢がある。

　今ごろはもう、その船山にも丈余の雪が降りつもっていることだろう。去年はとうとう船山に行けずじまいだった。春が来て、雪がとけたら、ぜひまた庄ノ内へ行きたいものだと思っている。

戦国自衛隊

第一章

演習

深夜の国道八号を自衛隊の車輛が西へ疾走して行く。十輛、十五輛とグループを作る車輛群にほんの僅かな間隔があり、その一瞬の静寂を、岩だらけの磯に砕ける波の音が埋めている。

自衛隊は北部、東北、東部、中部、西部の五つの方面隊によって国土の防衛にあたることになっている。いま国道八号を西へ移動しているのは、東部方面隊第十二師団である。

同じ夜、西部方面隊に所属する北九州の第四師団は関門トンネルを通過し、山陰の海ぞいにはしる国道一九一号を高速で北上中であった。広島県海田町に師団司令部を置く中部方面隊第十三師団は、第十師団の守備範囲である若狭湾方面に進出し、東京・練馬の第一師団司令部も、その前衛に通常の守備範囲を越えさせ、大町、長野、飯山の線に展開中であった。

一方、海上自衛隊も、裏日本の長大な海岸線を受持つ舞鶴警備区の全艦艇が能登半島沖に集結し、第一、第三護衛隊群と、呉の第一潜水隊群がそれに合流するため、暗夜の海上を高速移動中であった。そして、この動きとは別にアメリカ第七艦隊の一部が、勢力不明のまま釜山経由ですでに日本海へ入っていた。

演習である。そして演習は報道管制をもその一部に含んでいる。したがってこの夜の兵力大移動について、その全貌を摑んでいる者はごく少かったと言っていい。まして何の前ぶれもなく突然車につめこまれ、夜どおし揺られ続ける下級隊員たちは、演習の目的はおろか、行先きさえ知ることがなかった。

ただ、ほのかに空がしらむころ、国道八号で糸魚川を過ぎ、境川の橋のたもとにある富山県の標識を読んだ第十二師団最後尾の隊員たちは、これがいつになく大規模な演習であることを覚った。

糸魚川から西へ、親不知《おやしらず》、子不知《こしらず》を越えて境川に至る区間は、古くから北陸道の難所として名高い。境川は越後と越中の国境として長い間北陸の地を区分し、北陸本線の駅がある市《いち》振《ぶり》には、越後側の関所が設けられていた。

そして今も境川は新潟県と富山県の県境であり、同時に自衛隊東部方面隊と中部方面隊の守備境界でもあった。だから東部方面隊所属の第十二師団がそれを越え、中部の第十師団の地域へはいったことは、隊員たちにとってかなり新鮮な刺戟となるのである。

だが境界を越えず、境川の手前で停止した隊員たちもいた。陸幕第四部の松戸需品補給所と土浦武器補給所からやって来た需品科および武器科隊員で、彼らは第一師団の輸送隊や第十二師団の補給隊と協力し、境川の川口に臨時の野戦補給所を設営中であった。

前は海、うしろは北陸本線と国道八号とを間に置いてすぐに山。海岸の右手は激浪が岩を嚙む親不知、左はすぐに境川で沖に能登半島がくろぐろと水平線をかくしている。

補給所の隊員たちは、比較的よく今度の演習の概要を知らされていた。〈敵〉の圧力が北海道のどこかと能登半島外浦に加えられたという想定なのである。最強といわれる千歳の第七師団は、その機械化ぶりに物を言わせて今頃はもうとっくに旭川に達しているに違いない。東部の十二師団と同じように、関西の第三師団も能登へ集結し、その穴を県の第十三師団が埋め、更にその第三師団を九州の第四師団がカバーする。これは日本全土を掩う大演習なのである。

境川の川口に設置された臨時の補給所は、東部方面総監部によって、市振《いちぶり》野戦補給所という名称を与えられていたが、実際には計画どおりに行かないことがはっきりしてきた。この大演習計画の、ほんのちょっとした齟齬部分であったのだ。

最初にこの指定地点に到着したのは、東部方面隊の直轄部隊である地区補給所の補給隊と、相馬原にある十二師団司令部の輸送隊の一部であった。そして次に陸幕第四部の需品科部隊と武器科部隊、それに輸送科部隊が混成でやって来た。そのあと警備のために十二師団の普通科隊員十名が60式装甲車にのってやって来た。

予定どおりの物資が、予定時間内に見事に集積されたのはいいのだが、これら所属の異る隊員たちの指揮を統一する配慮が欠けていたのだ。陽が昇ると、隊員たちの間になんとなく面映いような、遠慮がちな空気が漂い、ひとかたまりずつ、思い思いに陣どって時の過ぎるのを待っている。

こうしたことは、大演習になればなるほど、後方部隊でよく発生する。机上の計画の欠陥が現場でひきおこす、一種の〈白《しら》け〉現象とでも言ったらよいだろう。

異　変

川口の右岸はかなり広い天然の突堤のような形になっていて、黒く乾いた岩の上にドラム罐や四角い木箱、ジュラルミンの中型コンテナなどがぎっしりと集積されていた。

ふだんそこに置かれている船や船具、漁網のたぐいは、事前に地元民と交渉して別な場所に移動させてあった。

国道から車でその場所に入って来る道は一本しかなく、最後に来た60式装甲車が集積地点で方向転換し、国道に短い砲身を向けて腰を据えると、もうそれで車輛の進入は不可能であった。

60式装甲車はＡＰＣと呼ばれ、完全武装の兵士十人をのせて四十五キロのスピードで移動でき、一日の機動能力は二百キロを越す国産の新鋭車であった。車長は島田という三曹で、彼が乗せて来た普通科隊員のリーダーは木村陸士長である。

　実戦ならばすでに補給活動に忙殺されているところだろうが、演習ではまったくの手もちぶさたである。昼近くになると、国道八号を通る自衛隊の車輛はまったく姿を消し、民間のトラックや乗用車があわただしく駆け抜けて行くばかりだ。ただ、地元民はいつになく空にヘリコプターの機影が多いのに気づいている。

「全部隊が内灘に集結しているんだ」

　海上の空を富山方面へ向けてとび去るヘリコプターをみながら、第一師団から派遣された輸送隊の指揮官、伊庭三尉が言った。磯の香がたちこめる岩の上に腰をおろした戦闘服の男たちは、それを聞き流すように黙って打ち寄せる波を眺めている。その背後に積みあげられた物資の山をとりかこむ形で、彼らのトラックが並んでいる。

「釣れるかな」

　誰かがポツリとそう言った。青い空に白い雲がいくつか浮いていて、初夏の陽ざしがモロに鋲幅を焼く。

「それより泳いで銛を突く。そのほうがいい」

　がっしりした肩の肉をおどるように何度か上下させて、平井という士長が言った。

「この辺の海にはあわびやさざえがいるんでしょう」

「ああ、いるよ。俺は富山育ちだからこの辺のことならよく知っているんだ。うまいぞ」

　平井士長の大声は、だいぶ離れたところにいる武器科隊員たちの所にまで届いた。ＮＡＴ

O弾と記した木箱の山にもたれている加納一士は、それを聞いて思わず溜息をした。

「泳ぎてえや」

加納一士は入隊一年目で満十九歳になったばかり、平井士長にしても二十一歳。みんなひどく若いのである。

「あの船はここへ来るつもりらしいな」

輸送隊の指揮官である伊庭三尉が言った。富山のほうからやって来た哨戒艇が、艇首をはっきりとこちらへめぐらして近寄って来るところであった。

立ちあがった伊庭三尉と平井士長は、漁船用に作られた危っかしい木の桟橋に向って歩きはじめた。エンジンを断続的にふかしている。

「故障らしいな」

商売柄とは言え、さすがに耳聡くエンジン音を聞きわけたふたりは、そう言って顔を見合せた。

弾薬箱にもたれた加納一士はその船には気づかなかったが、真上をとんでいるヘリコプターを見あげていた。

「乗ってねえな」

カラでとんでいる。勘でそれが判ったらしい。V107と呼ばれるその大型ジェットヘリコプターは武装兵二十六人を乗せて二百二十キロをとぶ。加納はついこの間、それに乗せられた時の苦しい訓練でも思い出していたのに違いない。降着十秒以内に展開せよ。離脱時には二十秒以内に搭乗せよ。……その命令がどんなにむずかしいものか。苦しさがまだ体のどこかに残っているのだ。ヘリは浮いている。降着展開はまだいいが、離脱搭乗のとき、少しでも遅れると飛びつかなければならなくなるのだ。

「ひでえもんだよ」

見あげながらそうつぶやいた。

異変はその瞬間に起った。

ずしん……。大地がひと揺れした。いや大地がいちどに低くなったようであった。積みあげた木箱があちこちで音をたてて崩れ、突風が渦をまいて通り抜けて行く。海が膨れあがり、波しぶきが装甲車のあたりまでとびかかって行った。すべての車輛がゆさゆさと揺れ、加納は風圧で息がつまりそうになった。そのせいか方向感覚が狂い、海がどっちで山がどっちだったか、まるで判らなくなった。恐怖と得体の知れぬ孤独感に襲われ、加納は岩に尻をついたまま、無意識のうちに両膝をかかえてその間に顔を埋めようとしていた。加納ばかりではなく、誰も彼もが同じ奇怪な姿勢でうずくまってしまった。……それはまるで胎児の姿であった。

蒸　発

岩だらけの磯へ切れこんだ崖にへばりつくようなかたちで、民家が三軒ほど並んでいた。しぶきと汐風がしみこんで黒く変色した木の段梯子がその一軒の裏手から磯に降りている。段梯子が着いている磯の岩のあたりには、四十人ばかりの隊員がひとかたまりになって、思い思いの姿勢で携帯口糧を嚙んでいた。

恐らく、その隊員たちの三分の二以上は海に顔を向けていたはずである。山と積まれた補給物資と、そのまわりをとりかこんだトラック。向っていちばん左手の道に装甲車があり、そのまわりには完全武装の普通科隊員十名が、のんびりしはじめた臨時補給所の空気に関係なく、いやに整然と並んでいた。

或る者はその普通科隊員を眺めていただろうし、或る者は沖から来てもうすぐ接岸するらしい海上自衛隊の哨戒艇を見ていたはずである。また何人かは、特徴のあるジェットヘリコプターのエンジン音に、思わず真上の空を見あげていただろう。

そうした観客たちの目の前で、この前代未聞の大異変は、実に呆気なくそしてさり気なく起った。集積してあった補給物資の山が、その間にみえかくれしていた人影ごと、車輛ごと、一瞬の間に搔き消えたのである。哨戒艇も60式装甲車も完全武装の普通科隊員たちも、そしてちょうど真上にいたヘリコプターも、まるではじめから存在しなかったかのように消滅してしまったのである。

これがもし魔術であるなら、一瞬の陽のかげりとか、一陣の風とかがその奇怪さを演出したかも知れない。しかし、現実に起った異常は、いまそこにあって、そして消えた……ただそれだけのことにすぎなかった。

「あれえ……」

尻あがりの、どちらかと言えば少し間のびした声があちこちから聞えた。

「どうしたんだろう」

隊員たちの、その平凡でさしたる動揺もない第一声こそ、この異変の底知れぬ唐突さを象徴しているようであった。人に愕くことさえ許さぬ極微時間内の異変であった。誰もがまず最初に考えたのは、だから自分自身を疑うことであって、突然の消失を錯覚と感じ、目をしばたたいた者はまだ程度のよいほうである。夜どおしかけて運んで来たこと自体を疑った者が相当いた。そこに自分が立っていることすら疑って、目覚めようと努力した者もいた。

いちばん最初にその天然の突堤へ歩きはじめた男に至っては、自分で何を疑うべきかすら判断がつかないようであった。五六歩あるきかけ、くるりとふりむくと、呪縛されたように身動きもしない仲間にむかって、愛想笑いのようにも見える意味不明な笑い方をした。

「ない……」

その短いひとことが、男たちの間に共通の体験であったという現実感を呼び戻した。

「ない」

二三人が鸚鵡がえしに言った。

「なくなった……」

靴底が岩を踏み、地雷原に向うように恐る恐る足が出た。

やっとおたがいの顔を見あわすゆとりが生じた。

「ないぞ」

「たしかにあったんだ」

そう確認し合った。

「消えた。どこへ行ったんだ」

戦闘服の横隊が、静かに、一歩一歩たしかめるように物資の山があった岩の広場へ進んで行く。

トラックがない。装甲車がない。哨戒艇もない。ドラム罐が消え、弾薬が消え、火薬が消え、食糧が消え、そして仲間たちが消えた。強い磯の香と打ち寄せる波の音だけが残されたその岩の広場へ、隊員たちはなすすべもなく、ただ息をのんで歩み寄って行く。

甲高い電気機関車の警笛が山の下を通りすぎ、重い列車の響きが、初夏の陽光に溢れた海辺の空気を揺らせた。

どの隊の指揮者か、ひとりが集合の号令をかけた。自分自身の混乱をしずめるために、部下の秩序を求めたのかも知れない。理由はどうであれ、それはこの際なしうる最も適切な処置であったろう。寄せ集められた所属の異る隊員たちは、異変におびえる個人から、戦うための集団構成員に変化することで、理解不能な現象から遠ざかることができた。次々に号令がかかり、岩の広場に靴音が乱れた。

逆山形の線が三本に星がひとつの袖章をつけた一人の士長が、短い横隊を作った部下を前に適切きわまる指示をした。

「これは解釈不能な状況である。何も考えず現在位置を確保せよ」

うららかな初夏のま昼であった。

髷の男

装甲車の横にうずくまっていた木村士長は、ふと肩のあたりがひどく濡れていることに気づいた。固くとざされていた何かが、ゆっくりと元に戻って行くような気分だった。自分はいま両膝をしっかりと抱きかかえ、胸をその膝に息苦しいほど押しつけているのだと意識したとたん、全身の硬直がとけて一度に息を吐き出した。まっ暗だった視界が次第に桃色に変り、やがてま昼の陽光に照らされた岩肌と自分の影が見えて来た。

いったい何が起ったというのか……。木村士長は無意識のうちにそう自問していた。膝をだいてきつく組んだ両手の指を解き、ゆっくりと背を伸ばした。波の音が聞え、見慣れたトラックと物資の山が見えた。ただ、ひと雨あったかのようにすべてがしずくに濡れていた。

どのくらい膝を抱いてすわっていたのだろう。立ちあがる時の筋肉の抵抗感でおしはかると随分長くそうしていたようでもあり、また記憶が切れた感じからいうと、それは一瞬のことであったような気もした。どちらにしてもひどいおびえが心を支配していて、早く何か手を打たねばという切迫した自衛本能が動いていた。

立って見まわすと、隊員たちはみな同じように膝をかかえこんだ姿勢でうずくまっていた。木村は不安に駆られて仲間を揺りおこしてまわった。

「起きろ。起きてくれ……」

肩をゆすられた男たちは、ひどく緩慢な動作で目覚めはじめた。木村自身がそうであったように、太い吐息をもらし、静かに目をひらいて行くらしかった。

やがて、あっちでもこっちでも、立ちあがってあたりを不安気に見まわしはじめる。

「あの風はなんだ。爆風だったのか」

「爆風……そう言えばずしんと揺れたな」

「でも、どこで爆発があったんだ」

装甲車の周囲でそんな会話がはじまったとき、岩の広場のとっさきのほうで助けを求める大声がした。男たちは一瞬おびえたように顔を見あわせ、すぐに走り出した。

波にさらいこまれたのだろう。岩からだいぶ離れた水の中で伊庭三尉と平井士長がもがいていた。哨戒艇がそのすぐ傍に漂っていて、二人を救けあげようとしている所だった。哨戒艇の上には三人の海上自衛隊員の姿があり、一人が大声で桟橋のいちばん先まで来いと怒鳴っていた。

二人も乗るとゆらゆらと揺れて、今にも折れそうになる木の桟橋の端へ行った隊員は、哨戒艇から投げられたロープを摑むと、危っかしい足どりで岩へ戻って来た。哨戒艇は引っ張られて近寄り、桟橋に軽く当った。とたんに桟橋はぐらりと崩れ、そのまま海の上へ浮いてしまう。

水の中にいた二人は哨戒艇から手をはなし、その浮いた板につかまって岩へ戻って来た。大勢の手で引きあげられた二人は、蒼白な顔で岩の上に立った。

「三尉殿。これはどうなったのですか」

そのまわりをとりかこんだ隊員たちはいっせいに訊ねた。

「何だか知らないが、いきなり波にさらわれたんだ」

平井士長が咳きこみながら言った。だが伊庭三尉は山をみつめたまま、海水をしたたらせて棒立ちになっていた。

その横へ、哨戒艇の三人が次々にとび降りて来た。

「気味が悪い。何があったんでしょうか」

一人は三等海曹、二人は二等海士だった。

伊庭は我にもどった様子で男たちを見まわした。二十五六人の男が集っていた。その男たちの階級章をたしかめるように眺めた伊庭三尉は、自分より上級の者がいないのを知ると絶望的な表情に変った。

「APCのうしろに空地がある」

伊庭はそう言うと海水をしたたらせたまま歩き出した。「三曹。君が車長か」

「はい」

「君は車に戻って聞いてくれ。侵入者があれば大声で知らせろ」

命令された装甲車の車長は素早く隊員たちの間をすり抜けて車に駆け登った。

「いいか。全員よく陸の様子を観察してみろ」

装甲車のうしろに、わずかにあいている場所へ来ると、伊庭は凍ったような表情のまま、整列もさせずにいきなりそう言った。

「あ……」

半分以上の者がそう言って息をのんだ。北陸本線が消えていた。国道も見当らない。もちろん境川にかかったコンクリートの橋も、スレートぶきの民家も、電柱も電線も……。そして山から這い出した濃い緑が、この天然の突堤へ攻め寄せるようにのしかかっているのだ。

隊員たちは我しらず装甲車の横から空地へ向って歩きはじめようとした。

「とまれ。行っては危険だ」

伊庭は嗄れた声で言った。みんなぎょっとしたようにふり向く。

「みんないなくなった……」

誰かが悲鳴をあげるように叫んだ。

「そうだ。どうやら俺たちだけになってしまったらしい」

反論する者はひとりもいなかった。……理屈では抵抗したい。しかし、たったいま経験したあの得体のしれぬ感覚。孤独感、恐怖、そしてみじめな無力感。それらが自分の置かれた無常な立場をいや応なく認めさせてしまうのである。

「いいか。落着くんだ。今の我々に最も必要なのは冷静さだ。この集積地点から一人も出てはいかん。どんな事があってもだ」

隊員たちの間を沈黙が支配した。物音ひとつたてず、全員がただ変りはてた陸の様子をみつめていた。

「三尉殿」

装甲車の上にいる車長の島田三曹が低い声でその沈黙を破った。

「誰か来ます」

伊庭が素早くまわりこんで車のかげからのぞくと、ひとつの人影が海辺へ降りる道に見えていた。大きな籠を背負っているらしい。

その人物は急に立ちどまり、あわてて籠を地面に置いた。そしてかがみこむような姿勢になると、五六歩ずつ物陰から物陰へと、小きざみに走り寄って来る。

いつの間にか全員が、装甲車の陰からその男の動きを追っていた。

「みろ、あの頭」

うしろのほうでそういう声がした。ひどくむさくるしい蓬髪であったが、次第に近寄って来るそれは、明らかに髷の形をしていた。

「ちょん髷じゃないか」

青っぽいもんぺのようなものをはいたちょん髷姿の男だった。

議　論

髭の男はそれっきり近寄ろうとはせず、あわてふためいて逃げ去ってしまった。

「何ですか、あの男は」

その質問に伊庭は幾分口ごもりながら答えた。

「ひょっとすると、現地人かもしれん」

「現地人……」

みんな呆れたように言った。

「よし。反論があったら遠慮なく言ってくれ。俺はこう思うんだ」

伊庭は唇を舐めた。「ここは昭和じゃない。我々は違う時代へ抛り出されたんだ」

沈黙していた。誰も何も言わない。「信じたくないし、信じられもせんだろう。しかし鉄道線路が消えてしまったことをどう説明したらいい。国道八号も消えてしまったし、車も人通りもない。ほかにどう説明できるんだ。さっきから俺はそれ以外のいろいろな説明を考えてみたが、それ以外に適当な答がないんだ。ひょっとしたらこの岩場ごと運ばれて、どこか遠い場所へ来てしまったのかとも考えてみた。しかしあれはたしかに能登半島だし、こちら側の地形も変ってはいない。何かがあったんだ。我々を昭和からはじきとばす何かが……」

「タイムスリップです」

武器隊員の加納一士が右手を挙げて言った。

「すると演習が終っても原隊へ復帰出来ないのですか」

十二師団の補給隊員だった佐藤二士が言うと、伊庭はやっと苦笑らしいものを浮べた。

「もし俺が思っている通りの状態なら、もう演習なんかない」

「つまり我々は孤立してしまったわけですな」

装甲車の上から、島田三曹が案外のんびりした声で言った。

「そういうわけだ」

伊庭はふりあおいで答える。

「いつ昭和へ帰れるんです」

「丸岡。三尉殿を困らせるな。これは天災だ。三尉殿にだってそんなことは判らないさ」

島田は部下の丸岡一士に向って、ずけりと言い放った。

「しかし三尉殿。もう少し情勢を見てから結論を出したほうがよくありませんか」

誰の声だったか、発言者は仲間の背にかくれたらしく判らなかった。

「情勢……」

伊庭は問い返した。

「そうです。何人か偵察に出しましょう」

普通科隊の木村士長が言う。

「いかん。仮りにそこの一士の言うタイムスリップだとしたら、それは地震のようなものかもしれんだろう。揺り戻しですぐ元に帰れるかも知れんのだ」

「嫌です。偵察に出た間にみんなが元へ戻ったら、それこそ置いてけぼりを食ってしまう」

木村の部下たちは顔を見合せてくちぐちにそう言った。

「黙れ。黙らんか」

木村は顔を赤くして怒鳴った。

「はい」

学校の生徒のように、その部下の一人が伊庭の顔をみつめて手をあげた。

「言ってみろ」

伊庭はその眼鏡をかけた若い男に言う。

「県《あがた》一士です」

その男は大声で言ってから、「これは全く異常な事態で、我々自衛隊員の義務の範囲をこえた状況であると思います」

伊庭はうなずいた。「仮りに異る時代に我々が漂流したとすると、この時代には別な社会があり、我々の服従すべきすべての法律は存在していない筈であります」

今度は全員がうなずいた。「従って我々の間には階級もなく、全員が対等の個人としてこの問題の解決に当るべきだと思います」

「それだけか」

「はいっ」

島田三曹が靴で装甲車のどこかを蹴っているらしい。ガンガンと、いやにうつろなひびきが続いた。

「やれやれ。餓鬼どものおもりってえのは芯がつかれますなあ」

島田は同情するように伊庭を見おろしていた。

「なんという名だったかな」

「県《あがた》一士です」

「うん。県一士の言うとおりかも知れん。しかしここで自衛隊の秩序を解体して、それでどうなるんだ。もしそのほうが解決に近づけるなら、俺は喜んでそうしよう。しかし戦闘集団としての体制を解けるか。さっき来たちょん髷の男が、この附近の住民だとしたら、もうとっくにこの時代の警察組織……武士か役人かは知らんが、そこへ報告に走っているはずだろう。我々は現在ここへ上陸した侵入者のかたちになっている。武力行使もあり得るのだぞ。我々は我々自身を守るために銃をとらねばならんじゃないか。そうだろう」

「そうです」

木村士長が言った。「その為には充分訓練を積んだ上級者が指揮をとるべきです」

「ちょっと待ってください」

その時哨戒艇で来た海上自衛隊員が大声で言った。「我々は海上自衛隊に所属しています。新潟港から富山港へあれを回送する途中、故障してこの補給所へ寄っただけです。こちらの決定がどうあれ、我々はエンジンを修理して、すぐに富山港へ急行しなければならないのです」

「馬鹿な。この土地の変りようが判らんのか」

伊庭は憤然として言った。

「たしかに変だと思います。しかし我々はあく迄海上自衛隊員です。とにかく一応行ってみます」

そう言うと船の三人は離れて行った。

仮想敵

小さな哨戒艇はエンジンが直って、力強い音を発しはじめた直後であった。まるでそれを待っていたかのように、山のかげになった境川の上流あたりでもっと大きなエンジンの音が聞え、それはやがてジェットヘリコプター独特の金属性の響きとなって舞いあがった。

理由のはっきりしない歓声が岩場の男たちの間に起った。V107型が森の上に姿をあらわし、泡を食ったようにも見える斜傾姿勢でとび出して来ると、着陸地点を探して補給所の上でホバリングした。上空で戸惑ったようにしばらくそうしていたが、やがて装甲車よりだいぶ前方の、崖ぎわの岩場へふわりと接地した。大きな機体の扉があいて、二人の男がころがるようにとび出すと、装甲車めがけて駆け寄って来る。ふたりとも一曹であった。

「いったいどうなっているんですか」

伊庭の前で二人は息を切らせて言った。哨戒艇は委細かまわず波をけたてて去って行った。ヘリもまた、タイムスリップにまきこまれたらしい。時間異変は岩場の補給所を底辺とする立方体の中で起ったらしいのである。ヘリは瞬間的に時代を移され、その直後あの突風に流されて川の上流に着地してしまったのだ。上空から家屋や人間をかなり目撃したという。

「まるでこいつはチャンバラの世界ですよ」

パイロットはそう言って首をすくめた。

「おい、聞いたかい」

島田三曹が陽気な声で言った。「俺たちはチャンバラ時代へ来ちまったんだぞ。凄えもんじゃねえか。みろよ、APCにバートルに哨戒艇。おまけにみんな64式のガンを持っているんだぜ。お前、64式は一分間に何発撃てるか言ってみろ」

装甲車の下で若い隊員が答えた。

「はい。七・六二ミリのNATO弾を実用最大速度毎分百発です」

「みろよ、トラック二十五台に石油がこってりあって、バズーカや地雷やMATまであるらしいじゃねえか。面白えことになったじゃねえか」

島田はそう言って高笑いした。「ロビンソン・クルーソにしちゃ上出来だ。何時代だか知らねえが、全くここの奴らは気の毒みてえなもんさ」

「三曹、黙らんか」

伊庭がたしなめた。

「向う岸で何かやってますよ」

服を脱いで装甲車の上にひろげていた平井士長が叫んだ。みんながいっせいに境川の越中側を見た。かなり離れてはいるが、対岸の崖の上に刀槍をきらめかせた武士らしい一団がこちらを見ていた。島田はさっと装甲車へもぐり込み、小さな砲塔を旋回させた。

「襲って来るでしょうか」

平井士長が言った。

「待て、落着くんだ。三曹に発砲するなと言え」

平井士長は慌てて装甲車にとびあがった。

「みんなも発砲するなよ。じっと静かに様子を見ているんだ。……補給隊員、鉄条網の梱包を解け。解いたらこの地点に侵入できないよう、ヘリの所から張って来るんだ」

伊庭三尉はそう命令し、対岸の武士たちを見ながら低くつぶやいた。

「戦闘はできん。あれも日本人だ」

その横で木村士長は生気をとり戻したように、部下の普通科隊員を整列させ、鉄条網をめぐらす作業に走り去って行った。

波の音がのどかにくりかえし、川口の水面を這うように燕が飛び交っていた。三十名あまりの自衛隊員が、確たる指揮系統もないまま、自主的に警戒体制をととのえて行く。守るべき国民もなく時代に孤立したまま、いま彼らは日本人を仮想敵としてみずからを守るために銃を執っている。

第二章

使　者

伊庭三尉の腕時計はそのとき三時近くを示していた。しかし、実際には何時何分なのか、もう誰にも判りはしなかった。全員の腕時計が、てんでに滅茶苦茶な時間を示していたからである。なぜそうなったのか、誰にも説明はつけられない。ただ、自分たちを襲った時間異変に関係していることだけはたしかなような気がしていた。

天然の突堤を形成しているその岩場の周囲に大急ぎで鉄条網が張りめぐらされ、隊員たちが警戒態勢に入っている。

伊庭三尉は落着かぬ様子でその〈陣地〉の中を歩きまわり、何かを待ちかねているように、四十五分おきに装甲車のさきの道を眺めた。

「三尉殿、何を気にしているのですか」

半裸の平井士長がたまりかねた様子で訊ねた。

「いかん。早く服を着ろ」

伊庭は平井士長に気づくと厳しい声で言った。そういう自分はずぶ濡れのままで、肩や腕のあたりはもう乾きはじめている。

「もうすぐ乾きます」

「早く着ろ。客が来る筈だ」

「客ですって……」

「川の向うにサムライたちが我々を見ていたろう。彼らにとって我々は侵入者なのだ。必ず使者がやって来る筈だ」

「使者ですか」

平井士長は妙な表情になった。伊庭が使った使者という言葉が、さっき川向うに見えていたサムライたちの姿と重なって、ひどく古めかしく感じられたからに違いない。

「伊庭三尉。前方に敵ッ」

誰かが大声で怒鳴った。反射的に伊庭と平井がそのほうへ眼をやった時、国道八号のあったあたりで、槍の穂先きがキラリと光った。平井は慌ててシャツを羽織り、袖に腕を通しはじめた。

「全員に命令があるまで発砲するなと言え。但し、決して大声をあげるな。相手を刺戟するような行動は一切つつしめ」

伊庭はそう言って装甲車の前へ出て行った。

道に四十名ばかりの人影が見えていた。彼らは統制のとれた集団行動をしているようであった。しばらく海に向って横隊を組んでいたが、そのうち約半数ほどが川に向ってキビキビした足どりで移動し、残りの二十名ほどが道をそれて装甲車へ通じる坂を降りて来る。が、やがて坂のおわりで停止し、三列縦隊で、こちらを睨む。槍が十本ほど青空に向って立ち並び、その先端についた短い白刃が、たえずキラキラと陽光をはね返して光った。

腰の下まで届く茶色い革の上着を羽織った男が、ゆっくりと進み出てくる。多分陣羽織とでも言ったようなものなのであろうが、それはやや短めの紺の袴や、腰にさした大刀とよくマッチしていて、自衛隊員の着ている戦闘服に劣らず実戦的に見えた。

男の体つきはがっしりしていて、上背もかなりあるように見えた。ただ服装の横幅が広いので、それを見なれぬ現代人たちにはどの位いの身長か見当がつきかねた。

肌は黒く陽に焼けていて、眉はくろぐろと太く、長いもみあげが精悍さを強調している。そして冠りもののない頭は、額から奇麗にそりあげて、後頭部から頭のてっぺんに、太い髷がとび出していた。

その武士はヘリコプターが見える位置へ来ると足をとめ、飾り気のない態度で、感心したようにそれを眺め、やがて張りめぐらせた鉄条網に気づくと、右手の指でそのとげをちょんとつついた。少し痛かったらしく、びっくりしたように指先きをみつめ、白い歯をみせて伊庭三尉のほうに顔を向けた。伊庭はつり込まれたように微笑を返した。

「よい日和でござる」

腹にしみとおるような、渋い声でそう言った。伊庭はゆっくりと顎を引いてうなずく。

「お手前がたが飛ばせたのは、あれでござるか」

「そうです」

伊庭が答えた。その言い方に多少の違和感があったのだろう。男は「ほう、ほう」と感心したような嘆声を発し、伊庭の顔をみつめながら歩み寄って来た。

「お待ちしていた」

伊庭が言う。

「ほほう。待たれたとな」

「こちらの領土内にこのような一隊が出現したのだから当然どなたか話しに来られると思っていました」

男は黙ってうなずいた。「私は伊庭義明と言います。部下は合計二十七名。ほかにも二名舟に乗った者がいますが、今は出掛けていて不在です」

「長尾平三景虎と申す」

男はゆるく一礼して言った。「春日山城主、小泉左衛門五郎行長様におつかえ申し、ただ今は勝山城に拠《よ》って越中口を支え居り申す」

「ほう、この近くに城があるのですか」

すると男はふり返り、左手の山を指さした。

「あのあたりが、わが勝山城でござる」

「我々はこのあたりの事情については何も知らんのです」

「知らん……では何のためにここへ来られた」

伊庭三尉は当惑したようにちょっと眼をとじ、自嘲気味な微笑を浮べた。

「漂流者とでも思っていただければ……」

「それは難儀な」

男の表情にかすかな疑いの影が走った。「船はどうなされた」

「今のところ、我々は見棄てられています」

そう答えるより仕方がなかった。

謙信

平井士長が気をきかせて運んで来た折たたみ式の椅子に腰かけて、ふたりは詰将棋のような会話を続けていた。話しの運びひとつで、永久に接点を失ってしまうかも知れぬ会談を、ふたりは根気よく、望む方向を探りながら話し続けた。

「いま越後は……」

と男は情勢を説く。「北に色部氏、南に蘆名、上杉、村上の諸家、そして西には神保氏とそれを背後で操る朝倉氏にかこまれ、まさに多難の時を過しており申す。わが主君小泉越後守は明主におわすが、いかにせん強敵にかこまれ、いくさに追われ、かつてわが領国であった阿賀野川より北を色部一族に奪われても、とり戻すゆとりとてござらぬ有様じゃ。この上お手前がたと事を構えるようなことがあれば、まずこの境川対岸の宮崎砦に在る黒田秀春めが、喜び勇んで討って出るに相違ござらぬ」

だからこの問題は穏便に処理したいのだと言う。伊庭もその点では異議がなかった。

「期日の点ははっきり申しあげられないが、我々が完全に友軍から見棄てられたのかどうか、まだはっきりしてはいない状態です。また、いつこの状態から自力で脱出できるか……その可能性もないとは言えません。ただ、いずれにせよ、当分の間この地点を離れるわけには行かんのです。一歩でもこれを離れたら、それこそ戻れるものも戻れなくなってしまう」

「それはむしろ喜ばしいことじゃ。お手前がたがここにいくら長く居られようと、事を構える心配さえなければいっこうに構わぬ。しかし、ここに幾十日もじっとおられるのはご不便ではござらぬか」

「困るのはそれです。我々の物資の中で、いちばん少いのは食糧なのです」

「お助け申そう。但し、神明にかけてわが敵方にまわらぬよう、お誓い願えるならじゃ」

「それはもう……あなたがたに限らず、川の向うにいる黒田とかいう人の兵士たちとも戦闘はしたくない」

「それは……」

男は苦笑した。「黒田勢は討たれい。秀春めとはいまいくさの最中でござるよ」

「ほほう……」

今度は伊庭が苦笑した。境川が越中と越後の境界である以上、ここに紛争が生じることは当然だろうが、この男のいうような戦闘状態になっているとすれば、余りにものんびりした風景である。男が憤りをこめた表情で説明するところによれば、黒田秀春という人物はもと小泉家の家臣であったらしい。それがひそかに信濃の上杉家と通じ、主君小泉越後守行長が北越の色部一族を討ちに出た留守、突如として叛旗を翻えし、留守居役の長尾晴景を殺してしまったのである。晴景はこの男の兄に当り、そのあと春日山城を追い払われると越中の神保家にはしって、事もあろうにその越後側最前線である宮崎砦の守備に任じられたのだという。どうやら遡れば長尾家とも血がつながっている間らしく、それだけに異常な憎悪が両者の間にある。

「弱りましたな」

伊庭はそう言って対岸を見た。「あなたとの間で平和を保つと、あちらさんのお気に召さんというわけだ」

「なるほど、あちらさんがのう……」

伊庭の言い方がおかしいとみえ、男は大口をあけて笑った。

「失礼ですが、もう一度あなたのお名前を」

傍で黙って聞いていた平井士長が、ひどく真剣な表情で言った。

「長尾平三景虎」

男は笑いながら答えた。

「三尉殿、この方はひょっとすると……」

「なんだ陸士長」

「長尾景虎。ほら……上杉謙信では」

伊庭は啞然として男の顔をみつめた。

戦　闘

伊庭三尉ら時間異変に遭って時代を漂流した自衛隊員が辿り着いたのは、西暦一千五百年代のどこかであるらしかった。長尾景虎と名乗る男は、その年を永禄三年であると言ったが、伊庭や平井の知識では換算のしようもなかったし、また仮りに現代人が理解できるような年代に換算したとしても、果してそれが正確にこの時代と彼らの故郷である時代の年差をあらわすかどうか、はっきりしなかった。

というのは、一直線に同時代を逆行したのではなく、わずかだが様相の異る別の次元へとびこんでしまったらしいのであった。

伊庭は景虎から、当時の主要な社会情勢を聞かされ、自分たちが異次元に来ていることを確認せざるを得なかった。なぜなら、尾張桶狭間で織田信長によって殺される筈の今川義元は、その年の三月に小田原で病死してしまっていたし、第一織田信長や織田家そのものの存在を、この長尾景虎という男は知らないのである。また、東海にあって苦労の最中である筈の松平家、つまり徳川家も伊庭が知っている歴史のようには存在していない。ただ、足利幕府が崩壊し、戦国騒乱の真っ只中にいることや、後奈良《ごなら》、正親町《おうぎまち》と続く天皇家の系譜やらは伊庭の知識どおりであるようだ。つまり、重要な歴史の柱になるような部分は同じだが、どこをどの武士が領し、誰を誰が倒したかというような細部になると、だいぶ入れ違いがある。もし時というものが、縦方向と同じように、横方向にも無限の変化を持つ多次元でつらなっているとすれば、この世界は伊庭たちのいた世界と、微妙に、入れ違った物語りを持つ異次元なのである。

とすれば、伊庭たちの歴史では上杉謙信となる筈のこの男は、謙信、つまり長尾景虎という人物が持っていた無限の可能性のひとつを、伊庭たちの世界の同一人物とは異った方向に選んで生きている男なのだろう。

だが、それにしても傑物と見えた。この景虎も、春日山城主小泉行長の部将として、最も雲行きの険悪な越中国境の守備をまかされ、そこへ自衛隊という異物が登場するや、きわめて合理的な姿勢を示して見事に難問を処理しようとしているのだ。

「すっかり陽も傾き申した。それでは明朝、さっそく米噌のたぐいを運ばせましょう」

「感謝します」

意外なことに、伊庭三尉はその景虎に比して、全く見劣りがしなかった。多分それは時代の全体像を把握している者の強味でもあったろうが、どうやら景虎は伊庭義明という男に興味と敬意をおぼえたらしかった。

景虎が立ちあがって行きかけた時、突然川のあたりにただならぬ喚声が挙った。気がついて川を見ると、かなりの人数が川を越えて対岸に向おうとしており、水しぶきをあげていた。

「黒田の物見でござる」

三列縦隊で控えていた男たちが、口ぐちにそう怒鳴った。伊庭たちには入り混った人影の敵味方を見わけることが出来なかったが、どうやら越中側の斥候四十五名が、川に向って守備についていた景虎の部下に発見され、追われているらしい。川のまん中で二人ほど槍に突かれて沈んだ、必死に逃げのびる残りを、男たちがしゃにむに追いかけている。

と、その時対岸に百ばかりの武者が湧き出し、旗をあげた。大小三十本余りの旗が、西南の風にあおられて威勢よく揺れている。その旗の根もとから、いっせいに短い弦音が響き、矢が黒い弧を画いて雨のように境川に降りそそいだ。軽装の越後勢はまたたく間に射すくめられ、あわてて撤退する。

騎馬武者が十騎ほど、水しぶきをあげて川へのり入れた。白刃をきらめかし、背を見せた男たちの頭上におそいかかる。

「行けえ……」

景虎は大声で叫び、大刀のつかを押えて走り出した。控えていた一隊が猛然と川へ向う。

対岸からは徒歩の兵士たちも繰り出して来る。

「三対一だぜ」

装甲車の上に首を出した島田三曹が言った。「あの大将、やられるかも知れないな」

「そんなことはない。上杉謙信なんだから」

平井士長は祈るようにつぶやいていた。

やがて鉄と鉄のぶつかりあう音が聞えはじめ、ひづめの音と烈しい罵声が入り混った。

「三尉殿ッ。敵はどっちですか」

ヘリのすぐ傍にいた隊員が叫んだ。

「撃つな。紛争に介入してはいかん」

伊庭が声をかぎりに叫んだ。

道を、越後兵が一団となって退いて行く。それを川向うから寄せて来た兵が、おしつつむように斬る。

死の叫びが聞えて来る。逃げ切れず、越後兵は次々に崖をとび降り、海を背にあとずさって行く。そして、景虎が宿敵と言った黒田秀春の兵がかさにかかってそれを突く、斬る……。

伊庭の「撃つな」という叫びは、これで何度目だったろうか。彼はのどがひどく乾いて、たて続けに生つばをのみこまねばならなかった。

道からの坂を、景虎がじりじりと後退して来る。一人で四五人を相手に白刃をふるっている。騎馬武者が二騎、その寄手へ割って入り、のしかかるような姿勢で景虎を狙いはじめた。

景虎は一気に走り、二十メートルほど退いてから不意に横へとんだ。そこは岩で、騎馬襲撃をかわすには絶好の位置だった。だが、孤立した景虎を見て黒田兵が十五六名、凄い殺気を漲らせて駆け寄って来る。最初の四五名はすでに岩へ登り、景虎を四方からおしつつんでいる。

「義明どの……」

突然景虎はそう呼びかけた。岩の上に仁王立ちとなり、にっこりと笑っていた。助けを求めたのではない。それはまるで、遊んでいる子供が通りかかった仲間に挨拶をしたような様子であった。邪気がなく、利害もなく、勝敗さえ越えた男の笑顔であった。

義明……そう名を呼ばれた伊庭三尉は、その思いがけない親しさに感動した。姓ではなく名を呼び合う。そのような仲間を失ってから何年になるだろう。小学校の仲間でさえ、お互いをすでに姓で呼んでいたのだ。

「景虎、死ぬな」

思わずそう叫んだ。伊庭三尉は64式自動小銃をひっつかむと、米軍式の突撃姿勢で景虎にむらがり寄る黒田兵めがけ、熟練した短連射を浴せかけながら前進した。

「ずるいぜ、三尉」

島田三曹はそう怒鳴ると装甲車にもぐりこみ、エンジンを始動させた。乗員の丸岡一士が慌てて装甲車にとびつき、もぐりこんだ。砲塔が回転し、坂を降りて来る三騎の武士のどまん中に狙いをつけると、たのもしい轟音がとどろいた。人馬は呆気なく消えた。

「かたじけない」

夕暮れ迫る海岸で、長尾景虎は伊庭三尉にそう礼を言った。鉄条網の周囲に黒田兵の死体が幾つも転がっていて、負傷した武士たちが自衛隊員たちの手当を受けていた。

「恐ろしい道具でござるな」

景虎は装甲車のボデーを叩きながら言った。「何という名でござろうか」

伊庭は何か言いかけ、困ったように唇を噛んだ。

「そう……戦車、とでも言ったらお判りいただけようか」

「戦車。いくさの車でござるか。いや、これ一つあれば越後のいくさも日ならずして静まろうに」

景虎はしんそこ物欲しげな瞳でその鉄の塊りを眺めた。

「そうかも知れませんな」

「いま一度、あれを射《い》てはもらえまいか」

伊庭はその子供っぽい望みに微笑した。

「どこへ向けて撃ちますかな」

「あれへ」

景虎は川口にある小さな松を指さした。百メートルほどの距離である。

「近すぎます。あの辺りではどうでしょう」

伊庭は対岸に見えるとがった岩を示した。それは暮れはじめた海を背景に、鋭角的なシルエットを浮きあがらせていた。

「あれを……」

景虎は呆れたように言った。

「島田三曹。岸に突き出したあの岩角を砲撃してみてくれ」

「了解。しかし少し近すぎやしませんか」

「何と。あれでもか」

景虎は唸った。伊庭たちの歴史によれば種子島時堯《ときたか》が島津貴久にポルトガル銃を献上したのが天文十二年。この世界でそれがどうなっているのか判らないが、この武士が鉄砲のテの字も知らないのは確実であった。

ゆっくりと照準をつけ、やがて鋭い轟音と共に対岸の岩は見事にふっ飛ぶ。

景虎は子供のように両手の指を耳の穴につっこんで生つばをのみこみ、指をはなすといやに深刻な表情で言った。

「義明どのをわが陣に迎えたいものじゃ」

伊庭は慌てて手を振った。

「我々の武力は自衛の為のものです。他を侵すためには使えません」

「左様かのう。わが身を守る為に人をあやめるのも、所詮人の命を侵すことになろうと存ずるが……」

「それはそうかも知れません。しかし、私利私欲のために他の生命を侵すのとは、おのずからわけが違うでしょう」

　すると景虎は豪傑に笑った。

「なる程、流石に義明殿じゃわい」

　そう言って急に真顔になり、「景虎感服つかまつった。われらを悩ます色部、黒田のやつばらはすべてこれ私利私欲。領民を塗炭の境遇におとしいれ天下を乱し血族の信義に叛いていささかも恥ずるところがない。いや、よう言うてくだされた。いずれ義によってたつご心底、しかとうけたまわった。このこと、わが主《あるじ》小泉越後守殿にとくとお伝え申す」

　澄んだ瞳に信頼を溢れさせる景虎に対して、伊庭はその解釈が行きすぎていると言う機会を失ってしまった。

「ところで、このあと黒田勢は攻撃して来ましょうか。もう我々は中立を保つことに失敗してしまっているので……」

「それはもう、必ず……」

「となると、それに備えねばなりませんな」

「ただ……」

　景虎は珍しく口ごもった。

「ただ、なんです」

「寄手の現われるのはいつの事か。今夜か、明日か、あさってか」

伊庭はこの時代のテンポが少し呑みこめたような気がした。戦闘も、かなりスローテンポで展開するらしい。そしてそれが発生するのは、戦略的なタイミングより、むしろ偶発的な〈キッカケ〉に左右されるのだ。従って景虎のような人物にも正確な見とおしはつけられないのであろう。伊庭はふと、この時代に自分の持っている作戦能力を発揮できれば、近代火器が何ひとつなくても勝ち抜いて行けそうな予感を持った。

伊庭は平井士長に言って、このあたりの地図を持って来させた。

「我々はいまここにいます。そしてこれが境川。春日山はこれです」

薄暗くなりはじめた中で地図を拡げ、いちいちわかりやすく指で示して行くと、景虎は魅せられたようにみつめている。「敵の前線基地はどのあたりでしょうか」

景虎は意味が判らなかったらしく、顔をあげて伊庭をみつめていたが、やがて太い吐息をもらした。

「山のかたちも川の曲りも、敵地の有様が手にとるようではござらぬか。これではいくさになり申さぬわ」

「一枚差しあげましょう」

「これを儂にくれると申されるか」

景虎は喜色満面となった。

「ええ、ただ、無益な人殺しはしたくないのです。ここからこの間へ……」

と伊庭は国道八号の上を指さし、「この地図にあるよう、道幅をひろげ地ならしをしていただきたい。そうすればこのＡＰＣ……いや戦車が、いつどんな時でも敵を蹴散らしましょうから」

「うん、うん」

景虎は興奮して何度もそう言った。「おう、それではこの川口に砦がひとつ増えたようなものじゃわい」

そう叫ぶと立ちあがって対岸を睨んだ。

「義明殿のお力を借りて、宮崎砦の黒田秀春の素ッ首を叩き落せば、上郡《かみごおり》一帯はもとのようにしずまるに違いない」

黄　金

景虎は積極的であった。伊庭義明は境川の川岸から親不知の難所へ登りかかる北陸道の道幅を、装甲車が自由に動きまわれるだけ広くし、整地することを提案したのだったが、その翌朝から武士百姓を問わず、おびただしい人数を繰り出して工事にかかったのである。しかも、その工事に動員された百姓たちの様子は、この命令がいかに自分らの安全を保つ上で必要かつ理に叶ったものであるかを、いささかの疑いも持たず受けいれているように見えた。

景虎の支配がうまく行っている証拠であった。

しかし、その華々しい工事ぶりは、対岸の黒田軍を刺戟せずにはいられなかった。対岸にも人影が増え、やがて急造ながら、ものものしい柵と櫓が出現した。

景虎はその陣地構築を見ても動じる様子はなく、

「いくさ車の火筒が吠えれば、あのような砦は瞬く間に灰になろう」

と部下の武士たちに説明している。いつの間にか女たちが煮たきの道具を持って集り、工事に働く男たちや、鉄条網の中の自衛隊員に炊き出しをはじめている。飯も菜も、両者の間に全く区別がないのを見て、伊庭は景虎の神経が案外こまかいのに驚かされた。食糧の分配に差をつけぬことが、こうした場合の将の心得であることを、伊庭は自衛隊の幹部教育で知っていた。

「のう、義明殿」

小まめにあちこち指図してまわっていた景虎が、昼近くになると瞳をキラキラさせて伊庭の傍へやって来た。地図を手にしている。

「なんですか」

「このしるしはどういうものをあらわしておりますのじゃ」

景虎の指さした所は、海の向うの佐渡であった。伊庭は椅子に腰をおろすと景虎が渡した地図を膝の上にひろげ、うす青色で記されたその部分に眼を向けた。

「あ……」

次の瞬間、伊庭は呆れたように景虎をみあげた。景虎は何か意味あり気に笑っていた。

「あなたは驚いた人だ」

「儂は驚いてなどおらんが……」

伊庭はつい口に出た現代語のあいまいさを慚じた。

「いや、驚嘆すべき人物と申しあげたのです」

「これは痛み入る」

「逆におたずねするが。景虎殿の領国、いや小泉氏の領土であるこの越後の経済状態はどうなっていますか」

「経済……」

伊庭はボールペンを出して地図の隅の余白に書いて見せた。

「物産、蓄積、商いの収支……つまりゆたかさの状態です」

「越後は金穀の国といわれており申すが、今の上杉家は仲々に窮し居る」

景虎は声をひそめ、この男には珍しく照れを見せて言った。

「ということは、戦費のまかないに追われているということですね」

「さよう。ことに御先代の世に阿賀野川からさきの奥郡《おくごおり》が色部一族の手に落ちてより、米倉をひとつもぎとられた有様でのう」

「では、佐渡に黄金《こがね》を産するという話しは聞いておりませんか」

「それは存じており申す。佐渡の西三川村はいにしえより砂金を産し、近年は国府川のいずこかに黄金の山が眠っておるなどと申す噂がひろまり、佐渡の山野を見たてて歩く山師がめっきり増えたそうな。したが、まだその黄金の山を見立てた者はおらぬ様子じゃ」

伊庭はボールペンの尻を押して赤いインクにすると、景虎の地図に赤い丸じるしをつけた。

「その山はここでしょう。十中八九、ここを掘れば黄金が出ます。或いは銀ということもあり得ますが、銀でよければなお間違いのないところ。この鶴子《つるし》という所に眠っている筈です」

「やはり左様か。ゆうべ夜どおしでこの地図を調べ申したが、見れば見るほど越後をくまなくあばいておるので、佐渡のこのしるしは、もしや黄金のありかを示しておるのではなかろうかと存じてな。……それにしても、お手前は驚いた仁じゃ」

景虎は伊庭の言い方を真似て愉快そうに笑った。「地に埋れている黄金ほど、わがたなごころを指すように示せるとは、まさに鬼神もよく致さざるところ……」

「佐渡に人をやれますか」

「おう、やらいでなるものか。山師百人すぐにも掻き集め、黄金白銀《こがねしろがね》を掘り出して船の沈む程持ちかえらそう」

「しかし、その為に佐渡に戦争が起りはしませんか」

「佐渡の本間氏は名家じゃ。したが、いかに頼朝公以来の名家といえども、今は軒かたむき家人の数も百に足り申さぬ。黄金が出れば小泉家いちにんの栄えにあらず、余恵は必ず本間家をうるおすのであれば、我らにさからって血を見るは愚かな仕儀。老いたりとは言え本間家には、まだそのような利の見えぬ者は居らぬ筈じゃ……が、万一本間家が楯つけば、越後一国の安泰にかけても、ひともみにもみつぶすまでよ」

景虎は北の海をみつめてそう喚いた。その根太く猛だけしい論理に、伊庭は首をすくめる思いがした。

この男の脳裏に画かれている祖国とは、境川から鼠ヶ関に至る越後一国、つまり新潟県一県なのであろう。出羽、陸奥、下野、上野、信濃、飛驒、越中、加賀、能登そして越前、美濃……それらの諸国はすべて外国であり、みずからとは血の通わぬアカの他人なのである。これだけの傑物にこれ程せまい世界観を与え、昭和にあれば凡愚に属する自分にこれ程広大な世界を把握させている歴史の積み重ねに、伊庭は何かしら慄然とするものを感じた。

その時遙か海上から爆音が聞えて来て、ふたりの会話を中断させた。

「や、お手前がたの迎えが参られたのか」

景虎はひどくうろたえて言った。近寄っているのはきのう富山へ行くと言って出発した哨戒艇であった。

「残念ながら、あれも我々と同じ漂流者ですよ」

伊庭は憮然として言った。

「それにしても疾い。水の上を馬よりも速く駆けて来る。見られい、あの勇ましい跳ねようを」

哨戒艇は景虎の言うように、荒波の上をとび跳ねながらやって来る。「いかな水軍もあの速さには敗けようて。これはこれは」

景虎は軍事的見地から見ているのである。

意　見

海上自衛隊の哨戒艇は、桟橋のなくなった岩場へ接岸した。乗っていた三人の男たちは、あたりに異装の時代人たちがいるのを見ても、さして驚いた様子を示さなかった。

「居てくれましたか。全くかえりは生きた心持ちがしませんでしたよ」

くちぐちにそう言って、しんからほっとした態度でみんなの手を握ってあるく。

「君たちはどこまで行ったんだ」

「どこだか見当もつきません。港という港はちっぽけで、それにまるっきり様子が変ってしまっているんです。知っている場所か、友軍に出会うまでと思って行ける所まで行ったんですがそのうち日が暮れてしまって……。夜があけて陸を見ると、やっと様子がのみこめたというわけです。三尉殿のおっしゃる意味がはっきり摑めたんです。我々は本当に時代をとびこえ、ひどい昔に戻ってしまったんですね。燃料がギリギリになって、やっとの思いでここまで辿りついたんですが、もしここがもとの時代へ戻っていたらと思うと、気が気ではありませんでした」

ぞろぞろと隊員たちが岩場のはずれへ集って来たので、伊庭は急に思いついたように積みあげた弾薬箱の上へ登った。

「事情はもうみんな充分に理解できたと思う」

そう言って眺めまわす。「まだ帰る望みがないわけではない。しかし、率直に言って帰れるかどうか、明言できない。地震には余震という揺り戻しがあるし、自然界には我々の理解をこえた復元力があるのもたしかだ。だが時間について、我々は一日を二十四等分すること以外、何も知らないと言っていい。時空連続体を支配する物理的な法則が、今の我々の期待にそう動きをしてくれるかどうか、まるで判らない。ということは、我々が永久にこの世界の人間として存在してしまうかも知れんということだ。俺自身の見解を言えば非常に悲観的である」

「どういう理由でですか」

哨戒艇の三曹が挙手をしてから発言した。

「俺はこう考える。もし我々をここへ運んだ時間異変が、自然界の復元力で我々を帰還させるとしたら、それは非常に短い時間に起される筈だと思うからだ。その理由は、我々が異る時代の、しかも我々がそのあらましを知っている過去に介入するゆとりを与えるはずはないと信じるからだ。ところが、我々はすでに過去に介入せざるを得ない状況に置かれたではないか。おろかな事であるが、俺はたった今その事に気づいた」

「それは少し間違いではないでしょうか」

県《あがた》一士が眼鏡を光らせて言った。

「言ってみろ。これは全員対等の意見交換である」

「言います」

県は最前列へ進み出て言った。「自然界が我々に過去への介入をさせないなら、かりに介入されても最小限度内にとどめるのではありませんか。さもなければ、時間は我々をここへ漂流させ、放置したため、大きな傷を負うことになります。歴史が我々の為に狂うからです」

「たしかにそういう観点もある。俺も県の意見に従いたい。しかし、これは感覚的な問題で筋は通らんかもしれんけれど、何か帰れないという予感があるのだ」

「不吉な予感はたしかにみんなが持っているようです。でもそれは異常な体験をしたからではないでしょうか。我々は時という巨大な力から、すでに時代への介入を許されてしまいました。しかし時間はこの自然界の何ものにもまして、強い復元力を持っているのではないでしょうか。その復元力が発動される程、まだ我々の与えた傷は大きくないのかも知れません」

「すると県は我々が更に大きな介入をすれば、時間は我々を帰還させるかも知れんというのだな」

装甲車の島田三曹が手を挙げた。

「島田三曹発言します」

「よし」

伊庭は意外そうに言った。

「時間かどうか知らないが、俺は運命だと思うんだ」

島田は太い声でひどく平易な言い方をした。発言の時の規則に合った言い方と、意見を述べはじめる時の仲間言葉に、彼の古参隊員ぶりがあらわれていた。「舟の人たちは知らないだろうが、俺たちは川向うのサムライたちとひと戦争やってしまった。悪い気分じゃなかったぜ。考えてもみろよ、弓矢と槍の世界へこんだけの道具を揃えてのりこんだんだ。誰に遠慮も気がねもなく、ブッ放してなぎ倒して、やりようによっちゃあ日本を征服することだってできるんだ。男と生れてこの世界が気に入らねえ法はない。おまけにここは戦国時代だって言うじゃねえか。学校で習ったが、百姓もお公家さんも、この時代の連中は戦争つづきで困ってるんだ。日本を誰かがひとつにまとめてくれなきゃ困る時代なんだ。やろうじゃねえかよ。昭和の日本人を守るのも、この時代の日本を守るのも同じこったぜ」

弾薬箱の上で伊庭は苦笑していた。景虎は遠慮したのか道路工事の現場へ戻っている。

「とにかく、俺たちはどっちにしてもこの時代に介入せざるを得ないのだ。たしかにかなりの量の携帯口糧があるが、それも限りがある。ここの領主の長尾景虎氏の援助を仰がねばとてもやって行けんし、万一の帰還に備えて当分の間はここを離れるわけにも行かん。とすれば、この岩場で自給自足の生活もしようがないわけだ」

「三尉殿におまかせします」

哨戒艇の三人が口を揃えて言った。余程心細い思いをしたのだろう。議論を重ねて結論を出しているらしい。

出　撃

「談合はすみましたかな……」

景虎が男性的な顔をほころばせながら戻って来て伊庭に言った。

「大した結論も出ませんでしたが、どうやら隊の規律をここへ来る以前の状態に保つことでまとまりました」

「そうでなくてはかなわん」

景虎は真面目な表情で言った。「お手前がたのしきたりはどうもよく呑みこめぬが、少し将と士のけじめがゆるすぎるのではござるまいか」

伊庭は大声で笑った。

「どうもそのようですな。景虎殿などから見れば烏合の衆に見えましょう」

景虎はあいまいな微笑でそれにこたえる。

「ところで、諜者のしらせではどうやら黒田めが大軍を動かす気配じゃ」

「決戦を挑む気ですか」

「さあて、そこまでは読めぬが、宮崎砦の先きざきにある松倉、滑川《なめりかわ》、新庄、富山など神保家、椎名家の諸城が合戦の仕度にいそがしいとか。神保、椎名の両家は古くよりわが越後の敵……黒田秀春めがうまくたきつけて大軍をさそったのかも知れぬて」

伊庭は自分の地図をひろげた。

「黒部、富山……なるほど、この間にある兵力が一斉にこちらへ向うとなると、これはちょっとした戦いになりますな」

「さよう。ちょっとした……」

景虎は伊庭の言い方を小気味よさそうに真似た。

「数は……」

「一万に足るまいと存ずる。七千か、七千五百」

伊庭は唸った。

「どのくらいの日数でここへ達しますか」

「七千が動くには三日は要り申そう」

運動性の悪い軍事だ、と伊庭は心の中でつぶやいた。

「それではこの川を取って置きましょう」

「何と申される」

「境川を我々の防ぎに用いましょう」

景虎は理解に苦しんでいるようであった。

「境川を……」

「川の向うはどうなっておりますか」

「川向うは境《さかい》という名の土地でござる。百姓の家が二軒。こちら側よりは心持ちゆるやかな土地で、街道のほかは林と畑ばかり」

「それではあなたの兵をまとめてください。川の向う岸一帯に陣地を築き、越中勢が来た時の第一の備えにします。川に防備をして第一の備えが破られた時の第二の備えとしましょう。そして川を渡ったこちら側が第三の防衛線……」

景虎はポカンと口をあけて伊庭を見た。天然の防衛拠点の前方には、必ずそれを守る陣地を構築するという軍事思想の初歩が、この時代の武将には天才的なひらめきに思えるらしい。

「敵地に踏み込んで守りを堅める……これはよい学問をいたした」

景虎は素直に頭をさげたが、伊庭は装甲車の車長である島田の性格を勘定にいれたにすぎない。

景虎たちは黒田の土地に乗りこんで戦うことがまず大仕事なのだが、伊庭はそんな敵は数にも入れていない。

「いつ討って出るおつもりか」

「いまです」

それは……と言いかけた景虎は、急に表情を変え、凄味のある笑顔になるとくるりと踵をかえして駆け出した。道へ出ると大声で怒鳴る。工事人夫たちがたちまち武装兵に姿をかえ、およそ百五十人ほどの部隊が隊伍を整えた。

「島田三曹。装甲車《APC》出動準備」

はいっ、と威勢よく答えた島田は、丸岡一士と共に車内へ姿を消す。

「木村士長。普通科隊を整列させろ」

装具の音がして、十名の歩兵がAPCの横に並ぶ。

「境川を渡河し、前方敵陣を破壊して越後兵の活動を掩護せよ。目的は橋頭堡確保、及び友軍防衛前線の構築」

装甲車が唸り、十名の兵士がそれにとびのった。

「出発」

伊庭は装甲車の前をゆっくり歩いて進み、戦国時代の北陸道へ出ると、右手を振って装甲車を右折させた。装甲車はいま、その本来の目的の為にゆっくりと前進しはじめた。

「景虎殿。兵があの車より前へ出ぬよう指示してください」

「心得た」

長尾景虎は自軍の兵に向って大声をあげた。それを聞きながら、伊庭の胸にふと、岩場を離れる不安がかすめた。しかし、それを恐れてこのまま孤児の立場になるよりは、この時代に参加するたしかさのほうが、はるかに自分を幸福にすると思った。

空　襲

越中黒田勢の矢が届くはるか手前で、島田三曹の砲が火を噴いた。ざぶざぶと川の水を押しわけながら、装甲車の砲は二度三度と轟音を発し、木造の櫓や棚が呆気なく飛散した。ことに六十七名の兵が登っていた櫓は、その基部に直撃弾を受け、一瞬の内に跡かたもなくなった。

だが、黒田の兵も勇敢であった。恐らくは百パーセントの死を知っているに違いないのに、それでも獣のようなおめきをあげて突進して来る。装甲車の兵たちがかなり怯えているのが、岸に立った伊庭にはよく判った。

しかし彼らの銃火は問題にならぬ程素早かった。突出して来る黒田兵はみな呆気なく射ち抜かれ、水際に死体をさらした。島田は心得たもので、岸へ一気に車をのりあげさせると、傾斜が終って平坦になりはじめるあたりで急に車の向きを変え、敵に対して横腹をみせた。相手が何の火力もないのを知り抜いている芸当である。兵士はいっせいにとび降りてその蔭へはいる。

軽いが音だけは派手な装甲車の砲が連続的に火を噴き、驚いたことに機銃の音までが聞えはじめた。丸岡と島田がこの時とばかり撃ちまくっているのだ。

肩をつつく者がいるのでふり向くと、若い一士がトランシーバーを持って立っていた。

「敵は農家を楯にしています。どうしますか」

島田の声が箱の中から聞えて来る。

「農家は焼くな。まわりこんで掃射しろ」

伊庭が命ずると、装甲車はゆっくり方向をかえて、前進をはじめる。とっくに矢の音は消えていて、兵士たちは車のかげから思い思いの方向へ走り出て行く。伊庭は景虎に向って手をふった。

ウワーッという歓声をあげ、長尾勢が川を渡りはじめる。総毛だつような白刃の光りが、しばらくの間川を埋めた。

「こいつはすげえチャンバラだ」

トランシーバーの中で島田の浮きうきした声が聞えた。いつの間にか六七人の隊員が伊庭のまわりに集り、銃を構えて対岸を見守っている。

自分を護ってくれている……という嬉しさより、伊庭は岩場を離れて来た男たちの態度に感激していた。もとの時代に戻れるかも知れぬ岩場を離れるのは、伊庭自身にしても勇気の要ることであったからだ。

「景虎さんたちが敵を追いまわしています。もう斬り合いは何カ所も残ってはいません。逃げ出す奴らを追ってどんどん遠くへ行きます。こんなショートレンジの戦闘じゃ、まるで射てやしません」

伊庭は島田の報告を的確だと思った。刃槍の戦闘ではすぐ格闘になりかねない。次の機会には彼我の距離を充分にとって置かないと、何の為の近代火器か判らないことになる。

「義明殿か……」

突然トランシーバーに景虎の声が入った。

「伊庭です。どうぞ」

「聞えるかのう」

景虎が傍の者に訊ねているらしい。

「聞えます。話してください」

「おお、聞えたぞ」

「景虎殿、どうぞ」

「どうじゃろう、このまま宮崎砦を陥すわけには行くまいか」

伊庭は即座に答えた。

「砦を焼くのはわけもありません、だが一度戻っていただきたい。景虎殿だけでよろしいから……」

「おう、そうか」

それっきり通信がとだえ、やがて対岸の斜面を長尾景虎が一人で駆けおりて来て川に入った。

「どうすればよいのか」

景虎はニヤニヤしながら言った。

「こちらへ」

伊庭は景虎と並んで岩場へ戻りはじめた。

「どんな策が義明殿にあるか、もうそれだけが楽しみで駆けて参ったわ」

景虎は少し息を弾ませて言う。

「砦を焼きに参りましょう」

「あの砦は堅固に出来ておる」

「しかし所詮木造でしょう」

「左様。造りはすべて木じゃが……」

「では簡単です。ふたりで焼いてしまいましょう」

「ふたり……儂とお手前でか」

景虎は足をとめて言った。

「清水一曹にヘリの準備をさせろ。敵の砦を焼くからな」

平井士長はちょっと羨ましそうな顔で伊庭をみつめ、すぐに走り去った。

「景虎殿は舟に酔われるタチでしょうか」

「いや。舟酔いはせぬ」

「それでは安心です。砦を焼いて、ついでに敵の様子を空から眺めて来ましょう」

「空……」

景虎はギクリと立ちどまった。

「飛ぶのですよ」

伊庭は悪戯っぽく笑った。うむ……と唸る景虎の背を軽く叩き、

「景虎殿ほどの人が、空のひとつやふたつ飛ぶぐらい、なんのことですか」

とからかう。

「恐れ入り申す。なんと義明殿の豪気な言われようよ。空のひとつやふたつとはのう。これはもう、わが殿にお聞かせ申さいでは」

景虎は心底からそう思ったようであった。

清水一曹はすでにヘリを始動させ、平井士長が木箱をふたつかつぎ込んで、ヘリの中で蓋をこじあけていた。

景虎と伊庭が乗り込むと、平井は降りる気配も見せず、景気よく扉を閉じ、伊庭に向ってニヤリとしてみせた。

第三章

犯　罪

宮崎砦を失った黒田秀春は、わずかの手勢をまとめて更に西の松倉城に逃げこみ、その報告が越中勢の攻撃をためらわせた。

時を稼いだ長尾側は春日山の主力を導入し、気合の入った突貫工事で境川に架橋すると、一挙に黒部川までの道を整備した。つまり最前線を黒部川東岸に展開し、自衛隊の協力で兵站線を確保したのである。

隊のトラックは全部で十七輌あった。約五千の越中侵攻軍が必要とする物資を運ぶには、それでもたっぷりとゆとりを残していた。物資、兵員を満載した大型軍用トラックが、戦国時代の北陸道を行きかい、神保、椎名連合軍に対策をたてる間も与えず、強力な前線を展開させた。

しかも伊庭はその前線に対し、景虎を通じて地域防御に徹することを求め、各陣地に隊員を一名ずつ配して、入念な火線を構成した。一方境川西岸はあらゆる樹木を焼き払い、一帯に土を露出させて遮蔽物をなくし、越後側に数基の櫓を組んで探照灯をのせた。これで夜襲も不可能になる。

同じように黒部川の川岸も奇麗さっぱり邪魔なものをとり去り、その陣地の中央に島田三曹の装甲車が、まるで魔王のように居すわっていた。

越後に神兵が降った。……それは単なる噂にすぎないが、あまりにも圧倒的な機械力は、近隣の人々に神兵の噂を信じこませたようであった。

「空から襲われたのでは守るすべがない」

高岡城の大評定でそういう意見が大勢を占めたという話がつたわって来る。

しかし、予想に反して越中軍は動いた。それは絶望的な行動とも言えた。愚かにも黒部川西岸に集結して対峙の姿勢をとった越中軍の只中へ、島田三曹の砲火が襲いかかり、上空にV107ジェットヘリコプターが飛来すると、それだけで越中軍は潰走しはじめた。

ヘリには景虎の部将栗林孫市が搭乗し、仇敵黒田秀春の陣を発見すると、清水一曹が執拗に追いまくり、遂に渡河して出た長尾方の雑兵にとりかこまれ、自刃するいとまもなく首を挙げられてしまった。

やがて神保宗忠の使者が和を乞いに黒部川へ至り、小泉越後守行長は伊庭の提案どおり黒部川と境川の間を非武装地帯にすることで越中掃討を思いとどまった。同時に各河川の架橋と海岸ぞい北陸道の拡張整備が神保、椎名両家の義務とされ、伊庭の自衛隊戦略構想の一部が実現した。

景虎はいったん兵を引いたのち、伊庭の命名による非武装地区巡察隊を組織し、トランシーバー一個を備えて定期的なパトロールを開始した。

春日山以西の地に久しぶりの平和がおとずれ、長尾景虎は勝山城を部下の栗林孫市にゆだねると、小泉越後守の命令で中部の栖吉城へ移って行った。

しかし、自衛隊は動かなかった。境川川口の岩場を離れることは、彼らが完全に故郷とのつながりを棄てることである。伊庭をはじめ三十名の隊員は、日一日と帰還の望みから遠のきながらも、そのつながりをたち切ることが出来ないのである。

土地の農婦たちに交替でかしずかれながら、隊員たちの間に沈滞した空気がひろまって行く。

夏が過ぎ、山のあちこちに柿の赤い実が見えるようになると、若い隊員たちは大きな焚火を意味もなく燃やすようになり、その火をかこんでいつまでも故郷の話に花を咲かせていた。

「いったい、いつまでこうやって……」

誰もかれもがふたこと目にはそう言った。やがて秋が終り、北陸の海が荒れはじめると、まず物資と車輛を納める建物が要求され、少し離れた市振《いちぶり》の海岸近くにそれが建てられた。

そして最初の雪がちらつく頃には、全隊員が同じ場所に新築された宿舎に籠っていた。陰鬱な北陸の冬が、若者たちの心をいっそう暗くとざした。

「佐渡に金が出た」

その報らせは丁度そんな頃届いた。律義な長尾景虎は、わざわざ最初の金塊を伊庭の宿舎に届けて寄越したのである。金塊は約四キロもあった。

　金塊をとりかこんでひと騒ぎあった後、伊庭はじっとその前で考えこんでいた。

「時間は俺に何をさせようというのだろう」

　伊庭が低くつぶやく。「この時代が俺たちの時代と微妙に違っているのは、何か意味があるのだろうか。俺たちがどんどんその違いの幅を広げてしまうことを、時はなぜ許して置くのだ。これはたしかに罪だ。俺たちはこの時代に呼吸しているだけで罪を犯しているのだ」

　波の音が次第に烈しくなっていた。

時の神

　伊庭に呼ばれた栗林孫市が、勝山城から馬でやって来て、宿舎の前で大げさに怒鳴った。

「栗林孫市、お召しにより参上つかまつった」

　珍しくよく晴れた日で、その時すでに伊庭は宿舎の裏の海岸にいた。竹吉という若い下僕に案内されてやって来た栗林孫市を見ると、伊庭は黙って手まねきをした。

　和服であった。他の隊員同様、すっかり髪が伸び、どうやらこの時代の風俗に馴染みはじめていた。

「まかり越しました」

栗林孫市はそう言うと片膝をついた。

「よい。ここへ参れ」

いつの間にかそういう言葉が身についていた。昭和の日本語では通じない所が多すぎるのである。

孫市は幾分堅くなって近寄る。

「あの岩場へ、どんな嵐にも、どんな波にも耐える建物が欲しい。人は住めずともよい。石を積んでしっかりと建てて欲しい」

「どのような建物でございましょうか」

「そうさな、たとえば社《やしろ》……いや祠《ほこら》でもよい」

「何様をまつるのでござろうか」

「まつるものか。そうか、やはり神がいるのだな」

「社《やしろ》のたぐいとあれば……」

「ならばそのほうの知らぬ神よ」

「ほう……して神の名は」

「時じゃ」

「《とき》。ときの神でござるか」

「さほど大きいものは要らぬ。ただ、我らがはじめに陣をしいたあたりの中央に建てよ」

「心得ましてござる」

栗林孫市はあっさり一礼すると退いて行った。実直で、命令に対しては何より拙速を尊ぶ実戦派の武士であった。

「竹。儂はあそこに祠をたてるぞ」

伊庭は下僕の竹吉にというよりは、むしろ自分自身を確認するように言った。

「ご決心あそばされましたな」

明るい声であったが、伊庭は思わずドキリとして竹吉を見た。

「どういうことだ。言え」

「恐れながら、伊庭さまがたをお運び申しあげたのは時の神とうけたまわっております」

「それで……」

「あの海辺をお離れ遊ばされなかったは、時の神の舟をお待ちであったと推察いたしました」

「うん」

伊庭はじっと竹吉の顔をみつめていた。

「いま時の神の祠をお命じになりましたは、神をまつるにあらずして、時の神のお迎えをお見限り遊ばしたもの……」

「よく見た」

「皆さまのおそば近くに御奉公いたしますれば、解けぬが不思議。伊庭さまはじめ皆さまは何ひとつおかくしになりませぬ。私めはさような皆さまをお慕い申しあげております」

「そういうものかな」

「はい」

「しかし迎えがないものと見限ったものでもないぞ。祠《ほこら》を建てるは迎えのあることを忘れておらぬ証拠じゃ。あれに祠があれば、時の神の迎えが参ったとき、我らが居らずとも必ず祠を持ち帰るのじゃ。祠が消えたとき、儂ははじめて彼方へ帰れぬと承知するであろう」

「したが、消えましょうか」

「さてな。なろうなら、消えた跡をこの目では見たくないものじゃ」

それは伊庭の本音であった。二度と帰れぬとは知りながら、二度目のタイムスリップにとり残されるのだけは我慢しかねるのだ。

「美しい世でございますそうな」

竹吉は昭和を美化した話しか聞かされていないらしかった。

伝令

月夜であった。うっすらと雪のつもった道を一騎が西へと駆けに駆けている。危険な北陸道を疾駆する馬の背にしがみついている武士は直江文吾という小泉軍団の青年将校であった。

その直江文吾という若武者が、市振の伊庭館《やかた》へ着いた時、耳聡く馬蹄の響きを聞きつけた竹吉は、手燭をともして玄関口に立っていた。

「伊庭義明殿に春日山城よりの使者でござる」

直江文吾は息を切らせて苦しそうに言った。

「お呼び申します。まずはこれを」

竹吉は手燭をそこへ置き、手早く用意した白湯の入った椀を差し出した。

「かたじけない」

そう言う直江文吾に一礼して竹吉は奥へ消えた。

すぐに伊庭が現われる。

「お使者ご苦労。して越後守殿のお言葉は」

「これに長尾景虎様のご書状がござる」

一度開封してたたみなおした封書をひらくと、景虎の筆跡があった。

伊庭は竹吉のさし出すあかりでそれを読み、ニヤリと笑った。

島田、平井、木村と言った連中が伊庭のうしろへ集って来ている。

「色部一族が佐渡へ侵攻しようとしている。景虎殿の情報によれば、彼らの渡海は明後日の模様だ。とうとう俺たちの金が戦争を誘発してしまったようだな。仕方がない。今度は海でひと暴れするか」

「まだそれ程雪は積っていませんから、トラックで燃料を陸送しましょう」

元第一師団輸送部隊の平井士長が言った。

「よし。兵員五名を連れ、陸送してくれ」

「どこに集積しますか」

「新潟港だ」

「しかし海がだいぶあれています。万一哨戒艇が回送中に事故でも起すと困りますな」

艇長の三田村三曹が言った。

「よし。ではすぐに艇庫から出せ。清水一曹は必要な人数を集めヘリの準備にかかれ。吊下《スリリング》げでやる」

三田村三曹が口笛を吹いた。

「こいつは派手なことになりやがった」

「残りはすぐ作戦会議だ」

退屈し切っていた男たちは、ドヤドヤと奥へ駆けこんで行く。

「お手前、名は何と言われる」

伊庭は一人残って使者に訊ねた。

「直江文吾」

「この書状はいったん越後守殿がごろうじたようじゃが」

「いかにも。殿は景虎様の文をごらん遊ばし、すぐ拙者にこの館《やかた》へ伝えよと申されました」

「して、越後守殿のお考えは」

「申されませぬ。ただ、すべて伊庭義明殿のご下知を待とうとのみ……」

「聞き洩らしたのではないか」

「いや、しかとさように」

「よし。大儀であった。竹吉、この者に例のものを振舞うてつかわせ」

「直江さま、ではこちらへ……」

竹吉はすでに直江の馬の轡をとり、館の横手へ案内する。遠くで発電機が唸りはじめ、やがてそこここにまばゆい文明の灯がともった。自衛隊の携帯口糧は越後の武士の間に天下の珍味として珍重されている。直江文吾は今夜、それを一包みまるごと手に入れることになるのである。

「すりりんぐ、とはどのようなことでござろうか」

若武者は竹吉に遠慮がちに訊ねた。

「鉄の鳥に舟を吊りさげて運びまする」

竹吉は澄ました顔で言ってのけた。

伏　線

その朝、海ぞいに住む越後人たちは世にも珍しい光景を見た。

まず明け方早く、ドラム罐を積んだ軍用トラックが北陸道を駆け抜け、その重い地ひびきに叩き起こされたあと、登りはじめた朝日の中を、恐ろしい爆音を轟かせて、ジェットヘリコプターがゆっくりと海上に飛来した。

しかもその腹の下には、鋭い線を持つ鉄舟がぶらさがっていたのである。

竹吉が表現したように、それはまさに鉄の鳥が舟を運ぶの図であった。道や浜にとび出した人々は、

「伊庭館の鉄の鳥が行く」

「伊庭さまのご出陣じゃ」

と、まるで神を仰ぐように口々に叫びかわし、地に伏して念仏をとなえる者さえ少くなかった。

そしてこれはまた、どういうつもりであろうか。

そのあとからカーキ色のトラックが紅白の布を引きまわし、神官の装束をつけた竹吉をのせて、ゆっくりと登場した。

「おん敵退散、お味方勝利、おん敵退散、お味方勝利……」

竹吉は甲高い声をはりあげてそう言い、白木の三宝にのせた銭を、人々の間に投げ与えながら進んで行った。

「おん敵退散、お味方勝利」

銭を争って拾う民衆の間に、いつとはなしにその言葉が合唱されていた。そしてトラックを追いかける童らの間では、それがいつの間にか、

「おん敵退散、伊庭さま勝利」

という声に変化していた。

その声は、紅白のトラックが遠くへ去ったあとも村々に残り、まるで勝ちいくさのあとの祭りのような騒ぎであった。ましてその伊庭たちの今日の出動が、今や越後繁栄の鍵ともなった佐渡の金山、銀山を守るためと知らされてからは、いっそう熱狂的になって行くのだった。

春日山城では、領民たちのそうした熱狂ぶりを戦いに勝つ兆と観て、天守の大太鼓を打ち鳴らさせ、騒ぎを煽りに煽った。

舟をだいた鉄の鳥がまい降りた新潟の海岸では、その騒ぎはとりわけすさまじかった。民衆はありとあらゆる旗や幟を持ち出し、鐘、太鼓を打ち鳴らして海岸を踊り狂った。竹吉はとうとう図にのって平井士長から携帯用の拡声器を借り、

「おん敵退散、伊庭さま勝利」

と、はるか対岸の浦原津にまで届くほど喚き抜いた。

「どうでもいいけどこの騒ぎは……」

さすがの島田三曹も辟易気味で言った。

「クーデターの伏線にしては安いもんさ」

伊庭は竹吉がばら撒く銭つぶてを見やりながら、ひどく陰気で、そのくせ自信たっぷりな言い方をした。

「小泉という殿様も、俺たちにたくらまれちゃ気の毒なものですな」

木村士長は浮きうきしているように見えた。

「これで今日か明日の海戦に俺たちが勝てば、あの連中だって殿様の権威を少しは考え直さなければならんだろうぜ」

平井が木村に向って言っている。

「呆れたもんさ。一国の頭に立とうという奴が、戦争の仕方をアカの他人の居候にまかせるんだからな。一所懸命越後の国を守っていたのは、小泉の殿様じゃなくって長尾の虎さんだったのさ。隊長はその虎さんに政権を渡してやりたいのだよ。俺だってあの虎さんには惚々させられてるんだ。長尾景虎をこの辺で上杉謙信にしてやりたいぜ、まったく」

その景虎はいま、栖吉の城にあって北へ勢力を伸ばして来た関東管領家の上杉勢力を圧えることに腐心している最中であった。

徴発された漁船に石ころが積みこまれ、長いロープで哨戒艇とつながるところであった。

海戦

信濃川の川口に突き出た新潟の浜のまむかい、沼垂のあたりに狼火が見えたのは、それから二日後の昼前であった。

四門の機銃をのせ、ゆっくり川口を出た哨戒艇は、進路をいったん北にとり、次に大きく東へ折れて色部軍の船団へ突進した。

色部軍とて、越中における伊庭一党の恐るべき活躍を聞かぬわけではなかった。しかし、彼らが現実の認識として持っているのは、そのような夢物語的な伊庭一党の強さよりは、何度も対戦して骨身に沁みている長尾景虎の果敢な戦法であった。

その景虎が対上杉作戦で釘づけになっている。……とすれば、鬼神のように言われる伊庭一党もその力が半減するに違いない。しかも海の上のことだ。

そう判断しているのである。もしその判断が少しでも甘かったとすれば、その原因は佐渡にある黄金の光に眩まされたせいだ。

そして色部軍は、たしかに伊庭たちの機械力や火力を過小評価していた。だから、小舟三艘を縦につないで接近して来た哨戒艇を見て、たかが四艘と数を算えた。色部軍は大型船三十艘を繰り出し、それに武装兵を満載している。

「ようし。ロープ解けェ」

三田村三曹が命令すると、曳き綱を解かれた三艘の小舟はゆらゆらと波間に漂う。

とたんに哨戒艇は素晴しい快速で色部船団のまわりに弧を画きはじめる。そして機銃が火を噴いた。

「いいか。丸に菱形の紋が色部本家の紋だぞ。そいつだけはとっつかまえるんだからな」

三田村はそう言いながら高速で艇をまわす。木造の舟は機銃に穴をあけられ、次々に傾いて行く。武士たちは悲鳴をあげながら海に沈んでしまう。

わずかに銃弾をまぬがれた舟の武士たちも、今はもう呆気にとられ、茫然と突っ立っているだけであった。

三田村は哨戒艇に装備されているラウドスピーカーのマイクを摑むと、ゆっくり接近しながら言った。

「抵抗が無益なことはもう判った筈だ。これ以上射撃しないから、そのかわり舟の艪や櫂を流せ。武士の情けだ。武器を棄てろとは言わない」

すると伊庭の作戦どおり、敵はいっせいに艪や櫂を海中に流しはじめた。

「色部ご本家の御座舟はどれか」

答えはないがだいたい見当はついている。それへ加えて、僚船の武士たちが一斉に一艘を注目したので間違いようはなかった。

哨戒艇は艇首をめぐらすと、潮の流れにまかせてあった小舟にむかい、そのロープを拾いあげてもとのようにつなぎ直した。それを曳航してゆっくり生残りの色部船団に割って入り、三艘目にバラストの石をのせず、ロープを積んであったのを指で示して、そのロープでお互いをつなぎ合うよう命じた。

ロープを積んだ三艘目に色部側の舟がむらがり、やがて彼らは本家の乗船を先頭に、一列縦隊につながった。

「よく覚えておけ。前の二艘には網で固定した石が積んである。お前たちがもし抵抗の気配を示せば、我々はこの網を解いて舟の栓を抜く。しばらくの間。それでお前たちは動けないだろう。そこで我々がさっきのように銃撃を加える。わかったな……」

三田村はそう言い聞かせてから、次第に加速をはじめた。生き残りの八艘は、みる間に直線となり、日本海を西南へ向かった。

戦果は捕虜百五十人余り。しかもその中にはかつて小泉越後守に叛いた色部本家の色部武兵衛氏増、およびその一子宗兵衛氏茂が含まれていた。

「おん敵退散、伊庭さま勝利……」

新潟の浜は声をからしてそう叫びつづける人々の姿で埋まっていた。

第四章

現　実

雪が降っている。

その、雪が舞い降りる空を伊庭義明は越後の空、と感じながら眺めている。伊庭にとってそれは既に越後という土地であり、新潟県という土地は、彼がかつて住んでいた遠い世界にしかないのである。

戦国期の永禄三年がもうすぐ終ろうとしているのだ。三十名の元自衛隊員の中で、比較的よくこの時代の歴史を知っている加納一士によれば、永禄は十二年まであった筈だという。しかし、その知識が正しいのか違っているのか、伊庭にはたしかめる術もない。また、仮りに正しいとしても、ここでそれが彼らの歴史どおり十二年まで続くのかどうかも、はっきりとしないのである。

判っていることは、人間が意外に素早く新しい世界に同化してしまうものだということであった。星の瞬き陽の動き、雨、風、雪から樹々のざわめきまで、彼らをとりまくすべてが戦国時代のものなのである。ひとつの石を踏むたびに、ひとつの言葉を聞くたびに、かつて住んでいた昭和の臭いが薄くなり、永禄という時代がいや応なしにしみついて来る。

隊員の誰もが、自分達の体からぬけ落ち遠ざかって行く昭和の臭いを、言い知れぬ悲しみをもって見送っているようであった。その淋しさは時に恐怖さえともなう程であった。しばらくの間、昭和という殻にとじこもり、深刻な無力感に支配されていた隊員たちは、やがて徐々に立ち直りを見せ、失った時代を忘れ新しい時代を獲得するために、積極的にこの時代に参加することを求めはじめたのである。

そのきっかけは、阿賀野川北域を占拠している色部一族の佐渡攻撃であった。その企図を海上でくじいた自衛隊員たちは、俄然攻撃的になって行った。

日本統一。それが全員の理想であり夢であり、目的であり同時に野心でもあった。いや、そのためにこの時代を揺り動かしていくことこそ、失った時代を忘れ新しい時代を獲得する手段であったのだ。

「まずこの線……」

装甲車の車長である島田三曹が地図を拡げて伊庭に提案した。指は春日山城のある府中、すなわち直江津市から海岸ぞいに北へ進み、柏崎で山側へ入ってから上越国境の三国峠で止った。

「島田さんもそうお考えでしたか」

加納一士が言った。「これは昔……いや現代では関東街道と呼ばれているコースです。沼田、白井と通って一気に川越まで南下する東京への最短コースです」

「東京ではない。江戸だ」

島田はちょっと不機嫌そうに訂正する。

「それも家康以前の江戸だぞ。しかも途中には上杉、宇都宮、足利、成田など、越後勢にとっては手強い相手がいる。それを突破して行くだけの戦略価値があるかどうかだ」

伊庭が言うと県《あがた》一士が色白の顔に血の気をのぼらせて指を走らせた。

「この時代はやはり京都です。この地図にある国道八号の線を辿って琵琶湖へ出て、西岸ぞいに一気に京を占領します」

「京都なんかほうっておけ。関東へ出るんだ。そして江戸を東京にする」

島田はむきになって主張した。

「家康がやったようにやればいい」

普通科隊のリーダーである木村士長が島田の加勢にまわる。

「俺達にも領土が要る。まさかこの越後をぶんどるわけにも行くまいし、かと言って江戸以外の土地を手に入れて、みすみす値あがりすることが判っている土地を他人にまかせることもあるまい」

「でも我々の狙いは日本を統一国家にすることですよ。それにはどうしたって京都へ行かなくては……」

県一士はもどかしそうに大声をだした。

「まあ待て。いずれは京も江戸もとらねばならん。しかし、我々三十人だけでこの時代を意のまま操れるわけではない。我々が強力なのは機械化されているからだ。天下をとる為には越後軍団が必要だし、今は車の走れる道もない時代だ。地区ごとに細かく征服し、車の走行可能な道路を建設させねばならん。接近戦になれば今のサムライたちのほうが我々よりずっと上手に戦うことを忘れてはいけないのだ。下手な戦略をたてればベトナムのようなゲリラ戦にひきこまれるぞ」

伊庭は地図から顔をあげ、腕を組んで遠くを眺める目つきになっていた。

それは案外遠い道のりであるのかも知れない。近代火器、高性能爆薬、無電、ヘリ、トラック、装甲車……それらを持って刀槍以外何もない兵士たちと渡り合うという絶対の優位にあるにしても、やはり現実は甘くないのである。まして今は冬。北国は雪にとざされている。

虹

明けて永禄四年正月の或る日。

昼ちょっと前から薄日がさしはじめ、やがて風も凪いで北国の冬には珍しい上天気となっていた。境川川口の岩場の中央に、恐ろしく頑丈な石造りの社《やしろ》が建っていて、小半刻ほど前からその岩場に達する道の入口あたりに、十四、五人の武士が所在なげにたむろしている。

社の前には人影がふたつ見えている。ひどくのんびりした様子で、そのふたつの影は岩場の突端と社の間を、ゆっくりと歩きまわっている。

「栗林孫市めの申すところでは、義明殿はこの社の神の名を、ほんの思いつきで名づけられたそうなが」

長尾景虎は悪戯っぽい目つきで訊ねた。

「その通り。ほんの思いつきで」

「よい名を思いつかれたものじゃ」

「それはまた、どうして」

「儂も気づかなんだが、この社が建ってからというもの、義明殿はじめご一党の衆を、人はみな《とき》さまと呼ぶようになったそうな。人の噂は早いもので、過日信濃より戻った草《くさ》の一人は、彼の地の者達が義明殿ご一党を《とき》衆とか、《とき》三十人衆とか申し、いたく恐れているということでござった。またとなくよい前ぶれとは思われぬか」

伊庭は景虎の顔をすかすように見た。

「ほほう、景虎殿は草をお使いになるのか」

すると景虎はひどく意味深長な微笑をみせた。

「雪深い越後にあっては、草を遠国へ走らすことがせめてものたのしみでござるよ。もっとも、主君越後守は頼朝公以来の名家におわすためか、ひどく草をおきらいあそばすが」

草とは密偵、乱波、忍びの者の称である。

「それで、なぜ《とき》の名がよい前ぶれだと言われるのか」

「口づたえに《とき》衆と聞いて、これを文字にするとき……」

景虎は伊庭の前へごつい左掌をかざし、右の指でそこへ字を書いてみせた。字は《土岐》と読めた。

「土岐とは越後の小泉家に劣らぬ美濃の名流じゃ。うまくはかれば美濃では戦を見ずに進めるのではなかろうかのう」

景虎は口早にそう言って、微笑を浮べたままあらぬ方を見やった。その横顔を、伊庭はしばらく黙ってみつめていた。

やがて景虎は伊庭の執拗な沈黙に根まけしたのか、いっそう笑いを深めてふりむいた。

「あなたはいつか小泉行長を名君だと言った……」

伊庭は急に昭和の喋り方をした。

「いかにも」

景虎は堂々と答える。その正当さを誇張した言い方から、伊庭は相手の結論を読みとっていた。

「やれやれ。どうやらこの空にはとほうもない虹がふた橋かかっているようだ」

幾分芝居がかって空をみあげ、つぶやくようにそう言うと、景虎は突然大声で笑いだした。

「橋なものか。これは綱じゃ。太く強い綱じゃ。義明殿のと儂のと、ふたつの虹がからみ合った虹の綱じゃ」

伊庭は真顔に戻った。

「しかし、いつ気づいたのだ」

すると景虎は岩の上にすわりこんだ。

「はじめてのあのいくさ車の火筒を見たとき、これさえあれば天下をとるも夢ではないと思い、そのあと義明殿の武略が並々でないことを知り申してからは、いずれ天下を望まれるものと推察いたしており申した」

ふたりは向き合って岩の上に坐っている。

「するとあの銭撒きでか」

「さよう。あのなされようは民の心を主君越後守より《とき》衆に移すこと以外の何ものでもござらぬわ」

景虎はそう言い、春日山城小泉左衛門五郎行長の人となりを、ずばりひとことで評した。古い。そう結論する。今まで越後を支えて来たのが、この長尾景虎の力によることを、彼自身過不足なしに正当に評価している。越後守護という職名に安住し、鎌倉以来の伝統にとらわれ切っている名門の末裔が、いまでは祖国を危うくしている最大の患部なのだと指摘する。

たとえば景虎が戦略を樹てても、古い軍配者の作法どおり、開戦の日時、方角、雲気など吉凶判断のための占筮術を行なって、その結果を押しつけて来る。……今日のいくさはそんなことでは勝てなくなっている。景虎はそのたび勝機を逸し、苦戦を強いられていたのだ。

越後の安泰をはかるには、まず信濃から関東を平定しなくてはならない。景虎はそうも言う。伊庭はそれを聞きながら、まずクーデターの手順を考えていた。

策　謀

律義に見えても戦国に生れた武将長尾景虎は、伊庭の指揮する《とき》衆と組めば天下に風雲をまき起せると計算していた。そして決断すると呆れる程積極的に行動した。

小泉越後守は名門の当主として、層の厚い家臣団の頂点に据えられた傀儡であった。色部一族に縁のつながる重臣が、その助命を申出ると春日山城の地下牢に幽閉したまま処断を決しかねていたし、佐渡の黄金を用いて信濃の上杉家と和を講ずる提案があれば、それにも動揺を示すと言った具合であった。

景虎の端倪できぬ点は、それら小泉行長に対するさまざまな提案の裏側で、ことごとに糸を引いている所であった。特に対上杉講和策については、国内に深刻な論議の対立を生じさせた。タカ派とハト派の対立である。

春日山にとって都合の悪いことに、この時期幽閉されていた色部父子が何者かの手引によって脱走し、その途中勝山城にある栗林孫市の手の者に発見され、白昼の北陸道で斬殺されるという事件が発生した。

伊庭はこの事件について、どこまでが景虎の策謀なのか知らされていなかったが、この脱走劇が発火点となって、雪にとざされた越後の情勢は急速に変化した。

色部父子の助命を唱えたのは、常に越後守側近にあって政務をとりしきって来た山浦氏宗という家老の第一人者であり、色部氏増、氏茂父子とは極く近い縁戚にある。また、同時に氏宗はハト派の中心人物で、景虎をはじめ長年対上杉戦に労を積んで来た武人たちから見れば、いわば文官に近い人物である。色部父子脱走未遂事件は、従って武人派と文人派の対立に火をつけた結果になった。

一方、府中を中心とする地区の領民からは、《とき》衆に対する春日山の処遇に関し、不安の声が挙がりはじめていた。

事のはじめは例年正月に全家臣が春日山へ伺候し、それぞれの分に応じて越後守から新年の祝いを賜わる中で、どういうわけか伊庭義明らがその正月、一顧だにされなかったという事実による。はじめそれは、黒部川合戦、新潟海戦とあいついで宿敵をほうむった功労者に対する尊敬と同情の念からであったが、民衆の間で論が進むうち、もし《とき》衆が越後を見棄てたらという、深刻な不安に変って行ったのである。《とき》衆の圧倒的な強さをまのあたりに見て知っている人々は、この秋から冬へかけての越後の安泰ぶりと、佐渡の金による繁栄の兆を、すべて《とき》衆による恵みと感じていた。

その気で見れば、なる程《とき》衆は冷遇されている。だいいち市振《いちぶり》の伊庭館《やかた》はこれ程の武力と功績を示した集団の生活として、甚だしく格式に欠けている。しかもまだ無位無禄であって、栖吉へ移った長尾景虎の援助で細々と生計をたてているにすぎない……。と、その時代の人間の眼には映るのである。

《とき》衆の評判はひどくよい。

気さくで、おどけ好きで、しかもひとりひとりが驚く程実際的な知恵の持主である。《とき》衆と親しくした者は、多かれ少かれ、何かしら生活の上での利得をえているのである。長尾さまと《とき》衆がいれば、越後はそれだけで万々歳……そういう世論が強まってくる。が、景虎も伊庭たちも、そうした世間の動きには全く関心を示さないで静かに冬の日を送っている。春日山が《とき》衆を放置していたのは、彼らが景虎の陪臣であると見たからであったらしい。格式を重んずる小泉家では、興味を持っても然るべき資格がない限り直接接触することは心理的にできなかったのであろう。

だが、日ならずして、どこからともなく《とき》衆とは源氏の流れであるという説が拡まって行く。土岐氏となれば放って置くわけにも行かない。越後守は長尾景虎を呼び寄せて、《とき》衆の処遇について協議する肚をきめた。

それは対上杉問題で騒然となっている最中のことである。武断派の巨頭と目される景虎が春日山へ呼ばれるというだけで、まっぷたつに割れた家臣団の双方がかたずをのんだ。すでに春はまぢかに迫っており、雪が消えれば再び戦雲の動く季節である。講和か決戦か、それは山浦氏宗と長尾景虎の対決次第であるように見えていた。

が、城内ではそれ程深刻な問題とは感じていなかった。もともと上杉との講和を氏宗に示唆したのは景虎本人であった。佐渡の黄金があれば和平をも購える……氏宗はその景虎の言葉に動いたにすぎない。何よりもご領内の和が大事。いっときの敵も情を厚くして遇すればよきお味方となろう……氏宗は景虎がそういうのに力を得て色部父子の加命を乞うたのである。脱走未遂は父子に明がなかったからにすぎない。……そう信じこんで安心し切っていた。だが、猫は時として虎になり、虎は時として猫に変ることがあるのを、氏宗は全く忘れ去っていたようであった。

景虎は単身春日山城へ入り、以後数日の間全く音信を絶ってしまった。城下では二日目、早くも景虎幽閉の噂が流れ、三日目には府中の土民が大挙して大手門へ集り、その安否を訊ねるというひと幕があった。

急病である。一揆に似た勢いで城門に迫った土民を見て、城内からひどく事務的な説明が行なわれると、人々は更に詳しい情報を求めて不満の声をあげた。城内警備の武士がその民衆を追い散らした。

城内では、事実景虎が床についていた。もちろん仮病であった。そして充分民衆の不安を煽ったのち、景虎はやっと回復を申出て《とき》衆処遇問題にとりかかった。

城内で景虎がどのような協議をしたか、それは恐らく後世の史家を惑わすに違いない。故意に喧嘩を売ったのか、又は氏宗に真意を覚られたのか……。

演出

《とき》衆は越後守の使者を伊庭館に迎えた。隊伍を整えて越後守の閲兵を受けられたいという、命令というよりは要請に近い丁重な迎えであった。

《とき》衆は直ちに出動準備にかかった。が、その迎えの使者が春日山城へ帰り着くことはなかった。勝山城の一隊が使者の帰路にたちふさがり、これを斬ってしまったからである。

そして、《とき》衆はトラックに火器と栗林隊の兵士を満載し、装甲車を先頭に春日山城へ発進した。城下には《とき》衆が景虎救出に動くという噂だけが流されていた。

島田三曹の操縦する装甲車は、春日山城大手門のまん前に停止し、砲身をその城門に向けた。機銃をのせたトラックがその両脇に展開し、加納一士ら元陸幕四部土浦武器補給所に所属していた武器科隊員四名は、そのはるか左後方でMATの発射準備に余念がなかった。対戦車ミサイルMATは七五ミリ無反動砲にかわる新鋭兵器で、射程こそわずか二キロと短いが、オールトランジスタ化したリモコン式の有線誘導弾で、命中率は百パーセントであった。

その日、府中の全住民が春日山城周辺に集って事の成りゆきを見守っていた。そしてその衆人環視の只中で、城の天守に数個の人影が入り乱れ、人々は一様におどろきの声をあげた。白刃がきらめいていたのだ。明らかに一人を数人が斬り伏せようとしている。

「景虎様が危い」

どこからともなく、そういう声が挙がると、人々は悲鳴に近い抗議の叫びをあげた。それは百姓、商人だけでなく、今度の事件に関与できぬ下級武士たちの間にも起っていた。

救国の英雄が君側の奸臣らによって殪されようとしているまさにその危機一髪のところであった。西の空から鉄の鳥Ｖ１０７の爆音が急速に接近し、前代未聞の一大ショーを展開したのである。

ヘリコプターは天守のすぐ上でホバリングすると、蛇にも見える一条の綱をするすると吐き出し、それを天守最上階の軒に打ちつけるように何度も揺らせた。と、次の一瞬、白刃を振っていた男はその綱をとらえ、追いすがる敵に一太刀浴せかけると、ゆらりと天守から足を離した。太刀をくわえ、両手で綱にすがった人物は、宙にたれた綱を少しよじのぼり、綱の末端にとりつけられた環に片足を入れると、そのままゆっくり天守を離れ、人々の集る上空へ移動して来た。

「景虎さまじゃ」

「ご無事じゃった」

群衆は空を仰いで口々にわめきたてた。その騒ぎの最中、装甲車の砲が天守を狙い撃った。一瞬にして屋根が飛び、人々は気を吞まれて静まり返った。そこへ今度は有線誘導による対戦車ミサイルＭＡＴが、ひょろひょろと奇妙な航跡を描いて堅固な大手門へ向って飛び去り、ただの一撃で見事に大手門を粉砕してしまった。どっと歓声が挙がる。ヘリコプターは演出効果を狙いすまし、その群衆の中央へ景虎を降した。景虎はくわえた太刀をまだ抜き身のままぶらさげていて、衣服のそこここに返り血を滲ませている。装甲車は素早い連射を城内に送りこみ、景虎を降したヘリコプターは綱をまきあげながら再び城の上空へとって返し、たて続けに二十個ばかりの爆薬を撒き散らした。伊庭館で砲弾から作り直した急ごしらえの爆弾である。その最後の一発が爆発し終るか終らないかというタイミングで、栗林孫市を先頭にした兵士が城内へ斬りこんで行く。景虎は群衆にとりかこまれたまま、聞えよがしに伊庭へ怒鳴った。

「山浦氏宗は上杉のまわし者じゃった。関東管領家に越後守護を売り渡す魂胆と見え申す。伊庭殿、頼みじゃ。早う越後守様をおすくい下されい」

百姓までがその声に憤激して城へ向った。

第五章

活　気

雪がとけ、春が来ている。

景虎のクーデターは、あとになってみるとひどく陰惨なものであった。

あの日、春日山城にいて生き残った者は一人もいなかった。小泉行長はじめその家族、家臣、山浦氏宗とその周辺の人々は、ことごとく屍骸となって城門を出た。真実を告げる口を失ったまま、政権は自動的に長尾景虎へ移ったのである。

山浦氏宗はクーデターに失敗し、主君一族を道連れに亡んだ稀代の大悪人として葬られた。《とき》衆は悪を防ごうとして立ちあがった英雄としてあがめられ、政権交代に際しても特に主張することがなかったので、人気はいっそう高まっていた。

しかも、雪どけ寸前という時期を選んで行なわれたこの大芝居はまさしく図に当り、新政権樹立そうそう、信越国境に戦雲が迫ったのである。

近隣諸国には当然越後内乱の報がとんでいる。しかもそれは必要以上に誇大に伝えられている。景虎の深謀であった。小泉氏滅亡と聞いては、いかに長尾景虎を高く評価してみても所詮守護代に過ぎない。越後を狙いつづけて来た上杉側にとっては絶好のチャンスであった。

会津若松を本拠とする蘆名氏は、この所もっぱら南下政策を打ち出して、ひと頃のような越後との衝突は起さないでいるが、信濃、上野を併呑した上杉氏は、関東管領の権威と実力をかさに、村上氏を前衛としてことあるごとに越後へ襲いかかるのであった。

景虎はこの春を見越して冬の間に信越、上越の国境防備をかためさせていたのである。伊庭と景虎の間には、夏まで防御専一にという戦略がたてられていた。その間に佐渡の金山開発によって増大した経済力で、国内道路網を一応整えてしまう計画なのである。攻撃に転ずるに、まず《とき》衆の機動性を高めなければならない。

村上勢が高梨城から飯山へ出、そこで勢力を二分して東西に道をわけたという第一報が入ると、ヘリコプターは信越国境の関山、箕冠、および直峯の諸城へ補給を開始した。木村士長の率いる普通科隊員十名が、国境警備の越後兵を指揮して地雷原を構築し、機関銃座を作った。

一方焼け跡の整理もつかぬ春日山では、伊庭と平井士長らが特殊部隊の隊員を選抜するテストをはじめていた。急ごしらえの砂場に細い丸太の一本橋が架けられ、数百人の若者がその上を駆け抜けようと冷汗をかいていた。無事に渡りおえた者に対する第二のテストは、馬具職に作らせたフットボールに似た革製ボールと、野球ボールそっくりのふたつの球であった。大きいボールのテストでは、装甲車の丸岡一士がキックするのを、ゴールキーパーよろしくとめさせている。そのキープに成功すると次はキャッチボールである。ちゃんとグローブまで作らせてあって、若い隊員たちが面白がって投げるのを、慣れぬ腰つきで必死に受けては投げ返している。

運動神経を調べているのだ。合格した戦国時代の越後青年たちは、すぐに即成のトラック運転手としてしごかれることになる。伊庭は近代技術を身につける適性は、一にも二にも運動神経にかかっていると考えたらしい。

この時期、伊庭たち《とき》衆は、仕事をまかすことのできる者ならば、それこそ猫の手でも借りたい思いであった。機敏さを持ち、柔軟な思考の出来る者は、百姓町人の区別なく、どんどん採用した。市振の伊庭館にあって、栖吉城の景虎との間を密使として往復した小者の竹吉は、その中でも最も有能な人物であった。目から鼻へ抜ける才智で昭和の発想になる困難な指令を次々にこなし、今では最も緊急を要する道路建設の総指揮官になりあがっている。

景虎も銭を惜しんでいない。領民を男女の別なく駆りあつめて道路工事に従わせ、一人一人に法外な労賃を支給している。竹吉はそうした労務者を十人ずつの班に組み、それぞれの工区に完成期間を定め、早く仕上げた日数だけボーナスを支給することを考えついた。工区の難易に応じて十班、十五班と人数を加減し、必要があれば中途から増援班も加えるので、その処置はひどく評判がよかった。

こうした動きは越後という国を一度に活気づけた。道路は一日ごとにのびて行き、充分な報酬を得た民衆の間に、一種独特のナショナリズムが湧きあがって来た。以前のように百姓は武士の戦に関知しなくてもよいという空気はなく、前線のこまかな動きをひとつひとつ知りたがった。国境で村上勢が撃退されるたび、村々は祭りのように湧きたった。

わが越後よ、天下をとれ。小田原へ、京へ……そういう願いが歌となった。「おん敵退散、お味方勝利……」

激　戦

やがて夏。信濃口の戦況は日ましに有利となり、村上勢はその七月に海津城まで退き、そこで上杉氏の来援を待った。その頃には越後に職業的土木建設者の一群が生れ、矢玉のとび交う最前線近くで平然と道路建設を続ける勇猛ぶりを発揮していた。

しごかれた若者たちは意外な早さでトラックの運転に慣れ、出来上ったばかりの道を北へ南へと往還している。兵員、糧秣、武器がそのたびに敵地深く送りこまれ、更に地元から多くの労務者が徴発されてその道路をのばすことになった。しかも、相手方領民といえど、支給される賃銀に差別はなかった。

これはこの時代の占領政策としては決定的な効果を示した。人々は旧領主の復帰を心から嫌い、乱波のたぐいの煽動工作もほとんどが未遂に終った。越後の柔らかい下腹であった信越国境線は消失し、逆に上野側へ突出していた三国峠、清水峠を口とする上越国境が、上杉方への重大な脅威と化していた。

上杉勢は村上氏に信越の瀬踏みをさせている内に敗退を重ねすぎ、今ではその主力を三国峠へ向わせることが不可能になっている。信濃へ南下した越後勢力に、その側面をさらすことになるからである。

この時、上杉側は一策を案出した。蘆名氏と同盟して、更に東方から越後を牽制しようというのである。だが、その動きはいち早く景虎の情報網にキャッチされ、上杉家の使者が会津若松へ入った翌日、阿賀野川上流の秘密基地を経由した清水一曹ら越後空軍のヘリコプターの空襲を受けると、三の丸の一部を焼かれただけで上信越紛争不介入の立場をうち出してしまった。

越後勢は占領区の人心をたくみにつかみ、兵力を急増させながら圧力を強めて来る。遂に海津城も孤立し、上杉勢主力は関東平野へ撤収した。

南下する越後軍はそこで一旦進撃を休止し、伸びに伸びた兵站線の整備にかかったが、その一瞬の油断をついて意外な敵が北上していた。それは伊庭たち昭和人が当然予測しなければならなかった相手であった。

武田信玄である。

長尾景虎が伊庭たちの世界で上杉謙信であるなら、この両者の激突を予想しないほうがうかつである。しかし、この世界では、上杉家は越後長尾家と全く血縁を持たず存在してしまっている。そこに見落しがあった。

信玄来るの報を受けたとき、だから一番動揺したのは《とき》衆であった。が、景虎は楽観している。

「なんの信玄ずれが……」と歯牙にもかけぬ様子で、伊庭たちの異様な動揺をかえって不審に思っているらしい。

「そうだ、信玄はたしか越中の一向一揆や神保氏と手を組んで、境川以西から越後軍の背後をおびやかすことになる筈ですよ」

歴史通の加納が昂奮して伊庭に言った。

「そいつはまずい。と言ってこっちの手をあけるわけにも行かないし、どうです大将、ヘリだけで越中口を押えられませんかね」

島田三曹が言う。《とき》衆全員は急遽会議をひらき対策を練ったが、結局ヘリコプターだけしか越中戦線にさけないことが判った。

「まずいぜ、全く。そろそろガス欠気味だしなあ」

島田がボヤいた。越後には草生水《くそうず》と称する石油が湧出している。しかし、隊員の誰ひとりそれからガソリンを精製する方法を知らなかったのである。そしてジェットヘリコプターはひどく燃費が高い。

景虎の楽観をいさめ、伊庭は全兵力を結集して信玄来襲に備えた。この時まだ海津城は陥ちないでいる。

松本からまっしぐらに北上した武田の前衛は八月十六日、妻女山に布陣、千曲川と犀川にはさまれたあたりで両軍が対峙することになった。景虎は次第に駒を進め、本営を千曲川を背にした八幡原《はちまんはら》に置いた。

時に永禄四年九月十日。そのあたり一帯は川中島と呼ばれる土地であった。

銃声はまず武田側から聞えた。種ガ島に渡来した銃が国産化され、信玄の手に入っているのだ。伊庭ははじめその銃声に愕いたが、すぐ信玄北上の背景を覚ってニヤリとした。

越後の火器に対抗し得ると考えたのであろう。この時代の人間として、それは無理からぬ計算であるが、《とき》衆の火器は信玄のものに比して、少くとも四百年は進歩しているしろものである。

「これは勝てる」

思わずそう叫び、無用な慎重論を唱えつづけていた自分が急におかしくなった。「行け、トラック部隊」

伊庭の命令一下、武装したトラック十台が猛然とスタートし、その荷台に乗った越後兵の白刃が一斉に揺れた。対する武田軍からは精強で鳴る騎兵が突出して来る。トラックのクラクションが甲高い叫びをたて、それに愕いて敵騎兵隊の乗馬が次々に跳ねあがる。

「みろや、落馬続出でレースにもなりゃしねえ」

本営の前にとまった装甲車の上で、島田が仁王立ちになって怒鳴った。二列縦隊を作ったトラックは、敵兵の只中へ割って入り、中側へは手榴弾を投げ、外側へは機銃を撃ちまくっている。

だが武田勢は死兵であった。殺しても殺しても、河原から湧き出すように立ち向って来る。長い丸太を車輪の間に突っこまれて擱座するトラックが二、三台あった。荷台の上で白刃がきらめいているものもある。やがて擱座したトラックに火がつき、もうもうと黒煙をあげはじめる。

「信玄の本営を探せ」

伊庭は憑かれたように装甲車へとび乗ると、島田三曹にそう怒鳴った。動き出した装甲車のボデーへ敵弾が集中しはじめ、カツンカツンと乾いた音をたてる。

帰　京

勝つことは勝った。

しかし越後軍は虎の子のトラック四台を失い、千に近い死者を出した。

結局戦いのけじめをつけたのは装甲車であった。乱戦となり広く展開した戦場を、島田三曹は猛牛のように駆けめぐり、弾薬が尽きてもまだ武田兵を追いまわした。敵陣を中央突破したトラック隊は、その後方でUターンすると、荷台にのせた兵をおろし、そのまま敵陣後方に居すわって挟撃体制を作った。

恐らく信玄が死を決したのはその瞬間だったのではあるまいか。彼は決然と馬腹を蹴り、景虎の本営めざして突き進んでいた。伊庭が装甲車に発進を命じたのは丁度そのころであったようだ。

圧勝に慣れ、本営の防御を手薄にしていた景虎の前へ白馬にうちまたがった武田信玄が突進し、遂に総大将同士の一騎打ちとなった。景虎は手にした軍配を信玄の初太刀に割られ、危うく抜刀したところを再び切りかかられて転倒したという。その急場を救ったのは県《あがた》一士の放った二発のNATO弾であった。一発は白馬の首を射抜き、一発は信玄の右腕をかすった。起きあがった景虎は、馬からころげ落ちる信玄にとびかかり、刃を下からはねあげるように振ると、信玄の首は薄皮一枚を残して肩から外れたという。

縦横に駆けまわる装甲車へは、何度も武田兵がとびついて来て、白刃が折れるまで厚い鋼板を突き続けていた。虚しい努力には違いないが、その恐るべき戦闘精神は、伊庭ら昭和の自衛隊員にとって、悪夢のひとこまに思えた。

越後軍の戦法は、これよりのち車懸《くるまがか》りと呼ばれ、この時武田兵のとった窮余の戦法……装甲車の外鈑を突いたり、丸太でトラックを停めたりしたことは、啄木《きつつき》の戦法と呼ばれることになった。

越後軍は総大将みずから敵の総大将と対決してその首を落した前代未聞の快勝に湧いていたが、《とき》衆は冴えなかった。

連戦連勝の車懸り戦法をしのぐ戦例を作られてしまったからである。決して勝ったとは言えない状態であった。

そして数日後、それをはるかに上まわる、衝撃的な悲報が届いたのである。……バートルが墜ちた。急使はそう伝えて来た。

急遽越中の動きを押えるため帰航したジェットヘリコプターV107は、三国山地へ入った直後、異常な悪気流に遭遇したらしく、白根山と渋峠の間の谷へ墜落炎上してしまったという。もちろん、清水一曹ら二人の乗員は死亡した。

鉄の鳥が落ちた。……慣れ親しみ、その空行く姿を誇りにさえしていた越後兵たちは、戦勝の宴から冷たい現実に引き戻され、幾日かはひどく静かであった。ただ、越中の動きは栗林孫市の手によって未然に防止され、事なきを得たのは不幸中の幸いというものであろう。

信玄が死んで海津城もいつの間にか空城となり、逃散した城兵の遺留品がちらばる中を、景虎は黙々と入城して行った。

十月。

長尾は僅かの直衛を従えて春日山城へ戻り、伊庭義明が越後主力軍の総指揮をとることになった。名物の空っ風が吹きはじめる十一月には川越に入場し、直江文吾と石庭竹秀の指揮する一隊は、甲州へ進駐した。

石庭竹秀とは、かつての小者竹吉であった。竹吉は道路建設に奇才を発揮して急速に地歩を固め、伊庭の一字を請うて石庭姓を名乗り、名も竹秀と改めて今では一軍を率いる部将格になっていた。

強大をうたわれた武田を撃滅し、なおかつ降将には温情をほどこして膨張を続ける越後軍を前に、関東の諸将は一斉に恭順を申出て来た。

この辺りまで来ると、伊庭の率いる軍団を人は誰も越後勢とは呼ばなくなっている。事実核となる越後兵は全体の三割にも満たず、あとは勝運と財力に恵まれた大勢力に従いついて来た他国の兵員であった。

初期の《とき》衆に対する過小評価は影をひそめ、今ではもて余すほど過大にその力が評価されている。《とき》衆自体は逆に初期の自信過剰から、川中島での自信喪失をへて、きわめて現実的になっているのであるから、この関東における過大評価はひとつの皮肉でもあった。

昔の江戸を知りたい。未来の東京の土を踏みたい。《とき》衆の一致した希望が、川越の滞陣をそうそう切りあげさせ、太田道灌が開いた海の見える丘をめざし、大軍が川と入江の入り組んだ土地を、長蛇の如くつらなって行った。

「東京へ帰って来た」

深川生れの伊庭義明は葭の生い茂った道で、思わずそう叫んでいた。

竹吉。つまり石庭竹秀は一種の天才と言うべきであった。時に応じてどんなことでもやってのける。

甲府へ着いてすぐ彼がしたことは、自分の陣屋から蒸発することであった。その理由については直江文吾だけが知らされていた。

文吾はひどくおっとりとした一面を持ち、かつては市振の百姓の三男だった石庭竹秀の身分など、まるで念頭にないらしい。

「ここはひとつ儂に手柄をさせてくれまいか……」

そう言われただけで、ニコニコと竹秀の要求を承知してしまった。

いま江戸に大軍が休止している。その大軍の糧秣は、いかに《とき》衆といえど越後から運ぶわけには行かぬであろう。儂はそこもとより多少商いというものに精通しておる。わが兵を一時預ってくれれば、江戸の友軍に充分な補給がしてやれるのだ。……竹秀はそうたのみこんだ。筋目衆と呼ばれ、越後でもれっきとした家柄の直江文吾を、そこもと、と呼ぶ図々しさもさることながら、遙か後方に当る友軍の糧秣調達を、いわば最前線の将が兵を一時預けにして試みようという、野放図もなさが、いっそ見事というべきであった。

「金銀はいかがなさる」直江文吾はからかうように訊ねた。

「それそれ。そこじゃ、たのみというのは」

竹秀は文吾のふところをあてにしているらしい。文吾は流石に苦笑し、それでも気前よく有り金をはたいた。

「かたじけない。それがしに子が産れ、それがみめよい娘じゃったなら、そこもとの男児に嫁に呉れよう。これは男の約束じゃ」

竹秀はまだ妻もないくせに、押しつけがましい謝礼の約束をして去って行った。

そして半月あまり。江戸にある土岐軍主力の糧秣がようやく底をつきはじめ、諸将が調達に駆けまわりだした絶妙のタイミングで、八方からぞろぞろと荷駄の隊列が江戸の葭原へ集って来た。

どの荷駄に訊ねても答はひとつだった。

「石庭竹秀さまのお買いあげでございます」

「石庭竹秀さまの荷でございます」

土岐軍の全兵士が、この時石庭竹秀の名を腹の底へ飯と一緒にしまいこんだ。

「あの野郎め」

自衛隊員たちは口ぐちにそう言って笑った。あけっぴろげな功名心が憎めない。それでいて見事に功名をたてている。

兵士たちが飽食した頃、今度はどこからともなく、美醜とりまぜた女どもが集ってくる。

「石庭竹秀さまに買われました。土岐の衆をおなぐさめ申せと……」

女たちは闇にまぎれて臆面もなくそう言い、兵士と葭の間へ消えて行く。

「大将よ、こいつは少し行き過ぎじゃねえかな」

島田はその様子を聞くと物欲しげに立ちあがり、丘の下につらなる葭原の闇を眺めた。

だがその頃、竹秀はすでに小田原の城下へまぎれこんでいた。敵情視察のつもりなのだろう。城のまわりを歩きまわり、石垣の高さなどをしきりに観察している。

やがてとある染物の店に入ると、絵筆を借りて下図を描きあげ、生地、色などに口やかましい注文をつけ、その分たっぷりと銭を置くと再び人ごみへ消えて行った。

二十日後、竹秀は甲府へ戻り、元の武士姿に威儀を正してケロリとしていた。

「功名はいかがでござった」

直江文吾が訊ねた。

「まずまずの出来でござろう。それよりも小田原で染めさせた、わが差物をごろうじられよ」

竹秀はいかにも得意そうに言った。

「ほう、小田原までござらっしゃったか」

「仲々の備えでござるぞ」

二人は立ちあがって宿舎の椽へ出た。

「ほほう、見なれぬ意匠で……」

文吾はいかにも感じ入った様子でそこにある竹秀のデザインを眺めた。

「伊庭さまはこれを軍旗と申された」

「軍旗……」

「さよう、旗、差物を伊庭さまの兵法では軍旗ととなえ申す」

竹秀はしたり顔で説明する。白地に濃い橙色で染め出されたそのデザインは、しかし竹秀のオリジナル・デザインではなかった。

長方形の差物の上部に横線が一本くっきりと記され、そのすぐ下に五角の星がひとつついている。「それがしがこの軍旗を掲げて戦えば、伊庭さまはじめ《とき》衆の皆さまは手を打って喜ばれるに相違ござらぬ」

「さようかのう」

文吾は要領を得ぬままうなずいている。それは自衛隊の三等陸尉の階級章であった。

小田原

馬入川の東、茅ヶ崎あたりの浜で船大工たちが働いている。相模の山中から切り出した巨材で舟が建造されている。すでに平定された関東街道を使って、越後からはるばる哨戒艇が運ばれ、今はその鋭角的な船体が相模湾に浮いていた。

その海岸の西のほうでは、大規模な攻城戦が展開されている。もちろん有線誘導ミサイルMATがあれば、小田原城など物の数ではないかも知れぬが、ようやくガソリン、弾薬ともに底をつきはじめた土岐軍は、その消耗をおそれて緊急の場合にしか用いなくなっているのだ。

そのかわり後方に多数の鍛冶を集め、この時代に産している硝煙を用いる砲を造っている。加納一士ら四名の武器科隊員の基礎知識が役だちはじめていたのである。

永禄五年のことであった。

小田原城は幾たびもの攻城戦に会い、そのつど寄手の勢いに耐え抜いて、逆にそれを退けたという実績を持つ堅城であった。しかも今、名将のほまれ高い北条氏康が采配をふるって、多数の鉄砲を備え、時に乱波を用いて寄手の後方を攪乱して来る。しかも箱根を越えて今川氏とは緊密な同盟状態にあり、避けて通るわけには行かない強敵であった。

北条方も必死である。関八州を制し、関東最強の地位と版図を誇っていたのが、突然土岐軍という怪物の怒濤の進撃に押しまくられ、かつて制圧下に置いていた諸将が次々に土岐軍に加わった今では、小田原を失えば後背地伊豆へ逃げこむより途はないのである。

攻城は長びき、いつ果てるとも知れぬ一進一退が続いていた。伊庭はこの日のあるのを予測して、最も信頼の置ける部将二人を甲府に送り、旧武田領を支配すると同時に、三遠駿の三州を支配する今川勢力に対し、北方から強圧を加え、小田原救援を不可能にしようとしたのであった。

ところが、予想外に長びく小田原攻めとは逆に、旧武田領にある石庭竹秀と直江文吾は、意外に素早く今川勢力を分断しはじめていた。

まず石庭竹秀は今川領の外を西へ走って、《とき》衆の新兵器なしで木曾氏を撃破し、その西にあった美濃の土岐氏と手を組んでしまった。

景虎が推測したように、美濃の土岐氏は急速に勢力を伸ばす東国の土岐軍に対し、はじめから好意に近い気持を抱いていて、清和源氏の本家筋として、あわよくばその膝下に跪かせたいと考えていたのだ。

竹秀は殆ど本能的にそれを見抜いたらしい。長年武田方について戦闘をくりかえして来た木曾氏を破ると、すぐ美濃に直行して独断専行の提案をした。

「土岐義明様の命令により、ご本家へ土産を献上につかまつった……」

いきなりそう切り出したのである。伊庭姓を勝手に通称の土岐に変え、しかも奪ったばかりの木曾領を、挨拶がわりの土産にするという。当主の土岐頼明は手を打って喜び、竹秀の労を丁重にねぎらったのち、木曾進駐の兵を手配した。

その時竹秀は、接待に出た土岐家の家老、松平広信に向って、思いついたようにこんなことを言った。

「わが主君は今や上野、信濃、甲斐、武蔵などの諸国を領し、旭日昇天の勢いでござる。しかしご家老が主君義明どのにお目通り召されれば、いかに無欲のお方か、ひと目でお判りになろう」

「無欲の君子とは聞えており申すが……」

松平広信は釣り込まれて言った。

「何せすでに天下の半ば近くを手中におさめ遊ばしても、いずれは越後守様にそれをお渡し召さるご心底じゃ。余りの無欲に、もうやつがれめなどは呆れて……」

竹秀はそこで口を濁した。

「なる程。それではご家来衆もいっそ張りがのうござるな」

「それよ。どなたかもそっと欲をふきこんで下されねば」

とそこで声をひそめ、「いま小田原に手を焼いてござるが、肝心の越後守様は助勢の百人もお寄越し下さらぬのじゃ。せめてご当家なりと、今川攻めにご加勢下されば、主君義明殿はいかように喜ばれることか。……いやこれはつい余分な申し様でござった。ご本家とは言え、やつがれ如きが弱音を申したとあってはこれものじゃて……」

竹秀はそう言って自分の首を叩いて笑う。

「そのこと、それがしも少々存念がござる。当家の重臣らにはかり申そう」

松平広信はそそくさと廊下へ出て行った。

美濃土岐氏が三河の国境を越え、対今川戦に討って出たのはその二日後のことであった。

先年今川義元を失い、基盤の揺れていた三河と遠江は、あっと言う間に総崩れになった。

車懸《くるまがか》り

直江文吾は土木工事に熱中している。

それは富士北麓をまわりこんで御殿場から田貫湖をつなぎ、更に平塚へ抜けて土岐軍本隊を誘導する道路建設である。

土岐軍団が設けたどの道よりもけわしいコースであった。

伊庭は最初からそのコースをあきらめ、機動部隊のみを舟で駿河湾に送ろうと考え、車輛輸送用の舟を茅ヶ崎の浜で建造させていたのだが、やはり富士、箱根を越えるか迂回するかの道路は、そのあとの事を考えるとどうしても必要であった。

直江文吾は律義な性格どおり、その困難な道路建設に挑んだのである。旧武田領民及び旧木曾領民が大規模に動員され、特に越後より送金を仰いで、従来どおりの宣撫工作をかねた一種の公益事業を始めたのである。

案に相違して富士北麓の迂回路はかなりのスピードで進行した。しかし問題は御殿場以東である。険阻な山道を拓くには膨大な人手を要する。文吾は何を考えたか、その労働力を今川氏の支配から離れたばかりの、三河、遠江の二国に求めた。末期症状を呈し、強盗のように租税をとりたてる今川治世に疲弊していた両国の領民は、すでに土岐軍の道路建設の噂を知っていて、ワッとばかりにとびついて来た。

それればかりではない。相模、武蔵、多摩の住人たちや、まだ今川支配下にある駿河からまで、自発的にこの道路建設に加わる者が押し寄せて来た。それは箱根の嶮にはばまれ、東西交流を思うにまかせなかった人々の夢の道でもあったわけである。戦の帰趨を無視し、互いに自国の利害を離れ、人と人、同じ大地につながる朋友として、そこには異常とさえ言える情熱が見られた。

そしてその純粋な情熱が、結果的には駿河の今川氏の抵抗を弱めることになった。領民が大規模な逃散をはじめたのである。三国を支配していた今川軍団が駿河一国に押しこめられ、やがてそこにも戦火の迫るのは避けようもなかったから行先きの見えた今川支配下で戦火に会うよりは、いっそしばらくの間割りのいい道路工事にでも従っていよう……そう考えたに違いなかった。

大量の領民に流出されて、今川氏の存在は根底からゆさぶられた。百姓は生かさず殺さず、いざ戦ともなれば邪魔になるのみ……そう信じ続けていた今川武士階級は、領民の逃亡にあっては、もうどうにも気力がうせ、領民のあとから二人、三人とつれ立って投降して来るのだった。そして文吾は、それら今川方の将士をきわめて寛大にとりあつかい、それまでの身分に応じた処遇で召しかかえ、自陣の手に余るような高位の武士には、土岐軍の中から然るべき将をあっせんし、禄につかせてやった。

美濃勢をさそって三河、遠江になだれこみ、勝ち戦をほしいままにした石庭竹秀にくらべ、直江文吾の温和な政策は駿、遠、三の三国民の間に圧倒的な好感をもってむかえられ、やがて今川方から小田原攻囲中の土岐義明に対し、三河、遠江を直江文吾の支配にまかせるなら、土岐勢力に従う用意があるという申出があった。

この申出は籠城中の北条方にもつたわり、それを土岐義明がいれて駿河一国を安堵すると城内は大いに動揺したようであった。

今川帰順で小田原城は全く孤立してしまったのである。あと百日二百日を持ちこたえても、海の向うか陸奥の僻地からでも事が起らぬ限り、その絶対的な孤立状態は解決しない。

北条氏康はようやく時の大勢に自らをあきらめたようであった。駿河の今川へ密使をはしらせて直江文吾経由で土岐義明の条件を打診して来た。義明はその文吾からの使者が着いたとたん加納一士に伝騎をとばさせてMAT攻撃を命じた。

「できるだけ派手にやるように」

その指示を受けた加納一士は、約二十発のMATを一キロ先きからつるべ打ちに撃ちはなち、有線誘導のオールトランジスタ、対戦車ミサイルの弾道を故意にひょろひょろと曲げてとばした。

はじめてMAT攻撃を見る北条方は、うすい白煙の航跡を残し、さまようように宙をとんで城門をうち砕くさまに胆をうばわれた。

無惨に防御を破られ、今は半裸の如くなった小田原城の将兵は、その硝煙がうすれた間から、装甲車を中心に横隊を作ったトラックが、ゆっくりと前進しはじめるのを見てくちぐちに叫んだ。

「車懸《くるまがか》りだぞ」

「南無三、もはやこれまで」

だが奇妙なことに、有名な土岐の車懸りの陣は城壁の少し手前でピタリと停止した。

駿河からの使者が、その時到着したという義明の演出であった。

富

春日山へ戻った長尾景虎は、越後の経営に腐心していた。

まず第一は佐渡金山の増産と開発である。伊庭義明にまかせた遠征軍は、景虎の予想をはるかにこえたスピードで進撃し、しかも驚くべき勢いで膨張を続けている。掘っても掘っても黄金はその戦費に流出して行く。しかし、三国峠から武蔵の江戸にかけて戦火は完全に消えた。そしてその間を、越後の民はわが物顔でのしあるいている。商いはさかり、日本列島の最も幅広い部分を縦にぶち割った関東から越後一帯の主都は、いまや六日市か府中かという勢いであった。

景虎は満足し切っている。苦労して整備した、越後を起点とする歴史はじまって以来の大道路網にのって、物資が急激に動きまわりはじめたのである。

「なる程、義明殿はよう申された。商いの流れはひと動きごとに黄金を産みだすものじゃわい」

多忙な政務の間、ときどき景虎はそう言って義明の面影を追うことがあった。

米か金銀か。富とは究極のところそういうものだと信じ込んでいるが、充分な領土に平和を約束し、道を整えて領民を豊かにすることが、これ程の富に還元されて来ようとは思ってもみなかったことである。

いま景虎は、江戸から春日山に至る全支配地に、ごく軽い税を課していたにすぎない。しかし日を追って向上する庶民の経済力は、その税によって佐渡の黄金をしのぐ富を景虎に与えているのだ。

近江、山城あたりに古くからあった馬借、車借を生業とする者が、この地域にも多く発生していた。彼ら車馬輸送業者は、利を追って遠く支配地外へものり込み、他国の魅力的な商品を持ち帰っては消費を刺戟している。

景虎はそれにまけず、各河川を整備しはじめ、治水、灌漑と同時に舟運の便をはかっている。舟運、陸運ともすべて免許制度で、支配地外との交易に際しても特許状を用意し、関税制度をしいた。それらのやり方は、むろん古くから形としてはあったが、これほど合理的な制度ではなかった。各地の主要都市を楽市に指定し、繁栄の刺戟剤とするのもすべて義明の教えによる。

「彼らはいったい何者であったのか」

景虎はよくそう考える。

突然境川川口に出現して驚くべき新兵器で自分の危機を救い、戦国武士ならば誰もが一度は夢みる一国の太守を実現させてくれ、川中島で天下にその名をとどろかすことさえ可能にしてくれた不可思議な力を、彼らとの間に結ばれた、ただの奇縁として解してよいものであろうか。

「時の神……」

景虎はまた、いまや世間から土岐義明と呼ばれ、美濃の土岐氏までがその出自を少しも怪しむことなく自分の傍流と認めてしまったことに苦笑しながらも、境川の岩場に建つ石の祠《ほこら》を思い浮べるのであった。

時の神とはいったいどのようなものをつかさどる神なのであろう。時、すなわち日月星辰の運行である、と脇近の学者は解説してくれたが、事実はもっと意味深いものではあるまいか。

景虎は更に考える。

時を夜明けから夜明けまでの、均等に分割した或る長さとするのは、たしかに間違いではない。しかし、それは時の持つ性格の一面に過ぎはしないだろうか。……時として。そう、まさに時として、人は一瞬を一生の長さに感ずることがある。川中島で信玄に斬りかけられ、河原にあおむけに転倒した一瞬がそうであった。

母に抱かれた幼い自分自身を感じ、母と父にかこまれた平和な日々を感じた。魚を追って水に潜った夏の日、鹿を追って山にわけ入った冬の日、若い妻、老けた妻の顔、我子の泣き顔、そして成長した笑顔、戦いの日々、酒宴の夜、旧主小泉行長とその家族、そしてあの血ぬられた春日山城での出来事……河原の土にのけぞって立ち直る迄のほんの一瞬、それらの情景が次々に脳裏に現われては消え、ほとんどそれまでの一生を感じたのではなかったか。

覚めれば一瞬である。しかし、それは真実自分が死に直面して過去の世界へ念力で逃げこんだ長い長い時間ではなかったか。とすれば、時とは長さばかりのことではなかろう。

時として、ときどき、ときには……そうしたことばのとおり、或る偶然なもの、偶然のこと、それらをもつかさどっているのではないだろうか。人智を超えた事の結末、探りあてるべくもない人と人のからみ合いの謎、混とんとした過去の闇から、めくるめく永劫の未来まで、そのすべてのからみ合いをつかさどる者が、時の神と呼ばれるのではあるまいか。

景虎はそうしたことを考える男になっていた。

「儂の時の神はやはり義明殿じゃ。儂には義明殿のような強い時の神はない。とすれば、このさき天下の事は義明殿にまかせ、越後の主という分を守るが相応というもの……」

平和な越後に微風が吹き抜けていた。

合流

栗林孫市の兵は疲れ切っていた。南下した土岐軍団と異り、近代火器の恩恵を何ひとつ受けなかったのだから当然であろう。

はじめ春日山城に入って越後の留守居役をしていたが、武田信玄の要請を受けた越中の神保、椎名連合が動揺を見せると、孫市はとるものもとりあえず、全兵力を駆けに駆けさせ黒部川までの非武装地帯へ侵入した。

だが一時攻勢を見せた越中勢は、信玄戦死という川中島の戦報を聞いて大いにうろたえ、人質を差し出して和を乞うた。

その時期の孫市は、ごく大まかな指令を景虎から受けているにすぎなかった。それまでは愚直なほど命令に忠実な男だった。であるから、彼はそれ以後の処置を、生れてはじめて自分の頭で考え出さねばならなかった。

神保、椎名連合は、いわば小族の寄りあつまりである。同じ神保氏の中にも、てのひらをかえすような和議をいさぎよしとせず、本願寺門徒衆や越前の朝倉氏を頼って、孫市に顔をそむけるものも少くない。孫市はそれらをひとつずつちから押しに圧しつぶして行った。富山、礪波の二つの平野をまたにかけたゲリラ戦に、自分のほうからはまりこんで行くかたちとなってしまった。

そこで散々に苦戦をさせられた。しかし、古武士を思わせるいさぎよいいくさぶりと、豪快で粘りづよい人間性が、次第に敵の間にも認められ、小細工に裏を掻かれても、むしろそれが孫市の美点として愛されるようになった。

だが、はじめて自分自身の頭で行動をとりしきらねばならなかった孫市にすれば、この苦戦が余程こたえたのであろう。神仏をたよるようになっていった。いくさの勝敗はみほとけの存念ひとつ。このおろか者にそれをどうくつがえすことができようか……。

孫市は、自らの持って生まれた性分を少しも変えようとはせず、むしろそれをひとつの道として、きわめて受動的に次の局面に対処した。

「敵はみほとけが動かしてござる」

孫市は人にもよくそう言い、自らも信じているようであった。敵の動きは仏が自分に与えた命令である。従って虚心にその動きに合わせてはたらけばよい。それは一種の悟りの境地であったのかもしれない。

日夜仏を念じはじめた孫市のその仏とは、土地柄自然門徒のそれになっていた。別に計算したわけではないだけに、孫市はいつしか加賀の本願寺門徒衆から盟友と見られるようになり、最強期にあったその勢力と、全く円滑に協力体制ができあがっていた。

自然、越中の騒乱もしずまることになる。栗林孫市は問題の多い加賀、能登を自由に出入りできる唯一の武将となり、門徒衆が越前朝倉氏と衝突すると、頼られてその軍を率いることになった。

が、朝倉は戦争技術にたけた強国である。孫市プラス本願寺という、どうみても良質とは言えない精神主義一点ばりの軍団は、戦っても戦っても朝倉軍を押しのけることができなかった。

長い長い流血の日が続いた。

その悲惨な情勢に解決の曙光を浴せたのは、土岐義明美濃へ入るの一報であった。それによって、今迄中立を守って来た飛驒の三木氏は危機を感じ、春日山の景虎と美濃へ入った土岐義明に使者を発し、帰順を申出た。

朝倉氏は急ぎ近江の浅井氏と連合し、美濃西部に長大な戦線が展開することとなった。朝倉側の北方戦線は手薄となり、防御に専心して、しばしば栗林軍に撃破されるようになった。

孫市はそろりそろりと越前の海ぞいに若狭湾へむかいはじめる。

　この頃孫市が耳にした義明らの活躍ぶりはまったく目ざましく、その神出鬼没をきわめる車懸り戦法は、信じかねるほどであった。

　美濃は古くからひらけ、道が発達している。橋も東国に較べればはるかに整備している。車輛のための建設作業に手がかからなかった。しかも、これは《とき》衆だけの秘密であったが、弾薬、燃料とも底をつき、これ以上の節約ができない状態であった。つまり、近代装備を放棄する直前の、あきらめ切った最後のひと花だったのである。

　疾風の如くトラックが敵地深くのりこんで行く。三日以上の行程を、大兵力があっという間に移動して浅井、朝倉連合軍はみじめに分断された。城砦には巨砲が火の雨を降らせ、ケシ粒程にしか見えぬ遠い敵が突如として火柱をたてさせ、そのたびに浅井、朝倉の兵はほとんどたたかわずに逃げねばならなかった。

　しかも、越後の王者長尾景虎が京へ進撃を開始した。前衛は剛勇を以て鳴る栗林孫市である。浅井、朝倉連合は南北からの強圧にひとたまりもなく追いつめられ、遂に近江姉川に最後の抵抗戦をしいたが、島田三曹の装甲車がこれを限りと荒れ狂って地上から姿を消させてしまった。

　近江姉川で、南北両方面に分かれていた越後兵が、何年ぶりかで再び手を握りあった。

　北からの兵は、たっぷりと越後の臭いを滲みこませていたが、南の兵はその越後訛りさえ少し変化させていた。彼らの友軍は諸国の言葉で満ちみちていたからである。

「やあ、栗林どの……」

最も変化を見せていたのは、馬上からそう声をかけたかつての小者竹吉であった。かつての身分差を苦もなく蹴とばしたその笑顔に、孫市は思わず眼をとじて仏を念じていた。

第六章

京

景虎が兵五千を従えて京に入ったとき、京周辺の各地ではまだそこかしこで掃討戦が行なわれていた。

波多野、遊佐、三好、松永といったひとくせある豪族たちは、長い間日本の中心部に蟠踞《ばんきょ》して各地の動向に最も明るいはずであるのに、どういうわけか時勢の転換についてはひどく大局観にとぼしいようであった。

潮の寄せるがごとく、逆らうすべもない土岐勢の進撃を前にして、彼らは小ざかしい細工のかぎりをつくし、今はもう形ばかりでしかない朝廷の権威が生みだす、僅かな利権をまもることに汲々としていた。ひょっとすると彼らは京という都会の繊細さのとりことなり果て、京周辺の土地以外で、野太く生きて行くことができぬのを知りつくしているのかも知れなかった。

とにかく逃げ落ちることを全く考えていないらしい。五度六度とはずかしげもなく旗色を変え、彼らから見ればはるかに純朴である東国の武士たちを激怒させてしまった。

三好、松永の武士あたりに言わせれば、そんなことで本気に腹をたてるようでは、とても京では食って行けぬ田舎侍ということになるのだろうが、逆に島田三曹のような表現法にかかれば、彼らこそ京の田舎者で、中央の特殊性にくわしいだけで天下のことについてはまるで無関心なやからであった。

次々にそうした京の諸氏が姿を消して行くのを見ながら、景虎は賢いということについて考えていた。

彼らは政権が交代するたび、賢く立ちまわって次の時代の政権に結びつき、京という土地の重要さと特殊性も利用してたくみに生きのび、繁栄して来た。

しかし結果として、彼らが大国を支配したことは一度もなく、猫の額ほどの土地を美々しく飾りたて、宝物でいっぱいにしたにすぎない。家格は高く官職も高位であっても、これら京近辺の諸豪から天下取りが現われたことは絶えてない。それは不思議といってもよい事である。

遠国にあるすべての戦国武将が、はるか雲の彼方にある京を睨み、天下の権を握る夢をみても、遠いがために中途で挫折している。

しかるに、半日も歩めば京に入れる者達が、一度も政権を奪えないでいるのはどうしたことだろう。いま、将軍義昭は彼らに追われて遠く芸州にあるという。勢を失したとは言え、足利幕府の将軍を追うほどの者は、それにかわって天下に号令してもよいはずではないのか。

好きこのんで丹波、山城のせまい土地でいさかいをくりかえしている必要はないのである。景虎は京でまのあたりにそれらの末路を見、何かしら人の心をとらえてしまう得体のしれない巨大なものを感じずにはいられなかった。

扈従して来た腹心の部将館川勝増にむかって、景虎は憮然として感想をのべた。

「こまかないくさは国をせまくするものらしいて……」

館川勝増がその言葉の意味を理解したかどうか判らなかった。勝増は黙って軽く頭をさげたのみであった。

「いくさのない大国でのうのうとくらすのが、真の賢者というものであろうが……」

景虎は勝増の無表情な顔を好もしげに眺めながらそう言った。

「まことに、まことに」

その時景虎の言葉を聞いてつぶやくように言ったのは山城国勝竜寺城城主細川藤孝であった。

細川藤孝は京周辺の諸氏の中では一風変った存在であった。紛争を好まず、武士としてよりは文人として名高い。和漢の文才に恵まれ、当代随一の歌人として朝廷に多くの友人を持っている。歌道を通じて古代の史実に通暁し、自然尊皇の志が厚い。

景虎が入洛するとき、なぜか義明はこの人物を識っていて、景虎の対朝廷外交官に推薦して来た。用いてみると実に適材で、すべてが何の苦もなく円滑に運んだ。

景虎はふと奇妙な感じになった。伊庭義明という人物は時々物を知りすぎていることがある。いまここで自分の言葉に心から共感している様子の温和な人物を、義明は昔からよく知り抜いているのではないだろうか。でなければこのような人材が京に埋れているのを発見できた筈がない。

しかしそれも一瞬の疑惑であった。景虎は将軍家不在のまま、細川藤孝の手配で一応越後守護職と関東管領の職を正式に受領すると、まるで汚物溜から逃げ出すように、あたふたと越後へ戻って行った。

越後守護、関東管領の職は景虎一代の夢であったが、手に入れて見ればひどく虚しいものであった。

大垣

義明はいま美濃の大垣にいる。

大垣城から東方を見わたすと、すぐ近くの長良川のほとりにずんぐりと黒っぽい小城がひとつ見えている。

「なあ、加納」

義明はそう言ってひとり笑いをした。

「なんです」

座敷から立って加納が横に並んだ。

「妙だと思わんか」

義明はその小城を指さしてまた笑った。

「ああ、墨俣城ですか」

「秀吉の一夜城の筈だが、この世界では木下藤吉郎などという人物はいない。したがって一夜城のエピソードもない。ただのうす汚い小城だ」

「尾張に織田家がなく美濃に斎藤家がない。まったくこの世界はどうなっちゃうんでしょうね」

「きまってるさ。土岐の天下さ」

義明はそう言ってまた笑う。

「しかしそれにしてもおかしいですね。美濃の土岐家の由緒をくわしく訊ねたんですが、僕らの世界にあった土岐氏の歴史とほとんど同じなんですよ。応仁の乱からの動乱で室町幕府の権威が失われると、それにともなって貴族と僧の経済を支えていた古代からの荘園制度も崩壊しちまうんです。京の公家の三条西家というのがこの美濃に荘園を持っていて、実際にその経営に当っていたのが守護職の土岐家なんです。土岐家は清和源氏出だからそのつながりはほとんど武家と公家の関係のオリジナル・パターンと言っていいんです。そして守護代が斎藤氏なんですが、どうもこの世界の斎藤氏はまるで威勢が悪いんです。どうやら僕らの世界で有名な、あの油売りの松波庄九郎という男は、この世界では出世しそこなったんでしょうね。したがって斎藤道三は出現せず、その道三と深くつながるはずの織田信長も、歴史のプログラムからカットされてしまったんでしょう」

加納は聞かれるともなしに、ひとりで好きな歴史について喋っていた。が、義明はその言葉の中にハッとするものを感じた。

「すると加納は斎藤道三のほうが、歴史のプログラムの上では優位にあったというのか」

「いや、たとえですけれど……でも多分そうでしょう。だって、信長より道三のほうがずっと年上だし、歴史のファクターとして登場するのも先きなんですよ。僕らは歴史というと逆から見るしかないけど、実際には古い順に並んでいるわけです。時代の変化の過程は無限の可能性の中から、それぞれのファクターがただひとつの決定を行ない、その決定を新しいファクターとして次の可能性が展開されるわけです」

「だったら有名な乞食になった織田信長がいてもいいし、名家に生まれた木下藤吉郎がいたっていいはずじゃないか」

「それもそうですね。でも、それはあくまで原則論的に議論を進めた場合であって、こんな風にいろいろな歴史、つまり宇宙が多元であるなら、それは隣接した別の歴史の影響だって受けるのかも知れません。そうでなければ、何かとても大きなもの……たとえば時間とか空間とかを支配する、第五次元的な力がひとつの目的、あるいは意志のようなものを持ってずっと先きの先きまでひとつのプログラムを作ってしまっているということだってあり得ることですよ」

「すると何か、加納のいう無限の可能性をもつひとつのファクターが、任意にただひとつの決定をして行くという考え方は見せかけのことになるわけか」

「そうです。僕らはときどきそれを宿命という呼び方で意識するじゃないですか。この世界ではなぜか松波庄九郎を斎藤道三にはさせない仕組みになっていたんです。松波庄九郎はいたかも知れませんが、少くとも美濃の斎藤家へははいりこまなかった……多分庄九郎は油売りじゃなくって、まんじゅうかどぶろくでも売ることを思いついたんでしょう。ということは、そこから先きに織田信長がいても、信長は決してあのような人物にはならないということです。したがって、歴史上尾張の織田家そのものが必要ない。だから尾張中村の竹阿弥の倅日吉丸もいたってしようがない。いたとしてもどこかそこらのあばら屋で、粟雑炊でも食ってることでしょう」

「じゃあ俺たちは何者なんだ。歴史上の必要がないものは存在しないんだろう」

「何か気が変ったんじゃないですか。だから急におよびがかかったんです」

義明は思わず吹き出した。

「いいかげんなもんだな。よその世界から融通して来るなんて」

「僕はそう信じてます。だから今はとても幸福なんですよ」

「どうしてだ」

「あれを見てください」

加納は青空にへんぽんとひるがえる、石庭竹秀の旗差物を指さした。「あれを竹秀の奴は知らないで飾りたててますが、僕らはようく知ってます」

それは三等陸尉の階級章であった。

「言っちゃ悪いですけど、僕らはせいぜいあんなものでした。道三にならない庄九郎、秀吉にならない日吉丸……つまり歴史上のその他大勢。庶民なんです。それがこっちではえらいことをやってのけてる。もといた世界から疎外されたんじゃなく、もといた世界では疎外されていたんです。昭和の東京で天下が取れたでしょうか」

だから今は幸福であると加納は言う。

「やりたい放題やるべし、か」

「そうですよ。何者かがそれを許しているんです。しかもやりたい放題やったつもりでも、結局はそれがおさだまりのコースなんですからね」

加納の声はひどく明るかった。

庭 長 秀

義明が大垣城滞陣中に、越後へ戻った景虎から便りがあった。積年の夢であった越後守護と関東管領の両職を得て至極満足していることや、それについていろいろ尽力してくれたことに対し、手厚い礼が述べてあった。

義明はその文面から、景虎が今後越後以外の欲を示す気がないことを覚った。そしてその文末に、景虎は忠告めいた提案をひとつして来ていた。

そろそろこのあたりで城を持て、というのである。人の築いた城を手直ししてもよいが、なろうことならこれからの戦は仕方が変って来るから、それに適した新しい城を建てたほうがよい。ただ余りにも京に近いのはどうかと思う。京は魔力を持つ土地で、人間を小さくしてしまう。だから少し京から遠のいたあたりに縄張りをするとよいだろう。そしてもし土地を求めるなら、その役にはぜひ栗林孫市を使ってくれ。あの男は近ごろ愚直一方ではなくなり、物事を見る眼識が備って来ている。

きっと良い土地を見つけるだろう。

景虎の手紙にはそう記してあった。

義明はその人選をひどく新鮮なものに感じた。ひそかに《むっつり屋》という仇名をつけていたあの孫市が、越中や加賀で苦労をしてからどう変ったか興味があった。

義明は隊員の誰にも相談せず、いきなり栗林孫市を呼び出してみた。

なる程顔つきが変っていた。

「苦労したそうな」

そう言うと孫市はニコリともせず、

「なんの、ただ一度死に申しただけでござる」

と答えた。

「そうか、一度死んだか」

「はい」

義明は下座にすわってゆっくりと酒盃をかたむける孫市をみつめた。……苦戦があったのだ。苦戦に苦戦を重ね、一度は心底から死ぬと思ったに違いない。そしてその死の淵から、この男は何かを得て戻ったのだろう。

「どの敵がいちばん手強い相手であった」

「敵など居り申さん」

「居らなんだか……」

「さよう。みな仏でござった」

しばらくその言葉を噛みしめている内に、義明は我にもなく感動して目をしばたたいた。この男が言っていることは、かつての世界で織田信長が愛した言葉と全く同じなのだ。……死のうは一定《いちじょう》。

「敵の動きを仏の意志とみればいくさはたやすいのう」

そう言いながら、義明は本気で城を作る気になっていた。何をしても、それを許される限り人生の必然なのである。……加納もそう言っていた。

失敗しても必然、成功しても必然。人間は予め定められた運命を、全力をあげて生きるしかない。ならば人間五十年。

「化転《けてん》のうちにくらぶれば、ゆめまぼろしのごとくなり。ひとたび生《しょう》を享け、滅せぬもののあるべしや……」

　節は知らず、ただことばだけを低い声で言った。

　孫市はハッとしたように面をあげ、義明の口もとを食い入るように見つめていた。

「そのおことば、なにとぞ物に書いて賜わりとうござる」

　ねだられて、義明は小姓に硯を運ばせた。筆をとりながら、孫市に城の土地を探すよう、さりげなく命じた。

「この城は大きいぞ。ふたつとない巨城《おお》にするつもりじゃ」

「されば縄張りもこの孫市めに」

「すると申すか」

「ぜひとも」

「できるか」

「城の縄張りも仏でござる」

　義明は呆れたように孫市をみつめた。

「よし、させよう。したが、この城を作る者は後世に名を留めることになろう。どうじゃ、名を改めぬか」

　孫市は少し渋っていた。

「先ごろ景虎さまより名を頂戴いたしたばかりにござれば……」

「ほう。何という名じゃ」

「長秀と申しまする」

「栗林長秀……そうか、よい名じゃ」

するとと孫市は急に笑顔を見せ、

「その名はやつがれめには似つかわしくござらぬ」

「嫌いか」

「栗林長秀と申さば、京のあたりにも居りそうな……」

義明は笑った。そう言えばそうであった。

「では姓を変えよ」

「おん名を一字戴きとうござる」

「どの字じゃ」

「庭の一字でござる。庭長秀……」

孫市はそう言って嬉しそうに酒を含んだ。

城

ゆるやかな丘陵が東西につらなっている。そして、その北西の端が湖の上にとび出し、山というにはおだやかすぎる大きな岡になっていた。

東と西と北を水にかこまれたゆるやかな盛りあがりの南側は、湖の水がじめじめと土をひたす広い湿地帯で、人々はその湖に浮いたような岡を、安土山《やま》と呼んでいた。

栗林孫市あらため庭長秀が、義明のために探し出した城郭用地がその安土山であった。

安土城の歴史を知る加納などは、はじめてその土地へ案内されたとき、ひどく渋い顔をしたものであったが、隊員たちは全員その土地を探し出した庭長秀の眼識をほめたたえた。

なんと言っても要害堅固である。城の下の水に舟を浮べれば湖西から京へかけて異変があっても一直線であるし、北方に出動する場合も同様に手っとり早い。そして東には美濃の広大な平野があり、湿地帯はいよいよという時の最終的防衛線となっている。

「そうか。俺たちはこれから安土桃山時代を築くわけか」

島田などはそう言って単純に痛快がっていた。

城の起工式はその年の四月におこなわれ、望みどおり庭長秀が普請奉行の任についた。長秀が義明に対し、城の縄張りも仏でござると言った意味はすぐに判った。それについて何も知らないのだから、知識のある者にすべてをゆだね、自分は命がけで責任だけをとるという程のことなのであった。

当代一流のエキスパートたちが安土城にとりくんだ。義明たち土岐軍団の大遠征の成功は時代に一時期を画し、従来の山城主義から平城主義へと、軍事思想もひとつの転機に立っていたのである。したがって安土城は、その山城から平城へ移りかわるひとつのモデルケースでもあったわけである。

天守は五層に組まれた。しかし内部はそれより二層多い七層であって、長秀の一任主義は、すべてにわたって専門家の自由な発想を引きだして行った。

中でも絵師狩野永徳は各室の障壁に驚嘆すべき筆をふるった。その雄大さ、華麗さは、まったく前例がないという評判であった。

義明は途中長秀にひとつの注文をだし、安土城は防衛拠点であると同時に補給基地、そして城下はにぎやかな商都であるべきだとした。

この頃まで、城郭と町を一体とする発想はなかったから、安土城は当時にあって最も近代的な城下町を持つことになった。

城と町が完成すると、義明は景虎にすすめて成功したように、安土を楽市とする宣言を発した。自由市場となった安土には、またたく間に多くの商工業者が集い、予想どおり湖東最大の商都となって行った。

また、義明たち昭和の自衛隊員は、南蛮趣味にあふれていたので、新しく渡来した外国の品々を珍重する風がおこり、それらが美術界にまで入りこんで新しい傾向を生むことになった。

特に県《あがた》一士はクリスチャンであったから、次第に伝道師なども多く出入りするようになり、彼らが歴史として知っていた安土桃山時代の傾向が、ごく自然に出来あがって行くのだった。

渡航したポルトガルやスペインの外人たちは、義明たちがかなり英語をあやつるので首をひねったようであった。イギリス人たちはいつやって来たのだと、しつっこく訊ねてまわったそうである。

　たのしい悪戯もあった。それは主として紋章にかかわるもので、石庭竹秀が三尉の階級章を自分の紋所《もんどころ》にしたので、自衛隊員たちは直江文吾や庭長秀たちに、それぞれ柄に合った階級を見たて、その紋所を与えてやった。長秀は陸士長の逆山形に星ひとつ、文吾は逆山形二本に扇形がひとつの一等海曹であった。そして、その一等海曹の旗じるしをひるがえした直江文吾が、三河、遠江の領主に任ぜられて出発する日、文吾は土岐義明に面会を求め、自分から改名を申出た。

「三河姓を名乗りたく、お許しを得に参上つかまつりました」

「三河へ行くから三河氏か」

「いささか直《す》ぐにすぎましょうか」

「いや、よいわ」

「直江姓は越後のものにござる。今日よりは三河の土となるべき所存でござれば」

「よい覚悟じゃ」

「では、これよりは直江文吾文康をあらため、三河文吾文康と名乗りまする」

「文康……」

　義明は一瞬眩しげな表情になったが、「よかろう」

と言って文吾に引出物を与えた。三河文康はその足で任国へ発って行った。

義明はたびたび京へ行く。

景虎に言われたからというわけではないが、彼はその時代の京の町が嫌いであった。後世の古びた落ちつきは余り見当らず、いやにケバケバしいか、ひどく荒れ果てているか、そのどちらかであった。

だが行かねばならない。

自分は平生安土にいて、京の仕置は細川藤孝にまかせっぱなしなのだが、宮中では何かにつけて呼び出したがるのだ。

義明は尊皇家ということにされている。事実、この時代の武人としては全く珍しく、朝廷の歴史や神話、行事などの儀式についての知識を持っている。

武家伝奏は九条家で、細川藤孝とは深いつながりがあるらしい。だからそれはまことに好都合なのだが、どうやら宮中のほうが近ごろではじれはじめているらしいのだ。

常識では当然将軍職を望み、幕府をひらきたがる筈の立場に、義明は置かれている。それが一向に物欲しそうな顔をみせない。

義明は特に将軍職や幕府を不必要だともしていないが、それによってさまざまな身分の垣が身のまわりにめぐらされ、本当の意味での日本統一が出来なくなるのを恐れているのだ。

だらしねえぞ。……そう言ってやりたい気持なのだ。義明は天皇親政をひとつの解答として考えていた。職階は機能本位であるべきなのだ。日向守が兵庫にいたりするのにはどうしても我慢できない。むしろそうしたことをなくし、すっきりさせるのが自分の仕事だと思っている。天皇を頂点とする有能な官僚機構。それがあってはじめてこの国は正しく機能する。そう考えはじめているのに、肝心の天皇は将軍将軍と口ぐせのように幕府を求め、自らを否定するような発想しかしていない。

それほど命が惜しいのか、とも思う。

多分天皇が実際の権限を行使して死ぬ程の目にあうのを恐れているのだろう。だが、そのために自分自身や公家たちが、食うや食わずの境遇に落ちたことは、いったいどう考えているのだ。これではまったく、あなたまかせのもらい乞食ではないか。

いま義明が考えているのは、まず第一に通貨の統一ということである。通貨を統一し、その発行権を最終的に皇室が握れば、それでひとつの政府が形成できる。デモクラシーは遠い先きのこととしても、それで幕府が必要なら、その幕府は内閣に相当し、国家にひとつの芯が通るわけである。内閣が投票で決るか戦闘できまるかは、時代の進歩の程度の問題であろう。何種類もの通貨が野ばなしに通用し、それぞれ交換レートが異ったのではたまったものではない。現に商人たちは特定の通貨の受取りを拒否し、そのために歴代の将軍が撰銭令《えりぜにれい》を出さねばならない程なのである。

義明はその日、九条家を通じて新しい銭撰令を布告するよう提案するつもりであった。

従来の銭撰令が、やみくもに銭えらびを禁じているのは大きな間違いで、悪貨は悪貨として民衆の要求も認めてやらねばならないのである。義明は今回の銭撰令では、はっきりと銭えらびをしてはいけない通貨をきめてやるつもりであった。統一通貨発行の前に、そうやって少しでも悪貨を追放してしまう必要があるのだ。

だが、細川藤孝を仲介に、九条家へそれを申出ると、相手はひどくキナ臭い態度を示した。そして宮中人特有のいけ図々しい話題のそらせ方で、将軍におなり遊ばしたら京にお館をお持ちあるように……と、気に入らぬうすら笑いで答えた。癪にさわったので、銭撰令は天皇のご威光で必ず布告のご裁可をいただけますように、と多少こわもてで言うと、何やらひどくおびえた様子であった。

月　夜

京周辺が安定すると、義明はいよいよ天下統一の総仕上げにかかった。

西国討伐戦である。

越後、越中は景虎が睨みをきかせている以上、最も安全である。越後から関東までも、自分自身でかたづけたのだし、今は厩橋に景虎腹心の館川勝増が配置されていて、これもまず申し分なく安全である。東海地方は直江文吾あらため三河文康が実直に頑張っている。加賀、越前方面がまだ多少固まらないが、そこへは安土で退屈するのを嫌った冒険好きの島田三曹が、この時代の武将になりきるのだと言って、全一万を率いてのりこんでいる。三曹の名は和秀といい、島田和秀といえば土岐衆最強の勇将として、早くから天下に名をとどろかせてしまっている。

今では越後の景虎と並んで、義明のうしろだてとなっている美濃土岐氏は、しきりに四国に分国を欲しがり、長曾我部征伐を唱えていたので、三万の軍に海上自衛隊の三田村三曹以下二名を軍監として配し、庭長秀がその総指揮官として、直属の越後兵五千とともに出動する体制になっていた。

土岐軍未踏の地で、最も手剛い尼子、小早川、宇喜多、大内の諸氏が居ならぶ中国地方については、驚異的な成長を示す石庭竹秀が自ら買って出て、かなり早くから各地で歴戦を重ねていた。竹秀はかの地でほとんど連戦連勝。ほとんど一日置きに来る報告は、どれもこれも調子のいいものばかりであった。

その日、比較的早く目覚めた義明は、安土城の上にひろがった抜けるような青さの空をみあげ、ふと京に行く気になった。

過日の銭撰令の返事がいっこうにはかばかしくないし……というのは口実で、実は細川藤孝に会ってみたくなったのである。藤孝にはうら若い妹が一人いて、どうやら義明は彼女に恋をしはじめているらしい。

もともと今の身分で独身であるほうがおかしいので、美濃の土岐家などは夢中になって嫁を押しつけようとしている。その日京へ向うつもりになったのは、ひとつには土岐家の強引な嫁とりばなしが再発しそうな予感を持ったからでもあった。

義明は湖を舟で渡る。沖島をうしろにして大津へむかい、大津からは馬で山科をこえ、京へ入る。

その日は珍しく遊び半分だったので、久しぶりに隊員をのこらず呼び集めて同行した。島田和秀は軍を率いていま越前にあり、三田村ら海上自衛隊員三名は難波の浜で四国遠征の準備中、加納は島田を真似てこの時代の武将になり切るのだと、土岐家にねだって小城をひとつもらい、それを加納城と称してサムライごっこの最中だったから、合計二十三名の元自衛隊員が勢ぞろいして京へくりこんだわけである。

平井と木村の二人の士長だけは、用心のため残り少いＮＡＴＯ弾と64式ライフルをぶらさげていた。境川川口から持って来た近代装備も、今では64式ライフルと、三田村たちが難波へ回航した哨戒艇だけである。その哨戒艇も、とっくに燃料を使いはたし、木造船に曳いてもらうより能のない代物になっている。

戦火が絶えて久しい京の町は、流石ににぎやかであった。京の者は人をかぎわける才能を持っているらしく、かなり遠くから、

「土岐衆じゃ」

「土岐さまじゃ」

とささやきかわしている。

前ぶれもなくやって来たので、訪問された細川邸では大あわてにあわて、勝竜寺城へ行っている藤孝へ早馬をとばす程であった。

隊員たちはてんでに京がよいを続けていて、その大半がすでに馴染みの女を京に持っているらしい。みんなまだ若いし、すぐにでも結婚してよい身分になっている。藤孝の来るのを待って細川邸でめあての妹と茶などをたのしんでいる義明は、仲間たちがひとりひとり、こうして時代の人になり切って行く気配を、なぜかくすぐったく感じていた。

折あしく、藤孝はどこかへ歌を詠みに出掛けたらしく、勝竜寺城へ駆けた使いの者はむなしく引き返して来た。

「この家にお泊め申しては余りにも……」

妹は堅くなってそう言った。宮中から将軍位につくことを催促される程の立場になっている義明は、そうそう手前勝手に気軽さを押しつけるのもはばかられ、いつも宿所にしている妙蓮寺へ移った。

夜が更けて、月がのぼった。

外泊した者もいて、十七八人ばかりの隊員が、その月の光が射しこむ部屋で酒をくみかわしていた。

冗談を言い合い、数々の合戦のことにふれ、やがて昔の自衛隊時代の想い出ばなしになって行くのだった。

二千あまりの兵が旧将軍居城であった二条城前に集結している。沈黙を心がけているらしいが、時々金属の触れ合う者がひびく。

やがて二条城から騎馬武者の一団があらわれ、隊伍を整えた兵の前へ停った。

細川藤孝であった。

夜目にも蒼白な顔の色である。

藤孝は兵に向って何か言いかけ、辛うじて思いとどまった様子できつく唇を噛んだ。そしてゆらりと馬首をかえすと、ごく低い声で、

「妙蓮寺へ」

と言った。

月に照らされた京の町を、二千の兵が静かに進んで行く。

藤孝は犠牲者の一人であった。

原因は義明にあったと言ってよい。義明とこの時代のズレが、藤孝を悲劇の人物に追いやったのだ。

朝廷は武士に職階を贈ることで自らを保全していた。常に強者の味方なのである。そしてそれは、伊庭義明のかつて住んでいた昭和に於てさえ、皇室の基本的性格として根強く残っ

ている。

明治維新では元勲たちの意のままに動き、軍が抬頭すると軍の言うなりに従って開戦を宣する役を受持った。そして敗戦が決する時も、決して皇室は自らの意志で事態収拾には動かず、敗戦の宣言すら自らの筆をとろうとはしなかった。マッカーサーが東京に至ればこれとあたかも招待した客の如く接し、デモクラシーの世にきまれば人間宣言を発した。どのような失政にも批判を口にせず、功なき功労者も強者であれば栄誉を授ける役を果す。作らず為さず働かず、自らが作りあげた血の価値のみに生きて、ひたすら保身に生きる神のごとき存在。それが皇室であった。

神は人にとってこの上もなく権威ある存在であり、同時にある人にとっては河原の石のごとき存在でもある。

そして不幸にも藤孝にとって、それは神同様の権威をもっていた。いっぽう義明にとって、それは河原の石であり、利用する機会がなければ無視するしかなかった。

朝廷は将軍宣下を受けたがらぬ最強者におそれおののいた。階位を贈れぬ者は敵であり、それを滅す忠臣を必要とした。

忠臣藤孝はその理由を語る口さえ封じられたまま、妙蓮寺にある土岐義明を討たねばならないのである。京周辺の小大名を小賢しいものにしていた基本原理が、いま藤孝を叛逆者の立場に追いやっているといえる。勝ち抜いて強者になりあがれば今夜の理由も語れよう。しかし、土岐の諸将が押し寄せる義明の葬い合戦で、藤孝が生きる望みはまったくなかった。

藤孝は義明という男を好きであった。すべてははかり知れぬまでも、何かしら義明には次の時代を招来する力が感じられた。強大な何かがとり憑いているといってもよい。

だが、永劫の生を夢みる朝廷にとって、一時代の変化など物の数にも入らないのであろう。記紀の昔とさしてかわらぬ感覚で、ただ忠臣の登場を期待しているのだ。

松明に火がともされ、二千の兵は黙々と妙蓮寺をおしつつんだ。

解答

物音に目覚めた伊庭は、次の間の襖へ声をかけた。

「何事じゃ」

すると答は意外にも障子の椽から返って来た。

「細川さまにござります。細川さまにござります」

若い声がおびえていた。

いきなり近くで64式の音が響いた。

「三尉殿、敵襲です」

平井が久しぶりに伊庭を三尉と呼んだ。

「藤孝が……」

はね起きて外をみると、妙蓮寺の内外はびっしりと敵で埋まっているのが判った。

「なぜ……」

その時伊庭が感じた疑問は、細川藤孝の叛乱に対するものではなかった。ひと目外をみただけで、自分の命が終りに近いことを、彼は度重なる合戦経験から感じとっていた。

なぜ……なぜ急に時はここで自分の命を終らそうとしているのか。他の世界から借り出された自分は、いったい何をしおえたというのであろうか。平井と木村の撃つ音が交錯する中で、伊庭は静かに夜具の上へ坐った。

何が終ったというのだ。時は自分に何をさせていたのか。この世界が必要としたものは何だったのか。

隊員たちは果敢に反撃しているらしく、聞き慣れた叫び声が聞えてくる。伊庭は物音に惑わされまいと眼をとじた。早くも火の匂いがしている。

ひとつの世界が他の世界から大きなファクターを導入するという、不自然な無理をおかしてまで、何かを変えねばならなかったのだ。いったい自分はこの世界の何を変えたのだろう。

伊庭は過ぎた戦いの日々をひとつひとつふりかえっていた。火のはぜる音が近くなり、それは境川の岩場で隊員たちが燃やしていた焚火の音になって行った。

伊庭の回想は、いま川中島になっている。いま江戸の眺めになっている。

部屋の中に炎が舌を出し、パッと襖が燃えあがった。燃えて、襖がよじれ、ふわりと崩れた。

景虎が笑っていた。むっつりした孫市が通りすぎた。竹吉が駆けて来る……。

伊庭は脇差しのさやをはらい、きっさきを上に向けて持った。

わからない。わからない。……鋭い刃が喉に突きささった。それでも手の力を抜かない。押しさげようとする。ひねる。

伊庭はどうと倒れた。

その短い一瞬、彼はすべてを見た。

藤孝は明智光秀なのだ。そしてここは本能寺なのだ。四国遠征の風待ちをしている庭長秀は丹羽長秀である。関東の厩橋にいる館川勝増は滝川一益で、北陸の島田和秀は柴田勝家だ。三河文康は徳川家康で、中国路の石庭竹秀は羽柴筑前守秀吉だったのだ。

そう。この世界は彼のいた世界にごく近かったのだ。しかも隣接する世界と大きく異る歴史を持とうとしていた。彼はこの世界へ来て、見事それを修正してしまったのだ。

秀吉が生れ、家康が生れ、未来は同じ昭和になるに違いない。長尾景虎はやはり上杉謙信だったのである。

むすび

義明が死んでからだいぶたった或る年の六月のはじめ、越後人の信仰をあつめていた境川川口の《とき》の神をまつった社《やしろ》が、一夜に消えてしまっていた。

義明たちがもといたこの世界の史書を繰ると、信長が明智光秀にたおされた本能寺の変は、天正十年六月二日のこととなっている。

ふたつの世界の歴史が何年ずれていて、どこがどれだけ違っていたのか、それを知る手がかりは何もない。

もしも興味があるなら、北陸路を旅した折に、境川川口を調べてみるのも面白いだろう。その越後側の岸に何があるか……。

箪たん

笥す

おら長男《あんか》や、無愛想《あいそむない》な男やさかい、宴会《よばれ》ども行ったかて、いつまでもあして黙っとるのやわいね。そやけど、あんたさんのことを嫌がっとのやないげさかい、気にせんといてくだしね。

弟達《おじらっち》ゃみな自衛隊へ行っとるがやて。能登いうたら、このごろは東京や大阪から、沢山《ようけ》観光客達《らっち》ゃ来るさかいに、なんや好いとこみたいしに思われとるやもしれんけど、本当《ほんま》は何《なん》も取れんところやがいね。海ゃ近《ちこ》うて定置網《おおしき》やある言うたかて、魚獲《と》るのは博奕《ばくち》みたいしなもんやし、夏になれば何《なん》も獲れんがになってもうがいね。

ハイ《おぃね》。このあたりの家いうたら、昔はみんなこんながやったわいね。漆《うるし》を沢山《ようけ》使うた板の襖《ふすま》やたら、書院や欄間やたらに手間のかかった……あんたさんら東京の衆《し》には珍らしいやろうけど、今はもうこんながも無《の》うなってもうて、ここでは我家《おらうち》と七郎三郎《しっちよさぶろ》だけになってもうたがいね。夜《よさる》は暗いし、電気灯《とぼ》したかてこのとおりやさかい、部屋の数が多いばかりで、葬式でもなけにゃ、わたしらかて三月《みつき》も半年も入らん部屋かてあるわいね。そんながやさかい、一人で寝とらしたら、何《なん》やらおそろしゅうなるのも道理やわ。

よう寝られんのやったら、御坊《ごぼ》さまみたいしには行かんけど、何や変った話でもしょうかいね。と言うたかて、おら見たいしな老婆《ばあば》には、随分《とんと》昔の話しかよう出来んのやけど、これはまあ、変った話いうたら変っとるのやわいね。

本当《ほんま》言うたら、我家《おらうち》のことやがいね。おら祖母《ばあば》から聞いたのやさかい、いつの何年てなことはよう知らんけど、そのころこの家に、市助《いちすけ》いう亭主《とうと》がおったそうや。

市助亭主《いちすけとうと》が、働きざかりの年頃のことやけど、父親《じいじ》も母親《ばあば》もまだ健在《おらし》て、それに女房《かあか》と十六をかしらに三つの男の子《ぼんち》まで、八人の子供達《らち》ゃおったのやと。

昔は、というても、ついこの間までのことやけど、どこの家もそないしてみんな子沢山やったわいね。どないしとるのや知らんけど、今はもう子供も沢山《ようけ》作らんと、やれテレビやたら冷蔵庫やたら持って暮らしとるがやねえ。

そやけど、今のほうが好《え》えことは好《え》えわいね。昔言うたら、オデキ《がめ》やたら眼病《やんめ》やたら、子供達《らっち》ゃみんなそげなもん病《や》んどったし、齢《とし》とったら、すぐ酷《ひど》うに腰ゃ曲ってもうて、きっと市助の父親《じいじ》も母親《ばあば》も、腰が曲っとったのやと思うわね。

市助は毎朝早《はよ》ぅらと浜へ行って、定置網《おおしき》の舟で沖へ出とったのやと。田んぼや畑の山仕事は、そやさかいみんな嫁の仕事で、年寄《とっしょり》や長男達《あんからち》がそれを手伝《てっと》うて、毎日仲よう暮らしとったそうや。

ところがあるとき、三つになる男児《ぼんち》が面妖《もっしょい》なことになってもうたそうながや。夜《よさる》、寝間で寝んと、毎晩毎晩こんな簞笥の上へあがって、坐《すわ》ったまま夜の明けるまでそうしてるのやといね。

はじめの内、市助亭主《とうと》はそれを知らずやったのやと。毎晩そないしとったのを知った時は、そやさかいに、もうだいぶ長いことたっとったそうや。

びっくりしてもうてな。女房《かあか》と喧嘩《いさかい》になったそうな。

「汝《われ》やついとって何《な》してそんな奇態《きけい》なことを黙ってさせとるんや。今夜《こんにゃ》からちゃんと寝間へ入れんと殴打《たたつくら》するぞ」と憤《おこ》ったそうながやけど、またその晩も、女房《かあか》は何《なん》も言わんと男児《ぼんち》が簞笥の上へあがってしまうのを、黙って見とるのやと……。

市助はすっかり腹たててもうてな。男児《ぼんち》を簞笥の上から引きずりおろして打擲《ちょうちゃく》したそうやわいね。

言うとくけど、その男児《ぼんち》も、市助の女房《かあか》も、ほかの子供達《らち》も、みんなおとなしゅうて、市助亭主《とうと》の言うことを素直に聞く者《もん》ばかりやったそうな。

ところが、その男児《ぼんち》が簞笥の上へあがることだけは、みんな気を合わせたように、どないしても構《かま》わんと放って置くのやそうな。言うても言うても駄《だっちゃかん》目がやと。

市助はあきらめてもうてな。もう少《ちょっこ》し大人になれば好《い》い様《が》になるやろ思うて、何《なん》も言わんと勝手にさせておいたんやといね。

ほんで、どのくらいたったあとやろうか。或る時ふと子供達《らち》の寝間を、市助がのぞいたそうなと。例《いま》の男児《ぼんち》がもうそろそろ箪笥の上へあがらんようになった頃や思うたんやろうな。

先に言うたとおり、子供達《らっち》ゃ八人おるのやけど、市助がのぞいたら、なんとその中の五人までが、寝間におらんと、箪笥を幾棹《いくさお》も並べてある別な座敷で、最初の男児《ぼんち》と同じように、その箪笥の上へあがって、こうしてちゃんと膝《ひざ》に手ぇ置いて坐っとるのやがいね。

市助がどないにびっくりしたか、判《わか》りますやろ。「汝達《わらっち》ゃ何《なん》やてみんなして箪笥の上へあがっとるのやッ」……怒鳴りあげたそうや。

でも、子供達《らっち》ゃ知らん顔して箪笥の上へ坐っとる。気味悪《きびわる》なって、市助は家中のもんを起してまわり、その箪笥の間《ま》に集めたそうや。

そやけど、家のもんはみな早うに知っとったようで、別に驚かずやったと。なんや、そんなことで起したんかいな、言うたもんで、すぐそれぞれの寝間へ戻ってしもうた。……なぜ箪笥の上へあがるか、いつからあがるようになったのか、亭主《とうと》の市助だけが知らんと、あとは家中の者《もん》が判っとるのやなあ。

市助は女房《かあか》をかきくどいたそうな。「なんであないしとるか、知っとったら教えてくれ」言うてな。そやけど、女房《かあか》は少し《ちょっこり》笑うて見せるだけで、そのことになると何《なん》やよう判らん顔で、じっと市助の顔をみつめるのやと。

市助は心配になったそうや。子供達《らち》は病気にかかったのやないかと……ひょっとして、その病気が次々にうつっとるのやったら、ひどいことになる思うてな。

市助の心配は半分ほど当っとったそうや。箪笥の上で夜を明かしても、別に病気ではのうて、みんな体は達者ながやけど、家の者《もん》に次から次へとうつるのは、心配どおりやったのやといね。

残る三人の子も、やがて夜《よさる》になると簞笥の上へあがり腰の曲った母親《ばあば》まで、どうやってあがるか知らんけど、ちゃんと高いとこへあがって坐るようになってもうた。

市助は家におるのが恐《おと》ろしゅうなったそうや。昼間はみんな今までどおりの家族やけど、夜《よさる》になったさかいには、化けもんみたいしに、口もきかず顔色もかえんと、みんなして簞笥の上へあがってしまうのやさかいな。

恐しゅうて寝られんがになってもうた。今のあんたさんと同じこっちゃ。

それでも、ねむらんとおれるもんやなし、いつのまにか、うつらうつらしとると、或る晩のことやけど、遠くで、カタン、カタン、カタン、カタンと、何《なん》や聞いたことのあるような音が聞えてきたそうな。

あの音はなんの音やったかいな……そう思うて耳をすまして聞いとると、カタン、カタン、カタン、カタンという音は、だんだん近うなって来る。そこでふと、となりに寝とるはずの女房《かあか》を起そうと思うて見ると……。

おらんのや。そのとたん、市助はぞっとしてはね起きてもうたそうや。恐しゅうてたまらんさかい、わざとドタドタ足をふみならして、音のほうへ家の中を走って行くと、父親《じいじ》も母親《ばあば》も女房《かあか》も子供達《らち》も、みんなが力を合わせて、浜へ出るこの前の道から、家の中へ古い簞笥を運びこむところやった。

市助は口もきけず、家中の者がその簞笥を奥の間へ運んで行くのを眺めとるだけや。カタン、カタンという音は、簞笥の鐶《かん》が揺れて鳴る音やわいね。みんなが奥の間へ消えて少《ちょっこ》しすると、そのカタン、カタンもやんで、しいんと静かになってもうた。

市助は恐る恐るのぞきに行ったそうな。父親《じいじ》に母親《ばあば》に女房《かあか》に八人の子供達《らち》……一人残らず簞笥の上へあがって、膝に手ぇ置いて坐っとった。身動きもせんと、目ぇあけて、きちんと坐っとるのや。

それからというもの、夜《よさる》に寝間で寝るのは、とうとう市助一人になってもうた。幾晩市助がそないな家で我慢しとったか、おらも聞いて知らんわいね。とにかく或る晩市助は、親類《いっけ》の家で酒飲んでぐでぐでになって、そのまま着のみ着のままで、海ぞいの道をどこまでもどこまでも逃げて行ってしもうたそうながや。

市助はそのあと水夫《かこ》になったそうや。北前船の水夫《かこ》になって、何年も家へ戻らなんだそうや。

そいでも、仕送りだけはちゃんちゃんとしとった言うさかい、律義なは律義なやったんやなあ。

何年かたって、どういうかげんか、市助の乗った北前船が、このあたりへ来るめぐり合せになってもうたのや。この少《ちょっこり》し先の岬《はな》の沖に錨《いかり》を入れ、夜を明かすことになって、そりゃ市助かて生まれ育った土地やさかい、懐しいわいな。夜が更《ふ》けても、胴の間におらんと、ふなべりにもたれて家のほうを眺めとったわけや。

すると、ギーッ、ギーッと舟をこぐ音がきこえ、かすかに、かすかに、カタン、カタン、カタン、カタン……。

あの篁笥の音や。

市助は金縛りにあったように、身動きもできんやった。

カタン、カタン、カタン、カタン。

舟はやがて市助のいるすぐ下へ来たわいね。見ると、一家そろって舟に乗り、市助を見あげとったそうな。「とうと。とうと……」みんなして、小さな声で市助を呼ばっとる。「とうと、帰らしね。帰って来《き》さしね。なんも恐しことないさかいに、帰って来《き》さしね。とうとの篁笥も持って来たさかい、この上に坐って帰らし。みんながしとるように、夜《よさる》になったら篁笥の上へ坐っとったらいいのや。あがって坐れば、どうして家の者《もん》がそうするのか、一遍に判るこっちゃさかい。一緒にくらそ。水夫《かこ》みたいしなことしとったかて、なんも好いことないやないか」大勢してそう市助に呼びかけたそうな。

ハイ《おいね》。その晩市助は船をおり、篁笥の上に坐って、カタン、カタンとみんなに運ばれて家へ戻ったそうなわね。

面妖《もっしょい》なはなしやろうがいね。

なんで夜《よさる》になると篁笥の上へあがって坐っとるのか、おらにはようく判っとる。そやけど、あよう言えんわ。かくしとるのやのうて、言葉ではよう言いきかせられんのや。そやけど、あんたさんかて一遍ここへこうしてあがって坐って見さしま。よう判るさかい。簞笥もこない沢山《ようけ》あるし、この家へ泊まるのも何かの縁ですさかいなあ……。

ボール箱

突然、私は自分を意識した。

それが誕生というものだとしたら、ひどく呆気《あっけ》ないものであった。平べったく折り畳まれていた体が手早くおしひろげられ、次の瞬間くるりとうつぶせにされた私は、重ね合わされ、閉じられる尻《しり》の感覚にうっとりとしていた。

正直言って、何が何だか判らない間に、私はこの世に生まれ出ていたのである。

ただ、幅の広い、ピッチリと肌《はだ》に吸いつくテープが尻に交差したとき、自分をとても強くたのもしいものに感じたことはよく憶えている。

だが、それもごく短い時間のことであった。私はまたクルリと一回転させられ、尻を下にした。いま思うと、そのときはもうベルト・コンベアに乗せられていたのだ。

だが、そのときの私は、あたりを満たした白い蛍光灯《けいこうとう》の光を感じるのに夢中で、自分が揺れながら移動していることにさえ気づかずにいた。

仲間……いや、兄弟と言ったほうが正しいのだろうか。とにかく、自分と彼らが別々な存在なのだと気づいたのは、そのベルト・コンベアに乗っているときであった。私の前後で彼らは揺れており、それで私は自分も同じように揺れているのだなと思った。彼らの体には私のと同じ模様がついていて、大きさもまったく同じであった。そんな模様が自分の体につけられていることも、そのときはじめて自覚した。

少し心細かった。生まれたばかりでたしかなことは判らないが、私は彼らと密着していないことが気になって仕方なかった。

私は生まれ、兄弟たちとバラバラに分れて存在しはじめたのだ。心細いのは、単独で存在することに慣れないためであったようだ。

私はその心細さを追いはらうために、すぐそばにいる仲間に話しかけた。

「なぜ揺れているんだろうな」

仲間は行儀よく一列に並んで揺れていた。私が話しかけたのは、その列の私のすぐ前にいる仲間だった。

「知るもんか」

彼はそう答えた。

「俺たちは動いているんだ。どこかへ運ばれているんだよ」

私のうしろの仲間が言った。

「どこへ行くんだろう」

「知るもんか」

　その言いかたは、前の仲間とまったく同じ調子だった。

「いずれにせよ、俺たちは満たされるのさ。結構なことじゃないか」

　うしろの仲間は急にうれしそうな様子になった。

「満たされるんだ。おいみんな、これから満たされるんだぞ」

　彼がそう叫ぶと、一列に並んだ仲間たち全部に、よろこびの感情が伝わりひろまって行った。

「満たされる。満たされる。みんな満たされる」

　仲間たちの間に合唱が起った。私もいつの間にかその合唱に加わっていた。

　生まれてよかったと思った。もうすぐ満たされるのだ。この体いっぱいに満たされるのだ。それこそ生きるあかしなのだ。生きる目的なのだ。

　ベルト・コンベアの震動のせいばかりではなく、私は歓喜に体を震わせていた。間もなく満たされるという期待が、私を有頂天にさせていた。

　しかし、ヒューという細い音がしたかと思うと、ガタッと私たちは一度大きく体を揺すられた。前へつんのめる感覚が生じ、私は危うくそのベルト・コンベアからころげ落ちるところだった。

「どうしたんだ。進まないぞ」

　うしろのほうで心配そうな声が聞えた。

「まさか俺たちにこのままでいろというんじゃあるまいな」

「冗談じゃない。早く満たしてくれ」

ベルト・コンベアが停止したとたん、不安がいっせいにひろがって行った。もちろん私もジリジリと移動の再開を待っていた。もしこのまま一生うつろな体でいたら……そう思うと矢も楯《たて》もたまらなくなって、私も喚《わめ》いた。

「進めてくれ。このままにしないでくれ」

その停止は、私たちに苦痛をもたらした。まだ一度も満たされたことがないどころか、何ひとつ体の中へいれていないのだ。

その不安な時間はどのくらいつづいたのだろうか。随分長かったような気がする。そして再びガタンという衝撃とともに、ベルト・コンベアが動きだしたときは、もう何でもいいし、完全に満たしてくれなくてもいいから、とにかく体の中へ何かをいれてもらいたいという、切羽詰まった状態に陥っていた。

何でもいい、早くこのうつろな体にいれて欲しい。あさましい欲望に身もだえているうちに、いつの間にか私はベルト・コンベアの終点へ運ばれていた。

よろこびは突然やって来た。

四角い私の体の隅《すみ》に、丸くしなやかなものがひとつ、サッと入って来た。

あ……。私は生まれてはじめて体に迎えいれた快感に痺《しび》れた。丸くしなやかなものは、素早く、しかも正確に私の体を満たしはじめた。満たしたものの重みが増すにつれ、私の快感も登りつめて行った。

そのときの、息つくひまもなく次々にこみあげて来る歓びを、私は忘れられない。底がすき間なく埋められ、ジワジワと上へ登って来るのだった。そして遂に私は一杯にされた。完全に満たされたのだ。

そのあいだも、私の体は移動させられていた。そして完全に満たされ、歓喜に震えていると、またしても唐突に、バタバタと体の上端が折り畳まれ、あの体にピッタリと吸いついて来るテープが、私の体を密封したのである。

私は最初に感じたたのもしさの何十倍もの強さで、自分を逞《たくま》しいと思った。充分に満たされた私は、斜面をすべりおり、引きずられ、抛《ほう》られ、積みあげられたが、そうした乱暴さも、どこかに優しい思いやりがあるようで、苦にはならなかった。

私は静止した。静止するとすぐ、私の体の上に仲間の重味が加わって来た。私自身、仲間の上に乗せられていたのだ。やがて前後左右が満たされて歓喜に震える仲間の体と密着した。

「すばらしい。俺はもういっぱいだ」

積みあげられた仲間のどこからか、そういう叫びが聞えて来た。私もその叫びの主と同じように幸福だった。この歓びのためにこそ生まれ出たのだと思った。

積みあげられたまま、私はまた移動しているようであった。だが今度は暗いままだった。切れ目のないこまかな震動と、ときどきやって来るゆっくりした揺れの中で、私は満足し切っていた。

ところが、どこか遠くのほう……積みあげられた私たちの仲間のはずれのあたりで、皮肉たっぷりな声がしはじめた。

「みんなご機嫌《きげん》な様子じゃないか」

その声は疲れたように嗄《しゃが》れていた。

「さぞかし満足なことだろうさ。でも、そう長く続きはしないんだぞ」

「誰だい、そんな嫌なことを言う奴は」

仲間の誰かが陽気な声で尋ねた。

「ふん……」

皮肉な嗄れ声が言い返した。

「俺たちはいま、トラックで町へ運ばれているんだ。町へ着いたら、お前らはみんな封を切られ、体の中のものを吐きださなけりゃならないんだぜ」

「嘘つけ。せっかくいっぱいにされたのに、すぐからっぽにするなんて……」

「子供だよ、お前らは」

嗄れ声はあざわらった。

「だいいち、お前らは自分の体の中につめこんだのが何だか知らないのだろう」

「知らないんだ」

奥のほうから別な声がした。

「このまあるいものは何なのだ、教えてくれ」

「ああ教えてやるとも」

嗄れ声が言った。

「蜜柑《みかん》さ。お前らが体につめこんでるのは、蜜柑なんだよ。蜜柑は町に着くと店先へバラバラにして積んで売られるんだ。だからお前たちは、封を切られ、からっぽにされちまうんだ」

トラックの積荷である私たちは、シーンと静まり返った。

「いいさ、それも仕方のないことかも知れない」

嗄れ声のすぐそばにいるらしい仲間が、あきらめたように言った。

「僕らは蜜柑をつめこんでいる。たしかにその通りだろうな。そして、蜜柑は町へ運ばれて店で売られる。それもたしかなことだろうよ。そのために僕らは蜜柑をつめこまれ、町へ運ばれているんだ。そして多分、町へ着けば封を切られ、中の蜜柑を吐きだすことになるんだ……」

悲鳴とも嘆息ともつかない声が、走るトラックの中に溢《あふ》れた。

「だが、それでおしまいじゃなかろうね。僕らは体を満たすために生まれて来た種族だ」

「空気以外のものをな」

嗄れ声はあいかわらず意地の悪い言い方をしていた。

「そうさ」

その声は嗄れ声の挑発《ちょうはつ》にも乗らず、我慢強く続けた。

「僕らは箱だ。ボール箱だ。蜜柑を入れるだけが能じゃない。体につめた蜜柑を出してしまったあとだって、まだいろんな物を入れることができる」

「そりゃそうだ」

嗄れ声が笑った。

「俺の体にはいま、綿のジャンパーと汚れたタオルと弁当箱と古靴が入っている。このトラックの運転手の持ちものだ。だが、以前はそうじゃなかった。俺は文房具をつめる箱だった。子供が学校で使う文房具だ。ひとつひとつきちんと包装した奴が、ギッシリつめこんであった。俺は満たされていたんだ。俺だってはじめからこんなじゃなかったんだ」

嗄れ声はなぜか怒りはじめていた。

「箱はなんだって入れられる。だがなお前たち……世の中なんてそんなもんだぜ。お前らは蜜柑をいれるために作られた。蜜柑をお前らの体につめ、それをひとつ残らずとり出したら、そのあとお前らがどうなるかなんて、誰も考えていちゃくれないんだ」

「まさか」

「ほんとさ。こいつは間違いのないことだ。蜜柑を吐きだしたあとのお前らは、ただのあき箱さ。邪魔っけなからっぽのボール箱なんだ。作った奴でさえ、そこから先のことは考えちゃいないんだ」

「そんなひどいことって……」

　誰かが泣声をだした。

「この蜜柑が目的地へ着いたら、俺たちはそれでおしまいなのかい」

　すると嗄れ声は狂ったように笑いだした。

「ああそうだ。お前たちはお払い箱さ」

「それでどうなるんだい」

「運が悪けりゃ、すぐに燃やされて灰になる。ごく普通に行ったとして、尻のテープをひっぺがされ、平たく畳まれてどこかに積んでおかれるんだ。そのうちに、まとめてどこかへ運ばれておわりだな」

「この蜜柑を出してしまったら、もう二度とこの体は満たされないのかい」

「そのあとは運さ。運次第よ。運がよければ何か別な物をいれてくれるかも知れない。俺みたいに、油じみた綿のジャンパーとか、汚れたタオルや古靴とか……」

「なんだっていい。満たされたいよ。生きていたいよ」

「でも、あきらめたほうがいい。蜜柑を入れる箱は蜜柑箱だ。蜜柑を出した蜜柑箱は、ただのゴミなのさ。そしてお前らは、体に蜜柑箱だと書かれちまってる。お前らがたとえその体に札束をギュウギュウ詰めにしたところで、やっぱり蜜柑箱は蜜柑箱なんだ」

「そういうあんたの体には……」

　嗄れ声のすぐそばにいる仲間が、相手の体を眺めなおしたようだった。

「筆箱と書いてあるね。あんたは筆を入れる箱だったのかい」

嗄れ声はまた気違いじみた笑いかたをした。

「俺は筆箱を入れる箱だよ。運と不運があると言ったろう。ツイてねえのさ、俺は。何と俺は、箱をいれる箱に生まれついちまったんだ。俺というボール箱の中には、小学生が使う筆箱が……いいか、筆箱だって箱なんだぞ」

嗄れ声は泣きはじめているようだった。

「箱を入れる箱。俺は箱を入れる箱だったんだ。人に売られる前の筆箱は、なんにも入っちゃいないんだ。から箱なんだ。そいつを俺はギッシリつめこんで……どんな気持だか判るかよ。形ばかりギッシリだって、決して満たされやしないんだ。ギッシリなのはから箱でなんだからな。お前ら、町に着いて蜜柑を吐き出したあとのことなんか心配しやがって、贅沢《ぜいたく》なもんだ。何はともあれ、いまこの瞬間はしあわせだろうが。満たされて、身震いするくらいしあわせなんだろう」

「筆箱さんよ。そう泣くなよ」

「筆箱じゃない。筆箱の箱だ、俺は」

「中身を出したあとも、そうやって長生きしてるじゃないか。元気をだせよ」

仲間はみんなそう言って嗄れ声の古いボール箱をなぐさめてやった。しかし、その間にも私たちは終点である町へ近づいていた。

トラックからおろされた私たちは、陽《ひ》の光の下でちりぢりに別れさせられた。その青果市場は大そうにぎやかだったが、私はそこでぞっとする光景を見せつけられねばならなかった。私がほかの二、三の仲間とひとかたまりに置かれた場所のすぐそばに、大きな焚火《たきび》が燃えていたのだ。人間たちは寒そうに手をこすり合わせてその焚火のそばへ集まり、ときどき板きれや……そして私の仲間であるからのボール箱を火にくべていたのだ。

私は自分たちの行く末がどうなるかを、じっとそこでみつめていなければならなかった。絶望感がこみあげて来たが、唯一の救いはまだ体の中にギッシリと蜜柑をつめ込んでいることであった。

しかし、私は仲間が次々に燃え尽きて行くさまを眺めているうちに、自分が決して完全には満たされていないことを悟った。

丸い蜜柑と蜜柑との間には、かなりの隙間《すきま》があったのだ。暗い前途を思うたび、完全には満たされていない現在を不足に思う心がつのった。

もっと満たされたい。まったく隙間なくこの体を埋め尽してもらいたい。……そういう欲望に我を忘れた。

「もっといれて。もっといっぱいに……」

テープできっちりと封をされているくせに、私はそう喚《わめ》いていた。

「おい、取り乱すなよ」

見かねて仲間がそうたしなめたが、私は喚きつづけた。

「もっといれて、もっといっぱいに……」

蜜柑を入れたボール箱としては、私は最高に幸運だった。青果市場から町の果物屋へ運ばれてすぐ、他の二箱はあけられ、中の蜜柑は店員の手で店先へ積みあげられてしまった。だが、私はそのまま店の奥に置かれていた。

二日、三日とたったが、私はコンクリートの床にじっとしていた。二日目まで、私のそばに仲間のふたつのから箱がいたが、三日目に店員が荒っぽく折り畳んでどこかへ持って行ってしまった。

畳まれる直前、仲間が私に向かって叫んだ。

「さよなら。つまらない一生だったよ」

私も何か言い返そうとしたが、そのときはもう彼らは箱としての存在ではなくなってしまっていた。

箱は物をいれるためのものだ。物をいれられてこそ生きるよろこびがある。ギッシリと詰め込まれれば、この上もない快感に体が震えさえするのだ。

だが、人間は蜜柑を入れるためだけに箱を作りだし、その役目がおわると、まだ充分使えるのに、あっさり見捨ててしまうのだ。

そうやって見捨てられた仲間がどうなったか、私にはまるで判らない。だが多分みな箱としての一生を閉じさせられたことだろう。

幸運にも、私はひと箱まるごと蜜柑を買う客にめぐり合い、果物屋の店員にその家まで運ばれた。そして台所の湿った暗い棚《たな》に押し込まれ、少しずつ中の蜜柑を減らされて行った。そのときばかりは、うつろだなどとか、満たされないなどとか言ってはいられなかった。最後の一個がとり出されるまで、少しでも時間が稼《かせ》げればそれでよいと、必死に念じていた。

しかし、それも長い間のことではなかった。からにされた私は、明るい場所へ引きだされ、放っておかれた。その間に、人間は少しずつまた私を満たしはじめた。

ビールの王冠や厚いビニールの袋、つめ物にした発泡《はっぽう》スチロールなど、さまざまの燃えにくいゴミが私の体の中へ投げ与えられたのだ。

それでも私は満足だった。何でもいいからこの身を満たしてくれさえすれば、箱は満足なのだった。

そして遂にいっぱいにされた。私の人生の第二の頂点であった。その頂点はかなり持続した。燃えないゴミで満たされたまま、半年あまりも放って置かれたのだ。

私の幸運は二度続いた。或る日、燃えないゴミたちが私の体から急に去った。本来なら私の生命もそこでおわるはずだったのだろうが、どういうわけか中身だけが捨てられ、私は家の外の道にとり残された。そこへ子供たちがやって来て、一人が私の体の中へ入りこみ、二人がそれを押したり引いたりした。私はコンクリートの道で、すり切れ、へこみ、破れかけたが、人間の子供で満たされたことに、うっとりとしていた。

子供たちはその遊びが気に入ったと見え、近くの池のある公園へ私を運んで行って、それから毎日同じ遊びをくり返した。

私は日ならずしてヨレヨレになったが、まだ生きていた。下がコンクリートではなく、公園の土だったから生きながらえたのだろう。しかし、何か物を詰めてもらうという点では、もう絶望するしかなかった。私の四隅は裂けて口があき、二度と箱としての役目を果すことはできなくなってしまったのだ。

そして、子供たちも私との遊びに倦《あ》きた。風の吹く夜、私はその強い風にころがされ、池へ近寄って行った。

水はボール箱にとって恐怖の対象であった。風は底意地悪く私をその水辺へ押して行った。もうこれまでか……。

私は観念した。風が吹きつのり、私は遂に吹きころがされて水の上へ落ちた。落ちたがまだ浮いていた。私は帆船のように風に吹かれて池の中央へ動いて行った。

ボール箱は水を恐れる。その水が私の体にどんどん浸《し》み込んで来た。私は沈みはじめ、風に吹かれてもそれ以上は動かなくなった。水が浸みこみ、私はばかばかしいほど重い体になった。

沈む。沈んで行く……。

子供たちと遊んで過した公園が見えなくなった。空も、風も、私の意識から消えた。

これで私の一生はおわったのだ。そう思い、あきらめた。池の底へ、私はゆっくり、ゆっくりと沈んで行く。

ああ……なんという快感……。

私はうっとりとしていた。なんと、私は満たされていたのだ。生まれてはじめて、完全に満たされていたのだ。私の体の中に、完璧《かんぺき》な密度で水がつめこまれていた。融《と》けそうな快楽であった。いや、体はいずれ水に融けてしまうことだろう。しかし、それは体を満たされたことによる快楽によって融け崩れたのと同じことではないか。

静かに沈下しながら、私は自分の体を水で埋めつくされ、愉悦《ゆえつ》に痺《しび》れていた。

「もう死んだっていい」

私はつぶやいた。これほど完璧に満たされたボール箱がほかにあっただろうか。これほどの快感の中で一生をおわった者がほかにいるだろうか……。

もう時の観念も必要なかった。満ち足りた私は、ジワジワと融けながら、今も愉悦の中にいるのだ。

夢の底から来た男

1

道路をはさんだ向こう側のビルの七階と八階の窓ガラスが、夕陽をまともに受けて白く光っていた。こちらのビルの影になった部分は、壁も窓も青味がかって見え、その窓のひとつに、椅子《いす》に坐《すわ》った男がのんびり煙草《たばこ》を吸っているうしろ姿が見えていた。

また一日がおわった。彼はそう思い、椅子の向きをかえて自分のデスクに戻《もど》った。五十枚ほどの振替伝票を揃《そろ》えてゴムバンドをかけながら、向き合った席にいる太田芳江の顔を見た。歳はたしか三十三か四。結婚しているのだそうだが、夫がどういう人物で、どんな暮らしぶりなのか、いっさい喋《しゃべ》ったことがなかった。服装はいつも地味で質素で、上司に対しては従順だがきわめて事務的な態度で接し、伝票を持ってこの経理課へ現われる若い社員たちに対しては、少々棘《とげ》のある言葉づかいをする女であった。

ただ、彼に対してだけは、ときどき気易い同僚としての態度を示すことがある。

「金庫、しめるわね」

太田芳江はそう言うと、椅子の背に背骨を押しつけるようにして体を反《そ》らせた。そのとたん、営業課長の林がユニット式の間仕切りのドアをあけて顔をだした。

「たのむ、仮払いだ」

戸棚《とだな》兼用になったスチール製のカウンターの上へ出金伝票を置いて言う。太田芳江はすぐにはその伝票をとろうとせず、椅子にもたれて首だけ林のほうへまわした。

「いくらですか。あんまりありませんよ」

「大した額じゃないさ。飯代《めしだい》だよ」

太田芳江は伝票に手をのばす。

「こんなに食べるんですか」

林はムッとしたようだった。

「スポンサーの接待なんだ。俺《おれ》たちは外へ引っぱりだすのに何か月も骨を折っているんだぞ」

太田芳江は、はぐらかすように明るく笑って見せる。

「なるべく早く清算してくださいよ。林さんはいつも遅いんだから」

「早くするよ」

林は頷《うなず》く。

「林さんの為を思って言ってるのよ。だって、しまいには自分のお給料で始末することになるんですもの」

「しょうがないんだよ。仕事のからみ具合が微妙だから」

「はい」

太田芳江は一度現金を手渡しかけ、すぐ引っこめて銀行の封筒に入れて渡してやった。

「さて……」

林は腕時計を眺《なが》めながら出て行った。

「これでおしまいね」

太田芳江は自分の前の青い手提げ金庫の蓋《ふた》をおろして言った。

「あんまりいじめるなよ」

彼は微笑しながら言う。

「営業の連中は大変なんだぜ」

「そうでしょうけど、お金にルーズすぎるからよ」

芳江の言い方は反論しているのではなく、淡々と感想を述べているといった調子であった。

「さて……」

そう言って、課長の大野が席へ戻って来た。帳簿類をひとかかえ持っていた。

「来週、専務と社長は関西出張だ」

芳江はすぐ大野のデスクへ行って、持ち帰った帳簿類をしまいはじめる。大野は椅子に坐って煙草をとりだした。

「今日も遅くなりそうだ」

「麻雀《マージャン》ですか」

彼も机の上の整理をはじめながら言った。

「まあな。……君は麻雀もしない。煙草も吸わない。君の奥さんはしあわせだよな」

「芸なしなんです」

彼は目をあげて大野を見た。大野は銀色のライターをとりだして、煙草に火をつけていた。

「いや。理想的な経理マンさ」

火をつけおわった大野は、左手でライターをもてあそびながら言った。彼はじっとその左手をみつめていた。

あいつは経理以外に使い道がない。……かげで大野がそう言っていることを、彼は知っていた。たしかに、ほかのセクションへまわされたら、この会社をやめるより仕方ないと思っていた。やめて、またどこかの経理の仕事を探さねばならないだろう。性《しょう》に合っているというより、ほかに出来る仕事がないと言ったほうが正確なのだ。経理の仕事も、好きで仕方ないというほどではない。生きて行くためには仕事が要るし、彼にできる仕事といったら経理くらいなものだ。でも、それで不満かと言えばそうでもない。性に合わないのを無理して営業の第一線に出て行くよりは、よほど気が楽であったし、縁の下の力持ち的な立場を損だと思うほど、積極的な性格ではないのだ。

「なんだい」

大野は彼の視線に気づいて、左手に持ったライターを見た。

「どうかしたか、これ……」

彼はあわてて机の上の整理に戻った。

「いや、別に」

その小さな経理の部屋に沈黙が流れた。あと十分かそこらで、芳江と彼は会社を出、地下鉄の駅に向かうだろう。課長の大野はとなりのビルの地下にある麻雀屋へ行くはずだ。一日の仕事がおわったとたん、その三人に共通するものは何もなくなってしまう。

「大野さん……」

間仕切りの向こうから声がかかった。

「おう」

「先に行ってますよ」

たしか阿部という若い社員の声であった。

「よし。金庫をしめるぞ」

大野は咥《くわ》え煙草で立ちあがり、壁ぎわの青黒い防火金庫の扉《とびら》をしめ、鍵《かぎ》をかけた。芳江も席を立って部屋を出て行く。手を洗い、化粧を直して戻ると、ハンドバッグを持って退社するのだ。それに少し遅れて、彼もこのビルを出る。毎日ほとんどかわらない手順で、時間も五分と狂ったことはなかった。

2

新大塚スカイハイツ。安マンションだ。彼はその六階でエレベーターを出ると、吹きさらしの通路を歩いて、空色に塗ったドアの横にあるボタンを押した。中でチャイムの音がしている。

すぐにドアがあいて、妻の香子の顔が見えた。

「おかえりなさい」

香子は早口で言い、すぐ奥へ消えた。魚を焼く匂《にお》いと、男の子の泣声がからみ合い、いかにも世帯じみた感じである。

だが、彼はいそいそと靴《くつ》を脱ぎ、狭い入口にしゃがんでそれを作りつけの下駄箱《げたばこ》へ押し込むと、上着を脱ぎながら、

「どうした、健《たけし》」

と陽気な声で言った。

「自分で自動車をこわしちゃったくせに、泣いちゃってるの」

もうすぐ一年生になる娘のみどりが、そう言いながらおしゃまな感じで彼の上着を受け取る。

「なんだ。もうこわしちゃったのか。どれどれ」

彼はキッチンの入口に立って泣いている健をだきあげ、

「まず顔を拭《ふ》いてからだ」

と風呂場へ連れて行く。

「お父さんが直してやるから。どこにあるんだ」

湿ったタオルで顔を拭いてやりながら言う。健はすぐ泣きやみ、彼の手からのがれて風呂場を出て行った。

「どれどれ」

彼はタオルを洗面器の中へ抛《ほう》りこむと、健の姿を探した。

「飛行機よ、これ……」

健は指の先で小さなものをつまんで来た。

「お、グリコのおまけだな」

彼はしゃがみこんで相手になってやる。

「どこへ行く飛行機かなぁ」

「海……」

「そうか、海へ行くのか。誰《だれ》と行くんだ」

「おかあさんとおとうさんと」

「おねえちゃんは」

「ブーン……」

健は部屋の中を走りまわった。

「こわれた自動車はどこにあるんだ。お父さんが直してやるぞ」

だが健はもう忘れてしまったように、小さなプラスチックの飛行機をつまんで走りまわっている。

「静かにしなさい」

香子が健を叱《しか》った。

「健のばか」

床に坐り込んで本をひろげていたみどりが、その本を足でひっかけられて黄色い声をだす。

「ブーン……」

「まて」

彼は通りすがる健をさっとだきあげた。

「速い飛行機だな」

「うん。いちばん速い奴《やっ》」

「そうだな。自動車どこにある」

「あっち」

「よしよし。うまく直るかな」

「自動車、こわれちゃったの」

「お前がこわしたんだろう」

彼は二段ベッドのあるとなりの部屋へ入った。

「タイヤがとれてるな」

健をだいたまま坐り込み、プラスチックのおもちゃをとりあげた。

「タイヤはどうした」

「とれちゃった」

「どこにある。持っておいで」

「こわれちゃったの」

「よし。その飛行機にのせておいで」

健は二段ベッドの横へ行って、おもちゃのタイヤと小さな飛行機を両手に持って戻って来る。

「ほら、よこせ」

健はするりと彼の膝《ひざ》の上にのる。

「大したことないよ。故障しただけだ」

「エンジン……」

「そう。エンジンの故障だ。エンジンて、どこにあるか知ってるか」

「ここ」

健はフロント・フードのあたりを指さす。

「そうだ、えらいな。エンジンはそこにあるんだぞ。自動車はエンジンで走る」

「ちがうよ。自動車はガソリンで走るんだよ。テレビがそう言ったよ」

「こいつ」

彼は笑って健の頭に顎《あご》をのせた。髪の匂いが何やら懐かしかった。健はおとなしく、彼がおもちゃを直す指先をみつめている。

ライターが彼の頭の中に泛《うか》んでいた。課長の大野が持っているライターであった。四角く、細長い感じで、重そうな銀色をしていた。毎日顔をつき合わしているのだし、大野は相当なヘビー・スモーカーだから、今までそのライターを何度も見ているはずであった。

しかし、今までまったく気づかなかった。重そうな感じの、銀色のライター。……どこかに見憶えがあり、しかもそれはたしかに課長の大野とは関係のない記憶であった。

彼はそのライターのことを思い出そうとした。しかし、思い出す前におもちゃの自動車の修理がすんだ。

「わあ……直った直った」

健が彼の手からそれをとりあげ、膝からおりてさっそくころがしはじめた。

「乱暴にするとまたこわれるぞ」

「あなた、着がえて……」

香子が部屋をのぞいて言った。

「いけね。お父さんも叱られちゃった」

夫婦の寝室はとなりである。彼はその部屋へ移って服を着換えはじめた。上着はみどりがちゃんと洋服だんすのハンガーに掛けてくれていた。

窓の外から国電の駅が見えていた。どんよりと濁った夕暮れの空であった。

3

「加藤さん。加藤さん。加藤一郎さん……」

事務的な声で呼ばれ、彼はその何度目かでハッと目がさめた。喉《のど》がひどくかわいていて、彼は大きく唾《つば》をのみこんだ。またあの夢を見ていたのである。いつもよく見る夢であったが、名を呼ばれたのははじめてであった。

その夢をいつごろから見るようになったのか、よく憶えてはいない。しかし、その夢を見るたび、彼はきまって途中で目ざめるのであった。

別に筋のようなものがあるわけではない。はじめはどこか壁のようなところから、一人の男が滲《にじ》み出すような感じで現われるのだ。男の姿はだんだん鮮明となり、やがて彼の正面に突っ立つ。その、滲み出すような最初のころと、目の前に鮮明な姿で仁王《におう》立ちになる間の時間が、夢の中ではとほうもなくゆっくりと流れるのだった。そしてその緩慢な時間のあいだ、彼は得体の知れぬ恐怖を味わい続けているのだ。

だが、夢はあくまで夢で、目覚めてからいくら思い出そうとしても、その恐ろしい男の顔がどうしても思い出せないのだ。ただひとつだけはっきりとしているのは、その男の両手は、いつも血にまみれていた。まるで、たった今まで人間の内臓を素手でかきわけていたかのように、どろどろとした血で汚れている。

彼は暗い寝室の天井を、うんざりしたような気分でみつめていた。

何もかも申し分なかった。ごく平凡なサラリーマンだが、妻も子もあり、彼はそれを心から愛していた。決して豊かではないが、住まいもあり、子供たちにそうみじめな思いもさせないですんでいる。おとなしすぎるほどおとなしい自分のような性格の人間には、これでも充分すぎると満足しているのであった。

だから、ここ何年も家庭に波風はたっていない。ただ唯一の悩みは、その血まみれの手をした男の夢であった。もちろん、そんなことを香子にも言ってはいない。たかが夢のことだし、余分な心配をさせてはつまらないと思っているのだ。

ところが、その悪夢の間隔が、最近になって急にせばまってきている。いったいこれはどうしたことなのだろうかと、彼は不安で仕方がないのである。いずれ、ストレスとか疲労といったものが原因なのだろうと思っていたが、いつもうなされるのが、まったく同一の夢だというのが気になったし、血まみれの手も不吉であった。万一それが脳の障害によるもので、だんだん重症になって発狂などということになったら、香子や子供たちの人生はどうなるのだろう。そう考えると、時にはいても立ってもいられないような気分に陥る。

ただの夢だ……。そう思ってすぐまた睡《ねむ》れることもあるが、気になって朝までまんじりともできないこともある。ましてその夜は名前まで呼ばれた。果してあの血まみれの手をした男が呼んだのかどうか、はっきりしないのだが、とにかくあの夢を見るようになってから一度も変化なく、いつもきまり切った場面であったのに、はじめて変化らしい変化を見せたのである。

近頃《ちかごろ》では、血まみれの手の男が現われると、夢の中でこれは夢だとはっきり自覚するようになっている。何度も同じ夢を見ているのだから、当たり前だと言えば当たり前だが、それにしては血まみれの手の男の人相、風体が、いつになってもいっこうにはっきりしないのがふしぎであった。

彼はそっと寝室をぬけだして居間へ入った。うすぐらい中でソファーに坐り、湧《わ》きあがる不安に耐えていた。

朧《おぼろ》な影が揺れ動いて、やがてそれがかたまるとあの男の姿になる。どこからやって来るのか……。彼はすっかり憶えてしまった夢の中のひとこまひとこまを、ゆっくりと思い返して見た。

その朧な影が湧く場所は、とりたてて風景らしいものがないところであった。うしろに何かつかまえどころのない平たい面があるだけで、影はいつもその特定の部分から湧きだしてくるようであった。

ドアか……。彼はふとそう感じた。平べったい面が壁であるとすれば、影が湧き出してくる特定の場所はドアということになりはしないだろうか。しかし、それならどこのドアだ。ドアがあれば部屋ということにもなる。いったいどこの部屋だ……。

そんな部屋の記憶はまるでなかった。どこであるか考えても無駄なことである。とすると、背景はやはり壁ではなく、抽象化された地平ということであろうか。

むかし、何か恐ろしいものを見たのかも知れない。それは幼かった彼に対して、或《あ》る角度から現われたので、あの夢の中で影が湧きだす特定の場所というのは、その角度なのではあるまいか。

しかし、それ以上いくら考えても、血まみれの手をした男の正体は思いつかなかった。人並み以上に平和で穏やかに暮らしてきたのだから、血まみれの手をした人間など、見る機会もなかったのだ。

何が自分をこれほど不安がらせ、怯《おび》えさせるのだろう。……彼はしだいにいらだちを感じはじめていた。それはちょうど、よく話に聞くいたずら電話のようなものではないか。いつか太田芳江が言っていたが、夜中にいきなり電話が掛かってきて、みだらな会話をしかけたり、もうすぐ放火すると脅かしたり、そういう悪戯《いたずら》をする者がいるそうだ。

脅かされたほうは、何の憶えもなく、根拠もないのに、やはりぶきみに思い、寝つかれなくなってしまう。何日も自分の過去をあれこれ思い返し、あるはずもない心当たりを探すことになるのだそうだ。

彼にとって、その血まみれの手をした男は、ちょうどその悪戯電話のようなもので、夢の底から意味もない脅しと警告を受けて怯えさせられているようなものであった。

奇妙なことに、彼は自分を責める気にはどうしてもなれなかった。夢なのだから、他人が与えられるはずはない。自分の夢で自分が怯えるなど、おかしなことだし、結局その夢も自分が作りだしているはずなのだから、責めるとすれば自分を責めるしかないのだ。であるにもかかわらず、その夢が自分のものだという実感はまるでなかった。夢の中へ誰かが押し入って来たような感じで、それがまたいっそう彼を不安にさせている。

「畜生……」

正体の摑《つか》めぬ焦りと、やり場のない腹立ちで、彼はそうつぶやいた。さっきから、子供たちの寝息がかすかに聞こえていた。その平和な寝息を守るためにも、血まみれの手の男の夢を忘れて、早く睡らねばならなかった。

彼は気をとり直し、立ちあがった。そっと寝室に戻り、また横になった。こんなことで不眠症になったりしてはつまらないと思った。

4

「どうかなさったの」

朝食のとき香子が言った。

「いや、別に」

「顔色が悪いわ。まっさお……」

「オーバーなこと言うなよ」

彼は苦笑して見せた。

「ゆうべ睡りそこなったんだ」

香子は心配そうにみつめている。

「どうしたのかな。心配することはないんだ。睡いだけさ」

「ずっと……」

「いや。ゆうべだけだよ」

笑って見せてその場は誤魔化《ごまか》したが、昨夜の不安が心の底にわだかまったままであった。出がけにさりげなく鏡を見ると、なるほど少し顔色が悪かった。

「行って来ます」

送りに出て来たみどりに、優しくそう言うと、健をだいて香子がそのうしろに立っていた。

「気をつけてね」

「うん」

彼は少し子供っぽい気分で頷《うなず》き、ドアの外へ出た。

家族に心配させているのがくやしかった。香子の態度のせいで、けさは健やみどりまで彼に対して優しかった。いつもなら父親のことなどそっちのけで騒いでいるのに……。

新大塚の駅へ歩く間、彼はなんとか気分をかえようと努めた。たかが夢のことで、なぜこんなに気分が滅入るのか、われながらおかしいと思った。彼は夢以外のことを考え続けた。

目立たないだろうが、今の会社での立場もすっかり安定しているはずであった。なるほど太田芳江はベテランでよくやっているが、すでに夫のある身だった。妊娠でもすれば会社をやめなければならない。そのことは専務や社長もよく承知しているし、芳江自身退社する日が近いと自覚しているのだ。課長の大野は本来経理マンではない。以前は営業部にいたこともあり、ありていに言えば、その方面で大した働きができなかったので、経理にまわってきただけのことである。ただ、大野は社長の甥《おい》にあたっている。経営上の秘密を知ることの多い経理課長には、大野のような身内がいるほうが社長も何かと都合がいいのだろう。つまり、腰かけ的な太田芳江を除くと、今の会社で経理の仕事ができるのは、彼一人になってしまう。そしてみんなが、彼の実直な仕事ぶりとおとなしい性格を知っている。経営面で相当な大波をかぶっても、自分は最後まで生き残れるという自信が彼にはあった。

小さな会社だが、給料は決して悪くない。きちんと昇給もするし、ボーナスもよく出すほうである。だから、不況などという外《そと》のことを別にすれば、経済的な不安材料はほとんどない。妻の香子もそう高望みする女ではなく、今の平穏な暮らしに一応は満足してくれている。子供たちも元気で、知恵も体も世間なみな成長を示しているのだ。

結局、不安など何もないのである。四か月ほど前に社員が交代で人間ドックへ行った。正味二十数時間のドック入りではあったが、彼の体はあらゆる面で健康だった。心配はどこにもない。煙草も喫わず、酒もほとんど飲まない。競馬、競輪はおろか麻雀さえろくに知らないのだから、家庭を破壊するようなおそれは、どこを探してもあるわけがない。

なぜ夢などを気にするのだ。世の中に自分ほど平和な人生を築いている者はそう多くないのだぞ……。彼は会社につくまで自分にそういい聞かせていた。そして、デスクにつき、いつもの仕事がはじまると、それもなんとなく忘れてしまった。

昼休みになると、すっかりいつもの気分に戻っているようであった。静かに落ち着いた気分を自覚して、彼はしみじみ満足であった。そういう静かな毎日こそ、彼が常に求めているものであった。

だが、課長の大野が昼食から戻って、自分の椅子に坐って煙草をとりだしたとき、そのせっかくの気分が一瞬にして崩れた。

大野が銀色のライターをとりだしたのである。彼はみるみる蒼《あお》ざめてそのライターをみつめた。

「なんだい」

大野は彼の視線に気づくと、ライターで火をつけ、煙を吐きだしながら言った。

「これ、どうかしたのか」

彼は答えられなかった。何かとんでもないものに襲いかかられた気分であった。

「おかしいな君は。きのうもこれを見てそんな顔をしたぞ。どこかこのライターに変なところでもあるのかい」

大野は苦笑を泛《うか》べて彼にそのライターをつきつけた。そう悪意のある態度ではなさそうだったが、彼は大きくのけぞってそのライターをさけた。

「どうしたんだ。ただのライターだぞ」

大野は芳江と顔を見合わせて失笑する。彼はやっとの思いでそのライターから目をそらせた。

「い、いや。別に……」

「どうしたというんだ」

「ライターのせいじゃないんです」

「じゃ、なんだい」

「ただ……」

芳江がたすけ舟をだすかたちで言った。

「顔色が悪いわ。どこか悪いのね」

「うん」

彼はあいまいに答える。

「具合いが悪いなら、早く帰ったら。いいわよ、今日は大した用はないし」

「そうだな」

大野も同意した。

「どうもすみません」

彼は二人に詫《わ》びた。

「何だか急に気分が悪くなって」

「昼飯に何食った」

「鯵《あじ》のフライ……」

「そいつかも知れないな」

「胃の薬を持って来てあげるわ」

芳江はさっと席を立ち、ドアの外へ出て行った。

「気をつけろよ。……だが、それにしてもおかしいな。なんでこのライターが気になるんだろう」

大野はしげしげと銀色のライターをみつめた。

「ずっと以前からこれを使っているのに、いつごろだったかな。……そうだ、あれ以来だよ」

とたんに彼は大声で言った。

「違うんです。ライターのせいじゃありません」

大野はびっくりしたように彼をみつめていた。

5

彼は逃げるようにして会社を出た。本当に胸が少しむかつくようであった。

だがそれは昼に食った鯵のフライのせいではなく、体のどの部分が悪いのでもなかった。

気がつくといつの間にか地下鉄の駅へ入っていたが、家へ帰る気はしなかった。香子たちに心配させたくなかったし、理由を説明すれば、あの銀色のライターのことに触れなければならなかった。

轟音《ごうおん》をたてて電車がやって来ると、彼はそれに乗った。昼間の地下鉄はすいていて、プシーッというドアの閉じる音も、耳にひときわよくひびく感じであった。

夕方までどこかで時間を潰《つぶ》さねばならない。……彼はそう思った。家へ戻るのはいつもどおりの時間でなければならない。さもないと妻子が心配する。

銀色のライター……。

空いた電車のドアのそばに倚《よ》りかかって、彼は呪《のろ》うような気持ちでそう思った。

ふたつがつながっている。血まみれの手の男と、その銀色のライターが……。いったいそのふたつはどこでつながっていたのだろう。自分はなぜ突然そのことに気づいたのだろう。

ドアのガラスに彼の顔が写っていた。その外を、ときどき白いものや、ぼんやりとした黄色い光がとび去って行く。

ふたつはたしかにつながっている。密接な関係がある。それはたしかだ。どうしようもない事実なのだ……。彼は無念の表情を泛《うか》べてそう思った。

だが、それをなぜあの大野が持っているのだ。大野は夢に出て来る血まみれの手の男と何か関係があるのだろうか。その上、大野はあの銀色のライターを、ずっと以前から使っていたと言った。多分毎日目の前で火をつけていたのだろう。なぜ今まで気づかなかったのだ。

なぜ今になって突然気づいたのだ。

彼は混乱していた。必死に答えを摑《つか》もうとする一方で、早くいつもの平静な気分をとり戻そうと焦っていた。平静になるには、夢のことなど忘れるのがいちばんだった。ライターと血まみれの手の男の関係など、ただ自分がそう感じたにすぎないことで、具体的な証拠は何もないのだ。だからなんでもないのだ。とるに足りないことなのだ。忘れてしまえ。……そう思ういっぽうで、ふたつの間の抜きさしならぬ関係を確信しており、なんとかその正体をつきとめたがっている。それはちょうど、睡りたがっている男が、睡りに落ちる寸前、ハッと自分をとり戻してしまう状態に似ていた。

ふたつ目の駅で、彼は電車を降りた。定期券を使って改札を出ると、あてもないまま階段を昇って地上へ出た。

彼は商店の並ぶ都心の道をぶらぶらと歩いた。歩きながら、一心に考えている。

大野は以前からよく知っている。夢に出て来る血まみれの手の男と、何の関係もないことは確信できた。とすると、あの銀色のライターを持っていたことは、単なる偶然なのだろうか。もしそうだとすれば、いったいそのライターはどういう経路で大野の手に渡ったのだろう。

彼は歩きながら、かすかに首を横に振った。偶然すぎると思ったのだ。血まみれの手の男と銀色のライターがつながっていることを否定しないとしても、血まみれの手の男のほうは、どこかひどく遠いところにいる人物なのである。過去か、未来か、それはよく判らないが、何にしても今の会社と少しでもつながりのある存在とは思えない。その遠い人物と関係のあるライターが、偶然大野の手にあるなどとは考えられないことであった。

そうだ、同じ型のライターはいくらでもあるはずではないか。……彼はそれに気づくと足を早めた。

喫煙具の専門店があった。高価なパイプが飾り窓にずらりと並び、男が二人ほどそれを熱心にのぞき込んでいた。その左に外国煙草を並べたショー・ケースがあり、ケースの上に安物のコーン・パイプをいれた籠《かご》が置いてあった。

彼は飾り窓とショー・ケースの間を通って店の中に入り、ライターを並べてある棚の前に立った。ライターの種類は、無数と言っていいほどあった。だが、突然得体の知れない感じでよみがえった、あの銀色のライターの記憶はいやに鮮明であった。彼はすでにそれがかなりの高級品であることを知っており、迷わず高級品の棚のほうへ移動した。

あった。幾分細長い感じのそのライターは外国製で、同じものが四個ほど置いてあった。が、彼はそこでもまた顔から血が引くのを感じた。

違うのだ。同じ製品だが、それは彼の記憶によみがえった物ではなかった。大野が持っているライターこそ、何かは知らないがあの血まみれの手の男と関係ある品なのだ。同型のライターを大野が持っていたにすぎないという、儚《はかな》い期待はかんたんに裏切られてしまった。

彼はあわててその店を出た。なんとかして落ち着きたかった。裏通りへ入りこみ、小さな喫茶店をみつけてとびこんだ。

注文したコーヒーが来ると、彼はそれをゆっくり掻《か》きまわしながら、深呼吸をした。

せっかく築きあげた平和な生活が、何者かの手で破壊されようとしているのだと思った。破壊されたくなかった。自分は平和な生活でなければうまくやって行けないのだと強く感じた。混乱すればすぐめちゃくちゃをやってしまいそうな気がした。波乱の多いくらしの中で、自分をうまくコントロールして行ける自信はまるでなかった。

いったい、どこから、何がはじまっているのだ。血まみれの手の男は、なぜくり返し夢の中へ現われるのだ。銀色のライターはそれとどう結びつくのだ。そしていったい、自分はなぜこうも怯え、不安に駆られていなければならないのだ……。

彼は腹だたしい思いで、一気にコーヒーを飲んだ。まるで味が判らなかった。ただ、胃のあたりに、いらだちのしこりのようなものが残った。

6

学校をさぼった少年のように、彼はうしろめたい思いでわが家のドアをあけた。時間はいつもどおりであった。

「おかえんなさあい」

みどりと健が大声で迎えてくれた。

「どうでした。大丈夫……」

香子も元気な彼の顔を見て、ほっとしたようであった。

「どうもしやしないさ」

彼はそう言い、いつもどおりまず健をだきあげた。

「どうかしてたまるかい。なあ健……」

冗談めかしていたが、それは心の底からの言葉であった。この平和な世界を失ってたまるものかと思った。

家庭は救いであった。彼は昨夜からの得体の知れない恐れを忘れ、遅くまで子供たちの相手をして騒いでいた。

「そうそう。きょう電話があって……」

子供たちが寝たあと、香子が真顔でそう言ったとき、彼は思わず顔色を変えた。しかし香子はのんびりした声で、

「立石さんよ」

と言った。

「立石さん……」

彼は表情を読まれまいと、ことさらしく夕刊をひろげて香子から顔をかくした。

「ほら……忘れちゃったの。あたしの叔父《おじ》さん」

「そんな叔父さん、いたっけ」

思い出せなかったが、なんとなく安心した。

「叔父って言っても、そう、あなたより幾つか上の……四つかしら、五つかしら」

香子の声の調子や態度からは、不吉なものは読みとれなかった。彼は夕刊をおろし、ため息をついた。自分でも少し神経過敏になっているのがおかしかった。

「どんな人だったかなあ」

「商社マンよ」

「へえ……」

「いろいろなものを扱っているらしいの。それで、何か今度新製品がまわってきたんですって。よくあるでしょう。町の発明家が、台所用品やなんかでうまくひと山当てちゃうのが。それよ。何という品だったか忘れちゃったけど、会えば判るわ」

「会う……」

「そう。その新製品の会社の人に引き合わせたいんですってさ」

「なんで……」

「広告よ」

「広告……」

「やだ。あなたの会社は広告屋さんじゃないの」

「あ、そうか」

彼は自分の迂《う》闊《かつ》さに苦笑した。

「その立石さんが、自分の社でその新製品を扱うんだな」

「ええ。それで広告をまかせたいんですって。あれで気をきかせてくれているのよ。あなただって、仕事がとれればいいんでしょう」

「そりゃ助かるさ。経理だって売り上げに協力できれば言うことはない」

彼は林の顔を思い泛べながら言った。きっとよろこぶはずである。専務や社長も見直してくれるだろう。

「そうか。そいつはいい話だ。お礼をしなくちゃな」

「いいの」

香子は自信たっぷりに笑った。

「うちの父が散々面倒《めんどう》みたのよ。若いときちょっとグレていてね。不良だったの」

「不良」

「そう。麻薬なんかやっちゃって、まるで手におえない人だったのよ」

「麻薬と言ったっていろいろある」

彼は眉《まゆ》をひそめた。そういう乱れた人生を送る人間が嫌《きら》いだった。

「もうちゃんと立ち直ってるわよ」

香子は彼の表情が曇ったのを見て、安心させるように言った。

「心配ないわ。R商事に入れたくらいですものね。いいかげんだったら、あんな一流会社へ入れるわけないでしょう」

「それもそうだな」

「あなたの会社の電話番号を教えておいたわよ」

「そうか」

「大きな仕事になるといいわね」

香子は甘えるように彼のとなりに坐って言った。

「そうだな。うまく行けばボーナスが増えるぞ」

「子供たちももう大きくなったでしょう。汚さなくなったらカーペットのいいのをいれようって言ったじゃないの。もしそれでボーナスが増えたら、カーペットを買いましょうよ」

「そうだな」

彼は頷いた。気分が急に明るくなったようであった。

「今度の日曜にどこかへ行くか」

「どこへ」

「道のすいているところを調べて置くよ」

彼はこのマンションの駐車場に、小型車を持っていた。通勤用ではなく、家族とたのしむための車であった。もう一か月以上もそれを使っていない。

「久しぶりね」

香子が体を寄せて来た。湯あがりの肌《はだ》が清潔に匂っていた。

7

何日かたった朝、デスクに落ち着くとすぐ彼に電話があった。

「おい、君にだ」

経理にかかって来る電話はほとんど課長の大野が受ける。大野がいないときは太田芳江だ。いつの間にかそういうことになっていて、そのときもベルが鳴ると大野が受話器を取って彼に渡した。

「はい、加藤です」

「加藤一郎さんですね」

電話の声は落ち着いた感じであった。いつも電話をかけつけているビジネスマン……彼はそう判断した。

「はい、そうです」

確認したあと、相手の声は急に明るくなった。

「実はR商事の立石さんの紹介で、あなたにはじめてお電話申しあげるのですが」

加藤は目をあげ、天井の隅《すみ》を見ながら答えた。

「ああ、聞いております」

「そちらは広告代理店だそうで」

「ええ、そうです」

「立石さんには大変お世話になっておりましてね。今度も新製品のことでいろいろご厄介《やっかい》になっているんですが、立石さんがぜひあなたの会社に広告面をやってもらえと言われるもので、渡りに舟と言うわけなのですが」

その男と香子の叔父の立石とは、言葉の様子からすると、かなり親密な間柄らしかった。

「それはどうも恐れ入ります。ぜひお目にかかりたいと思います」

「何しろできたてのほやほやという奴で、将来性は大いにあるんですが、ネーミングやパッケージデザインからやっていただかねばならないので……」

「こちらといたしましても、そういうところからやらせていただければ、願ったり叶ったりです」

「え……」

男は少し考えてから、

「伺います」

と言った。

「これからすぐでもいいですか」

「はい、どうぞ」

「そうそう、わたしは鈴木。鈴木と申します。そちらの場所を教えてください」

彼は相手が来る方向をたしかめてから、会社のあるビルの名を教え、最後に所番地を言って電話を切った。

「なんだい」

彼にそんな電話が掛かって来るのは珍しいことなので、大野が待ちかねたように尋ねた。

芳江も手を休めて彼をみつめている。

「R商事でこれから扱う新製品のことです」

「うちにやらせるというのか」

大野は目を剝《む》いた。

「まだネーミングもなにもしていないらしいんです」

「そりゃ君、制作がよろこぶぞ。それにR商事なら大変だ。たしか林君が一度アタックして
それ切りになっていたはずだ」

「こっちへ来ると言ってますから」

「それじゃ誰か一緒のほうがいいな」

大野は立ちあがった。

「探して来よう」

中堅の下位くらいの広告代理店だから、R商事が相手となると、自然目の色がかわる。大
野はいそいそと出て行った。きっと手柄顔でいいふらす気だろう。

「ご親戚《しんせき》……」

芳江が尋ねた。

「うん。女房の叔父さんなのさ」

「そう。よかったわ」

芳江は親しみをこめた微笑を見せ、仕事に戻った。彼は芳江の言った意味がよく判った。それでなくても陰にまわりがちな経理マンで、その上おとなしすぎるくらいおとなしい。だから営業部や制作部の連中には、いつも軽視され続けてきたのだ。本人はそんなことを気にもしていないが、仲間の芳江から見ればかなり歯がゆかったのだろう。だいいち芳江自身、伝票を持ってやって来る他のセクションの連中にひややかな態度をとるのは、軽視されまいという心理があるからであった。だが、R商事との結びつきをもたらすとなると、小さな会社だけに、一遍で立場がかわってしまうはずであった。芳江はそれをさして、よかった、と言うのであろう。

「ちょっと……」

しばらくすると、大野がドアをあけて手まねきした。彼は芳江に目配せしてから部屋を出た。

「専務と林君が……」

応接室へ行くあいだに、大野がそう言った。応接室へ入ると、専務と林が並んで坐っていた。

「耳よりな話じゃないか」

専務がうれしそうに言った。

「どういう新製品なんだろう」

「まだよく判らないんですが、なんでも雑貨関係とか言ってました」

「R商事とはどういう関係なんだい」

林が尋ねる。

「女房の叔父で……叔父と言っても僕とそうかわらない齢《とし》なんですが」

「なあんだ」

林は左手の指を弾いた。パチンとは鳴らず、こすれる音だけであった。

「こんな近くにコネがあったのか」

くやしそうであった。

「R商事にはそういう部門があるんだよ」

専務が説明した。

「町の小さなメーカーでも、質のいい商品を持っている場合があるからな。それをR商事の力で大きな流通網にのせてやるんだ。販売権を握るわけだな。玩具《がんぐ》、ゲーム類などからはじまって、電気アンマみたいなものまで手広く目を配っている。町の発明家なんていうのは、だからR商事に釣《つ》りあげてもらえば、八分どおり成功だと思っているほどさ。多分予算はそうでかくないと思うが、手なみしだいではそのセクションのレギュラーになれるし、手がけた商品がヒットすれば、次から次へ予算が出てくる。それに、制作の連中もネーミングやパッケージからやれれば張り切るよ。連中はそれがやりたくてこの仕事へ入って来たようなものだからな」

「営業的にも、これ以上の話はありませんよ。パッケージなんかからはじまれば、それは商品の性格設定から、将来のキャンペーン・ポリシーまでおさえるってことでしょう。一度つかまえれば逃げられない。……よく途中で他社に乗りかえられてしまいますからね」

「ま、そういうわけだ。で、何時ごろその方はこちらへお見えになるんだ」

「これからすぐ行くと言っていましたから、間もなくではないですか」

彼は久しぶりにいい気分であった。人のかげにかくれているのも気楽だが、たまには一座の中心人物になるのも悪くなかった。

「電話がかかるといけませんから」

彼はそう言って応接室を出ると、自分のデスクに戻った。

8

ところが、いつまでたっても鈴木という人物は現われなかった。

「どうしたんだろう」

専務と林が二度ほど顔をだして彼に尋ねた。

「さあ……」

彼にはそういう返事しかできなかった。そして、二時、三時、四時。窓の外の通りに夕暮れの気配がたちはじめた。

彼は落ち着かぬ気分で、椅子ごと体をまわし、窓の外を眺めた。向かいのビルの上のほうのガラスがまた白く光っていて、下の階の壁は青味がかって見えている。

また煙草を吸っている……。

彼は心の中でそうつぶやいた。三階の窓の中に、上着を脱いだワイシャツ姿の男が、こちらに背を向けてのんびり煙草を吸っていた。不動産関係の会社だろうか。……彼はふとそんなことを考えていた。あの会社も間もなくきょうの仕事がおわる。どこへ帰るのだろう。どんな家でどんな家族が待っているのだろうか。

向かいのビルの三階の窓の中の男は、急に前かがみになって左腕を前へのばした。一瞬頭が見えなくなり、すぐ受話器を持った姿が戻った。

彼はくるりと椅子をまわし、デスクに戻った。とたんにベルが鳴り、芳江が素早く受話器をとりあげる。

「はい。はいそうです。はい、少々お待ちください」

芳江はデスクごしに彼へ受話器をつきだし、低い声で言った。

「あなたによ」

彼はそれを受取り、耳にあてた。

「はい、加藤です」

「けさ電話をした鈴木です」

「ああ、お待ちしていたんですが」

「困りましたよ。あなた、わたしに正確な所番地を教えてくれたのですか」

「は……」

彼は意表をつかれて戸惑った。

「ずいぶん探したけれど、あなたの言った場所にそんなビルはなかった。いったいあなたの会社はどこにあるのです」

「そんなわけはないですよ」

なぜか彼はムッとして声を荒げかけたが、じっと自分を見ている芳江に気づいて自制した。

「おかしいですね、そんなわけはないんですが……」

「困りますねえ。おかげでこっちは一日潰《つぶ》してしまった」

「申しわけありません。何かの手ちがいで……」

「間違いは仕方ないが、わたしもいそがしい体なんです。なんとか今日のうちにお目にかかる方法はありませんか」

「どういたしましょう」

相手は電話口で軽く舌打ちしたようであった。

「わたしの判る場所で待ち合わせましょう。それなら間違いないでしょう」

「はい」

すると男は口早やに場所を言った。

「判りますか、そこなら」

「はい。よく知っています」

「すぐに出られますか」

「ええ」

「じゃあ待っています」

電話は切れた。彼は相手がかなりいら立っていたのに少し怯え、あわてて立ちあがった。

「どうしたの」

芳江が尋ねた。

「ここの場所を探したけれど判らなかったそうだ」

芳江は不服そうな顔をする。

「どうしてかしら、判りやすいのに」

「とにかく課長を探して来る」

彼は急いで部屋を出た。

しかし、社内に大野や専務の姿はなかった。たった今までいたらしいのだが、どこかへ出て行ってしまったらしい。

「仕方がない。一人で行ってくるよ」

彼は経理のドアをあけて芳江にそう言い残し、会社を出た。小走りに地下鉄の駅へおり、すぐにやって来た電車に乗った。

指定された場所はよく判っていた。退社時間寸前で、電車はまだガラガラにすいており、降りた駅のホームも閑散としていた。

彼は改札を出ると、階段をかけのぼり、横断歩道を渡ってその場所へ急いだ。

あの喫煙具の専門店が見えてきた。その前にグレーの服を着た男が立っている。ほかに立ちどまっている人間はそのあたりになく、彼はその男に違いないと足を早めた。

相手も察したらしい。近寄って行く彼の顔をじっとみつめている。

「加藤さん……」

先に向こうが声をかけた。

「ええ」

男はホッとしたような笑顔になった。

「はじめからこうすればよかった」

「ここならよく知っているんです」

彼はパイプの並んだ飾り窓を見て言った。

「ほう。あなたもパイプやライターに興味がおありですか」

「いや」

彼はあわてて首を振った。

「僕は煙草を喫わないんです」

「どうして……」

　男は眉を寄せた。

「それならどうしてこんな店を」

「それより、本当に今日は失礼しました。どうして判らなかったんですかねえ」

「まあ、こうしてお目にかかれたんだからいいでしょう。さっそく仕事の話をしたいんですが」

「そうですね。ちょうど係りの者たちが席を外しておりましたので、一人でやって来てしまったのですが……」

「とにかく、喫茶店へでも入りましょう」

　男は歩きだした。

「わたしは以前この近くにいたことがありましてね」

「そうですか」

　彼はそれについて次の細い道を曲がった。

「このあたりはよく知っているんですよ。せまくるしいですが、ちょっと面白い店があるはずなのです。多分まだあると思いますが」

　男は勝手知った様子でどんどん進んで行き、裏通りへ入った。

「ここです」

　男は小さな店のドアを押した。ドアの上部に真鍮《しんちゅう》の鈴がついていて、チリン、と音をたてた。

彼はなんとなく、その鈴木という男との話合いがうまく行かないような気がした。

特に理由はないが、たとえば彼はドアにつけたその鈴の音が嫌いだったし、入ってすぐ、洋酒のミニチュア瓶《びん》をぎっしりと並べた飾戸棚に突き当たって、奥がよく見えないような店内の構造も気に入らなかった。

「やあ、お久しぶりですね」

店の隅にある小さなカウンターの中から、白いコートを着た蝶《ちょう》タイの男が言った。

「おや、あなたもここをご存知なのですか」

鈴木が彼に言った。彼は強く首を横に振り、

「とんでもない。はじめてですよ」

と言った。

「なんだ。わたしに言ったのか」

鈴木は自分の迂闊《うかつ》さを苦笑し、

「この間はいろいろ……」

と、カウンターの男に言った。

「仕事のことですが」

彼は古めかしい木の椅子に腰をおろしながら言った。

「うちの社に林という営業課長がおりまして。R商事と関係を持とうと苦心していたのです。

そういうわけで、今度のお話は専務以下みな大喜びでして……」

鈴木は頷《うなず》いた。

「それはこちらも好都合です。わたしの仕事も、そういうことなら気合いをいれてやってもらえるでしょうからね」

そう言って、いぶかしそうな目で彼をみつめた。

「なんでしょう」

彼はとがめられたように感じた。

「いや、そのR商事のことですが、わたしは以前から立石さんをよく知っていまして、そこへたまたま今度のことが発生したので立石さんにお願いしたわけですが、あなたの会社がR商事にアタックしていたのならば、もっと早くに取引が成立していたんじゃありませんか」

「どうしてです」

「だって、あなたがいらっしゃる。立石さんは広告予算に関しては実力者ですぞ。あの人はあなたの奥さんの叔父さんに当たる方でしょうが」

「ええ、それはまあ……。しかし、僕はよく知らないんです。うすうすは知っていましたが、それほど親しい間柄ではないので」

「立石さんはあなたのことをよく知っていますよ。よく話を聞かされています」

「そんな」

「いや、本当です」

「そんなことはありませんよ。くわしいことを知ったのは、今度のことで立石さんから家内に電話があってからです」

「電話……。おかしいですね。立石さんはあなたの家へおたずねしたと言ってましたよ。わたしのことで、わざわざ……」

「でも、香子は電話だと……。どっちかが僕に嘘《うそ》をついているわけですね」

「まあまあ。そんなことはどっちでもよろしい。仕事の件です」

「なんだか、不愉快なことになったな」

彼は相手の言いかたがいちいちひっかかるようなので、腹をたてていた。

「不愉快ですか。ではおわびしましょう」

相手はそう言い、頭をさげて見せた。それはうわべだけの、彼を馬鹿にしたような態度であった。

「でもあなたは、もう専務さんなどに、この件を話してしまわれたそうじゃないですか。いいんですか。あなたの一存でこの話をこわしてしまって……」

脅迫めいた言い方だった。

「いや……」

彼はうろたえた。

「そういうわけじゃないんです。ただ、なんとなく気分が落ち着かなくて」

事実彼は汗ばんできていた。

「違う店へ行きましょうか」

「ここがお嫌いですか」

「いや、別にそういうことは……」

「わたしはここが好きなんです。気に入っているんですよ。それに、ここを教えてくれたのは立石さんなんですからね」

「立石……」

「ええそうですよ。あの人は若いとき少し遊んだ人だそうですね。かなり乱暴な暮らしをしていたそうです。酒は飲む、博奕《ばくち》はうつ……何か悪い薬までやっていたそうじゃないですか」

「ええ、ああそうです。香子がそう言っていました」

「香子って、あなたの奥さんですか」

「ええ、女房です」

「お元気ですか」

「おかげさまで。自分で言うのも何ですが、明るくて優しくて、いい女ですよ」

「お子さんは」

「みどりと健。これもいい子たちです」

「その奥さんが立石さんのことを何かおっしゃっていたんですね」

「ええ。彼女の父親が、その立石さんの面倒をよく見たのだそうで」

「なるほど。麻薬のことなども、奥さんからお聞きになったのですか」

「ええ。そう言っていました。でも、立石さんも今は立派になっていらっしゃる」

「そうですね」

「家内の親戚はみんないい人たちばかりで」

「結構ですなあ」

「あなた、奥さんは」

「ええ」

鈴木は悲しそうな顔をした。

「おたくと同じです。妻に子供がふたり。上が女で下が男。でも……」

「どうかなさいましたか」

「三人とも死にました」

「それはお気の毒に」

「火事ですよ、火事。焼け死んだんです」

鈴木はいつの間にか右手に丸い金具を持っていて、それをテーブルの上に置いた。

「形見です。彼女の指環でしてね」

それは無残に焼け焦げた感じであった。指環を飾っていた宝石はとれていて、それを支えていた金属の爪《つめ》がむなしく先をまげていた。

彼は黙ってそれをみつめていた。

「仕事の話をしましょう」

低い声でそうつぶやいた。

9

チャイムを鳴らすと、香子がドアをあけた。

「ただいま」

彼はいつものようにそう言って靴を脱ぎかけた。

「あら、どうなさったの。お顔の色が悪いわ」

香子が白いしなやかな指を揃え、彼の額に手をあてた。

「風邪を引いたのね。熱が少しあるみたい」

「そうかもしれない。それでおかしかったんだな」

「あら、どうして……」

「いや、帰りがけ、例の立石さんが紹介してくれた人に会ったんだが」

「とうとうお見えになったの。よかったわね」

「どうもいらいらしてしまって、妙な具合いだった」

「風邪のせいだわ。で、どうでした」

「もちろんうまく行ったさ」

「それはよかったわね。でも、風邪を治さなくては。早く着がえて、お薬を飲んで」

「うん」

「お父さんおかえりなさい」

みどりが言う。

「はい、ただいま」

「おかえりなさい」

「健、今日は何して遊んだ」

彼は健をだきあげた。

「だめですよ、風邪をうつしちゃ」

香子が優しく睨《にら》んだ。

「うつらないよな」

彼は健に頬《ほお》ずりした。

「気をつけてくださいよ」

香子にそう言われながら、彼は健をおろしてとなりの部屋へ入った。

着がえをしながら、やっと人心地がついた思いになった。

「やっぱり俺は経理がいい。ああいう仕事は苦手なんだ」

彼はそうつぶやいた。香子が入って来て、彼が脱いだ服をかたづけはじめる。

「でも、どんなことがあっても、お前たちを不幸な目には会わせないぞ」

彼は香子を見ながらそう言った。

「俺はこのしあわせな家庭を守り抜いてみせる」

「どうなさったの」

香子が尋ねる。

「いや、今日帰りがけに会った人……鈴木さんというんだが」

着がえおわった彼は、立ったまま目をとじた。

「奥さんと子供たちを一度になくしたそうだ」

「まあ」

「火事で……」

「いやだわ。こわい」

「大丈夫さ。うちには俺がついてる。何があったってそんなことはさせない。させるもんか」

目をあけると、みどりと健がそばへ来て彼の顔をみあげていた。

「おいで、みんな……」

彼は二人の子を右手で、香子の肩を左手で抱き寄せた。

「うちだけは、外で何があっても、仲よくたのしく暮らして行くんだぞ。絶対に……」

彼は心の底から言った。

「お父さん……」

「あなた……」

妻と子は彼の体に倚りかかっていた。甘い感動で彼の心は痺《しび》れたようであった。そのまましばらくじっとしていた。

しかし、その安らいだ時間は思ったよりずっと短かった。いつの間にか、彼の心には指環がひとつ泛《うか》んでいた。その指環には、赤い宝石が飾られていた。

10

あくる朝、彼はいつものように満員の地下鉄に乗って会社へ向かっていた。いつものように、通勤客たちは黙りこくって揺られていた。

彼はドアとドアの中間あたりで、吊《つ》り革につかまり、窓ガラスをみつめていた。明るい駅のホームを出て、暗いトンネルの中へ入ると、その窓ガラスに吊り革を摑んだ乗客たちの顔が映った。その自分の顔をみつめているうち、突然彼は大声で叫びだしそうな衝動に駆られ、辛《かろ》うじて自制した。

窓ガラスの向こうの、暗い闇《やみ》の中に、あのおぞましい血まみれの手の男がいたような気がしたのであった。

彼は唾《つば》をのみこみ、気をしずめた。そんなわけはないのだ。血まみれの手の男は夢の中の存在であって、通勤の地下鉄の中へなど、出て来るはずはないのだ。……彼は自分にそう言い聞かせた。

しかし、次の瞬間彼はまた血まみれの手の男を外の闇に感じた。……どうしたというのだ。何を不安がっているのだ。すべてはうまく行っているではないか。彼はまた唾をのみこみ、目を強くしばたたいてそう思った。

だが、そう思うそばから、窓の外の闇にあの血まみれの手の男が現われる予感のようなものを強く感じた。

その予感のような感じは、夢の中とまったく同じであった。夢の中で彼はいつも、まずそういう感覚にとらえられ、間もなく血まみれの手の男に自分がうなされるのを予知するのであった。

そして、夢の中と同じように、電車の中で彼は窓ガラスの外に、影が湧きだすのを見ていた。電車は揺れながら走っており、いやらしい金属音を軋《きし》ませていた。窓の外を、ときどきうすぼんやりとした黄色い灯《あか》りがうしろへ走り去って行く。だが、湧きだした影は、外の闇がまるで不動のものでもあるかのように、彼の正面の窓にぴったりとついて来ていた。

遂にその影はかたまりはじめた。いつも夢で見るのとまったく同じように、それは一人の人間の姿にかたまって行く。いつものように、その両手は血にまみれていた。

だが、夢と決定的な違いが一か所あった。その血まみれの手の男には、はっきりと顔があった。

彼は恐怖のあまり、息を荒く震わせてその顔をみつめた。

電車がブレーキをかけ、乗客が動いた。彼は吊り革を摑んだほうの二の腕と肩の間に顔を埋めるようにして目をとじた。吊り革を摑んだ手にだけ力をいれ、押されるままにとなりの客に体をあずけていた。

「どうかしましたか」

電車が次の駅のホームに入ったとき、となりの乗客が静かに声をかけた。

「失礼しました」

彼はまずそう詫びて、体をまっすぐに起こした。目をあけると、ホームの明るい照明で窓が素通しガラスに戻っていた。

「ちょっと……」

彼はとなりの乗客へあいまいに言い、首をかしげながら苦笑して見せた。

「空気が悪いですから……」

その男は親切そうであった。が、彼は相手の顔を見て体を堅くした。たったいま、はじめて見た血まみれの手の男の顔であった。

叫びをあげてそこから逃げだしたいのを、彼はじっとこらえた。電車が走りだし、いま降りた客を追いこして行った。

暗いトンネルへ入って窓ガラスがまた鏡になったとき、彼はやっと気づいた。目の前のガラスに映ったとなりの男の顔と、闇から湧き出した血まみれの手の男の姿が重なって見えていたのだ。

彼はほっとしてとなりの男のほうへ顔を向けた。

「大丈夫ですか」

その男は微笑して言った。

「どうも、風邪気味でしてね」

「はやっていますからねえ」

男は同情するように言った。

電車が彼のおりる駅へ近づいたので、吊り革をはなし、ドアのほうへ移動しようとすると、となりの男のほうが先に動いた。彼はそのあとについてドアのほうへ行った。

電車がとまり、ドアがあいた。彼はその男と一緒に押しだされてホームへ出た。出口はホームの両端にあって、降りた客は両方へ別れる。男は彼が行こうとするほうへ、足早やに歩いて行った。

幻覚か……。彼は自分をあやしみながら、ゆっくりと歩いた。やはり風邪のせいなのだろうか。熱があるのかも知れない。しかし朝っぱらから、あの血まみれの手の男が出現したのはどういうことだろう。電車の中で睡ってはいなかったはずだ。夢の中のことだったものが、はっきりと目覚めている毎日の生活の中に突然侵入して来た。何かよくないことが起こりそうだ……。

彼は階段を昇り、通いなれた道を会社のほうへ歩きながら考えていた。その前のほうを、あの男がどんどん先へ進んでいた。うしろ姿が、なんとなく見なれた感じであった。

いっそ帰ってしまおうかと彼は思った。風邪で熱が出ているらしい。電車の中で幻覚に襲われるくらいなのだ。帰って香子の手当てをうけ、一日寝ていたほうがいいのではないだろうか……。そう思い立つと、むしょうに帰りたくなった。あの甘い平和な世界へ今すぐ逃げこめたら、どんなに気が安まるだろう。

しかし、もう会社は目の前であった。それに、きのうの件も専務に報告しなければならない。鈴木が電話をしてくる約束なのである。

11

専務が大野の席に坐っていた。太田芳江がすでに手提げ金庫をデスクの上に出し、彼女がいれたらしい茶が、専務の前で湯気をたてている。

「お早うございます」

彼の声は力が抜けていたはずだったが、専務はいっこうに気にせず、

「どうだった。きのうの話は」

と待ちかねたように言った。

「はい。会いました」

「会うのは当たり前だ」

専務はジロリと彼を見る。

「話はどう進んだと言うんだ」

「全面的にまかせるから、大至急はじめてもらいたいそうです。ついては、うちが今までどんな傾向のものをやったか見せてもらいたいし、デザインの感じなども意見を聞いてもらいたいから、もう一度今日こちらへ来るそうです」

「大丈夫だろうな」

「は……」

「ここの場所だよ。君はいったいどういう教えかたをしたんだい。こんな判りやすいところを」

「すみません。判りやすいと思ったので、所番地とビルの名を教えただけだったのです。今度は間違えずに来るでしょう。道順を教えておきましたから。それに、万一迷っても電話をかけてきてくれます。もう顔が判りましたから、こちらから探しに行けます」

「うん、そうか」

専務は頷いて湯気の立つ湯呑《ゆの》みをとりあげた。

「その仕事、なんとしても欲しいんだ。社長に話をしたら、社長も大変に乗り気でね。君は鈴木さんと、きのうどういう場所で話をしたのかね」

「喫茶店のようなスナックのような……小さな店でした」

　専務は苦笑した。

「君の親戚の紹介だからいいが、もう少し気のきいたところは思いつかなかったのかね。食事のできる場所とか、酒を飲むとか……」

「鈴木さんに連れられて行ったのです」

「それにしてもだ。R商事に対する突破口なのだからな。わたしらがいたら、銀座へでも赤坂へでもご案内したんだが……。ちょっと外へ出ている隙《すき》に……。まったく惜しいことをした。で、今日は何時ごろ見えるんだ」

「朝いちばんでと言っていましたから」

「いちばんか、あいまいだな。まあいいだろう」

　そこへ大野が出勤して来た。専務は立ちあがり、

「あとで向こうへ来てくれ」

　と大野に言って部屋を出て行った。

「文句を言われたろう」

　大野は彼に言った。

「文句……」

「きのうのことでだよ」

　大野は冷笑しているようであった。

「前のビルの地下の喫茶店にいたんだ。ほんの十分か十五分のあいだだ。そのあいだに君はするりと出て行ってしまった」

「探したんですよ」

彼は芳江に証言を求めようとしたが、ちょうど芳江は専務の湯呑みを持って出て行くところであった。

「まあいいさ。君のところへころがり込んだ話だ。誰だって自分の顔は立てたいからな」

不愉快な言い方であった。

「僕はああいう話は得意じゃないんです。縁の下の力持ちが性に合っているんです。課長たちがいれば、のこのこ出て行きはしません。全部おまかせしてますよ」

彼は自分の声がつい荒くなるのを感じていた。

「まあそうおこるなよ」

大野はびっくりして彼をなだめた。彼はその顔を睨みつけ、こんな臆病《おくびょう》な奴に舐《な》められてたまるかと思った。

「さて、俺は呼ばれてるから」

大野はそそくさと席を立ち、逃げ出して行った。

彼は腹をたてていた。何かやり場のない怒りがこみあげてきて、乱暴に椅子をまわした。うしろの窓から外を見ているると、やっと気分が落ち着いてきた。

ガタンとドアが鳴り、芳江が戻って来たのが判った。

「課長とやり合ったでしょう」

芳江が笑い声で言った。

「別に……」

「嘘。課長、びっくりしてたわよ。あなたがあんな顔をできる人だって、はじめて知ったって」

「当たり前だ」

彼は吐きすてるように言った。芳江はそれきり黙り込んでしまう。

彼はいつまでもデスクに背を向け、窓の外を眺めていた。向かいのビルの三階に、こちらに背を向けていつもの男が坐っていた。その男は煙草をとりだして一本抜き、口に咥《くわ》えたらしい。ゆったりと椅子の背にもたれ、煙草の袋をデスクの上に抛り出すと、ポケットからライターをとりだして火をつけるようであった。

彼は何か言いようのない予感にとらえられて、じっとそれを見守っていた。するとその男は、通りをへだてた窓ごしに彼の視線を感じとったように、くるりと体をまわした。椅子の下についた小さな車輪が軋《きし》む音さえ、彼には聞こえたような気がした。

男は向かいの六階にいる彼を見あげていた。二人の顔がもろに向き合った。

「あ……」

彼は声をたてた。けさ、電車でとなり合わせた男であった。彼はそれに気づいたとたん、血まみれの手の男の姿に、偶然あの男の顔が重なったのではないことを悟った。それは血まみれの手の男そのものらしかった。

なんの証拠もない。ただ彼がそう感じただけである。しかし、通りをへだてたふたつのビルの上と下の窓でみつめ合ったその瞬間、彼はぬきさしならぬものを見てしまったのである。

その男は煙草を咥えていた。まだ火はついていないようであった。そして、まさに火をつけようと、ライターを顔の前へかざしていた。まるで彼に見せつけるように。

四角い銀色のライターであった。間違いなく、それはあのライターだった。

彼はいきなり突っ立った。椅子がその勢いでうしろへさがり、ガタンとデスクに当たった。

「どうなさったの」

芳江の黄色い声がした。ふり向くと、芳江は白いブラウスを着て、口を半びらきにし、おぞましいものを見るような目で彼をみつめていた。

「課長はどこだっ」

彼は叫んだ。

「あいつのライターだったはずだぞ」

彼は狂ったように部屋をとびだした。

12

課長の大野は社長室にいた。そばに専務もいた。

「おい、ライターを見せろ」

彼は呶鳴《どな》った。

「なんだ君……」

三人は彼の勢いにおどろいて立ちあがった。

「ライターだ」

彼は大野の前へ進み、上着の襟《えり》を両手で摑んだ。

「見せろっ」

「何をするんだ。気が狂ったのか」

専務がとめようと手をだしたが、彼が大野の体をふりまわしながら体当たりをくらわせると、よくすべるプラスチックの床の上へ、大げさにころがった。

大野はまっ蒼な顔をしていた。

「ラ、ライターだって」

「そうだ。ライターだ」

「手を放してくれ。これじゃ出せない」

「よし」

彼は大野の襟から両手を放した。

「なんだって言うんだ」

大野は負けおしみのように口の中で言い、ポケットからライターをとりだした。黒に金色のふちどりがある、ほぼ正方形の平べったいライターであった。

「これじゃない」

「そんなこと言ったって……」

「違う。細長い銀色の奴だ」

「銀色の。そんなの持っていないよ」

「嘘つけ。いつも使っていたじゃないか。俺はたしかめるために、あの店まで……」

彼の頭に例の喫煙具の専門店が泛《うか》んだ。

飾り窓にパイプが並んでおり、左側に外国煙草のスタンドがあった。そして、その前にグレイの服を着た男が立っている……。

「鈴木だ」

彼は唸《うな》った。

「畜生、あいつも関係あるんだな」

「鈴木さんがどうかしたのか」

社長は及び腰で心配そうに尋ねた。

「なぜ気がつかなかったんだ。あいつがあの店の前で待つと言ったときに……」

彼は唇《くちびる》を噛《か》み、じっと考え込んだ。その静まり返った部屋へ女の声が聞こえた。

「お電話です」

「俺か」

彼は問い返した。

「ええ」

彼はさっと身を翻すと自分のデスクへ駆け戻った。

「きのうの方よ」

芳江が受話器を左手に持って待っていた。彼はひったくるようにそれを取って耳にあてた。

「加藤です」

「なんだい君は……」

いきなりとげとげしい声がした。

「鈴木だけどね、君のいう場所はでたらめじゃないか。ここにはそんなビルはないぞ」

「嘘つけ。あるんだ。俺はずっとこの会社に勤めている。ずっと通っているんだ」

「ないものはない。君は自分の会社の場所について、大きな嘘をついてる」

「嘘じゃないっ」

彼は喚《わめ》いた。

「よし。それなら俺と一緒に探してくれ。俺はいま地下鉄の切符売場のそばの売店のところにいる。ここで待っているからな」

「よし、すぐ行く。すぐに行って貴様の化けの皮を剝《は》いでやる。誰だか知らないが、平和な俺のくらしをぶちこわそうと言うんだな。そうはさせるか」

彼は叩《たた》きつけるように受話器を戻した。

「なんだか知らないけど、およしなさいよ。暴れたりするのはあなたらしくないわ。あなたはまじめでおとなしいサラリーマンなんでしょう」

芳江がいさめた。

「うるさい。つきそい看護婦みたいなことを言うな」

彼は無意識に右腕をふりあげていた。芳江はそれを避けようとして、額の前へ左手をかざした。

ドアの外へあらあらしく歩きかけた彼の足が、二歩半ほどでギクリととまった。顔から血が引き、蒼白《そうはく》になっていた。

彼は思い切ってくるりと振り向いた。

「それ……」

彼はおずおずと左手をあげて指さした。

「それをどうした」

芳江はおそろしそうにあとずさって行く。

「その指環だ」

芳江の左手の薬指に、汚ならしい指環がはまっていた。

「その焼け焦げた指環をどうした」

宝石のあるべき場所が、髑髏《どくろ》の眼窩《がんか》のようにうつろであった。そこには赤い宝石がはめこまれていたはずなのだ。

「なぜそれを持ってる。誰にもらった」

芳江は無言で壁に体をぴたりとつけた。壁は白かった。あの血まみれの手の男が出て来る夢の背景のように。

そして、芳江はその壁と同じような、白いブラウスと白いスカートをはいていた。

「てめえ……てめえもか」

彼は細く鋭い声で言った。

「人を馬鹿にしやがって……」

彼は芳江に襲いかかろうとした。

「やめろ。やめて早く鈴木のところへ行かなければダメじゃないか」

誰かが彼をうしろから羽交《はが》い締めにして言った。

「いいか。そいつは鈴木のだ。鈴木の奥さんのだ。鈴木の奥さんは死んだんだ。鈴木の死んだ奥さんの指環だ。俺《おれ》に関係ない。俺には関係ないんだ」

彼はそう言いすてると、羽交い締めにしたのが誰かもたしかめず、一気に部屋をとびだした。

13

売店のそばに鈴木が立っていた。鈴木ははじめから喧嘩腰《けんかごし》であった。

「さあ連れて行け。君の言う場所が本当にあるものかどうか、たしかめて見ようじゃないか」

彼は機先を制されて、不機嫌《ふきげん》に黙りこくったまま、今おりて来た階段を昇りはじめた。

「俺はこの辺りをよく知っている。学生のころ下宿していたんでな。隅から隅まで知っているよ」

鈴木はからかうように言った。

「うるせえっ」

彼は呶鳴った。鈴木の態度は自信に溢《あふ》れていて、それが彼を怯えさせていた。

「おかしいな。君はそういう乱暴な口をいつからきけるようになったんだい。君はおとなしい、善良なサラリーマンなのではなかったのかい」

鈴木はからかっているようだった。

「虫も殺せない善人だ。酒も煙草も博奕もやらない、おとなしい男なんだろう」

「会社へ連れて行きゃあ文句ねえんだろ」

「ほらほら、その言葉づかいさ。まるでやくざだ。愚連隊だよ。まるで今までの君に似つかわしくない。それとも、今まで猫をかぶっていたのかい。おとなしいふりをして、その実人殺しでも放火でも平気でやってのける人間だったんじゃないのか」

彼は反論しなかった。会社のあるビルはそこから一本道のはずであった。そこへ連れて行きさえすれば、すべては彼の思うようになるはずであった。

しかし、道はいつもの道ではなかった。くねくねと曲がり、見知らぬ商店や家々が並んで、いつの間にか方角さえ判らなくなっていた。

「どうしたね。君のいう場所はどこにあるのかね」

鈴木はますます勝ち誇ったようであった。

「畜生。なんで俺をいじめるんだ」

彼の目から涙が溢れ、それが次々に頬をつたわって落ちた。

「ほっといてくれよ。そっとしといてくれよ。俺はただ静かに暮らしたいだけなんだよ」

彼は道のまん中で声をあげて泣いた。

「もう会社なんかやめてもいい。そうだ、やめちまうよ。だからほっといてくれ。お願いだ。いじめないでくれ」

彼は鈴木の前にひざまずき、そのグレイのズボンにすがって泣いた。

「ほら、人に笑われるよ」

鈴木は静かな声で言った。

「泣くのをやめなさい。泣いたって君の会社のあるビルが現われるわけじゃない」

鈴木は優しく彼の肩を叩いた。

「そこへ入ろう。さあ立って……みっともないじゃないか」

彼は鈴木にたすけ起こされて、ゆっくりと歩いた。涙はとめどもなく流れ出していた。

「さあ、階段だ。気をつけて……」

彼は建物の中へ連れ込まれ、鈴木と一緒に階段をあがった。

「さあ、ここだよ」

鈴木が言った。

「どこです、ここは」

彼は鼻をひくつかせて尋ねた。

「歯医者さんさ。君は歯が痛むんだろう」

鈴木はそう言うとドアをあけ、

「さあ、連れて来たよ」

と言った。

「さっきはびっくりしたわよ」

女の声で顔をあげると、芳江が笑っていた。

「君は……」

見るとそこはガランとしたあき部屋のような場所で、窓ぎわにデスクがひとつあった。

男がそこで煙草を吸っていた。

「とうとう来たね」

男はにこやかに言った。それは、けさ地下鉄で一緒だった男であった。

「泣くことはない。お前が泣くことはないんだ」

しみじみとした言い方であった。

「さあ、ここへおいで」

男に言われ、芳江に肩をかかえられて、彼は男のデスクに近寄って行った。

「あ……」

彼は気がついた。走ってデスクのうしろの窓際へ行った。

目の前にビルがあった。こちらの建物との間に通りが一本あり、ふたつは向き合って建っていたのだ。
一、二、三、四、五、六。……彼は向かいのビルの窓を目でかぞえた。その六階の窓に、自分のデスクがあるはずであった。
ひょいと、そこから顔がのぞいた。彼のほうを見おろしている。大野の顔であった。いつも彼はいま大野がしているように、こちら側を眺めていたのである。

「誰だ、てめえは」

また怒りが戻った。

「誰だか判らないのか」

「けさ地下鉄で会ったさ。ああ、たしかに会ったよ。でも、誰なんだ。てめえなんぞ、俺は知らねえ」

「そうかい。お前は俺をよく知ってると思ったんだがなあ」

そのとき、ガラガラと音がして、太田芳江が妙な形の椅子を押して来た。椅子には車がついていた。

「さあさあ、歯が痛むんでしょう。ここは歯医者さんですからね」

芳江の声は優しかった。彼は甘えるような気分でその椅子に坐った。

14

「さて……」

その男は言った。

「ちょっと俺のスタイルを見てくれよ。なかなか似合うとは思わないかい」

「ほんとに誰なんだ。歯医者かい、あんた」

「話をそらすなよ。ここまで来たんじゃないか。ほら、どうだい、このスタイル」

男は椅子に坐った彼の前に立って両手をひろげた。彼は首をかしげ、眉を寄せてそれを見た。

「メッシュだ」

男は片足をあげて靴を見せた。黒のメッシュでまだ新しいようであった。

「いい靴だ」

「俺はこんなのはきらいだ」

「じゃあなぜはいてる」

「お前のだからさ」

「俺の……」

男はハイライトの袋をとりだし、それを振って一本とび出させた。

「まあのんびり行こう」

彼は顔の前へそれを突き出され、反射的に唇に咥えた。

「この服もお前のだぜ」

男はそう言いながらポケットを探り、ライターをとり出した。銀色の、細長いライター。

「吸えよ」

男は火をさしだして言った。彼は顔を火に近づけ、煙草をつけた。

「うまいかい」

「うん」

煙を吐きだしながら頷く。

「このライターもお前のだぜ。憶えてるだろう」

「うん」

彼は無心に煙草を吸っていた。久しぶりで、本当にうまかった。

「服を見ろよ。ここんところだ」

彼は目だけをそのほうへ動かした。

「しみがついてる」

「ああそうさ。誰のだい」

「服か」

「いや、このしみさ。お前じゃなきゃ、このしみは誰のしみだか判らないだろう」

彼はまた首をかしげた。

「会社で何をしてた」

「経理さ」

「面白かったかい」

彼は首を横に振る。

「大して面白かなかった」

「でも、平和だったんだろ」

「まあな。それよか、あんたはいったい誰だい」

「すぐ判るさ」

「教えろよ」

そこへまた芳江がやって来た。

「ちょっと……」

「いいですよ」

男は頷いた。芳江は注射器を持っていて、彼の左腕を掴んだ。

「注射ですよ。歯医者さんですからね」

チクリ、と左腕が痛んだ。

「はいおしまい」

芳江はそう言い、男に向かって、

「今度は効くでしょう。いよいよだわね」

と言った。

「有難う。もう一人でやります」

男はそう早口で答えて軽く頭をさげた。

「下にいますからね」

芳江は去って行った。彼はそのほうを、椅子に坐ったままふりかえった。

「あれ、誰だっけ」

「看護婦さんだよ。いい人だ」

たしかにそれは看護婦であった。白衣を着て白い小さな帽子をかぶっていた。

「さて……」

男は手の中で何かをもてあそびながら、彼をのぞき込んだ。

「俺の名を思い出したかい」

「いいや」

「俺は加藤一郎さ」

「嘘だっ……」

彼は喚いた。

「いくら大声を出してもいいさ。この屋上にはいま俺たち二人きりだ」

「屋上……」

「そうさ。病院の屋上さ」

見まわすと、青い空が見えた。あたりは古ぼけたコンクリートで、高い金網の柵《さく》で囲ってあった。

「加藤一郎は俺だ」

「そうだな。でも、俺がその名前をみつけるのに、どんなに苦労をしたか判るまい」

「俺が加藤一郎さ」

「判ったよ。じゃあもうしばらくそういうことにしておこう」

「俺は加藤一郎だ」

彼の声は力がなくなっていた。

「家族のことを尋ねよう。香子はどうしている。みどりは、健は……」

「みんな元気だよ」

彼はあざけるように言った。

「香子は優しいいし、みどりや健は素直ないい子だ」

男は憎しみのこもった目で睨み、右手を彼の目の前でパッとひらいた。

「これは誰の指環だか知ってるな」

「うん。以前香子が紛《な》くした奴さ」

「嘘をつけ。もうお前はほとんど正気に戻っている。いつまで自分を誤魔化《ごまか》せると思うんだ」

「そうだ。うちへ帰ろう」

「ダメだっ」

今度は男が喚いた。

「いいか、よく考えろ。お前は加藤一郎じゃない。お前の本名は井田次郎だ」

「俺は加藤一郎さ。井田次郎なんて知らねえな」

「井田次郎だ」

「どこにそんな証拠があるんだ」

「ここにある。お前の目の前に立っている。俺はお前の兄だ。井田一郎だ」

「兄さん……」

ふっと、彼は気が遠くなりかけたような気がして目をとじ、すぐ相手を見た。風が自分の頬に感じられた。

「俺はいま、お前の服を着、お前の靴をはいてお前の前に立っている。この服のしみをもう一度見ろ。これは誰の血だ。香子のか、みどりのか、健のか」

「香子もみどりも健も、みんな元気だぜ」

「お前の頭の中ではな。だが、みんな死んだ。死んでしまっている」

「みんな生きてるよ」

「香子は俺の妻だ。みどりと健は俺の子供だ。俺とお前は兄弟だ。その血をわけた弟が、なぜ香子やみどりや健を殺した」

　男の目から涙がこぼれていた。彼はじっとそれをみつめていた。

「お前は麻薬中毒だった。グレて、やくざの仲間に入って、よく金をせびりに来た」

　彼は男の手から指環をそっとつまみあげた。たしかめるように眺めた。

「その指環は香子がしていたものだ。お前は俺の留守に来て、金をことわられると、それをよこせと取りあげたのだろう。きっとそうだ。焼けあとからそいつが出て来たが、とんでもない場所にあったんだ」

「そうだ……これは姉さんのだ。赤い石が入ってた」

「お前は薬で狂ってた。香子は指環をとり返そうとしたんだろう」

「そうだ。そしたらどこかへ飛んでっちまった」

「腹をたてたお前は、俺の家族をあっという間に殺した。そうだな……」

「やめてくれ」

　彼は耳をおさえた。

「刺し殺したんだ。大きなナイフで、次々に……。誰が最初だった。誰が最後だった。この服についた血は誰のだったんだ」

「やめてくれえ……」

彼は耳をおさえて悲鳴をあげた。

「卑怯者《ひきようもの》。お前は殺したあと家に火をつけ、燃やしてしまった。だが、その火を見ているうち、自分のしたことに気づいたんだ。お前は両手を血まみれにして、燃えあがる家のそばに立っていた。警官が来て、お前をつかまえた」

「やめろ、やめろ。俺は死んじまう。かんべんしてくれ。兄さん……許して……」

「だが、つかまったとき、お前はもう遠くへ逃げていた。外界のあらゆることから縁を切って、自分ひとりの世界へとじこもってしまっていた。法律は、そういう人間を処刑できないんだ。お前はまんまと、自分の内面へ逃げ込んでしまった」

「許してくれ。俺が悪かった」

彼は号泣していた。

「どうして許せる。妻と二人の子供と財産を一度に奪われたんだぞ。みどりや健がどんなに可愛い子だったか、お前だってよく知っているはずだ。香子が優しい女だったことも……。だから、鈴木先生が、どうやらお前は香子やみどりや健と暮らしているらしいと知ったとき、俺はお前から自分の家族をとり戻す決心をしたんだ。お前は香子や子供たちに、優しい男として生きていたんだろう。ときどき何かぶつぶつ言っているのを、鈴木先生や太田さんたちが、くわしく書きとめて調べてくれたんだ。そして、だんだんにお前の内面での生活が判ってきた。善良で、小心で、虫も殺せない男……平和な家庭……。許せると思うか。俺はお前の中へもぐり込みたかった。鈴木先生や太田さんも、お前の卑劣さに呆《あき》れ、憎み切っていたんだぞ。だから、力をかしてくれた。いろいろと暗示をかけた。そしてとうとう、立石という人間を一人、香子を経由して送り込むことに成功したんだ。……長かった。長かったぞ。そして、とうとうお前を追いつめた。お前の一日は、一か月もかかるときがあった。一年が、何秒間かでおわることもあるらしかった。俺たち三人は、根気よくお前の中へ立石を送りこみ、その嘘の世界をぶちこわさせた。お前は鏡を見ると怯《おび》えるようになった。殺人鬼の自分を見るのがこわくなりはじめたんだ。血まみれの手をした自分を認めるのがいやだったんだ」

あれは俺だったのか。彼は納得した。血まみれの手は見えても、顔が判らないはずであった。

「薬《ヤク》のせいだ。俺は狂ってた」

彼は車椅子からおりてコンクリートの床にひざまずいた。

「そうだろう。人間ならあんなことはできないはずだ。しかし、そのあとで、自分の中へ逃げ込んだのは、どうしても許せない。お前は俺の家族の命を奪ったばかりか、俺の想い出を盗んで自分のものにしていたんだ。香子を、みどりを、健を……。お前は愛したろう。なんてひどい奴だ」

彼はふらふらと立ちあがった。醒《さ》めればそうしなければいけなかった。そうするのが当然だった。はじめから、それはよく判っていたのだ。

彼はまっすぐ金網へ向かい、よじ登りはじめた。兄は、復讐《ふくしゅう》をとげたにしては余りにも虚しい表情で、じっとそれをみつめていた。

彼は金網のてっぺんに登り、向こう側へおりた。病院の屋上のへりに立って、彼はふり向いて兄を見た。

「死んだって足りないだろうけど」

そう言ったが、兄には聞こえなかったようだ。彼は金網から手を離し、跳んだ。チリリンとベルの音を感じた。その店で麻薬を売っていた。彼は胸をそらし、自分から大地を迎えるように落下して行った。

付録

『およね平吉時穴道行』ハヤカワ・SF・シリーズ版あとがき

本日はまた、お忙しいところをわざわざご高覧くださいまして、厚く御礼申しあげます。

ひとくちに十人寄れば気は十色《といろ》などと申しますが、SFのほうに致しましたところで、SFファンだからSFならなんでもいいかてぇとそうではございませんで、同じSFでもあれは好きだがこれはどうも、などと仲々にお好みというのがやかましゅうございます。

また、これを書くほうに致しましても、めいめい得意というものがございまして、達者なかたがたでございますから、あれが書けてこれが書けないということは、まずございませんでしょうが、それでも得意なものとそうでないものとでは、おのずから出来が違うようでございます。

その点手前などはもう、あれは書けないがこれは駄目だという、八方ふさがりでございまして、随分久しく早川書房さんへ出入りをさせて頂いておりますが、いまだにこれと言った芸が身につきません。まあ、このたびやっとお許しが出まして、このような晴れがましい短編集……つまりは独演会でございますが、それをやらせて頂きまして、一応はこれで二ツ目と、そういう段取りになりましたようなわけでございます。世の中万事スピードが早くなりまして、芸の修業に致しましたところが、従前とはくらべものにならないような早さでございます。前座だな、などと思っておりますといつの間にかもう二ッ目で、もう二ッ目かとびっくりしておりますってぇとすぐにまた真打昇進と、そういう中で十年も前座をあい勤めたような、至って出来の悪い人間でございますが、どうぞひとつこれをご縁に、今後ともよろしくお引立てくださいますようお願い申しあげます。

それに致しましてもなんでございます、世の中には芸術とか文学とかいう大したものがございまして、手前などもこの先き一生に一度でいいから、そうしたものにこの手で触ってみたいなどと、時には大それた望みを持つこともございますが、やはり根っからの芸人でございまして、そういうものは夢に見るのが精いっぱい。いざやるとなるとどうも恐ろしくていけません。手前どもの芸てぇものは、精々が自分の生まれ出た所を大切に致しまして、その土地の風の吹きよう、雨の音、はてはばかりのにおいなんぞを掻き集め、そこから出て参ります人のなさけやうしろ姿を、まあこんな風ではございませんでしょうかという具合に、お客様に見ていただくばかりでございます。

十人十色《といろ》、お客様のお好みもさまざまでございましょうが、人情噺とSFという、水と油みたいなものをなんとかしようと、せまい所でボソボソ致します芸も、どうかするってぇとたまにはお気に召すこともあるものでございます。この独演会に限らず、またひとつお気が向きましたら、よろしくおつきあいを願って置きます。

独演会のお許しをくださいましたお席亭の早川さま、先代ＳＦＭ編集長の福島さま、今の森さま、それにお手配くださいました編集部ご一統さまには、厚く御礼申しあげます。

（昭和四十六年六月）

付録
私のネタ本、秘蔵本

半村　良

愚痴とお願い

まずうらばなしのうらばなしから言うと、この企画を森編集長が言いだしたのは随分前のことである。

よく憶えていないが何かの用で……多分原稿を取りに来たのだと思うが、森Uが私の家へやって来て、油断していたら蔵書を見られてしまった。

大体私は他人に蔵書を見せないことにしている。自分なりにコツコツ集めてはいるが、大した知性や教養があるわけでもなし、身に余る高度な内容のものを買ったって役に立たないから、分相応の、ちょっとその道の専門家に見られたら恥かしいような程度のもので満足しているからだ。

案の定、

「なんだ、こんな本読んでるの」

と言われてしまった。

で、しょうがないから諦めて隅から隅までごらんに入れると、

「あれれ、変な本持ってるね」

と、そこは流石に編集長で、何冊か手早く抜き出してかたわらの机上へ並べた。

実を言うと、並んでいる本は普通の人なら全部常識として頭の中へ入っていて、今更資料めかしてしまい込んで置く程のものではなく、僅かに森Uの持ち出した何冊かだけが、ネタ本として幾らか人さまにお見せできるタチのものだったのだ。

「へえ、こんな本があるの」

森Uはまるまっちい指で熱心にページを繰りながらそうつぶやいた。

「貸してやらないよ。ネタなんだから」

私は先まわりして断った。

「これ、面白いよ。ウチの二色ページで紹介しないか」

「待ってくれよ。ネタ本だって言ったろう。そんなことされたら書くことがなくなっちゃう」

「あ、今度やってもらう産霊山秘録ってシリーズのネタはこれかい」

「だからさ、困るんだよ」

「それじゃしょうがないな」

……それがこの企画のソモソモだった。

そして……

「二月号は新年に出るんだよ。おめでたいんだからあれやっちゃおう」

「やだよ」

「小松さんたちのネタ本もバラしてもらうからさ」

「ほんと……」

「だからやんなよ」

「じゃ……」

というんで引きうけたら、しばらくして森Uの家来の竹上って言う、なんだか中くらいのうな重みたいな名前の人が来て、

〈空飛ぶ円盤の中の黒人たち〉
アフリカにおける空飛ぶ円盤実録

「あれはソロでやっていただきます」

というわけだ。中くらいのうな重氏は謹厳実直の見本という感じで、とても人をひっかけるタイプじゃないし、こういう使者にはまさにうってつけの人材。みごとUボートの罠にはまったと後悔したがすでに乗りかかった船で、とうとうやることになってしまった。

そういうわけで、私にとっては時期尚早ながらご紹介に及ぶのだが、どうかひとつお手やわらかに願いたい。何しろまだ使っていないネタもあるのだから……。

半村氏秘蔵の稀覯本

先まわりして使われるとメシの食いあげになる。

愚痴が半分と味方のこと

ほかの人のことは判らないが、SFを書いていて困るのはやはり資料だ。何事もその道へ入ればそれ相応の難しい面があるのだろうが、嘘を作るにしても私の場合はその底に或る程度の本当が必要で、その本当のことを探すのに資料が要る。

ところが、SFで必要とするデータなど普通の本には仲々書いてない。やっと見つけても一冊の中に数行から精々多くて一頁。時には一メートルぐらい本を積んで、やっとひとつのネタがまとまるといった場合も珍らしくない。

たとえば私は〈石の血脈〉という作品を書いたが、その中で吸血鬼や狼人間になる病気を、現実にある病気のどれと関係づけようか、だいぶ苦労した。

どうせ嘘なんだから何でもいいじゃないかというのは、余り嘘つきじゃない正直な人の言うことで、私ぐらいの嘘つきになると、なんとかしてもっと本当に近づかないかと夢中になるわけだ。
（これは嘘じゃない）

膠原病が臭いという勘は最初からあったのだが、その証拠が摑めない。現代医学でもここからさきは判らないのだよ、と専門書に明記してあるのが発見できればいいんだが、いくら本を読んでも仲々出て来るもんじゃない……。それもその筈で、書物は本来判っていることを書くもので、判らないことばかりが書いてある本なんて、そうざらにあるわけがないのだ。

ところがこっちは科学がまだ解明していないことばかりを知りたがる。本は判っていることばかりを答える。しまいには国会における野党の質問者みたいな気分になってしまうのだ。

〈新しい薬品〉製薬会社刊行の珍奇な新薬紹介。内容豊富。

……これらの病変の原因についてはまだ未解決である。

そう書いてあるのをみつけた時は、だから本当に嬉しかった。

そういうわけで年中本を探しまわっているから、長い間には味方もできる。

まず第一の味方は私の弟である。

奴は私の悪い影響をうけて、いまやいっぱしのSF狂である。その上日本航空で十年も国際線にのっているから、あっちこっち世界中の本屋をのぞきまわって、時々かなり得難い仕入れをして来てくれる。最初のうちはソッポも多かったが、今ではネタ本に関する限り私の分身みたいな嗅覚の持主になっている。

二番目は幽古堂のご主人の原さん。

古美術商で東京の六本木と奈良にお店を持っている。私が巣みたいにしている渋谷の串六という店の女将の節ちゃんの知り合いで、酔うと、「なになにじゃ」と、時代劇みたいな喋り方をする六十幾つのおじいさんだ。奇人のほまれ高く、時価六十万円という〈神統拾遺〉山科家本を、黙って半年の間も貸してくれた。連作〈産霊山秘録〉でヒ一族というキャラクターを得たのは、ひとえに原さんの貸してくれた〈神統拾遺〉のおかげである。また、原さんは私の〈石の血脈〉の中で、老医師原杖人として、さかんにじゃを連発している。原杖人はパラケルススのつもりであった。

三番目はもと新宿のキャバレーの支配人で日本名を中江学といい、だいぶ以前に台湾へ帰って今は貿易商をしている汪学文さんだ。

酒場時代の先輩で、久しぶりに日本へ戻ってみたら私が小説を書いているので、呆れ半分に喜んでくれ、以来何かと応援してくれる。汪さんは台湾の上のほうとつながりが深く、おかげでペンタゴンやナサの資料が手に入るわけだ。

そして四番目は高斎正氏。

何しろ私はアルファベットも満足に知らない横文盲だから、弟があら読みして、「これ面白いよ」と呉れた本を、誰かに読んでもらわなければならない。

その点高斎正氏は、独文を出てイタリーに遊んで英語の本を翻訳して、おまけに日本語がペラペラで安全運転と来てるから、こんなに有難い味方は又とない。

考えてみればみんなにお世話になりっぱなしで、早くネタ相応の面白い小説が書けるようにならなければ申しわけがないと思っている。

Execution
〈処刑〉

「総毛だつぜ、こいつは」

〈処刑〉

ピーター・エヴァンス

弟の奴が南まわりの乗務をおえて帰ってくるなり、そう言って抛り出したのがこの本だ。

刊行は一七三〇年で、法律書なのだろうが、死刑の方法について、古今東西の実例を詳細に書いている。しかもその書きっぷりたるや、いかにも法律書らしい冷たさで、淡々としているから気味が悪い。

ＳＦのネタになるかならぬか、それは人によって見解が異るだろうが、この本のまん中ごろに魔女の処刑という項があって、そこにちょっとみのがせない一節がある。

このようなスペインにおける実例調査の結果判明したのは、宗教裁判の法廷において魔女と決定された被告のうち、その七十パーセント近くが通常の人間であり、単なる異教信奉者、もしくは無知によって迷信にとらわれた者であるということであった。

その上異教信奉者においても、ほとんどは主を信ずる上で一般人と同質であり、ただ幾分か信仰の方法において、正規の方法と異る点が認められるにすぎない。

しかし、その事実が認められても、処刑に当って何ら遅疑する必要はない。また法廷の決定が不当であったとすることもない。なぜなら、社会は正しい信仰を守らねばならず、魔女を正確に選りわけることは非常に困難だからである。我々は何よりもまず、処刑される者の中に真性の魔女がいることを信じるべきである。

恐らくこれはヨーロッパの中世暗黒時代を通じて一貫した司法者側の理論であったに違いない。少数の魔女の害を除くため、多くの無実の被告が処刑されて行ったのだ。

しかもこの本が書かれた時代、処刑する側でもその免罪の比率を約七割とおさえているのだ。一七三〇年にはその数字が本に書けたわけだが、多分それはもっとずっと早くに判っていた筈である。あからさまに本に書くことができない時代がどのくらい続いたのか、考えてみると空恐ろしくなる。

世の中の秩序を守る側……時の権力というものが、どんな考え方をするものか。そしてそれがずっと後の世の人間にどんな感慨を与えるものか、私はなんとなく判ったような気がした。

この本では、魔女の処刑に当って、死刑執行人は特にマスクの着用を厳守するべきであると注意している。だが魔女の処刑の項ではその理由が述べられていない。

それでいろいろほかを調べてみると、直接死を与える者は、顔を処刑者に見られると、死者の悪霊がのりうつったり、呪いをかけられたりするからだということが判った。

道理で映画などにでて来る死刑執行人は、みな目だけを出したマスクをしているはずである。そういう迷信がなくとも、何の恨みもない人間を殺すとき、顔をまともにみつめられてはつい気おくれがするだろう。

ところが日本ではそういうことを聞かない。図々しいのか度胸がいいのか……。

睾丸を縛って釣すという処刑法があるのもこの本が教えてくれた。体重でちぎれてしまいそうなものだが、人間の体というのは丈夫にできているから、案外できるのかもしれない。

二人の罪人の四肢の一本ずつを同時に切断し、交換してすぐにくっつけるという処刑がある。叛逆罪というから、多分政治犯に対して執行されたのだろうが、これなどは思い切って残酷な方法である。今で言えば拒絶反応とかを起すのだろうが、少しの間は生きているのだから、やはり日本人には考えつかないやり方だ。

Die Zeitstraße
Dal Spazio al Tempo

〈時間通路〉

〈空間から時間へ〉はフレードリッヒ・ガイヤー、〈空間から時間へ〉はアルベルト・カリーニの著書である。

アルベルト・カリーニの〈空間から時間へ〉は正木茂江さんの訳で研美社から出ているからご承知の人も多いかと思うが、フレードリッヒ・ガイヤーの〈時間通路〉がこのネタ本であることを知っている人はまずあるまい。

「これ、ハンブルグの本屋でみつけたんだけど、錬金術の本じゃねえかな」

弟がそう言って、かなり古いが保存の程度のいい本を呉れたのは、五年ほど前のことである。

「どういう意味、これ」

「判んねえよ」

それっきりおクラになっていた。ただ、図版などで多分錬金術関係だろうとは思っていた。

そして去年、高斎正氏がこれを読んだ。

「あの本が空間から時間へと同じ内容だっていうの知ってた……」

高斎正氏にそう言われてびっくりした。

「知らない、全然」

「まるでおんなじ」

高斎正氏は左折車に手をふってどんどん割りこませながら言った。うしろの車がブーブー鳴らしてるが、とにかく高斎正氏の運転マナーはエキゾチックなのだ。

「アルベルト・カリーニっていうのは、インチキな人なんだね。中世の本をひっぱり出して来て、そっくり焼き直してるんだもの」

「なんだ。空間から時間へにはずいぶんお世話になったけど、焼き直しなのか」

〈およね平吉時穴道行〉〈路地の奥〉〈時間歩行者〉……私には時間通路に関する作品が多いが、どれもみなカリーニの本を読んだおかげだった。

「なんて言う著者だっけ」

「フレードリッヒ・ガイヤー……自分の本なのに知らないの」

〈空間から時間へ〉

「気にしてなかったから。ガイヤーか。ドイツ人だね」

「プラハの人らしいね。でも年代がよくわかんない。書いてないんだよ、どこにも」

「古い本ていうのは時々そうなんだよね」

「でも面白かったよ。僕はカリーニの原書を持ってるけど、つけ合わせるとまるでおんなじなの。カリーニが自分で考えたのはタイトルだけだね」

「気の毒だな、正木茂江さん。盗作だって知らずに訳しちゃったのか」

「うん、僕電話しといた。あの人口惜しがってた。それで、貸してあげちゃったんだけど、いいだろう」

「見たいって……」

「うん。物凄く腹を立ててたから、もしかすると燃やしちゃうかも知れないな」

「おどかすなよ。高かったんだぜ」

「へへ……。ねえ、麻雀するの、こんばん」

車は平井和正邸へだんだん近づいている。高斎正邸とは五分の距離だ。

〈時間通路〉

「平井ンちでかい。やだよ、素人とはやらないことにしてるんだ。第一メンバーがいないよ」

「僕行ってもいいよ」

そう言えば、高斎正氏ってどんな麻雀するんだろう。やっぱり安全運転かな。

その夜、場は立たず、私は平井家の二階で睡った。勿論翌日は二日酔いで、その一週間後、正木茂江さんから、プラハの錬金術師フレードリッヒ・ガイヤーの著書が無事戻って来た。

近い内、カリーニの〈空間から時間へ〉を研美社が再版するらしいが、その時あとがきにこのことを書き加えるという伝言がついていた。

La Citta' della Luna
〈都市の必然性〉
ルイジ・ピオッティ

真面目な本である。〈都市の必然性〉というタイトルは、高斎正氏が考えてくれた。高斎氏はそのうちこれをどこかの出版社から出す気らしい。（その後交渉の結果、当社より出版が内定しています――編集部）大きく分類すればこれは一種の地誌であるが、厳格に客観の姿勢を保ちつつも、大胆不敵な想像力を駆使して、そのふたつがみごとに渾然一体となっている。（と高斎氏が言っている）

勿論正規の学界はハナもひっかけないだろうが、私のような人間には、これこそ真実であると思えてくるのだ。

人間の集落は、地形のあり方によって必然的に位置が定まるのだというのが、ルイジ・ピオッティの説く骨子である。

古美術商の原さんを紹介した時、〈産霊山秘録〉中のヒ一族のネタとなった〈神統拾遺〉について自然に触れてしまったので、〈神統拾遺〉については省略するが、〈産霊山秘録〉の生みの親は、実はこの本なのである。

〈都市の必然性〉

この世界には、或る一定の「気」のようなものを持つ土地がある、とピオッティは言う。彼は東洋の思想を学ぶのに、中国よりは日本の文献に多く頼ったらしく、「気」をキ又はケとそのまま訳している。

私が〈産霊山秘録〉で「ヒ」を持ちだしたのは、勿論〈神統拾遺〉の「日ノ民」からであるが、同時にピオッティの「キ」にも触発されている。

そのような土地は、人間の精神活動を活発にさせる「気」を持っているのだ。人はその土地に入ると浮きたち、勇気が出、多弁になり、より知恵が湧く。ローマ祭り、パリ祭り、ロンドン祭り。世界の大都市はそのような「気」を強く持ち、なるべくしてなった大都市なのである。

その証拠に……とそこでピオッティは世界の各大都市に共通する地形、地質などをことこまかに述べたてる。

地価の値上りが激しく、巨額の金が土地投機に動いている今日、私はこの本を高斎氏が翻訳して出版すれば、ひょっとすると大ベストセラーになるのではないかと考えている。なぜなら、ピオッティの説をマスターすれば、将来どこが高騰するかすぐに判るからである。

だがピオッティはそんなことに自説が利用されるとは思ってもいないだろう。彼は「気」に従って世界の国境を再編成することを主張しているのだ。強い「気」の大都市と、やや強い中都市、かすかにある村や部落……それらを更に高所から案ずれば、世界は幾つかの

「気」の集団と見ることができるからだ。

私はそれを〈産霊山秘録〉で語ってみたが、とてもピオッティのような具合には行かなかった。

とにかく私は田舎道を歩いて部落へ入るとき、何となく心が和むのを知っている。ピオッティが主張していることは、だからきっと正しいにちがいない。

なお、著者はフランスのレーザンヌ地方で「気」の実態を精密に記録し、特に先史時代からの聖地であると言われる聖《サン》レーザンヌ教会のくだりが興味深い。私の産霊山は勿論聖《サン》レーザンヌのもじりである。

Der Geheimnis der Königreicher
〈諸王朝の秘密〉

クラウス・フォン・クラウス

さぁてお立ちあい。ご用とお急ぎでない方は、寄ってらっしゃい見てらっしゃい。急いで死んだ馬鹿がいる。お前死んでも誰泣くものか、山の鴉が啼くばかり。

とまあ、これを英語でどう言ったらいいのか知らないが、ふうてんの寅さんが、ロンドンのどこかに店をひろげてバイしたら、羽根がはえて飛ぶように売れることうけ合いというのがこの本だ。

……ええお立ちあい。恐れ多くも畏くも、ご当地イギリスの王室は、もとを辿れば九世紀、かのエグバート王からのお血筋で、ノルマン、カペー、ランカスター。ヨーク、ヴァロアにステュアート。オレンジ経由ウインザーと、王家の名前は変れども、千代に八千代にさざれ石、ずっとつながるお血筋だ。

ところでどっこいドーヴァーの、海の向うのフランスは、カペー王家のその時に、シャルル4世が死んだあと、血筋がぷっつり切れちまい、いとこはとこの数ある中で、フィリップ6世が名乗り出る。

さあお立合い問題だよ。プランタジネット家はイギリスで、王様の名はエドワードの3世だ。その王様が大反対。3世なのに大反対とはこれいかに。それもそのはず3世の、おふくろさまのイザベラは、シャルル4世の妹だ。

フィリップ6世はシャルルのいとこ、イザベラさまはお妹。さあどうするねイギリスさん。あのフランスを血のうすい、フィリップ6世に呉れてやる、そんなチョボイチあるもんか。呉れろ呉れないやるやらぬ。やって減らぬはアレばかり。ゆずれぬ同士がつの突き合って、起ったいくさが百年戦争だよお立ち合い。

ところがここに真相は、あにはからんやわからんや。兄がはかってだめならば、おととに測れるわけがない。奈良の大仏背くらべと来た。

シャルル4世の叔父さんの、ヴァロア伯なる人物は、これが大した遊び人。あちらこちらで浮名を流し、生ませ放題やり放題。国が乱れりゃ忠義の家来、貧しい家には孝行息子、浮気な亭主にゃ貞女のかがみ。サントリレッドじゃないけれど、ついてくるくるついてくる、亭主の浮気の尻ぬぐい。浮気の相手の貴婦人が、イギリス王家直系の、エドワード2世の妹で、しかもせり出す下ッ腹。そうと知ってはすて置けず、舘へ呼んで内内に、生ませた子供が男の子。

この男の子を引きとって、わが子でございと世間には、泪かくした貞女ぶり。親がなくとも子は育つ。しかも名家の一粒だねで、まんまと嘘を吐きとおし、お袋さんは大往生。残ったその子の名前こそ、フィリップ6世その人なり。

さあ判ったかお立合い。エドワード2世の妹が、フィリップ6世の実の母。となればこいつは3世の、いとこじゃないかお立合い。勝った敗けたの百年が、無駄になるのだお立合い。切れたと思った英仏が、その実ちゃんとつながって、いとこ同士の王様だ。

〈諸王朝の秘密〉

誰知るまいと思ったに、壁に耳あり障子に目あり、下駄は三ッ目でうなぎは八ッ目。フォン・クラウゼのおじさんが、ちゃんと調べて証拠もつけて、書きあげたのがこの本だ。

さあ買った買った。買って悪いは鼻欠け女郎、かわなきゃ要らない心張り棒。棒は棒でもあなたの棒は、音に聞えたケチン棒。黒ん坊にもおいらんがいるよ。色で苦労のしっぱなしって……さあ買わねえか。ロスアンゼルスのギルバート書店で、四十二ドル五十セントした本だ。

アメリカ国防省

The Library under the Gibraltar〈ジブラルタルの図書館〉

アメリカがスペインの沖で原爆をおっことして大騒ぎをしたことがあった。こんな物騒な落し物も珍らしいが、それを必死になって探している内に、とんでもない拾い物をしてしまった。

ジブラルタルの海底に古代遺跡があり、そのひとつが図書館だったというからオドロキだ。場所が場所だけに、さてこそアトランチスと色めき立つのは私だけではないだろう。どうもこのパンフレット、そこまではっきり書いてない。台湾の汪学文さん経由で手に入れたのだが、何しろ国防省というおかたい役所のものなので面白かろうわけがない。

それでも約六千点のタブレットがすでに解読され、未整理の一万点近くも比較的簡単に解読できるそうである。四年前の刊行だからもう今ごろは全部現代語になっているのかもしれない。一九七三年には一括して発表する予定だというから、今年あたりヨーロッパの古代史が大きく書きかえられるかもしれない。

文字は楔形文字で、これはすでに解読ずみのものだから、作業がはかどっているのも当然だが、このパンフレットには、どの民族のどの時期に属するのかというようなことが全然書いてない。

ただ解読ずみのもののタイトルと整理番号だけで、これだけではどうしようもない。汪さんはどうやら中間報告書を持って来てくれたようで、本当はこの前に幾つか既刊の報告書があるのだろう。

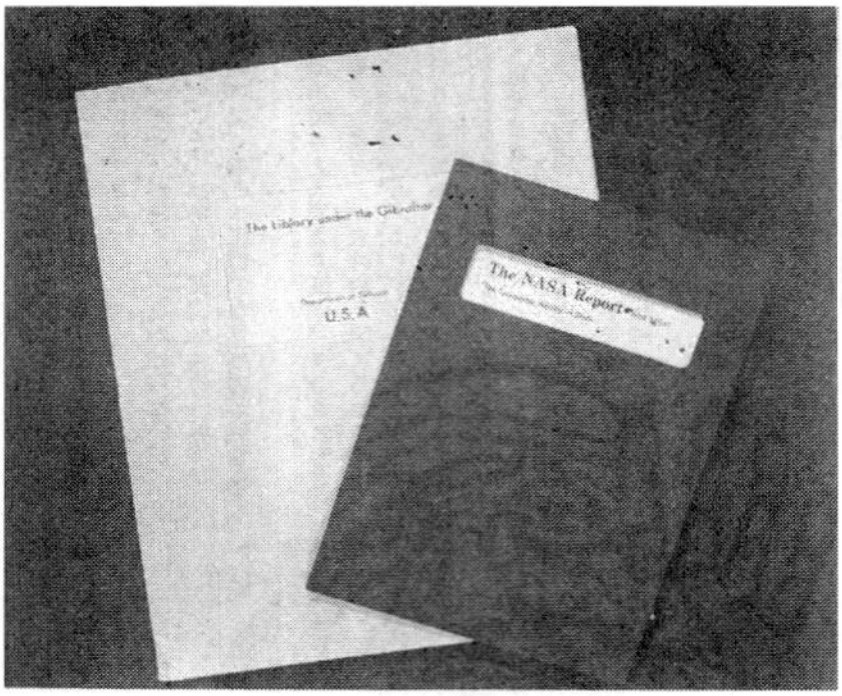

〈ジブラルタルの図書館〉
〈ミツユビナマケモノのテレパシー測定〉

そういうわけで、読者にはジブラルタル海底に古代図書館遺跡が見つかっているということしかおしらせできない。

私がそれ以上のネタをかくしていると思われると困るので重ねて言うが、本当にこれ以上のことは判らないのである。

The Telepathic Ability of Sloth
〈ミツユビナマケモノのテレパシー測定〉
NASAレポート第１０４・９２０４１号

アメリカ航空宇宙局が定期的に研究結果を公表しているのは有名だが、この１０４・９２０４１号が手に入ったのは、まことに幸運である。何しろ他には一冊も入手していないのだからマグレみたいなものだろう。

タイトルにはスロスとだけあったが、読んでみるとこれはミツユビナマケモノである。

それにしても、すでにテレパシー……いやESPの強さの測定ができ、しかも単位まできめられているとはおどろいたことである。

単位はカウント。ごく普通の人間がブリッジやポーカーなどのゲームに本気で熱中した時、往々にして測定値が1コンマ幾つかになるというから、麻雀で自模る時、ウーンと力を入れるのも案外無駄なことではないのかもしれない。ポーカーなどで、カウントが3近くなると相手のテが確実に読めた状態だそうだ。

ナサがこんな研究をはじめたわけは、人間宇宙船で他の天体へ行った場合、磁気嵐その他で船外との連絡が絶えることを心配したかららしい。海軍が潜水艦実験をやった話も聞いたか読んだかした記憶があるし、先進国ではもうテレパシーの測定実験など、そう珍らしいことではなくなっているのだろう。でなければ、私らの手もとにこんな本が来るわけがない。

面白いのは、なぜ実験にミツユビナマケモノを使ったかということだ。

ナマケモノのたぐい、コアラ、それに人気絶頂のパンダちゃんなどは、知ってのとおりひどく行動が鈍い。

動物はみな、耳が敏いとか保護色とか、足が早いとか甲羅が固いとか、攻撃力を持たぬまでもそれ相応の自衛力を持っている。必要最低限の自衛力で、戦力ではないというくらいのものはみな持っている。（なんか、やな話になって来た）

であるにもかかわらず、わが国は……じゃなかった、わがナマケモノは木にぶらさがるための鉄のような爪以外、戦力どころか自衛力らしいものすら所有していないのである。

このままでいいのか。とナマケモノが思うかどうか知らないが、考えてみればたしかにおかしなことではある。弱肉強食の世界で、このような弱者が生きのびるには、あとは圧倒的な繁殖力が残されているだけだ。

ところが猿猴類は双生児の率でさえ人間より低い。セックスも我々ほどマメではない。しかもヒョウなどの大好物と来てるから、あの種族が今日まで生きながらえているのがふしぎなくらいなのだ。

絶対無力なナマケモノが生きのびているのは、ひょっとすると未知の自衛力によるのではないだろうか……ナサはそう考えたようである。

そこでミツユビナマケモノにテレパシー測定器を向けたのだ。

その結果、なんと彼らは10から12カウントもの数値を示したのだ。当然それは相互の通信にも用いられるであろうし、ひょっとすると我々人類の方向へ進化するかわり、その反対側へ道をとった連中であるのかもしれない。

いかにナサと言えども、10カウント以上の数値が何を意味するか、判断に迷っているようだ。地球の終末までも見とおしているのか、それともただ相手にうんざりした気分を押しつけているだけなのか……。

ともあれ、彼らがいんなあとりっぷを日夜たのしんでいるくらいのことは考えたい。いんいいいなあわあるどに突入すべく精進を重ねている山野浩一氏よ。すべからくもっとナマケモノになりたまえ。おたがいに、木にぶらさがってユウカリの葉っぱでも食べたほうがいいのかも知れませんぞ。

本をかたづけながらひとこと

使ってないネタがあるんだから、とにかくお手やわらかに願いますよ。とくにナサのナマケモノの件は、パンダブームでもあるし、ショート・ショートなんかにするには手ごろのネタなんですからね。パンダなんかも、まるで自衛力がないわけなんだし。

でも、資料っていうのは溺れるとどうしようもなくなっちゃうもんですね。本読んでるうちに夜が明けちゃうし、生じっか知っちゃうと嘘がつけなくなったりするもの。

とにかくうまいネタ本なんてそうザラにあるもんじゃないけど、時には嘘をつくのに手ごろなサンプルが、案外手じかにあるのに気がつくこともあるもんです。

SFマガジンの第14巻の第2号なんかは、その意味で貴重じゃないかしら。あの号の4頁から16頁あたりにかけては、フィクションとしては相当なもんです。タチが悪いって言えば悪いけど……。

（SFマガジン一九七三年二月号掲載）

編者解説

日下三蔵

半村良の作品は多彩である。『石の血脈』『産霊山《むすびのやま》秘録』『妖星伝』などのスケールの大きな伝奇SFがある一方、直木賞を受賞した『雨やどり』のような人情の機微を細やかに描いた練達の風俗小説がある。さらに『黄金伝説』『英雄伝説』以下のタイトルに「伝説」の文字を冠した伝説シリーズ、SF愛に溢れたパロディ『亜空間要塞』、凝った構成の時代ミステリ『どぶどろ』、大河ファンタジー『太陽の世界』、方言で綴られた恐怖小説集『能登怪異譚』、たくましく生きる戦災孤児たちを描いた長篇『晴れた空』、スペース・オペラ『虚空王の秘宝』、A・メリットの遺作長篇を書き継いだ冒険SF『フォックス・ウーマン』、隠された黄金の行方をめぐる波乱万丈の時代ロマン『慶長太平記』と、実に多岐にわたる作品を発表している。SF界が産んだエンターテインメントの巨人といっていい。

半村良は六三年、〈SFマガジン〉の第二回SFコンテストに投じた「収穫」でデビューしており、いわゆる日本SF第一世代に属する作家の一人である。だが、六〇年代には広告代理店に勤務する兼業作家であり、作品の発表は散発的であった。

六三年に六篇、六四年に五篇、六七年に二篇、七〇年に二篇といった具合で、作品もショート・ショートが多い。六三年に発足した日本SF作家クラブでは創設メンバーの一人であり、初代事務局長も務めていたから、作家仲間との付き合いはあったが、一般読者からは〈SFマガジン〉二月号の日本作家特集にたまに登場する人、と思われていたはずだ。七一年六月にようやく刊行された第一作品集『およね平吉時穴道行《ときあなのみちゆき》』（ハヤカワ・SF・シリーズ）は、それまでの作品の大半を収めたものであった。

本書にも付録として収めた同書の「あとがき」は、戯作者の口上として書かれているが、半村良の作家としての決意表明に他ならない。半村良は最初から「人情噺とSF」の融合を志向していた。その比重が作品によって変化し、『雨やどり』や『下町探偵局』、『八十八夜物語』のような「SFではない人情噺」として現れることもあったが、SF作品においても、常に「地道に生きる庶民」に共感の目を向け、彼らを虐げる権力者への怒りが描かれている。「伝説」シリーズ然り。『岬一郎の抵抗』然り。

だが、デビューから十年近い雌伏を強いられたのも、人情SFという半村良の作風が原因であった。福島正実編集長の求める「新しい科学時代の文学」というビジョンに合わなかったのである。筒井康隆のドタバタ路線が受け入れられなかったのと似ている。

そのため長篇『石の血脈』のアイデアも作品化はあきらめ、メインのネタの部分だけを「赤い酒場を訪れたまえ」として七〇年に短篇の形で発表してしまった。前年から福島正実の後を継いで二代目の編集長となっていた森優は、この作品を一読して長篇の一部であることを見抜き、半村良に執筆を勧めた。長い話だよ、という作者に対して、「新人」の第一長篇としては破格の一千枚まで書いていいと応えた森さんの英断が凄い。

こうして書き上げられた『石の血脈』は、七一年十一月に早川書房から刊行されるや、読書界の話題をさらってベストセラーとなった。六〇年代、仲間たちが次々と人気作家になっていくのを横で見ながら、半村良が焦りを感じていなかったはずはないが、同時に広告屋としての視点で、仲間がまだ誰も手を付けていない題材を見極めていたという。それが『石の血脈』以下の一連の作品で半村良の表看板となる伝奇SFであった。

もともと半村良は、少年時代から国枝史郎や角田喜久雄の時代伝奇小説を愛読しており、その骨法は身に染み付いていた。森編集長が第二作『産霊山秘録』のキャッチコピーに「新伝奇ロマン」と書いたのを見て、何だ、原点に戻ってきたんじゃないか、と思ったという。

一方、『石の血脈』の執筆と並行して、それまでからは考えられないハイペースで中・短篇が書かれた。〈SFマガジン〉掲載作品を拾っていくと、こうなる。まさに溜まっていたアイデアが、堰を切って溢れ出したかのような作品群である。

「およね平吉時穴道行」（71年2月号）、「組曲・北珊瑚礁」（71年4月号）、「農閑期大作戦」（71年8月号）、『戦国自衛隊』（71年9〜10月号）、「わがふるさとは黄泉《よみ》の国」（71年11月号）、「誕生」（72年1月号）、「散歩道の記憶」（72年2月号）、『産霊山秘録』（72年4〜7、9〜12月号）、「アクナル・バサックの宝」（73年1月号／水戸宗衛名義）、

月号）……。

「庄《しょう》ノ内《ない》民話考」（73年3月号）、「逃げる」（73年5月号）、『亜空間要塞』（73年9〜12

　七三年二月、祥伝社の新書判叢書ノン・ノベルの創刊ラインナップの一冊として書き下ろした『黄金伝説』で自身の伝奇SFのスタイルを確立。すなわち平凡な市民が次第に奇妙な事件に巻き込まれ、中盤以降で壮大な陰謀が明らかになる、というパターンである。この導入部分の上手さによって、SFに馴染みのない読者を虚構の世界に無理なく誘うのが、半村良一流のテクニックなのだ。

　七三年には『産霊山秘録』で第一回泉鏡花文学賞、七五年には『雨やどり』で第七十二回直木賞を、それぞれ受賞して、半村良はたちまちのうちに流行作家となっていく。時代伝奇小説と本格SFを融合させた『妖星伝』をはじめ、SF史に残る傑作を数多く遺した。

　SFかノンSFかを問わず、人情噺が半村作品の基調であることは既に述べたが、半村作品における「人情」の機微とは、お涙頂戴の浪花節的な薄っぺらいものではない。庶民の優しさや善良さを描く一方で、狡さや残酷さも容赦なく描いていく。どちらも併せ持っているのが人間だよ、というかのように。そして、いいところも悪いところも含めて、やっぱり人間っていいなあ、人生っていいなあ、と思わせてくれるのが半村良の小説なのだ。現在、その意味で半村良の後継者と言い得るのは、おそらく宮部みゆきただ一人であろう。

　本書に収めた作品の初出は、以下のとおり。

収穫　〈ＳＦマガジン〉63年3月号
虚空の男　〈ＳＦマガジン〉67年10月増刊号
赤い酒場を訪れたまえ　〈ＳＦマガジン〉70年2月号
およね平吉時穴道行《ときあなのみちゆき》　〈ＳＦマガジン〉71年2月号
農閑期大作戦　〈ＳＦマガジン〉71年8月号
わがふるさとは黄泉《よみ》の国　〈ＳＦマガジン〉71年11月号
誕生　〈ＳＦマガジン〉72年1月号
庄《しょう》ノ内《ない》民話考　〈ＳＦマガジン〉73年3月号
戦国自衛隊　〈ＳＦマガジン〉71年9〜10月号
箪笥《たんす》　〈幻想と怪奇〉74年3月号
ボール箱　〈オール讀物〉75年7月号
夢の底から来た男　〈野性時代〉75年1月号

「収穫」から「およね平吉時穴道行」までの四篇は、最初の著書である第一作品集『およね平吉時穴道行』に収められた。デビュー作「収穫」が、まるで海外もののような正統派の侵略ＳＦであるのに驚く。この作品は、第二回ＳＦコンテストで、小松左京「お茶漬けの味」とともに第三席に入選したもの（第一席と第二席は該当作なし）。選考結果は〈ＳＦマガジン〉六二年十二月号、選評は六三年一月号に、それぞれ掲載されている。
選考委員だった安部公房の選評のうち、半村作品に触れた部分は以下のとおり。

審査した作品のうち、着想を生かしたという点で、最も買えたのは、半村良氏の『収穫』であった。人間が収穫されるというアイデアは、非常に面白い。もうすこし論理的に展開すれば、かなり質のたかい作品ができたのではないか。

結局、この作品が成功作といえないのは、本質的な文明批評精神に欠けているからである。たとえば、残された――宇宙人によって選ばれたエリートたちが、なぜ残されたか、なぜ選ばれたかという重要な問題がなおざりにされている。そのため、作品全体が、読者にたいして訴えかける力――いわゆる説得力に欠けているのである。しかも問題なのは、この小説がエリート側から書かれているということだ。だから、読み方によっては、これが、独善的に自らをエリートとする思想――ナチズムの是認というようにも読めてしまう。

ある意味で、この作品の失敗は、むずかしすぎるテーマを選んだことにあるかもしれない。シリアスな対象を興味本位に扱ったためであろう。

同じく半沢朔一郎（朝日新聞編集委員、前同紙科学部長）の選評。筒井康隆『無機世界へ』は後の長篇『幻想の未来』をコンテスト用に縮めたもの。

多くの作品のなかから、わたくしは半村良氏の『収穫』筒井康隆氏の『無機世界へ』小松左京氏の『お茶漬けの味』朝九郎氏の『平和な死体作戦』そして豊田有恒氏の『火星で最後の……』を順に選び出した。

（中略）

個々の作品に就いて触れれば、『収穫』は〝都会の哀愁〟をたたえたすべり出し、動物の集団移行をテーマにしたところが優れていた。『無機世界へ』は人間が植物に化し、ついには有機生命が地上からなくなるというテーマに、生物学の裏打ちがしっかりしていて、しかも詩情に富む作品である。『お茶漬けの味』の小松氏は、集まったなかで一番の語り手で文章も達者だった。今後、〝科学〟の裏打ちを持ったスケール雄大な作品が期待される。

藤本真澄（東宝常務取締役）、円谷英二（東宝特技監督）、田中友幸（東宝プロデューサー）三氏の連名による選評。

『収穫』は、着想として、もっとも面白かった。作品前半にこもる異様なムードと、無人の都市を舞台とするその後の展開は非常に優れている。ただ、描写と表現が作品内容にともなわない稚拙なものであったことが、かえすがえす惜しまれた。

第一回コンテストで「地には平和を」が努力賞となった小松左京は、「お茶漬けの味」（63年1月号）の掲載を待たず、投稿作品「易仙逃里記」（62年10月号）が採用されて、ひと足早くデビューしていた。

ちなみにデビュー作での小松左京を皮切りに、『産霊山秘録』の第一回泉鏡花文学賞では森内俊雄『翔ぶ影』、『雨やどり』の第七十二回直木賞では井出孫六『アトラス伝説』、『岬一郎の抵抗』の第九回日本SF大賞では横田順彌、會津信吾『快男児・押川春浪』と、賞を受賞するときはいつも他の人と同時受賞だったことから、半村さんは面白がって自らの仕事場を「半文居《はんぶんこ》」と称しておられた。

「収穫」が〈SFマガジン〉に掲載された際に添えられた福島正実編集長による紹介文と著者自身のコメントは、以下のとおり。

本名、清野平太郎
昭和8年東京に生る
旧都立三中、両国高校卒
現在、広告代理店に勤務
現住所　東京都渋谷区千駄ヶ谷●ノ●

コンテストの銓衡が終った時、我々は頭をかかえました。半村氏の行方が判らないのです。そんなある日行きつけの喫茶店で大眼鏡の一癖ありげな青年にコンテストの結果を問われました。こりゃSFファンだなと思い小松氏と半村氏が入選したと教えると、やおら青年は向いの席に坐りこんで「ぼくが半村です」。びっくりするやらうれしいやら。でもホントにこの人御本人さんでしょうな？（F）

作者の言葉

今年のはじめの頃です。私は夜中の新宿の或る暗がりに、ひっそり品物を並べて、売るでもなくイんでいる男から、安物のインクを一瓶買いました。確か20円でした。金に困っていて、遠い親類に借金の申込状を書こうとしていたのです。汚い四畳半へ戻って、そのインクにペンを浸した途端、私はペンを持ったまま、原稿用紙を買いに飛び出しました。

原稿用紙を前にした私は、今まで想像したこともない光景が、頭の中で次々に展開して行くのを、夢中で字にしていたのです。『収穫』はそうして書き上げました。

別なインクでは駄目なんです。あの時の20円で買った奴でないと。

インクはまだだいぶ残っています。よかったらお見せしますし、少しぐらいならおわけしてもいい。そしてSFを書きましょう。

デビュー作からして、コメント自体が一つの「お話」になっている辺り、「嘘部《うそべ》」をもって任ずる著者の面目躍如たるものがある。半村さんが作品を投函した後に転居したため、連絡が取れなくて困っていたところに、喫茶店で話しかけてきた青年が「ぼくが半村です」と言ったというのは、福島正実の自伝『未踏の時代』にも出てくる有名なエピソード。半村さんは六二年五月に開催された第一回日本SF大会（メグコン）に参加しており、そこで福島さんの顔を覚えていたから話しかけることが出来たという。

「農閑期大作戦」から「戦国自衛隊」までの五篇は、第二作品集『わがふるさとは黄泉の国』（74年4月／早川書房）に収められた。前述した七一年以降の快進撃を、そのまま切り取って本にしたような一冊である。文庫化に際して、短い長篇『戦国自衛隊』とそれ以外の短篇四篇を収めた『わがふるさとは黄泉の国』に分割されたが、今回、初刊の形に戻ったことになる。

『戦国自衛隊』はラストでダイジェストのように「もうひとつの歴史」の「その後」が書かれてしまっているが、本来であれば、そこまで小説として描かれる構想だったという。このアイデアを先に発表しておかなくては、との思いから、このような形になってしまったとのこと。七九年に千葉真一の主演で公開された映画がヒットしたので、半村良のことを『戦国自衛隊』の作者として認識している人も多いのではないか。

二〇〇五年には江口洋介主演で「戦国自衛隊1549」としてリメイクされている。秋田書店の月刊誌〈プレイコミック〉で本作を劇画化した田辺節雄が、後にオリジナル展開の続篇『続・戦国自衛隊』を発表しているのも、原作のラストが端折られているのが惜しいと思ったためだろう。

「箪笥」は中島河太郎と紀田順一郎の共編による『現代怪奇小説集2』（74年8月／立風書房）をはじめ、数々のアンソロジーに採られた幻想小説の名品。半村良の作品集としては『炎の陰画』（74年8月／河出書房新社）に初めて収録され、同系統の怪談だけをまとめた『能登怪異譚』（87年10月／集英社）の巻頭にも収められている。

段ボールの一人称という異様な発想の「ボール箱」は、恐怖小説、奇妙な味の短篇を中心とした作品集『幻視街』（77年4月／講談社）に初収録。七〇年代を代表する力作中篇「夢の底から来た男」は『夢の底から来た男』（75年2月／角川書店）に表題作として収められた。

付録として収めたエッセイ「私のネタ本、秘蔵本」は、〈SFマガジン〉七三年二月号に「2月特大号特別企画　SFうらばなし」として掲載されたもの。エッセイ集『げたばき物語』（81年2月／講談社）にも入っているが、半村良という作家の本質が現れた好エッセイなので特に収録した。

要するに、わざわざ書影まで撮ってまことしやかに紹介されているこれらの本は、すべて（かどうかは分からないが）フェイクなのである。『産霊山秘録』のネタ本として作品中にも登場する「神統拾遺」も架空の書物だが、これを信じ込んだ読者から「むかし読んだことがある」（！）という投書が来たという。

ここで紹介されているナマケモノのテレパシーに関する研究は、後に長篇『不可触領域』として作品化されている。このエッセイ自体を、作者のアイデア・ノートとして読んでみるのも一興だろう。

半村良 著作リスト　日下三蔵編

■長篇　●短篇集　★少年もの　○再編集本　◆ノンフィクション

●1　およね平吉時穴道行

早川書房（ハヤカワ・ＳＦ・シリーズ 3273）　1971年6月15日
早川書房（ハヤカワＪＡ文庫 18）　1973年11月15日
角川書店（角川文庫）　1976年8月15日
角川書店（角川文庫）　2008年6月25日
※ハヤカワＪＡ文庫版以降、「路地の奥」「赤い酒場を訪れたまえ」「マッチ売り」「浦島」「ユズル」「ジンクス」を割愛、角川文庫版で「太平記異聞」を追加

■2　石の血脈

早川書房（日本ＳＦノヴェルズ）　1971年11月15日
早川書房（ハヤカワＪＡ文庫 23）　1974年1月15日
角川書店（角川文庫）　1975年3月10日
祥伝社（ノン・ポシェット）　1992年9月1日
角川春樹事務所（ハルキ文庫）　1999年9月18日
集英社（集英社文庫）　2007年5月25日

★3　ひっかかった春

フレーベル館（こどもＳＦ文庫４）　1972年5月10日

■4　軍靴の響き

実業之日本社　1972年11月25日
角川書店（角川文庫）　1974年6月10日
祥伝社（ノン・ポシェット）　1993年9月20日

■5　黄金伝説

祥伝社（ノン・ノベル）　1973年2月10日
角川書店（角川文庫）　1979年4月30日
祥伝社（ノン・ポシェット）　1986年7月20日
講談社（講談社文庫）　1998年12月15日

■6　産霊山秘録

早川書房（日本ＳＦノヴェルズ）　1973年3月31日
早川書房（ハヤカワ文庫ＪＡ 47）　1975年1月31日

角川書店（角川文庫）　1975年9月30日
角川書店（角川文庫）　1981年1月30日
祥伝社（ノン・ポシェット）　1992年6月1日
角川春樹事務所（ハルキ文庫）　1999年10月18日
集英社（集英社文庫）　2005年11月25日
※角川文庫81年版のみ上・下二分冊

■7　英雄伝説
祥伝社（ノン・ノベル）　1973年7月15日
角川書店（角川文庫）　1979年5月30日
祥伝社（ノン・ポシェット）　1986年7月20日
講談社（講談社文庫）　1999年1月15日
河出書房新社（河出文庫）　2007年6月20日

●8　わがふるさとは黄泉の国
早川書房（日本ＳＦノヴェルズ）　1974年4月30日
早川書房（ハヤカワ文庫ＪＡ63）　1975年8月15日
角川書店（角川文庫）　1976年9月20日
河出書房新社（河出文庫）　2007年12月20日
※ハヤカワ文庫版以降、『戦国自衛隊』を割愛、角川文庫版以降、「わが子に与える十二章」「二都物語」を追加

■9　亜空間要塞
早川書房（日本ＳＦノヴェルズ）　1974年7月15日
早川書房（ハヤカワ文庫ＪＡ48）　1975年2月15日
角川書店（角川文庫）　1977年3月10日
角川春樹事務所（ハルキ文庫）　2000年10月18日

■10　不可触領域
文藝春秋　1974年7月30日
文藝春秋（文春文庫）　1976年1月25日
角川書店（角川文庫）　1981年5月20日
角川春樹事務所（ハルキ文庫）　2000年1月18日

■11　闇の中の系図
角川書店　1974年7月31日
祥伝社（ノン・ノベル）　1978年12月20日
角川書店（角川文庫）　1979年10月20日
廣済堂出版（廣済堂文庫）　1993年2月1日
角川春樹事務所（ハルキ文庫）　1998年2月18日

河出書房新社（河出文庫） 2008年2月20日

●12 **炎の陰画**

河出書房新社 1974年8月10日

文藝春秋（文春文庫） 1976年11月25日

●13 **男あそび**

実業之日本社 1974年8月10日

文藝春秋（文春文庫） 1979年1月25日

集英社（集英社文庫） 1985年1月25日

※ 文春文庫版以降、「女たちは泥棒」を割愛

●14 **都市の仮面**

角川書店 1974年9月30日

徳間書店（徳間ノベルズ） 1978年8月10日

角川書店（角川文庫） 1979年8月30日

廣済堂出版（廣済堂文庫） 1993年12月1日

■15 **平家伝説**

角川書店（角川文庫） 1974年9月30日

角川春樹事務所（ハルキ文庫） 1998年1月18日

●16 **夢の底から来た男**

角川書店 1975年2月10日

角川書店（角川文庫） 1979年11月15日

廣済堂出版（廣済堂文庫） 1993年10月1日

■17 **妖星伝（一）鬼道の巻**

講談社 1975年2月12日

講談社（講談社文庫） 1977年7月15日

※124にも収録

●18 **雨やどり 新宿馬鹿物語 一**

河出書房新社 1975年2月28日

文藝春秋（文春文庫） 1979年4月25日

集英社（集英社文庫） 1990年3月25日

※ 河出書房新社版のみ副題あり

●19 **ながめせしまに**

徳間書店 1975年3月10日

文藝春秋（文春文庫） 1978年5月25日

※ 文春文庫版は「白い円盤」「スポンサーが死んだ日」「カメラマンが死んだあと」を割愛

■ **20　楽園伝説**

祥伝社（ノン・ノベル）　1975年3月20日
角川書店（角川文庫）　1979年7月15日
祥伝社（ノン・ポシェット）　1986年7月20日
講談社（講談社文庫）　1999年2月15日

○ **21　戦国自衛隊**

早川書房（ハヤカワ文庫ＪＡ57）　1975年6月15日
角川書店（角川文庫）　1978年5月25日
角川書店　1979年10月30日
角川春樹事務所（ハルキ文庫）　2000年6月18日
角川書店（角川文庫）　2005年1月25日
※８から中篇を単体で独立刊行

■ **22　死神伝説**

祥伝社（ノン・ノベル）　1975年8月10日
祥伝社（ノン・ポシェット）　1985年8月1日
講談社（講談社文庫）　1999年3月15日

■ **23　妖星伝（二）外道の巻**

講談社　1975年9月4日
講談社（講談社文庫）　1978年2月15日
※124にも収録

■ **24　回転扉**

文藝春秋　1975年11月5日
文藝春秋（文春文庫）　1978年11月25日
角川書店（角川文庫）　1982年1月30日
角川春樹事務所（ハルキ文庫）　1999年11月18日

● **25　となりの宇宙人**

徳間書店　1975年11月10日
角川書店（角川文庫）　1978年6月10日
河出書房新社（河出文庫）　2007年10月20日
※角川文庫版以降、「太平記異聞」を割愛

■ **26　亜空間要塞の逆襲**

早川書房（日本ＳＦノヴェルズ）　1975年11月30日
早川書房（ハヤカワ文庫ＪＡ85）　1976年10月15日
角川書店（角川文庫）　1977年9月15日
角川春樹事務所（ハルキ文庫）　2000年11月18日

●27　魔女街
講談社　1976年3月28日
講談社（ロマン・ブックス）　1978年11月8日
講談社（講談社文庫）　1979年2月15日
角川書店（角川文庫）　1979年8月30日
廣済堂出版（廣済堂文庫）　1994年2月1日

◆28　女帖
文藝春秋　1976年4月20日
文藝春秋（文春文庫）　1980年6月25日

■29　闇の中の黄金
角川書店　1976年4月30日
祥伝社（ノン・ノベル）　1978年12月20日
角川書店（角川文庫）　1979年10月30日
廣済堂出版（廣済堂文庫）　1993年4月1日
角川春樹事務所（ハルキ文庫）　1998年3月18日
河出書房新社（河出文庫）　2009年3月20日

■30　戦士の岬
新潮社　1976年6月20日
文藝春秋（文春文庫）　1979年7月25日

●31　おんな舞台
文藝春秋　1976年8月25日
文藝春秋（文春文庫）　1979年10月25日

■32　妖星伝（三）神道の巻
講談社　1976年9月24日
講談社（講談社文庫）　1978年10月15日
※125にも収録

●33　女たちは泥棒
徳間書店（徳間ノベルズ）　1976年11月10日
文藝春秋（文春文庫）　1980年10月25日
集英社（集英社文庫）　1985年7月25日

■34　獣人伝説
実業之日本社　1977年2月25日
角川書店（角川文庫）　1978年10月30日
角川春樹事務所（ハルキ文庫）　1998年5月18日

●35　新宿馬鹿物語

文藝春秋　1977年2月25日
文藝春秋（文春文庫）1980年2月25日

● 36　幻視街

講談社　1977年4月16日
講談社（ロマン・ブックス）1979年1月12日
講談社（講談社文庫）1979年7月15日
角川書店（角川文庫）1980年12月30日

■ 37　邪神世界

講談社　1977年6月20日
講談社（講談社文庫）1980年1月15日
角川書店（角川文庫）1981年2月10日
角川春樹事務所（ハルキ文庫）1998年8月18日
河出書房新社（河出文庫）2007年8月20日

■ 38　聖母伝説

文藝春秋　1977年7月1日
文藝春秋（文春文庫）1981年9月25日
角川書店（角川文庫）1986年7月25日
角川春樹事務所（ハルキ文庫）1999年3月18日

● 39　どぶどろ

新潮社　1977年7月10日
新潮社（新潮文庫）1980年10月25日
廣済堂出版　1992年5月15日
扶桑社（扶桑社文庫・昭和ミステリ秘宝）2001年12月30日
廣済堂出版（廣済堂文庫）2015年5月1日

● 40　下町探偵局 センチメンタル・オプ　→　下町探偵局 PART Ⅰ

潮出版社　1977年7月15日
潮出版社（潮文庫）1983年11月10日
角川書店（角川文庫）1984年5月25日
廣済堂出版（廣済堂文庫）1994年12月1日
角川春樹事務所（ハルキ文庫）1999年12月18日
※潮文庫版以降、『下町探偵局 PART Ⅰ』と改題

■ 41　妖星伝（四）黄道の巻

講談社　1977年9月28日
講談社（講談社文庫）1979年9月15日
※125にも収録

■ 42　戸隠伝説
講談社　1977 年 11 月 4 日
講談社（講談社文庫）　1980 年 8 月 15 日
河出書房新社（河出文庫）　2007 年 5 月 20 日

■ 43　慶長太平記（一）黄金の巻　→　慶長太平記　天の巻　黄金の血脈　→　黄金の血脈　天の巻
文藝春秋　1978 年 1 月 30 日
祥伝社　1997 年 12 月 5 日
祥伝社（ノン・ノベル）　2000 年 7 月 20 日
祥伝社（祥伝社文庫）　2005 年 2 月 20 日
※ 文藝春秋版の一部は 122 にも収録、祥伝社版以降『慶長太平記　天の巻』と改題、祥伝社文庫版でさらに『黄金の血脈　天の巻』と改題

■ 44　闇の中の哄笑
角川書店　1978 年 3 月 31 日
祥伝社（ノン・ノベル）　1978 年 12 月 20 日
角川書店（角川文庫）　1979 年 10 月 30 日
廣済堂出版（廣済堂文庫）　1993 年 6 月 1 日
角川春樹事務所（ハルキ文庫）　1998 年 4 月 18 日

■ 45　闇の女王
実業之日本社　1978 年 5 月 25 日
集英社（集英社文庫）　1979 年 11 月 25 日

■ 46　虚空王の秘宝　Ⅰ　→　虚空王の秘宝　上
徳間書店　1978 年 7 月 10 日
徳間書店（徳間文庫）　1992 年 2 月 15 日
徳間書店　1994 年 9 月 30 日
徳間書店（徳間文庫）　1999 年 2 月 15 日
※94 年版以降、『虚空王の秘宝　上』と改題

■ 47　魔女伝説
中央公論社　1978 年 8 月 10 日
中央公論社（中公文庫）　1980 年 8 月 10 日
角川書店（角川文庫）　1981 年 3 月 20 日
角川春樹事務所（ハルキ文庫）　1998 年 6 月 18 日

● 48　セルーナの女神
河出書房新社　1978 年 8 月 25 日
角川書店（角川文庫）　1979 年 12 月 10 日

■ 49　妖星伝（五）天道の巻
講談社　1979年1月24日
講談社（講談社文庫）　1980年9月15日
※126にも収録

◆ 50　うわさ帖
毎日新聞社　1979年4月25日
講談社（講談社文庫）　1982年6月15日
集英社（集英社文庫）　1986年2月25日

◆ 51　宇宙との対話　現代宇宙論講義
朝日出版社（レクチャーブックス）　1979年4月25日
※ 小尾信彌との長篇対談

■ 52　女神伝説
集英社　1979年9月25日
集英社（集英社文庫）　1984年1月25日

○ 53　わが子に与える十二章
沖積舎　1979年12月10日
沖積舎　1988年2月25日
※ 短篇単体での刊行

■ 54　太陽の世界 第1巻　聖双生児
角川書店　1980年1月30日
角川書店（角川文庫）　1983年6月10日

■ 55　妖星伝（六）人道の巻
講談社　1980年4月17日
講談社（講談社文庫）　1981年7月15日
※126にも収録

■ 56　魔境殺神事件
新潮社　1981年2月20日
新潮社（新潮文庫）　1984年1月25日
祥伝社（ノン・ポシェット）　1999年12月20日

◆ 57　げたばき物語
講談社　1981年2月20日
講談社（講談社文庫）　1984年9月15日
※ 講談社文庫版は対談、インタビューを割愛

■ 58　太陽の世界 第2巻　牛人の結婚
角川書店　1981年3月5日

角川書店（角川文庫）　1983 年 8 月 25 日

● 59　黄金の侏儒宮

講談社　1981 年 3 月 28 日

A　黄金の侏儒宮

講談社（講談社文庫）　1984 年 1 月 15 日

B　アクナル・バザックの宝

講談社（講談社文庫）　1984 年 2 月 15 日

※ 講談社文庫版は二分冊

■ 60　太陽の世界 第 3 巻　飛舟の群れ

角川書店　1981 年 7 月 30 日

角川書店（角川文庫）　1983 年 12 月 10 日

■ 61　太陽の世界 第 4 巻　神々の到来

角川書店　1981 年 12 月 25 日

角川書店（角川文庫）　1984 年 4 月 10 日

■ 62　太陽の世界 第 5 巻　天と地の掟

角川書店　1982 年 1 月 30 日

角川書店（角川文庫）　1984 年 11 月 25 日

■ 63　太陽の世界 第 6 巻　英雄の帰還

角川書店　1982 年 2 月 25 日

角川書店（角川文庫）　1984 年 12 月 25 日

● 64　下町探偵局 PART II

潮出版社　1982 年 4 月 10 日

潮出版社（潮文庫）　1983 年 11 月 10 日

角川書店（角川文庫）　1984 年 6 月 10 日

角川春樹事務所（ハルキ文庫）　1999 年 12 月 18 日

■ 65　太陽の世界 第 7 巻　神征記

角川書店　1982 年 4 月 30 日

角川書店（角川文庫）　1985 年 9 月 25 日

■ 66　太陽の世界 第 8 巻　悪魔の誕生

角川書店　1982 年 6 月 30 日

角川書店（角川文庫）　1985 年 12 月 10 日

■ 67　太陽の世界 第 9 巻　続・神征記

角川書店　1982 年 8 月 30 日

角川書店（角川文庫）　1986 年 2 月 10 日

■ 68　太陽の世界 第 10 巻　黄金の湖

角川書店　1983年8月30日
角川書店（角川文庫）　1986年7月10日

■69　太陽の世界 第11巻　王朝初期
角川書店　1983年12月25日
角川書店（角川文庫）　1986年11月25日

◆70　人生ごめんなさい
集英社　1984年1月30日

■71　八十八夜物語　→　八十八夜物語　上
集英社　1984年5月20日
集英社（集英社文庫）　1988年4月25日
論創社　2008年12月30日
※集英社文庫版は二分冊（一、二）、論創社版で『八十八夜物語　上』と改題

■72　どさんこ大将 上・下
集英社　1984年10月25日
集英社（集英社文庫）　1987年11月25日

■73　太陽の世界 第12巻　霊界の支配者
角川書店　1984年12月25日
角川書店（角川文庫）　1987年3月25日

■74　太陽の世界 第13巻　大地の声
角川書店　1985年7月30日
角川書店（角川文庫）　1987年8月10日

●75　忘れ傘
集英社　1985年8月25日
集英社（集英社文庫）　1988年9月25日

■76　太陽の世界 第14巻　豪族たちの朝
角川書店　1985年10月30日
角川書店（角川文庫）　1988年5月10日

■77　ラヴェンダーの丘
角川書店（カドカワノベルズ）　1986年4月25日
角川書店（角川文庫）　1987年11月10日

■78　太陽の世界 第15巻　交流と紛争
角川書店　1986年4月30日

■79　巨根伝説 上・下
祥伝社（ノン・ポシェット）　1986年7月20日

祥伝社（ノン・ノベル）　1992年9月1日
※ノン・ノベル版は上・下巻の合本

■80　太陽の世界 第16巻　続・交流と紛争
角川書店　1986年7月30日

■81　太陽の世界 第17巻　飛翔する帝国
角川書店　1986年9月30日

■82　続・八十八夜物語　→　八十八夜物語　下
集英社　1986年10月25日
集英社（集英社文庫）　1988年5月25日
論創社　2008年12月30日
※集英社文庫版は二分冊（三、四）、論創社版で『八十八夜物語　下』と改題

●83　能登怪異譚
集英社　1987年10月25日
集英社（集英社文庫）　1993年7月25日
※108にも収録

■84　岬一郎の抵抗 上・下
集英社　1988年2月29日
集英社（集英社文庫）　1990年3月25日
講談社（講談社文庫）　1991年8月15日、1991年9月15日
※集英社文庫版は三分冊（①②③）、講談社文庫版は四分冊（一～四）

●85　小説　浅草案内
新潮社　1988年10月20日
新潮社（新潮文庫）　1991年10月25日
筑摩書房（ちくま文庫）　2017年4月10日

●86　夢あわせ
文藝春秋　1989年1月25日
文藝春秋（文春文庫）　1992年1月10日

■87　太陽の世界 第18巻　選ばれざる者
徳間書店　1989年4月10日

■88　講談　碑夜十郎 上・下
講談社　1989年12月4日
講談社（講談社文庫）　1992年4月15日
集英社（集英社文庫）　1998年8月25日

○89　ぐい呑み　自選短篇集

廣済堂出版（廣済堂文庫）　1990年5月10日
※「ぐい呑み」を初収録

■ 90　雨物語
講談社　1990年6月15日
講談社（講談社文庫）　1993年6月15日

■ 91　高層街
集英社　1990年7月25日
集英社（集英社文庫）　1993年1月25日

■ 92　超常領域　→　異邦人
祥伝社　1990年12月20日
祥伝社（ノン・ポシェット）　1993年7月20日

■ 93　黄金奉行　上・下
祥伝社　1991年3月30日
祥伝社（ノン・ポシェット）　1994年7月20日
※ノン・ポシェット版は上・下巻の合本

■ 94　晴れた空　上・下
集英社　1991年7月25日
集英社（集英社文庫）　1994年7月25日
祥伝社（祥伝社文庫）　2005年7月30日
※集英社文庫版は三分冊（上・中・下）

■ 95　湯呑茶碗
扶桑社　1991年9月27日
祥伝社（ノン・ポシェット）　1996年1月30日

■ 96　鈴河岸物語
祥伝社　1991年10月25日
祥伝社（ノン・ポシェット）　1995年7月20日

■ 97　寒河江伝説
実業之日本社　1992年1月30日
実業之日本社（ジョイ・ノベルス）　1996年4月25日

■ 98　夢見族の冒険
中央公論社　1992年2月20日
中央公論社（中公文庫）　1994年2月10日

■ 99　二〇三〇年東北自治区　→　人間狩り
新潮社　1992年4月15日
祥伝社（ノン・ポシェット）　1995年1月30日

■ **100 長者伝説**
祥伝社（ノン・ノベル） 1992年7月20日
祥伝社（ノン・ポシェット） 1997年4月20日
■ **101 かかし長屋**
読売新聞社 1992年11月2日
祥伝社（ノン・ポシェット） 1996年7月20日
集英社（集英社文庫） 2001年12月20日
● **102 妖花 半村良コレクション → 半村良コレクション**
出版芸術社 1992年12月10日
早川書房（ハヤカワ文庫JA525） 1995年9月15日
※ハヤカワ文庫版は103との合本再編集で『半村良コレクション』と改題
● **103 亜矢子 半村良コレクション → 半村良コレクション**
出版芸術社 1992年12月10日
早川書房（ハヤカワ文庫JA525） 1995年9月15日
※ハヤカワ文庫版は102との合本再編集で『半村良コレクション』と改題
● **104 酒媼 半村良コレクション**
出版芸術社 1993年1月20日
■ **105 妖星伝（七）魔道の巻**
講談社 1993年3月2日
講談社（講談社文庫） 1995年3月15日
※126にも収録
■ **106 江戸群盗伝**
文藝春秋 1993年4月30日
文藝春秋（文春文庫） 1996年6月10日
集英社（集英社文庫） 2008年12月20日
■ **107 魔人伝説**
祥伝社（ノン・ノベル） 1993年5月1日
祥伝社（ノン・ポシェット） 1998年2月20日
○ **108 赤い酒場**
出版芸術社（ふしぎ文学館） 1993年5月20日
■ **109 夢中街 → 夢中人**
祥伝社 1993年10月30日
祥伝社（ノン・ポシェット） 1999年9月10日
■ **110 たそがれ酒場**
中央公論社 1994年1月20日

中央公論社（中公文庫）　1996年12月18日

■111 昭和悪女伝

集英社　1994年9月30日

集英社（集英社文庫）　1997年9月25日

■112 虚空王の秘宝　下

徳間書店　1994年9月30日

徳間書店（徳間文庫）　1999年2月15日

■113 フォックス・ウーマン

講談社（講談社ノベルス）　1994年10月5日

講談社（講談社文庫）　1997年11月25日

■114 講談　大久保長安　上・下

光文社　1995年1月30日

光文社（光文社文庫）　1998年4月20日

学陽書房（人物文庫）　2004年11月25日

■115 飛雲城伝説（一）孤児記

講談社　1995年6月30日

※129にも収録

■116 飛雲城伝説（二）女神記

講談社　1995年11月10日

※129にも収録

■117 葛飾物語

中央公論社　1996年2月7日

中央公論社（中公文庫）　1998年1月18日

■118 億単位の男

集英社　1996年5月30日

■119 飛雲城伝説（三）東西記

講談社　1996年6月28日

※129にも収録

■120 暗殺春秋

文藝春秋　1996年12月10日

文藝春秋（文春文庫）　1999年12月10日

■121 江戸打入り

集英社　1997年8月1日

集英社（集英社文庫）　1999年12月20日

■122 慶長太平記　地の巻　彷徨える黄金　→　黄金の血脈　地の巻

祥伝社　1998年1月20日
祥伝社（ノン・ノベル）　2000年9月20日
祥伝社（祥伝社文庫）　2005年4月20日
※祥伝社文庫版で『黄金の血脈　地の巻』と改題

■ 123 慶長太平記　人の巻　黄金郷伝説　→　黄金の血脈　人の巻
祥伝社　1998年4月10日
祥伝社（ノン・ノベル）　2000年11月10日
祥伝社（祥伝社文庫）　2005年6月20日
※祥伝社文庫版で『黄金の血脈　人の巻』と改題

○ 124 完本 妖星伝１　鬼道の巻・外道の巻
祥伝社（ノン・ポシェット）　1998年9月20日
※17と23の合本

○ 125 完本 妖星伝２　神道の巻・黄道の巻
祥伝社（ノン・ポシェット）　1998年10月30日
※32と41の合本

○ 126 完本 妖星伝３　天道の巻・人道の巻・魔道の巻
祥伝社（ノン・ポシェット）　1998年12月20日
※49、55、105の合本

■ 127 乂丫伝説　→　ガイア伝説
主婦の友社　1999年3月20日
集英社（集英社文庫）　2001年1月25日

■ 128 すべて辛抱　上・下
毎日新聞社　2001年4月30日
集英社（集英社文庫）　2003年8月25日

○ 129 飛雲城伝説
講談社（講談社文庫）　2002年5月15日
※115、116、119に未刊行分を加えて合本文庫化

■ 130 獄門首
光文社　2002年9月25日
光文社（光文社文庫）　2009年2月20日

■ 131 歴史破壊小説　裏太平記
河出書房新社　2009年2月28日

■ 132 僕らの青春　下町高校野球部物語
河出書房新社　2010年6月30日

○ 133 日本ＳＦ傑作選６　半村良　わがふるさとは黄泉の国／戦国自衛隊

早川書房（ハヤカワ文庫ＪＡ1332）　2018年6月15日
※本書

本書には、今日では差別表現として好ましくない用語が使用されています。

しかし作品が書かれた時代背景、著者が差別助長を意図していないことを考慮し、当時の表現のまま収録いたしました。その点をご理解いただけますよう、お願い申し上げます。

（編集部）

編者略歴　ミステリ・ＳＦ評論家，フリー編集者　著書『日本ＳＦ全集・総解説』『ミステリ交差点』，編著『天城一の密室犯罪学教程』《山田風太郎ミステリー傑作選》《都筑道夫少年小説コレクション》《大坪砂男全集》《筒井康隆コレクション》など

HM=Hayakawa Mystery
SF=Science Fiction
JA=Japanese Author
NV=Novel
NF=Nonfiction
FT=Fantasy

日本《にほん》ＳＦ傑作選《けっさくせん》6　半村《はんむら》良《りょう》

わがふるさとは黄泉の国／戦国自衛隊

〈JA1332〉

二〇一八年六月十日　印刷
二〇一八年六月十五日　発行

（定価はカバーに表示してあります）

著者　半《はん》村《むら》良《りょう》
編者　日《くさ》下《か》三《さん》蔵《ぞう》
発行者　早川　浩
発行所　株式会社　早川書房

郵便番号　一〇一 - 〇〇四六
東京都千代田区神田多町二ノ二
電話　〇三 - 三二五二 - 三一一一（大代表）
振替　〇〇一六〇 - 三 - 四七七九九
http://www.hayakawa-online.co.jp

乱丁・落丁本は小社制作部宛お送り下さい。
送料小社負担にてお取りかえいたします。

印刷・三松堂株式会社　製本・株式会社川島製本所

ISBN978-4-15-031332-6 C0193

本書は活字が大きく読みやすい〈トールサイズ〉です。